芥川龍之介と切支丹物

――多声・交差・越境

宮坂 覺【編】

翰林書房

はじめに――多声《ポリフォニー》（多層）・交差《ジャンクション》・越境《グローバル》――

宮坂　覺

二一世紀が明けて、芥川龍之介文学あるいはその文学をめぐって、いくつかのトピックスが目に触れた。それは、〈近代〉に対する評価の在り様とリンクするかもしれない。ＩＴ文化（情報）によって、〈世界〉は急速にきわめて狭小化した。それと同時に、皮肉と言おうか、宗教や文学のテーマになるべき恒常的人間の深層が改めて露わになり、〈見えないもの〉の世界の不条理が再び広域化したのである。この二一世紀初頭の〈近代〉の光と影と芥川文学の世界的再評価とは無縁ではないであろう。

二〇〇五、六年に芥川龍之介をめぐって目立つ動きがあった。まず、二〇〇五年三月、中国における初の日本近代作家の本格的全集となった『芥川龍之介全集』（全五冊）の刊行である（なお、韓国でも二〇〇九年から『芥川龍之介全集』が配本中）。翌二〇〇六年の三月の英語圏で圧倒的な読者層を獲得しているPENGUIN CLASSICSペンギン・クラッシクス・シリーズのジェイ・ルービン（当時、ハーバード大学教授）訳Rashomon and Seventeen Other Stories（英国版）の刊行である。この書には、村上春樹が一九ページに亘る破格ともいえる「序文」Introduction—Akutagawa Ryunosuke:Downfall of the Chosenを寄せ注目を浴びた。さらに、因みに付け加えれば、この年の九月、現在、十数か国、一四〇人超の会員を擁する国際芥川学会が創設されている。その意味で、芥川龍之介とその文学は、多声(多声)性をもたらし、様々な言語、文化と交差し、様々な領域を越境し続けているのである（現在、五〇を超える国・地域で翻訳されている）。

本書は、記念論文集という性格を持つが、以上のことを視野に入れ編まれたものである。Ⅰ部では、「羅生門」「藪の中」「歯車」などの芥川の代表的作品一〇篇を扱い、多声・多層性の成果を検証した。Ⅱ部は、本書のタイトルでもある〈切支丹物〉全作品一七篇を扱い、〈切支丹物〉が孕む意味をトータルに読み解けるように企図した。Ⅲ部は世界に視野を広げ、「時代性／国際性」とし芥川龍之介および文学（研究）の時代性、国際性を開示する。研究者が多い中国、韓国、台湾などの情報が開示される。Ⅳ部では、芥川龍之介および芥川研究を日本内外で主導している研究者のエッセイ「私と芥川龍之介」を寄稿して頂いた。大変貴重な言説が展開されている。

本書タイトル「芥川龍之介と切支丹物」であるが、切支丹物の意味は、日本の現近代を通底する。穿った言い方をすれば、ここに着目した芥川龍之介の只者ではない先見性を見る。

マックス・ウェバーやＥ・トレルチなどが展開するように近代精神がプロテスタンティズムの鬼子であるならば、近代精神は、芸術と宗教は宿命的な対立構造を孕む。日本の近代化はそれら両者の対立構造の混在に目も向けず〈近代〉の枠組みを有効なものとして受け入れた。そして一八八〇年後半のナショナリズム台頭の時期も潜り抜け〈西〉精神の核としてキリスト教は、近代化の精神的ツールとして機能した。一九一〇年代前半の南蛮切支丹ブームにおいて、切支丹文学などを通し西洋文化への相対的視点が顕在化した。芥川自身も言うように、北原白秋、木下杢太郎、雑誌『明星』が南蛮切支丹ブームを担った。芥川の切支丹物は、入り口はそこであったことは否定できないが、内向はより深刻である。〈東洋〉と〈西洋〉の肌合いの違和感を感じとった。確かに「煙草と悪魔」や「神々の微笑」には、直截的に描かれている。が、それに留まらない。一神教の瑕疵を含有しつつ〈鬼子〉としての近代思想と日本文化に通底する汎神論との違和・ノイズとも取れる。その間に生じる違和感、揺蕩いは、今にも通じる。それは、さらに、西欧で言えば、ヘレニズム（Hellenism）とヘブライズム（Hebraism）の揺蕩いに通じるかもしれない。芥川文学の魅力の原点の一つは、この揺蕩いにある。その原風景を切支丹物に発見できよう。

この揺蕩いこそが、多声《ポリフォニー》（多層）性を生み、国際的にジャポニズム（Japonism）ではない自然な交差《ジャンクション》を齎し、様々に文化に越境《グローバル》する芥川龍之介の文学の特異性といえる。本書によって、国際的な芥川文学の再評価と世界文学への通路を穿てれば幸いである。

芥川龍之介と切支丹物——多声・交差・越境——◎目次

Ⅳ　芥川龍之介研究と私

Ⅰ　芥川文学の多声／多層

「羅生門」――芥川文学の祖形としての多層的〈物語性〉構造

宮坂　覺

はじめに

読書行為は、テキストから〈物語〉を如何様に立ち上げるかが、その命根を握る。さらに、そのテキストが古典として重厚であればあるほど、時代や国境、言語文化を踏み越え越境し、更に性別年齢を問わず一定以上の〈物語〉を紡がせる。それは、古典となるべきテキストの多層性の為せる業といえよう。国民的作品である芥川龍之介の「羅生門」も、古典となるべき多層性を有したテキストといえる。

〈現在、高校一年生の必修科目『国語総合』の教科書（九社が、発行、古典編は除く）には、すべて「羅生門」が掲載されている〉（川島幸希『国語教科書の闇』新潮新書 '13・6）のである。すなわち、中等教育を受けたものは、例外なく「羅生門」に触れているのである。一、二社かけることはあっても、その傾向は長く続いている。「羅生門」は、日本国民に親しく読まれている作品、国民的作品の一つといって過言ではない。その事実を裏打ちしているのは芥川文学が孕む多層性であるといえるし、また「羅生門」はその多層性を有する在り様の祖形とも位置付けることも出来よう。確かに、「羅生門」は、芥川文学批評史において、作者自身の自裁から遡行され、吉田弥生との破恋後に記された「イゴイズムのある愛には人と人との間の障壁をわたる事は出来ない　人の上に落ちてくる生存苦の寂莫を癒す事は出来ない　イゴイズムのない愛がないとすれば人の一生ほど苦しいものはない（中略）僕はイゴイズムの離れた愛の存在を疑ふ（僕自身にも）」（大4・3・9　恒藤恭宛書簡）と共鳴させ、決定的に我執のテーマが据えられた。

我執（エゴイズム）をコアに行動論理を構築する陰惨たる人間の現実を、〈銀のピンセット〉（菊池寛）で提示して見せたと。どんなに華麗に表層部を武装しようと、深奥に暗い壺内の蛇の感触をもつ薄気味悪い生存本能の薄汚い澱があると。どちらにしても、触れたくない人間の在り様を抉って見せたという論調は「羅生門」の〈読み〉の本流であった。因みに、川島幸希も「もう一つの教科書問題」（'13・9『波』）において、「定番小説」（論者註「羅生門」「こころ」「舞姫」）にはさらに大きな問題が存在します。それは、そもそも教科書の教材として相応しいのか、ということです。ほとんどの定番小説に共通するのは、暗いこと、死の臭いがすること、結末に救いがないことだと思います。」と述べている。かくいう論者も、かつてそのように〈物語〉を紡いだ。しかし、論究が進展するにしたがって、特に一九八〇年代頃から国民的テキスト「羅生門」の読みに新たな地平が拓かれたことは、周知のことである。

それまでは、「羅生門」の主題論は、「大筋のところでテキストに〈虚無〉や〈老成〉の存在を認め、陰鬱な主題を見出す点で同一視され(1)」ていた。に対し、一九八〇年代頃から、「積極的な意欲に満ちた作品(2)」や「大胆な行動者」「通俗的なモラルにとらわれない」人間という下人評、そして、芥川は「生の閉塞情況をつき破る若さをもって出発した(3)」。さらには、「自己解放の叫び(4)」を読み取る批評も現れた（芥川龍之介作品論集（宮坂監修）第一巻・浅野洋編『芥川龍之介　羅生門』〈'00・3　翰林書房〉にこの三論が収録されているのは注目したい）。新たな〈読み〉は、西洋文芸批評理論の成果の一つといっても、「羅生門」に多層の豊饒さを見出し得たことは事実である。

「羅生門」が世に出たのは、一九一五（大正4）年だから来年一〇〇年目を迎える。後半の三〇年頃から「羅生門」の読みに〈揺れ〉がもたらされ、その地殻変動によって、さらなる「羅生門」の魅力、芥川文学の魅力が増幅されたのである。その〈揺れ〉は、芥川文学の国際性、また現代性、古典性を明確にしつつあるといってよい。論者も、この方向性で「作品と鑑賞　羅生門」（『Spirit 芥川龍之介—人と作品—』'85・7　有精堂）、「『羅生門』—異領野への出発・『門』（漱石）を視野に入れ—(5)」、「芥川龍之介のドストエフスキー体験—その地平に潜むもの、再び『羅生門』との関わりに触れつつ—(6)」、「芥川龍之介の文学的戦略と〈音楽性〉—〈緊張〉〈弛緩〉、〈速度〉〈反転〉そして〈多層性〉〈ポリフォニー〉——」(7)などを発表した。これらの論攷を視野に入れながら、さらに「羅生門」の新たな〈読み〉とその可能性に迫ってみたい。

1　テーマ論に刺さった〈棘〉と〈愉快な小説〉としての「羅生門」

「羅生門」のテーマ論に、一つの棘があった。それはまた、新たな〈読み〉への起点の一つとなった。「羅生門」批評の問題の一つの出自といってよかろう。それは、「あの頃の自分のこと」(『中央公論』一九一九〈大8〉・1)の一節である。

それからこの自分の頭の象徴のやうな書斎で、当時書いた小説は「羅生門」と「鼻」との二つだつた。自分は半年ばかり前から悪くこだわつた恋愛問題の影響で、独りになると気が沈んだから、その反対になる可く現状と懸け離れた、なる可く愉快な小説が書きたかつた。そこでとりあえず先、今昔物語から材料を取つて、この二つの短編を書いた。書いたと云つても発表したのは「羅生門」だけで、「鼻」の方はまだ中途で止まつたきり、暫くは片がつかなかつた。その発表した「羅生門」も、当時帝国文学の編集者だった青木健作氏の好意で、やつと活字になる事が出来たが、六号批評にさへ上がらなかつた。のみならず久米も松岡も成瀬も口を揃へて悪く云った。

この一節は、『中央公論』(初出)では、「二」として発表されたが、のちの単行本には収録されていない。すなわち、漱石との出会いを記した「六」(「始めて行った時は、僕はすつかり固くなつてしまつた。」「現に僕は二三度行つて、何だか夏目さんにヒプノタイズされさうな、——たとへばだ、僕が小説を発表した場合に、もし夏目さんが悪いと云つたら、それがどんなに傑作でも悪いと自分でも信じさうな、物騒な気がし出した」などの言説が記されている)とともに削除され、現行では「別稿」扱いとなっている。この「二」は、長い間、うまく読み切れていなかったようだ。いうまでもなく「自分は半年ばかり前から悪くこだわつた恋愛問題の影響で、独りになると気が沈んだから、その反対になる可く現状と懸け離れた、なる可く愉快な小説が書きたかつた」の「なる可く愉快な小説」である。この言説に触れた論攷は多くはない。触れても、拘り続けたものはない。夙に、

　芥川は人生の不快を癒やすために、現状とかけはなれた古典から材を取って、つとめて愉快な話を書こうとしたという。「鼻」はともかくこの目的の一半を果たしている。底にものうくペーソスが沈殿しているとはいえ、ユーモラスの一面も確かにある。だが「羅生門」は、どう見ても「愉快」とはいえる作ではない。

（『古典と近代作家　芥川龍之介』、有朋堂　一九六七・4）

という長野甞一の言説もあったが、「愉快な小説」は、長く「羅生門」論評に刺さった〈棘〉として存在し続けた。「だが「羅生門」は、どう見ても「愉快」とはいえる作ではない」という言説は、一定の説得力を持つ。が、なぜ、のちに削除したとはいえ、「あの頃の自分のこと　二」（初出『中央公論』稿）に、書き込んだのであろうか。

「羅生門」は、しばしば、吉田弥生との失恋事件で読まれてきた。事実、「羅生門」の実質的な構想起筆は、失恋事件が大きく関わっていたことは間違いない。「半年ばかり前から悪くこだわつた恋愛問題の影響で、独りになると気が沈んだ」という言説を否定するものは何もない。次の「その反対になる可く現状と懸け離れた」「小説が書きたかつた」という言説も否定するものを見出すのも困難である。このコンテキストから「なる可く愉快な小説が書きたかつた」の「愉快な」をいか様に捉えるかに目を逸らしてはならない。換言すれば、文脈通りに読むのか、文脈から消して読むかということになろうか。ここに、「羅生門」の〈読み〉の分岐点がある。〈読み〉に二者択一だけを迫るのは、そのテキストの多層性、豊饒さに、マイナスになるともプラスにならないことを再確認しておかなければならないことは繰り返すまでもない。この分岐点は、多層性への分岐点であり、二者択一を迫るものではない。ここに、「羅生門」の多様な〈読み〉の出自の一つを見出すのである。

「あの頃の自分のこと　二」（初出稿）の「自分は半年ばかり前から悪くこだわつた恋愛問題の影響で、独りになる

と気が沈んだから、その反対になる可く現状と懸け離れた、なる可く愉快な小説が書きたかつた」の「なる可く愉快な小説が書きたかつた」という言説をコンテキスト通りに素直に読み取れるであろうか。かつて、その〈愉快な〉の内実に、〈悪くこだわつた恋愛問題〉を巡っての家庭悲劇、特に伯母フキとの関わりを一つに数えて論じたことがある。[8] 繰り返せば、「愉快な」気分の方向性を支えたものは、いうまでもなく〈半年ばかり前から悪くこだわつた恋愛問題〉であり、そのコアにある伯母フキのエリアからの脱出願望であったのではないか。換言すれば、フキの行動論理を支えているものを自らにも見出すことで、アイデンティティーの獲得を目指したことが、「愉快」の内実を捉えていたと考える。

一方で、芥川の内面も多層で揺れていたことも看過できない。「羅生門」執筆の背後に恋愛問題があったことは、周知のことであるし、初発からその見方は変わらない。それは、既に述べたように、自裁という事実を後付け、〈我執なき愛の不在〉のテーマを主導してきた。その意味では、「はじめに」で触れた「イゴイズムのある愛には人と人との間の障壁をわたる事は出来ない　人の上に落ちてくる生存苦の寂莫を癒やす事は出来ない　イゴイズムのない愛がないとすれば人の一生ほど苦しいものはない（中略）僕はイゴイズムの離れた愛の存在を疑う（僕自身にも）」という恒籐恭宛書簡（一九一五〈大正４〉・３・９）の功罪は大きい。この時期の芥川の内面は、この認識だけで覆われていたわけではない。過去何度か言及してきたが、この書簡執筆時期前後に友人達に送った書簡に内面の揺蕩いを読み取ることができるからである。「さびしい」をキーワードに人間存在の寂寥感が書きつけられているが、その上の層で〈人間愛〉について揺蕩うているのである。

破恋は一九一四（大正三）年年末から翌新春と考えられるが、一九一四年一〇月末、芥川は新宿から終の棲家となった田端に転居している。その頃に芥川の内面に一種の高揚が見える。「マチスが好きです（中略）僕の求めてゐるのはあゝ云ふ芸術です日をうけてどん〳〵空の方に伸びてゆく草のやうな生活力の溢れてゐる芸術です其意味で芸術の為の芸術には不賛成です」（一九一四〈大正３〉11・14、原善一郎宛）、「今までの僕の傾向とは反対なものが興味

をひき出した　僕は此頃ラッフでも力のあるものが面白くなつた　何故だか自分にもよくわからない」（同・同・30）、そして、〈恋愛問題〉（芥川の「僕が諦める」発言で表面上は終結）を挟んで恒籐書簡である。翌二月二八日付恒籐書簡で〈恋愛問題〉の経緯が書かれ、三月九日付で「僕はイゴイズムの離れた愛の存在を疑ふ（僕自身にも）」発言である。さらに、三日後、恒籐に「僕はありのまゝに大きくなりたい　ありのままに強くなりたい（中略）愛する事によつて愛せらるゝ事なくとも生存苦をなぐさめたい　人間らしい火をもやす事なくては猶たまらない　たゞあく迄もＨＵＭＡＮな大きさを持ちたい」と記し、さらに、四月二三日付山本喜誉司宛には、「相不変さびしくくらしてゐます」と書きだし、「私は今心から謙虚に愛を求めてゐます　さうしてすべてのアーティフイシアルなものを離れた純粋な素朴なしかも最恒久なるべき力を含んだ芸術を求めてゐます（中略）如何に血族の関族《ママ》が希薄なものであるか　如何にイゴイズムを離れた愛が存在しないか　如何に相互の理解が不可能であるか　如何に『真』を見る事の苦しいか　さうして又如何に『真』を他人に見せしめんとする事が悲劇を齎すか――かう云ふ事は皆この短い時の間にまざ〳〵と私の心に刻まれてしまひました」と記す。

〈悪くこだわつた恋愛問題〉前後の、揺蕩いが見て取れる。その揺蕩いは、「羅生門」執筆の決意の背後に常に存在していたと考える。それが、「独りになると気が沈んだから、その反対になる可く現状と懸け離れた、なる可く愉快な小説が書きたかつた」という言辞を生んだと考えられる。ならば、「羅生門」に「なる可く現状と懸け離れた、なる可く愉快な小説」を見る事は、強ち牽強付会な〈読み〉ではない。

2

〈踏み越えの装置〉（〈門〉〈梯子〉）と〈踏み越えの物語〉「罪と罰」

「羅生門」に、「愉快」を支える「積極的な意欲」「大胆な行動者」「生の閉塞情況をつき破る若さ」などの言辞を生む要素は発見できるのであろうか。因みに、過去にも述べてきたが、〈羅生門〉は、〈生〉を〈羅〉ぐる〈門〉の物語でもあることを確認しておきたい。

「羅生門」の重要なイメージに、「門」、「梯子」・「石段」を容易に見いだせる。因みに「門」は二四回（タイトルも含め）、「梯子」九回・「石段」二回と現出する。この二つとも、境界を越境する装置である。

「羅生門」の下人を〈脱宗助〉（漱石「門」一九一〇〈明治43〉・3・1〜6・12『朝日新聞』）と論じたことがある。

「羅生門」は、繰り返すまでもなく平安朝の羅城（生）門で展開される物語である。下人はこの〈門〉を境に大きなドラマを体験し、新たな出発をする。下人は〈永年、使はれてゐた主人から〉〈四五日前に暇を出され〉、〈屋敷〉の〈門〉（第一の門）を出、そして、町の〈門〉である羅生門（第二の門）に押し出されるように辿り着いた人生経験のない青年である。

さらに、

彼は、〈屋敷〉の論理に飼い慣らされて自らの決断で行動を決定することなく〈永年〉過ごして来たのである。いまだに〈大きな面皰〉を有する程の年齢であるから、相当の若年でこの〈屋敷〉に入ったであろう。現実社会からは塀によって隔離された〈屋敷〉という空間はこの若き下人の内面をいつまでも未成熟のままに放置した。行動論理ばかりではなく、行動倫理も主人が総てであり自己の思惑を介入することなどは思いも及ばなかったであろう。主人の論理、倫理を自らのそれとすることで徒に生を営んで来たのではなかったか。いわば、若者（下人）は、人生の〈未熟児〉（ドストエフスキー）だったのである。

この思考停止、更に言えば思考回路を封印されたままで、異常な空間である〈屋敷〉から寒風吹きすさぶ現実社会に放り出されたのである。ぬくぬくとした甘えの論理に寄り掛かっていた若者は、二度と潜ることがないであろう〈屋敷〉の〈門〉（第一の門）を出た時点からいまだかつて経験したことのない新たな地平、すなわち自らの生を自らの手で守り、自らの生の責任を丸ごと引き受けねばならない地平に立ったのである。主人もそのことを承知し〈四五日〉のモラトリアムの時間を与えた。しかし、悲しいかな生きる術を体得していなかった下人は、主人が与えた恩恵も徒に貪り明日延ばしをし、第二の門である羅生門にたどり着いたのである。いわば、宗助（漱石「門」）と同じく、人生に横たわる大きな境界線の前に立たされたのである。

　彼は遂に〈何を措いても差当たり明日の暮しをどうにかし〉なければならない、抜き差しならぬ事態に陥っていた。ここに至っても、若者の特権のごとく彼はまた明日延ばしをする。〈人目にかゝる惧のない、一晩楽に練られさうな所があれば、そこでともかくも、夜を明かさうと思〉うのである。

（『羅生門』―異領野への出発・『門』（漱石）を視野に入れ―）(9)

若者（下人）の躊躇逡巡の果てに結局〈門〉に行き極まった下人の姿に、漱石「門」の宗助のそれを想起できる。長い引用を重ねたが、この二つのイメージ「門」、「梯子」・「石段」を見据えながら「羅生門」の〈読み〉を展開した。この二つのイメージは、「愉快」にリンクするものであると考える。なぜなら、「門」は水平的越境の装置、「梯子」・「石段」は垂直的越境の装置だからである。さらに、このイメージは、若者（下人）の市民への境界線の越境、踏み越えを齎し、「羅生門」一編を「若者の行動論理獲得の物語」としての地平を拓くと考える。

　さらに、「踏み越え」「越境」の物語という「羅生門」の〈読み〉に、新たな視点から補足しておく。それは、「羅生門」に仕込まれている踏み越え、越境の速度と力学に関わるドストエフスキー「罪と罰」との関わりである。芥川は、ドストエフスキー体験から文学に大きな影響を受けていることはすでに論究したこともある(10)が、特に「罪と罰」は、「羅生門」創作には、看過できない影響があると考える。

　芥川が、ドストエフスキー作品をはじめて読んだのは、二一歳の秋のことである。すなわち、芥川は一九一三（大正二）年九月、東京帝国大学英吉利文学科に入学するが、その九月三日に「罪と罰」を読了している。駒場の日本近代文学館所蔵「芥川龍之介文庫」には、ドストエフスキー関係書籍が四冊確認できるが、その一冊 Crime and punishment.London.Walter Scott.[n.d.]の巻末に、「3rd.SEP. '13 at Sinjuku」と記されている(11)のである。英訳ではあるが、これがドストエフスキー作品の初の読了であった（既に、前編までは、内田不知庵によって邦訳されていたが、次に

触れる芥川書簡に「始めてドストエフスキーをよんで」という文言が見える）。その二日後の九月五日付の藤岡蔵六に宛てて、

> 東京へかえつてから何と云ふ事なくくらした罪と罰をよんだ四百五十何頁が悉心理描写で持きつてゐる一木一草もheroの心理と没交渉にかゝかれているのは一もない従つてplasticな所がない（これが僕には聊物足りなく感ずる所なのだが）其代りラスコルニコフと云ふheroのカラクタアは凄い程強く出てゐるこのラスコルニコフと云ふ人殺しとソニアと云ふ淫売婦とが黄色くくすぶりながら燃えるランプの下で聖書（ラザロの復活の節―ヨハネ）をよむsceneは中でも殊にtouctingだと覚えてゐる始めてドストエフスキーをよんで大へんに感心させられたが英訳が少ないので外のをつゞけてよむ訳には行かないでこまる。

と、ある。全編が〈悉心理描写で持きつて〉いて、主人公ラスコーリニコフの〈心理と没交渉にかゝかれているのは一もない〉と言い切り、〈plasticな所がない〉、すなわちわざとらしい不自然のところがない（それには、芥川は〈聊物足りない〉と不満を述べているが）というのである。それゆえに、ラスコーリニコフの個性が〈凄い程強く出てゐる〉という。そして、作中最も印象的で感動的な場面として上げているのが〈ラスコルニコフと云ふ人殺しとソニアと云ふ淫売婦とが黄色くくすぶりながら燃えるランプの下で聖書（ラザロの復活の節―ヨハネ）をよむsceneは中でも殊にtouctingだと覚えてゐる〉というのである。この場面は、「罪と罰」の第四部四節の場面であるが、「罪と罰」の核心を得た〈読み〉である。[12]

ここに記されている言説から、「罪と罰」は芥川に並々ならぬものを与えたことが理解できる。事実、たとえば、「羅生門」の書き出しには、その痕跡を見る。

冒頭について言えば、「羅生門」は、

> ある日の暮れ方の事である。一人の下人が、羅生門の下で雨やみを待つてゐた。

である。芥川文庫"Crime and punishment"「罪と罰」の冒頭は、

> ONE sultry evening early in July a young man emerged from the small furnished lodging he occupied in a

large five-storied house in the Pereoulok S——, and turned slowly, with an air of indecision, toward the K—— bridge.

【七月のはじめの酷暑のころのある夕暮れである。一人の青年が、小部屋を借りているS横丁のある建物の門をふらりと出て、思い迷うらしく、のろのろと、K橋のほうへ歩き出した。[13]】

むしろ、あまりの類似に驚く。「ある日の暮れ方の事である。」はONE sultry evening early in Julyに呼応する。また「一人の下人」（周知のように、「面皰」を有することから鑑み青年である）がa young manに呼応する。さらに、「四、五日前」にリストラされて行く当ても生活の当ても尽き逡巡の果てに羅生門にたどり着く下人の心情とa young manのwith an air of indecisionの状況とは相通じる。a young manは、Poverty had once weighed him down, though, of late, he had lost his sensitiveness on that scoreとあり、下人同様経済的に行き詰っている。二つのテキストは、書き出しにおいて、多くの類似性を持つことが理解できよう。

内村剛介は、「踏み越え」を、テキスト「罪と罰」のキーワードとして捉えて、

ラスコーリニコフのテーゼは「『犯』は『罪』ならず」である。「踏み越え」（Verbrechen, crime）は「犯」であっても「罪」（Sunde, sin）にならないというのだ。「犯」と「罪」との間に入ってその関係を「たたき割る」（ラスコローチ）のがラスコーリニコフだ。（人類の知的遺産51『ドストエフスキー』'78〈昭53〉・5・20 講談社）

と、述べている。

ラスコーリニコフの「踏み越え」（Verbrechen, crime）は、英訳本"Crime and punishment"を介在して、下人の踏み越え、越境に影響していると容易に考えられる。

3　〈踏み越え〉〈越境〉の〈力学〉と〈物語〉の〈速度〉―〈閉じられた物語〉から〈開かれた物語〉へ―

勿論、右の手では、赤く頬に膿を持つた大きな面皰を気にしながら、聞いてゐるのである。しかし、之を聞いてゐる中に、下人の心には、或勇気が生まれて來た。それは、さつき、門の下でこの男に欠けてゐた勇気である。さうして、又さつき、この門の上へ上つて、この老婆を捕へた時の勇気とは、全然、反対な方向に動かうとする勇気である。下人は、餓死をするか盗人になるかに迷はなかつたばかりではない。その時のこの男の心もちから云へば、餓死などと云ふ事は、殆、考へる事さへ出來ない程、意識の外に追ひ出されてゐた。

そして、下人の意識は明確化焦点化される。

「きつと、そうか。」

老婆の話が完ると、下人は嘲るやうな声で念を押した。さうして、一足前へ出ると、不意に、右の手を面皰から離して、老婆の襟上をつかみながら、かう云つた。

「では、己が引剥をしようと恨むまいな。己もさうしなければ、餓死をする体なのだ。」

下人は、すばやく、老婆の着物を剥ぎとつた。それから、足にしがみつかうとする老婆を、手荒く屍骸の上へ蹴倒した。梯子の口までは、僅に五歩を数へるばかりである。下人は、剥ぎとつた檜肌色の着物をわきにかゝへて、また、ゝく間に急な梯子を夜の底へかけ下りた。

この場面は、いうまでもなく、「羅生門」の中で最も重要な場面、踏み越え、越境の場面、認識から行為への反転の場面である。人生の〈未熟児〉（ドストエフスキー）の開花の瞬間、クライマックスの場面である。〈未熟児〉からの脱皮、人生への参画と場面といってよい。曖昧、逡巡の階梯から、認識の明確化、焦点化、行為の遂行と移動する描き方は、鮮やかである。芥川の「罪と罰」評（13・9・5藤岡蔵六宛）の「一木一草もheroの心理と没交渉にかゝかれているのは一もない」を想起させる。物語の力学は、磐石である。心理の朦朧停滞から認識の誕生と結像、行為の誕生と速度、その力学が加速、極限に至るのも鮮やかである。まさに、芥川が言う「toucting」な場面である。その過程を確認してみる。

「聞いていた」(停滞)⇓「勇気が生まれてきた」(誕生)⇓「反對な方向に動かうとする勇気」(反対の方向性)⇓「意識の外に追ひ出されてゐた」(あいまいな二者択一から単一思考に)⇓「きつと、そうか」(誕生した行動論理の確認)⇓「一足前へ出る」(身体の誕生)⇓「不意に、右の手を面皰から離して」(停滞との訣別、速度の加速)⇓「老婆の襟上をつかみながら」(踏み越えの決定的行為)⇓「かう云つた」(行動論理の再確認)⇓「すばやく、老婆の着物を剥ぎとつた。」(更なるの加速)⇓「手荒く屍骸の上へ蹴倒した」(他者を拒否し行為・速度の加速・踏み越え)⇓「わきにかゝへて」(行為の遂行持続)⇓「またゝく間に急な梯子を夜の底へかけ下りた。」(加速の上限)

このように心理の朦朧停滞から認識の誕生と結像、さらに認識に裏打ちされた行為の発現と速度、その力学の加速、そして極限に至る描写は鮮やかでる。それは、物語の加速とトップギアへの加速と一致する。

この加速過程を確認することは、更なる問題に明確化をもたらす。「羅生門」の末尾の問題である。末尾は、初出稿から第一短編集『羅生門』稿、さらに春陽堂刊『鼻』(定稿)へと二回の改稿がなされていることは周知のことである。すなわち、

①　下人は、既に、雨を冒して、京都の町へ強盗を働きに急ぎつゝあつた。(大四・一一『帝国　文学』初出稿)

②　下人は、既に、雨を冒して、京都の町へ強盗を働きに急いでゐた。(大六・五　第一短編集『羅生門』稿)

③　下人の行方は、誰も知らない。(大七・七　春陽堂刊『鼻』定稿)

である。①②から定稿③になるまでなぜ長い時間がかかったかに、先の加速の力学はヒントを与える。①②はしっかりと速度の加速を受け止めている。さらにいえば、冒頭で「下人が雨やみを待つてゐた」が、「雨がやんでも格別どうしようと云ふ當てはな」かった下人が、①②では、「雨を冒して、京都の町へ強盗を働きに急ぎつゝあつ

た〈急いでゐた〉」と、変貌していることにも注意しなければならない。「日暮」から「黒洞々たる夜」への時間の経過でも「音」「水」(雨)は、持続している。それを裂いての、下人の行動がある。③においては、「音」「水」(雨)の所在は不明である。ここにも、読みの多層性を見る。物語は、末尾の一行から書き始められる、或いは末尾の一行に向かって書き始められるという言説を引き合いに出すまでもなかろう。奇しくも、改変は、多層性を生み、読みの豊かさを豊穣にした。

〈悪くこだわつた恋愛問題〉〈独りになると気が沈んだから、その反対になる可く現状と懸け離れた、なる可く愉快な小説が書きたかつた。〉から、〈気が沈まない〉〈愉快な小説〉、さらに〈脱宗助(「門」)の物語〉になるためには、①②とそれを裏打ちする加速の力学は不可欠であった。が、皮肉にも③によって、国民的作品「羅生門」は誕生したのである。が、③「下人の行方は、誰も知らない。」によって、初心の加速の力学は、消滅したかといえば、そうではない。遠景化されただけである。「強盗を働きに急ぎつゝあつた〈急いでゐた〉」〈閉じられた物語〉から「行方は、誰も知らない」〈開かれた物語〉への改変は、多くの〈読み〉の可能性を齎したのである。〈加速の物語〉は、〈我執なき愛の物語〉とともに、「羅生門」の多層的〈読み〉を支えている。が、改変によって停滞から踏み越え、加速の過程は消滅したわけではない。

さらに、順序は逆になるが、冒頭の停滞を確認しておかなければならない。「羅生門」は、

或日の暮方の事である。一人の下人が、羅生門の下で雨やみを待つてゐた。

広い門の下には、この男の外に誰もゐない。唯、所々丹塗の剥げた、大きな円柱に、蟋蟀が一匹とまつてゐる。羅生門が、朱雀大路にある以上は、この男の外にも、雨やみをする市女笠や揉烏帽子が、もう二三人はありさうなものである。それが、この男の外には誰もゐない。

と、開かれる。既に触れたことがあるが、冒頭は、境界線の発見と停滞する力学で支えられている。冒頭の一文は、「或日」によって、時間を「暮方」に焦点化する。この「暮方」は、末尾の「外には、唯、黒洞々たる夜があるば

かりである。」の呼応し、〈時間〉の越境を呼び込んだことは言うまでもない。次の、「一人の下人が、羅生門の下で雨やみを待つてゐた。」の「一人」の「一」は、続く「一匹」「一羽」（「七段」）「一番上」「二三人」「二三年」（「旧記」）「四五日前」「永年」と明らかに進化し速度を予感させる。「下人」は、「羅生門の下」にも呼応するが、時空に「人」の登場である。「雨やみを待つてゐた」によって、雨音である「音」と「水」を注入する。さらに、「待つてゐた」と次なる時間風景を拓き、「日暮」とともに、停滞と踏み越え、越境（希望、未来）を予想させる。が、のちに、「作者はさつき、『下人が雨やみを待つてゐた』と書いた。しかし、下人は、雨がやんでも格別どうしようと云ふ当てはない。」と、鼻柱を折り、表層的にアポリアに導き、停滞の中で〈心理〉の階梯に導入する。ともあれ、冒頭では、「日暮」という境界線を緩やかにおき、〈雨〉が、〈止む〉のを〈待つ〉という、停滞と希望、踏み越えのシステム（力学）を書き込んだ。メインストリートにある広い門であるにもかかわらず、「門の下には、この男の外に誰もゐない」のである。と、余白を広げ、読者をテキスト空間に誘う。畳み掛けるように、「蟋蟀が一匹とまつてゐる」と、視点を一匹のキリギリスに焦点化する。この意外とも見える視点の移動は、命あるものは微細であるキリギリスしか存在しないことを表象することで、下人の孤立の深みを増加する。さらに、執拗に薄暮の中の羅生門の下で一人雨やみを待つ下人の姿を反復する。「この男の外にも、雨やみをする市女笠や揉烏帽子が、もう二三人はありさうなものである。それが、この男の外には誰もゐない。」と再確認する。が、繰り返される「この男の外に誰もゐない。」は、「この男の外には誰もゐない」と一字ずらされ反復される（この一字ずらしは、「鼻」の重要な反復「かうなれば、もう誰も哂ふものはないのに違いない」「かうなれば、もう誰も哂ふものはないに違いない」の一字ずらしにに共通する）。

　反復などを駆使しながら、「羅生門」は、停滞から始動、微動、加速という形で進展する。そして、先のクライマックスでトップギアに入り、〈踏み越え〉〈越境〉は完遂された。この反復は、音楽性を醸し出し、芥川文学のコアにあるばかりではなく特質を支えている。なかでも、「右の頬の膿を持った大きな面皰」は最も重要な反復である。(14)

むすびにかえて―芥川文学の命根・反復が齎す〈多層性〉〈音楽性〉―

「羅生門」、虚ろな自己存在の認識ない人生の〈未熟児〉が、開花する瞬間を描いた作品として論じてきた。若者が虚無の中に浮遊する若者が、他者の発見とその人生との出会いによって、人生への意欲が生まれ、その無機質の闇から未来を引き寄せ、逡巡から決断、そして〈越境〉〈踏み越え〉を敢行した。テキストは、〈音楽性〉と捉えられる〈ずらし〉を加えながら「右の頬の面皰」を反復描写しその道筋をはずさない。その、〈ずらし〉は、言語芸術でありながら、〈多層性〉をも生み出している。例えば、「右の頬の膿を持った大きな面皰」は、「羅生門」に、四回反復される。

① 右の頬に出来た、大きな面皰を気にしながら、ぼんやり、雨のふるのを眺めてゐた。
② その男の右の頬をぬらしてゐる。短い鬚の中に、赤く膿を持つた面皰のある頬である。
③ 太刀の柄を左の手でおさへながら、冷然として、この話を聞いてゐた。勿論、右の手では、赤く頬に膿を持つた大きな面皰を気にしながら、聞いてゐるのである。
④ 不意に、右の手を面皰から離して、老婆の襟上をつかみながら、かう云つた。

と、微妙にずらしながら、執拗に〈にきび〉を反復する。①で、年齢不詳の下人が一〇代後半の若者であることをさりげなく開示する。②反復は、「大きな面皰」から、「右の頬」にずらし広げる。③④は、クライマックスの場面である。③の反復は、①の「大きな面皰を気にしながら、」が反復されている。が、それに続く下人のありようが異なる。①「ぼんやり、雨のふるのを眺めてゐるのである。」に対し、②は「聞いてゐるのである。」と明らかに、方向性が明確になっている。さらに、③において①②で反復された「右の頬」は、微妙に遠景化され、「左手」「右手」を描き、右利きであることを描く。そして、その利き手を「面皰」という不意味な反生産的な身体の異物に拘らせている。クライマックス場面で〈一足前へ出ると、不意に、右の手を面皰から離〉すのである。この場面は、踏み越え、越境を決定的にする。利き手であり、人生の手である右手を、決別できないでいた非生産的な異物から「離す」のである。そして、認識から行為に移り、踏み越えは遂行された。

ここで、「右」「左」をかき分けた意味を了解する。何故、右でなければならないのか。右利きであること（「太刀の柄を左の手でおさへ」から読み取れる）を思えば、この若者にとって、「右の手」は、〈生産の手〉であり、〈人生の手〉〈生の時間〉を意味する。その右手を、終末部で、「不意に、右の手を面皰から離して」と、越境、踏み越えのしぐさとして描いたのである。冒頭の〈日暮れ〉という境界線を意識するならば、このしぐさは重要である。さらには、「羅生門」において、前述したが、〈門〉のイメージ、〈梯子〉のイメージは、重要なそれである。〈門〉、〈梯子〉が、それぞれが水平的、垂直的に境界線を越境するシステムであるならば、ずらされ反復・リフレインされることで〈踏み越え〉〈越境〉というテーマの刷り込みを果たす。

村上春樹は、「芥川龍之介　ある知的エリートの滅び」Introduction—Akutagawa Ryunosuke:Downfall of the Chosen(15)で、芥川文学の〈音楽性〉をかぎ分け提示した(16)。「羅生門」に芥川文学を覆うその〈音楽性〉が見て取れる。そこに、一度はお蔵入りになりそうな運命にあった実質的処女作「羅生門」に芥川文学の祖形を発見するのである。

注

（1）関口安義『芥川龍之介　実像と虚像』、'88・11　洋々社
（2）笹淵友一「芥川龍之介『羅生門』新釈」、'81・10『山梨英和短期大学創立一五周年記念　国文学論集』笠間書院
（3）首藤基澄「『羅生門』論—下人の行動を中心に—」、'82・5『方位』
（4）注（1）参照
（5）「『羅生門』—異領野への出発・『門』（漱石）を視野に入れ—」（海老井英次・宮坂編『作品論　芥川龍之介』'93・12 双文社）

（6）「芥川龍之介のドストエフスキー体験―その地平に潜むもの、再び『羅生門』との関わりに触れつつ―」（『玉藻』'07・3　フェリス女学院大学国文学会）
（7）「芥川龍之介の文学的戦略と〈音楽性〉―〈緊張〉〈弛緩〉、〈速度〉〈反転〉そして〈多層性〉〈ポリフォニー〉――」（『玉藻』'13・3　フェリス女学院大学国文学会）
（8）（5）参照
（9）（5）参照
（10）「芥川龍之介とドストエフスキー――「罪と罰」の「羅生門」への変奏」（'97・5、『キリスト教文学』）、「異国で読んだ『羅生門』―黒沢明、ドストエフスキー、リストラ〉―」〈講演録〉（'00・5、『文学・語学』全国大学国語国文学会）など参照
（11）芥川一家は一九一〇（明治43）年の秋、本所小泉町から実父敏三の持ち家があった内藤新宿に転居し一四年一〇月末まですむが、「Sinjuku」とは読了当時の自宅のことである。
（12）この頃は、芥川は聖書を相当深く読んでおり（拙稿「芥川龍之介とキリスト教――その二面性（カトリシズム・プロテスタンティズム）をめぐって――」（'75・4　笹淵友一編『キリスト教と文学 第2集』笠間書院）参照）、「罪と罰」のこの箇所の内容に自然に共振したことは想像するに難くない。
（13）工藤誠一郎訳『ドストエフスキー全集』第七巻「罪と罰」（Ⅰ）、第八巻「罪と罰」（Ⅱ）（'78・5、6）によった。
（14）（7）参照
（15）PENGUIN CLASSICS　Rashomon and Seventeen Other Stories　Ryunosuke Akutagawa, Haruki Murakami, Jay Rubin、（英国版）'06・3
（16）（7）参照

「地獄変」――『大阪毎日新聞』での戦略《ストラテジー》

西山康一

1　薄田泣菫と『大阪毎日新聞』夕刊創作欄という場所《トポス》

芥川龍之介「地獄変」は一九一八（大正七）年五月一日から二二日まで、『大阪毎日新聞』（以下『大毎』）に掲載された（1）。絵師良秀が権力者大殿との確執の中で娘を犠牲にしつつも地獄変屏風を完成させる話が、大殿に二十年来奉公してきた語り手により、不特定の聞き手に対して述べられる形式をとった、芥川中期の代表作である。この作品に関する先行研究は既に夥しい数に上るが、友田悦生「「地獄変」論の前提――〈語り〉の機能に関する覚書――」（『近代文学論創』一九九八・五）によれば、おおよそ①語り手の限定的かつ偏向的な観点を指摘する②その語りの偏向を矯正する方向で解釈を試みる③賛否はともかくテーマとしての芸術至上主義に言及する――その三点に集約できるという。そうした「地獄変」に関する先行研究の動向に対し、本稿では方向性を異にし、そもそも「地獄変」が新聞小説として成立したものであることを重視し、その戦略《ストラテジー》性を解明したい。芥川の『大毎』夕刊創作欄掲載作品として「地獄変」は、前年一〇月二〇日から一一月四日まで載った「戯作三昧」に続く二作目となる。『大毎』夕刊創作欄に掲載されるに当たり、芥川と大毎社はその場所《トポス》でどのようなことを狙い、「地獄変」がそこでどのように機能することになったか。その考察は自ずと先の①~③の先行研究の課題を、別の角度から検討することにもなるだろう。

まずは『大毎』夕刊創作欄が、どのような意味を持つ場所として成立したのかを確認したい。その上で重要になるのが、夕刊創作欄を立ち上げ、かつ芥川を同社の社友に（後に社員にも）導いた、当時の大毎社学芸部の副部長だった薄田泣菫である。泣菫といえば、これまで詩人としての活躍にスポットが当てられることが多かった。芥川も詩人としての泣菫に憧れ、共感を抱いている。(2)だが、ここではむしろ泣菫の新聞人としての人生に注目することで、彼が立ち上げた『大毎』夕刊創作欄が当時の新聞界のどのような動向の中で成立したのかを検討したい。彼の新聞人としての人生は、一九〇〇（明治三三）年一二月の大毎社への入社から始まる。しかし、この時は並行して携わっていた大阪の文芸雑誌『小天地』の主宰として編集に専念するため、三ヶ月で退社している。この後、泣菫が新聞界に復帰するのは、一九〇七（明治四〇）年四月から翌年九月までの東京国民新聞社での社友、次いで一九一一（明治四四）年三月から同年九月までの大阪帝国新聞社での文芸部長としての活動ということになる。そして、翌年（大正元年）八月に再度大毎社に入社して以降、パーキンソン氏病のため一九二三（大正一二）年一二月待命休職（後に一九二八〈昭和三〉年五月「休職満期ニ付解雇」）になるまで、同社の学芸部で副部長、部長を歴任する。その間、同紙夕刊に創作欄を立ち上げて文壇作家の作品を次々に載せ、また自らもコラム『茶話』を掲載して人気を博したのは既によく知られるところであるが、そうした彼の活動の背景をよりよく知るため、ここでは明治末から大正期の新聞界の動向についてさらに見てゆこう。

実は、泣菫が新聞界に属していた時期（特に大毎社にいた期間）は、新聞が発行部数を飛躍的に伸ばしていった時であり、それは『大毎』にもいえる（次頁グラフ参照）。その背景として、一九〇〇（明治三三）年の小学令改定で義務教育制度が成立して授業料が廃止され、就学率が明治二八年の六一・二％から四〇年には九七・四％にまで上がり、中等教育以上の法律の制定・改正も続いて行われて学校数が急増してゆく――そうした当時の教育界の状況が指摘できる。(3)こうした時代を前にした当時の『東京朝日新聞』（以下『東朝』）主筆池辺三山の意識を、『朝日新聞社史明治編』（一九九〇・七、朝日新聞社）では彼の書簡から次のように捉えている。

三山は、読者層の知的水準が急速に高まりつつあることに注目していた。（中略）明治三十年代、とくに、

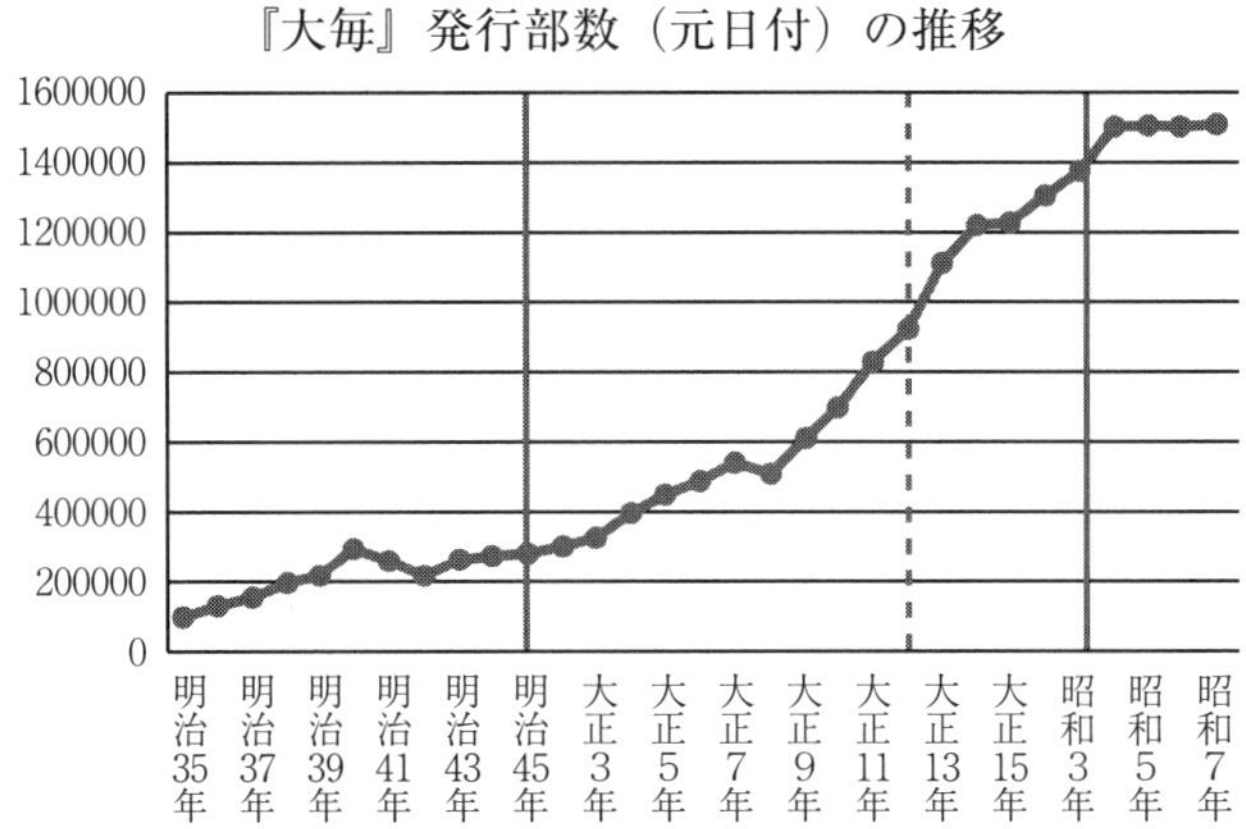

『「毎日」の３世紀』(2002・2、毎日新聞社) より作成。グラフ中の縦実線は泣菫の入退社、縦点線は休職に入った年を表す。

その後半から、西欧的教養を身につけた読者がふえはじめ、さらに増加するであろうという予測があった。三山が社会面と小説欄の改革を意図したのは、これらの知的読者の批判にたえうる社会面、かれらの知性を満足させうる小説欄をつくらなければならぬという判断からであった。

この「小説欄の改革」が、一九〇七（明治四〇）年四月に夏目漱石の東朝社入社として実現され、さらにそれが翌々年の朝日文芸欄の成立に繋がってゆくのは周知の通りである。

ただし、この三山の「小説欄の改革」に限っていえば、彼がそれを思い立つ、またそれがその後有効に機能する上で重要だったのは、上記の学校令や学校数の増加とともに、学歴社会が広く浸透して教養を重視する修養主義が蔓延しつつあったことだろう[4]。それにより、学歴エリートと文学エリートが重なり、文学が教養となってゆく時代にあって、文学はそれまでの極端にいえば既成作家と作家希望者間だけで生産と享受が成り立っていたような狭い文壇の関心事から、より広範な人々に享受される関心事となっていったのではないか。山本芳明『文学者はつくられる』（二〇〇〇・一二、ひつじ書房）の有名な指摘の通り、出版ビジネスが成立して作家に安定した収入がもたらされるのは一九一九（大正八）年頃であり、それまでは多くの作家が苦しい生活を強いられていた。が、その大正八年の下地として、文学需要の広がりは既に明治末の頃から徐々に準備されつつあったのではないか。少なくとも、三山をはじめ新聞界の人々には、そうした読者をこれからは意識せねばならないと「予測」されたわけで、漱石の獲得と彼による文芸欄もそうした読者への対応であり広告であった。

このように、これまでより〝高級〟で〈芸術〉的な文学、あるいはそれについて語る記事を載せること――それを新たな読者にアピールする必要を感じ始めた当時の新聞界の動きの中で、泣菫もまた新聞人としての人生を歩んでいったのだ。先に見たように、泣菫は一九〇八（明治四一）年九月まで東京国民新聞社の社友になっているが、その泣菫の辞めた直後の一〇月から、同紙では高浜虚子を迎えて文芸欄（漱石の朝日文芸欄開設にも影響を与えたという「国民文学欄」）が創設されている。泣菫もその話を聞いていたか、あるいは辞めた後に伝え聞くことがあってもおかしくないだろう。また、その後大阪帝国新聞社の文芸部長として招かれているが、その際当時京都帝国大の教授だった上田敏に同紙の文芸欄の担当を依頼している。(5) それは東京帝国大から漱石を招いて文芸欄を新設した東朝社のやり方を、まさに思い起こさせる。そして、一九一二（大正元）年八月に大毎社に入社するわけだが、同社ではその少し後の一九一五（大正四）年一〇月頃から、『東朝』の漱石に対抗して森鷗外を東日社主導で客員として招聘しようと画策していたのは（実現は翌年）、よく知られるところである。

このように泣菫が新聞人として歩み出した当時の状況をみれば、彼がその後大毎社学芸部で中心となって行ったこと――『大毎』夕刊に文壇作家の小説を載せる創作欄を立ち上げたこと、芥川たちの社友化や入社を取り計らったことなどの意味が明らかだろう。それもまた、これまでより〝高級〟で〈芸術〉的な文学あるいはそれについて語る記事を載せることを、社の宣伝のために求める新聞界の動向の中での、泣菫なりの戦略なのである（ちなみに、この『大毎』夕刊創作欄の最初の作品が芥川の「戯作三昧」であった）。実際、新聞記者の柴田勝衛は「文芸に関係のある新聞及雑誌の本年度の総勘定」（『新小説』一九一九・一二）で、当時の文芸欄について「単に各新聞の対抗政策上、言ひ換へれば資本の剰余を世間に対つて広告する必要上、大新聞の表看板に出して居るやうなものに過ぎない」とし、芥川と菊池寛の入社についても「例の資本主義の広告が二つだけ殖へた」に過ぎないと捉えている。

そうした泣菫の戦略、あるいは大毎社の欲望や新聞界全体の動向を、芥川はよく理解していたし、むしろ進んでそこに加担していった。特に一九一八（大正七）年一月に泣菫が芥川を訪ね、その後芥川が社友になることが決まった頃から（まだ社員になる以前にも拘らず）、芥川の泣菫宛書簡では「久米は伊藤博文を主人公にした小説を書くさうです　谷崎君や豊島は何を書くかまだ判然しません」（一九一八〈大正七〉年三月二九日付）などと、『大毎』創作欄のために東京の文壇作家を用立てるかのような彼の姿を伝えるものが増えてゆく。また、大毎入社時には「東日と大毎とに同時に文芸欄を作る事は出来ませんか　もし大阪のあなたと東京の我々とが連絡をとつて東西の文芸欄を維持して行けば今の日本の文壇のオオソリティになれると思ふのですが如何ですか（中略）勿論そうなれば菊池も僕も時々東日の社へ出たり寄稿を依頼に行つたりしてもよろしい」（一九一九〈大正八〉年二月一二日付）とまでいう。この東西文芸欄のことは同月二〇日付の泣菫書簡でも願い出ており、芥川がこだわっていた様子が伺える。(6)

もちろん、だからといってそこに、芥川が「戯作三昧」・「地獄変」で〈芸術家〉を扱った＝〈芸術〉について語るテーマを選択した主な要因を見出すつもりはない。しかし、以上の芥川の態度を見れば、そうしたテーマの作品を『大毎』夕刊創作欄に続けて持ってきた行為には、泣菫や大毎社、さらには当時の新聞界の状況が全く無意識のうちにも影響していないとは、必ずしもいえないように思われる。さらにいえば、「芸術と芸術家の生活」といった特集（『新潮』一九一八・二）が文芸誌で組まれたりする事態が象徴するように、〈芸術（家）〉について語ることが当時の文壇の流行であり、大きな関心事の一つであった。芥川も気にしていた赤木桁平「「遊蕩文学」の撲滅」（『読売新聞』一九一六・八・六、八）をめぐる論争もその流れの一環ともいえるし、(7) その他この当時の近代文学をめぐる回想録や告白小説・文壇交遊録小説の流行もそれと無縁とはいえないだろう。その中には「芸術家の全部を悉く芸術至上主義者と見做すことは出来まいが、すくなくとも、芸術家は、自家の芸術を擁護するためには、如何なる高価な犠牲を払ふも意とせない位な熱烈性がなくてはならぬ」（加藤朝鳥「環境と芸術家」『新潮』一九一六・七）といった〈芸術

〈家〉〉観も見られる。世間から疎まれたり娘の命を失ったりという「高価な犠牲を払」ってでも、地獄変屏風の完成を成し遂げた良秀の「熱烈性」を描いた「地獄変」は、それ自体が〈芸術〉について語るものであると同時に当時の文壇の関心事を新聞にて語るものである点において、二重の意味で結果的に『大毎』の期待に応えていたといえるのではないか。

2　「地獄変」の戦略《ストラテジー》――「日向の説明」と「陰の説明」の再検討から

以上、『大毎』夕刊創作欄に「地獄変」が掲載されたことの持つ意味について、泣菫が立ち上げた同欄の戦略性に即して検討してきた。そうした背景を踏まえて、今度は「地獄変」自体が孕む新聞小説としての戦略性について、作品に即して分析してゆく。そのための一つのヒントを与えてくれるのが、「地獄変」を論じる際にほぼ必ず触れられる、芥川の一九一八（大正七）年六月一八日付小島政二郎宛書簡だ。いわゆる「日向の説明」と「陰の説明」に関する書簡だが、この書簡ではそれらが「新聞小説たらしめる条件」として芥川に意識されていたことも伺われる。ただし、これに関して従来の研究では多くの場合誤読されてきたように思われる。

　あのナレエシヨンでは二つの説明が互にからみ合つてゐて　それが表と裏になつゐる（ママ・葉書のかわり目）のです　その一つは日向の説明でそれはあなたが例に挙げた中の多くです　もう一つは陰の説明でそれは大殿と良秀の娘との間の関係を恋愛ではないと否定して行く（その実それを肯定してゆく）説明です　この二つの説明はあのナレエシヨンを組み上げる上に於てお互にアクテユエエトし合ふ性質のものだからどつちも差し抜きがつきません（中略）勿論そこには新聞小説たらしめる条件も多少は働いてゐたでせう

改めてこの部分を素直に読めば、「日向の説明」＝「あなた（小島）が例に挙げた中の多く」の部分、「陰の説明」＝「大殿と良秀の娘との間の関係を恋愛ではないと否定して行く（その実それを肯定してゆく）」部分ということになる。これについて、たとえば三好行雄「ある芸術至上主義――「戯作三昧」と「地獄変」――」(『芥川龍之介論』一九七六・九、筑摩書房)では、前者を「語り手の目撃した事実の描写」、後者を語り手の「大殿への無条件の盲従を利用し、かれの心象を濾過して事態を描く心理的説明」と捉える。また、清水康次「『地獄変』の構造」(『芥川文学の方法と世界』一九九四・四、和泉書院)では、前者を「語り手が肯定的に語る説明」、後者を「語り手の否定によって逆に暗示される説明」と捉える。が、果たして本当にそれでよいだろうか。

そもそも小島があげた例とはどのようなものか。この芥川書簡は、小島が中谷丁蔵というペンネームで『三田文学』(一九一八・六)に出した「地獄変」を論じた文章(「地獄変(芥川龍之介氏作・日日新聞所載)」)に対するものであった。その批評の中で小島は、たとえば良秀の娘が車に載せられて火をかけられて焼き殺されるシーンに対し、次のようにいう。

肝腎なかういふところになると、余計に作者の説明癖が顔を出したがるやうに思へるが、どうだらう。折角「あの煙に咽んで仰向けた顔の白さ、焔を掃つてふり乱した髪の長さ、それから又見る間に火と変つて行く、桜の唐衣の美しさ」と描いて来て、その儘黙つて放り出して置きさへすれば、読者の心はひとりでに作者の思ふクライマックスに十分引かれ行くのに、一転して「何と云ふ惨たらしい景色でございましたらう」と説明してしまふので、読者は急に夢から醒めたやうな物足無さを覚えずにはゐない。

この他にも、同じような「説明癖」が見られる箇所がいくつか指摘されているが、そこでも小島は「事実だけを並べ」るだけでなく、それに対する語り手の心理・判断まで述べてしまう、「地獄変」の「説明癖」の見られる部分を取り上げている。つまり、それが芥川書簡でいう「日向の説明」ということなのだ。したがって、決して「語り手の目撃した事実の描写」や、「語り手が肯定的に語る説明」といったことではないことは明らかであろう。

続いて「陰の説明」について見てゆこう。「大殿と良秀の娘との間の関係を恋愛ではないと否定してゆく(その実それを肯定してゆく)」といったことが、作品中で最初に伺えるのが「三」の、皆から「良秀」と呼ばれていじめられていた猿を助けて可愛がっていた良秀の娘を、大殿がほめて褒美を取らせる場面である。そこで語り手は、大殿が良秀の娘を贔屓にするのはあくまで「孝行恩愛の情を御賞美」したのであるとし、それを色好みとする噂を否定する。しかし、反面「尤もかやうな噂の立ちました起りも、無理のない所がございますが」と含みを持たせる言い方もし、「それは又後になつて、ゆつくり御話し致しませう」と、結局噂が起った原因とともにそれが噂でしかない確かな根拠を示すことは先送りにされる。とにかく大殿が「絵師風情の娘などに、想ひを御懸けになる」ことなどあり得ないと、ここでは主観的判断で強引に話を打ち切る。

次に大殿と娘の関係が恋愛ではないと語り手が否定しているのは、「五」の良秀が娘の大殿への出仕を不服に思い、事ある毎に大殿に娘を下げてもらうように願い出る場面だ。そこで語り手は、大殿がその願い出を拒否し続けるところから先のような噂が起ったのだろう、と一応噂の原因を提示しているが、それも主観的な推測の域を出ない。しかも、それが噂に過ぎない根拠として、語り手はさらに「私どもの眼から見ますと、大殿様が良秀の娘を御下げにならなかつたのは、全く娘の身の上を哀れに思召したからで、あのやうに頑な親の側へやるよりは御邸に置いて、何の不自由なく暮させてやらうと云ふ難有い御考へだつたやうでございます」というのだが、結局語り手が噂を否定する根柢にあるのは「私どもの眼から見ますと」という主観的な判断でしかないことを、それはむしろ明かしている。先の「三」で、語り手が噂を否定する根拠を示すことを先送りにした分、読者としては期待はずれの感を抱く。その反動から、結局語り手の説も個人的な判断に過ぎないことが明らかになった今、場合によっては噂こそが〈真相〉かもしれない可能性を、読者はこのあたりから意識しながら読むことになるのではないか。

この後、「十二」で娘が「涙を堪えている容子」であるのに対し、「初はやれ父思ひのせゐだの、やれ恋煩ひをしてゐるからだの、いろくな臆測を致したものがございますが、中頃から、なにあれは大殿様が御意に従はせようとしていらつしやるのだと云ふ評判が立ち始めて、夫からは誰も忘れた様に、ぱつたりあの娘の噂をしなくなつて了ひました」（傍線西山）という一文が出てくる。人々が噂をやめた理由は語られず、疑問が残る。また、以前のように噂を否定する語りもここでは出てこない。確かに先の「五」でこうした噂はもう否定しきったから、あるいはここではすぐに噂が消えて問題がないと語り手が考えたから、こうした語りの変化が起ったと読むこともできる。が、その裏でこうした疑問や語りの変化は、「憶測」と「評判」という言葉遣いの差も相まって、「あれは大殿様が御意に従わせやうとしていらっしゃるのだと云ふ評判」の方は〈真相〉であり、人々もそれが真実で大きな声で噂してはいけないことと感じたから、娘の噂をしなくなったのではないか――既に噂を多少なりとも肯定的に読めるのではと感じつつある読者にとっては、そのようにも読めてくる。

また、それを裏付けるかのように、良秀の娘が何者かに襲われているところへ語り手が出くわす場面が、直後に挿入される。もちろん、語り手は娘を襲った者が大殿だとは直接言わない。だが、犯人について問い質しても「如何にも亦、口惜しさう」に「唇を噛みしめ」(十三)るだけといった娘の態度から、先に噂を肯定的に捉え始めていた読者には、自ずと大殿の存在がそこに浮かび上がってくる。大殿と想定すれば「何か見てはならないものを見たやうな、不安な心もちに脅されて、誰にともなく恥しい思ひ」(同)になったという曖昧な語り手の言葉も、自分が目撃したことで大殿からどのような沙汰が来るかと恐れる気持ちや、上に立つ者の醜態を見てしまった時のむしろ見た方が感じる気恥しさ、といった気持ちが暗示されている――というようにクリアに読める。そして、この挿話の冒頭で「別に取り立て丶申し上げる程の御話もございません。もし強いて申し上げると致しましたら」(十二)と、語り手がこの話を軽んじているかのような態度を示すのも、また犯人について娘に何度も「誰です」(十三)と自ら問い質したことを強調するのも、さらには「性得愚な私には、分りすぎてゐる程分つてゐる事の外は、生憎何一つ呑みこめません」(同)と自らの愚かさを急にここで強調するのも、すべて大殿を恐れて〝自分は何も見ていないし、何も知らない〟と暗にアピールしているとすれば、納得ゆくような気がする。

以上のように、語り手は噂を否定する自らの見解が、結局のところ従者として大殿に「二十年来御奉公申した」者の立場からの個人的な判断によるものでしかないと明示・相対化した上で、さらに大殿が良秀の娘に「懸想」しているという噂の通り考えた方がむしろ考えやすい（あるいはそう考えたくなるような）事態や発言を話の中に挿入する。読者にその線で想像力を働かせるように誘うのだ。その結果、読者は語り手が否定しているにもかかわらず噂に乗る形で、大殿が良秀の娘を贔屓にして良秀がいくら頼んでも手放さないのは大殿が娘に「懸想」しているからであり、様々な事態や発言はそこから生じている、という直接語られている内容とは別のストーリーを想像（創造）して、そこに〈真相〉を見出してゆくように促される。(8) 最終章「二十」で再び語り手は、大殿が良秀の娘を焼き殺したのを「かなはぬ恋の恨み」とする噂に対して、あくまで良秀を懲らしめるためであったと強調するが、それも上記のような過程を経た読者には、やはり大殿を恐れた語り手の演技としてしか映らないだろう。

3　新聞小説としての技巧——「二つの手紙」との連続性

このようにして「地獄変」の「陰の説明」は、「大殿と良秀の娘との間の関係を恋愛ではないと否定してゆく（その実それを肯定してゆく）」という複雑な命題を可能にしている。ただ、ここで問題になってくるのが、「日向の説明」と「陰の説明」の違いである。先に「日向の説明」＝事実だけでなく、それに対する語り手の心理・判断まで述べてしまう部分を指すことを確認したが、こうしてみると「陰の説明」でも、良秀の娘への大殿の「懸想」を見出す噂を否定する際には、自ずと事実のみならず自らの判断を滔々と述べることにならざるを得ない。しかし、「日向の説明」では〈裏〉を——「陰の説明」のように表面上語られていることとは別のストーリーを、読者に読み取らせようとしているわけではない。そこに違いがある。つまり「大殿と良秀の娘との間の関係を恋愛ではないと否定してゆく（その実それを肯定してゆく）」「陰の説明」を成立させるためには、どうしても事実のみならず自らの判断も語る饒舌な語り手を設定せざるを得ない。が、そこで〈裏〉のない饒舌な「日向の説明」も同時に用い、それと「陰の説明」を「組み上げ」てゆくことで、読者はそれぞれの場面で語り手の言うことを（あるいは逆に噂の言うことを）信じてよいか・疑ってゆくべきか、時に話を遡って考え判断しながら、ダイナミックに自分で〈真相〉を探し想像（創造）してゆくことになる。それこそが小島宛書簡のいう、「日向の説明」と「陰の説明」の「差し抜き」ならない「お互にアクテユエエトし合う性質」の正体だろう。そして大事なのは、先の小島宛書簡の引用部分最後にあるように、芥川がこうした小説技巧を「新聞小説たらしめる条件」の一つとして意識していることだ。

　噂を語りに取り込んで、それを否定する饒舌な語り手の言葉との間で読者を宙吊りにし、最終的には読者自身が〈真相〉を求めて噂を参照しつつ、語り手の語るのとは別のストーリーを作り出すように促す――こうした小説技巧を、実はこれ以前に芥川は実践していた。「二つの手紙」（『黒潮』一九一七・九）である。同作におけるこうした小説技巧については、既に拙稿(9)で記したところなので詳述は避けるが、この小説でも饒舌な語り手として佐々木信一郎という人物を立て、自分と妻のドッペルゲンガーが出現したことを告げる彼の手紙をあげる。それを読みながら読者は佐々木の正気とその語る内容に疑いを持ち出し、むしろ読者は語り手佐々木の否定する世間の噂＝すべては妻の浮気によるという線で想像力を働かせ、それぞれの場面で時に表面上語られていることとは別のストーリーを自ら想像（創造）するように促されるのだ。もちろん、「二つの手紙」で佐々木は自らの語りを信じて読むことを読み手に訴えており、その点では自分の語りの〈裏〉を汲み取るように、語り手が暗に読者に促しているように見受けられる「地獄変」とは異なる。そうした違いはあるにしろ、上記した小説技巧の面では一致する。

　先に見たように、夕刊創作欄を新設して芥川がトップバッターとして登場する以前、大毎（東日）社は『東朝』の漱石に対抗する看板として森鷗外を客員として招聘した。しかし、そこで鷗外が書いた史伝類は、当時の読者には殆ど受けなかった。芥川はその後を受ける形で社友になる。その社友になって最初の『大毎』掲載作品を書くにあたり、おそらくそのことを念頭に置きながらいろいろと試行錯誤し(10)、最終的にはかつて「二つの手紙」（それは雑誌に掲載したものであったにしろ）で試した、読者に表面上描かれているのとは別のストーリーを想像（創造）させる――換言すれば〈真相〉探しの過程に読者を巻き込んでゆく小説技巧を用いた。それは一つの話を細切れに読むことを強いる新聞小説においては、読者離れを防ぐ有効な手立てになる。しかも、その〈真相〉とは、大殿という権力者の隠された「懸想」というスキャンダリスティックな面を含み持つものであり、それこそ当時の新聞読者の慣れ親しんだ要素であった。〈芸術（家）〉について語るだけでなく、芥川はそうした小説技巧や内容をさらに盛り込むことで、新聞小説としての成功を狙い、結果大毎社の期待に応えることになったのではないか。後の芥川の大毎入社は、そのことを物語っている。

注

（1）『大毎』の東京版である『東京日日新聞』（以下『東日』）には、同年五月二日から二二日まで掲載。

（2）たとえば、一九一七（大正六）年一〇月二七日付の泣菫宛書簡で芥川は、「完成した芸術品は何時までも生きると云ふ事」を泣菫の詩に確認したという。この書簡が「戯作三昧」掲載中のもので、この後（あるいはこの頃）「地獄変」の執筆依頼を受ける時期のものでもあることを考慮した時、これらの〈芸術家〉小説が泣菫（詩）のことを念頭において書かれたとまではいわないにしろ、「戯作三昧」のテーマと泣菫（詩）の存在が繋がって芥川には見えたのではないか、あるいは「地獄変」執筆に向かう当時の芥川の創作意識に、この泣菫（詩）の共鳴が何らかの影響を与えたのではないか、と考えてみたくもなる。さらに同書簡末尾には、芥川が詩人または〈芸術家〉として共鳴・敬意を表する泣菫の存在を強く意識して新聞小説を書いている様子も伺え、これらの小説に泣菫の存在が強く関わっているのではないかと、やはり想像を逞しくしたくなる。

（3）『朝日新聞社史　明治編』（一九九〇・七、朝日新聞社）より。

（4）竹内洋『立身出世主義　近代日本のロマンと欲望』（一九九七・一一、日本放送出版協会）にあげられたグラフよると、明治四〇年頃から旧制高校の入学者数よりも志望者数が大きく上回るようになる。同書によれば、それとともに都市に流入する青少年から地方にも学歴社会が浸透し、学歴を手に入れる選抜の回数も増える中、学歴を求める者たちは以前のような立身出世の野心よりも、修養として人格や教養を重視するように変化していったという。

（5）一九一一（明治四四）年四月六日付泣菫宛書簡（『定本上田敏全集』第十巻（一九八五・三、教育出版センター）

収録）や「泣菫文集の後に」（『泣菫文集』（一九二六・五、大阪毎日新聞社）収録）等参照。

（6）庄司達也・西山康一「芥川龍之介「薄田泣菫宛書簡」翻刻」（『芥川龍之介研究年誌』二〇一一・七）で紹介した芥川の未公開書簡（一九一九年五月二二日付）には、逆に当時ライバル紙の『大阪朝日新聞』が文芸欄を新設したのに対して、敏感にその動向を気にしている芥川と泣菫の姿が伺える。

（7）「あの頃の自分の事」（『中央公論』一九一九・一）や「芸術その他」（『新潮』同・一一）、「大正八年度の文芸界」（『毎日年鑑（大正九年版）』同・一二、大阪毎日新聞社）等を書いた芥川が、そうした流れの中にいることは日比嘉高「「文壇」は閉じているか――大正文壇・交友録・芥川「あの頃の自分の事」――」（『国語と国文学』二〇〇八・三）や山本芳明前掲書など参照。

（8）とはいえ、多くの先行研究が既に指摘しているように、最終的にはこの作品は多義性を含み持つのであり、唯一の〈真相〉が読み取れるように設定されているというつもりはない。本稿ではあくまで読者が何らかの〈真相〉を求めてしまう、その意識だけを問題にしている。

（9）「〈狂気〉とスキャンダリズム――芥川龍之介「二つの手紙」における手紙公開形式の意味――」（『芥川龍之介研究年誌』二〇〇七・三）

（10）芥川が最初「地獄変」のかわりに、「開化の殺人」（『中央公論』一九一八・七）や「袈裟と盛遠」（同、一九一八・四）といった「二つの手紙」同様サスペンス要素の強いものを、『大毎』に廻そうとしていたことが、この時期の書簡から伺える。

「蜘蛛の糸」――「極楽の蓮池」から〈地獄〉を〈視る〉

乾　英治郎

序

「蜘蛛の糸」(『赤い鳥』一九一八・七)は、芥川龍之介が最初に手掛けた児童文学であり、最も人口に膾炙した芥川作品の一つである。「創作童話」として発表されたが、現在では、直接の典拠が釈宗演校閲・鈴木貞太郎(大拙)訳述『因果の小車』(長谷川商店、一八九八・九)であることが、ほぼ定説になっている。(1) 同書はPaul Carus『Karma』(一八九七)の和訳本で、仏教説話風の創作短篇五編を収め、「蜘蛛の糸」は四番目の逸話にあたる。芥川が生前に知人に語ったところによれば、「蜘蛛の糸」は横須賀の古本屋で立ち読みした「藍色の和本」の中から題材を得て、その時に「犍陀多」という人名だけを手帖に書き留めたとのことである。(2)「犍陀多」という漢字は、Kandataの訳語として鈴木大拙が当てたものであり、芥川版「蜘蛛の糸」の典拠が『因果の小車』所収のものであることを示す有力な根拠となっている。本稿でも定説に従い、ポール・ケーラス著・鈴木大拙訳の「蜘蛛の糸」を典拠と呼び、芥川龍之介作の「蜘蛛の糸」と区別する。

「蜘蛛の糸」は三章から成り、「一」「三」では釈迦のいる〈極楽〉の光景が描かれ、「二」の犍陀多を主人公とする〈地獄〉の物語を囲う構成を取る。「二」は大筋においては典拠に沿っているが、〈極楽〉の場面は典拠にはない。そもそも仏教的世界観に照らせば、極楽の支配者は釈迦ではなく阿弥陀如来であり、また「極楽の蓮池の下は、丁度地獄の底に當つて」いることなど、あり得ないことらしい。(3) 従って、釈迦が「極楽の蓮池」を介して〈地獄〉で苦しむ犍陀多の様子を知る場面や、救いの糸を「白蓮の間から、遙か下にある地獄へまつすぐにお下ろし」になるといった状況設定は、芥川の創作である。そして「蜘蛛の糸」の世界観を支えているのは、〈極楽〉に居ながらにして〈地獄〉の様子を一望可能な「極楽の蓮池」という装置なのである。

本稿は、〈極楽〉と〈地獄〉を結ぶ〈メディア〉としての「極楽の蓮池」と、それを〈視る人〉としての釈迦像を中心に、「蜘蛛の糸」を考察する。また、本作は児童文学ではあるが、成人読者対象の一九一八（大正七）年前後の芥川文学――特に〈地獄〉をモチーフにした作品群とも、積極的に接続したいと考えている。

1

「蜘蛛の糸」は、「或日」の朝に「極楽の蓮池のふち」を散歩していた釈迦が、「蓮の池」の「ふちにお佇みになつて〈地獄〉の風景を覗き込むところから、犍陀多が蜘蛛の糸の試練に敗れて再び地獄に堕ちるまでの「一部始終を、ぢつと見て」「又ぶら〳〵御歩きになり始め」るまでの、数時間の出来事を描いた物語である。「二」の〈地獄〉の場面では犍陀多の内面に寄り添った語りが用いられているが、「一」との整合性から考えれば、「極楽の蓮池」というスクリーンに映し出された劇中劇に近いものであろう。つまり、物語の〈場〉を常に支配しているのは、「極楽の蓮の池」という名の〈メディア〉なのである。

宮坂覺は、犍陀多の行動の「一部始終をぢつと」見守り続けた釈迦の視線の温かさと、「朝」から「午近く」まで犍陀多を待ち続けた忍耐とを指摘し、釈迦の慈悲深さに対する読者の注意を促している。(4) 確かに、芥川が描くところの釈迦は〈視る人〉と呼び得るが、救済の主体＝〈行為者〉としては徹底を欠くという批判も根強い。下沢勝井が早くに指摘したように、釈迦と犍陀多の間には「コミュニケート（対話）の欠如」が見られ、釈迦が〈一方的〉に差し伸べた救いの糸も、「カンダタにとっては、なんの因果関係も感じさせられない、なぞ解きのようなくもの糸とな」[5]ってしまっている。犍陀多は最後まで、蜘蛛の糸が自分の前に垂らされたことの意味はおろか、釈迦の存在すら認識し得なかったであろう。結果として釈迦の救済活動は「ちょっとした暇つぶし程度の『気まぐれ的な行為』」「傍観者的慈善行為」[6]であるかのように、読者の目に映ってしまう。現在では、釈迦を恣意的で「不親切な試験官」[7]とする捉え方が定着しつつある。釈迦に対する読者の反感は、自らは安全圏にいて犍陀多や罪人達の受難劇を御気楽に観察している、という印象に起因するのであろう。散歩する釈迦の様態を示す「ぶら〳〵」という語感に漂う不真面目さも、そうした印象を助長する。

「蜘蛛の糸」と典拠の最も大きな違いの一つは、釈迦と犍陀多の関係性である。典拠の作中時間は、入れ替え可能な「或日」ではなく、釈迦（典拠では「仏陀」と表記）が「大覚の位に昇り給ひ」た「正にこれ空前絶後の時節」、つまり一回性が強調されている。閻浮提（人間界）に降臨した釈迦の放つ光明が地獄の底まで照らすのを見た犍陀多は、「われ誠に罪を犯したれども正道の道を踏まんとの心なきにあらず（中略）世尊願はくば吾を憐れみ給へ」と叫び、釈迦は「地獄の中に悩める犍陀多の熱望を聞き給ひ」て、使いの蜘蛛を差し向ける展開になっている。すなわち、釈迦と犍陀多はお互いを視認しているわけではなく、〈声＝言葉〉を媒介にすることで〈双方向〉の関係が成立している。釈迦は犍陀多に対し、「一切の我執を脱し、貪瞋痴の三毒（稿者注・仏教において克服すべき根源的な三つの煩悩。貪欲・怒りや憎しみ・真理を見失うこと）を洗ふにあらざれば、永劫解脱の期あるべからず」との訓戒を与え、使いの蜘蛛には「糸を昇りて昇り来れ」と言わせている。最終的に犍陀多は、自分だけ助かろうという「貪」欲と、糸を辿ってきた罪人達に対する「瞋」から、真理を見失う「痴」の状態に陥ったがために自滅するのは芥川版と同様であるが、この件に関する釈迦の落ち度は殆どなく、むしろ犍陀多の自業自得であることが読者に了解されやすい構成になっている。

しかし、芥川は自作の「蜘蛛の糸」において、釈迦に一切の〈声＝言葉〉を与えなかった。その代わり、典拠にはない「極楽の蓮池」を設定することで、〈一方的〉に〈視る〉という役目を与えたことは、既に述べたとおりである。ちなみに、典拠中の釈迦は、アドバイスに関しては「蜘蛛の糸」の釈迦よりも周到であったが、犍陀多の脱出劇の「一部始終」を見守っていたことを示す描写はない。また、その顛末を見届けて「悲しさうなお顔をなさ」るという描写も典拠にはないものである[8]。この「悲しさうなお顔」の意味については後で触れたい。

ところで、釈迦が犍陀多と〈声〉による意思疎通を図ろうとしなかったのは何故なのか。釈迦の「出来ることならこの男を地獄から救ひ出してやらう」という「お考へ」は、「出来ることなら」という消極性故に読者からの評判が良くないが、ここでの釈迦は自らの能力の限界を意識している。すなわち、釈迦が犍陀多を無言のまま〈視る〉ことしかしなかったのは、怠慢からではなく、それが彼にできることの全てであったとも解釈し得るのである。だとすればそれは、〈メディア〉としての「極楽の蓮池」の限界でもある。作中では「覗き眼鏡」に例えられている蓮池であるが、むしろ活動写真（映画）のイメージに近いのではないか。「二」で描かれた〈地獄〉は、「何しろどちらを見ても、まつ暗で、たまにそのくら闇からぼんやり浮き上つているものがあると思ひますと、それは恐しい針の山の針が光るのでございますから、その心細さと云つたらございません。その上あたりは墓の中のやうにしんと静まり返つて、たまに聞えるものと言つては、たゞ罪人がつく微な嘆息ばかりでございます」といった具合に、彩度が低く殆ど音のない空間として表象されている。執筆時期が重なる「地獄変」（後述）の「六」で語られる「地獄変の屏風」が、「炎熱地獄」の熱気に満ちた絢爛たる極彩色のパノラマ的風景で、「これを見るもの丶耳の底には、自然と物凄い叫喚の声が伝はつて来るかと疑う程」であったのとは対照的であり、モノクロ・無声だった当時の活動写真を思わせる。前年の短篇「片恋」（『文章世界』一九一七・一〇）では、銀幕の上でしか会えない俳優に恋した女中が、生きている次元の違う人間とのディス・コミュニケーションについて「何しろあなた、幕の上で遇うだけなんでせう。向うが生身の人なら、語をかけるとか、眼で心意気を知らせるとか出来るんですが、そんな事をしたつて、写真ぢやね」と語る場面がある。釈迦と犍陀多の関係もまた、このようなものだったのかもしれない。

「蜘蛛の糸」は、〈救済者〉たるべき釈迦が〈救済者〉たり得なかった物語でもある。彼が犍陀多救済の主体であったのは、蜘蛛の糸を垂らすところまでで、後は「極楽の蓮池」を媒介にして犍陀多を〈視る〉立場へと後退している。犍陀多の生前の善行に関しての知識を持ち、蜘蛛の糸を独占しようとした犍陀多の利己主義を「浅間し」いと判定する釈迦は〈認識者〉と呼び得るが、救済の主体＝〈行為者〉としては、決定力を欠くのである。〈行為〉を伴わない〈認識者〉にできる唯一のことは対象を〈視る〉ことであり、それによって釈迦が得たものは〈悲しみ〉だけである。換言するならば、釈迦が「極楽の蓮池」から「ふと下の容子を御覧にな」り〈地獄〉を覗いた時に、〈悲しみ〉の種は蒔かれていたのである。

「蜘蛛の糸」一篇を、犍陀多の物語ではなく釈迦の物語として捉えるならば、〈極楽〉に居ながらにして〈地獄〉を〈視ること・視えてしまうこと〉の〈悲しみ〉を描いた作品としても読み得るのではないか。

2

「蜘蛛の糸」は、清明な〈極楽〉と暗鬱な〈地獄〉・釈迦の〈慈悲〉と犍陀多の〈無慈悲〉といった〈二項対立〉的な世界観が徹底され、それは章構成から描写の細部にまで及んでいる――というのが定説である。それならば、〈極楽〉を舞台とした「一」は〈明〉の要素のみで構成されてしかるべきであるが、「この極楽の蓮池の下は、丁度地獄の底に當つてをりますから、水晶のやうな水を透き徹して、三途の河や針の山の景色が、丁度覗き眼鏡を見るやうに、はつきりと見えるのでございます」という一文が示すように、〈地獄〉の酸鼻な光景が、清浄なる〈極楽〉の風景を浸食している。「極楽の蓮池」は、〈楽〉の極地であるべき空間に〈苦〉の光景が混入するという、〈矛盾の同時存在〉とでも呼ぶべき混沌を、作品世界にもたらす役目も果たしているのである。

「蜘蛛の糸」が書かれた一九一八年の三月一五日付池崎忠孝宛書簡には、「蟻地獄　隠して牡丹の花赤き」という句が書きつけられている。美しい花＝〈極楽的なるもの〉と、その下に広がる醜悪無残な〈地獄的なるもの〉という取り合わせは、「極楽の蓮池」の「水の面を蔽つてゐる蓮の葉の間」から〈地獄〉が見えるという「蜘蛛の糸」の世界観と相通じるものがある。釈迦にとって〈地獄〉は、「或日」の散歩の途中で「ふと」眼にとまるほどの身近さで、日常的に存在し続けている。句の作者もまた、対照的な世界の有り様を同時に視野に収める立ち位置にいる。

もう一通、同年五月一六日付の小島政二郎宛書簡を引いておく。

> 地獄変はボムバスティックなので書いてゐても気がさして仕方がありません本来もう少し気の利いたものになる筈だつたんだがなと毎日新聞を見ちゃ考えてゐます御伽噺には弱りましたあれで精ぎり一杯なんです但自信は更にありませんまずい所は遠慮なく筆削して貰ふやうに鈴木（稿者注・鈴木三重吉）さんにも頼んで置きました

「御伽噺」とは「蜘蛛の糸」を指す。初出および原稿（神奈川近代文学館蔵）の末尾には、脱稿日を示すと思われる「七・四・一六」とあり、これは「地獄変」（『大阪毎日新聞』一九一八・五・一～二二）の執筆時期と重なる。いずれも〈地獄〉が主要なモチーフになっていることは言うまでもないが、宮坂覺が既に指摘しているように、一九一八年の芥川はこの二作品以外にも、〈地獄〉やその眷属（悪魔や獄卒の類）をモチーフにした作品を相次いで発表している。[9]例えば、〈切支丹物〉に区分される「悪魔」（『青年文壇』同六）およびその類似作「るしへる」（『雄弁』同一一）は、キリスト教的な〈天国〉〈地獄〉観を背景にしている。〈切支丹物〉の代表作とされる「奉教人の死」（『三田文学』同七）にも「『いんへるの』（地獄）にもまがふ火焔」という表現が見られる。また、「地獄変」の続編にあたる「邪宗門」（『大阪毎日新聞』同一〇・二三～一二・一三）には「炎々と火の燃えしきる車」に乗った良秀の娘と「人面の獣」と化した良秀とが、大殿を地獄から迎えに来る様子が悪夢という形で語られている他、摩利信乃法師の説法に「永劫消えぬ地獄の火」という言葉が含まれている。やや変則的なところでは、「開化の殺人」（『中央公論』同七）の中に、正義の美名の許に恋敵を殺害したドクトル北畠が、卓上に置かれた酒と、薔薇の花と、凶器に用いた毒薬の箱を前にして、「天使と悪魔とを左右にして、奇怪なる饗宴を開きしが如」き興奮状態に陥る場面がある。花と毒薬はそれぞれ、〈天国的なるもの〉と〈地獄的なるもの〉の一様態と見なすこともできよう。

「蜘蛛の糸」では、針の山・三途の川・血の池といった、日本人に馴染みの深い〈地獄〉の風景が描かれる。犍陀多が墜ちた場所は、典拠では「地獄」と記されるのみで漠然としていたが、こちらは「地獄の底の血の池」とされている。恐らく「極楽の蓮池」との対照性を意識した選択であろう。吉原浩人によれば、血の池は女性が堕ちるとされた地獄であり、犍陀多の行き先としては相応しくないとのことであるが、それ以上に、一二世紀末の絵巻『地獄草紙』に描かれた熱沸河や膿血所を芥川が見て血の池と混同したのではないか、という指摘[10]が興味深い。それというのも、芥川には『地獄草紙』の現物を閲覧し得えた可能性があるからである。同絵巻の断簡のうち、現在、奈良国立博物館に国宝として所蔵されているものは、大正期には横浜の実業家・原三渓（富太郎）が所有していた。三渓の息子・善一郎は芥川の中学時代の後輩であり、芥川はしばしば原家の所蔵品を鑑賞している。一九一七年一月二九日付善一郎宛書簡には「焰魔天像」（芥川は「瑞魔天」と誤記）という仏画に「甚大な感銘をうけた」と書いている。これは地獄画の類ではなく、一般的に想像される閻魔大王像とも異なる優美なものだが、翌年の〈地獄〉モチーフの作品群との関連性は、一応は疑われてもよい。肝心の『地獄草紙』であるが、原家は熱沸河図を所有してはいなかったものの、膿血所図と、それによく似た構図の屎糞所図とを所有していた。いずれも汚物の池の中で喘ぐ罪人達を描いたもので、画面上部を覆う黒色の背景が特徴である。そういえば、「蜘蛛の糸」の血の池地獄は、「何しろどちらを見ても、まつ暗」と描写されている。原家所蔵の『地獄草紙』のイメージが、「蜘蛛の糸」の〈地獄〉の表現に影響を与えている可能性は、充分に考えられるのではないか。

芥川が〈地獄〉のモチーフに取り憑かれていた一九一八年当時、勤務していた横須賀海軍機関学校には、神智学者のE．S．スティーブンスや、内田百閒・豊島与志雄といった神秘主義的な傾向を持つ作家が同僚として在籍し、下宿の近くには西洋のゴシックロマン小説の紹介者としても知られる象徴派詩人・日夏耿之介が住んでいて親しく交流するなど、芥川生来の怪奇趣味が昂進する環境が整っていた。もう一つ、芥川にとって教員と作家との兼任が

〈永久に不快な二重生活〉であったことも、〈地獄〉という閉塞的なイメージに惹かれた理由かも知れず、特に「蜘蛛の糸」には現状からの芥川の脱出願望が見て取れるようにも思うが、臆測の域を出ない。

一九一八年の芥川文学における〈地獄〉の系譜の中に「蜘蛛の糸」の〈地獄〉も位置付け得るのだが、対概念となる〈極楽〉(＝天上世界)も同時に描かれ、二つの世界の相関性が重要な意味を持っている。しかし、執筆時期が重なる「地獄変」には〈極楽〉のイメージが明確な形では現されていない。一方、「悪魔」「るしへる」は、〈天国〉と〈地獄〉を同時に〈視る・視てしまう〉ことの悲しみが主題になっており、「蜘蛛の糸」の主題を考える上でも示唆に富む。

「悪魔」では、戦国時代の日本の姫君に取り憑いた悪魔（堕天使）が、自らを捕らえた伴天連に「堕落させたくないもの程、益堕落させたいのです。これ程不思議な悲しさが又と外にあるでせうか。私はこの悲しさを味わう度に、昔見た天国の朗な光と、今見てゐる地獄のくら暗とが、私の小さな胸の中で一つになつてゐるやうな気がします。どうかさう云ふ私を憐れんで下さい。私は寂しくつて仕方がありません」という心情を吐露し、落涙する。悪魔の王「るしへる」もまた、「右の眼は『いんへるの』の無限の暗を見ると云えへども、左の眼は今も猶、『はらいそ』の光を麗しと、常に天上を眺むるなり」という〈矛盾の同時存在〉の中に生きている。悪魔達の存在理由は人間を誘惑して堕落に導くことであるが、自らの裡にある葛藤のために、彼等はその任を果たし得ない。「悪魔」は姫君の「あの清らかな魂を見たものは、どうしてそれを地獄の火に穢す気がするでせう」と嘆息し、「るしへる」は、誘惑すべき女性を「えもならず美しき幻の如く眺めしのみ」なのである。悪魔達は、〈天上〉と〈地獄〉という両極に位置する世界が同時に見えてしまうが故に、〈行為者〉から〈視る人〉の位置へと後退せざるを得ないのである。本来〈誘惑者〉である者がその任を果たし得ないことは、深刻なアイデンティティー・クライシスに繋がる。従って、彼等は「寂しくつて仕方がありません」という孤独感を抱えることになる。

本稿では先般から〈認識者〉〈矛盾の同時存在〉といった表現を用いているが、これは駒尺喜美が『芥川龍之介の世界』(法政大学出版局、一九七二・一)の中で、初期の芥川の作品群(一九二〇年頃まで)に共通する命題として指摘したものである。「蜘蛛の糸」においても〈地獄が見える極楽〉という世界観の基底にあるものは、〈矛盾の同時存在〉のモチーフであると言い得る。そして〈二項対立〉的な世界に引き裂かれて安んずることができない「悪魔」や「るしへる」に「悲しさ」があったように、釈迦もまた、「悲しさうなお顔」で物語の幕を引くことになるのである。

3

零年代に入ってから書かれた山本欽司の「蜘蛛の糸」論には、小中学生から大学生に到るまで「釈迦に対する読者の感情的な反発」と「犍陀多を免罪したい欲望」に基づく解釈で固定されている、との現状認識が述べられている。(11) 読者の多くが、本来は「人を殺したり、家に火をつけたり、いろ〳〵の悪事を働いた大泥坊」である犍陀多(しかも、典拠と異なり生前の罪を悔悟している様子はない)に感情移入してしまうのは何故か。それは、蜘蛛の糸との出会いによって、犍陀多が〈人間〉的な〈感情〉表現を回復していく過程が、段階的に描かれているからであろう。

犍陀多を含む罪人達は、「もうさまざまな地獄の責苦に疲れはてて、泣声を出す力さへなくつ」ている。「外の罪人と一しょに浮いたり沈んだりしてゐた犍陀多」は「死にかゝつた蛙」に、また「数限りもない罪人たち」の群れが蜘蛛の糸を登ってくる姿は「蟻の行列」に例えられている。〈地獄〉の罪人達は〈感情〉を表現する気力も、個性も奪われ、下等動物と同じような存在にまで堕ちている。〈地獄〉は、〈感情〉を含む〈人間〉的なもの一切が否定される世界、いわば〈非情〉の空間として描かれている。こうした状況下で、精神的に瀕死の状態にあった犍陀多だが、蜘蛛の糸の存在を認めた時には「思わず手を拍つて喜」び、「一生懸命に上へ上へとたぐりのぼり始め」る。語り手が「元より大泥坊のことでございますから、かういふ事には、昔から慣れ切つてゐ」ると述べる時、彼はアイデンティティー(=自分が自分であることの存在証明)を回復している。〈地獄〉からの脱出成功の可能性を見出した際には「こゝへ来てから、何年にも出した事のない声で、『しめた。しめた。』と笑」う。こうした素直な感情表現は、芥川が中学時代の論文『義仲論』（『学友会雑誌』一九〇九・一二）の中で称揚した、「怒れば叫び、悲めば泣く、彼は実に善を知らざると共に悪をも亦知らざりし」「当代の道義を超越したる」〈野人〉の姿を彷彿とさせる。釈迦が、〈極楽〉〈地獄〉の境界線上に立って二つの風景を眺めるだけの〈認識者〉であるとするならば、自らの肉体によって〈地獄〉から〈極楽〉への越境に挑む犍陀多は〈行為者〉である。

しかし、犍陀多が〈感情〉故に自らを滅ぼすことになるのは、よく知られているとおりである。「蜘蛛の糸」が読後感に一抹の後味の悪さを残すのは、犍陀多に与えられた試練に合格し得る人間は（読者自身も含めて）殆どいないであろうことを予感させるからである。二〇一三年六月に、女性アイドルがソーシャルメディア上で「どうやったらカンダタは極楽に行けたと思う?」と問いかけたところ、熱心な回答が多数寄せられたという話題も記憶に新しい。「二」末尾の「月も星もない空の中途に、短く垂れてゐる」途切れた蜘蛛の糸は、人生の不条理の象徴とも映る。また、自らの生命を尊重し、それを脅かす存在に対しては恐れや怒りを抱くといった犍陀多の〈人間〉らしい〈感情〉が、釈迦から「浅間し」いものとして断罪されていることも、個我を尊重する読者には素直に受入れがたい面があるのではないか。

読者からは「気まぐれ、卑怯、意地悪、冷酷、無慈悲」[12]と散々な評判の釈迦であるが、犍陀多の末路を見届けた彼が「悲しそうなお顔をなさりながら、又ぶら〱御歩きになり始め」（傍線稿者）ていることには注意が必要である。何事もなかったように、あるいは一瞬だけ顔を曇らせてから散歩を再開しているのではない。「悲しさうなお顔」は、作中時間内においては継続中なのである。「一」においては「極楽の蓮池」が〈楽〉であるべき空間に〈苦〉の光景を招き寄せたが、「三」では釈迦自身が、〈楽〉の世界に〈哀〉を持ち込む〈矛盾の同時存在〉の主体となっている。釈迦が作中で示した殆ど唯一の〈人間〉的な〈感情〉表現が〈楽〉ではなく〈哀〉であったことは、犍陀多の〈喜〉〈怒〉との対応関係の中で考えられるべきであろう。

しかし極楽の蓮池の蓮は、少しもそんな事には頓着致しません。／その玉のやうな白い花は、御釈迦様の御足のまはりに、ゆらゆら萼を動かしてをります。／そのたんびに、まん中にある金色の蕊からは、何とも云へない好い匂が、絶間なくあたりに溢れて出ます。／極楽ももうお午に近くなりました。（改行は「／」で省略）

これが「蜘蛛の糸」の結びである。〈極楽〉を支配する〈楽〉の論理は、犍陀多の〈喜〉〈怒〉に彩られた〈人間〉的なドラマにも、釈迦の〈哀〉にも、「少しもそんな事には頓着」しない。〈人間〉的〈感情〉が価値を持たず、むしろ否定される場所を〈非情〉の空間と呼ぶとすれば、〈地獄〉と同様に〈極楽〉もまた〈非情〉である。その意味でも、この〈二項対立〉の世界は境界線を接している。釈迦は先行研究史の上では、毀誉褒貶いずれにせよ、凡夫たる犍陀多と対置されるべき存在として扱われてきた。しかし、〈極楽〉の〈非情〉な景色から〈頓着〉されない存在という意味においては、釈迦も犍陀多も同等である。

「三」は、時間が「朝」から「お午」へと推移している以外は、「一」の冒頭とほぼ同じような情景描写が反復されている。しかし、釈迦の内面と、それを取り巻く風景には、物語の開始時点には存在していなかった類の温度差が、恐らく生じている筈である。〈地獄〉の犍陀多とも〈極楽〉の風景とも心を通わすことが出来ない釈迦は、釈迦に見守られていた犍陀多以上に孤独な存在であるとすら言える。そう考えると、「ぶら〳〵」の語感が持つ虚無的な雰囲気は、〈視る―視られる〉という〈双方向〉の関係性から弾き出された絶対者の孤独に、よく見合っている。〈極楽〉という名の〈非情〉の空間で、〈視る〉ことしかできない立場に囲い込まれた〈認識者〉の〈孤独地獄〉――これが釈迦に託された、「蜘蛛の糸」のもう一つの主題だったのではないだろうか。

注

（1） 片野達郎「芥川竜之介『蜘蛛の糸』出典考―新資料『因果の小車』紹介」（『東北大学教養部紀要』一九六八・一）

により特定された。
（2）神代種亮「閑談（二）」（『書物礼賛』一九二六・二）および「芥川氏の原稿その他」（『文章倶楽部』一九二七・九）。
（3）吉原浩人「仏教的世界観との懸隔と地獄の表象―『蜘蛛の糸』」（『国文学』一九九六・四）の指摘による。
（4）宮坂覺「〈視ること〉〈視られていること〉―中断された救済」（『芥川龍之介・第三号』洋々社、一九九四・二）
（5）下沢勝井「蜘蛛の糸」（『芥川龍之介作品研究』八木書店、一九六九・五）
（6）樋口佳子「芥川竜之介『蜘蛛の糸』の『ブラブラ』を読む―道徳教材化を拒む作品の文体について」『日本文学』一九九三・八）
（7）越智良二「芥川童話の展開をめぐって」（『愛媛国文と教育』一九八九・一二）
（8）救済に失敗した者が悲嘆の表情を見せるという状況設定に関しては、『因果の小車』所収の「蜘蛛の糸」よりも、セルマ・ラーゲルレーブ『キリスト伝説集』中の「わが主とペトロ聖者」や、ドストエフスキー『カラマーゾフの兄弟』の挿話「一本の葱」といった類話に近い。
（9）宮坂覺「芥川文学における〈地獄〉の意識―『歯車』を中心に」（『キリスト教文学研究』二〇〇〇・五）
（10）注（3）に同じ
（11）山本欽司「芥川龍之介『蜘蛛の糸』を読む」（『弘前大学教育学部紀要』二〇〇七・一〇）
（12）渡邊善雄「〈教材研究〉芥川龍之介『蜘蛛の糸』」（『三重大学教育学部研究紀要（教育科学）』一九八五・三）

＊尚、本文中に引用した芥川の文章は全て『芥川龍之介全集』（岩波書店、一九九五―九八）に拠った。

「舞踏会」──明治の馬車・大正の汽車

五島慶一

1

「舞踏会」(『新潮』一九二〇〈大9〉年一月)において、小説の記述は舞踏会にやや遅れて参加するべく、会場である鹿鳴館の階段を明子が父親と共に上っていくところから始まる。「一」はその一夜の展開を時系列に沿って描いていく(途中、行空き〔初出ではダッシュ〕による断続がある)のだが、冒頭の形式二段落目にだけ、時間的逆流──語り手による回想的挿入が見られる。まずはその全段を引用する。

明子は夙に仏蘭西語と舞踏との教育を受けてゐた。が、正式の舞踏会に臨むのは、今夜がまだ生まれて始めてであつた。だから彼女は馬車の中でも、折々話しかける父親に、上の空の返事ばかり与へてゐた。それ程彼女の胸の中には、愉快なる不安とでも形容すべき、一種の落着かない心もちが根を張つてゐたのであつた。彼女は馬車が鹿鳴館の前に止るまで、何度いら立たしい眼を挙げて、窓の外に流れて行く東京の町の乏しい燈火を、見つめた事だか知れなかつた。(1)

末尾、「東京の町の乏しい燈火」と鹿鳴館の華やかさとの対比についてはすでに複数の言及がある。だがここで問題としたいのは、明子と父親が鹿鳴館に向かうのが馬車に乗ってである、という点である。本作の典拠であるピエール・ロティ「江戸の舞踏会」(2)では、次の引用にある通り、「わたし」＝ロティら横浜居留の外国人たちはまず汽車で「エド」＝新橋駅に着き、そこから鹿鳴館へは殆どの者が人力車で向かったと書かれている。

其処にはまた公使館の婦人達を待つてゐる馬車が沢山あつた。けれども群衆は、やゝ危険な新式の運転方法でゞもあるやうに恐がつて、遠ざかつてゐた。人は危険な動物のやうに、両手で馬を控へてゐるのである。
わたし達は殆んど皆この車夫が差し出した一人乗の小さな俥に飛び乗つた。何処へ行けなどゝ命じなくとも可い。ろくめいかんへ。言はなくとも判つてゐることなのである。[3]

もちろんここには、停車場（駅）を経由してくる者たちと、明子らのように恐らく自宅から直行する者たちとの相違がまずあり、――「家の令嬢明子」が「頭の禿げた父親と一しよに」乗る馬車は恐らく自家用車のそれだろう。又「舞踏会」冒頭部に、トルストイ「戦争と平和」における舞踏会に初めて出席するナターシャの姿の影響が見られるという安田保雄[4]の指摘を踏まえ、芥川は明子に「帝政ロシアのヒロインに通う〈美〉と〈心理〉を与え」るべく、「江戸の舞踏会」の著者から見たとき畸形な〈開化〉日本の「象徴たる「ジン・リキ・サン」を省き、ナターシャも乗った〈馬車〉で、明子を鹿鳴館に赴かせた」という神田由美子の優れた論考がある。[5]更には「開化の殺人」（『中央公論』一九一八〈大7〉年七月増刊）でも作中事件の舞台として馬車が使用されており、開化期的雰囲気を演出する上での芥川好みの道具立てであったと言えるかもしれない。だがここではそうした事実性や素材、作家主体の嗜好の問題よりも、そのような設定によってそこにどのような光景・事態が現出しているのかを考えてみたい。それは作中ここから描かれ始めることになる明子の心中とも強く関連するものだからである。

まず、もう一度「江戸の舞踏会」から、先の引用の続きを挙げておく（傍線引用者）。

で彼等はわたし達の命令を待つまでもなく、狂《きちが》ひのやうになつて出発する。狭い腰掛の上に殆んど坐り切れない招待客の美人連は、皆膝の上まで舞踏服を捲し上げて、賃傭の車夫に曳かれながら、別に離れて疾風のやうに走つて行く。それに附添ひの夫や保護者は、同じやうな小さな俥に乗つて、歩度を別に相並んで曳かれてゆく。わたし達は皆同じ方面へと回転してゆくのである。

ここには（一人乗りの）人力車乗車という事態が必然に引き起こす、一行が同じ方面に向かいながらばらばらになってしまう――「家族もなければ団体もないところの乱舞紛雑を極めた」(6)状態が描き出されている。(7)その点、馬車であればそのような無様なことはない。現に明子と父親は車中に話などしながら悠悠と鹿鳴館に向かうことができるのである。

だが、会話の成立は必ずしも心情的交通を意味しない。先の「舞踏会」引用からは、寧ろ(人力車の場合と異なり)空間を共有しているからこそ、そこに居合わせた人物間の心的交流不可能性がより際立つという見方もできそうである。明子は「馬車の中でも、折々話しかける父親に、上の空の返事ばかり与へてゐた」とあり、父親の話す話の内容は殆ど彼女に届いていない模様である。他方、明子がそうした状態であったのは、「愉快なる不安」に心を占められていたからであるが、そうした彼女の心情が恐らく通じていなかったからこそ、父親はその反応を余り気にせず「折々話しかけ」ていたのではなかろうか。(8)この物語の構成に於いては端役であり、当夜の女主人公《ヒロイン》となった明子の文字通り「引き立て役」となった「人の好い」父親が考えていたところは本文からはよくわからないが、次のような点景としての登場もまた、父親の無頓着さとそれゆえの父娘の〈想い〉のすれ違い(それは必ずしも不和を意味するものではない)をさりげなく、しかし改めて強調しているかのようである。

明子はその金色の格子の前に、頭の禿げた彼女の父親が、同年輩の紳士と並んで、葉巻きを啣へてゐるのに遇つた。父親は(引用注/海軍将校と共にいる)明子の姿を見ると、満足さうにちよいと頷いたが、それぎり連れの方を向いて、又葉巻きを燻らせ始めた。

2

では馬車の中で明子の抱いていた「愉快なる不安」とはいかなる心情か。そのことを説明するにはまず、作中に彼女がどのような存在か、どのような表象として意味・位置づけられるか、ということから考えてみる必要がある。

前提として、その外見の美しさは完璧で、ロチの原作での「わたし」の相手となった令嬢たちに比して甚だしく美化されている、という点は多くの先行論の指摘に共通するところである。ただ、その内面をどう評価するか（知的な内実を備えたものか、それともそれを欠いた傀儡か）で、先行論者の見方は大きく割れている現況がある。私の見方を言えば、彼女は洋服の着こなしなどの外形は勿論、舞踏会での振る舞いなどのしぐさ、そして「仏蘭西語と舞踏との教育」など、〈教えられた〉ものについては身に着けていたものの、そうした様式美の世界を支えている教養的側面（たとえば「ワットオの画」のような）については無知であったし、そもそもそこに想い至ることもなかったといったところではないか。

その設定からすると、明子は時代が明治になってから間もなく、ひたすらに「文明開化」＝欧化が目指された明治日本と共に生まれた時代の申し子であり、作中においては先に指摘した「美」的側面（外面）だけでなく、総体として「明治十九年」の日本を表象＝代行するものであったと言える。それは西洋に習った／倣った事柄（それこそ服飾から教育、社会的制度・生活様式に至るまで凡てのこと）を短期間に一通り身に着け／浸透させた、しかしそうした西洋の文明を根柢で支え培ってきた文化的地盤の受容を置き去り・なおざりにして（結果的に）偏頗な〈近代化〉路線を突き進んでいた明治（前半）期日本の姿である。「明子」とは「明治の子」の謂いでもあろう。(9)

物語内容に戻ると、それ自体同時期日本の象徴であった鹿鳴館で行われた舞踏会当夜の明子にとって、殆ど唯一の関心事は従って、西洋風に美装した自らの姿が他人の目にどう映じるかであった。会場入りする直前、彼女の感情はそれゆえに自負と不安の綯い交ぜになったものであったが、建物に入るや否やそれは確たる自信へと変わってゆく。(10)支那の大官、そして若い日本人男性の視線が、彼女が「開化の日本の少女の美」を体現して余りあることを証してくれるのである。更に同様の衣装を着けた同性との比較（主人役の「伯爵夫人の顔だちに、一点下品な気があるのを」見出すのもその一環）を通じて、彼女は更に自信を深めていく。舞踏会場に入って同年輩の少女たちに交じって彼女らの称賛を受けたとき、あるいはそうするかしないかのうちに一人の仏蘭西の海軍将校が自分の前に現れて踊り相手となることを申し入れてきたことは、更に明子を得意にさせたことであろう。数いる同年輩の日本の令嬢の中で、特に自分が西洋人男性に選ばれた＝相対的優位性を認められたのであるから。

共に踊りながら、「愛想の好い仏蘭西語の御世辞」（恐らく彼女の舞踏や容姿を褒め称えるものであろう）を言われて勿論明子は悪い気はしない。だが、彼女が物語当初から抱えていた対他的自己像という主題は、未だ解決せざるを得ない側面（本文に言う「女らしい疑ひ」）を残していた。それが即ち本場西洋の女性との比較である。そこで彼女は「独逸人らしい若い女が二人の傍を通つた」機を捉え「西洋の女の方はほんたうに御美しうございますこと。」という、それに対して何らかの応答を求める類の「感嘆の言葉を発明」する（この一連の流れは、社交場での振舞として見事な技巧と言える）。果して引き出された「日本の女の方も美しいです。殊にあなたなぞは――」という相手の海軍将校の言は、明子に一応の満足と安心を与えたかと思うが、それは彼女の求めるところに対して完全なものではない。まず前段の「日本の女」という一般化は、自分（のみ）を特別なものとして認めさせたい彼女にとっては余計である。「あなたなぞは」に続く「その儘すぐに巴里の舞踏会へも出られます」こそ彼女の求めていた理想的な応えではあるものの、次いで発せられた「ワットオの画の中の御姫様」という譬喩は、それを知らない明子にはわからず、それが更に惹き起こす「美しい過去の幻」――「仄暗い森の噴水と凋れて行く薔薇との幻」（このイメージを巡っても、従来論での言及が重ねられてきた）も宙に浮くことになる。尚、この「幻」は記述上直接には海軍将校が持った概念としては書かれておらず、彼の言葉によりその場に召喚されたイメージ即ち語り手が代理的に表象したそれであるが、あるいは後の「我々の生《ヴィ》のやうな花火」という海軍将校の発話＝概念の表出によって、彼のもとに回収されていくものであるのかも知れない。

勿論、そんな概念的な〈世界〉把握は明子には理解できない。ただ、この「理解」ということを巡って、続く論の展開を導く前に一応の留保をつけておく。というのは、明子には海軍将校の言うところが、感性レヴェルでは幾分わかったかも知れないということである。それは「我々の生のやうな花火」という語が発せられる直前、共にそれを見ていた明子の目に、「その花火が、殆悲しい気を起させる程それ程美しく思はれた」という部分にも表れている。先のシーンでも、「ワットオの画」を知らず、その喚起するイメージについていけなかった彼女ではあるが、相手が口にした「巴里の舞踏会」という「もう一つ残つてゐる話題に縋」ることで会話を続けるという技量は充分に保持していた。それは「人一倍感じの鋭い彼女」の、理知というよりも機知に依るものであるが、その美貌に加え明子の持つこうした利点が、この夜において海軍将校をして彼女の傍に長く留まらせた（「江戸の舞踏会」でロティが記していた通り、西洋の〔正式な？〕舞踏会でと異なり、鹿鳴館での舞踏会では同じ相手と何曲も踊り続けることができたようである）理由であろう。

　しかし、そうした結果的にそつのない対応ぶりも、それらは明子の知性よりも感性の鋭さ＝勘の良さを示すものであったことは改めて強調しておかなければならない。花火にしても、本文をよく見るとそれに対する彼女の認識は「何故か～思はれた」という自らも説明不能な印象レヴェルに留まるものとして語られており、それを概念として言語化するだけの能力は彼女に備わっていなかった。「舞踏会（とそこに集う女性）」・「花火」といったイメージを巡って明子と海軍将校の視界は一瞬重なるかに見えながら、実際には未だ人生経験が少なく、西洋文化の知識も十分ではない彼女には相手の言うところ、彼の見ていた〈世界〉のありようを（頭において）理解できたわけではなく、二人の見ていた〈世界〉はやはり別々のものであった。

　では明子の見ていた〈世界〉とはどのようなものか。先ほど、「巴里の舞踏会」へと話題を移したのが相手と会話を続けるためのよすがであるとした（実際、文中でそれは彼女が「僅に～縋る」べき「話題」という扱いである）が、明子を主体として――その主観から見た場合には、寧ろその話題こそが（見たこともないワットオとかいう画家の画以上に）彼女が相手＝仏蘭西の海軍将校に対して確認しなければならない重大事であった。明子にとって「舞踏会は何処でも同じ」などでは決してない。先にも見た通り、日本の舞踏会において自分が十二分に通用すること――そこにおける優位性を確認した彼女は、今度は「西洋の女」が多数参集するパリの舞踏会に参加し、自分がそこでも通用することを（舞踏や仏蘭西語の技倆についても多少はあるだろうが、一番の問題はその美しさ・容姿が、である）確認したい、というのが、それに出たいという彼女の発話の底にあるものであることは、その前の文脈から考えれば当然のことと言わざるを得ないが、そうした彼女の思いは、会話相手である海軍将校には全く伝わっていない。「舞踏会は何処でも同じ事」という言葉は、それ自体は大きく普遍的な真理を捉えたものであるかもしれないが、対話としては明子の思いを遥かに飛び越した大上段から発せられたものであり、(11) ここでの二人の登場人物（主人公たち）は作中に会話を行ってはいるものの、そこに込めた（はずの）互いの思いはまるで理解できず、心はすれ違っているものと言えよう。

従来この作品の「一」の部分に関しては、海軍将校の発する言葉が喚起するイメージ・彼が心に抱いていた認識世界の意味づけが多くの論者によって行われ、更にそれらが当夜の相手である明子に（そのままでは）伝わっていない、ということが重視されてきた。しかし一方で明子の抱く、〈美〉を巡る対他的自己承認への想い（それ自体は、海軍将校側が喚起する普遍的な〈美〉や人生といった抽象度の高い、その意味で〈高尚〉と言えるテーマに比べたら個人的でとるに足らないものかもしれないが、少くとも彼女にとってはその時点での問題のすべてである）が海軍将校の側に通じていないという点も、小説の構成としては考慮すべきである。

3

共にいる人々が決してお互いにわかりあえないこと、そしてそのような存在のあり方は、常に現出しうる一種の必然としてあること。(12) 小説「舞踏会」の主題を仮にそのように見出すのなら、「二」はその反復だという言い方もできなくもない。ただ、それはその部分が不要だという主張に与するものではなくて、そうした反復による強調を経て初めてこの作が完結するという意味においてであるが。

その「二」は、「一」の内容相当部分を、三十数年後の明子＝「H老夫人」が「一面識のある青年の小説家」に語る[13]という、謂わば小説の〈枠〉を提示したものである。ここでも、それが鎌倉へ向かう汽車の中であるという、物語に対する〈場〉の設定に着目したい。移動手段としての鉄道は近代文明の産物として、その時代を最もよく表象するものの一つであることは今更言を俟たない[14]。そこではしばしば多くの人間同士が偶然に行き会い、同じく車中の人として一定の時間を否応なく共に過ごしたのち、それぞれの降車地からまた別々の行路を歩むことになる。その意味で汽車内の時間というものは、舞踏会のそれと重ねることができるだろう。

鹿鳴館の舞踏会で踊った明子は、恐らくその後も「——家の令嬢」即ち日本における貴族としてそれを踏み外すことのない半生を送り、大正七年の現在H氏の妻になっていると思われる。そのことは「鎌倉の別荘」と彼女の上品な言葉遣いが物語っている。先にその容姿に於て開化日本の象徴であると言った明子は、その記憶を三十二年後の今日まで鮮明に保持しているという点で（少くともこの小説から読み取れる範囲に於いては[15]）開化期日本の時間＝〈明治〉を今も生きている人物としてあるだろう。そんな明子の語り・体現する〈明治〉は、大正期の（小説家としてその只中を生きる）青年にとっては、ノスタルジーを感じさせる遠い過去であり、語り手もそれに同調して、大正七年現在で未だ四十代（数えで四十九歳の計算）の明子を「H老夫人」と呼ぶのであろう[16]。本文に「青年はこの人自身の口からかう云ふ思出を聞く事に、多大の興味を感ぜずにはゐられなかつた」（傍線引用者）とあるような強調は、こうした構図を示すものと考えられる。

勿論そこでの語る明子と聞く青年の、それに対する感慨が同じでないことは言うまでもない。「一」では鹿鳴館舞踏会を舞台に、洋の東西を隔てた人物同士の偶然的邂逅とそこでの瞬間的な交情、にも関わらずその根柢に抜きがたくある思惟のすれ違いを描いていたが、「二」では汽車内という〈場〉の設定の中に、時代を隔てた交流とすれ違いを描いている。

尚、鹿鳴館の思い出（話）を巡る青年とH老夫人（明子）の落差は、この部分の改稿問題[17]と絡めて先行論でもしばしば指摘され、「ジュリアン・ヴィオ＝ピエール・ロティ」ということを知らない決定稿の〈無知〉な明子[18]の姿を、開化日本の〈内実を欠いた〉皮相性の表象として批判的にとるのか、あるいは逆にそれを無垢純粋の象徴として高く評価し、寧ろそれに対し文献的〈知〉で処理しようとする青年〈芥川に重ねられることも多い〉側の、〈現実〉への向き合い方の限界として把握するのか――いずれを重視するのかが論点となってきた。ただいずれにせよ、主人公格二人の対比のあり方を対立関係として捉える視線が主流を占めていることは疑いがない。

　だが、青年小説家は、明子の相手がロティだと判る以前から、彼女＝H老夫人から話を聴くこと自体に「多大の興味を感」じていた[19]し、他方H老夫人も青年に自分の大切な思い出話を語るなど、たとえ〈一部論者が問題にする如く〉それ以前に彼らは「一面識」しかなかったにせよ、この時の車内での相互の関係自体は悪くない。よって改稿後本文の末尾は、どちらかもしくは両者の否定ではなく、それらを共に肯定するものとして捉えるべきではないか。つまり人々はそれぞれに、お互いに完全には共有できないところの個々自らの〈物語〉を抱え、それを拠り所として生きていくしかない存在であるという大主観に立ったものの見方としてである。

　主人公格二人の心情・〈世界〉認識とそのすれ違いについては既に見た通りである。この小説において、登場人物各人の内面は他の誰にも共有されることなく宙に漂い、あるいは拡散して霧消してゆく。多くの人間に囲まれながら、その誰もがお互いを本当には理解することができないという、謂わば〈群衆の中の孤独〉――「我々の生のやうな花火」という譬喩には、そんなこの作品のテーマをも読み取ることができるかも知れない[20]。

　だが、その言葉が惹起するそうした思索を引き受ける者は作中に〈登場人物として〉は存在しない。それは十七歳の〈又それから三十年以上を経た現在の〉明子の理解力の問題であると同時あるいはそれ以上に、その〈場〉の問題としてである。多くの人間が集いながら、ただその一夜の綺羅を競い合うだけで、本質的あるいは永続的な交流が果されはしない――そもそもそんなことは目的にしていない[21]舞踏会の場で発せられた言葉は、例えば舞踏中に将校が明子に与えた「愛想の好い仏蘭西語の御世辞」の如く、「一瞬の後には名残りなく消え失せてしまはなければならな[22]」い。先の言葉は「教へるやうな調子で」言われたというが、もしそれが教示を目的にして言われたのだとしたら、その行為自体がもはや虚しいと言わざるを得ない。

発言そのもの、またそれが発せられた時の情景や相手の様子は、三十年以上を経た明子の記憶の中に留まっているかもしれないが、その言葉が意味した（であろう）概念は作中の誰にも伝わらない。そこから意味が見出されるとすれば（現に、先行論の多くがその言葉自体に多くの意味――主題設定を見出そうとしているが）、その作業はそれを伝える（明子や海軍将校を超えた存在としての）語り手と読者の間においてなされるものに他ならない[23]。ただすべてを見透し、かつ引き受け顔の語り手だけが、最初から最後まで明子の傍らに佇んでいる。

注

（1）「舞踏会」本文の引用は『芥川龍之介全集』第五巻（岩波書店　一九九六・三）に拠り、振り仮名は適宜省略した。
（2）同作からの引用は、高瀬俊郎訳（『日本印象記』　新潮文庫　一九一四・十一）に拠る。
（3）移動（交通）手段を指す。この部分、『日本印象記』（前掲）の邦訳は余り正確ではない。
（4）安田保雄　評釈現代文学叢書２　『芥川龍之介』（西東社　一九五六・五）
（5）神田由美子「『舞踏会』　見果てぬ〈人工〉の夢」『国文学』一九八一・五。
（6）但し、この前後の文脈処理も『日本印象記』の翻訳はかなり怪しい。「舞踏会」論において永年懸案となっている、芥川が「江戸の舞踏会」を何によって読んだのかという問題と合わせて今後検討の要があるが今は措く。なお、仏文の確認に際して、熊本県立大学文学部・砂野幸稔教授に御協力頂いた。記して謝意を表す。
（7）市川裕見子「舞踏会――芥川とロチを繋ぐもの――」（日本比較文学会編『滅びと異郷の比較文化』（思文閣出版　一九九四・三））は、この場面に「異化効果によるおかしみ」を狙った「ロチ独得の文章のあや、巧みさ」を見出す。
（8）佐々木雅發「『舞踏会』追思――開化の光と闇――」（『比較文学年誌』一九九三・三）に、「〈折々話しかける父親〉の声も、ただ彼女の〈いら立たしい〉気持を募らせるばかりであった」とある。
（9）野村圭介「『舞踏会』を読む」（『早稲田商学』一九八六・二）に、「明子の明が、またほかならぬ明治の明であり、文明開化の明であること」への指摘がある。

(10) この点は既に先行論に、例えば安藤宏「『舞踏会』論――まなざしの交錯」(『国文学』一九九二・二)は、この明子の心情を「自らの美貌を他者のまなざしを借りて確認してゆこうとする半ば本能的なナルシシズム――そこにそれまでの〈仏蘭西語と舞踏との教育〉の成果を晴舞台に問うおののきが合体した」もの、と明確に規定する。

(11) 遠藤祐「『舞踏会』は如何に語られたか」(『芥川龍之介』第二号　洋々社　一九九二・四)に、「明子に答えた〈海軍将校〉のセリフには、相手の意をそらさぬようにとの配慮がみられない」との指摘がある。

(12) 我々はここに芥川の初期作品である「孤独地獄」(『新思潮』一九一六〈大5〉・四)を想起することができる。

(13) 尚、「二」が明子の語りそのものではないとの指摘が、例えば安藤宏注10前掲論・髙橋博史『芥川文学の達成と摸索』(至文堂　一九九七・五、第4章「舞踏会」)などによって既になされている。本論でも指摘した通り、そこに登場人物外の語り手〔の視点〕が存在することからもこれは確かであるが、その物語内容は当時明子の見たものであり、かつ「大正七年」の今日まで彼女の保持していた＝青年に語った〈世界〉であると考える。

(14) 近代小説の舞台としての汽車(内)の時間については、これまでにもしばしば言及されてきた。論者も「『西郷隆盛』論――見ることと記憶・認識の揺らぎ――」(『日本近代文学』二〇〇六・十一)でそれに言及している。

(15) その間、明子の人生に全く波乱がなかったとは必ずしも言い切れない。入口と出口の水準が同じだからといって、その経緯が全く平坦だったとは限らないからだ。但し、仮にそこに何らかの波乱を含んでいたとしても、鹿鳴館の思い出が今でも「詳しく」「話して聞かせ」られるほど強烈な体験として残っていることは揺るがない。

(16) 開化明治期を語る老女、というのは「雛」(『中央公論』一九二三〈大12〉・三)にも見られ、芥川作品における一つの〈型〉として捉えることもできようか。

(17) 「舞踏会」は初出雑誌掲載後、同作初刊本『夜来の花』(新潮社　一九二一・三)収録の段階で「二」の部分に大幅な改稿が加えられた。

(18) 松本常彦「美しい日本の少女と人形」(『PRO　et　CONTRA』近代文学ゼミの会　二〇〇二・八)は、明治から大正期のロチ紹介記事の通覧を基に、二つの名前が同一人を指すことは欧文学に通じたもしくはその動向に興味を持った知識層以外には「常識だったようには見え」ず、この一点のみを以て彼女を「無知」とは言えない、とする。

(19) この点に関聯して、「青年小説家にとって、鹿鳴館の世界とは、三十二年前のものであるより、パンの会の詩歌集が梓に上ったころ、五・六年前の大正初期の芸術的世界ではなかったでしょうか」、という興味深い指摘が伊藤一郎「『舞踏会』論――〈刹那の感動〉の源流へ――」（『東海大学紀要（文学部）』一九九五・九）にある。

(20) 山崎甲一「『舞踏会』　枝を交わす樹」（『芥川龍之介』第二号　一九九二・四　後『芥川龍之介の言語空間』（笠間書院　一九九九・三）収録）に、「「人間」存在のはかない孤立性が「我々の生」であることを鮮明にして、舞踏会の一夜は閉じられた」という一節がある。但し、同論で山崎が強調するのはやはり明子の内面的欠落ゆえの伝達不可能性の部分であり、それに対する海軍将校の「寂し」さ・「悲し」さに重点が置かれている。

(21) 史実としては、その鹿鳴館・舞踏会を諸外国へのデモンストレーションとして利用し、欧米に対する日本の地位回復に利用したい政府（内一部）の思惑はあっただろうが、それは舞踏会そのものの目的ではない。

(22) これは作中「ワツトオの画」という言葉が呼び起こす幻影に対して使われているものだが、結局それが舞踏会場にて言われたものである限り、同列のものである。

(23) 酒井英行「『舞踏会』の世界」（『人文論集』一九九一・七　後『芥川龍之介　作品《テキスト》の迷路《ラビリンス》』（有精堂　一九九三・七）収録）に「作中人物の明子には届かない」「海軍将校の言葉は、読者向けの言葉である」という指摘がある。

「藪の中」――映画『羅生門』と戦後占領期の日本

秦　剛

1　『羅生門』に「真相」はないのか

黒澤明監督の映画『羅生門』は一九五一年ヴェネチツィア国際映画祭金獅子賞、米アカデミー賞を受賞して六〇数年この方、海外でもっとも名高い日本映画の座を守り続け、高い評価を受けてきた。映画の原作である小説「藪の中」と作者芥川龍之介の名前も、『羅生門』人気の後押しで欧米で徐々に知られるようになったのである。

一方、中国においては、映像機器の急速な普及に伴って、『羅生門』はとりわけ今世紀に入ってから映画史の経典として広く鑑賞されるようになり、一連の文化現象まで呼び起こしている。まず、「羅生門」を表題とする歌謡曲が香港や台湾の人気歌手によって歌われ[1]、大陸でもヒットした。そして、『羅生門』を改編した舞台劇が北京の実験劇場で数回にわたって上演された[2]。さらには、この映画を語源とする新しい言葉、「羅生門」という日本語からの外来語が中国語に定着し、各種マスメディアで特に報道の表題に頻繁に使われている。ちなみに、中国語の〝罗生门〟は、ある出来事をめぐる証言が食い違っているために、真相が五里霧中であるという意味で、日本語の「藪の中」の比喩的な語彙に相当する。たとえば「××事件の羅生門」(〝××事件的罗生门〟)のような表題で、「××事件の迷宮」というニュアンスとなる。

映画史上の名作『羅生門』の魅力が中国においても明かされたわけだが、しかしながら、中国語の「羅生門」が日本語の「藪の中」と同じく「真相が分からない」ことを意味するものになったことには、奇妙さと違和感を感じざるを得なかった。なぜなら、〈藪の中〉の事件をめぐる、複数の視点による語りが並列された原作「藪の中」には、確かに事件の（唯一の）真相が語られていない。ところが、黒澤の映画では、原作に描かれた三人の事件当事者の証言に続き、事件をめぐる四番目の語り、すなわち木樵りが目撃した事件現場の再現が付け加えられ、それが事件の「真相」として提示されている。(3) だとすれば、『羅生門』を真相不明の事件を描いたと理解し、その主題が真実の不可知性を表現したとするのは、監督の本意を汲み取れなかった観る側の根本的な誤読ではないか、と首を傾げずにはいられなかった。

映画で新たに付け加えられた木樵りの陳述が、事件の「真相」だったことを、まずそれを書き加えた黒澤明が認めている。彼が言うには、「最初橋本が書いてきたのは三話だけで、それだけだとどうしても短いんですよね。もう一つ作らないと長さも足りないわけよね。だから、実際真相はこうであるっていうのをもう一つ僕が書いた」（傍点引用者）という。(4) ほぼ原作の構成通りに、並置された「三話だけ」でシナリオを書いた橋本忍は、黒澤明が修正した台本の最終稿を読んだときに、その着想と腕に感心しながら、「クライマックスでは、原作にも私の脚本にもなかった挿話が挿入される」として、こう述べている。(5)

> それは木樵が自分の目で見たこの事件の真相――多襄丸の供述、真砂の懺悔、武弘の死霊の憑いた巫女の言葉、それらをいずれも虚言とする、この事件の真実であり――よほどの膂力のある豪腕、強烈な腕っ節でなければ成立せしめ得ない、特異なシチュエーションだが、見事にそれを書きこなし「藪の中」そのものを引き伸ばしている。（傍点引用者）

この書き加えのために「話全体をやや複雑難渋にし」たとも橋本は感じたようだが、黒澤の考案による「真相」提示について、橋本がその意を汲み取ったのは明白である。実際、黒澤の考えが映画作りに実によく反映されている。「開かれた作品」となる原作「藪の中」と異なり、『羅生門』は厳密に構成された「閉じられた作品」であり、事件の真実が開示されているということを映画表現の文法的特徴から明快に検証した論考に、今成尚志の「黒澤明『羅生門』におけるジェンダー表象について」[6]がある。今成によれば、木樵りの最後の陳述の映像表現には三人の事件当事者の証言に対する「内的規範からの逸脱」が二つある。ひとつは、真実を告げる木樵りの証言のみ音楽とヴォイス・オーヴァーが不在であること。もうひとつは、木樵りの証言のみ回想主体の身体が画面に映らない回想シーンになり（「木樵りの瞳はそのときカメラ・アイと化していた」）、帰結部には客観ショットが挿入されたこと。これらの逸脱は木樵りの証言の客観性を強固に保証しているのだと力説する当論文の論証には、極めて説得力がある。

今成の立証は、『羅生門』をめぐる「真実に未決定性を前提とした批評や分析が多い」ことを踏まえたもので、「複数の信頼できない話者によって『羅生門』が構成され」たとする通説を退けるための検証であった。そこで指摘されているように、「物語における真実の決定（不）可能性の問題に過剰に着目」されてきた『羅生門』の受容史があり、『羅生門』を真実決定の不可能性を表す映画として見る傾向は、「羅生門」が流行語となった中国だけでなく、欧米や日本でも根強く存在していた。ドイツの哲学者マルティン・ハイデガーが、一九五〇年代に「言葉についての対話」の中で、当時欧米で話題を呼んだ『羅生門』を観た感想として、「幸い観ました」「人を思わず不思議なところに引き入れる日本的世界の魅力を経験した」と書いたことがある。この文章で対話の相手として想定された人物で、一九五四年にハイデガーを訪問し面談した手塚富雄はハイデガーが示した『羅生門』への関心について、「たぶん、あの映画の、現実認識にたいする一種の無限定性が、東洋的なものとして興味をひいたのではないか」（傍点原文）と解説している。[7]「現実認識にたいする一種の無限定性」という哲学的な要約は、欧米における『羅生門』理解を最大公約数的に言い表したものではないかと思われる。だからこそ、黒澤明が欧米で「真摯な道徳的・哲学的な問題を作品の中に投げかけた〝偉大な芸術家〟と見なされて」きたのだろう。[8]そして、「無限定性」に傾く受容の仕方においては日本でも同様な状況があったことを、佐藤忠男の次の回想から確かめられる。[9]

この映画は、おなじひとつの事実に対して当事者たちがみんな違うことを言うという着想の面白さと、それを画面で描き分けてみせた演出の才気とによって評判になり、真実は分らない、という懐疑的な思想を表現したものであるかのように受けとられた。一九五一年のヴェニス映画祭で日本映画として最初のグランプリをとり、日本映画が国際的に認められるきっかけともなって、とくにその点が改めて強調されもした。(傍点引用者)

なぜ「真相」が提示されていないながらも、『羅生門』は「真相が分らない」ことを表現した映画のように理解されるのか。『羅生門』をめぐるこうした受容傾向は、何に由来するのか。本稿はこのような疑問から出発し、黒澤明の「藪の中」改編を戦後日本の時代状況の中で検証してみたい。そのためには、黒澤明が付け加えた、木樵りの陳述による第四話の物語（黒澤による「真相」）に対するテクスト分析が必要である。人間肯定のイデオロギー(10)にもとづいて謎解きが行われた『羅生門』が、依然として真相が〈藪の中〉であるかのような印象を与える原因は、やはり黒澤明の改編にあると思われるからである。

2　「真相」に立ち現われた人間像

黒澤による「藪の中」改編のバイアスを明らかにするために、彼の創作による第四話においてどのような当事者たちの人間像が作り上げられたのかをまず見てみよう。木樵りの目撃による第四話は、前三話よりも当事者三人の科白がとりわけ多いことが目立つ。しかも、彼らの科白は、露骨な自己弁護や他者攻撃に多くが費やされる一方、どの人の言動も前後矛盾を否応なしに露呈している。そしてその結果、当事者三人の関係が、裏切ることと裏切られることとの連鎖となり、最終的に三人ともにもっとも不本意な結果になってしまったと言える。

真砂をレイプした多襄丸が、頭を下げてまで真砂に自分の妻になれと切願した。ところが、武弘が「欲しいと言うならくれてやる」と言った途端に、多襄丸の態度がたちまち豹変し、縋り付いてくる真砂に「来るな」と怒鳴る。真砂は、多襄丸の懇願に対して、「女の私に何が言えましょう」という理由で、己の運命を決める権利を放棄した。ところが、男二人に見捨てられそうに見えてくると、「女は腰の太刀にかけて自分のものにするものだ」と男性的論理を逆手に取って反逆し、男たちの死闘を煽る。そして彼女が自分の唆しが招来した夫の死に対しては、あたかも予想だにしなかったように怯え、決闘に勝った多襄丸に付いていこうともせずに、逃げてしまう。

三人のうち、殺された武弘がもっとも無念だったに違いない。だが、そうなってしまったのは、彼自身の言動にも原因がある。彼は自分の妻を「売女」として唾棄し、その場で彼女に自害を迫った(11)。しかも彼は「こんな女のために命をかけるのは御免だ」とはっきりと言った。徹底的なエゴイズムと女性蔑視を自ら曝け出したわけだが、もしその醜悪さを最後まで貫けば、逆に死を避けられたかもしれないのが皮肉である。彼は「命をかけるのは御免だ」と表明したにもかかわらず、不本意にも多襄丸と太刀打ちをすることになり、「死にたくない」と哀叫する中で、死への限りない恐怖を抱きながら殺されたのである。このように、第四話においては、登場人物一人一人に一貫した行動原理が見られず、その時々の言動が捉えがたい動機によるものが多い。そして誰一人として、頼り甲斐がなく、すぐ自分の前言を翻したりする。そこには、いかにも容易く自己否定する不安定な人間像が立ち上がってくるのである。

『羅生門』が国際的に評価された後に、黒澤は「人間を信ずるのが一番大切なこと」(『映画の友』一九五二年四月号)と題する対談で、「藪の中」を芥川龍之介の「嘘」として、「よくてらって人間を信じないと云うけれど、人間を信じなくては生きてゆけませんよ。そこをぼくは『羅生門』で云いたかったんだ」と説明したことがある。この人間信頼の表明がしばしば論者に引用され、『羅生門』を人間肯定の方向で解釈する根拠とされてきた。しかしここで問われるべきことは、黒澤が原作における事実の再現不可能な構成を、人間不信を衒うもったいぶった「嘘」だと否定し、あえて第四話の「真相」を付け加えたにもかかわらず、その「真相」が端的なニヒリズムにもとづく人間認識を提示したものであり、結局のところ人間の不可解性を強調するにとどまるという、自家撞着に陥っていることではないか。木樵りの目撃談を聞いた下人が口にした「人間のすることなんざ全く訳がわからねえって話さ」という一言が象徴するように、人間の心の底知れなさが逆にその真実とされた物語によって立証されているのである。

そうした、懐疑主義的な人間像が、真相探しを止むことのない循環に導いてしまったのではあるまいか。

要約すれば、第四話の特徴は極端にエゴイストで、動揺しやすい脆弱な人物の群像を描いたところにあると言えよう。ころりと心が変わり、死を極端に恐れる強盗。己の運命を決める権利をあっけなく放棄し、強盗に自分を助け出してくれることを期待した妻。(12)凌虐された妻を「売女」と唾棄する夫……。このような当事者たちの姿は、実は前三話に語られた彼らの自己像――英雄的な気概のある強盗（多襄丸の陳述）、心中によって夫婦関係を全うしようとする貞淑な妻（真砂の陳述）、妻を取り戻そうとして逆に妻に傷付けられた誠実な夫（武弘の陳述）――とは、ちょうど正反対のものになっている。黒澤明はシナリオに四つ目の物語を書き加えるに当たり、原作の当事者たちの自己をめぐる陳述を〝自己美化〟と見立て、それを突き崩す方向で、第四話を考案したと推測される。言い換えれば、前三話の「真相暴露」的な事件の再構成が、第四話の「真相」だったのである。

ところで、占領期の日本において、「真相」はよく耳にする言葉だった。「真相はこうだ」、「真相の真相」のような言い方が流行語になって巷に流されていたからである。(13)「真相はこうだ」はNHKラジオが一九四五年一二月九日から放送した連続番組「真相はかうだ」から来た言葉で、当番組は戦前日本の軍国主義の実態を暴露することで人々に衝撃を与えた。全十回の放送終了後、この番組は聴取者の質問に答える形式の「真相箱」に引き継がれた。そして「真相の真相」という流行語を生んだのは、一九四六年三月創刊の月刊誌「真相」である。「一切のデタラメを暴露し、すべての真実を伝へる」ことを使命とする当雑誌は、「バクロ雑誌」という文字を表紙に刷り込んでいた。

〈藪の中〉の事件当事者に対する黒澤明の「真相暴露」的な再解釈には、そうした同時代のジャーナリズムを巻き込んだ「真相ブーム」の思考様式と類似する図式が読み取れよう。また、多襄丸、武弘、真砂の黒澤の創作した「真相」でのインモラルな人間への転落は、「人間は堕落する。義士も聖女も堕落する。」と宣言した坂口安吾の有名な評論「堕落論」を図解したもののようにも見える。黒澤明が創作した「真相」が、映画に出てくる荒廃した巨大な羅生門が象徴したように、戦後の焼け跡に生きるデカダンスで、インモラルな人間の原像であった。「廃墟がデカダンスを意味するものである」と、椎名麟三が評論「廃墟のモラル」（『進路』一九四八年五月号）で書いている。黒澤明が作り上げた無責任な人間たちと頽廃した世界は、あたかも椎名麟三の次のような時代観察を具象化したもののようにも受け取れる。

世を蔽ふヤミ行為、解決のない政治、そして相つぐ殺伐たる事件、しかも自分の心のなかには、如何に生くべきか、または何を為すべきかの価値体系が崩れ去つてゐるのである。そこには、終末の予感さへただよつてゐるやうに見える。

3　無意味な〈戦い〉と偶然な〈死〉

木樵りの目撃による第四話の多襄丸と武弘の決闘場面も多くの問題を含んでいる。二人の決闘の目的は何だったのか、やや理解し難いのだが、二人の男は如何にも不本意な戦いをさせられたと見える。「男じゃない」と真砂に罵られたために、男の面子と名誉を挽回するためなのだろうか。しかし、彼らの戦いぶりは却って男たちの面子を潰しかねないものだった。

目をつぶったままに無闇に太刀を振り廻したり、やたらに地面に這いまわったりするような、二人とも戦戦兢兢とした無様な決闘。よほど異様な状況下でなければ、そのような決闘は想像し難い。この場面は時代劇定番の「殺陣」に当たるが、この無様な殺陣については、次のようにしか解釈できないのではないか。つまり、それは人に煽動され、強制された戦いをデフォルメした映像的表現であり、多襄丸の陳述にさしはさまれた〝美化〟された戦いを嘘として否定し、それを解体させるという映画構造的な意味の方がより大きいのである。

映画『羅生門』はＣＩＥ（民間情報教育局）による時代劇禁止令が緩和される兆しが見えた時期に、大映が黒澤に期待をかけて作らせた時代劇だったことを忘れてはならない。一九四五年一一月にCIEは日本映画に関する十三項目の禁止令を出し、「仇討に関するもの」「封建的忠誠心または生命の軽視を好ましきこと、または名誉あることとしたもの」「残忍非道暴力を謳歌したもの」を含む映画を禁止の対象とした。この俗にいう「チャンバラ禁止令」によって、時代劇の制作が厳しい制限を受けていた。また、黒澤の戦時中から始めた制作で、歌舞伎『勧進帳』の一幕を翻案した『虎の尾を踏む男達』が、占領の終結までに上映できなかったという事情もあった。

後に『用心棒』などの時代劇の殺陣に革新をもたらす黒澤だが、この『羅生門』において前後二つの対照的な殺陣を再現するという、当時としては実験的な試みをしたと言える。つまり、多襄丸の陳述による武士と強盗の激しい斬り合いを見せた後に、二回目の真実とされる斬り合いで、前のものを嘘として否定するように演出したのである。[14]

日本敗戦後に民間の武装解除も求めたアメリカ占領軍が、民間の武器回収を命令する、いわゆる「刀狩り」が実施されていた。[15] 戦時中に日本刀＝軍刀は戦う日本のシンボルとなったために、占領軍はそれを残虐なものとして忌避し、日本刀を振り回す映像表現を禁じていた。[16] 時代劇の刀を使った斬り合いのシーンは、終結したばかりの戦争における日本軍の戦いを容易く連想させるという同時代的な共同認識があった。このように考えた場合、一回目の殺陣は「封建的」な武士道精神を体現するかのようなもので、「チャンバラ禁止令」の「残忍非道」や「生命の軽視」に抵触する恐れのある映像だったのに対し、それを虚偽による武勇談として否定する二回目の殺陣は、双方にとって不本意な強制された戦いを観客に見せることで、戦争の本質が無意味であることを映像的に表現したと見ることができる。

『羅生門』が描くこの無様な決闘は、したがって、物語的には著しく合理性に欠けてはいるものの、自分たちもまた煽動されて戦場に駆り出され、不本意な戦いを強いられたという自覚を持っていた一部の日本人の意識にマッチしていたのだろう。戦争責任問題をめぐる日本人の意識の中に「指導者によって自分たち国民は「ダマサレテイ

タ」というある種の被害意識」があったことは、早くから歴史研究者による指摘がある。(17)

そうした殺陣の処理法にも関係するが、第四話における武弘の死は、前三話において異なる動機づけのもとに語られてきたそれとは顕著な違いを見せている。すなわち、第四話だけは武弘の死を偶然の結果として説明していることである。武弘の死には前三話のどの話においても、それなりの理由（必然性）が示されていた。それは、多襄丸の真砂に対する所有欲だったり、真砂による裏切りだったりするが、その死に至った因果関係には合理的な説明がなされていたのである。しかし第四話における武弘の死には、因果関係について納得のいく説明や、成行きの必然性らしいものが見られない。刀を構えて向き合った二人の間には、気力・実力ともに差がまったくなく、その武器すら二人の手をすり抜けてしまった。武弘の哀れな死を決定づけたのは、相手が自分よりも早く刀を取り戻した偶然によるものに過ぎない。もし武弘の死を、一つの事件（歴史）の結果として見るならば、その事件の経過（歴史の動機）を解釈するに当たって、黒澤明は事件発生の不確定性と偶然性ばかりを強調し、無意識のうちに出来事の必然性を否定するという、ニヒリズム的な歴史認識を代弁しているようにも見受けられる。

ここまでの分析をまとめてみると、黒澤明は「黒澤的真相」を付け加えることで、原作に見られる物語の断層と亀裂を縫い合わせようとしていた。しかしその「真相」とは、敗戦後の日本社会に蔓延していた「廃墟意識」（椎名麟三）から生まれた、ニヒリステックな人間認識と懐疑主義的な歴史解釈を提示するものだったために、逆に人間存在の不確定性を強調してしまう結果となった。真相探しの循環を閉じるどころか、却って解釈学的循環に繋げる回路を作ってしまったのである。

4　法的裁きの欠落

『羅生門』が真相の見えない映画として理解される要因をもうひとつ追加すれば、〈藪の中〉の事件に対する法的な裁きが映画において欠落していることであり、無視できない重大な意味を持つ。

　原作において、当事者たちの語りは、それぞれ異なる場でなされていた。それを『羅生門』では、検非違使庁という同一空間に移し、清水寺での真砂の懺悔も巫女に憑りついた武弘の死霊の独白も、検非違使の聴取に答える事件当事者の陳述として再構成した。そのため、当事者たちの食い違った証言は、事件の経過をめぐる法廷闘争に性質が変わったが、しかしそれを聴取した検非違使の事件に対する裁断は、映画では一切語られていない。

　ここで留意すべきなのは、映画で当事者たちが検非違使庁で証言する場面にしても、そこで語られた三種三様の〈藪の中〉の場面にしても、どれも当日検非違使庁に呼ばれた木樵りと旅法師の語りによって統括されたものだということである。彼らの検非違使庁で観た・聴いたことが、羅生門の下で下人に向かって語られるという、入れ子構造の劇中劇として再現されているのである。したがって、多襄丸や真砂がカメラに向かって語る場面の法廷状況の再現は、木樵りや旅法師（彼らも画面の後方に座っているが）の主観的ショットと理解しなければならない。

　ところが不思議なのは、木樵りと旅法師が（わずか数時間前に）検非違使の前で証言し、法廷審議の一部始終に臨んでいたにもかかわらず、なぜか彼らの主観的回想には、国家権力の具現者であり、法の執行者である検非違使の姿が一度も表れることはない。それどころか、彼らの意識は、検非違使の姿を思い浮かべる（カメラで捉えるのを極力回避しているようにさえ見える。検非違使の訊問時の肉声まで、記憶から喚起されることはなかった。検非違使とは向かい合っていたはずなのに、なぜか検非違使に背を向けた逆方向からのカメラ・ポジションでしか法廷は再現されていないのである。このような木樵りのきわめて不自然な主観的ショットを取り入れた結果、映画の検非違使庁と称された空間には、画面の奥に白い塀が見えるほかには、検非違使の存在を代理表象する記号すら画面に表れないのである。

　検非違使の身体的イメージおよびその権威性を表象する記号の不在は、何を意味するのだろうか。ひとつ確実なのは、それによって物語に潜在しているはずの検非違使による事件判決が、完全に黙殺され、不問に付されることが可能になったということである。検非違使庁は本来は「法的正義」が実現される空間であり、多襄丸による真砂へのレイプ、武弘の殺害は当然そこで罪を問われ、処罰されなければならない。しかし映画では、検非違使庁は「法的な正義」が実現可能な空間として描かれてはいない。そもそも事件の真相は羅生門で明かされたのであり、検非違使庁では、事件の本当の経過さえ明かされなかった。(18) 小説「藪の中」から見られる〈唯一真実の不在〉という主題は、『羅生門』では〈法的に確定できる真実の不在〉に変容したと見ることができる。羅生門の下で「わからねえ……さっぱりわからねえ」とひたすら嘆いた木樵りも、「恐ろしい話だ」と固唾を飲んだ旅法師も、検非違使の審議や裁断、あるいはいつか下るであろう判決のことなどは問題にすらしていない。彼らは検非違使庁で見聞した〈藪の中〉の事件を、法的な問題とするのではなく、ひたすら「人間」と「世の中」の問題にすり替えて議論し、また最終的には、「おぬしのおかげで私は人を信じて行く事ができそうだ」と旅法師が木樵りに言ったように、おのれの心情的レベルの問題として解決したのである。このように見れば、羅生門の世界は、検非違使が表象する「法的権威」や、その存在によって実行されるべき「法的正義」などを微塵も信用しない、戦後的な空間そのものだったと言えよう。

『羅生門』に表れた法への強い不信感は、どこから来たものなのだろうか。それを映画が制作される当時の時代状況に還元するならば、戦後日本にとって重大な意味を持つ極東国際軍事裁判、東京裁判に想起せずにはいられない。東京裁判は裁く側が見えない（裁く側の資格が疑われる）裁判、裁かれるべき戦前日本の絶対者が不在の裁判、そのために戦争犯罪を裁く正当性を失った裁判、また多くの裁かれるべきことが裁かれていない裁判であるというように、二重三重の欠落や空白を含んでいたため、同時代の多くの日本人の眼には「茶番劇」あるいは「勝者の政治ショー」として映っていた。(19)『羅生門』に見られる「法的な正義」への不信は、東京裁判に対する一般の日本人の心証を土壌に醸し出された集団無意識のようなものではなかろうか。かつて海外の日本研究者のドナルド・キーンとジョン・ダワーが、いずれも東京裁判と関連付けて『羅生門』に言及したのは、まさそのためだったと思われる。ドナルド・キーンは「『羅生門』が封切られた当時の日本は、まだ戦争裁判の記憶あざやかなころであり、そのため、証人の言葉から真実を再構築することのむずかしさが、ひとしお人々の身近に感じられ」た[20]と指摘している。一方でジョン・ダワーは、「東京戦争犯罪裁判が終結に近づいていた」頃から蔓延した「今の社会では何が犯罪か決めることができない」という「シニカルな理屈」が、「相対的真実」を「みごとにとらえ」た『羅生門』で「もっとも洗練された表現法」を獲得した、と看破したのである。[21]このような視点は『羅生門』を論じた日本人批評家たちには明らかに欠けているものである。

虚無主義的な人間認識を裏付けとする事件の「真相」。そして「法的な正義」に結びつかない「真相」の暴露。映画『羅生門』は真相提示の意図とその「真相」が表現し得たものとの矛盾や亀裂によって、観客を繰り返し「藪の中」に投げ込んだのではないだろうか。モラルと法の真空地帯では「真相」などは見えるはずがない。そういう意味で、『羅生門』を「真相」のない世界と読み取ったのはむしろ正当な受け止め方だと言える。

『羅生門』がグランプリを受賞する一九五一年九月一〇日のわずか二日前に、戦後日本の主権回復を意味する「サンフランシスコ講和条約」が調印された。この絶妙なタイミングも関係して、『羅生門』受賞が敗戦でうちひしがれていた日本人に自信と勇気を与えた歴史的な出来事として語られるのは定番となっている。日本の占領期に『素晴らしき日曜日』『酔いどれ天使』『野良犬』などで一貫して戦後の現実をジャーナリスティックに撮り続けた黒澤明が、戦後初めて挑んだ時代劇が『羅生門』だった。その映像が真の意味で反映し得た「時代」は、相変わらずのモラルの焦土と精神的廃墟を特徴とする戦後日本の社会風景だった。映画史に残る名作『羅生門』もまた、確実に戦後日本の問題系の中で捉えるべき映画なのである。

注

（1）謝霆鋒（ニコラス・ツェー）「羅生門」（作詞林夕、作曲呉国敬、二〇〇二年八月）。羅志祥（ショウルオ）アルバ

ム『羅生門』(曲「羅生門」収録、二〇一〇年一月)。
(2) 二〇〇二年七月二五日から北京人民芸術劇院小劇場での『羅生門』公演、二〇一〇年五月二二日から繁星戯劇村での『羅生門』公演、二〇一二年五月一八日から繁星戯劇村での『別対我説謊』(嘘はやめてね)公演などがある。
(3) ただし、木樵りが自分が事件の現場から短刀を持ち帰ったことを陳述で隠していた。このことを下人が推理して見抜いたとされている。
(4) 『黒澤明宮崎駿北野武——日本の三人の演出家』(ロッキング・オン、一九九三年九月)、五七−五八頁。
(5) 橋本忍『複眼の映像　私と黒澤明』(文藝春秋、二〇〇六年六月)、六五頁。
(6) 『言語社会』4、一橋大学大学院言語社会研究科、二〇一〇年三月。
(7) 手塚富雄「ハイデガーとの一時間」(『理想』、一九五五年五月)。引用は藤井貴志『芥川龍之介〈不安〉の諸相と美学イデオロギー』(笠間書院、二〇一〇年二月、二九七頁)による。
(8) アンドユー・ホルバート「黒澤明監督の評価の分かれる「遺産」——『羅生門』の日本とアメリカでの評価比較して」(『国際文化会館会報』19、二〇〇八年七月)、二八頁。
(9) 佐藤忠男「小説「藪の中」と映画「羅生門」」(『ユリイカ』一九七七年三月号)。佐藤忠男は『黒澤明作品解題』(岩波書店、二〇〇二年一〇月)において、外国では「この映画の主題は懐疑主義であるということが定説になった」が、「それは原作者の芥川龍之介にとっては重要な主題であっても」『黒澤にとっては、主題自体はあまり重要なものではなかった」と言っているが、一方では、『羅生門』を真相が確定できないことを表現したものとして、次のように要約したことがある。「この映画は、このひとつの事件をめぐり、四人の当事者がそれぞれに自分に都合のいい証言を行なうのにともなって、それを四通りに描き分けて見せ、真実は誰にも分らない、という結論を示した。」(『日本映画史2』、岩波書店、一九九五年四月、二三五頁)
(10) 特に木樵りが捨て子を抱えて羅生門を去るという映画のラストには、人間肯定の強いメッセージ性が込められている。
(11) 武弘が真砂に「二人の男に恥を見せて、なぜ自害しようとせぬ……あきはれた女だ」と言い、多襄丸には「こんな売女は惜しくない……欲しいと言うならくれてやる」と言う。

(12)　真砂はこのように言っている。「多襄丸なら、私のこの助らない立場を片付けてくれるかもしれない……そう思ったんだ……私は、このどうにもならぬ立場から私を助け出してくれるなら、どんな無茶な、無法の事でもかまわない……そう思っていたんだ」と。

(13)　思想の科学研究会編『共同研究　日本占領研究事典』（現代史出版会、一九七八年九月）、六七—六八頁。ほかには、竹山昭子『ラジオの時代　ラジオは茶の間の主役だった』（世界思想社、二〇〇二年七月）などを参照。

(14)　滋野辰彦は「二つの斬り合いがちがった演出で効果を上げ、黒澤はあのために第四の話を思いついたのではないかと想像されるほどだ」（「羅生門」、『キネマ旬報』一九五〇年一〇月下旬号）と述べている。また、長谷正人は「占領下の時代劇としての『羅生門』——「映像の社会学」の可能性をめぐって」（長谷正人、中村秀之編著『映画の政治学』青弓社、二〇〇三年九月）において、『羅生門』は「同じ殺陣を二度繰り返し、最初に提示した様式的な殺陣の嘘っぽさを、最後に提示した新しい人間主義的な殺陣によって批判した映画とみることができる」と論じている。ただし、二回目の殺陣を「新しい人間主義的」と見るのは果たして妥当なのかという疑問がある。

(15)　荒敬『日本占領史研究序説』（柏書房、一九九四年六月）の「第1章　日本の武装解除と占領下の治安対策」を参照。三八—六四頁。

(16)　『占領期雑誌資料大系　大衆文化編Ⅰ　虚脱からの目覚め』（岩波書店、二〇〇八年九月）の「第三章　時代劇映画と民主主義」（原田健一解説）、平野共余子『天皇と接吻 アメリカ占領下の日本映画検閲』（草思社、一九九八年一月）などを参照。

(17)　吉田裕『日本人の戦争観　戦後史のなかの変容』（岩波書店、一九九五年七月）、荒敬『日本占領史研究序説』「第二章　占領と日本政府・自治体・国民の諸相」などを参照。

(18)　木樵りが検非違使庁で目撃した真実を証言していなかったこと、また武弘の死骸を見つけたという虚偽の証言したことなどが、法的には重大な責任を問われるべきだろう。

(19)　鶴見俊輔『戦後日本の大衆文化史　一九四五—一九八〇年』（岩波書店、一九八四年二月）では、「天皇が戦争裁判に呼ばれなかったということは、日本国民の大多数にとって安心感を与えました。同時に、この事実は、戦争責任に対する裁判をするという論理そのものの否定であるということをも感じさせました。この二重の意味づけは、戦争裁判に対する日本人の反応のもっとも重要な部分です」と述べている。また、大沼保昭『東京裁判から戦後責任の思想へ　増補版』(東信堂、一九八七年六月）では、「戦後日本公民の間には」「東京裁判に対する無言の不信ともいうべき抜き難い感情が潜んでいる」とし、「軍国主義的指導者が裁かれたことへの是認と、裁いた側の論理への不信とは、私たちの実感にもっともよく合致するものとして、共存して今日に至っている」としている。さらには、中立悠紀「東京裁判観――占領下の日本国民は東京裁判をどう見たか」(『比較社会文化研究』第33号、二〇一三年二月）などをも参照。

(20) ドナルド・キーン著、徳岡孝夫訳『日本文学史　近代・現代篇三』(中央公論社、一九八五年一一月)。30頁。

(21) ジョン・ダワー『敗北を抱きしめて（下）』(岩波書店、二〇〇一年五月)。三七一頁。また、水口紀勢子「黒澤明監督『羅生門』と母性」(『帝京大学外国語外国文化』4、二〇一一年三月）によれば、「欧米においてKUROSAWA研究が充実すると、このラストの選択にも、ラストの場、羅生門そのものにも、戦後の日米関係の深読みを、ためらうことなく仕掛ける動向が始まる」という。その一例に、「事件の当事者に対面すはずの、検非違使の不在性を」「占領政策に関連させて説く」Mitsuhiro Yoshimoto の論（KUROSAWA Film Studies and Japanese Cinema,Duke University Press,2000.189)が紹介されている。

「白」――芥川版「母を恋ふる記」？

田村修一

1　芥川童話における「白」の位置

現在においては「児童文学」の呼称でカテゴライズされる文学作品群が存在している。しかし芥川存命中は、それらの作品群は、「御伽噺」から「童話」へとその呼称の転換が進んでいた時代であった。もっとも芥川自身は、「御伽噺」という呼称を好んで使っていた。

「御伽噺」から「童話」への呼称の転換は、やはり鈴木三重吉による『赤い鳥』の発刊等に代表される動きによるところが大きかった。『赤い鳥』は言うまでもなく、大正七年七月に創刊された、エポックメイキングな雑誌である。各巻の冒頭部には標榜語（モットー）が掲げられ、例えば以下のような文言があった。「現在世間に流行してゐる子供の読物の最も多くは、その俗悪な表紙が多面的に象徴してゐる如く、種々の意味に於て、いかにも下劣極まるものである。こんなものが子供の真純を侵害しつゝあるといふことは、単に思考するだけでも怖ろしい」・「「赤い鳥」は世俗的な下卑た子供の読みものを排除して、子供の純性を保全開発するために、現代第一流の芸術家の真摯なる努力を集め、兼て、若き子供のための創作家の出現を迎ふる、一大区画的運動の先駆である」。

これら『赤い鳥』の標榜語に見られるような子ども観、あるいは「童心」といった観念は、近代以降人々に共有されるようになってきたものであるということが、現在知られている。河原和枝『子ども観の近代』（中公新書、平10・2）から引いておきたい。「子どもがしだいに無知で無垢な存在とみなされて大人と明確に区別され、学校や家庭に隔離されるようになっていったのは、十七世紀から十八世紀にかけてのことである」。この引用箇所は、いち早く近代に移行した西ヨーロッパの事情を指しているのであるが、日本においても明治維新以降、近代化が進むにつれ、西欧社会のそれに準じた子ども観の浸透が進んでいったと見ていって良いのであろう。鈴木三重吉の『赤い鳥』に端を発する一大ムーブメントはその文脈でとらえることが可能である。

芥川は漱石門下生では三重吉の後輩に当たり、芥川がまだ無名のころ、「芋粥」を『新小説』（大5・9）に発表する際には、三重吉の世話にもなっていた。芥川はそのことを恩義にも感じていたであろうし、おそらくは『赤い鳥』の標榜語に見られるような三重吉の理念にも共感を持ち、このムーブメントにダイレクトに関わることになったのである。芥川は『赤い鳥』創刊号（大7・7）にかの有名な「蜘蛛の糸」を提供したほか、「犬と笛」（大8・1）・「魔術」（大9・1）・「杜子春」（大9・7）・「アグニの神」（大10・1、2）の計五作品を『赤い鳥』に発表している。

しかし芥川自身は子ども＝「真純」・「無垢」、あるいは「童心」といった観念を無邪気には信じていなかったかもしれない。「童話」という呼称より「御伽噺」という呼称に執着していたことも、そのような推論を可能にするであろう。芥川は後年「僕も少年文学の新しい創作は必要だと思ふのですよ。僕などはどうも翻訳物のお伽噺ばかり読んでゐたお蔭で今でも王女を待つてゐる形ですよ。一体今までお伽噺を書く人は調子を落して書くやうですね。あれは調子を下げないでやらなければ駄目ですね」（座談会「家庭に於ける文芸書の選択について」『女性改造』大13・3）と述べている。「少年文学の新しい創作は必要だと思ふのですよ」と言うあたりには、確かに三重吉が中心となって起こしたムーブメントに共感していることが伺える。しかし一方、芥川は作品「三つの宝」（『良婦之友』大正11・2）の末尾で、登場人物の王子に以下のような台詞を吐かせている。「さうです。（見物に向ひながら）皆さん！　我我三人は目がさめました。悪魔のやうな黒ん坊の王や、三つの宝を持つてゐる王子は、御伽噺にあるだけなのです。我我はもう目がさめた以上、御伽噺の中の国には、住んでゐる訣には行きません。我我の前には霧の奥から、もつと広い世界が浮んで来ます。我我はこの薔薇と噴水との世界から、一しよにその世界へ出て行きませう。もつと広い世界！　もつと醜い。もつと美しい、――もつと大きい御伽噺の世界！　その世界に我我を待つてゐるものは、苦しみか又は楽しみか、我我は何も知りません。唯我我はその世界へ、勇ましい一隊の兵卒のやうに、進んで行く事を知つてゐるだけです。」。

しかし、この台詞は、『赤い鳥』の標榜語にうかがえる精神からは逸脱しているようにも思われる。「少年文学の新しい創作」が意識されていたことは間違いないであろうが、それは、「子供の純性を保全開発するため」の話を書こうという態度からは離れているようである。鳥越信はかつて「これまで芥川の児童文学と、もちろん全てではないが幾つかの小説を読んできて、私自身が感じた率直な印象は、芥川にとって小説も童話も、結局は同じものだったのではなかったか、という思いだった」（「芥川龍之介における〝童心〟」『國文学』昭47・12）と述べたが、その感覚は正しいように思われる。ただ、「少年文学の新しい創作」であることの意識は、結果として芥川文学をより豊饒にする効果をもたらした。中村真一郎が「童話は、彼の魂の最も無垢な部分を盛ることのできた形式だつた」（『芥川龍之介』要書房、昭29・10）と評した所以であろう。とにもかくにも、芥川の手になる珠玉の童話の作品群が遺されたことは、非常に有り難いことである。

その芥川の手になり、完成・発表された童話は、先に挙げた『赤い鳥』掲載の五作品と、前述の「三つの宝」、加えて「仙人」（『サンデー毎日』大11・4）・「白」（『女性改造』大12・8）の計八作品である。ほか未完（かつ生前未発表）に終わったものに、「白い小猫のお伽噺」・「三つの指環」の存在が知られている。芥川の童話創作の発表舞台が六作目より『赤い鳥』から離れた理由については明らかではない。一つの推論としては、やはり「三つの宝」の末尾の王子の台詞に見ることのできるコンセプトが、『赤い鳥』のコンセプトの枠内に収まらなくなったということが考えられる。しかし一種の決意表明が示されたともいうべき「三つの宝」の後、芥川は童話を二つしか書かなかった。「白」は、芥川による最後の童話となったのである。大正七年に「蜘蛛の糸」を発表して以降、毎年コンスタントに一つまたは二つの童話を書いてきた芥川が、大正十二年発表の「白」を最後に童話創作を打ち切ったことは、重要な事実として認識しておくべきであろう。芥川の死まで、まだ四年の猶予があったのにもかかわらず、である。一つの推論として、「白」の完成により芥川はこの分野ではやるべきことをやり尽くし、思い残すことはないと満足したということが考えられる。これは内面的な問題であるが、外面的な問題として、「白」の発表直後に関東大震災が起こり、日本特に東京が、大きな変容を迫られる事態となったことが関わっているのかもしれない。時を同じくして、大衆文化（文学）の広がりや、プロレタリア芸術の台頭という状況もあった。内面的な要因か、外面的な要因か、あるいは両方とも関わっているのか定かではないが、芥川はこれ以降童話創作のモチベーションを失い、「白」は最後の芥川童話となったのである。

芥川の童話を集めた単行本『三つの宝』（改造社）が刊行されたのは、芥川の死後一年近く経った昭和三年六月のことである。「序に代へて」には「他界へのハガキ」と題された佐藤春夫による序文が掲載され、「芥川君／君の立派な書物が出来上る。君はこの本の出るのを楽しみにしてゐたといふではないか。君はなぜ、せめては、この本の出るまで待つてはゐなかつたのだ」から始まる故・芥川への呼びかけが綴られている。また跋は小穴隆一が執筆し、「この本は、芥川さんと私がいまから三年前に計画したものであります」との記述が見られる。これらの記述から、この『三つの宝』は、芥川自身の編集意図が反映されているものと判断してよいものと思われる。収録作品は掲載順に「白」・「蜘蛛の糸」・「魔術」・「杜子春」・「アグニの神」・「三つの宝」の六作品であり、「犬と笛」と「仙人」の二作品は選抜から漏れている。「犬と笛」については関口安義が「「犬と笛」は物語性に富んだ佳作だとわたしは思う」（『芥川龍之介と児童文学』久山社、平成12・1）と述べ、私もその通りだと思うのであるが、「犬と笛」には、「三つの宝」末尾で語られた芥川の理念に抵触するところがあると思われる。「犬と笛」の主人公髪長彦は「三つの宝を持つてゐる王子」に相当するであろうし、食唇人や土蜘蛛は「悪魔のやうな黒ん坊の王」に相当すると言っても良いであろう。つまり、「犬と笛」は旧弊な御伽噺の類型に嵌ってしまった作品として、作者自身から否定されてしまったと考えられるのである。「仙人」については、初出時に「オトギバナシ」の副題が付けられたところから芥川童話の一つに挙げられているけれども、発表誌は『サンデー毎日』であるし、本当に「少年文学の新しい創作」として書かれたものなのか、疑問に思われる。これは大人向けの「オトギバナシ」だったのではないだろうか。単行本『三つの宝』に収録されなかったのも妥当であると思わされる作品である。さて、この単行本『三つの宝』において、「白」はその冒頭に置かれている。そのことから、芥川自身、この作品を自信作と見なしていたと判断してよいものと思われる。評論家や研究者たちによる評価も概ね高い。

2 芥川と犬

芥川は犬嫌いで知られている。『臨時増刊　文藝』(昭29・12)は「芥川龍之介読本」と題され、作家や評論家らのほか芥川ゆかりの人々による文章が集められている。その中で芥川の小学校・中学校時代の同級生國富信一の「芥龍と犬」と、中学校時代の恩師廣瀬雄の「芥川龍之介君の思出」は、いずれも芥川の犬嫌いのことに触れられている。芥川は犬が玄関近くにいるような家は遠回りしてでも避けながら歩いていたことが知られるのである。「何しろ数軒前で既に犬の体臭かなにかを嗅ぎ分けてその存在を感知するのだから驚き入つた次第である」(「芥龍と犬」)といった証言は強烈である。芥川自身の言葉としては、大正六年四月五日付佐藤春夫宛書簡に「唯犬に対してだけは　全然あなたと同感が出来ません　僕はストリントベルクと共に犬が大きらひです」「あなたが犬さへ縛つて置いて下されば　おたづねする気もあるのですが、この二三週間は又原稿を書くのに追はれさうなので　当分はさうも行きません」という記述がある。

このような犬嫌いの芥川が、「白」のような犬を主人公とする名作を書き上げた事には若干違和感を感じさせてしまうが、やはり芥川ほどの芸術家になると、たとえ自分が犬嫌いであっても、人間と犬との心の交流的なドラマは想像力で創作できてしまうのであろう。佐藤春夫は『三つの宝』の序文(「他界へのハガキ」)の中で以下のようなことも述べている。「僕の方からはさう手軽るには——君がやつたやうに思ひ切つては君のところへ出かけられない。だから君から一度来てもらひ度いと思ふ——夢にでも現にでも。君の嫌だつた犬は寝室には入れないで置くから。犬と言へば君は、犬好きの坊ちやんの名前に僕の名を使つたね。それを君が書きながら一瞬間、君が僕のことを思つてくれた記録があるやうで、僕にはそれがへんにうれしい」。

「犬好きの坊ちやんの名前に僕の名を使つた」とは、芥川の「白」の、犬の飼い主の家の坊ちゃんの名前が「春夫」であることを指している。おそらく芥川は名作「西班牙犬の家」の作者であり、犬を飼っていた佐藤春夫を意識して、坊ちゃんの名前を「春夫」としたのであろう。犬嫌いの芥川であったが、佐藤春夫の「西班牙犬の家」を芥川は高く評価していた（「文芸的な、余りに文芸的な」より「三十三　新感覚派」、『改造』昭2・6）。

河原和枝による前掲書『子ども観の近代』のなかに、愛犬を殺された少年の綴り方が『赤い鳥』に掲載されたことが紹介されている。それは「犬」と題された、「茨城県真壁郡大宝小学校尋四年」横瀬秋男の作品である。該当の『赤い鳥』大正十一年八月号（第九巻第二号）より全文を紹介しておきたい。

「せんに、おらぢにペスといふ犬がゐました。父ちやんがいくら鉄砲のことを教へても、できないので、かまはないでおきました。ある時、どこのだか、あたまの毛のもさ〳〵した人が来て、ちよいつと犬をつれて新道の方へいきました。おんらもあとをくつついていくと、新道の田のところで、あぶらげをやつたりなにかしてころさうとしました。犬がいつしやうけんめいにげまはるので、なか〳〵ころせませんでした。さうすると、その人はふところからピカ〳〵するでばを出して、それを急に犬にぶつけました。犬の足にあたつて、犬はきやん〳〵なきながら、びつこしき〳〵にげていきました。その人は、びつこの犬を、かけていつてつかめました。そして、でばで鼻づらをはたいたり、まきだんばうではたいたりして、とう〳〵ころしてしまひました。犬の口からは、血が一ぱいに出てゐました。おれは、それを見ると、かはいさうになつて泣き〳〵うちへ行きました。「おらいの犬、新道んとこで、ころされちやつたよう」と、おれは母ちやんにいひました。母ちやんは平気で「さうか」といひました。おれは戸んとこへ、おつかゝつて泣いてゐました。日暮れになると、父ちゃんが帰つて来たので、このことを話すと、父ちゃんはたまげて、ころした人の家へおしこんでいきました。もう間に合ひません。おれは父ちゃんがいつたあとで、「はあ肉くつちやつたつべ」と思つてゐました。そのうちに父ちゃんがかへつてきて、「あつちへ行つたら犬の肉を食つてゐたところだつけ」と、がつかりしたやうにいひました。そして父ちゃんはだまつて湯に入つてねてしまひました。おれは、そのばんは、ゆめばかり見てゐました。」

「白」を彷彿とさせる内容であり、芥川がこの綴り方を見た可能性は十分あると思われる。鈴木三重吉による選評もついでに紹介しておきたい。「横瀬君の「犬」は、短かい言葉で、すべてを、よくあり〳〵と写し出してゐます。表現の締り整つてゐる点では、入選中一ばんの出来です。今でもまだ犬を殺して食つたりする人があるのですかね。横瀬君のいろ〳〵の感情は言外によく表はれてをります」。たまたま手に取ってみたこの『赤い鳥』の該当号であるが、清水良雄による「ふしぎな犬」と題された口絵が掲載されていたり、宮原晃一郎「山犬（童話）」という作品も掲載されている。犬と童話は親和性の高いものなのであろう。近代日本の童話の嚆矢と言ってもいい巌谷小波の『こがね丸』（博文館、明24・1）も犬を主人公とする物語であった。

3　母を恋ふる記？

中村真一郎はまた「ぼくらが彼の童話で感心するのは、その例外のない、後味のよさでる」（前掲書『芥川龍之介要書房）と述べており、そのとおり、「白」は全く後味の良い感動作である。関口安義が自らを「「蜘蛛の糸」「杜子春」「白」を龍之介童話のベストスリーに推す者である」（前掲書『芥川龍之介と児童文学』）と述べるなど、評論家や研究者たちの評価も概して高い。しかし、「蜘蛛の糸」や「杜子春」に比べれば、言及される割合は少ない印象もある。「白」は出典を調査してみようという動機が起きにくいということもあるであろうし、また佐古純一郎が「この最後のシーンは、私は理くつぬきにしていいと思うね。理くつは要らないと思う。読むたびに感動させられます」（『芥川龍之介の文学』朝文社、平3・6）と述べているとおりの気持ちにさせられる作品であるからだとも思われる。スタンダードな読みの系譜として、関口安義・庄司達也編『芥川龍之介全作品事典』（勉誠出版、平12・6）の「白」の項目から引用すると、以下のような記述がある（執筆者は武藤清吾）。「「苦悩に直面することによってつぐなわれるという凡人の誠実さに対する救い」（恩田逸夫「芥川龍之介の年少文学」『明治大正文学研究』一九五四・一〇）、「はじめて、罰せられたエゴイズムを救済した」（三好行雄「〈御伽噺〉の世界で」『鷗外と漱石　明治のエートス』力富書房　一九八三・五・三一）、「芥川の罪意識と救済のイメージ」（宮坂覺「芥川龍之介の罪意識」『罪と変容』笠間書院　一九七九・四・二八）など、罪と救済の物語として読まれてきた」。

宮坂の「我執・裏切り（罪）――罪意識――罪への苦悶――罪の告白（懺悔）――救済という宗教的（キリスト教的）救済のイメージが完結性をもって表されている」（宮坂覺前掲書）という読みは、今後もこの作品を読み解く上において、外せないものであろう。

「白」に批判的な見解として、酒井英行による「〈黒色の白〉として前向きに生きていくことが出来ないのは、黒色への偏見と〈元の自己〉への愛着とで自己完結してしまい、心の扉を他者に向けて開かないからである」（『芥川龍之介　作品の迷路』有精堂、平5・7）というものがある。しかし「黒色への偏見」には慎重であるべきであろう。白は隣の黒犬の黒君に偏見を持っているように描かれていない。武藤清吾が「描かれた白の苦悩は、内面の自己と身体性との不一致を根拠としており、黒色になったこと自体への言及あるいはそれを想起させる描写は本文中にはない」（「芥川龍之介の童話（三）」『両輪』平12・3）と述べたように、「黒いのがいやさに」とは、アイデンティティーの問題と考えたほうが良いであろう。また「白」というのは、彼の名前でもある。仔犬のナポレオンの「白――ですか？白と云ふのは不思議ですね。おぢさんは何処も黒いぢやありませんか？」という台詞は重要なもので、彼が親ともいうべき飼い主から与えられた名前も、実質的に失ったことを表している。私たちは鏡を見ることで自己を確認し、自らの固有の名前を持つことでまた、自己を確認するであろう。白はそれを失ってしまった。白の苦悶は罪への苦悶であるとともに、アイデンティティー喪失の苦悶でもあるのである。

黒と白の問題は、関口安義編『芥川龍之介新辞典』(翰林書房、平15・12)の「白」の項目でも触れられている(執筆者は佐藤泉)。佐藤は以下のように述べる。「罪の主題と皮膚の色とを組み合わせて具体化するさいに、芥川龍之介は白＝善・清らかさ、黒＝邪悪・罪という一般化された連想をそのまま借用している。この作品の浄化と救済のイメージに説得力を与えているのが、この固定した連想である。大正期の作家のあずかり知らぬこととといってしまえばそれまでであるが、皮膚の色と価値とを結びつけるのが人種主義のレトリックであるのはいうまでもない」。この原稿を書いている現在(平成二五年夏～秋)、外資系の保険会社アフラックのテレビCMに、ブラックスワンなるキャラクターが登場している。アフラックのイメージキャラクターの白いアヒル＝アフラックダックの活動を妨害する性悪な鳥として登場していて、これなどは、「人種主義のレトリック」として批判することは可能であるかもしれない。バレエの「白鳥の湖」に出てくる白鳥と黒鳥の対比の系譜といえるのであろう。しかし「白」においては、黒犬の黒君は性悪な存在として描かれているわけではなく、「義犬」として世間に周知されていくのも黒い犬である。また他の芥川作品「犬と笛」において登場する黒犬と白犬にも善悪・優劣の差は認められない。「三つの宝」では一般の御伽噺に出てきそうな「悪魔のやうな黒ん坊の王」の存在を否定するなど、当時としては黒色への偏見は少ないと言うべきであり、芥川作品に「人種主義のレトリック」を見るのは正当ではないであろう。「黒ん坊」という言葉も現在においては不適切であることは言うまでもないが、「羅生門」において使用されている「唖」などと同様、当時は普通に使われていた言葉である。

黒と白と言えば、芥川の作品「歯車」(『文藝春秋』昭2・10)においてウィスキーのBlack and Whiteが出てくるのが気になるところである。このウィスキーのラベルには黒犬と白犬がプリントされている。この図柄は、あるいは「白」創作のヒントとなったのかもしれない。

題材的なものとして、大島真木は「醜いわが身を恥じて、もう死んでもいいと思いつめた悲しい無私の心の緊張から一転して美しいものに生まれ変わっていることを知るよろこび」等が共通するとして、アンデルセンのThe Ugly Duckling（「醜いアヒルの子」）の影響を指摘している（「芥川龍之介と児童文学」『比較文学研究』昭57・11）。しかし本質的なところでは、「白」とは懸隔の大きい話ではないだろうか。アンデルセンの童話については、かつて本多勝一が批判したことがある。若干引用すると、以下のとおりである。「最も許せないのは、アヒルは生涯アヒルであることの哀しみを、一かけらも理解していないことであります。アヒルの中の変種だと思ったら白鳥だった、乞食だと思ったら王子だった、といった正に「おめでたい」お話が充満している」（朝日文庫『殺す側の論理』昭59・5）。しかし芥川は先にも引いたように、「三つの宝」の末尾において、「悪魔のやうな黒ん坊の王や、三つの宝を持つてゐる王子」が出てくるような類型的な御伽噺を否定している。芥川は、アンデルセン的な世界に対しても、警戒心があったのではないだろうか。

大島が前掲書において挙げているものの中では、オスカー・ワイルドのThe Star-Child（「星の子」）の方が注目に値するように思われる。樵の夫婦に拾われた「星の子」は美しい少年に成長するのであるが、女乞食として現れた彼の母親を汚らわしいものとして否定し、追い払った結果、醜い少年に変身してしまう。少年は自らの罪を悔い、母を探し求め、苦行と善行を積むうちに元の美しい少年に戻るのであるが、母を見つけて許しを得るまでは、心が安んじることはない（大島が「醜いアヒルの子」の方に、より「白」との共通点を見るのはこの点である）。星の子は、母との再会を果たすことにより、初めて感涙にむせぶのであった。

芥川の「白」のどこが感動的なのかと考えた場合、それは、元の白い犬に戻ったこと、というよりは、愛する人のもとへ帰ることが出来たということにあるのではないかと思われる。白が自らの白い姿が戻ったことを、水面でもなく、鏡でもなく、愛するお嬢さんの瞳の中に発見しなければならなかったことは、そのことを象徴しているのではないだろうか。

酒井英行は前掲書『芥川龍之介　作品の迷路』において、白の可能性として、「〈元の自己〉と訣別して、黒犬として〈別の自己〉を生きる生き方もあり得るはずだ」と述べ、論理としては筋も通っているが、それは、話の性質が違うのだと思われる。この「白」という犬は、結局のところ、親の庇護の下でしか生きられない、未熟でいたいけな子どもの隠喩なのではないだろうか。そうすると、坊ちゃんとお嬢さんは父母の隠喩ということになる。白は親を奪還することに成功し、お嬢さん（母親）の両腕の中で泣いた。「白」は、親を喪失した子どもが、親を奪還する話としても読めるものと思われるのである。芥川の作品では、「トロッコ」にも通じる話だと言える。良平は親元から遠く離れてしまったが、そのまま一人前の土工として独立していくのではなく、何が何でも親元へ戻り、やはり母の腕の中で泣かなくてはならなかったのである。

三好行雄は前掲書『鷗外と漱石　明治のエートス』の中で、芥川作品と母親との関係について突っ込んだ論を展開している。まず、「われわれが芥川龍之介の童話に読むのは、かれがあえて無意識に封じていた、もうひとつの素顔の、まだ無意識な流露である。大正十三年の「少年」で、母を呼ぶ声をはじめて描いて以後、芥川龍之介に〈御伽噺〉の作がないのも、その傍証である」と述べていることが注目される。次に、「龍之介が母を直接の主題とした短編を書きはじめるのは、大正九年に入ってからである」と述べ、「捨子」（『新潮』大9・7）・「お律と子等」（『中央公論』大9・10、11）・「杜子春」（『赤い鳥』大9・7）が挙げられている。「捨子」について、三好は「血縁のない捨て子と拾い親、つまり、〈母でない母〉と〈子でない子〉との関係にあやうくも細い愛の架線を張りわたしている」と述べている。「捨子」は、いかにも養家芥川家に育った龍之介が書きそうだという印象を感じさせてしまうのであるが、逆説的に、潜在的な血縁へのこだわりは強かったのではないかとも思わせてしまう。「お律と子等」については、三好は「お律の結婚によって母を奪われた慎太郎が、もういちど母をわが手に奪還するまでのものがたりを隠している」と、かなりきわどいことを述べている。「杜子春」については、「無意識の闇に沈めた〈母なるもの〉

への思いがたゆとうのである」。と述べている。

「白」については、三好は「主題・方法ともに芥川童話の最高の到達を示している」と高く評価しながらも、母親との関係が述べられているわけではない。しかしこれまでの文脈から、この「白」も、母親奪還の物語が隠されているとの読みが、可能であると思われるのである。

鷗外や漱石と違って、「アクタガワ」で表わされることの多い龍之介であるが、彼は元来「新原」の親の家に生まれたのであり、「新原龍之介」が彼の元来の氏名であった。芥川家に世話になった彼は、「捨子」の子同様、そんなことをおくびにも出さなかったであろうが、ひょっとすると彼の心の奥底には、「新原」回帰願望があったのかもしれない。実証不可能なことであり、妄想に過ぎないのかもしれないが。

「点鬼簿」――ある〈僕〉の物語

馮　海鷹

大正十五年に発表された『点鬼簿』は、しばしばその周辺の創作と合わせて、芥川晩年作に見られる私小説的な傾向の一環として研究されてきた。その周辺の創作というのは言うまでもなく、大正十二年五月に発表された『保吉の手帳』(『改造』第五巻)から始まり、絶筆に至るまでの、作者自身のことが織り込まれた作品の数々である。[1] いままでの『点鬼簿』研究では、作品の内部に限定して論じるものは殆どなく、多かれ少なかれ、芥川という作家の内面に着目する傾向があった。しかし、周知の通り芥川自身が室生犀星宛ての書簡に『点鬼簿』のことを「やっと小説らしいものを書いた」(九月二日)と言っている以上、この作品はあくまでも〈小説〉であること、少なくとも〈小説〉として書かれたことを認識しなければならない。[2] では芥川のいうところの〈小説〉『点鬼簿』とはどのような〈小説〉なのか、その認識をもとに本稿ではいろいろ提言してみたい。

「僕の母は狂人だった。」という冒頭は「衝撃的な一文」[3] として作品全体の方向付けを決める〈強烈〉な〈告白〉であることは今まで数多くの先行研究に取り上げられてきた。無論これは告白された内容の強烈さというより、告白する行動の強烈さを指すのである。しかしこの強烈さは芥川という人の実生活と重ねる時にしか得られない印象で、「僕」をある男性主人公として捉える場合、この何の言語的な装飾もない語り出しはむしろ淡白で、単なるある事実に対する客観的な陳述となるのである。『点鬼簿』という作品は終始直説法によって語られている。この語りの淡白さは語られた内容とバランスが取れており、その後に来る「僕は一度も僕の母に母らしい親しみを感じたことはない。」など肉親とのコミュニケーションの欠如に関する客観的な記述に補強され、語りの口調と語られた内容が整合されていく。

木村一信氏は「養家への気がねという制約は「点鬼簿」に目に見えぬ糸として張りめぐらされ」、「実母、実父への「親しみ」は生の声として書きあらわすのに抵抗は大きい」(4)と指摘しているが、しかし果たしてそうであろうか。なぜなら、作家周辺の事実を視野に入れて作品を検討する場合、上述の結論まで辿り着くには、『点鬼簿』という一個の作品に限定して、語るわけにはいかないからである。『点鬼簿』は数多くある〈告白〉体作品の中の一つである以上、氏の指摘することが他の〈告白〉ものに対しても一般性を有しなければならない。そのため、『点鬼簿』を含め、『保吉の手帳』から『続西方の人』までの同じような告白体を検証し、論点の有効性を説いていかなければならない。しかし、それらの告白の数々を見てみればわかるように、作中人物とそのモデルとは必ずしもはっきりしたものではない、例えば『大導寺信輔の半生』のような、「叔父」と「父」とが同じモデルである場合(5)、木村氏の言う「生の声」はどちらと考えればよいのか、一概に論じることが難しいのである。

従って、『点鬼簿』における語りとその口調について別の解釈が必要となると思う。ここで、敢えて〈告白〉を〈一人称〉に定義しなおして、この作品を読み直してみることにする。この作品は〈一人称回想体〉で語られ、現在の時間と、いくつかの過去の時間によって構成されている。つまり、語る現在の〈僕〉と、語られる記憶の〈僕〉の二つが入れ子式となって存在するのである。まず、〈僕〉が語る小さい時の母の記憶を整理してみる。

①　僕の母は髪を櫛巻きにし、いつも芝の実家にたった一人坐りながら、長煙管ですぱすぱ煙草を吸っている。

…略…

②　…略…何でも一度僕の養母とわざわざ二階へ挨拶に行ったら、いきなり頭を長煙管で打たれたことを覚えている。…略…

③　僕や僕の姉などに画を描いてくれと迫られると、四つ折の半紙に画を描いてくれる。

①は母の姿に関する記憶〈イメージ〉で、②はその母にされた嫌なこと〈ショック〉、③はその母にしてもらっ

たこと〈楽しさ〉、この三つで綴られている。これは典型的な子供の単純記憶形式である、つまり、一般的な印象と、面白くなかったことと、面白かったことが一項目ずつ記憶されるのである。続いて、このような母はやがて死を迎える。その時の記憶は以下のように記されている。

僕はまだ今日でも襟巻と云うものを用いたことはない。が、特にこの夜だけは南画の山水か何かを描いた、薄い絹の手巾をまきつけていたことを覚えている。それからその手巾には「アヤメ香水」と云う香水の匂のしていたことも覚えている。

僕の母は二階の真下の八畳の座敷に横たわっていた。僕は四つ違いの僕の姉と僕の母の枕もとに坐り、二人とも絶えず声を立てて泣いた。殊に誰か僕の後ろで「御臨終御臨終」と言った時には一層切なさのこみ上げるのを感じた。しかし今まで瞑目していた、死人にひとしい僕の母は突然目をあいて何か言った。僕等は皆悲しい中にも小声でくすくす笑い出した。

今まで付けたことのない絹の手巾と香水の匂い、母はもう死ぬという認識からではなく、「御臨終御臨終」と聞いて切なく泣く〈僕〉と姉が、「死人にひとしい僕の母は突然目をあいて何か言った」のをみてクス笑いをしてしまうなど、これらの出来事は順番に並べてみると以下のようになる。

・触覚――巻きつけられた手巾
・臭覚――アヤメ香水の匂い
・聴覚――後ろから聞こえてくる「御臨終御臨終」の声
・視覚――衰弱している人が突然目を開け訳のわからないことを言った光景

というように分類できる。これもまた典型的な子供の行動原理だと言わざるを得ない。内的な感情や思考から発した行為ではなく、ある対象を身体感覚でもって認識、反応するのである。また〈僕〉は「その死の前後の記憶だけは割り合にはっきりと残っている」のは、死というものを感情的に捉えたのではなく、日常とはかなり違うことが起きたからだということもこの記憶形式から覗くことができる。このような記憶の特徴は、後に描かれる幼少期の「僕」の父と初っちゃんに関するものも同様で、味覚に関連する「バナナ、アイスクリイム、パイナアップル、ラム酒」、視覚に関連する「ゴム人形に着せた」「細かい花や楽器を散らした舶来のキャラコ」の「着物の端巾」など、いずれも或る物的対象に対する散乱した断片である。幼い〈僕〉の記憶はすべて断片によって集められ、それらの記憶は秩序がないものの、秩序がないゆえに宝石箱から取り出されたようなきらきらとした無邪気さを感じる。そして記憶によって浮き彫りにされたのは、〈僕〉の母、父、姉のイメージというより、むしろ〈僕〉という一人の純真可憐な男の子の姿なのである。

荻久保泰幸が『点鬼簿』に第一章と第三章に表現の対称図式を見出し「（一）も（三）も、構成は、もっとも基本的な形式である四段落で進行して」おり、（一）は「狂気だった母が正気にもどった」に対し、（三）は「正気だった父が狂気に変わったと書いている」など、「その対照、照応の妙は感嘆する」(6)と指摘している。確かにそうであるが、しかし、この作品は音韻を重視する詩歌ではなく、小説である以上、言語レベルの対称図式のみではそれほど意味があるとは思えない。芥川は技巧的な作家として知られている、しかし、彼の技巧は単なる「構成美」に留まらず、更にストーリーの設定そのものに凝らされるものが多い。宮坂覺にも指摘されている通り、芥川は、主題とスタイルを必要以上に意識する作家であり(7)、それは作家本人も言っているように、ある「テーマを芸術的に最も力強く表現する為には、或る異常な事件が必要」なため、物語を昔という舞台に設定するという方法をとる。実際このような技巧は何も舞台設定に限らない。短編小説が得意な芥川は常に、ストーリーを技巧でもってコントロールすることを心がけていた、例えば『羅生門』の場合、下人が京都の中から羅生門の下に辿り着き、また京都の町へ帰っていくという〈城内〉――〈城門〉――〈城内〉の閉ざされた空間設定、或いは「餓死するか」「盗人になるか」という二者択一の選択肢の限定など、これらも非常に意図的な設定であり、或る意味では対称図式となっているものでもある。しかし、このような設定が目指すのは、「下人」という登場人物が、城外に出ることもできず、「餓死する」と「盗人になる」以外の選択肢も存在しないという錯覚を作り上げるところにあり、それによって、「下人」の倫理が限定された選択肢に導かれ、結末へ向かって行く。また、『奉教人の死』では、「ろおれんぞ」の性別の秘密を「伴天連」を始め、奉教人衆誰一人知らないという設定もそうである。このような人工的な作業がなければ〈刹那の美〉と感動も生まれなかった。短編の創作とは、ある構想があり、その結末に到達するには、ストーリーを設計し完成させていくという、ステップを踏んで作業を進めることの可能な創作である。このような最初から計画通りに実行していく短編創作が芥川は得意だった。しかし、長編の場合はそうはいかない、作者が完全にストーリーをコントロールすることはできず、創作の過程において時々ストーリーの流れに従い、流されることもある。つまり、技巧だけでは難しいのが長編である。それはともかく、ある形を作り上げて行くために意識的な技巧を使うことは、芥川の晩年の作品においても例外ではない。『点鬼簿』は一人の天真爛漫な男の子の姿をその記憶の断片を描くことによって意識的に作り上げられているのである。

このような「僕」はやがて中学校に入り、青年になる。青年の僕の記憶はさすがに断片ではなくなり、一つ一つの出来事として記述されている。それは中学三年生の時と二十八歳の時の二つの出来事である。まずは中学三年の時のことであるが、父と相撲取りをして二度勝ったが、三度目は叔母の目線に注意され、父親のいらだちを治めるよう、わざと負けたこと。この記述に関しては一つ疑問点がある。本稿の冒頭にも論じたように、この作品は過去の記憶の「僕」と現在の「僕」が入れ子式となっている。この相撲の話について、現在の「僕」は以下のように語っている「僕の父は又短気だったから、度々誰とでも喧嘩をした。」しかし、実際相撲に負けても何度も起き上がってかかってくる父の姿は短気でもなんでもない、負けず嫌いで負けることの悔しさを表現しているだけであった。その後にくる「もしあの時に負けなかったとすれば、僕の父は必ず僕にも掴みかからずにはいなかったであろう。」という記述もそうであるが、相撲取りの対戦相手の二人である以上「掴みかかって（傍線筆者、以下同）」くるのが当たり前である。しかも、相撲の得意な僕であるから、例えまた「掴みかかって」来ても勝つのが結局「僕」になってしまう。従って、この「僕にも」がおかしい、無論これは「誰とでも喧嘩」をするという表現に続き、「僕にも」という意味で言っているのであるが、しかし、先ほども述べたように、「掴みかかって」くる父の行為は誰とでも喧嘩する性格とは関係がない。この部分の記述が指し示しているのは短気の父の思い出でにあらず、父に勝った「僕」にあると思う。青年の「僕」の記憶に特にこれを挙げるほど印象に残ったのは〈爽快〉に〈勝った〉からだ。それはこの部分の記述の「僕の得意の大外刈りを使って見事に僕の父を投げ倒した。」などからも分かるように、殆ど零度のエクリチュールに近い全編の語りのなかで、これほど動作に対する感情的な形容詞を使うのは稀である。

相撲の記憶が〈思いっきり勝った〉感情の記憶であれば、その次の父が死ぬ前の話にポイント付けられたのは〈抑えられない女性への好意〉の記憶といってもよい。父の看病に退屈になった「僕」は「垂死の僕の父を残したまま、病院から抜け出し「四五人の芸者と一しょに愉快に日本風の食事をした」。帰りのタクシーの中で「僕は僕の父よりも水々しい西洋髪に結った彼女の顔を、――殊に彼女の目を考えていた。」父の臨終の思い出を語るのであれば、この挿話が目立ちすぎる。それを入れる必要性はどこにあるか。相撲の話と同じように、これは〈臨終の父〉の思い出というより〈臨終の父にも関わらず〉「僕」は父のことより芸者と楽しんだ記憶である。

青年期の「僕」の二つの思い出はいずれも父親にかかわる話であるが、語りは父親へ指向していない。それは最も思春期らしい男の子が持つ二つのコンプレックス――〈勝つこと〉と〈女性のこと〉――に対する「僕」の記憶である。

さらに説明するなら、父が最後に「僕」に母親との思い出を語る時の場面からも父親の死に対する「僕」の〈なんとなく〉にすぎない悲しみが描かれている。

のみならず二枚折の屏風の外に悉く余人を引き下らせ、僕の手を握ったり撫でたりしながら、僕の知らない昔のことを、――僕の母と結婚した当時のことを話し出した。それは僕の母と二人で箪笥を買いに出かけたとか、鮨をとって食ったとか云う、瑣末な話に過ぎなかった。しかし僕はその話のうちにいつかが熱くなっていた。

> 僕の父も肉の落ちた頬にやはり涙を流していた。
> 僕の父はその次の朝に余り苦しまずに死んで行った。死ぬ前には頭も狂ったと見え「あんなに旗を立てた軍艦が来た。みんな万歳を唱えろ」などと言った。僕は僕の父の葬式がどんなものだったか覚えていない。

「のみならず二枚折の屏風の外に悉く余人を引き下らせ」という行動は、これから父が行うことの厳粛さを意味する、父にとって、これからしようとすることは彼の中でどれほど大切なのか、にもかかわらず、瀕死の父の「僕」へのスキンシップを「僕」は「……たり……たり」で語っている、如何にも無造作である。そこには〈なでられる〉〈にぎられる〉ことに対する違和感までいかなくても、無関心さを感じないわけにはいかない。父の「瑣末な話」を聞いている内に「僕」も「いつか熱くなっていた」。前掲の荻久保論では、『点鬼簿』における「構成美」の指摘に触れたが、このシーンについて、荻久保論では第一章と比較して、（一）は「狂気だった母が正気にもどった」に対し、（三）は「正気だった父が狂気に変わったと書いている」（注6参照）と論じたのも説明した。この父の死に関する記述の部分は確かに（一）と対をなしている、しかし、それは荻久保論に言われたような言葉の「構成美」を超えたものである。母の枕もとに坐って泣く「僕」は、その涙が愛する人との永遠の別れという理解から来たとは程遠く、しかし、後ろの人の「御臨終御臨終」の言葉に反応して泣く。それと同じように、芸者と楽しく遊んで帰ってきた「僕」もまた、それほど父の死を悲しんでいるとは思えない、しかし、父の言葉を聞いていくうちに熱くなる。強いて言うなら或る意味では貰い泣きのような行動に近い。さらに、母が死ぬ前に突然目を開けなにか言ったのを見て、泣いている「僕」と姉はその可笑しさゆえに思わずクス笑いをしてしまう。それと全く同じように、父が死ぬ前にも訳のわからないことを言っていた。「僕」は父が「屏風の外に」「人を引き下らせ」、涙を流しながら語る母との思い出ですら詳しく記述しない、それなのに、この父が狂った時の言葉について、そのまま記憶されており、はっきりと掲示している。「あんなに旗を立てた軍艦が来た。みんな万歳を唱えろ」。その必要性はどこにあるのか、もしこれは（一）は「狂気だった母が正気にもどった」に対し、（三）は「正気だった父が狂気に変わったと書いている」というような対称図式のみなら、父が狂ったという事実まで記述するだけで十分である。ちなみに、インフルエンザという父の病気の設定であれば高熱が伴うことは誰でも想像できる、深読みすれば、この「狂った」という言葉は高熱による現象を指している可能性が高い。この父の狂った言葉の内容を読んでみれば、非常に滑稽であることがわかる。滑稽な発言をした自分の父の言葉をそのまま復誦して掲示することに、一種の悪戯を感じないわけにはいかない。しかも臨終の父である。つまりここは、母を前に泣く「僕」が笑ってしまうと同じように、父の死を悲しむと同時に、父を笑ってしまうのである。ただ、二十八歳の「僕」は幼少期のようにくすくすと声を出して笑うような行動はできない、二十八歳の「僕」は二十八歳らしい〈クス笑い〉をするのである。第一章と第三章では、親の死に対するそれほど深くない悲しみを同質な出来事への思い出を対称的に記述することで描き出されたのである。

繰り返すことになるが、『点鬼簿』は一人の男の子の物語である、そこには過去の自分を描く現在の自分が居る。過去を語る現在の「僕」は、なるべく感情を入れない語り口調でもって、自分の記憶を語り続けるのである、それは、感情を入れることによって、幼い「僕」の姿、そして若々しい「僕」の姿の客観性に影響を及ぼすからである。また「点鬼簿」という言葉が意味するように、「僕」の話は〈無くなった家族への思い出〉ではなく、あくまでも〈無くなった家族を並べる〉だけという感情の要らない作業だと、語り手が主張するのである。現在の「僕」は普段死んだ親のことを考えたりしないが、体が弱っている時には墓参りして感傷する。しかし、彼らのことを忘れることができるのであれば忘れたい。また、死んだ親に対してそれほど親しみも感じない。しかし、一人だけなぜか親しみを感じる家族が居る。それは「僕」が生まれる前に夭折した姉の初っちゃんである。ただ、「僕」は初っちゃんに会ったこともなければ、初っちゃんに関する情報は一枚の写真と伯母の話だけ。にもかかわらず、「僕」は熱心に初っちゃんを想像したりする。死んだ父と母に対しては生きているならどのような姿でいるかを考えた事はないが、初っちゃんに対しては、もし生きていたならどのような姿でいるのかを時々頭に浮べる。さらに父でも母でもなく、この姉に一生守られているような気がするのである。それはなぜだろうか。「僕」の死んだ家族の中では姉の初っちゃんだけが完全な他者だからだと思う。その強い他者性を持つ初っちゃんだからこそ、「僕」は惹かれるのである。『点鬼簿』は「自伝」として読む場合、作者芥川の強い自殺傾向が感じられることは、今までの先行研究に指摘されている通りである。(8) 特に、「かげろふや塚より外に住むばかり」という丈艸の句が引用されていることで、この自殺傾向説が一層信憑性が強くなった。しかし、今まで見て来た「僕」が「僕」の過去に対する生き生きとした、時には誇り高い記憶、さらにこの現在の「僕」の言葉をたどって行くと、他者的な存在に一生守られたい願望、墓参りを好んでおらず、「若し忘れていられるとすれば、僕の両親や姉のことも忘れていたいと思っている。」という告白などからは、死を避けたい意志が読み取れるのである。「が、特にその日だけは肉体的に弱っていたせいか、」というように、「僕」のセンチメンタルは断続的であり、それは体調ともかかわってくるのである。「僕」という一人の男の子は過去の自分を思い出し、その過去を肯定しつつ、現在の日常の充足さに不満を抱きながら、なおなんとか前向きに生きようとするのである。

『点鬼簿』の主人公は作者と重なる部分があまりにも多いため、我々はこの物語自身がもつ文学的な美しさに気づかないまま、作家の真実との関連性に焦点を合わせる作業に没頭してしまう。しかし、強いて言うなら、作家の事実を主人公「僕」の事実であるように見せかけることそれ自体も文学的手法の一つとして考えられる。この小説に施された様々な文学的な現象は、まず、文学の完成度のために書いたのであり、作家の事実を告白するためではないと言えよう。

注

(1) これらの作品に関してはすでに数々の先行研究に挙げられている。例えば、三好行雄「宿命のかたち――芥川龍之介における〈母〉」(三好行雄著作集第三巻『芥川龍之介論』筑摩書房一九九三年十月)において、「芥川がいわゆる保吉物――堀川保吉を共通の主人公として、主として海軍機関学校教官時代の日常を挿話ふうに描いた短編――」の出現は「いわば虚構から実生活へ、客観小説から私小説への過程」として捕え、芥川文学の「変容と屈折を告げる事態である」と論じつつ、「保吉の手帳から」を始め、その後に続く「お時儀」、「あばばば」などは「私小説との距離」はなお遠く、「描くべき対象に〈私〉をえらびとりながら、つきつめた告白の姿勢がない。」であることを看破している。

また、宮坂覺「芥川龍之介小論――その遡行・「点鬼簿」への軌跡――」(『日本近代文学』昭和五十六年九月)では、保吉ものは「芥川は〈回想〉〈告白〉を文体として選びとった竹箆返しとして、己れの生の遡行の軌道に逢着することとなり、〈告白〉性そのものに牽引されること」となって、「「お時儀」「少年」「大導寺信輔の半生」「海のほとり」「追憶」などを経て、「点鬼簿」に行きつくこと」となり、「さらに「点鬼簿」を折り返しとして、「彼」「彼第二」「本所両国」「文芸的な、余りに文芸的な」「歯車」「或る阿呆の一生」などを経て、絶筆「西方の人」に合流する。」と整理されている。

(2)『点鬼簿』に対して『歯車』の第四章には「僕の自伝だ」という発言が見られるが、その信憑性が疑わしい。まず、この「僕の自伝だ」という言葉が小説の中の人物の会話として提示されている一文であり、実際交わされた会話ではない。さらに、何よりもこの発言は『点鬼簿』が発表されてから不評を受けた後の発言であり、創作当時の心情とは裏腹に、一種の回答として提示している可能性がある。それに比べて書きあげた直後に手紙で友人に気持ちを吐露する「やつと小説らしいものを書いた」という感情込めた言葉のほうが芥川の本音に近いと考えられる。

(3)海老井英次「『点鬼簿』論考――芥川龍之介最後の告白――」(『文学論叢』第三十二号、文学研究会、昭和六十一年十月)

(4)木村一信「『少年』と『点鬼簿』と――〈言葉〉の虚実をめぐって――」(『方位』第四号、熊本近代文学研究会、一九八二年五月)

(5)石谷春樹「『大導寺信輔の半生』攷――虚構からの肉迫――(上)」(『解釈』第四二巻、平成八年八月)では、『大導寺信輔の半生』の作品と事実の比較を表データにまとめ、登場人物の「父」と「叔父」は両方とも実父をモデルしている部分を見出した。また、注4の木村論に類似した論説で、『大導寺信輔の半生』に実父を登場させたのは、

「実母のことには触れたくなかったというよりも、実母は知らなくても、実父は健在しているから」というのだが、『大導寺信輔の半生』が描かれたのは大正十四年、新原敏三がその六年前の大正八年に既に他界しているため、この指摘は再検討する必要がある。

（6）荻久保泰幸「『点鬼簿』小考」（『國學院雑誌』第六十五巻、第八、九号、國學院大學、昭和三十九年九月）

（7）（1）に同じ。

（8）このことについては早くから広津和郎の同時代評に見られる。氏は「文芸雑感」において『点鬼簿』の「小品の底に流れている陰うつさ」を指摘し、「健康の衰へから来る死と面接したやうなさびさしさでも、それは我々と全然関係のないものではない」（「時事新報」大正十五年十月）と語っている。

「玄鶴山房」――「暗澹」たる日常の形象化

清水康次

はじめに

「玄鶴山房」は、一九二七（昭和二）年一月号『中央公論』に、冒頭の二章が発表され、二月号に改めて全六章が掲載された。前年の十二月に書き悩み、心身の不調にも苦しみ、結局完成を断念して翌月に延ばしたものの、年始早々には義兄西川豊の自宅全焼と自殺があり、対処に追われる中で完成された作品である。吉田精一は、「何の希望も明るさもない」生活を指摘し、「この家庭が、彼の見ている人生を暗示しているのである。人間の侘しさ、人生の暗澹さ加減は、彼のどの作よりも、この作に於て最も顕著に見えている」と評している[1]。芥川の佐佐木茂索宛書簡（一九二六・一二・三）には「暗タンたる小説を書いてゐる」とあり、室生犀星宛書簡（一九二六・一二・五）には「僕ハ陰鬱極マル力作ヲ書イテヰル」とあることからも、「暗澹」「陰鬱」がこの作品の定評になっている。

しかし、三嶋譲が「はたして〈玄鶴山房〉には何かが起こったのだろうか。おそらくそこには何事も起こりはしなかった。お鈴の〈茶の間〉の〈常識〉は動かなかったし、その静謐にわずかな小波が生じたにしろ、結局はおさまってしまった」と述べるように[2]、「暗澹」「陰鬱」ということばから想像されるような事件は起こらず、悲劇的な展開もない。そのことをどのように考えればよいのだろうか。三嶋は、それぞれの人物たちの「〈生〉の〈場所〉」に注目し、そこに浮かびあがる「ネガティブな関係性」からも拒まれる玄鶴に物語は「収斂していく」と論じ、玄鶴の「〈場所〉」を「実存的な空無」としている。

同様の問いかけは三好行雄からも発せられていた。(3)「その陰鬱さは、劇的な時間のもたらすそれではなくて、むしろ、事件と呼ぶにふさわしい展開がなにひとつ描かれていないことのなかに根をもっている」という指摘がなされるが、三好は、「この小説の真の陰鬱さは、生きるとは悔恨をかさぶたのように積みかさねてゆくことにほかならぬのか、というにがい問いとともに現われる」と論じ、玄鶴の苦悩を「〈家族関係〉のエゴイズムを突きぬけたところ」に位置づけ、そこに「〈存在悪〉の認識」を見る。その一方で、「傍観者」である甲野の「目」に「「玄鶴山房」を書きつぐ作家の姿勢」が重ね合わされる。

そのように、いずれの論も主人公玄鶴に、あるいは甲野に問題の中心を見ようとしている。確かに、玄鶴に、生きることそのものが無意味になってしまうような「空無」や「生の本質的な悲劇性」を見ることはできる。また、甲野に、もっとも冷酷なまなざしを認めることもできる。しかし、この作品は、玄鶴の生そのものや生きることに対する彼の思いを前面に押し出しているわけではなく、甲野の視線が世界を覆うわけでもない。玄鶴や甲野を含む山房の人々の作る世界が描かれているのであり、波風を立てながらも玄鶴の生・死を呑みこんでいく山房の中の世界のあり方こそが問題なのではないだろうか。

「玄鶴山房」という作品を捉えるためには、「このありふれた家庭的悲劇」が、何故に「暗澹」たるものなのかと問うところから始める必要があると考えられる。

1　衝突を抱えこんだ平静

甲野は、「他人の苦痛を享楽する病的な興味」を持って、「この一家の人々の心もち」を観察する。みずから、山房内の人々を不幸に陥れようとする行動に出ることもある。しかし、その行動は周到に計算されたものではなく、また、家族の関係の破壊に至るものでもない。例えば、甲野は、重吉夫婦に対して一つの攻撃を企む。

彼女はいつの間にか彼女自身も重吉夫婦に嫉妬に近いものを感じてゐた。お鈴は彼女には「お嬢様」だつた。重吉も――重吉は兎に角世間並みに出来上つた男に違ひなかつた。が、彼女の軽蔑する一匹の雄にも違ひなかつた。かう云ふ彼等の幸福は彼女には殆ど不正だつた。彼女はこの不正を矯める為に（！）重吉に馴れ々しい素振りを示した。（四）

甲野は、「彼等の幸福」に「嫉妬」し、自分の暗い過去を顧みて、それを「不正」とも感じる。嫉妬や羨望が「敵意」に変わる「人間の心」については、初期の作品「鼻」（『新思潮』一九一六・二）を想起することができる。そこでは、禅智内供を取り巻く周囲の人々の「哂い」が、不幸を「切りぬける事が出来」た者に対する「消極的」な「敵意」と説明され、「傍観者の利己主義」と呼ばれていた。甲野の企みは、「哂い」のような半ば無意識的な反応ではなく、自覚された意図的な行動である点において「敵意」の強弱には大きな差があるものの、なお甲野の位置と感情は「傍観者の利己主義」と相似的である(4)。

この企みは、お鳥をいらだたせ、効果を発揮するが、お鈴には影響を及ぼさない。

しかしお鈴だけはその為に重吉を疑つたりはしないらしかつた。いや、甲野にも気の毒に思つてゐるらしかつた。甲野はそこに不満を持つたばかりか、今更のやうに人の善いお鈴を軽蔑せずにはゐられなかつた。が、いつか重吉が彼女を避け出したのは愉快だつた。（四）

「お嬢様」であるお鈴は、甲野の意図的な「素振り」に無反応であり、企みは空振りに終わる。甲野はお鈴の鈍感さに呆れ、その鈍感さを軽蔑するしかない。一方、重吉は、甲野が来て以来「武夫のはしやぐのにも「男」を感じ、不快になる」ほどに、人の心の微細な動きに敏感な人物であり、甲野の「素振り」にも反応を示すが、それに応ずる方向ではなく、それをかわす方向に動き、甲野もそのような重吉を「嘲」るにとどまる。こうして、「彼等の幸福」は継続され、目立った反目や亀裂は生じない。

甲野の企みはお鳥に対してはいつも有効で、「にやりと冷笑を洩ら」す場面もあるが、甲野の攻撃によって隠れていた嫉妬や敵意や相手への思いやりのなさが露呈することはあっても、それまでの家族の関係が崩壊していくような展開は用意されていない。

お芳の兄にかかわる展開についても同様のことがいえる。お鈴は初め彼を疑う。

お鈴はお芳が女中だつた時から、彼女を悪人と思つたことはなかつた。いや、寧ろ人並みよりも内気な女と思つてゐた。が、東京の或場末に肴屋をしてゐるお芳の兄は何をたくらんでゐるかわからなかつた。実際又彼は彼女の目には妙に悪賢い男らしかつた。（三）

しかし、それは「莫迦々々しい心配」に終わる。重吉が持ち出した「手切れ話」にお芳の兄は「異存を唱へ」ず、むしろみずから協力し、お鈴はかえって彼に「好意」を感じることになる。猜疑は生まれるものの、「手切れ話」をめぐってそれぞれの人物の抱える悪やエゴイズムが衝突するわけではなく、やはり破局は予定されていない。

「玄鶴山房」の人物たちにおいて、嫉妬や猜疑、体面や偏見、自己中心性や相手への思いやりのなさはあたりまえのようにある。甲野の存在はそれを顕在化させる役割を持つが、露呈された人間の心の内側は、初期の作品に描かれていたものと大きく異なるものではない。あからさまなエゴイズムや悪ではなく、見えにくく自覚されにくい隠微なエゴイズムの方がかえって相手を傷つけてしまうことも、早くからいくつもの作品に描かれていた。ただ、それらは主人公と外の世界とのかかわりの中で生起していた。

「芋粥」（『新小説』一九一六・九）において「無位の侍」の認識する「世の中」の「本来の下等さ」や、「戯作三昧」（『大阪毎日新聞』一九一七・一〇・二〇〜一一・四）において馬琴が痛感する「世間の下等さ」は、彼ら自身を含んではいても、外の世界を漠然と捉えた批判であった。「玄鶴山房」では、その「下等さ」が「奥床しい門構への家」の中に「匂」のように充満している。馬琴が、自宅の庭を眺めて興奮を鎮めながら、「自然と対照させて」、「下等な世間に住む人間の不幸」を思うような余裕はここにはない。玄鶴の「浅ましい一生」も、家族たちと作る空間も、「下等さ」と「不幸」に占有されている。（5）

波風が立ち、嵐の予感によって家の中に緊迫が生まれる。しかし、波風はいつも嵐にはならず、やがて治まってしまう。唯一の衝突は、武夫と文太郎の喧嘩である。

お芳が泊りこむやうになつてから、一家の空気は目に見えて険悪になるばかりだつた。それはまづ武夫が文太郎をいぢめることから始まつてゐた。(四)

「一週間ほどの後」、些細なことから喧嘩が始まり、文太郎が一方的に殴られる。お芳は文太郎をかばって、武夫に「珍らしい棘のある言葉」を浴びせ、その権幕に驚いて武夫は泣きながら逃げていく。話を聞いたお鈴はいきり立つが、お芳を責めるのではなく、無理矢理武夫を引きずって行って謝らせる。それに対して、今度はお芳が「平あやまりにあやまる」ことになる。「ぢつとこの騒ぎを聞いてゐる」玄鶴は平静ではいられなかっただろうと想像して、甲野は「内心には冷笑を浮かべてゐた」。すべての人物が傷つき、同時に、傷つけあう状況を作ることに加担している。全員が加害者であり、同時に被害者でもある。そして、せめぎあう力は均衡を保って、爆発の臨界には達しない。

一つの集団の中で人間関係が険悪になっていくとき、他人との距離や体裁を弁えない子供が、険悪な空気のはけ口を作ってしまうという展開は常套的である。再び「鼻」を例に引けば、「中童子」をめぐる出来事が挙げられる。内供と周囲の人々との関係が危機に直面していくとき、「悪戯な」中童子は、「鼻を打たれまい。それ、鼻を打たれまい」と囃しながら「鼻持上げの木」で犬を追いまわして、内供の激怒を誘う。しかし、内供が「鼻持上げの木」を奪って中童子の顔を打つのに対して、「玄鶴山房」においては、お芳の母性本能が反応し、お鈴の意地が加わって、一時事態が危機に傾きながらも、お鈴の体面の強固さとお芳の劣等感が事態を終息させていく。お鈴とお芳が正面から向かい合い、体面も劣等感も振り捨ててぶつかり合うような衝突は起こらない。

絶え間なく危機の可能性が発生しながらも、事態は常に収拾され、衝突や破局は回避される。誰もが傷つきながら、誰も致命傷を負わず、決定的な衝突も生じない。そのことで、その先に変革や解放や新しい人間関係が生まれることもない。とすれば、この作品の「暗澹」とは、衝突や破局を回避して現状を維持し続ける、堅牢な日常性を指していうことばではないだろうか。それぞれにエゴイストである人物たちが、結果的に結束して守り続ける平静な家庭こそ、「陰鬱極マル」ものなのではないだろうか。

2　「浅ましい一生」

柳富子は、「玄鶴山房」に、トルストイの「イワン・イリイチの死」の影響を見ている。[6] 具体的な箇所としては、「玄鶴の幼少期の追憶」と「イワン・イリイッチの幼年時代への憧憬」の類似が指摘されているが、「死を前にした人間の苦悶とむき出しのエゴイズム」や「周囲の人間のエゴイズム」など、両作品が共有するものの多さに気づかされる。

> イワン・イリイチを一番苦しめたのは、嘘であった。（中略）彼の死の前夜にまで演じられ、彼の死という恐ろしくも厳粛な一幕を、社交上の訪問だとかカーテンだとかディナーに出るチョウザメ料理だとかと同じ下世話なレベルにまで貶めずにはおかない、こうした嘘……それがイワン・イリイチには不快でたまらなかったのだ。[7]

「玄鶴山房」と同様に、「イワン・イリイチの死」においても、周囲の人物たちは彼の死に目を向けようとはせず、それぞれのエゴイズムの中に閉じこもっている。イワン・イリイチは、周囲の「嘘」に取り巻かれながら、孤独に「厳粛な」死に向き合わなければならない。彼は、死の恐ろしさに直面し、激しく苦悶する。そして、苦悶の果てにようやく光を見出す。その展開において、周囲の無理解や作り出される平静な日常は相似的であるとしても、主人公が死に向かうあり方は大きく異なっている。柳は次のように指摘する。

> 『玄鶴山房』の淡彩画的、墨絵的描き方に比べて、『イワン・イリイッチの死』では主人公の苦悶は重畳し、

反復して描かれているだけに、生への執着の密度ははるかに濃く、玄鶴と比較にならぬほど鮮明な印象をもって迫ってくる[8]。

興味深いのは、類似性の上に立つ、この相違点である。二作品を比較することで、イワン・イリイチが闇を突き抜けてたどり着く光はもちろんのこと、生への執着や迫ってくる死の闇が、「玄鶴山房」にはほとんど描かれていないことが知られる。

玄鶴は、「お芳の去つた後」の「恐しい孤独」の中で、「長い彼の一生と向ひ合」う。

　玄鶴の一生はかう云ふ彼には如何にも浅ましい一生だつた。成程ゴム印の特許を受けた当座は――花札や酒に日を暮らした当座は比較的彼の一生でも明るい時代には違ひなかつた。しかしそこにも儕輩［ママ］の嫉妬や彼の利益を失ふまいとする彼自身の焦燥の念は絶えず彼を苦しめてゐた。ましてお芳を囲ひ出した後は、――彼は家庭のいざこざの外にも彼等の知らない金の工面にいつも重荷を背負ひつづけだつた。しかも更に浅ましいことには年の若いお芳に惹かれてゐたものの、少くともこの一二年は何度内心にお芳親子を死んでしまへと思つたか知れなかつた。（五）

「焦燥」、「いざこざ」、「重荷」、身勝手――。玄鶴は、甲野の視線を待つまでもなく、彼の心の中にあるものを知悉している。それは他の人物たちの持つものと変わりはないが、「浅ましい一生」とは、そのようなエゴイズムだけを指しているわけではない。

「イワン・イリイチの死」においても、主人公が、死への恐れを抱きつつ、過去の「自分の楽しい人生のうちの最良の瞬間」を思い浮かべる場面がある。柳が指摘した二作品の類似点にかかわる部分である。そのとき、イワン・イリイチは一つの疑念を抱く。

　しかし、不思議なことに、そうした楽しい人生の最良の瞬間は、今やどれもこれも、当時そう思われたのとは似ても似つかぬものに思えた。幼いころの最初のいくつかの思い出をのぞいて、すべてがそうだった。（中略）

今の彼、つまりイワン・イリイチの原型が形成された時代を思い出し始めるや否や、当時は歓びと感じていた物事がことごとく、今彼の目の前で溶けて薄れ、なにかしら下らぬもの、しばしば唾棄すべきものに変わり果てていくのであった。(9)

このとき、彼には「ひょっとしたら、私は生き方を誤ったのだろうか?」という考えが浮かぶが、「即座に自分の人生の正しさをくまなく思い起こして」その考えを否定する。しかし、やがて、「自分の人生の正当化の意識がつっかえ棒となって」自分を苦しめていることを自覚し、自分の人生の誤りを認め、そのことで死への恐れから解放されていく。

これに対して、玄鶴は、初めから「浅ましい一生」を自覚している。彼には「自分の人生の正当化の意識」などはない。「二」において描かれていたように、玄鶴は、状況に応じて、「画家」になったり、「ゴム印の特許」を取ったり、「地所の売買」をしたりして生きてきた。「花札や酒に日を暮らした当座」が、比較的「明るい時代」だとされるように、うまくいきさえすれば、仕事など何でもよかったのである。「正当化」を求めるような明確な生き方を、玄鶴は持ってはいない。彼の「浅ましい一生」とは、こうありたいという夢や目標もなく、こうでなければならないという思想や倫理もなく生きてきたという、空虚さを含めてのものであろう。恐ろしい夢という形で示される、「老人のやうに皺くちや」な「まる裸の子供」というイメージも、空虚な「長い彼の一生」に符合する。それが「格別わしだけに限つたことではない」と考えてみても、解消にはならず、「生そのものにも暗い影を拡げるばかり」である。彼の一生は、とりたてて何もない、空虚で均質的な長い時間でしかない。だから、死はむしろそれからの解放と思われるのである。

「何、この苦しみも長いことはない。お目出度くなつてしまひさへすれば……………」

これは玄鶴にも残つてゐたたつた一つの慰めだつた。(五)

イワン・イリイチは、その人生の誤りにおいても、死に直面しての苦悶においても、たどりつく光においても、一つの物語の主人公にふさわしい特別な存在である。しかし、玄鶴は、一つの物語の主人公にふさわしい特別な存在ではない。生の「暗い影」に溶け込み、山房の平静な日常の中に取り込まれて、何の意志表示も、何の自己主張も行なわない。お芳の看病のための来訪でさえ、その期間も含めて、家族たちがなりゆきに逆らえずに整えた措置である。芥川が「イワン・イリイチの死」を踏まえていたとすれば、彼は、その劇的な展開を削除し、玄鶴を含む山房内を空虚で均質的な生だけで満たそうとしたのだと考えられる。しかし、それでも、死は一大事であるはずである。

3　希薄化される死

玄鶴の死は、この作品の最大の事件のはずであり、それが描かれていれば、平静とか均質性とかが作品の中心であるとはいえないだろう。しかし、それに近接する時間は描かれるものの、彼が死を迎える場面は「五」と「六」の間に隠れて、描かれない。

死を「浅ましい一生」からの逃げ場所のように思い、玄鶴は「晒し木綿」を手に入れ、「この褌に縊れ死ぬことを便りにやつと短い半日を暮した」。しかし、「いざとなつて見ると」死は恐ろしく、玄鶴は、「未だに生を貪らずにはゐられぬ彼自身」を嘲る。甲野には企てを見破られるが、誰もいない隙をうかがって、彼はそれを実行しようとする。

玄鶴はそつと褌を引き寄せ、彼の頭に巻きつけると、両手にぐつと引つぱるやうにした。

そこへ丁度顔を出したのはまるまると着膨れた武夫だつた。

「やあ、お爺さんがあんなことをしてゐらあ。」

武夫はかう囃しながら、一散に茶の間へ走つて行つた。（五）

玄鶴が、「残つてゐたたつた一つの慰め」である死に駆け込もうとするとき、武夫が見つけてそれを妨げる。自殺の企てが阻止されてしまうこと以上に、武夫の目によって、それがいたずらや遊びの類に見なされてしまうことが重要である。[10]

「玄鶴山房」においては、死という「厳粛な一幕」は、ふざけた遊びと混同されたままで終わってしまう。例えば、死を理解できない武夫の誤解が解かれる場面は描かれず、また、そのような誤解に取り巻かれながら自分の死に孤独に向き合う玄鶴の姿も描かれない。「メメント・モリ」ということばがあるように、死は通常、本質を見失い形骸化した生を打ち破るものである。しかし、「玄鶴山房」が描くのは、死さえも希薄化して呑みこんでしまう山房内の日常である。

「一週間ばかりたつた後、玄鶴は家族たちに囲まれたまま、肺結核の為に絶命した」。「盛大」な告別式は、「門を出る時には大抵彼のことを忘れてゐ」る参列者と、「あの爺さんも本望だつたらう。若い妾も持つてゐれば、小金もためてゐたんだから」と囁きあう「故朋輩」の姿で描かれる。そして、「柩をのせた葬用馬車」が登場し、後ろの「馬車」に重吉と彼の従弟の大学生が乗り込んで火葬場に向かう。

　しかし予め電話をかけて打ち合せて置いたのにも関らず、一等の竃は満員になり、二等だけ残つてゐると云ふことだつた。それは彼等にはどちらでも善かつた。が、重吉は舅よりも寧ろお鈴の思惑を考へ、半月形の窓越しに熱心に事務員と交渉した。（中略）「ではかうしませう。一等はもう満員ですから、特別に一等の料金で特等で焼いて上げることにしませう。」（六）

ブラック・ユーモアとも読めるほどに、一人の人間の死が重さを失っていく。「厳粛な」はずの死は、それにふさわしい出来事をもっては描かれず、火葬場での処理の交渉を描くことで終結してしまう。重吉は「どちらでも善かつた」が、「お鈴の思惑」を考えて「熱心に」交渉し、「一等の料金で特等で」焼くという優遇を得る。この死に対する嘲弄ともいえる処遇は、誰かの悪意が作り出したものではなく、重吉の生真面目な「熱心」によって得られたものであり、山房の日常の延長上にある。重吉もお鈴も、玄鶴の死を変わることのない日常で受けとめる。玄鶴の生は空虚であり、死もまたそれにふさわしい重さを持たない。山房の平静な日常は、家族の一人の死によっても破られることはない。そして、それは決してこの家族に限った特殊な状況ではなく、ごく普通に見うけられる火葬場の風景である点において、われわれの日常と繋がってくる。

「玄鶴山房」において、玄鶴の空虚な「浅ましい一生」を取り巻いて、反目を内に持ちながらも衝突せず、家族の死も正当な重さでは受けとめられない人物たちが描かれ、波風が立ちながらも平静な日常が継続していく。事件らしい事件は何も起こらない。通常、日常とは、人間の生を支える基盤であり、それを持続させることは、それぞれの人生の充実を約束するものと考えられる。しかし、それは、それぞれの人生がエゴイズムだけに満たされたものではなく、空虚なものでもないことを前提としている。その前提が失われてしまえば、日常は、形骸化した生を呑みこむ均質的な時間でしかなくなり、そこでは逆に、それぞれの人間の生・死が価値や意味を失っていくことになる。「玄鶴山房」は、そのような非人間的な日常に表現を与えた作品である。そこに描かれた「ありふれた家庭的悲劇」は、「悲劇」ですらない「悲劇」として、われわれの日常の生に向かって鋭くつきつけられた現代的な問題提起なのである。

おわりに

「イワン・イリイチの死」には、ただ一人「嘘」をつかない人物としてゲラーシムが登場する。彼は、イワン・イリイチを親身に世話し慰める。お芳は、野性の匂いを持つ地方出身者である点でもゲラーシムと類似性を持ち、玄鶴を慰める存在である。しかし、作品には、お芳が玄鶴を癒す場面は描かれない。お芳の去った後の「五」の冒頭部分には、「彼はお芳の泊つてゐる間は多少の慰めを受けた代りにお鳥の嫉妬や子供たちの喧嘩にしつきりない苦しみを感じてゐた」とあり、「慰め」は存在していたはずなのに描かれず、一方的に「苦しみ」だけが描かれていたことが知られる。芥川は、この作品において、死の中にある暗黒や光も、生の中にある安らぎや慰めも、夢や輝きも、また衝突や破局も描こうとはしない。「玄鶴山房」は、どのような「劇」も回避して、空虚な生とそれを取り巻いて続く日常だけを描き、その均質的に流れる時間の非人間性を表現した作品であるといえる。

わたしは玄鶴山房の悲劇を最後で山房以外の世界へ触れさせたい気もちを持つてゐました。（最後の一回以外が悉く山房内に起つてゐるのはその為です。）[11]

この「山房以外の世界」として、最後に、お芳が再登場し、「リイプクネヒト」を読む大学生が登場する。しかし、それが芥川の期待を託したものであったとしても、彼らの世界の問題は、この作品の中心からは離れたものというべきだろう。

注

（1）吉田精一『芥川龍之介』（一九四二・一二、三省堂）。引用は、『吉田精一著作集』第一巻『芥川龍之介Ⅰ』（一九七九・一一、桜楓社）による。二一九頁。
（2）三嶋譲「「玄鶴山房」再読―〈場所〉をめぐる物語―」（『作品論　芥川龍之介』、一九九〇・一二、双文社出版）、三一七頁。
（3）三好行雄「「玄鶴山房」の世界・素描」（『国語展望』一九八〇・一〇）。引用は、『三好行雄著作集』第三巻『芥川龍之介論』（一九九三・三、筑摩書房）による。二七七頁。
（4）論理の向かう方向は異なるが、橋浦洋志「「玄鶴山房」考―孤立した時間―」（『文芸研究』一九九五・五）は、甲野のありようを「鼻」の「傍観者の利己主義」と比較している。四七頁。
（5）海老井英次は、「芥川文学における空間の問題」（『芥川龍之介論攷―自己覚醒から解体へ―』一九八八・二、桜楓社）において、「戯作三昧」の「書斎」と「玄鶴山房」の「離れ」を比較し、「「戯作三昧」では、創造的エネルギーが渦巻いていた〈書斎〉が、死の影におおわれ、虚無の澱むこの〈離れ〉に変質してしまっている」と指摘している。四九三頁。

（6）柳富子「芥川におけるトルストイーその精神的触れ合いー」（『比較文学年誌』一九六六・六）。引用は、富田仁編『比較文学研究　芥川龍之介』（一九七八・一一、朝日出版社）収録の本文による。三八三頁。

（7）引用は、トルストイ著・望月哲男訳『イワン・イリイチの死／クロイツェル・ソナタ』（二〇〇六・一〇、光文社古典新訳文庫）の本文による。九九頁。

（8）（6）に同じ。三八四頁。

（9）（7）に同じ。一二〇―一二一頁。

（10）海老井英次「「玄鶴山房」―〈人間〉の解体と〈新時代〉―」（『芥川龍之介論攷―自己覚醒から解体へ―』前掲）に、この箇所について、「事態は厳粛な〈悲劇〉から一気に、滑稽な〈茶番〉に転落してしまっている」という理解が示されている。四〇一頁。

（11）一九二七（昭和二）年三月六日付の青野季吉宛芥川書簡。

＊なお、芥川の作品および書簡からの引用は、『芥川龍之介全集』（全二四巻、一九九五・一一〜一九九八・三、岩波書店）の本文に拠った。

「或阿呆の一生」——「勝利の文学」として

有光隆司

1

芥川龍之介が生まれたのは明治二十五年、西暦一八九二年である。芥川は昭和二年、三十五歳で自殺したが、もし彼が死なずになお生きていたら今年（平成二十五年）で満百二十一歳ということになる。現在、日本人の最高齢男性でも生きられない年齢である。芥川は生を途中で自ら断ち切ったが、たとえ人生を全うしたところで、人の一生とは高が知れている。「或阿呆の一生」を考えるとき、ふとそんな思いが脳裏を過る。我々はもうそろそろ、芥川の「芸術」を、その「人生」から解放して眺めてもよいのではないか。

ところで「或阿呆の一生」とは、「阿呆」[1]と自ら冷笑する男が、人生を断ち切るに当たって、その「阿呆ぶり」を五十一の章に分けて綴った作品である。作者芥川龍之介はこれを遺稿として旧友である久米正雄に託し、「ではさようなら」。「どうかこの原稿の中に僕の阿呆さ加減を笑ってくれ給え」と結んだ。この一文は、序のようなかたちで作品冒頭に置かれており、日付は昭和二年六月二十日となっている。

「或阿呆の一生」というタイトルは作中でも「剥製の白鳥」（四十九）に出てくる。すなわち、「彼は最後の力を尽し、彼の自叙伝を書いて見ようとし」、「手短かに彼の「詩と真実と」を書いて見ることにした」として「「或阿呆の一生」を書きあげた」。

小稿では「或阿呆の一生」を、芥川龍之介という実在の作家からいったん切り離して、あくまでも一編の「作品」

という位相で考察する。

2

宮本顕治は芥川の死後逸早く「敗北の文学」(昭四・八『改造』)を書き、その中で「或阿呆の一生」について次のように結論付けた。

それは徐々に、隠然と結成されて行った痛ましい人の歴史であった。この作品は単に芥川氏の全文学の総決算的表現であるばかりでなく、明日の日を望みつつも、傷き易い自我と社会的な重圧に堪えずして、苦しまなければならないあらゆる小ブルジョア・インテリゲンチャの痛哭をそこに漲らせている。それは氏の辿った「敗北」の道程と「敗北」の苦悶を残酷に綴った作品である。それは冷然とした情熱の中に、自己の「敗北」を意識して進んだ意味において、文学における「敗北主義」だと云えるであろう。

爾来、「或阿呆の一生」という作品は、宮本によって指摘されたように、基本的に「敗北の文学」として読み継がれてきたように思う。それは取りも直さず、芥川の「文学」がその「人生」と同じ位相でしか読まれてこなかったということでもある。しかし私はいま、宮本のこの文章を読むとき、同時に、たとえば「文芸的な、余りに文芸的な」(昭二・四〜八『改造』)における「人生の従軍記者」(三十六)という章を即座に想起する。芥川はそこで島崎藤村、広津和郎、正宗白鳥らを持ち出しながら、「近来の造語」であるらしい「生活者」という言葉に言及し、次のように言っている。

僕等の悲劇は、――あるいは喜劇はこの「人生の従軍記者」にとどまり難いことに潜んでいる。しかも僕ら「生活者」のカルマを背負っていることに潜んでいる。けれども芸術は人生ではない。ヴィヨンは彼の抒情詩を残すために「長い敗北」の一生を必要とした。敗るる者をして敗れしめよ。彼は社会的習慣即ち道徳に背くかも知れない。あるいはまた法律にも背くことであろう。況や社会的礼節には人一倍余計に背くはずである。それらの約束に背いた罰はもちろん彼自身に背負わなければならぬ。（略）もう一度ヴィョンを例に引けば、彼は第一流の犯罪人だったものの、やはり第一流の抒情詩人だった。

芥川はここで、「芸術」と「人生」とを区別し、人は「生活者」のカルマを背負っているとしても、「芸術は人生ではない」と前置きしたうえで、「ヴィョンは彼の抒情詩を残すために「長い敗北」の一生を必要とした」。「敗るる者をして敗れしめよ」。「彼は第一流の犯罪人だったものの、やはり第一流の抒情詩人だった」と、「芸術家」としてのヴィョンを高く評価するのである。さらに「「芸術家として」のヴィョンは暫く問わず、「芸術家として」のストリンドベリイは僕らの愛読に価している。しかし「人として」のストリンドベリイは、――恐らくは僕の尊敬する批評家ＸＹＺ君よりもはるかにつき合い悪いことであろう。従って僕らの文芸上の問題はいつも畢に「この人を見よ」ではない。むしろ「これらの作品を見よ」である」、とも言っている。宮本もじつはこの章を引用しているが、しかしそこにおいて芥川の真意は必ずしも汲み取られていない。

「敗るる者をして敗れしめよ……」（文芸的な余りに文芸的な）絞罪を待っている泥棒詩人ヴィョンの姿に、氏はこうした「敗戦主義」的な歓呼を与えてやった。そして社会的な慣習に背いた罪は、当然に背負わなければならないと言っている。だが、彼等が敗北するのは習慣にそむいたためではない。徹底的に習慣にそむき得なかったからだ。（『敗北の文学』）

たしかに芥川は、「生活」の敗北を認めているものの、それは決して「芸術」の敗北とは捉えていない。というより、「芸術」の勝利とこそ捉えている。「芸術」の勝利のためには「生活」の敗北が必要であるという論理をこそ、作品の位相において、われわれはそこに読み取らねばなるまい。

3

「時代」(一)について考える。二十歳の「彼」は「ある本屋の二階」の「書棚にかけた西洋風の梯子に登り」、そこに並ぶ「世紀末それ自身」ともいうべき西洋近代文学者の名前を次々と数え上げ、日暮れとともに点された「傘のない電灯」の下に浮かび出た、「妙に小さ」く「いかにも見すぼらし」い「店員や客を見下し」ながら、「人生は一行のボオドレエルにも若かない」と確信するのである。この優越意識から「彼」の「阿呆」人生は始まる。なおそれ以前のことは「大道寺信輔の半生」(大十四・一『中央公論』)その他、いくつかの作品に取り上げられているが、それらに自己規定としての「阿呆」という言葉は出てこない。

「時代」においては、とくに「彼」における西洋と日本の文化的差異を考慮する必要はないであろう。むしろ「彼」は「ボオドレエル」とともに自己を語っていると言ったほうがよい。そこにおいて「彼」は小さく見すぼらしい「人生」よりも世紀末の「詩」を選ぶのである。これは典型的なロマンチシズムの傾向であるが、このことに関して芥川は「文芸的な、余りに文芸的な」において、「僕らは阿呆でないとすれば、いずれもロマン主義者になる訣である」(二十二「近松門左衛門」)とも言いつつ、「ボオドレエル」を引き合いに出しながら「一行の詩の生命は僕らの生命よりも長いのである」として、芥川自身「一人の夢想家であることを恥としない」(十「厭世主義」)と断言している。さらに同じく「文芸的な、余りに文芸的な」の中で「僕はアナトオル・フランスの「ジァン・ダアク」よりもむしろボオドレエルの一行を残したいと思っている一人である」(十三「森先生」)とも言っていることから、「ボオドレエル」という記号は、谷崎潤一郎とのいわゆる「話」らしい話のない小説論争の中で、散文よりも詩を志向する態度を鮮明にした、その態度と同じものであるとも言えよう。芥川が「先生」として尊敬する夏目漱石が(2)、かつて「一夜」や「幻影の盾」等を収載した『漾虚集』で描いたところの、「終生の情けを、分と縮め、懸命の甘きを点と凝らし」た、凝縮された濃密な時空でもある（「幻影の盾」）。この「ボオドレエルの一行」はまた、「火花」（八）に描かれる次の光景ともそのまま重なる。

彼は雨に濡れたまま、アスファルトの上を踏んで行った。雨はかなり烈しかった。彼は水沫の満ちた中にゴム引の外套の匂を感じた。

すると目の前の架空線が一本、紫いろの火花を発していた。彼は妙に感動した。彼の上着のポケットは彼らの同人雑誌へ発表する彼の原稿を隠していた。彼は雨の中を歩きながら、もう一度後ろの架空線を見上げた。

架空線は相変らず鋭い火花を放っていた。彼は人生を見渡しても、何も特に欲しいものはなかった。が、この紫色の火花だけは、——凄まじい空中の火花だけは命と取り換えてもつかまえたかった。

「紫いろ」に光る「凄まじい空中の火花」は「人生」との交換によって得られる「芸術」の暗喩であろう。それはまた、芥川芸術の中で様々な暗喩として表現されてきたものでもある。たとえばそれはときに「月も星もない空の中途に」「きらきらと細く光」る「極楽の蜘蛛の糸」（「蜘蛛の糸」）として、またときに「蜘蛛手に闇を弾きながら、将に消えようとする」「ほとんど悲しい気を起させるほどそれほど美しく思われた」花火（「舞踏会」）として。

そうした意味において、「阿呆」とは、むろん「悪夫、悪子、悪親」（「或阿呆の一生」序）としての「生活」上の蔑称であることが前提ではあっても、ここでは明らかに、選ばれた芸術家の尊称として用いられているのだといってよいであろう。またこのとき、われわれは手近なところに上田敏が訳した『海潮音』中の「シャルル・ボドレエル」の「信天翁」を想起してもよいであろう。「信天翁」は悠々と青空を飛翔する「青雲の帝王」であるが、しかしまた同時に、地に降りては、「やつれ醜き瘠姿」を「鈍に痛わしく、煙管に嘴をつゝかれて、心無には嘲けられ、しどろの足を摸ねされて、飛行の空に憧がるゝ」ほか術を持たない生活無能力者の暗喩であった。言うまでもなく、「信天翁」とは「阿呆鳥」の別名である。

4

「或阿呆の一生」の展開として「西方の人」「続西方の人」が書かれたとする解釈がしばしばなされているが、(3)私はそうした意見に与しない。というのも、そこに芥川のさらなる深化を認めることはできないからである。基本的に「阿呆」という言葉が多用される晩年の諸作品（遺稿も含め）間に精神的思想的深化は認められない。私見では、芥川はついにキリト教の神に出会えなかった人である。たとえば「或阿呆の一生」の「俘」（五十）に彼は書いている。

彼はすっかり疲れ切った揚句、ふとラディゲの臨終の言葉を読み、もう一度神々の笑い声を感じた。それは「神の兵卒たちは己をつかまえに来る」という言葉だった。彼は彼の迷信や彼の感傷主義と闘おうとした。しかしどういう闘いも肉体的に彼には不可能だった。「世紀末の悪鬼」は実際彼を虐んでいるのに違いなかった。彼は神を力にした中世紀の人々に羨しさを感じた。しかし神を信ずることは――神の愛を信ずることは到底彼にはできなかった。あのコクトオさえ信じた神を！

芥川はキリスト教の神に出会えぬまま、自分自身にひきつけて『聖書』を読み解いた。われわれは「西方の人」や「続西方の人」から、キリスト教のどんな本質も感じ取ることはできない。たとえば彼はイエスについて次のように言う。（芥川は「キリスト」と言わずに「クリスト」と呼び、また「クリスト教」という。）

我々はただ我々自身に近いものの外は見ることは出来ない。少くとも我々に迫って来るものは我々自身に近いものだけである。クリストはあらゆるジャアナリストのようにこの事実を直覚していた。花嫁、葡萄園、驢馬、工人――彼の教えは目のあたりにあるものを一度も利用せずにすましたことはない。（「西方の人」19「ジャアナリスト」）

「我々に迫って来るものは我々自身に近いものだけである」とは、ずっと芥川の中のこだわりであったようだが、じつはこれほどキリスト教の教義から遠い考えはないであろう。というのも、キリスト教の原点は、自身に最も遠いものを見ることだからである。「汝の隣人を愛せ」という教えはそのことを最も端的に示している。要するにそこに描かれるイエスは、あくまでも芥川の似姿に過ぎない。むしろ私はここで、「西方の人」を「或阿呆の一生」を読むための資料として参照するにとどめたい。芥川は言う。みずからを「十九世紀の末に生まれたわたし」と自らを時代の子として規定し、「今日の青年たち」が「もう見るのに飽きた」「むしろ倒すことをためらわない十字架に目を注ぎ出したのである」としたうえで、「わたしはただわたしの感じた通りに「わたしのクリスト」を記すのである」(「西方の人」1「この人を見よ」)と。芥川にとって「クリスト教」とは次のような宗教であった。

クリスト教はクリスト自身も実行することのできなかった、逆説の多い詩的宗教である。彼は彼の天才のために人生さえ笑って投げ棄ててしまった。ワイルドの彼にロマン主義者の第一人を発見したのは当り前である。彼の教えたところによれば、「ソロモンの栄華の極みの時にだにその装い」は風に吹かれる一本の百合の花に若かなかった。彼の道はただ詩的に——あすの日を思い煩わずに生活しろと云うことに存している。(略)クリストはとにかく我々に現世の向うにあるものを指し示した。我々はいつもクリストのうちに我々の求めているものを、——我々を無限の道へ駆りやる喇叭の声を感じるであろう。同時にまたいつもクリストのうちに我々を虐んでやまないものを、——近代のやっと表規した世界苦を感じずにはいられないであろう。(「西方の人」18「クリスト教」)

それは何よりも「逆説の多い詩的宗教」であり、「近代のやっと表現した世界苦」を感じさせてくれるものであった。それはまた、「或阿呆の一生」の「時代」(二)において、彼が丸善の二階の書棚に見た世紀末文学と、何ら変らぬものであった。そして、芥川にとって「クリスト」の一生とは次のようなものであった。

クリストの一生はみじめだった。が、彼の後に生まれた聖霊の子供たちの一生を象徴していた。(ゲエテさ(4)えも実はこの例に洩れない)クリスト教はあるいは滅びるであろう。少くとも絶えず変化している。けれどもクリストの一生はいつも我我を動かすであろう。それは天上から地上へ登るために無残にも折れた梯子である。薄暗い空から叩きつける土砂降りの雨の中に傾いたまま。……（「西方の人」36「クリストの一生」）

このように芥川にとって「クリスト」は、何よりも「人生に失敗したクリスト」（『続西方の人』2「彼の伝記作者」）であり、その「一生」は「天上から地上へ登るために無残にも折れた梯子」であった。

ところで、「彼の作品の訴えるものは彼に近い生涯を送った彼に近い人々の外にあるはずはない」（「剥製の白鳥」四十九）という持論を、芥川はこの頃いろんなところで主張しているが、(5) そうした仲間の一人と思われる宇野浩二は「芥川龍之介」（昭二六・九〜二七・一一『文学界』）の中で、「歯車」の、似たような一節（「夜」三）と対照させながら、「或阿呆の一生」の「時代」（一）を次のように読んだ。

おなじ丸善の二階が舞台になっていても、これは、さきに引いた「歯車」の中の一節とくらべると、感じもまるで違い、物も全然ちがう。つまり、先に引いたところは、いくらか虚仮おどしの感じのするところもあり、文章も素気ない感じさえあるが、何か惻惻と人の心に迫るものがあった、ところが、これは、文章が気がきいていて、様子がよく、見得を切っている観さえあるが、読む者の心に殆んど残るものがない。『楼門五三桐』という歌舞伎芝居で、石川五右衛門が、南禅寺の楼門にあがって、大見得を切りながら、「絶景かな、絶景かな、春の夕ぐれの眺め、価千金とは、……」と叫ぶところがある。

それとこれとは全く違うけれど、私は、この『或阿呆の一生』が、はじめて、昭和二年の十月号の「改造」に、出た時、この一ばん初めの『時代』を読んで、「これはまずいな、」と思った、というのは、芥川が、本の一ぱい詰まっている丸善の書棚にかけた梯子の上に立って、傘のない一つの電灯に照らされながら、下の方に動いている店員や客を見おろして、「人生は一行のボオドレエルにも若かない、」と、大見得を切りながら、叫んでいるのを、ふと、想像したからである。

芥川と同時代を生き、似たような精神的危機を抱えた身近な作家の感想として、興味尽きないものがある。当時の仲間はそのような読み方をしたのだと、かえって痛ましく思うからでもある。しかも、「或阿呆の一生」の作者が「インデキスをつけずにもらいたい」と注文していたにもかかわらず、宇野はあえて「インデキス」付けをしながら、ということは、芥川の「作品」を、むしろ徹底的に芥川の「人生」と同じ位相に置き換えて読んでいる。その意味で、「これはまずいな」と即座に思った宇野の直観は、ある意味で当たっているというべきなのであろう。しかし芥川の「作品」を芥川の「人生」から切り離して読もうとする私は、「或阿呆の一生」において、まさにそれを、「人生は一行のボオドレエルにも若かない」と高らかに「芸術家」宣言をしている姿として、そのままに受け止める。そして「彼」はここから三十五歳の終末に向かって、よろけながら自らの「人生」を突き進むのである。ボオドレエルを目指して、またヴィヨンを目指して。「世紀末」という「時代」は「世紀末の悪鬼」＝「運命」となって「彼」を滅ぼしに来る。それはまぎれもなく「人生の敗北」への道行きであった。しかしまたそれは、取りも直さず、「彼」における芸術の勝利への道行きでもあった。

彼は「或阿呆の一生」を書き上げた後、偶然ある古道具屋の店に剥製の白鳥のあるのを見つけた。それは頸を挙げて立っていたものの、黄ばんだ羽根さえ虫に食われていた。彼は彼の一生を思い、涙や冷笑のこみ上げるのを感じた。彼の前にあるものはただ発狂か自殺かだけだった。彼は日の暮の往来をたった一人歩きながら、徐ろに彼を滅しに来る運命を待つことに決心した。（「剥製の白鳥」四十九）

「黄ばんだ羽根さえ虫に食われて」「頸をあげて立」つ「剥製の白鳥」とは、しかし、「兜の毛は炎に焼け、槍の柄は折れたピカソ」であり、それはむしろ自ら「そうありたい」姿でもあった。「続文芸的な、余りに文芸的な」「二人の紅毛画家」（十）に芥川は書いている。そこではピカソとマティスが取り上げられ、ピカソを「ジャン・ダアクでなければ破れない城」を「破れないことを知」りつつ「ひとり石火矢の下に剛情にもひとり城を攻めている」光景と重ね、一方マティスを「海にヨットを走らせ」「ただ桃色の白の縞のある三角の帆だけ風に孕んである」光景と重ね合わせながら、次のように述べる。

僕は偶然この二人の画を見、ピカソに同情を感ずると同時にマティスには親しみや羨ましさを感じた。マティスは僕ら素人の目にもリアリズムに叩きこんだ腕を持っている。そのまたリアリズムに叩きこんだ腕はマティスの画に精彩を与えているものの、時々画面の装飾的効果に多少の破綻を生じているかも知れない。もしどちらをとるかと言えば、僕のとりたいのはピカソである。兜の毛は炎に焼け、槍の柄は折れたピカソである。

ここで、芥川は、悠然と構えるマティスを羨望しながらも、「兜の毛は炎に焼け、槍の柄は折れたピカソ」にこそ同情と共感を寄せるのである。そのように、「彼」は、「黄ばんだ羽根さえ虫に食われ」つつも、毅然と「頸をあげて立」つ白鳥たろうとしているのである。

5

「敗北」とはいっても、「或阿呆の一生」に主に描かれているのは、決して「敗北の文学」ではなく、「敗北の人生」である。それは家庭において、親戚や愛人との関係において、およそ次のような章に描かれている。「母」(二)「家」(三)「東京」(四)「結婚」(十四)「彼等」(十五)「械」(二十)「出産」(二十四)「喧嘩」(三十二)「道化人形」(三十五)「夜」(四十三)「死」(四十四)「Divan」(四十五)「譃」(四十六)。

「彼」は「ある郊外の」「地盤の緩いために妙に傾いた二階」に寝起きしながら、そこで「養父母の仲裁を受け」つつ「彼の伯母」とたびたび喧嘩をした。そしてそこで「何度も互に愛し合うものは苦しめ合うのかを考えたりした」(三)。また「彼」は「結婚した翌日」、「彼」の伯母から「彼」の新妻に小言を「言え」と言われたりもした（十四）。一時期、「東京から汽車でもたっぷり一時間かかるある海岸の町」に引っ越したときだけ、「彼らは平和に生活した」(十五)。しかしまた「彼等夫妻は彼の養父母と一つ家に住むことになった」(二十)。やがて長男が生まれるが、その時「彼」はこう考える。「何のためにこいつも生まれて来たのだろう？　この娑婆苦の充ち満ちた世界へ。—

―何のためにまたこいつも己のようなものを父にする運命を荷ったのだろう?」(二十四) と。「娑婆苦」とは、「彼」が養父母らから味わわされている「生活苦」のことでもあろう。彼は「娑婆」で苦しみと必死に戦う。「彼はいつ死んでも悔いないように烈しい生活をするつもりだった。が、相変らず養父母や伯母に遠慮がちな生活をつづけていた」(三十五)。

あるいは時に「彼の姉の夫の自殺」が「俄かに彼を打ちのめした。彼は今度は姉の一家の面倒も見なければならなかった。彼の将来は少くとも彼には日の暮のように薄暗かった」(四十六)。

その一方で、複数の愛人との関係も描かれている。それは「蝶」(十七)「月」(十八)「狂人の娘」(二十一)「彼女」(二十三)「古代」(二十六)「スパルタ式訓練」(二十七)「殺人」(二十八)「雨」(三十)「越し人」(三十七)「復讐」(三十八)「火あそび」(四十七)「死」(四十八) 等においてである。愛人は「月の光」や「狂人の娘」として、また時に「越し人」として登場する。

ここからわかることは、彼における「生活の敗北」が、自ら招いたものというよりも、外的な圧迫としてあったということである。その点がヴィヨンの人生と大いに異なるところであろう。

　彼は何度もヴィヨンのように人生のどん底に落ちようとした。が、彼の境遇や肉体的エネルギイはこういうことを許す訣はなかった。彼はだんだん衰えて行った。丁度昔スウィフトの見た、木末から枯れて来る立ち木のように。……(「譃」四十六)

「彼」は、同じく「生活」に敗北したといっても、ヴィヨンのようには「敗北」できなかった。「彼」はみずからの境遇や虚弱な体力の限界を悔しく思いつつ、「しみじみ生活的宦官に生まれた彼自身を軽蔑せずにはいられなかった」(四十五) のである。芥川の自殺の原因としてしばしば取り上げられる「将来に対するただぼんやりとした不安」(「或旧友へ送る手記」) も、「或阿呆の一生」に関する限り、かならずしも芸術的なそれではなかった。むしろ「彼の将来」が「日の暮のように薄暗かった」のは、「彼の姉の夫の自殺」によるものであり、そのために「姉の面倒も見なければならなかった」ためであった (四十六)。あるいは「動物的本能ばかり強い彼女」(二十一) の圧迫や破滅的な関係性のためであった。

6

彼は最後の力を尽し、彼の自叙伝を書いてみようとした。が、それは彼自身には存外容易にできなかった。それは彼の自尊心や懐疑主義や利害の打算のいまだに残っているためだった。彼はこういう彼自身を軽蔑せずにはいられなかった。しかしまた一面には「誰でも一皮剥いてみれば同じことだ」とも思わずにはいられなかった。「詩と真実と」と云う本の名前は彼にはあらゆる自叙伝の名前のようにも考えられがちだった。のみならず文芸上の作品に必ずしも誰も動かされないのは彼にははっきりわかっていた。彼の作品の訴えるものは彼に近い生涯を送った彼に近い人々のほかにあるはずはない。――こう云う気も彼には働いていた。彼はそのために手短かに彼の「詩と真実と」を書いてみることにした。(「剥製の白鳥」四十九)

ここには、芸術としての「自叙伝」の困難さが告白されている、と同時に、秘かな野心も込められている。「彼」の「自叙伝」は「彼」の「生活」を離れてどこまで人々を感動させ得るのか。「彼」が「或阿呆の一生」に書き込もうとした野心は、徹底的な自己相対化であった。「彼」の眼は島崎藤村「新生」における主人公の「老獪な偽善」や「ルッソオの懺悔録」に描かれた「英雄的な譃」をも見逃さなかった(四十六)。

さらに「道化人形」(三十五)には次のようなことが書かれている。

彼はいつ死んでも悔いないように烈しい生活をするつもりだった。が、相変らず養父母や伯母に遠慮勝ちな生活をつづけていた。それは彼の生活に明暗の両面を造り出した。彼はある洋服屋の店に道化人形の立っているのを見、どのくらい彼も道化人形に近いかということを考えたりした。が、意識の外の彼自身は、――言わば第二の彼自身はとうにこういう心もちをある短篇の中に盛りこんでいた。

「或短篇」とは、諸家も指摘するように「野呂松人形」のことであるが、その中で芥川は次のように書いている。

アナトオル・フランスの書いたものに、こういう一節がある、――時代と場所との制限を離れた美は、どこにもない。自分が、ある芸術の作品を悦ぶのは、その作品の生活に対する関係を、自分が発見した時に限るのである。

（略）

僕たちは、時代と場所との制限をうけない美があると信じたがっている。僕たちのためにも、僕たちの尊敬する芸術家のためにも、そう信じて疑いたくないと思っている。しかし、それが、果して、そうありたいばかりでなく、そうあることであろうか。……

「或阿呆の一生」という「自叙伝」が「時代と場所との制限」を越えて、その生命を保ち続けること、それこそが「彼」の「芸術」における宿願であった。しかも一方においてそれを圧迫する「生活」があった。「彼」にとって「生活」とは「芸術」の敵でしかなかった。そんな「彼」の思いは「人工の翼」（十九）にも次のように書かれている。

人生は二十九歳の彼にはもう少しも明るくはなかった。が、ヴォルテエルはこういう彼に人工の翼を供給した。

彼はこの人工の翼をひろげ、易やすと空へ舞い上った。同時にまた理智の光を浴びた人生の歓びや悲しみは彼の目の下へ沈んで行った。彼は見すぼらしい町々の上へ反語や微笑を落しながら、遮るもののない空中をまっ直に太陽へ登って行った。丁度こういう人工の翼を太陽の光りに焼かれたためにとうとう海へ落ちて死んだ昔の希臘人も忘れたように。……

ここに書かれているのは、空から海への転落を代償とした、「芸術」による「人生」の蔑視である。これは「彼」が二十九歳の折の感懐であるが、基本的にそれは二十歳の「時代」（一）における「人生は一行のボオドレエルにも若かない」という、宇野に「これはまずい」と思わせた、その態度と、トーンにおいてまったく同質であるといってもよいであろう。いうまでもなくそれは、自叙伝「或阿呆の一生」を書き上げた三十五歳の語り手である「彼」の「いま」の思いに他ならない。そして、「彼」の最後は、みじめな人生の「敗北」（五十一）で幕を閉じようとする。

彼はペンを執る手も震え出した。のみならず涎さえ流れ出した。彼の頭は〇・八のヴェロナアルを用いて覚めた後のほかは一度もはっきりしたことはなかった。しかもはっきりしているのはやっと半時間か一時間だった。彼はただ薄暗い中にその日暮らしの生活をしていた。言わば刃のこぼれてしまった、細い剣を杖にしながら。

「刃のこぼれてしまった、細い剣を杖にしながら」「ただ薄暗い中にその日暮らしの生活を」する「彼」の姿、それはそのまま、「兜の毛は炎に焼け、槍の柄は折れたピカソ」（「続文芸的な、余りに文芸的な」十「二人の紅毛画家」）さながらではないか。もちろんそれはまた、「薄暗い空から叩きつける土砂降りの雨の中に傾いたまま」になっている、「無残にも折れた梯子」を「天上から地上へ登」ろうとする「クリストの一生」（「西方の人」36「クリストの一生」）でもあった。それは、「或阿呆の一生」の語り手である「彼」にとって、「そうありたい」（「野呂松人形」）芸術家になるための最後の階梯であった。

注

（1）たとえば三島由紀夫に「仮面」、太宰治に「道化」という言葉が重ねられるように、芥川には「阿呆」ということばが重ねられてもよいであろう。ただし「阿呆」は「仮面」や「道化」以上にその両義性が著しく思われる。芥川はとくに死を意識しだした晩年においてこの「阿呆」ということばを多用しているが、それらにおいても「阿呆」のイメージの振幅は大きいように思われる。小稿ではできる限り「或阿呆の一生」における「阿呆」に限定して考えた。

（2）なお「或阿呆の一生」では、漱石について「先生」（十）「夜明け」（十一）「先生の死」（十三）に書かれている。そこでの漱石のイメージは「どこか遠い空中に硝子の皿を垂れた」「丁度平衡を保っている」「秤」であり、「薔薇色に染まり出した」「夜明け」に「丁度彼の真上に」「一つ輝いていた」「星」であり、漱石の死については、「歓びに近い苦しみを感じていた」とある。

（3）関口安義氏は「或阿呆の一生」（『国文学　解釈と鑑賞』昭五八・三）で「或阿呆の一生」を捉えて次のように指摘している。

芥川はここに精いっぱいの努力で、己の生涯の事件を相対化することに成功する。しかし、剥製の白鳥と化し、本体を露わにした彼は、最後に何かに頼らねばならなかった。キリストはそのような彼に実に大きな存在として映っている。「或阿呆の一生」を書き終え、「敗北」意識にとらわれた芥川が、『聖書』をひもときキリストに己のアナロジーを見出していくのも、これまた必然の道程であったといえよう。

（4）「ゲエテ」は「Divan」（四十五）において、「善悪の彼岸に悠々と立っているゲエテ」として描かれる。彼はこの「ゲエテ」に、「絶望に近い羨ましさを感じ」るばかりか、「詩人ゲエテは彼の目には詩人クリストよりも偉大だった」という。しかし、最終的に彼は「詩人クリスト」を目指したのである。彼にとって「ゲエテ」とは、マティスの、あるいは志賀直哉の暗喩でもあったといえよう。

（5）芥川は「或旧友へ送る手記」（遺稿）でも、「・・・十年間の僕の経験は僕に近い人々の僕に近い境遇にいない限り、僕の言葉は風の中の歌のように消えることを教えている」と書いている。

「歯車」――〈親和力〉の向こうへ

高橋博史

作品は次のように終わっている。

《それは僕の一生の中でも最も恐しい経験だつた。――僕はもうこの先を書きつづける力を持つてゐない。かう云ふ気もちの中に生きてゐるのは何とも言はれない苦痛である。誰か僕の眠つてゐるうちにそつと絞め殺してくれるものはないか?》

遺稿として発表された[1]こととあわせて、「歯車」を芥川の自死と結びつけて理解する読みへと強く誘発する言葉である。だがちょっと立ち止まってみたい。ここで言われる〈恐しい経験〉――妻に〈唯何だかお父さんが死んでしまひさうな気がしたものですから〉と言われた経験は、いつ〈僕〉に訪れたのであろうか。もちろんこれに該当するエピソードが芥川の生活史のなかのいつのことであったかなどと問うているのではない。作中の〈僕〉がこのことを経験した時を問題にしているのである。すでに諸家が指摘するように、この作品は〈僕〉が過去に経験したことを書き記すという体裁を採っている。妻との一件を〈それ〉と指し示すところにもそのことは見て取れる。しかしながら、〈僕〉がこの作品を書く以前にこの一件があったと考えると、では作品のここまではどうして書かれえたのかという疑問が生じてしまう。〈僕の一生の中でも最も恐しい経験〉ゆえに〈書きつづける力〉を失い、その結果作品がそこで閉じられるとすれば、その経験は、〈僕〉がここまで書き継いできたそのときに、経験されているのでなければならない。

従来この箇所には〈時間の混乱〉ないし〈錯誤〉があるとみなされてきた。例えば酒井英行は、〈『河童』を書いているはずの作中人物の「僕」に、『歯車』の最終章を書いている龍之介が混入している〉と述べ、作品の〈狂い〉の一つに数える(2)。なるほど〈僕〉に与えられた経験を、実在する芥川龍之介の経験に同定しようとする眼には、〈混入〉と映るかもしれない。しかし、酒井自身も認めるように〈僕〉は作品中の人物であり、その経験は作品に描かれることで成立する。ここの記述にしても、作品のここまでの展開が妻との間に〈恐しい経験〉を呼び寄せ、その結果〈書きつづける力〉が失われたのだと解すれば、〈混入〉を言い立てる必要はない。同じく酒井が〈混入〉〈錯誤〉を指摘する一章末も同様である。

《僕の姉の夫はその日の午後、東京から余り離れてゐない或田舎に轢死してゐた。しかも季節に縁のないレエン・コオトをひつかけてゐた。僕はいまもそのホテルの部屋に前の短篇を書きつづけてゐる。真夜中の廊下には誰も通らない。が、時々戸の外に翼の音の聞えることもある。どこかに鳥でも飼つてあるのかも知れない。》

〈書かれている小説が何であるのか〉という詮索ぬきにここを読めば、義兄の死を知らせる姉からの電話を受けたときに〈或短篇〉を書こうとしていた〈僕〉が、今もそのホテルの部屋で書き続けていると理解して、なんの混乱もない。ただ小説が〈昭和二・三・二三〉という日付を持つここまでの記述だけでは終わらず、〈昭和二・三・二七〉、〈昭和二・三・二八〉……と書き継がれたため、三月二三日時点での〈今〉以降のこともまた、語られることになったまでのことである。むしろ注目したいのは、ここでの〈僕〉が小説を〈書きつづけてゐる〉ことである。〈前の短篇を書きつづけてゐる〉〈僕〉と、〈この先を書きつづける力を持つていない〉と告げる〈僕〉。作品第一章の冒頭と第六章の冒頭が照応していることは既に指摘されている。だが二つの章は末尾においてもまた照応しているのである。

この対称性は、改めて我々を次の問へと導く。すなわち〈何だかお父さんが死んでしまひさうな気がしたものですから〉という妻の言葉が、〈僕〉から〈書きつづける力〉を失わせるのはどうしてかという問である。

妻の言葉がどういう意味で恐ろしいのかということについては、これまでも幾つかの理解が示されてきた。しかしそれらは、〈僕〉が書きつづける力を失ってしまうことについてを十分には説明しない。例えば浅野洋は、〈それは僕の一生の中でも最も恐しい経験だつた〉という一節に〈自分の身を案じ不安を抱く妻から自殺のひそかな決意をずばりと言い当てられた衝撃〉と註する。[3] しかし衝撃の強さということなら、義兄の死を告げる電話も〈僕〉には衝撃的だった。受話器を置いた後、〈僕〉の手は震えているのである。あるいは第二章末で、偶然眼にした〈一番偉いツォイスの神でも復讐の神にはかなひません〉という一行は、〈僕〉を打ちのめす。それでも〈僕〉は〈前の短篇を書きつづけ〉、第四章冒頭ではそれを〈書き上げ〉る。〈一番偉いツォイスの神でも復讐の神にはかなひません〉という一行と、〈何だかお父さんが死んでしまひさうな気がしたものですからという〉言葉では何が違うのか、前者に打ちのめされたあとも小説を書きつづけた〈僕〉が、どうして妻の言葉の前に〈書きつづける力〉を失うのか。作品最終部は、こうした対称性にしたがって理解されなければならない。

ところで、書くことと、より精確には書きつづけることと、その力を失うことという対称性は、作品の基本構図でもある。「歯車」についてはおびただしい論が書かれ、様々な観点から論じられている。その中で、書くことに着目する論も着実に積み上げられてきている。[4] それらの論を〈注視〉しつつ小澤純は、作品はその最後において〈断続的な〈日付〉を持つ「歯車」全章を、〈書くこと〉の中断に収斂させる〉と指摘する。[5] 的確な言である。周知のように、作品の冒頭で、東海道のある〈避暑地〉から東京に出てきた〈僕〉は、ホテルに滞在しながら、市内の各処を巡り、〈避暑地〉へと戻る。このように〈僕〉がいくつもの場所を移動していることについては、これまでも多くの論者によって注目されてきた。だが、そのように移動する背後で〈僕〉は、ずっと小説を書きつづけようとしている。したがって、〈僕〉の変化、屈折という観点から言えば、〈避暑地〉——東京——〈避暑地〉という水平的な移動よりも、書きつづけることとその放棄という屈折の方が本質的だと言わねばならない。

かくして〈何だかお父さんが死んでしまひさうな気がしたものですから〉という妻の言葉はなぜ〈僕〉から〈書きつづける力〉を失わせるのか、と問うことは、〈僕〉はどのようにして書きつづけていたのかという問を呼び寄せつつ、「歯車」とはどのような作品なのかを解き明かす道を開くであろう。

＊　＊

義兄の自死を告げる姉の電話は〈僕〉に衝撃だけを与えたわけではない。むしろある了解をもたらしている。給仕達が交わす会話のなかに「オオル・ライト」という言葉を聞きつけて以来、それが一体何を意味するのかと言うことが、〈僕〉の脳裏を離れない。原稿用紙を前にして〈或短篇を続けよう〉としても、ペンはただ〈All right…… All right…… All right, sir…… All right……〉と記すばかりである。ちょうどそのとき、姉からの電話が鳴り、〈僕〉は〈運命の僕に教へた「オオル・ライト」と云ふ言葉を了解〉するのである。注意したいのは、〈僕〉がどう了解したのか、「オオル・ライト」という言葉はどういう意味だったのかについては語られていないことである。なにが「オオル・ライト」なのかではなく、意識から離れない謎が、解明されたということに語りの力点は置かれている。と同時に〈運命〉という語にも注意を向けておこう。〈僕〉は姉の電話の背後に運命を――自分の意志が及ばないところで自分の生を決定している力を感じとる。そのとき、給仕達の会話の中で発せられた「オオル・ライト」もまた、運命が〈僕〉に聞かせた言葉と見なされるであろう。運命は、姉の電話に先立って、いわばその予兆として〈僕〉に「オオル・ライト」という言葉を聞かせ、そのように運命によって提示された語であればこそ〈僕〉はその言葉に拘らずにいられなかったのだ、という理解が生まれるのである。

同様のことは〈レエン・コオト〉に関しても起こっている。レエン・コオトを着た幽霊の話から始まって、待合室の男、電車の中そしてホテルのロビーと、行く先々でレエン・コオトと出会うことは、〈僕〉を無気味がらせ、いぶかしがらせる。その後に姉からの電話を通じて、自殺した義兄がレエン・コオトを着ていたことが告げられる。この情報は、それまでのレエン・コオトの一つ一つについて、どうしてそれらが現れていたのかを説明するものではない。寒中にもかかわらず、なぜホテルのロビーの椅子にレエン・コオトが掛けられていたのかを明かしはしない。しかしこの情報によって、それらは義兄の死の予兆だったのだという了解が生まれる。不可解であったそれまでのレエン・コオトに、義兄の死の予兆という意味が付与されるのである。このとき、義兄がレエン・コオトを着て自死したことは、それまで続いていたレエン・コオトの出現の帰着点として位置づけられると同時に、先行するレエン・コオトを意味づけ、解釈する基点としても働くことになる。実際、酒井英行のように、義兄の自死の時刻と〈僕〉が停車場でレエン・コオトを見た時刻とを照らし合わせ、〈「僕」の行く先々に出没する〈レエン・コオト〉の男は、義兄の幽霊〉であり、それが〈「僕」を〈死〉の世界に誘導している〉という解釈を組み立てる論者もいるのである。

ところで、それまで直接の脈絡もなく語られてきたことが、作品の最後で一つに収斂し、そこを基点として個々の出来事が意味づけられるということは、小説としての結構を備えているということである。第一章は、義兄の死を告げる姉の電話を要とした小説的な結構を持っているのである。だとすれば、姉からの電話と〈僕〉が〈前の短篇を書きつづける〉こととの関係を、姉からの電話の衝撃にもかかわらず短篇を書きつづけるというように、逆接として捉えるのは正確ではないだろう。むしろ、姉の電話によってそれまで語られてきたことに結構が与えられるということと、〈僕〉が短篇を書きつづけることができることとは連動していると見るべきであろう。

もっとも姉からの電話が、第一章で語られたこと全体を包括する帰着点たり得ているかどうかは疑問である。レエン・コオトを着た幽霊の話の中の〈濡れに来る〉という洒落に始まって、〈ラヴ・シインつて何?〉と聞く女生徒、この夏軽井沢にいたモダンガール風の女、結婚式と、性を連想させる事柄もまた作中に繰り返し登場している。しかしながら姉の電話は、それらとの接点を持たない。繰り返された性にかかわるエピソードは、作中での意味を与えられないまま、放置されるのである。

そのような観点から見たとき、注目されるのは三章末に語られる夢である。

《けれども僕は夢の中に或プウルを眺めてゐた。そこには又男女の子供たちが何人も泳いだりもぐつたりしてゐた。僕はこのプウルを後ろに向うの松林へ歩いて行つた。すると誰か後ろから「おとうさん」と僕に声をかけた。僕はちよつとふり返り、プウルの前に立つた妻を見つけた。同時に又烈しい後悔を感じた。

「おとうさん、タオルは？」

「タオルは入らない。子供たちに気をつけるのだよ。」

僕は又歩みをつづけ出した。が、僕の歩いてゐるのはいつかプラットフォオムに変つてゐた。それは田舎の停車場だつたと見え、長い生け垣のあるプラットフォオムだつた。そこには又Hと云ふ大学生や年をとつた女も佇んでゐた。彼等は僕の顔を見ると、僕の前へ歩み寄り、口々に僕へ話しかけた。

「大火事でしたわね。」

「僕もやつと逃げて来たの。」

僕はこの年をとつた女に何か見覚えのあるやうに感じた。のみならず彼女と話してゐることに或愉快な興奮を感じた。そこへ汽車は煙をあげながら、静かにプラットフォオムへ横づけになつた。僕はひとりこの汽車に乗り、両側に白い布を垂らした寝台の間を歩いて行つた。すると或寝台の上にミイラに近い裸体の女が一人こちらを向いて横になつてゐた。それは又僕の復讐の神、――或狂人の娘に違ひなかつた。……》

夢の中にあらわれる事物をたどっていくと、冒頭のプウルを除いて、松林、妻と子供、田舎の停車場、大学生、見覚えがある女、火事、汽車、寝台車等々、これまでに作品中に登場していた事物によって構成されていることがわかる。第一章冒頭をなぞるように、松林を抜けて田舎の停車場へと移動するこの夢は、第三章までの〈僕〉の彷徨を反復しているのである。その果てに見いだされるのは、〈僕の復讐の神、――或狂人の娘〉である。それは、第二章末の〈いつか曲り出した僕の背中に絶えず僕をつけ狙つてゐる復讐の神を感じながら〉という一節と呼応しながら、〈僕〉は、〈狂人の女〉からの復讐によって地獄に墜とされて彷徨し、やがて破滅へと向かわされいくのだという理解を喚起する。第一章で〈運命〉と呼ばれ、第二章以降で〈僕〉を嘲り、〈僕に敵意を持つてゐる〉とされる〈何ものか〉とは〈僕の復讐の神〉である〈或狂人の娘〉だったのである。こうして作品第一章から第三章には、〈僕〉が地獄のような東京を彷徨した果てに、彷徨させ、破滅へと向かわせるものの正体を知る物語という結構が与えられる。三嶋譲は〈論理的脈絡をたどるのがきわめて困難な「歯車」という小説で、唯一そうした読解を許している〉のは〈復讐の神〉という語であると述べ、〈或狂人の女〉を「歯車」読解の鍵と見なす。(6) 三嶋に限らず〈復讐の神〉である〈或狂人の女〉はこれまでの「歯車」論においてしばしば焦点化されてきた。このことは、三章末で与えられる結構がそれだけ強固なものであることを示しているだろう。それに対応するように作中の〈僕〉も、この夢の後〈前の短篇を書き上げ〉るのである。

＊　＊

しかしながら作品はそこでは終わらない。「まだ」と題された第四章以下が続き、作中の〈僕〉も〈新らしい小説にとりかか〉る。しかも、第五章で〈僕〉を〈冷笑〉し、第六章で〈僕〉を狙うものは、再び〈何ものか〉と記される。〈復讐の神〉が想起されることがあるとしても、それは〈マドリツドへ、リオへ、サマルカンドへ〉行くという夢想に触発されてのことであり、しかも〈僕の復讐の神〉ではない。作品は、〈僕〉の生を掌る〈復讐の神〉という物語とは別の物語を紡ぎ出そうとしているようなのである。

どうしてだろうか。復讐とは、自己の行為に対する相手からの報復である。だから、〈復讐の神〉の背後には、過去の〈僕〉の行為がある。〈復讐の神〉によって、〈僕〉の現在、未来が決定されるという構図は、結局〈僕〉の過去の行為が、〈僕〉の現在、未来を決めるという構図に他ならない。そのように考えると同様の発想が、第三章には集中的に現れていることに気づかされる。かつて「寿陵余子」というペンネームを用いたことを思いだした〈僕〉は、現在自分が「寿陵余子」に他ならないと認める。また、学生時代のナポレオンがノートにセントヘレナと記していたことを想起して、「人生は地獄よりも地獄的である」と記した「侏儒の言葉」や、「地獄変」の良秀を思いだすのである。これに対して、第四章で〈僕〉は、〈「不眠症」のシヤウの発音を正確に出来ない〉ことを〈気違ひの息子には当り前だ。〉と思う。一見ここでも原因は自分に求められているようであるが、そうではない。狂人の息子に生まれるかどうかは、自分の行為の結果ではない。〈気違ひの息子には当り前だ〉という了解は、原因を自分の行為以外のところに、直接的には親が狂人であったことに見いだしているのである。この例は、第三章の「寿陵余子」以下の発想が、自分の内部に閉ざされていることを逆照射するであろう。自己の内で完結する〈僕〉のあり方は、小説の読み方にも現れている。第二章のトルストイ「Polikouchka」を皮切りに、第三章のストリントベルグ「伝説」、フローベル「マダム・ボヴアリイ」と、〈僕〉は小説の中に自分自身の似姿を見いだす。単にそれらの中に自分の姿が書かれていたということではない。〈彼の一生の悲喜劇は多少の修正を加へさへすれば、僕の一生のカリカテュアだつた〉という一文が示すように、〈僕〉は修正を加えつつ、自分の姿を見いだそうとしているのである。第三章末に提示される、「狂人の娘」による復讐によって、〈僕〉は地獄に墜とされたという構図は、こうした自己完結的な傾向の延長にあって、それを完成させる。

だが〈僕〉は全く自己の内で完結しているわけではない。

《僕は高い空を見上げ、無数の星の光の中にどのくらゐこの地球の小さいかと云ふことを、——従つてどのくらゐ僕自身の小さいかと云ふことを考へようとした》

自分の過去を想い起こしているさなかにも一瞬、〈僕〉の視線は天空へとむけられようとし、その高みから地球と自分の小ささを捉えようとするのである。そもそも第一章で語られていた運命とは、〈僕〉の意志の届かないところで生を決定している力であったはずだ。だから〈僕〉は、自己完結的な物語の中にとどまることはできない。第四章は、自分を見いだすための本ではなく〈精神的強壮〉を与えてくれるべき本を求めてホテルの部屋をでるところから始まる。

本屋の後に入ったカッフェで〈僕〉は、〈恋人同志のやうに顔を近づけて話し合つてゐ〉る母と息子を目撃し、〈息子は性的にも母親に慰めを与へてゐることを意識してゐるのに気づ〉く。この光景自体は作品の中で珍しいものではない。性にかかわる光景が繰り返し登場していることは先に見たとおりである。注目したいのはこの光景に対して、〈それは僕にも覚えのある親和力の一例に違ひなかつた。同時に又現世を地獄にする或意志の一例にも違ひなかつた〉という説明が与えられていることである。(7) 息子が母親に性的にも慰めを与えていることが、男と女を引きつけ合う〈親和力〉の作用によるものだとすれば、それは息子の行為ではない。同様に、〈僕〉と〈或狂人の娘〉の間に起こった出来事も〈親和力〉の結果なのであって、そこでの〈僕〉は行為の主体ではないことになる。隣り合う歯車の動きにしたがって回転する歯車にも似て、〈僕〉は、〈或狂人の娘〉との関係のなかで〈親和力〉によって動かされただけである。過去の〈僕〉の行為が現在の〈僕〉を規定するという自己完結した物語は、性的関係を〈親和力〉の作用と見なす説明によって、〈僕〉の外へと開かれることになる。〈僕〉が地獄を彷徨うこととなったのは、あまねく人々の間に作用する〈親和力〉の故であり、この世が地獄になることの一例にすぎなくなる。

だが〈僕〉が地獄に堕ちたことを〈親和力〉によって説明する物語は、〈僕〉の現在を固定化することにも繋がる。〈親和力〉が第一の原因とされ、〈親和力〉を相対化する存在がないならば、〈僕〉が今地獄をさまようことは、他にどういうありようもない必然と見なされるからである。〈親和力〉ゆえに地獄に堕ちた〈僕〉が、そこから逃れ出るためには、〈親和力〉を相対化しうる、それよりも上位に位置する何かが必要である。〈親和力〉が人と人との間に働く力であり、したがって〈親和力〉を第一の原理に据える物語が、あくまでも人間の次元にとどまるとすれば、〈親和力〉を相対化しうる何ものかとは、人間を超えた次元、いわば神の次元にこそ求められるであろう。翻ってみれば、〈サンダアルを片つぽだけはいた希臘神話の中の王子〉をはじめとして、〈僕〉はしばしばギリシャ神話を想起していた。先に引用したように、〈僕〉の眼差しは〈高い空〉へもむけられていたのである。

だから〈僕〉は、〈親和力〉を基底に据えた物語の枠の中にもとどまるわけにはいかない。〈親和力〉を拒み、〈親和力〉を基底に据える物語に替わる新しい物語に向かうこととなる。往来ですれ違った女が、妊娠しているらしいとわかると〈思はず顔をそむけ〉、ホテルに帰って〈新らしい小説にとりかか〉る。筆が進まなくなると部屋の中を歩きながら、〈僕には両親もなければ妻子もない、唯僕のペンから流れ出した命だけあると〉思いなす。そのように思いなすことはまた、自分自身を二重化しようというもくろみとも繋がる。〈僕〉は、帝劇の廊下や銀座の煙草屋に目撃されたという〈第二の僕〉を思い出すのである。人混みの中にあらわれ目撃された〈第二の僕〉とは、人間達の間に生き、〈親和力〉の作用に曝される〈僕〉に他ならない。ところで、男女を性的に吸引する〈親和力〉は、肉体に働きかけ、肉体を通じて人を動かす。だから、当然のこととして〈第二の僕〉も肉体を備えている。〈僕〉が〈死は或は僕よりも第二の僕に来るのかも知れな〉いと感じるのはそれ故である。死もまた肉体に現れる現象だからである。逆に言えば、〈第二の僕〉を想起することを通じて〈僕〉は、肉体性を離脱しようとしているとも言える。実際、〈ペンの先から流れ出た命〉だけを持つ、小説を書く〈僕〉からは、肉体の感じが消えている。肉体性を消すことで親和力の作用から逃れようとするのである。だが、ペンも紙も物質である以上、肉体なしに小説を書くことはできない。〈死は或は僕よりも第二の僕に来るのかも知れなかつた〉にすぐ続けて〈若し又僕に来たとしても〉と思うように、〈第二の僕〉と〈僕〉との差は相対的なものに過ぎず、〈僕〉が肉体から完全に離れることはできない。そのときなお〈親和力〉を拒むことは、はたして可能であろうか。

＊　＊

第五章の冒頭、〈僕〉は一人の老人を訪ねる。〈或聖書会社の屋根裏にたつた一人小使ひをしながら、祈禱や読書に精進して〉いる老人である。地上の人々の生を離れ、神のもとに暮らそうとする彼は〈なぜ僕の母は発狂したか？なぜ僕の父の事業は失敗したか？　なぜ又僕は罰せられたか？――それ等の秘密を知つてゐる〉。いわば〈僕〉の運命の前半を知っているわけである。だから〈僕はこの屋根裏の隠者を尊敬しない訣には行かな〉い。しかしながら〈僕〉は、彼が示す〈僕〉の未来――神に帰依することによる救済を受けいれようとはしない。彼もまた〈親和力〉によって動かされているからである。〈ではなぜ神を信じないのです？　若し影を信じるならば、光も信じずにはゐられないでせう？〉という言葉に対して〈しかし光のない暗もあるでせう〉と答えるとき〈僕〉は、神による救済を拒み、罰せられることをこそ望んでいる。(8)神による救いは、神の許しとともにある。しかし〈親和力〉の作用によって地獄に堕ちた〈僕〉を神が許すとすれば、神は〈親和力〉の存在を認め、受けいれていることになる。そこにあるのは〈親和力〉に支配された地上の生と、そこからの救済という二元論的な構図である。ちょうどこの老人が〈親和力の為に動かされつつ〉、〈祈禱や読書に精進して〉いるようにである。〈僕〉の望むのは、そのような物語ではない。〈親和力〉を拒み、その作用を覆す物語である。そのためには、超越的な何ものかは〈親和力〉を受け入れてはならない。〈親和力〉の作用によって地獄に堕ちてしまった〈僕〉を断罪しなければならない。そうした何ものかによってこそ、〈親和力〉に支配された地上の生を覆す物語は可能になる。それを求めるように、〈僕〉の意識は上方へと向けられていく。自分の影を左右に揺らすものを求めて〈空中に動いて〉いるランタンを見つけ、〈自動車のタイアアに翼のある商標〉や、〈エエア・シツプ〉という名の煙草から〈人工の翼〉を連想する。

他方で、葬式の色である〈Black and White〉という名のウィスキー、新聞記者らしき男が語る〈le diable est mort !〉という言葉等、〈僕〉の意識は、死を連想させることにも敏感になる。第四章末で〈死は或は僕よりも第二の僕に来るのかも知れな〉いと思っていたこととは齟齬があるようにも見えるがそうではない。すでに見たように、死の訪れは肉体を有していることに対応していた。死を連想させることに対して敏感になっているということは、どこまでも肉体とともにあることを〈僕〉が感じ続けていることを意味するだろう。つまり〈僕〉は、肉体を離脱するのではなく、肉体を備えた、地上の存在として、超越的な何ものかを捉えようとするのである。だがそれは可能だろうか。〈空中に舞ひ上つた揚句〉〈海中に溺死〉したイカロス同様、天上へと飛翔できない〈僕〉には、何ものかの存在を捉えることは不可能ではないだろうか。よしそれが存在していたとしても、地上の〈僕〉はただその存在を信じることしかできないのではないだろうか。しかし、単に信じる対象にとどまるのであれば、それは〈或老人〉が説く神と同類の、まさに光に対する影でしかない。

可能性は一つある。〈僕〉に処罰が下される瞬間である。下された処罰を通じて、処罰を下すものの存在が確証されるのである。だから〈僕〉は、何ものかによる処罰を怖れつつ、同時にそれに向かって進まねばならない。〈親和力〉を覆す物語をえようとする志向性が、〈僕〉を処罰へと追いやるのである。それは、わが身を打たせることで雷の威力を実証しようして、雷雨の中に歩みを進めることにも似た、恐怖に満ちた時間である。この作品に張りつめる緊張感の源は、ここにあったのである。

＊　＊

その緊張が眠りを妨げるほどにも昂じたとき、〈僕〉は〈黄ばんだ松林の向うに海のある風景〉を錯覚し、その風景に触発されて〈僕の家〉へ帰る。そこで〈僕〉は〈妻子や催眠薬の力により、二三日は可也平和に暮らし〉、仕事もする。〈親和力〉の作用から逃れられない、むしろ強く働くはずの家で、平和に暮らし、仕事もできるのは、そこが〈松林の上にかすかに〉覗く海、鳩、鴉、雀等の自然と接しているからである。先に見たように第四章で〈僕〉は、肉体を離脱した〈ペンの先から流れ出した命〉と化して新しい小説を綴ろうとしていた。〈親和力〉の働く外に位置することによってそれを基底とする物語に変わる物語をつくり出そうと試みたのだった。しかし、第五章にいたって、肉体としてありながら超越的な何かを捉えようとするとき、〈新らしい小説〉の意味は大きく変化する。それは肉体としてあることを忘れることで、何ものかの処罰に向かって身をさらす緊張から逃れるための催眠薬の代用品となるのである。〈僕の家〉にあっては、聞こえてくる〈鳩の声〉、〈縁側へ舞ひこん〉でくる雀が催眠薬の代わりとなって、ここが人間の世の中であることを忘れさせてくれる。自然と接し、自然の中へと傾斜することで、〈親和力〉の物語の外にあるかのように感じるのである。

しかし、人中に出てみれば〈ここも世の中〉である。単に〈ここにも罪悪や悲劇の行はれてゐる〉というばかりでなく、空には飛行機が現れて僕らを驚かす。ひとたび飛行機を目にすると〈僕〉は〈なぜあの飛行機はほかへ行かずに僕の頭の上を通つたのであらう〉と拘らざるをえず、さらには東京で滞在していたホテルが〈巻煙草のエア・シツプばかり売つてゐた〉ことを思い起こし、〈なぜ〉と問わずにはいられない。他方で、前から来る自転車の男に〈姉の夫の顔を感じ〉、小道の上に〈鼹鼠の死骸〉を見る。意識が上方へと向かうと同時に、死の影に敏感になるという五章での状態が、より強度を増して反復されるのである。家に帰って二階に仰向けになる〈僕〉の〈瞼の裏〉には〈銀色の羽根を鱗のやうに畳んだ翼〉がありありと浮かび出る。

〈何だかお父さんが死んでしまひさうな気がしたものですから〉という妻の言葉が発せられるのはそのときである。従来〈僕〉にとってこの言葉が恐ろしいのは、僕の死を告げているからだと解釈された来た(9)。しかしすでに見てきたように、〈僕〉は死の訪れを充分に予期しており、予期したまま作品は書き継がれてきた。だから〈僕〉にとって死自体が恐ろしいのではない。予告されたのが、何ものかによる処罰ではなく、死でしかなかったことが恐ろしいのである。〈親和力〉によって動かされたことに対する処罰を受けないまま死んでいくとすれば、〈僕〉の生は結局地上の次元を超えることができず、〈親和力〉を基底に置く物語を覆そうとする挑戦も潰える。〈僕〉が怖れるのはそのことである。とはいえ妻の口から処罰が語られることなどありうるだろうか。同じく地上に生きる妻の口には死の予見こそがふさわしい。まして〈僕〉は自然へと傾斜することでつかの間の平安をえていたのだった。自然と同化していくとすれば、そこに自然過程としての死が予見されることはむしろ当然である。その意味で、妻の口から死の予見が告げられることは、〈黄ばんだ松林の向うに海のある風景〉に誘われて〈僕の家〉に帰ったことの帰結である。

このようにして〈親和力〉の物語を覆す何ものかを求めて書き綴られてきた作品が、その不可能性を予見してしまったとき、〈この先を書きつづける力〉が〈僕〉から失われ、作品は閉じられる。最後に〈僕〉は〈誰か僕の眠つてゐるうちにそつと絞め殺してくれるものはないか〉ともらす。最終章で催眠薬の役割を果たしていたのが自然であったことを想起すれば、〈僕〉は自然の中に眠ろうとしているかのようである。

とはいえ地上の生を生きつつ超越的な何かをつかみ取ろうとする試行が、ここで潰えたわけではない。それは「西方の人」へと引き継がれるのであるが(10)、それについて論ずる余裕はもはやない。ただ最後に、「歯車」の可能性を瞥見するために一つの論文を呼び寄せてみたい。「歯車」の一年前に発表された青野季吉「自然成長と目的意識」(11)

である。レーニン「何をなすべきか」を下敷きにしたこの論文で青野は、〈自然発生的なプロレタリヤの文学にたいして〉〈プロレタリヤ階級の闘争目的を自覚した〉〈目的意識を植えつける〉ところに〈プロレタアリヤ文学運動〉の意義と必要性を説く。青野の主張の背後には、〈プロレタリヤ〉の意識は日々の経済活動の枠を超えるものではない。体制を覆すという彼らの歴史的な使命の自覚は、ただ外部からのみもたらされるという判断がある。レーニン—青野は、人々の生活は経済活動の中に閉じられていると見なし、「歯車」は親和力の作用下にあると見なす。しかしそうした違い以上に注目したいのは、現に営まれている生を越え出る地平はいかにして開かれるのかという点に関する、両者の違いである。「自然成長と目的意識」の延長上に展開されたプロレタリア文学運動は、外部を「党」として実体化していった。わが身を賭して地上の生の内に超越的な何ものかの存在をつかみ取ろうとした「歯車」は、それとは異なる道を切り開こうとした苦闘と、位置づけることができるのである。ただ、すでに見たように「歯車」自体は、超越的な何かを捉える以前に閉じられてしまった。どうしてなのか。それを明らかにしつつ「歯車」の可能性を吟味する作業もまた、「西方の人」を視野に入れつつ行われるべきであろう。

注

（1）第一章は、一九二七年六月『大調和』に発表。その後、第一章も含めて、一九二七年一〇月『文藝春秋』に掲載された。『文藝春秋』の目次には「歯車（遺稿）」と記されている。なお、本稿での引用は『芥川龍之介全集』第十五巻（一九九七・一、岩波書店）によった。
（2）『芥川龍之介　作品の迷路』（一九九三・七、有精堂）第七章Ⅳ「『歯車』断想」
（3）『芥川龍之介全集』第十五巻「注解」
（4）石割透「『歯車』を読む」（『作品論　芥川龍之介』一九九〇・一二、双文社）を嚆矢として、安藤公美「「歯車」論」（『玉藻』一九九六・三）、副田賢二「「帰結」からの逸脱」（『三田国文』二〇〇〇・三）など。
（5）「悪循環する「銅貨」」（『解釈と鑑賞』二〇一〇・二）

（6）「「歯車」解読（一）」（『福岡大学日本語日本文学』一九九六・一一）、「同（二）」（『福岡大学総合研究所報』一九九八・三）

（7）念のために付言しておけば、作品中〈親和力〉という言葉が用いられるのはここが初めてである。

（8）翻ってみれば、第二章で〈僕〉は「神よ、我を罰し給へ。怒り給ふこと勿れ。恐らくは我滅びん」という〈祈禱〉を口にしていた。

（9）異なる理解を示すものとして、〈この事件の衝撃〉を、作中の「現在」を成立させる「何ものか」との〈仮構的「対」が、妻の闖入によって現実的「対」に置換されてしまったことにある〉とする、副田賢二「「帰結」からの逸脱」（前掲4）がある。

（10）佐藤泰正は、〈第五章「赤光」こそは、この作の最も核心的な部分〉であるとし、五章後半から六章には、〈後の「西方の人」に描かれた〉〈「永遠に超えんとするもの」と「永遠に守らんとするもの」とのさなかを揺れる自身の像が、あざやかに定着されている〉と指摘する（「「歯車」論」（『国文学研究』一九七〇・一一））。慧眼である。なお、「歯車」と「西方の人」とのつながりという点では、「西方の人」において〈クリスト〉が〈ジヤアナリスト〉、〈詩人〉、〈予言者〉と三様に呼ばれていることにも注意を向けておきたい。

（11）『文藝戦線』一九二六・九。この論文はレーニン「何をなすべきか」を下敷きにして書かれているが、そこでレーニンは〈吾人は労働者が社会民主々義的意識を持ち得なかったと述べた。この意識は単に外部からのみ注入され得るものである。あらゆる国の歴史は次のことを示してゐる。即ち労働階級はそれ自身の力のみを似てしては、単にトレード・ユニオニズム的意識、即ち労働組合に団結し、雇主と闘争し、政府に向かつて各種の改良的法律を要求することが必要であるといふ確信に到達し得るに留まるのである〉と述べる（佐野学訳『マルクス主義』一九二五・九）。なお坂元昌樹「芥川龍之介「歯車」試論」（『近代文学研究』二〇〇一・二）が、「歯車」は〈マルキシズム〉を〈相対化するような視点を潜在化させている〉と論じている。

II

切支丹物／東西交差

初期キリスト教もの ——芥川文芸の〈命根〉をとらえたキリスト教

細川正義

1

芥川龍之介の最後は『続西方の人』の「22貧しい人たちに」の中で

我々はエマヲの旅びとたちのやうに我々の心を燃え上らせるクリストを求めずにはゐられないのであらう。

と記した言葉に尽きる。最後の最後に懸命に聖書に問いかけ死と戦った芥川が最後に刻んだ言葉であるが、しかし芥川は「クリストを求め」てのその次の一歩には至らなかった。その芥川とキリスト教のかかわりは、すでに様々な形で言及されてきているが、しかし最後に「エマヲの旅びとたちのやうに我々の心を燃え上らせるクリストを求めずにはゐられない」と刻みながら死へ旅立たなければいけなかったその深い溝については、初期から通底している芥川とキリスト教の関係に起因しているというのが多くの論の方向であったように思える。

しかし果たしてそうであったのか、

ゲツセマネの橄欖はゴルゴダの十字架よりも悲壮である。クリストは死力を揮ひながら、そこに彼自身とも、——彼自身の中の精霊とも戦はうとした。ゴルゴダの十字架は彼の上に次第に影を落さうとしてゐる。（中略）クリストの祈りは今日でも我々に迫る力を持つてゐる。（『西方の人』28イエルサレム）

とイエスの十字架を語る芥川には、そこに確かな神との出会いを認めることは不可能ではない。『歯車』二章の「神よ、我を罰し給へ。怒り給ふこと勿れ。恐らく我滅びん。」の箇所に対して佐藤泰正氏は、恐らくは日本の近代文学の作中に、このように痛切な深い祈りが記された箇所は殆どあるまい。悪魔は信じられても神は信じられぬという主人公をして、なおかつこのような祈りを告白せしめていることは注目すべきであろう。

と指摘し、そこに作者芥川の死と滅亡の危機に直面しての神に対する「痛切な深い祈り」を見抜いている。(1)『西方の人』の「天上から地上へ登る為に無残にも折れた梯子」(「36クリストの一生」)は、イエスによる人間救済の断念と取られる面は仕方がないが、しかし一方、作者芥川の側から見るなら、その断念の内奥から必死に求める強い神への仰望を読み取ることが必要であろう。そのように『西方の人』に見られる最後の切実な戦いとその中で最後まで神を求め必死に祈ろうとした芥川とキリスト教の関係を確認することによって、改めて、キリスト教が芥川の人生の全体と密接にかかわったであろうという視点に立って、若き日の聖書との出会いから検証を試みて見ようというのが本稿の狙いである。

かつて森有正は、

キリスト教は文学の材料としてその中に消化吸収せられるに甘んずるものではなく、従って単に文学的内容であるばかりでなく、文学的創造活動の根源にあってそれに生命を与え、その方向を決定するものであることが明かになるであろう。

と述べ、キリスト教はその出会いの過程において、それがその段階にあっては信仰とは直接結びつきがなくても、一たん出会ったということが、その人の根源に於いて生命を与え、方向を決定していくものであると指摘している。(2)従来芥川のキリスト教との出会いは『西方の人』冒頭の「わたしは彼是十年ばかり前に芸術的にクリストを――殊にカトリック教を愛してゐた。」を引き合いにして、ましてや一九一六(大正五)年、一七年にあたる「彼是十年ばかり前」よりも以前にあっては、彼のキリスト教への関心はけっして宗教的関心ではなかったという見方が多くなされているが、青年期の出会いが仮にそうであっても、そこでいかなる形であったとしても出会った事実こそ、森有正の視点と合わせていうならば、「文学的創造活動の根源にあってそれに生命を与え、その方向を決定するもの」として命根において持続していき、特に晩年になって死と対峙しながらより切実に自らの狂気と向き合うようになってから、痛切にイエスを求め、神への仰望としてあらわれてくるようになったともいえるのではないか。本稿ではそうした晩年の芥川の切実な神仰望に通底していくキリスト教との出会いという視点から、青年期のキリスト教との出会いとそのかかわり方について再検証してみるつもりである。

2

芥川がキリスト教を何時の時点から具体的に意識し始めたかは明かに出来ないが、聖書との出会いはすでに多くの論者によって明かにされている。確認されているのは、一高時代に井川恭より贈られた『THE NEW TESTAMENT』（一九〇二（明治三五）年）と、室賀文武から贈られた改訳『新約聖書』（一九一七（大正六）年改訳）、そして芥川の死出の枕元に開かれたまま残された『HOLY BIBLE 旧新約聖書』（一九一四（大正三）年一月初版）である。この『HOLY BIBLE 旧新約聖書』にはかなりの赤線、書き込みがなされていて現在日本近代文学館に保存されているが、芥川が所持していたものは一九一六（大正五）年に新たに二〇〇〇部印刷されたものの一冊であることが記載されていて、この聖書を入手したのは大正五年以降である事がうかがえる。

現在確認できるのはこの三冊の聖書であるが、一方芥川の青年期に聖書を題材として描かれ、その後甥の葛巻義敏によって「基督に関する断片」としてまとめられた「マグダレナのマリア」「暁」「PIETA」「サウロ」、さらには「天文廿年の耶蘇基督」「ナザレの耶蘇」らが執筆されたのが一九一三（大正三）、一九一四年頃に集中しており、こうした初期に聖書に材料を得て書かれた作品群と聖書の関係を見るならば、参考にした聖書はその頃に手元にあった、井川より贈られた『THE NEW TESTAMENT』ということになる。この『THE NEW TESTAMENT』には、特に四福音書を中心にかなりの傍線が引かれており、芥川がかなり読み込んでいたことが推測されるが、佐藤泰正氏は、その傍線箇所を検証し、「イエスの警句、譬え、エピグラム風のものが多く「マタイ伝」についても「元訳」のそれと必ずしも一致しない。言わば「元訳」のそれがより求心的であるとすれば、「英文」の場合はその関心の所在はより遠心的ともいえる」と指摘している。[3] ここで示している「元訳」とは芥川の死出の枕元に残された『旧新約聖書』を指し、晩年の芥川の神への問いかけと求めを切実に物語る者であり、佐藤氏がそれへの書き込み箇所を「求心的」と称し、大正三、四年頃に聖書に関心を持って『THE NEW TESTAMENT』に傍線を引いた箇所を「遠心的」とみていることからも若き日の芥川の聖書とのかかわりの評価の有りようがうかがえるところでもあろう。更に佐藤氏は、高堂要氏の論を引用している。高堂氏は『THE NEW TESTAMENT』の傍線のつけ方と、初期の聖書に材料を得て書かれた作品群の聖書への踏み込み方を比較して考えると「学生時代ならびに習作時代の芥川には、もうひとつ日本語の聖書があったことも考えられる。」(「芥川龍之介と聖書—その習作時代における—」(『探求』50号))と指摘している。[4] 特に足立直子氏が芥川文芸において「祈る人間が形象化されたその原点」としてとらえる[5]『老狂人』が書かれたのが一九一〇(明治四三)年頃と推測されており、その『老狂人』では聖書を開いて心奥からの哀切な祈祷を捧げる秀馬鹿をしみじみとした感慨の中に描いていることにも青年芥川のキリスト教への関心の有りようが示されていることも重ねて見ておく必要がある。

関口安義氏はこの高堂氏が推測する「もうひとつの聖書」については、「芥川はこのほかに〈元訳聖書〉によって成る先に記した『旧約全書』や『新約全書』をも持っていた」と指摘し、戯曲「暁」(一九一六(大正五)年)は、「英文新約聖書THE NEW TESTAMENTと日本語聖書『新約全書』の読み込みからなったものである」とされ、芥川の初期作品に影響を与えた聖書として佐藤氏が「遠心的」影響と指摘された『THE NEW TESTAMENT』に加え、晩年の「求心的」聖書への求めにつながるものと考えられるもう一冊の聖書を所有していたことを示している。[6]

この点については『THE NEW TESTAMENT』での、芥川が当時引いたであろう傍線の箇所が示す内容を確認したが、傍線と「聖書に関する断片」等の諸作のストーリーとは直接的には一致しておらず、この頃芥川が『THE NEW TESTAMENT』よりも『新約全書』から材を得たであろうことも推測できる。

この点についても、詳細な関口氏の検証に基づいた指摘に了解するところであるが、ただし一点気がかりなところがある。それは芥川のその頃の小品「マグダレナのマリア」の表記である。題は葛巻義敏が内容から想定して仮題としてつけたと『芥川龍之介未定稿集』(7)に記しているが、葛巻の仮題は本文の登場人物「第一の羅馬人」が「さう云へば、マグダレナのマリアね。」と言う箇所を踏まえているので、まずこの「マグダレナのマリア」の表記は注目してもよいと考えられる。関口氏が指摘した『新約全書』(明治十四年、日本横浜印行)では「マグダラのマリア」と表記していて、その頃芥川が入手可能な聖書では、「正教本会藏版(一九〇二年)」聖書が「マグダレナのマリア」と表記している。ちなみに芥川最後の作品『西方の人』では、「15女人」では「マグダラのマリア」と表記し(8)、「35復活」では「マグダレナのマリア」と表記している。仮に芥川において「マグダラ」「マグダレナ」表記に特別のこだわりがないとすれば、執筆当時手元にあった聖書等の影響が考えられなくもない。そう仮定すれば、芥川のこの頃の聖書への関心は一冊、二冊の聖書あるいは聖書に関する書物に限定されるものではなく、聖書知識への関心はもう少し積極的に発揮されていたかもしれないことが推測される。

3

習作期の芥川の聖書への関心の有りようは晩年の「求心的」な求めほどではないにしても、かなり熱心に、積極的に接近していったであろうことは、その芥川文芸の全体を考えても注目されるところである。例えば関口安義氏は、芥川が一九一四(大正三)年、吉田弥生に対する深い失恋体験を体験した直後、一九一五(大正四)年三月九日付で友人藤岡蔵六に宛てて書いた書簡に引用した短歌十二首の中の、特に、

かばかりに苦しきものと今か知る「涙の谷」をふみまどふこと
わが心や、なごみたるのちにしても詩篇を読むは涙ぐましも

の二首を注目し、そこに切実な深い聖書の読み込みを指摘している。「涙の谷」は『旧約全書』中の「詩篇」第八十四篇六節に「かれらは涙の谷をすぐれども其処をおほくの泉あるところとなす」と記されているところに見られるが、関口氏は「自身の罪を意識し、同時に他者への信頼が揺らぐというやり切れない思いの中で、「詩篇」に慰めを得て、その気持ちを短歌に託して吐露している」と、その頃の芥川が、かなり熱心に聖書を読み聖書に問いかけていたであろうことを推測している(9)。関口氏の指摘は、養父母たちの理不尽な反対にあったやりきれない失恋体験という耐え難い悲痛の中で芥川の聖書への問いかけが鮮明に表れたという視点に立っているが、おそらくその時に失意の中で強く聖書へ問いかけた芥川は、おそらくその出来事がおこる以前からの日常においても、かなり、聖書に対して自身と対峙させた求める対象としての宗教的関心があったことも想像して間違いはないと考える。

そしてそれらが具体的に窺えるのが、葛巻義敏が『未定稿集』のなかで「基督に関する断片」としてまとめて示した「マグダレナのマリア」「暁」「PIETA」「サウロ」などと、更に同じ『未定稿集』収録で、葛巻が大正三年頃までの作と推測している「グレコ」「われ目ざむ」や、同じく彼が大正四年頃と推測している。

ひざまづきわがおろがめばひえびえといのちの空に光さす見ゆ
かすかなる影と光とほのめけるいのちの空に目ざめけるかも

とうたった短歌などがあげられる。あるいは同じころに出した書簡にもうかがえる。大正四年三月九日に恒藤恭宛てに出した書簡で、

周囲は醜い　自己も醜い　そしてそれを目のあたりに見て生きるのは苦しい　しかも人はそのまゝに生きることを強ひられる　一切を神の仕業とすれば神の仕業は悪むべき嘲弄だ　僕はイゴイズムはなれた愛の存在を疑ふ（僕自身にも）僕は時々やりきれないと思ふ事がある　何故こんなにして迄も生存をつゞける必要があるの

だらうと思ふ事がある　そして最後に神に対する復讐は自己の生存を失ふ事だと思ふ事がある

僕はどうすればいゝのだかわからない

と、かなり深い苦悩の中での直接的な神への問いかけが窺えること、そして同じ三月九日付で、先に引用した藤岡蔵六に宛てた書簡に記した短歌で「わが心や、なごみたるのちにしても詩篇を読むは涙ぐましも」と、詩篇を読みつつ深く感傷的になっている様子なども参考にしなければいけない。

これらの習作期のキリスト教、『聖書』に材を得た作品を見ると、その頃芥川が十字架に架かるイエスの姿に関心を強く持っていたことが推測できる。例えば、「暁」である。この作品は岩波書店の『芥川龍之介全集』に収録された、「暁――小戯曲一幕物――」と題して昭和二十二（一九四七）年七月一日発行の「長岡文芸」に発表されたものと二種類あるが(10)、ここではまず葛巻の『未定稿集』を引用してみると、

B　やあ、顔に唾をはきかけた奴がゐる。

A　又、なぐつたぜ。

B　それ、髪の毛を持つて引き仆した。

A　感心、感心。もう一つなぐれ。もう一つ。

B　どうだい、今度は靴で顔をふみつけた奴がゐるぜ。

A　又一つなぐつたな。あの皮の靴では痛からう。

B　〆めた、〆めた、そこを思切つて踏みつけろ。そら、鼻血が出て来た。

A　さうだ、さうだ。もつと力を入れてなぐるがいゝ。

B　だが、あんな目にあつても、あの男はだまつてゐるぜ。

A　うん

暫　沈黙

Ｂ　妙な男だ。己は今まであんな奴にあつた事はない。
Ａ　うん、己もあつた事はない。

とあり、ひどい迫害にあっても抵抗せずに堪えているイエスに出会って心に変化が起きている姿をとらえている。「暁――小戯曲一幕物――」では、ＡＢが悪魔の一、悪魔の二に代わり、前半部はカットされこの引用箇所のみがこのように描かれている。

二　やあ、今度は顔へ唾をはきかけたぜ。
一　まだ、そんな事は手ぬるい方だ。そら火のついてゐる薪を、あいつの手や足へくつけてゐる奴がゐる。
二　これではあいつも少しはまゐるだらう。
一　これでまゐらないにしても、ゴルゴダで磔柱にあげられるとなつたら、まゐるのにちがひない。
二　しかしまだあいつの顔を見ると、眩しいやうな気がするぜ。
一　うん、己もしない事はない。
二　あいつには己もずゐぶん手を焼いたからな。
一　己もひどい目にあつた事がある。いつか己が或パリサイの耳へ口をつけて「貢をカイゼルへ納めるのは悪いか」と訊かせてやつたらあいつは、あの眼でぢつと己の方を見ながら「カイゼルのものはカイゼルへ返し神のものは神へ返せ」と云つた。その時は流石の己もあぶなく、あのパリサイの肩からころげ落ちる所だつた。（傍線　細川）

ここでは、間もなく十字架にかかろうとするイエスに対し悪魔たちが見方を改めているだけでなく、「あいつの顔を見ると、眩しいやうな気がする」とまで言わせている点が注目されるところである。「小戯曲」の方は一九一五（大正四）年一〇月一六日と脱稿の日付がされているが、『未定稿集』の「暁」はそれより少し前に草稿されたものと推測できる。ここで注目できるのは、この頃の関心の中心が聖書のイエス物語を材料にしていることと、その中で、特にゴルゴダの丘の十字架に向かうイエスが放つ不可思議な光に関心を寄せている点である。このスタンスは、「PIETA」でもうかがえる。

一　しかし、ゴルゴダへひかれて行くラビの姿ほど、いたましいものはなかつた。

二　石を投げる者がある。唾をはきかける者がある。己は腹が立つて仕方がなかつたが、ラビの顔を見ると、唯、悲しくなつて、ゴルゴダへ来る迄は、どこをどう歩いたか　知らなかつた。

三　ラビは、己れの顔を見て　笑はれた。

一　己は、ラビの顔の創が、今でも眼についてゐる。あれは棘の冠をかぶらせられた時の創にちがひない。

二　あの十字架を背負つてゐたシモンが　石につまづくと、ラビはいつも手をとつて、たすけておやりになつた。

三　己は一生、あの時のラビの笑顔を忘れない。

二　さうして、己とマリアが泣いてゐるのを見て、「己の前に泣くな。お前とお前の子の為に泣け。」と、お云ひになつた。

一　ラビは、手にも足にも、痣が出来てゐた。

四　（きはめて低く）ラビ、ラビ。（傍線　細川）

罪人として群衆が罵り、石を投げつけ、唾を吐きかける。それでも彼らを憎まず笑顔を失わない。「己は一生、あの時のラビの笑顔を忘れない。」という者と、心奥で「ラビ、ラビ」と呼び続ける者、この場面を曹紗玉氏はこれは聖書には出ていない芥川の創作した箇所であるが、痛々しい受難の中でも、死ぬことにより逆に勝つイエスの勝利を予想する笑いであり、それにより使徒たちが安らぎを与えられ、勝利の約束を与えられたであろうことを、芥川は示唆しているのではなかろうか。(11)

と指摘しているが、曹氏の指摘のように芥川は聖書の中でも特に十字架にかかる時のイエスの言動に深く共感を示し、最後まで無限に優しかったイエス像に自らの憧憬の思いを重ねている芥川の心情がうかがえるのである。

佐古純一郎氏が、

（略）四つの福音書をとおしてのキリストをみつめた芥川の眼は近代的知性の眼であった。（略）私たちは、信仰の眼によって認識されないキリストの認識が、いかに、まとはずれになるものかをまざまざと芥川のキリスト論によって教えられるであろう。

と指摘したことは夙に知られている通り[12]、芥川の聖書へのアプローチは最後まで「近代的知性の眼」が先行していたことは否定できない。イエスへの懸命な問いかけをした『西方の人』正続はまさに「近代的知性の眼」での聖書とイエスへの必死の問いかけであったが、一方でその『続西方の人』を「わたしは四福音書の中にまざまざとわたしに呼びかけてゐるクリストの姿を感じてゐる」（1再びこの人を見よ）、「我々はエマヲの旅びとたちのやうに我々の心を燃え上らせるクリストを求めずにはゐられないのであらう。」という地点で閉じなければいけなかった切実な訴えは、そうした「知性の眼」では解決できない懸命に生きんとする人間としての命根からの叫びであったと言わざるを得ないであろう。そしてイエスへの憧憬に、自己の内奥と対峙することの多い青年ゆえの感傷の情が勝っていたことは否めないにしても、習作期の作品群から確認できることは、その青年期にキリスト教と出会ったことが、芥川文芸と作家芥川の闘いの生涯を見るうえで彼の命根を確かにとらえていたことを明確に認識されることである。

注

（1）佐藤泰正『芥川龍之介論』「歯車」論、（『佐藤泰正著作集』4、翰林書房、二〇〇〇年九月二〇日、一一三頁）。

（2）森有正『近代精神とキリスト教』河出書房、一九四八年、一九七〇年に増補改訂を講談社より刊行、本稿は後者を使用、一二四頁。

（3）佐藤泰正、前掲書、「テクスト評釈『西方の人』『続西方の人』」、三四二頁。

（4）高堂要「芥川龍之介と聖書――その習作時代における――」『探求』五十号、一九七五年一二月）。
（5）足立直子「芥川とキリスト教―〈祈り〉の形象とその変容―」『解釈と鑑賞』二〇〇七年九月、至文堂、六四頁。
（6）関口安義『芥川 永遠の求道者』洋々社、二〇〇五年五月、五九頁。
（7）葛巻義敏編『芥川龍之介未定稿集』一九六八年二月一三日、岩波書店。
（8）西方の人』「「35復活」ではルナンの『イエス伝』に触れて「ルナンはクリストの復活を見たのをマグダレナのマリアの想像力の為にした。」と書いているが、ルナンの『イエス伝』の日本語訳では「マグダラのマリア」と表記している。
（9）関口安義、前掲書、六〇頁。
（10）「暁――小戯曲一幕物――」と題して昭和二十二（一九四七）年七月一日発行の「長岡文芸」に発表されたものについては、『芥川龍之介全集』二三巻の石割透氏の註を参照。
（11）曺紗玉『芥川龍之介とキリスト教』「第一章　文壇デビュー以前のキリスト教物」翰林書房、一九九五年三月二〇日、四一～四二頁。
（12）佐古純一郎「芥川龍之介とキリスト教」（『近代文学鑑賞講座』第十一巻芥川龍之介　角川書店　一九五八年六月二七六頁）。

「煙草と悪魔」——その「メルヘン」の要素をめぐって

朝・ベッティーナ・ヴーテノ

「煙草と悪魔」は、大正五（一九一六）年十月に書かれ、同年十一月雑誌『新思潮』に発表された短編小説であり、芥川の「切支丹物」の一つと知られている。『芥川龍之介全集』の第一巻に収められているが、約十一頁の、密度の高い短い、コンパクトな小説である。この作品の中心にあるテーゼは、煙草を日本に持ってき、それを広めたのは、「天主教の伴天連が（…）はるばる日本へつれて来た」悪魔だったという説であるが、[1]小説の中では、この煙草が日本に入ってきた経緯が詳しく描写されている。作品の構造はごく簡単である。短編は、五つの短い章に分かれており、章と章の間にはアスタリスクが五つ（＊＊＊＊＊）入れてある。[2]

物語論的にいうと、「煙草と悪魔」は一種の「枠物語」になっている。冒頭の第一章にあたる部分は一頁半のものであり、「自分」と称されている語り手が一人称で問題提起を行って、これから展開される物語・話の筋の土台を作る舞台となっている。第二章（276頁）から話の本筋に入るわけであるが、それは天文十八年の出来事とされている。この二頁半に渡る第二章からは、一人称の語りがなくなり、表には出ないが、すべての出来事を把握している全知の、三人称の語り手が話を提供するという形に変わる。第三章（約4頁）、第四章（2頁）の話も同じく三人称の全知の語り手を通じて読者に伝わってくるが、一頁を少し超える程度の、ごく短い第五章ではまた第一章の「自分」という一人称の語りへ戻っている。しかし、語りの形のみならず、内容の上でも最初の章と最後の章が「枠」をなしている。第一章は「入門的」な役割を果たしており、ここでは芥川は語り手にテーマ設定をさせている。小説は次の文句で始まっている。

煙草は、本来、日本になかった植物である。では、何時頃、舶載されたかと云ふと、記録によって、年代が一致しない。(「煙草と悪魔」、275頁)

即ち、小説の冒頭は、煙草という植物の根源を探る客観的な専門書のような書き方になっている。語り手はさらに報告する。

そこで、この煙草は、誰の手で舶載されたかと云ふと、歴史家なら誰でも、葡萄牙人とか、西班牙人とか答へる。が、それは必ずしも唯一の答えではない。(「煙草と悪魔」、275頁)

ここまで来ると、今度は語り手が自分の説を述べる。伝説によると、

煙草は、悪魔がどこからか持って来たのださうである。(「煙草と悪魔」、275頁)

この「悪魔」というのは、スペインとポルトガルから来た伝道師が日本に連れて来たとされている。語り手は、それを疑問に思う読者もいるだろうことを認めてはいるが、このテーゼを実証するものとして、「アナトオル・フランスの書いた物」を挙げ、伝説の真実性を高めようとしている。(「煙草と悪魔」、276頁)

ここで第二章に入るわけであるが、第二章から第五章の一行目までは、煙草がどういう風に日本に入って来たか、その経緯が詳しく述べられている。語り手が伝説として伝えている物語は第五章(285頁)の一行目で終わる。そのあとの最後の部分では、一人称の語り手が話をまとめ、伝説をコメントないし解釈することで作品は終わっている。

小説の枠が客観的な報告の味を帯びていることに対し、伝説として語られる枠の中の物語は、メルヘンを思わせるような要素をいくつか含んでいる。メルヘンとはドイツで発生した散文体による空想的な物語、と定義されているが、(3)ジャンルの特徴の一つは、空想的な要素の導入であり、登場人物としては人間以外、魔女や魔法使い、巨人や普通に話ができる、人間とコミュニケーションがとれる動物が出てくることである。「煙草と悪魔」では、それ

はキリスト教信仰にある、「善」とされている神様の敵手の役割を果たしている「悪」のデビル（悪魔）である。この悪魔と交渉する枠の中の物語の二人目の主人公は、庶民の代表である牛商人であるが、この人物は名前なしで紹介されている。牛商人はつい最近、「フランシス様の御教化をうけて、この通り御宗旨に、帰依」している（280頁）。小説の中の悪魔は、このような、新しく伝道され、教化された人こそ探している。

悪魔のような人物の登場以外の空想的な要素としてあげられるものは、この「悪魔」という人物の能力である。悪魔は魔法使いのように化けて他人の姿をとることができる。そこで、「天文十八年、悪魔は、フランシス・ザヴィエルに伴いてゐる伊留満の一人に化けて、長い海路を恙なく、日本へやって来た。」（276頁）「朝夕フランシス上人に、給仕する事になった」ので（276頁）、だれも悪魔の真面目を見抜くことができない。しかし悪魔は神様のように全知・全能ではない。周りのもの、周りの状況を恣、魔法で化けたり変えたりすることはできない。例えば、煙草畑も鋤鍬を借りて、重労働で耕さなければならないのである（278頁）。また、日本の状況を全部知っているわけではなく、悪魔は未知の国に来たとされている。日本に来る前、「マルコ・ポロの旅行記で」いろいろ読んだが、実際に来てみると、様子が読んだものとは違う（277頁）。

この物語では登場人物は明らかに「白黒」のように「善」と「悪」に分かれている。悪魔は悪者役を演じており、それは最後まで変わらない。牛商人は、だまされやすいところはあるとはいえ、軽信は普通の庶民によく見られる特色であり、倫理的に見ては「善人」である。悪魔が日本にやって来た目的は、すでにキリスト教徒になっている人を誘惑して、「悪」に導いていくことにあるが、当時は日本にはキリスト教徒の数はまだ少なかった（277頁）。そこで、自分が切支丹だと名乗る牛商人が現れた時、悪魔は非常に喜び、すぐにその人を誘惑の対象にしようと決心する。西洋のメルヘンにもよくあるように、悪魔は報奨を約束することによって、牛商人を誘惑する。報奨はこの場合、きれいに、紫色に咲いている煙草の畑である。

もう一つの典型的なメルヘンの特徴は、主人公が課題を与えられることである。その課題とは「謎」の形をとることが多い。「煙草と悪魔」では、牛商人が煙草畑に咲いている植物が何であるかを知りたく、悪魔に伺う。悪魔は、植物の名前を言うのは許されないが、牛商人に、「あなたが、自分で一つ、あて、ごらんなさい」と勧める（280頁）。当たったら、「この畑にはえているものを、みんな、あなたにあげませう」、と悪魔は約束する。牛商人は、課題の解決に三日間時間を与えられる。この「三つ」という数も、ドイツのメルヘンの典型的な数字である。様々なメルヘンで、課題が三つになっていたり、その解決に与えられている時間が三日間だったり、当ててみてよい回数が三回になったりしている。「煙草と悪魔」の牛商人は、三日以内に悪魔の畑に生えている植物の正しい名称を分かって、それを悪魔に言わなければならない。この「賭」を「人の好い伊留満の、冗談だ」（281頁）と思った牛商人は、当たらなかったらなんでもあげると言ってしまう。悪魔は「あたらなかったら――あなたの体と魂とを、貰ひますよ」と答える。ここで牛商人は初めて不安になる（282頁）。

この「賭」は、西洋のメルヘンによく見られるいわゆる「悪魔との契約」(Pakt mit dem Teufel) というモチーフである。悪魔は善人に課題を与え、それを解決できれば何か望ましい物を約束することによってその人を誘惑する。そして、もし失敗したら、「あなたの体と魂とを、貰う」という。後者の表現は、ドイツのメルヘンでは、「Dann gehörst du mir mit Leib und Seele」という決まり文句になっている。「名称を当てなければならない」というモチーフは、グリム兄弟の童話にある「ルンペルシュティルツヒェン」(Rumpelstilzchen) のモチーフによく似ている。「ルンペルシュティルツヒェン」（この作品は、「がたがたの竹馬こぞう」という題で、日本語に訳されることもあるが）では、粉引きの娘が不思議な小人の名前を当てなければならない。この小人とは、小人の姿に化けた悪魔だという説がある。(4)「ルンペルシュティルツヒェン」と芥川の「煙草と悪魔」は、当てのモチーフが中心になっているため、構造的によく似ていると共に、登場人物の面から言っても共通点が多い。「ルンペルシュティルツヒェン」では、悪人である「悪魔」（それはルンペルシュティルツヒェン自身である）と善人の役を演じる無心の娘とが登場する。「ルンペルシュティルツヒェン」の話の流れは次のようになっている。ある貧しい粉屋が王様に、自分の娘は、藁をつむいで、金にすることができると言ってしまう。王様は非常に興味を示し、娘をお城に呼ぶ。そして、娘を藁でいっぱいな部屋に突っ込み、この藁をを次の朝までに金にせよと命じる。「このわらを金につむげなければ、そちらのいのちはないものとおもうがよいぞ」とまで言って娘を脅かす。藁を金につむぐ芸を身につけていない娘は絶望して泣き出す。すると、急に豆つぶのように小さな男がはいってきて、「わたしが、かわりに、それをつむいであげたら、なにをほうびにくれる。」と娘に向かって言う。娘が首飾りを約束すると、小人は藁を全部金につむいでくれる。次の日、金でいっぱいな部屋を見ると、お王様は娘をより大きな部屋に連れてゆき、そこの藁も全部金につむぐように命じる。夜中になるとまた小人が来て、娘のために藁を金に変え、お礼として娘の指輪をもらう。次の朝、多くの金を見た王様は、それでもまだ満足できず、娘をより大きな部屋に連れてゆき、その藁も全部金に変えたら、娘を王妃にすると約束する。夜中、また小人が来て、娘のために藁を金につむぐという。ただ、娘が自分はもう小人にあげられるものは何もないと言うと、小人は娘が王さまの妃になったら、一番初めに生まれた子供をくれと答える。藁は金に変わり、王様は娘と結婚する。一年後きれいな子供が生まれたときは、王妃は小人のことをすっかり忘れているが、小人は約束された子供をもらいに来る。絶望的に泣き出す妃の姿が気の毒になった小人は、三日間待つので、もしそれまでに、自分の名前が分かったら、子供を妃に返すと言う。そこで王妃は自分の知っている名前と、使いの者が外で調べてきた名前をすべて集めて、小人が次の日に現れた時に挙げてみるが、小人は「そんな名じゃない」と首を振るだけである。二日目には同じことが繰り返される。三日目になると、使いの者がある山の上で見た場面を妃に語る。山の上で小さな家を一軒見つけたと。その家の前に、たき火がしてあり、火のまわりに、おかしい恰好の小人が、しかも一本足で、ぴょんぴょこ、ぴょんぴょこ飛びながら跳ね回り、次のように言っていたと。

　きょうはパンやき、
　あしたは酒つくり、

裂く。

一夜あければ妃のこどもだ。
はれやれ、めでたい、たれにもわからぬ、
おらの名前は
ルンペルシュティルツヒェン。(5)

妃はこのようにして小人の本名を知り、非常に喜んだ。小人がまた現れると、妃は「お前の名はルンペルシュティルツヒェンだ」と言う。すると小人はかんかん怒り、「それは悪魔が話したんだ」と叫ぶ。そして、小人は右足ですごい勢いで床を踏み、深い穴をあける。それから、両手に左足をひっぱり、自分自身で自分の体を二つに引き裂く。

芥川の「煙草と悪魔」の仕組みと、「ルンペルシュティルツヒェン」の仕組みがよく似ていることはいうまでもない。「煙草と悪魔」では、善人である牛商人は、悪人の悪魔に、畑に生えている植物の名前を当てる課題が与えられる。ドイツのメルヘンの妃と同じように、牛商人も当てるのに三日間時間をとることが許される。ただ粉屋の娘と違って、芥川の牛商人は、相手が悪魔であることに、話をしているうちに気が付くわけである。それは、悪魔が帽子を脱いだら、「もぢやもぢやした髪の毛の中には、山羊のやうな角が二本、はえてゐる。牛商人は、思はず顔の色を」変えた、とあることから分かる。(282頁)また、「ルンペルシュティルツヒェン」の場合と同じように、小人の名前・植物の名前が分かるのは偶然である。妃のある使いの者が偶然小人が独り言を言っている場面を見て、小人の名前を盗み聞くのであるが、「煙草と悪魔」の場合は、植物の名前が分からないため絶望的になっている牛商人が自分で解決法を見つけようとして、別に計画も立てずに、結局牛を悪魔の畑に追い込んでやる。そこで伊留満に化けた悪魔は怒り出すが、隠れて見ている牛商人は悪魔の言葉を盗み聞いて、植物の名前を知るという仕組みになっている。「この畜生、何だって、己の煙草畑を荒らすのだ。」(284頁)そこで、妃も牛商人も助かるのである。

芥川は、このような西洋のメルヘンの構造、そしてメルヘン的な話の筋を使うことによって、メルヘンにふさわしくない、真剣なテーマを取り上げる。それは、日本と西欧との関係と、明治時代に始まった日本の近代化の考察である。普通メルヘンには倫理的な「教え」がある。それは、「煙草と悪魔」の場合、全くないとは言えないが、「知らない人をあまりにも簡単に信じるな」、「人の言葉を軽信するな」くらいに留まる内容であり、しかもそれはこの短編の中心にあるものではない。枠の中の物語のみ見ると、このような教えが潜んでいるとも言えないことはないが、枠の中の「メルヘン」は、冒頭の部分と最後の部分に現れる語り手の司会を通じて読者の耳に入る。語り手はその「メルヘン」を「伝説」と名付けている（２７６頁、２８５頁参照）。牛商人が植物の名前を当てたところで、煙草と悪魔のメルヘンは終わる。語り手は、次のようにコメントする。「それから、先の事は、あらゆるこの種類の話のやうに、至極、円満に完つてゐる。即、牛商人は、首尾よく、煙草と云ふ名を、云ひあてゝ、悪魔に鼻をあかさせた。さうして、その畑にはえてゐる煙草を、悉く自分のものにした。」（２８５頁）。しかし、語り手はこの「伝説」にはより深い意味があると言う。それは、悪魔は牛商人の体と魂を自分のものにできなかったため、一応善人に負けたが、後、悪魔が日本に持って来た煙草が日本全国に広まり、普及したため、多くの人が煙草中毒になり、自分の健康を害するところまで至ってしまったので、「牛商人の救抜が、一面堕落を伴つてゐるやうに、悪魔の失敗も、一面成功を伴つてゐはしないだらうか」と芥川は書いている（２８５頁）。「一面堕落を伴つてゐる」煙草は、西欧からの輸入品とされており、しかもそれは悪人の悪魔によって日本に持ってこられた「悪い」ものとされている。なお、十六世紀に渡日した悪魔は「明治以後、再、渡来した」と語り手は言う（２８６頁）。さて、二度目来日したときは、何を持ってきただろうか、と読者も考えさせられるわけである。今までの語り手の悪魔の動作の解釈から言うと、明治時代に日本に来たときも、国を「悪」に導くような、「堕落を伴う」ようなものを持ってきた、と言う風に理解せざるを得ない。この読みで行くと、この短編のポイントは、日本の近代化についてのごく批判的なコメントにあると思われる。「明治以後、再、渡来した彼の動静を知る事が出来ない」とされているが（２８６頁）、この言い方は、芥川が、悪魔が持ってきた具体的な「悪」に値するものを、日本の近代化の事情を知っている読者の想像に任せるという、「open end」の語りの方法を使用しているということである。明治時代に「悪魔」が二度目に日本に来たとされているのは、悪魔が西欧・西欧文化の比喩として使われていることを意味するに違いない。したがって、芥川は自らの先生の夏目漱石同様、「西欧化」である日本の近代化は、必ずしも良いことばかりもたらしたわけではないと仄めかしているのである。

それでは、最後に、芥川が「煙草と悪魔」の枠の中の物語で提供している煙草の日本への輸入に関する説明を取り上げ、それについて少し考察することにする。一九四二年の雑誌Monumenta Nipponicaに発表されたドロテウス・シリングの「日本における最初の煙草」(Der erste Tabak in Japan)という論文によると、煙草は世界のどの国へもアメリカから入ってきた。シリングは様々な資料を調べた結果、コロンブスがアメリカを発見する前は、煙草はアメリカ以外の大陸では一切知られていなく、日本や中国などで燃やされ吸われていた植物は、煙草以外のものだったという見解に到達する（シリング、115-116頁）。日本語の「タバコ」という言葉は、ポルトガルからではなく、フィリピン経由で、スペイン語から入って来たに違いないとシリングはいう（シリング、118頁、124頁）。日本語の発音はスペイン語の発音と同じである（シリング、118-119頁）(6)。乾燥したタバコの葉っぱは、すでに一五七八年に日本に入ってきており、日本で商売の対象になっていた（シリング、125頁）。その時代に、出雲崎という越後の町にすでに煙草の商売をしている人が存在していた（シリング、123-124頁）。煙草の種は、慶長時代（一五九六年―一六一五年）に日本に入ってきたとされている（シリング、126頁）。ポルトガルの公使Hieronymus De Castroは、一六〇一年の六月平戸に来たとき、煙草の種を持参していた。De Castroがそれを同年の八月に徳川家康にプレゼントし、煙草の薬剤としての機能を説明したことも知られている（シリング、129頁）。家康は煙草の効果をすべて書き留めてもらった。一六〇一年以後、煙草が素早く日本全国に広まったことからも、一六〇一年の六月に初めて煙草の種が日本に持って来られたことがうかがえる。そして、一六〇二年より、煙草は京都の近辺で植栽されるようになり、そこから日本全国に広まったわけである（シリング、130頁）。したがって、歴史的証拠から言っても、芥川が「煙草と悪魔」で提供している「煙草は天文十八年」に日本に入ってきた、という説は、事実に近いものであり、本当の煙草の輸入の時点より約三十年早いだけである。

注

（1）芥川龍之介全集、第一巻、２７５頁参照。
（2）芥川龍之介全集、第一巻、２７６頁、２７９頁、２８２頁、２８５頁参照。
（3）http://ja.wikipedia.org/wiki/メルヘン（二〇一三年十月二十日現在）。
（4）http://ja.wikipedia.org/wiki/ルンペルシュティルツヒェン（二〇一三年一〇月二〇日現在）。
（5）http://www.aozora.gr.jp/cards/001091/files/42310_15932.html（二〇一三年一〇月二〇日現在）。
（6）スペイン人がアメリカで初めて煙草のことを知った時、ネイティヴアメリカンがそれを吸うために使っていたパイプの名前（タバコ）をパイプの中に入れられる植物のために使ったため、世界中でその植物は「タバコ」という名称で知られるようになった（シリング、１１９頁）。

文献目録（研究論文・リンク）

芥川龍之介「煙草と悪魔」『芥川龍之介全集』第一巻、東京、岩波書店、一九七七年、２７５頁-２８６頁。
Akutagawa Ryûnosuke: Der Tabak und der Teufel. Jürgen Berndt 訳. Rashômon. Ausgewähl-te Kurzprosa. München, Beck, 1895, 64頁-73頁。
Kawamura, Yoshie: Tabako to akuma (Il diavolo e il tabacco) di Akutagawa Ryûnosuke. Il Giappone, Vol. 16, (1976), pp. 111-121.
Schilling, Dorotheus: Der erste Tabak in Japan. Monumenta Nipponica, Vol. 5, No.1 (Jan., 1942), pp. 113-143.
http://ja.wikipedia.org/wiki/メルヘン（一一月二〇日現在）
http://ja.wikipedia.org/wiki/%E3%83%A1%E3%83%AB%E3%83%98%E3%83%B3（二〇一三年一〇月一五日現在）
http://www.aozora.gr.jp/cards/001091/files/42310_15932.html（二〇一三年一一月二八日現在）

「尾形了斎覚え書」――眼前の「書面」に胚胎するもの

小澤　純

1　史料（というフィクション）

いわゆる切支丹物第二作となる「尾形了斎覚え書」（「新潮」一九一七・一）は、叙述形式において、第一作の「煙草と悪魔」（「新思潮」一九一六・一一）ばかりか、それまでの諸作との間に明確な差異を持つ。「旧記」・「記録」を参照する語り手（書き手であることを示す場合が多い）がときに顕在化する形式は、「羅生門」（「帝国文学」一九一五・一一）や「芋粥」（「新小説」一九一六・九）、また「煙草と悪魔」も共有してきたが、本作においては、全文がいわば「尾形了斎覚え書」という「旧記」なのである。

森鷗外の歴史小説「興津弥五右衛門の遺書」（「中央公論」一九一二・一〇、改作され『意地』籾山書店、一九一三・六に収録）からの影響が、稲垣達郎(1)によって指摘されている。ただし、それぞれ表題の人物による書簡形式を採ることは共通するが、テクストの閉じ方は異なる。『意地』版の「興津弥五右衛門の遺書」では、「興津弥五右衛門景吉」の署名の下に「華押」を記し、さらに改行を施し、弥五右衛門ではない書き手による殉死の描写があり、家系図を挿入して一族のその後を丹念に示すのに対し、「尾形了斎覚え書」では、「医師　尾形了斎」の署名（印や判はない）によって、テクストが無造作に途切れるのである。このシンプルな構成は、大幅な加筆修正を施す以前の初出版に近いものだ。表題・著者名・掲載誌（後には単行本）の他に外部を持たないテクストは、まさに一史料に擬態しながら、史実との境界で明滅するフィクションとして浮遊する。同様の構成は、最後の切支丹物である「糸女覚え書」（「中央公論」一九二四・一）でも再び採られることになるが、本論では、日本におけるキリスト教伝来と弾圧の歴史を背景として、一つの史料（というフィクション）を読む形式が初めて選ばれた点に拘り考察していきたい。

まず同時代の反応を確認する。中村孤月「一月の文壇」（「読売新聞」一九一七・一・一三）には「海軍機関学校教官の余技」という有名な酷評があるが、否定的なニュアンスにせよ、「多少人間の生活に対する社会の多数の考へに新しい心を起させようとして居る所が見られぬでもない」とも書かれている。他紙では、赤木桁平「新年の諸作家（三）」（「時事新報」一九一七・一・五）が「取扱はれてゐる事件そのものはかなり面白いが、作者の取扱ひ方に難がある」と留保する一方、十束浪人「一月の雑誌から（三）」（「東京日日新聞」一九一七・一・八）は、「小気味のいゝほど器用」に、「江戸時代に於ける邪宗門に対する一般人の考へや憶測や上に対する遠慮など複雑なもの、前に固い信仰を持つ女が鮮かに描出され」ており、「この種のもの」への「驚くべき才筆」を認める。柴田勝衛「新年の創作壇」（「新潮」一九一七・二）では、「従来の普遍的の観照から一歩でも半歩でも外へ踏み出」す作家の一人に数えられ、「叙情に卓越した谷崎潤一郎と「叙事に優秀」な芥川は「倶に共通した才能を握つて居る」と期待されながら、新年の作品は「見劣り」がしたと記される。評に幅があるが、従来の特徴的な語り手が埋没したことへの直接的な言及はない。

また、江口渙「芥川君の作品（下）」（「東京日日新聞」一九一七・七・一）の「中心の掴み方が覚束ない上に全体がいぢけてゐる」という評もよく参照されるが、これは、第一創作集『羅生門』（阿蘭陀書房、一九一七・五）の一部としての評価である。初出の段階において、江口は「一月の雑誌から」（「星座」一九一七・二）で以下のように評している。

如何にもすつきりとした芸術品らしい芸術品である。候文で書かれてありながら好く洗練された文章の味は確に氏でなくては得難いものである。愛児の生命と自分の信仰との何れか一つを捨てなければ成らぬ苦境に陥つて命がけの苦悩をする女の姿が簡潔に然かも確実に描かれて居る。その上文章から沁み出す特種の匂によつてそれを更に味い深いものにして居る。／◎然し慾を云へば最後に紅毛人が篠の家で奇蹟を至現する処をもつと力を入れて描いて欲しかつた。了斎が馬で通り懸つて偶然それを見るのは非常に好い。然しもつと精しく見て欲しかつた。とにかく此小篇は確かに新年の逸品である。

芥川は、江口宛書簡（一九一七・三・九付）で「君の了斎評には賛成です実際ミラクルはもつと長く書く気でゐたんですがいろんな事に妨げられて時間がなくなりあんな風に圧搾してしまつたのですあれも仄筆の罪です暇があつたら書き直したいと思つてゐますがどうなるかわかりません」と伝えている。二者択一を迫られ「苦悩」する篠への言及も含めて、江口の評に「賛成」したことに留意しておきたい。この時点では江口も好意的であったが、結局、芥川は『羅生門』（江口は出版記念会の発起人の一人）所収時にもほぼ手を入れず、「一番見劣りがする」という辛辣な評を招くことになった。だが、江口に抗うかのように、その後も奇蹟の場面を書き直すことはなく、『鼻』（春陽堂、一九一八・七）、『報恩記』（而立社、一九二四・一〇）へと再録していく。芥川にとって、「奇蹟を至現する処」を「力を入れて描」くことは、そもそも本作の「中心」ではなく、了斎が「もつと精しく見」てはならなかったのではないか。では、それはなぜなのか。

2 「伊予国宇和郡――村」

岩上順一は『歴史文学論』（中央公論社、一九四二・三）において、「信仰する者の奇蹟と、信仰せざる者の奇蹟の否認との対立」が本作の主題であるが、「歴史性を持」たないと批判し、「紅毛人」が娘・里を病死から救い得たのは、恐らく奇蹟ではなく「当時の紅毛人の一般的な医学上の知識」であり、本来なら「遅れた了斎の医学の敗北」が中心となり、奇蹟による筋立ては不要と断ずる。一面的な展望であることは否めないが、了斎の「敗北」を重視し、また本作を「歴史」の中に置き直そうとした点で先駆的である。近年では、溝部優実子[2]が「中年」とのみ示される本作の時空が一六〇八（慶長一三）年であると推定し、現在のキリシタン研究や歴史学の知見から、夫の死後にキリシタンとして村に住み続けた篠の立場を克明に炙り出す。そして、奇蹟の語られ方から透けて見える政治的な磁場を読解して説得力があるが、本論では、まずは芥川が参照し得た同時代の文献に寄り添いたい。本作が、「伊予国宇和郡——村」における出来事であった意味を、創作の論理から考えていくためである。(3)

大学在学中、芥川は歴史学者・斎藤阿具に書簡（一九一四・一〇・九付）で「踏絵の制度」について問い合わせ、「当時の事を記せる物一通りはしらべ」たので、「日本西教史内政外教衝突史山口公教会《ママ》史其他切支丹夜話南蛮寺興廃記以下の随筆以外に天主教渡来の事を記せる」文献の紹介を請うている。飽くなき史料への執着が感じられるが、芥川の学生時代のノート「貝多羅葉1〜3」(4)からは、書簡で挙げられた文献以外にも目を通し、後の切支丹物へと活用していたことが確認できる。菅聡子(5)は、了斎が「覚え書」を通して「公儀」へ「邪法」を訴え出ている側面に着目し、「貝多羅葉2」に渡辺修二郎『内政外教衝突史』（民友社、一八九七・八）から「吉利支丹訴人の制札」（一六三八）を書写していることと本作との関連を示唆する。また同書に、伝教師による史料には「奇怪の事多」く「死者を蘇生せしめたる事を載する」と記していることを、そして芥川が閲覧可能だった井上筑後守・北条安房守『契利斯督記』（一七九七）に、禁教後、宇和島から「二三人」のキリシタンが発見された記載があることを指摘している。

本作の時空は一六一二（慶長一七）の禁教令以前であるので、「貝多羅葉2」において見逃せないのは、一六〇五（慶長一〇）年に毛利領内（周防長門）で起きた、キリシタン武将・熊谷元直（メルキオル）等の粛清に伴うキリシタン弾圧への関心であろう。まず「貝多羅葉2-23」では、加古義一編・ビリヨン閲『山口公教史』（一八九七・五）の「山口の聖教」（二六二頁）を書写している。「天正十七八年頃」（一五八九〜九〇）、キリシタン武将・黒田孝高（シメオン）の働きかけによって、毛利領内のキリスト教禁制が解かれ、一五九七（慶長二）年、「山口には市中に二箇所の教会ありて市中の信者五百名に余り」、「公教徒を待遇すること寛大」であったが、一六〇〇（慶長八）年、国主・毛利輝元が京都から戻ったことで迫害が再開する。ここで興味深いのは、毛利領内におけるキリスト教の扱いが二転三転していく中、その変化に伴って伝教師・修道士が広島から移り住んだり他へ逃れたりすることである。対岸の宇和島に、「紅毛の伴天連」が迫害を避けて密かに移動していく可能性もあった。

そして「貝多羅葉2-24」から「2-27」において『山口公教史』の「致命者熊谷元直の事」の大半（二八〇～九〇頁）を、さらに他の文献も含め合計八枚に亘って書写していることから、この事件への拘りがわかる。熱心な仏教徒であった輝元によって領内における仏教勢力が拡大する過程も示されるが、『山口公教史』は続けて、元直一族の粛清から四日後、布教活動の中心にいた盲人ダミアンの殺害について記載している。この事件は芥川が閲覧した多くの文献に登場する。例えばジアン・クラセ『日本西教史』上・下（太政官翻訳係訳述、時事彙存社、一九一三・一二、一四・五）では、やはり元直のトピックに繋げ、以下のように伝える。本作を考える上で、その記述内容は大変興味深い。

初め山口の教会の未だ毀たざる時、耶蘇教社の師父一人之を管轄し、彼の盲人ダミエン之れを輔けて奉教人を教導し、異教者を帰化せしめけるが、毛利氏師父を逐ひし後、之れに代て伝教師の職を摂し、猶ほ説教を行ひ、又已むを得ざる時は人に洗礼を授け、病者を慰問し、死者を葬り、終に天主より降魔の威力を授かり、人の体に憑る妖魔を叱斥して退散せしむ神異あるに因て、聖名を得るの光栄を荷へり。／然るに或る仏僧此神異を妖術なりとして国主に訴へ、且之れを誅して基督教の柱石を倒さんことを奨励せしに由り、国主は居城萩より法吏二人を豊前守の所領没収の事に託し山口に遣はし、ダミエンを殺さしむ。

了斎の「覚え書」の内容も、溝部が推理するように、村の住職・日寛を含む権力の側が、奇蹟の評判によってキリシタンが爆発的に増加する事態を恐れたことと関連するだろう。仏僧が篠と里の旧住居を「焼き棄て」ることから、毛利領内で起きた迫害と同傾向の力が働きつつあった可能性を読みとることもできる。ただし、「紅毛の伴天連ろどりげ」の在留する村と隣り合っているような状況からも、余程の事件がなければ、「公儀」はキリシタンを放置していたと思われる。一六〇八（慶長一三）年三月、宇和島は藤堂高虎から富田信高へと「公儀」が交代する半年前であり、毛利領内のようにキリシタン迫害に関する著名な記録は見当たらない。

禁教までの状況については、『内政外教衝突史』の五章でも「天文以後、弘治、永禄、元亀、天正、文禄、慶長（一五四〇―一六一〇）に至る、凡そ七十年の間、西国より畿内に至るの各地、一般に耶蘇教流行し、就中天正の末年より慶長の初年に於て、殊に甚しく」と概括される。また、「天正の頃、小倉、柳川、等に教堂の建設あり、山陽の山口、広島、南海の和歌山より、延て京都、大阪、堺、伏見に及び」、「慶長の末に至りては蝦夷地にも伝はり、一時靡然として全国に弘布せり」とあることから、宇和島への布教を想像することもできるだろう。九章には、信徒数は「天正九年（一五八一）に全国総計凡そ十五万人、同十五年（一五八七）に凡そ三十万人」で、本作の時空に近い慶長年間において新たに洗礼を受けた人数は「慶長十一年（一六〇六）八〇〇〇人、同十八年（一六一三）四三五〇人」である。いわば篠や里は、こうした数の中に紛れているのかもしれないのだ。

篠は約九年前に入信しているので、一五九九（慶長四）年前後の状況についても確認したい。七章には、一五九四（文禄四）年六月、「畿内諸宗の僧侶、近年吉利支丹の法大に諸州に流布せるにより、仏寺殆ど破滅せんとするの状を具申せしに、秀吉乃ち更に吉利支丹禁制の令を全国に布けり、然れども厳重の命令にもあらざれば、該教尚ほ絶滅するに至らざりき」とあり、弾圧の不徹底が示されている。そして一五九七（慶長二）年に慶長の役が始まることで「禁令漸く弛み、伝教師亦年々渡来」し、「其後幾ばくもなく（慶長三年＝一五九八）、秀吉歿し、禁令亦全く弛めり」といった記述が続く。篠の入信は、布教活動が大変容易に行えた時期ということになる。（芥川は参照できなかっただろうが、松田毅一(6)によれば、関ヶ原の役以後、布教に寛容な福島正則が毛利に代わって安芸・備後を治めたため、イエズス会から伝教師・修道士が派遣され、伊予にも足を運び相当数の信者を増やしている。）

そして隣村には、「伴天連ろどりげ」が少なくとも九年以上前から在留している。『内政外教衝突史』の九章では、「在留伝教師の数」について「慶長八年（一六〇三）一二九人。／同十一年（一六〇六）一二四人。／同十六年（一六一一）一一七人。」と記し、四半世紀以上も留まる伝教師の紹介もある。芥川が閲覧したデータの上では、百名余りの中の一人として、宇和島の「伴天連ろどりげ」を想像することも、反証がない限り許される。先述の周防長門の毛利領や九州圏との近さは、慶長年間の宇和島にあり得た無数の出来事を幻視させる。

このような抽象的な数によって、僅かではあっても史実に接続する可能性を残しているところに、本作が史料に擬態した理由があるのではないか。芥川が閲覧した文献の紙上に微かに存在が閃く一六〇八（慶長一三）年三月の「覚え書」――しかも半年後には代わる宇和島の「公儀」は、さらに富田氏の改易によって一六一三（慶長一八）年に幕府直轄地、一九一四（慶長一九）年に伊達氏へと目まぐるしく変転する。散逸したであろう膨大な史料と現存する史料の狭間に、あり得た史料（というフィクション）を潜ませること。そしてこの「覚え書」は、「覚え書」の他に外部を持たない叙述形式が採られたことによって、フィクションの枠内においても、ある時空における散逸／現存を決定不能にしている。つまり、書きつつある了斎の眼前に存在したことは確実であろうが、「覚え書」のその後の所在について、何一つ確かなことはない。この「覚え書」を読んだ者は、了斎以外に存在しない可能性さえある。

3　「医師　尾形了斎」の決断

それでは、了斎が奇蹟を「精しく見」なかった理由に迫りながら、「尾形了斎覚え書」の「中心」について考えていきたい。江口の初出評に繋がるかたちで、佐藤泰正(7)は「殉教ならぬ、棄教をめぐる〈献身〉へのパトス」を、河泰厚(8)は「肉なる愛（フィリア）を越えたアガペーは生き得るかという根源的な問い」を読み取り、他にも篠の「苦悩」を意味付けている論は多い。篠は、娘・里を救うため「無言の儘、懐中より、彼くるすを取り出し、玄関式台上へ差し置き」、「静に三度まで踏」むが、「足下のくるすを眺め」る「眼の中」が「熱病人の様に」なる。手遅れであることが告げられると「狂気の如く」なって、「私ころび候仔細は、娘の命助け度き一念よりに御座候。」と訴え、強烈な「苦悩」を露わにする。帰ろうとする了斎の前で「悶絶」し、「所詮は、私心浅く候儘、娘一命、泥烏須如来、二つながら失ひしに極まり候」と泣き沈むのである。

留意したいのは、この「覚え書」の生成過程についてである。了斎は、奇蹟をめぐる一連の出来事について、名主塚越弥左衛門が「公儀」に「言上」した後の補足を任されている。この時点で村内の権力者達の方針は決定しており、「公儀」も動き始めていることが推測される。菅聡子が指摘するように、奇蹟については捏造の可能性もあり、いずれにせよ、この上申書が「公儀」に届いた結果、隣村の「伴天連ろどりげ」やキリシタン（篠と里を含む）には壊滅的な打撃を与えるかもしれない。ただ、「覚え書」の終わり近くに「万一記し洩れも有之候節は、後日再応書面を以て言上仕る」とあるところは、権威への服従や保身として受け取ることもできるが、本作が「記し洩れ」が起こり得る叙述形式であることへの自己言及ともなっている。そして、篠の言動に対する「記し洩れ」のなさは、「公儀」に「邪法」を訴え出る内容として考えてみれば、不必要に過剰なのである。了斎は、「私宅」で独り机に向かい、（文字を習わなかったであろう）篠の切迫した言葉や里の声を逐一書き留める。遠くはない過去に遭遇した篠の「苦悩」や「悶絶」を、もう一度記憶の中から呼び起こして記録していくのだ。それは、キリシタン側から残される奇蹟の報告から抜け落ちていったものであろう。

勝倉壽一(9)によれば、了斎は、篠を「哀れ」と感じたりしながらも、結局は「公道の道理に縛られて人間性を喪失し」た、「生存のためのエゴイズム」に忠実な人物であると分析する。大久保倫子(10)は、里の死の直接的原因は、了斎が診察を拒否して篠に棄教を迫ったことと、篠が棄教の決断を遅らせてしまったこととの連鎖によるのであり、篠の「懺悔《こひさん》」は、棄教したことばかりでなく、己の信仰を守ろうとして里を死なせてしまった後悔に由来すると指摘する。そして奇跡の後に一層のキリシタン批判へと向かう了斎を通して、本作には、己を守ることの根底をなす〈人間の弱さ〉が強く打ち出されていると評している。

了斎は、篠の「懺悔」のような機会を持つことはなかっただろう。ただ、この「覚え書」は、「今年三月七日」、「翌八日」、「翌九日」と、里が「死去」し篠が「遂に発狂」するまでの過程を当事者として事細かに記していくのであり、もし仮に里が蘇生していなければ、里の死や篠の発狂に自分が加担したことへの一種の「懺悔」と見立てることもできる。了斎は、信仰という支えを失い、今まさに里という支えを失おうとしている篠を置き去りにして「匆々帰宅」した。それにしても、「私前に再三額づき又は手を合せて拝み」、「私のみならず、私下男足下にも、手をつき候うて、頻に頼み入」る篠の姿を記しながら、三月九日の時点では揺曳したであろう、その願いに対して最善を尽くさなかったことへの後悔を、了斎は眼前の「覚え書」によって追体験していたのではなかったか。

だがそれは、三月九日までの後悔である。「翌十日」、「邪法」によって里は蘇生し、篠は正気を取り戻す。了斎は、その奇蹟の現場を「精しく見」ようとはしない。二人に対する己の仕打ちへの悔恨が、癒えないまま蘇ってきたようなものだからである。了斎は、篠に眼差しを向けられることを極度に怖れただろう。もし了斎の医術によって里を回復させていたならば、そもそも奇蹟は起こりようがなかったはずだ。了斎の行為は、里の「死」ばかりでなく、奇蹟の遠因にもなっている。そして、もし奇蹟が起こらなければ、二人を含めた「切支丹宗門」を追い詰めるような「覚え書」を要請されることもなかった。了斎は、三月九日と十日では、全く別の後悔に襲われたのである。「伴天連ろどりげ」に連れられていく、二人の喜びを理解できないままに。

「覚え書」を記しつつある了斎は、絶えず動揺していたのではないか。「翌十日」以降の書き方は、「別して伴天連当村へ参り候節、春雷頻に震ひ候も、天の彼を憎ませ給ふ所かと推察仕り候。」に表れているように、「伴天連ろどりげ」への敵意に満ちている。それまでの克明な記述の底にあった、篠の「苦悩」と「悶絶」に揺さ振られた記憶を隠蔽するかのようだ。了斎は、唐突な奇蹟によって、二人を見放したという後悔への喪の作業を宙吊りにされている。しかも、新たな後悔は、二人の運命を再び左右する「覚え書」を前にして、どこまでも増幅していく。

ところでこの「覚え書」は、「公儀」へと提出されたものなのだろうか。「私宅」に籠り、「三月二十六日」の「覚え書」を元にしながら、深夜、より強く「邪法」を告発する「覚え書」へと推敲した可能性も、衝動に駆られ、九日までの篠と里の描写により多くの紙幅を割いた「覚え書」を書き上げた可能性もあるだろう。いずれにせよ、篠と里をめぐる罪責感は、奇蹟が起こったために、よりラディカルに了斎を苛むのである。了斎の眼前に揺曳するのは、里の臨終によって発狂しつつある篠なのか、それとも奇蹟によって隣村へと消えた二人なのか。いわば了斎は、「書面」（というフィクション）たよって生まれたような現実の感触へと己の神経を曝しつつ、「覚え書」を書かなければならない。「公儀」へと提出される可能性を持つ「書面」は、決断を迫られる了斎の戦きを映し出す。反故となった「書面」もまた、奇蹟が起きなかった世界と同様に、あり得た歴史であり、複数の「覚え書」の中の一つとして、了斎の眼前に留まり続ける。「公儀」に提出されるものは、ただ一つである。それは、数限りないフィクションの束が、或る一つの現実を潜在的に構成していく事実の寓意かもしれない。史料（というフィクション）は、それ以降の出来事について、沈黙を守る。奇蹟が岐路となった二つの後悔に引き裂かれながら、「医師　尾形了斎」[11]は、書く主体としての、最善の決断を試されていたのではなかったか。

注

（1）稲垣達郎「歴史小説家としての芥川龍之介」（大正文学研究会編『芥川龍之介研究』河出書房、一九四二・七）

（2）溝部優実子「尾形了斎覚え書　〈奇跡〉はいかに語られたか」（関口安義編『生誕120年　芥川龍之介』翰林書房、二〇一二・一二）。了斎が「村郷士」等の江戸以降の語彙を用いていることや迫害状況からも妥当な見解であるが、たとえば「ころび」は慶長の禁教令以降であるため、芥川の考証は、語彙に関して正確とまではいえない。

（3）関口安義が『芥川龍之介新論』（翰林書房、二〇一二・五）で推測するように、その舞台設定には、宇和島出身の親友・藤岡蔵六と何らかの関係があるのかもしれない。関口『悲運の哲学者――藤岡蔵六』（イー・ディー・アイ、二〇〇四・七）によれば、藤岡家は医師の家系で、了斎が口にする「医は仁術なり」は父の口癖である。藤岡は中学時代から教会に熱心に通っているが、芥川は藤岡宛書簡（一九一三・九・五付）で、ドストエフスキー『罪と罰』の、ソーニャがラスコーリニコフに「ラザロの復活」（ヨハネの福音書一一‐一七‐四四）を朗読する場面から受けた強い感動を伝える。島田謹二『日本における外国文学（上巻）』（朝日新聞社、一九七五・一二）は、「尾形了斎覚え書」の典拠として、非信徒の医師が、復活したラザロを目撃した驚きを師に伝える、ブラウニング「書簡――アラビアの医師カーシシュの不思議な医学上の経験」（『男と女』）を挙げている。

（4）『芥川龍之介資料集・図版2』（山梨県立文学館、一九九三・一一）所収。石割透による解説が参考になる。

（5）菅聡子「尾形了斎覚え書」（関口安義編『芥川龍之介新辞典』翰林書房、二〇〇三・一二）。三節で扱う「苦悩」について、里の視点から分析しており示唆に富む。

（6）松田毅一『キリシタン研究（四国篇）』（創元社、一九五三・一一）

（7）佐藤泰正「切支丹物――その主題と文体」（『国文学』一九七七・二）

（8）河泰厚「『尾形了斎覚え書』『おぎん』」（『芥川龍之介の基督教思想』翰林書房、一九九八・五）

（9）勝倉壽一「芥川龍之介「尾形了斎覚え書」論」（『愛文』一九八〇・七）

（10）大久保倫子「芥川龍之介「尾形了斎覚え書」論」（『国語と教育』一九九七・三）

（11）「了斎」という名前は、フランシスコ・ザビエルとの出会いを通して、琵琶法師から修道士へとなった「ロレンソ了斎」（一五二六～一五九二）を連想させる。あり得た「了斎」もまた、その固有名詞の裡に明滅しているのかもしれない。詳しくは結城了悟『平戸の琵琶法師　ロレンソ了斎』（長崎文献社、二〇〇五・四）を参照されたい。

「さまよへる猶太人」――〈黙示録的想像力〉の帰趨

藤井貴志

1　〈偽史的想像力〉と〈黙示録的想像力〉

大正六年六月の『新潮』に掲載された「さまよへる猶太人」は従来指摘されてきたように、伝説の起源をめぐる衒学的な趣向の裡に如何にも「芥川的」という他ない奇妙な魅力が胚胎しているのだろうし、また複数の典拠らしきものを仄めかしながら錯綜させ、偽史（フェイク・ヒストリー）を立ち上げていく周到な手付きに歴史＝物語に纏わる芥川の特異且つ先駆的な思考を看取することも可能だろう。この伝説に接して語り手が抱く二つの「疑問」は「先頃偶然自分の手で発見された古文書」によって一応は「解決」されるのだが、その「古文書」の実在があくまで曖昧なまま宙吊りにされる以上、語り手と共に伝説のあり得たかもしれない今一つの行方を追跡する我々もまた、散乱する偽史の間を当てもなく彷徨う以外ない。

こうして「さまよへる」ことは「猶太人」のディアスポラのみならず、あたかも都市伝説のようなテクストの間を彷徨うことのメタファーともなる。後述するが、〈さまよえるユダヤ人〉の伝説は芥川が記した固有名以外にもコールリッジやシューバルト、ハイネ、シェリーといった西洋ロマン派詩人の想像力を触発する霊元であった。彼等はその伝説――素朴な原型は芥川も言及する「マシウ・パリス」編纂の『大年代記』に転写された記事にみることができる――の語られざる空所に自らの物語を注ぎ込み、その異種《ヴァリアント》を無数に生成していったのである。芥川の「さまよへる猶太人」もまた先行するテクストを縦横に参照しつつ、起源も終わりもない間テクスト的な異域へとその伝説をアイロニカルに散種するだろう[1]。

芥川が見出した空所とは何か――。一つは「事実上の問題」として「彼は日本にも渡来した事がありはしないか」というものであり、これは既に述べた〈偽史的想像力〉に纏わる問いということができる。だが、ここで拘泥してみたいのはむしろ二つ目の問い、最初の問いとは「聊その趣を異に」した次の「疑問」に他ならない。

「さまよへる猶太人」は、イエス・クリストが十字架にかけられた時に、永久に地上をさまよはなければならない運命を背負はせられた。が、クリストに非礼を行つた為に、彼を窘めたものは、独りこの猶太人ばかりではない。或ものは、彼に荊棘の冠を頂かせた。或ものは、彼に紫の衣を纏はせた。又或ものはその十字架の上に、I・N・R・Iの札をうちつけた。石を投げ、唾を吐きかけたものに至つては、恐らく数へきれない程多かつたのに違ひない。それが何故、彼ひとりクリストの呪を負つたのであらう。或はこの「何故」には、どう云ふ解釈が与へられてゐるのであらう。――これが、自分の第二の疑問であつた。

「ヨセフ」が選ばれたことの恣意性・偶然性へと向けられたこの「何故」が初めの問いと位相を異にするのは、ほとんど存在論的――草稿には「哲学的な意味を持つ」とある――と言ってよい不条理な飛躍がこの挿話の中に孕まれているからだろう。決して辿り着くことのない彷徨を理不尽に強いられるカフカ――彼もまたユダヤの出自を持つ異邦人であった――の『城』あるいは『審判』におけるヨーゼフ・Kをここで想起してもよい。「行けと云ふなら、行かぬでもないが、その代り、その方はわしの帰るまで、待つて居れよ」という「クリスト」がヨセフにかけた不条理な「呪」は「世界滅却の日が来るまで、解かれない」のである。彼は死ぬことを禁じられ、メシアによる救済が到来する約束の日までこの非本来的で頽落した世界を流転し続けなければならない。この二つ目の問いに含まれたモティーフを、一つ目の〈偽史的想像力〉に対して〈黙示録的想像力〉と名指すことにしよう。語り手がヨセフの内面を代行しつつ二つ目の「何故」に応える時、駆動しているのはその想像力に違いない。

「されば恐らく、えるされむは広しと云へ、御主を辱めた罪を知つてゐるものは、それがしひとりでござらう。

罪を知ればこそ、呪もかゝつたのでござる。罪を罪とも思はぬものに、天の罰が下らうやうはござらぬ。云はゞ、御主を磔柱にかけた罪は、それがしひとりが負うたやうなものでござる。但し罰をうければこそ、贖ひもあると云ふ次第ゆゑ、やがて御主の救抜を蒙るのも、それがしひとりにきはまりました。罪を罪と知るものには、総じて罪と贖ひとが、ひとつに天から下るものでござる。」

原罪と贖罪――自らの受難を負性から聖性へと強引に意味付けるヨセフの右のような「解釈」に、芥川自身の芸術的自恃の投影を読み取り、作家論的な枠組みへと解消していく先行研究は少なくない。[2]「撰ばれてあることの／恍惚と不安と／二つわれにあり」とは誰もが知る太宰治「葉」(『鷭』昭和9・4)に記されたエピグラフ――ヴェルレーヌの第五詩集『叡智』の一節――である。社会的現実から遊離し、疎外され漂泊することを余儀なくされるボヘミアン――この言葉は正続「西方の人」に散見される――としての芸術家、あるいは天才＝狂人(ロンブローゾ)という特異点としてあるが故に現世では認められず、やがて来るであろう死後の栄光に希望を託す芸術家……。おそらくは芥川も同時代的に無縁ではなかった筈のかかる凡庸なイメージを二重写しにすれば、〈さまよへる猶太人〉の形象をあり得べき芸術家像のアレゴリーとして捉えることも許されるのかもしれない。周知のように芥川には〈黙示録的想像力〉が縦横に発揮された「地獄変」を頂点とする一連の芸術家小説がある。

だが、かかる解釈が与える居心地の良さは、〈さまよへる〉こととは遠く隔たった予定調和の場所へと安住する危うさと常に隣り合わせでもあるだろう。本論はこの〈さまよへる〉というモティーフ自体に潜在する批評性を作家論的な深さに還元することなく、芥川テクストの中に繰り返し明滅するオブセッションとして横断的に追跡する試みである。

確認しよう。ヨセフは如何なる場所への帰属をも許されず、「永久に地上をさまよはなければならない運命」を背負わされる。彼は「イエス・クリストの呪を負つて、最後の審判の来る日を待ちながら、永久に漂浪を続けてゐる猶太人」なのである。テクストに二度記されたこの〈永久〉の二字を看過することはできない。おそらく芥川にとって、自ら提出した二つの疑問の内実――自身「この答の当否を穿鑿する必要は、暫くない」と記している――よりも、伝説に孕まれた〈永久〉に〈さまよう〉という神話素の方がより重要なモティーフだったのではないだろうか。

実際、このモティーフに対する芥川の偏愛は特筆すべきものだ。たとえば、「が、女は未だに来ない」という一節を呪文のように六度繰り返し、ただひたすら恋人の到来を待ち望みつつ虚しく死んで行く「尾生の信」(『中央文学』大正9・1)の結末を瞥見しよう。

それから幾千年かを隔てた後、この魂は無数の流転を閲して、又生を人間に托さなければならなくなつた。それがかう云ふ私に宿つてゐる魂なのである。だから私は現代に生れはしたが、何一つ意味のある仕事が出来ない。昼も夜も漫然と夢みがちな生活を送りながら、唯、何か来るべき不可思議なものばかりを待つてゐる、丁度あの尾生が薄暮の橋の下で、永久に来ない恋人を何時までも待ち暮したやうに。

この物語の背後には、イエスの再臨する約束の日が〈永久〉にやって来ないかもしれないということ、にもかかわらず、罪と穢れに満ちたこの世界の中で無意味な彷徨を繰り返し、「何か来るべき不可思議なもの」を待期し続ける他ないという、あの〈黙示録的想像力〉が仄見えるだろう。「尾生の信」に記された〈流転〉=彷徨の主題に着目する場合、同時期の大正九年四月に発表された短編「東洋の秋」(『改造』)も見逃すことはできない。「寸刻も休みない売文生活」に伴って「云ひやうのない疲労と倦怠」を重く心に感じる「おれ」は「別に何処へ行かうと云ふ当もなく、寂しい散歩を続け」ている。すると行く手に「静に竹箒を動かしながら、路上に明く散り乱れた篠懸の落葉を掃いてゐる」薄汚れた二人の男が現れる――。

が、おれの心の中には、今までの疲労と倦怠との代りに、何時か静な悦びがしつとりと薄明く溢れてゐた。あの二人が死んだと思つたのは、憐むべきおれの迷ひたるに過ぎない。寒山拾得は生きてゐる。永劫の流転を閲しながらも、今日猶この公園の篠懸の落葉を掻いてゐる。あの二人が生きてゐる限り、懐しい古東洋の秋の夢は、まだ全く東京の町から消え去つてゐないのに違ひない。売文生活に疲れたおれをよみ返らせてくれる秋の夢は。

この結末には、「尾生の信」では終に訪れなかった一瞬の救済があるだろう。だがそれ以上に重要なのは、やはり「永劫の流転を閲」し続けるという〈寒山拾得〉の形象に託された〈さまよへる〉イメージに他ならない。妻からも村人からも見離され、漂泊の末に隠棲した詩人〈寒山拾得〉は、既成の現実的秩序のみならず堕落した僧達の宗教的共同体とも鋭く対立する孤高の超俗的存在であった。一見敗残と見紛うその自己疎外＝彷徨こそが別の価値によって生きる彼等の詩的純粋性を担保するという逆説的構造の中に、西洋／東洋という違いはあれ、「さまよへる猶太人」に連なる「撰ばれてある」者の孤独と栄光を認めることが出来るだろう。(3) その倒錯した論理こそが「寸刻も休みない売文生活」――それもまた〈さまよへる〉ことと連繋する繰り返しの苦役である――を賦活し、「疲労と倦怠」という重力から解放する恩寵を齎すのである。

一方に資本主義的な市場社会の中で商品としての文学作品を制作‐生産し続けることのエンドレスな反覆と彷徨があり、もう一方に、その彷徨と構造的に重なりつつ、逆に芸術の資本主義的側面を脱色してほとんど宗教的信仰にまで聖化された〈寒山拾得〉や「さまよへる猶太人」の美的な流転‐彷徨がある。(4) 後者の美学は「寸刻も休みない売文生活」という身も蓋もない散文的事実に対し、〈黙示録的想像力〉をもって詩的な励起を与えるだろう。「無数の流転」（「尾生の信」）といい「永劫の流転」（「東洋の秋」）といい、それらは砂漠の如き非‐場所を流動し続けるノマドのような彷徨であり、決して同一的な空間や場所に安住することはない。そしてそのように〈さまよへる〉ことだけが、同一物の単調な反覆が齎す「疲労と倦怠」を破砕し得る条件となるのだ。

「就中恐る可きものは停滞だ」と記したのは「芸術その他」（『新潮』大正8・11）における芥川であった。何処かに帰着することなく漂い続けること――即ち〈さまよへる〉ことの批評性は、常に曖昧に自らの立ち位置を韜晦し、二項対立の〈間〉を彷徨い続けた芥川的言説のアイロニカルな存在様式そのものとも通底する。芥川はこの〈さまよへる〉ことにロマン主義的な装いを施し、積極的・肯定的な意味を与えた。彷徨の果ての黙示録的な救済はやって来るかもしれないし、やって来ないかもしれない。やって来たそれは最後の審判などではなく、新たなる彷徨の始まりの符牒に過ぎないのかもしれない。そのことは「世界滅却の日が来るまで」彷徨い続けることの、果てなき果てにおいてしか明かされない。芥川が〈さまよへる〉ことに賭けたものは何か法外なものである。

3　〈さまよへる〉ことのロマン主義

このように考える時、〈さまよへる猶太人〉の伝説がとりわけドイツ・ロマン派を魅了し続けた題材であったことは重要である。高橋規矩に拠れば、都会を「牢獄」とみなして「自分を既成の社会からの追放者、放浪者と呼ぶことを好んだ」ロマン派詩人の田園憧憬がその背景にあり、非本来的な俗世間からの脱出願望と定着を拒むその志向性と共振して、この伝説が彼等の詩的想像力を駆り立てたのだという(5)。なるほど、芥川がこの伝説に惹かれたのも、眼前の現実に対する諦念や拒否と引き換えに想像力の中で〈永遠〉へと飛翔してみせる、かかるロマンティック・アイロニーの孕む問題圏に於いてであったに違いない。

ところで、ロマン派の如き脱出願望を示す好個の例として、芥川に「第四の夫から」（『サンデー毎日』大正13・4）

という作品がある。生前の単行本には収録されることのなかった異国趣味溢れる小品であるが、そこには本論にとってゆるがせに出来ない以下の一節が存在する——。

> 　この前君へ手紙を出したのはダアヂリンに住んでゐた頃である。僕はもうあの頃から支那人にだけはなりすましてゐた。元来天下に国籍位、面倒臭いお荷物はない。唯支那と云ふ国籍だけは殆ど有無を問はれないだけに、頗る好都合に出来上つてゐる。君はまだ高等学校にゐた時、僕に「さまよへる猶太人」と云ふ渾名をつけたのを覚えてゐるであらう。実際僕は君のいつた通り、「さまよへる猶太人」に生れついたらしい。が、このチベツトのラツサだけは甚だ僕の気に入つてゐる。

初出から約七年の時を隔て、再びここに〈さまよへる猶太人〉という記号がメタファーとして回帰する。この短編は全体が日本にいる「君」へ宛てた久しぶりの手紙として構成されており、初めに「一驚を喫せずにはゐられないであらう」と前置きして次のような近況が報告される——「第一に僕はチベツトに住んでゐる。第二に僕は支那人になつてゐる。第三に僕は三人の夫と一人の妻を共有してゐる」と。問題はこうした現状がそれぞれ〈さまよへる〉ことと密接な連関を形成していることだ。即ち、「第一」は国家の境界を超えて流動するノマドとして、「第二」は「国籍」を厭いその登録を攪乱する異者として、「第三」は一夫一婦制の婚姻および家族制度における所有概念からの逃走として、何れも現実の〈帝国〉が押し付ける軛と閉塞から脱出し、自由に〈さまよへる〉ことの夢想が記されている。[6]

　従来この「第四の夫から」が直接比較対照されることはなかったけれども、こうした用例を傍らに措くことで「さまよへる猶太人」における彷徨のモティーフに託された射程を推し量ることができるだろう。むろん、そのモティーフの反覆は一様なものではなく、テクストごとに固有の質的ニュアンスを有している。その点で次に参照したいのが、芥川晩年といってよい昭和二年一月の『新潮』に掲載された「彼　第二」である。天然痘によって早世した友人の新聞記者＝「愛蘭土人」の「彼」との思い出が過去から現在へと順次語られていくのだが、最初に紹介される、二人が二十五歳当時の挿話は興味深い。

「僕はかう云ふ雪の晩などはどこまでも歩いて行きたくなるんだ。どこまでも足の続くかぎりは………」

彼は殆んど叱りつけるやうに僕の言葉を中断した。

「ぢやなぜ歩いて行かないんだ？　僕などはどこまでも歩いて行きたくなれば、どこまでも歩いて行くことにしてゐる。」

「それは余りロマンティックだ。」

「ロマンティックなのがどこが悪い？　歩いて行きたいと思ひながら、歩いて行かないのは意気地なしばかりだ。凍死しても何でも歩いて見ろ。………」

このテクストが俎上に載せるのは、〈さまよへる〉ことのロマン主義そのものといってもよいかもしれない。だが、「ロマンティックなのがどこが悪い？」と「僕」を煽る「彼」のロマン主義が、同時代のコロニアルな現実認識に裏打ちされた苦い断念を含んだものであったことも、この会話の直後の科白――「僕はきのふ本国の政府へ従軍したいと云ふ電報を打つたんだよ」――を瞥見すれば明らかである。アイルランド独立運動に参加しなかったバーナード・ショーを厭い、ロマン・ロランの抽象的な反戦思想「Above the War」に対して「ロオランなどに何がわかる？　僕等は戦争の amidst にゐるんだ」と呟く「彼」は、「第四の夫から」の如きオプティミスティックな彷徨を続ける異邦人としてあるのではないし、またあらゆる現実を斥けつつ何一つ自分からはコミットしない単なる傍観者や夢想家としてあるのでもない。第一次大戦への「従軍」は希望通りにはいかないけれども、根を持つこと、それがパトリオティズムのみならずナショナリズムに回収されていく危うさをも併せて引き受ける、そのような陰翳をもったロマン主義者なのである。

その後一旦ロンドンへ帰国した「彼」が二三年ぶりにまた日本に住むことになった際の描写に、「しかし僕等は、――少くとも僕はいつかもうロマン主義を失つてゐた」という一節が挿入されることは印象的である。確かにここには「僕等」と一括りにすることを躊躇われるような二つのロマン主義があるのだろう。しかも実は、「彼」はそれを「失つて」いない。「彼」が現実の如何なる場所にも居場所を持たない不幸の意識を抱えた存在であることに変わりはないからだ。「日本もだんだん亜米利加化するね。僕は時々日本よりも仏蘭西に住まうかと思ふことがある」という「彼」はその後「上海の通信員」となり、そこで「僕」との生前最後の会話を交わす。

多様な人種が入り乱れるカフェで、「上海に彼是三十年住んでゐ」る定住者の「猶太人」の「爺さん」を見詰めながら、「あんな奴は一体どう云ふ量見なんだらう？」と疑問を漏らし、自分が「もう支那に飽き飽きしてゐる」こと、「僕が今住んで見たいと思ふのはソヴィエット治下の露西亜ばかりだ」ということを語る。「それならば露西亜へ行けば好いのに。君などはどこへでも行かれるんだらう」という「僕」の言葉にしばし沈黙する「彼」であったが、徐に万葉集の和歌――「世の中をうしとやさしと思へども飛び立ちかねつ鳥にしあらねば」――を口ずさむ。そしてまた不意にあのモティーフが回帰するのだ。

「あの爺さんは勿論だがね。ニニイさへ僕よりは仕合せだよ。何しろ君も知つてゐる通り、………」

僕は咄嗟に快濶になつた。

「ああ、ああ、聞かないでもわかつてゐるよ。お前は『さまよへる猶太人』だらう。」

彼はウヰスキイ炭酸を一口飲み、もう一度ふだんの彼自身に返つた。

「僕はそんなに単純ぢやない。詩人、画家、批評家、新聞記者、………まだある。息子、兄、独身者、愛蘭土人、………それから気質上のロマン主義者、人生観上の現実主義者、政治上の共産主義者………」

僕らはいつか笑ひながら、椅子を押しのけて立ち上つてゐた。

「僕はそんなに単純ぢやない」として自らの立ち位置を複数化してズラし続ける「彼」の身振りは、まさしくロマン主義的でアイロニカルなものである。[7] このような「彼」が仮に「露西亜」に行くことができたとしても、そこに安住の地を見出すことはないだろう。「どこに住んでも、――ずゐぶん又方々に住んで見たんだがね」という感既に顕著なように、実体化された場所は何処であれ「彼」に「幻滅」を催させるだけだから。ユートピアとは本来〈何処にもない場所〉の謂いである。かくして「彼」は本来的な故郷喪失者であり、世界を経巡る〈さまよへる猶太人〉なのだが、その漂浪・流謫がもはや嘗てのようなヒロイックな要素の色褪せたものとして、あるいは「飛び立ちかねつ」という諦念を拭い難い、空虚且つ惰性的なメタファーとしてしか機能していないことに注意すべきだ。この最後の会話の後、二人は腕を組み「二十五の昔と同じやうに」大股にアスファルトを踏み進むのだが、そこへ「しかし僕はもう今ではどこまでも歩かうとは思はなかつた」という述懐が付加される。「世界滅却の日が来るまで」「どこまでも」彷徨い続けることはもはやない。ロマン主義の隘路がここにある。

4　ロマン主義／黙示録的想像力の帰趨

芥川が〈さまよへる猶太人〉の伝説に見出した過剰な意味付けは、たとえば現代に繋がる「ポストコロニアル体制」の中で、E・サイードがアドルノ——彼もまたユダヤ系の出自を持つ——のような亡命者に見出した「永遠の漂泊者としての知識人」像に重なる。

> 知識人をアウトサイダーたらしめるパターンの最たるものは、亡命者の状態である。つまり、けっして完全に適応せず、その土地で生まれた人びとから成るうちとけた親密な世界の外側にとどまりつづけ、順応とか裕福な暮らしという虚飾に背をむけ、むしろ嫌悪すらするような生きかたである。知識人にとって、こうした比喩的な意味でいう亡命状態とは、安住しないこと、動きつづけること、つねに不安定な、また他人を不安定にさせる状態をいう。もとの状態へと、またおそらくはもっと安定してくつろげる状態へと、あともどりはできない。ああ、もう、すこやかに安住することはできない、新しい故郷や環境と一体化することはない。(8)

サイードに拠れば、周縁に留まることで中心的な権力やシステムを相対化し、「特異な《エクセントリック》＝脱中心的な視座」を持ち得ることは「亡命の喜び」であり、故郷喪失者の「苦い孤独からくる不安感や寂寥感」の代償となり得る肯定的なものである。おそらく「さまよへる猶太人」や「第四の夫から」には亡命＝彷徨の孕むかかる積極的な意味合いが仮託されているだろう。一方で「彼 第二」が表象するのは、終わりなき宙吊りに耐え、彷徨い続けることに至高の価値を見出していた筈のロマン主義的な亡命者が、やがてその疲労に耐えかねて次第に具体的な着地点や居場所を求め出すという、アウトサイダーのネガティヴなもう一つの側面である。

第一次大戦当時から昭和二年の現在へと向けてロマン主義の帰趨を辿る「彼 第二」は、大正六年に発表された「さまよへる猶太人」の行方を追跡する意味でも貴重なテクストに違いない。「彼」の彷徨と挫折――それはやがて書かれるであろう遺稿「闇中問答」（『文藝春秋』昭和2・9）における「或声」と「僕」の、絶えず両極（反対命題）を揺れ続けるアイロニカルな問答が最後に帰着する次の場所を先取りして予感させるからだ。[9]

僕 （一人になる。）芥川龍之介！ 芥川龍之介、お前の根をしつかりとおろせ。お前は風に吹かれてゐる葦だ。空模様はいつ何時変るかも知れない。唯しつかり踏んばつてゐろ。それはお前自身の為だ。同時に又お前の子供たちの為だ。うぬ惚れるな。同時に卑屈にもなるな。これからお前はやり直すのだ。

〈さまよへる〉ことからの最も遠く危うい反転、転向がここにある。根無し草《デラシネ》として彷徨い続けることへの断固とした嘗ての決意を翻すこのラディカルな転向宣言も、自らの自死によって結局は宙吊りにされたのであってみれば、あるいはこの言葉自体をアイロニカルなものとして捉えることもできるのかもしれない。だが何れにしても、死ぬことさえ許されず「永久に漂浪を続けてゐる猶太人」のあの面影はもはや見るべくもないだろう。

芥川の「さまよへる猶太人」は、あり得べき芸術家像・知識人像のメタファーとして、〈さまよへる〉ことの肯定的側面のみを美的に特化して抽出するテクストに他ならない。そこで消去されているのは、現実のユダヤ人が一八九七（明治三十）年の第一回シオニスト会議以降、具体的な場所を求めて〈さまよへる猶太人〉であることに終止符を打とうとしていたという単純な事実である。「さまよへる猶太人」が発表される三ヶ月前の『読売新聞』（大正6・3・24）には、「果然革命新政府は猶太人の解放を其政綱に掲記したり」と伝える「露西亜革命の一底潮」という記事が見受けられるし、[10] 同年十一月には、パレスチナにユダヤ民族の母国を建設することを約束し、イスラエル誕生の礎となったといわれる〈バルフォア宣言〉が発されている。大正六年は〈永久〉に〈さまよへる猶太人〉という美的表象には収まらない、現実の国民国家建設を目指すシオニズム運動が熱を加えていた時期だったことは注意されてよい。芥川がナイーヴな形で反覆したモティーフの限界をロマン主義および〈黙示録的想像力〉の帰趨を辿ることで闡明し、美的な表象が覆い隠してしまった同時代の危機を垣間見ると同時に、その限界において、にもかかわらず尚残る彷徨の強度、非‐場所を〈さまよへる〉ことのノマド的な批評性が改めて開示されなければならない。

注

（1）「伝説という素材から一つの〈物語〉を作り出していく」語り手の欲望をテクスト生成の「原動力」として分析する蔦田明子「「さまよへる猶太人」論――「伝説」から「芸術上の作品」へ――」（『上智大学国文学論集』平成11・1）は、本論の〈偽史的想像力〉と接続可能な視点を提示しており、参照した。

（2）芥川は「ほとんど自己の分身を、この放浪者に感じていた」として「「孤独」のテーマ」を抽出する中村真一郎（『芥川龍之介の世界』昭和43、角川書店）から、「ヨセフの苦悩に己れの内面がオーバラップし、〈知る〉ものの苦悩と衒い、自虐と誇りが流れ込んだ」とする宮坂覺（「さまよへる猶太人」、『国文学解釈と鑑賞』昭和58・3）まで、論点の違いはあるにしても、第二の「疑問」の中に作家自身を呼び込む解釈は根強い。

（3）「東洋の秋」の執筆に森鷗外「寒山拾得」（『新小説』大正5・1）の強い影響があったことは間違いないが、鷗外自身が〈寒山拾得〉の説明に「メッシアス」（「寒山拾得縁起」、『心の花』大正5・1）即ちメシア（Messias）＝救世主の比喩を用いていることは、「さまよへる猶太人」と架橋する際の鍵となるだろう。

（4）〈永久〉や〈流転〉といった主題系を芥川の海軍機関学校時代を背景に分析した拙論「〈倦怠〉と〈永遠回帰〉をめぐる寓喩《アレゴリー》――芥川龍之介「永久に不愉快な二重生活」論――」（『立教大学日本文学』平成16・12）も併せて参照

されたい。

（5）高橋規矩「The Wandering Jew 伝説とロマン派の詩」（『英語青年』昭和58・8）。また、芥川の「さまよへる猶太人」を高校時代に読み「強烈な印象を受けた」という石上玄一郎は、自ら広くユダヤ人問題を概説した『彷徨えるユダヤ人』（昭和49、人文書院）の中でこの伝説に触れ、「これに魅せられたのは、ドイツ・ローマン派の詩人達だった」としてシャミッソー、シュレーゲル、ミューラー、レナウ、ゲーテ等の名を挙げている。

（6）須田千里「芥川龍之介『第四の夫から』と『馬の脚』――その典拠と主題をめぐって――」（『光華日本文学』平成8・8）は、両作品に「夫という役割からの逃走願望」を指摘しているが、「馬の脚」（『新潮』大正14・1、2）もまた本論における〈彷徨〉の系譜に連なる作品であろう。

（7）芥川は昭和二年二月の新潮合評会において、「彼 第二」と同月発表の「彼」（『女性』昭和2・1）と併せて自作に触れ、「第一の彼は何をしても寂しい。第二の彼はどこへ行つても寂しい」（傍点原文）と記している。なお引用文中の「ニニイ」は仏蘭西の女優で「彼」の「情人」。

（8）E・W・サイード「知的亡命――故国喪失者と周辺的存在」（『知識人とは何か』所収、大橋洋一訳、平成10、平凡社）

（9）「闇中問答」の中で「或声」は「世界の夜明けにヤコブと力を争つた天使」と自称するのだが、「ヤコブ」がユダヤ人の祖先であること、また「選ばれたる少数」をめぐる「僕」の言葉に「さまよへる猶太人」との紐帯を確認することもできよう。

（10）同時代日本のユダヤ人をめぐる言説を詳述する余白はないが、この記事がロシア革命をユダヤ人の陰謀と見なす史観を含むこと、また第一次大戦が齎した終末的気分を背景に、大正六年を準備段階として翌年一月からは内村鑑三や中田重治を中心とした「再臨運動」（歴史の終末にイエスがこの世に再臨することを唱道）が本格化していくことを付記しておく。

※引用文に付した傍点は断りのない限り引用者に拠り、旧字は適宜新字に改めた。芥川言説の引用は『芥川龍之介全集』（平成7〜10、岩波書店）に拠る。

「奉教人の死」――愛されたい悲劇の物語

マッシミリアーノ・トマシ

『奉教人の死』は、大正七年九月に『三田文学』に発表された芥川文学の代表作であり、芥川の書いた十数編の「切支丹物」の中でも最もよく論じられてきた作品の一つである。「切支丹物」は、その舞台を十六・七世紀に設定し、日本におけるキリスト教の到来、普及、迫害の歴史から材料を採って話を発展させたものであるが、話を過去に設定することについては、芥川自身は、次のように言う。

> 今僕が或テエマを捉へてそれを小説に書くとする。さうしてそのテエマを芸術的に最も力強く表現する為には、或異常な事件が必要になるとする。その場合、その異常な事件なるものは、異常なだけそれだけ、今日この日本に起つた事としては書きこなし悪い、もし強て書けば、多くの場合不自然の感を読者に起させて、その結果折角のテエマまでも犬死をさせる事になつてしまふ。所でこの困難を除く手段には「今日この日本に起つた事としては書きこなし悪い」と云ふ語が示してゐるやうに、昔か（未来は稀であらう）日本以外の土地か或は昔日本以外の土地から起つた事とするより外はない。僕の昔から材料を採つた小説は大抵この必要に迫られて、不自然の障碍を避ける為に舞台を昔に求めたのである。(1)

芥川の「切支丹物」は、奇跡や殉教などのような「異常な事件」を取り扱うものが多いので、話を遠い過去に設定することは、当然とも考えられる。しかし、舞台を昔に設定しているからこそ、童話や伝説の世界に陥りやすく、ありそうでもないものとしてとられてしまう傾向が強い。非現代的なものとして、珍奇、奇妙なものに見え、時には作者のキリスト教に対する風刺や批判のみとして解釈されてしまう危険性がある。先行研究では、芥川の書いた

「切支丹物」を、そのように片付けたものは、決して少なくない。

ところが、芥川は、非常に早い時期からキリスト教への興味を示しており、キリスト教的思想に対して、風刺やエキゾチシズムを超える実存主義的な関心があった(2)。最近、彼の「切支丹物」を取り扱った研究書が多く現れているが、『奉教人の死』も、構成や語り手、「刹那の感動」をめぐる議論を始め、キリスト教の問題に関わる様々な観点から分析されてきている。たとえば、殉教のテーマは、『おぎん』と『じゅりあの・吉助』などの作品にも見られるテーマとして注目を集め、芥川研究においては、特に極めて重要な位置を占めている課題であるが、この小論では、それに触れるより、新たに「しめおん」と「ろおれんぞ」との関係に重点を置いて考察を進めることにする。

『奉教人の死』が『聖人伝』(明治二十七年初版、斯定筌著)の中の一章「聖マリナ」を典拠としていることはよく知られている。また、原典と比べると、大火の場面の設定、修道院が寺院になったこと、「ろおれんぞ」が姦淫の罪を着せられたときに聖マリナと違って神の試練と受け入れずに潔白を主張したことなど、異なる点が多いが、恐らく筋の上では、作者が新たに「しめおん」を造形したことと、「ろおれんぞ」が男装した理由を書かなかった二点こそ、最も注意に値するものであろう。この二点の相互関係に、全作品に貫くモチーフが潜んでいると思われる。

1　「ろおれんぞ」と「しめおん」の関係──愛されたい悲哀

『奉教人の死』の書き出しの内容は、有名である。ある年のクリスマスの夜、長崎の「さんた・るちや」という寺院の前に「ろおれんぞ」という少年が行き倒れていた。この「ろおれんぞ」は、寺院の伴天連に救われ、養われていくが、彼は「顔かたちが玉のやうに清らかであつたに声ざまも女のやうに優しかつたれば、一しほ人々のあはれみを惹いた」。一方、「ろおれんぞ」を最も可愛がっていた伴天連衆に、「しめおん」という「いるまん」がいた。「しめおん」は「元さる大名に仕へた、槍一すぢの家がらなもの」で、「身のたけも抜群なに、性得の剛力で」あり、「ろおれんぞ」の女らしく優しい姿とは対照的な男性的存在であった。「しめおん」は「ろおれんぞ」を弟のように扱い、「えけれしや」の出入りの際にも、「必ず仲やう」「ろおれんぞ」と手を組み合わせていた。二人は「鳩になづむ荒鷲のやう」な関係であった。

この「しめおん」と「ろおれんぞ」との関係については、既に多くの研究者が論じている。最近の研究では、小林幸夫氏は、「〈しめおん〉は〈ろおれんぞ〉が少女であるとは知らないのであるからこの二人の関係は、「年長者が年少者を愛しむ兄弟愛と初読の読者同様に受け取れるものである」としているが、「〈ろおれんぞ〉は自らが少女であることを知っているのであるから年長の男に可愛がられている少女を生きていることになり、「仲やう」という言辞からすると、〈ろおれんぞ〉も積極的に〈しめおん〉に親しんでいる様子が窺われる」と指摘している。そして、初読の読者には兄弟愛、同性愛の親和と受け取れるこの二人の関係が「ろおれんぞ」の立場から見れば、充分異性愛として受け取れる可能性もあることに注目している[3]。

周知の通り、傘張の娘との醜聞がたったときに、世間のそしりを受けていた「しめおん」は「ろおれんぞ」に噂について問いただすが、それに対し、「ろおれんぞ」は、わびしい眼でじっと相手を見つめながら、「私はお主にさへ、嘘をつきさうな人間に見えるさうな」と咎めるように答えて、部屋を出ていってしまう。「しめおん」は、「己の疑深かつたのが恥しうもなつたに由つて、悄々その場を去らうとした」が、いきなり「ろおれんぞ」が駆け込み、「飛びつくやうに「しめおん」の頸を抱くと、喘ぐやうに「私が悪かつた。許して下されい」と囁いて」再び去ってしまう。「しめおん」には、なぜ「ろおれんぞ」が謝ったかが分らなかったと語り手は言う。

その後、「ろおれんぞ」は娘を懐妊させた汚名を着せられるが、自分が少年ではなく少女であることを明かさなかったため、潔白を証拠できないまま追放されることになる。少女であることを明かさなかった点に関しては、数多くの解釈がなされてきた。例えば、小野隆氏は、「ろおれんぞ」が追放されることを甘受して、自分を犠牲にしたのは、あくまでも娘を庇うためであると指摘している[4]。一方、神田由美子氏は、それは、男装の少女として三年間「しめおん」や傘張の娘を惑わした罪を自覚したからであると主張している。さらに、須田千里氏によれば、「ろおれんぞ」が成長して「しめおん」に恋心を抱くようになったときに、自分が女性であることを打ち明けることができなくなった。その理由は、打ち明けると、寺院から追放され、「しめおん」に会えなくなるからである。[6]

私は、数多くの解釈の中でこの須田氏の説が最も説得力があるものであると思うが、本稿では、再びこの「ろおれんぞ」と「しめおん」との関係に注目し、二人の運命を決定的に左右する場面に重点をおきながら、それに近い解釈を提供したい。その場面というのは、いうまでもなく、「ろおれんぞ」が「しめおん」に問いつめられ、謝る場面である。

語り手によれば、三年経ってから、「ろおれんぞ」は「やがて元服もすべき時節となつた」。私見によれば、「しめおん」は「ろおれんぞ」とよく手を合せるぐらいの肉的接触があったため、「ろおれんぞ」が少女であることを一度も疑ったことがないことは考え難い。むしろ、その優しく女らしい姿からも判断して、実際は女であることを認識していたことが充分考えられる。無論、他の論者にも既に指摘されているように、「ろおれんぞ」と「しめおん」は「さんた・るちや」という厳格な戒律に守られている場所にいるから、恋愛などというものは、育まれる筈がないが、逆に、二人が「さんた・るちや」という環境の中におかれているからこそ、全作品に濃密な愛情関係から生じる緊張感が窺われるのであろう。この緊張感が『奉教人の死』独自の世界を生み出すものと言えよう。[7]

ところで、傘張の娘との噂が広まった時、さいしょに躊躇し「ろおれんぞ」と顔も合せなかった「しめおん」は、「さんた・るちや」の後ろの庭で「ろおれんぞ」へ宛てた娘の手紙を拾った後、「ろおれんぞ」を問い詰めることにする。その決意には、特別な願いが潜んでいたと考えられる。この時こそ彼に取っては自分の愛している「ろおれんぞ」が実際女であることを確かめる決定的な瞬間だったからである。「しめおん」は「嚇しつ、賺しつ、さまざまに」問い詰めるが、彼が求めようとしたのは、噂の否定よりも、「ろおれんぞ」の潔白の証拠とも言えるその女性の姿である。つまり、「しめおん」の問いただしには、お互いの愛を確認できる熱心な望みがあった。

しかし、「ろおれんぞ」の答えは、意外であった。「しめおん」が願っていた答えは出ず、逆に、彼の問い詰めに対して、「ろおれんぞ」は「私はお主にさへ、嘘をつきさうな人間に見えるさうな」と聞き返す。この「ろおれんぞ」の言葉には、自分の無実を疑う「しめおん」に対する憤りを感じないでもないが、実際は、そこに二人の無言の愛の悲劇が語られていると思われる。その理由は、「ろおれんぞ」は「しめおん」に対し恋心を抱いていると考えられるので、「しめおん」に問い詰められ、答えようとしたときに、まず自分の「しめおん」に対する愛の気持ちを意識しない筈がないからである。すると、「ろおれんぞ」にして見れば、無実を疑われることは、結局、自分の「しめおん」に対する愛が疑われることと同様なことになる。さらに、もし「しめおん」は「ろおれんぞ」が実際女であることを知っているのなら、「ろおれんぞ」はそのことを予感していることも充分考えられる。そうであれば、「ろおれんぞ」の「私はお主にさへ、嘘をつきさうな人間に見えるさうな」には、無実の主張より、僅かな皮肉をこめることで「しめおん」の愛を再確認したいという願いがあったのであろう。無実を確かめる場であったこの二人の「人気のない部屋」での遭遇は、実際は自分たちのかなわぬ恋を再び自覚するきっかけとなった。

その後、「私はお主にさへ、嘘をつきさうな人間に見えるさうな」と言って去っていった「ろおれんぞ」は、いきなり駆け込んで謝りに来る。飛びつくように「しめおん」の頸を抱くと、喘ぐように「私が悪かつた。許して下されい」と囁いて再び去ってしまう。「ろおれんぞ」はなぜ謝ったのであろうか。男装して「しめおん」を含めて人を惑わしたことを自覚したから謝ったのか。あるいは、傘張の娘のことを考えずに、自らの無実を訴え続けたからなのか。語り手によれば、「しめおん」には、それがはっきりと分らなかったが、それは、自分の本当の姿を明かせなかったからのではないかと私は考える。「ろおれんぞ」は、「しめおん」の頸を抱いて許しを願うことによって「しめおん」に対する自らの愛を告白するとともに、お互いへの愛情を犠牲にしたお別れの言葉を告げたのであろう。この時点で「ろおれんぞ」は三年も男装して人を惑わしたことを自覚し「しめおん」と別れて、寺院を去らなければならない時期がきたことを予感した。従って、「ろおれんぞ」が自分の本当の姿を明かせなかったのは、娘を庇うためより、「しめおん」への愛と自分たちの純潔を守るためであった。そして、淫乱の罪を問われたときに、甘受して自分を犠牲にするという「ろおれんぞ」のこの勇敢な決心は、無償の愛の表現となった。

しかし、「しめおん」には、そのような奉仕の精神が理解できなかった。語り手によれば、彼は「ろおれんぞ」が「追ひ出されると云ふ悲しさよりも、「ろおれんぞ」に欺かれたと云ふ腹立たしさが一倍故」であった。破門となって、「さんた・るちや」から追放されるということは、少年「ろおれんぞ」にとっては、ほぼ確実に餓死することを意味するにもかかわらず、「しめおん」は自己中心的な怒りを爆発させ、拳をふるって「ろおれんぞ」の「美しい顔」を打つ。この暴力的行為には、「しめおん」が「ろおれんぞ」の自己犠牲精神が理解できないことから来る精神的な苦痛が現れていると同時に、かなわぬ恋を自覚したことに基づく悔しさや悲哀も表れていると考えられる。

やがて、傘張の娘が子供を生むが、娘のお父さんは、初孫の喜びを隠せず、介抱したり、一緒に遊んだりするのも当然であったが、この時は「しめおん」は稀な行動を見せ始める。「あの「じあぼ」(悪魔)をも挫がうず大男が、娘に子が生まれるや否や，暇ある毎に傘張の翁を訪れ」る。赤子を抱き上げて涙をくみながら「ろおれんぞ」の姿を思い慕っていたと言う。この時点で、「しめおん」という大男が小さな命を目の前にして始めて「ろおれんぞ」の無償の愛と「彼」の勇ましい自己犠牲の精神を理解できたのかもしれない。そして自分が「ろおれんぞ」に裏切られたのではなく、自分が「ろおれんぞ」を裏切ったという自覚がはじめてついたことも充分考えられるのであろう。

2　愛の三角形の設定

ところが、語り手によれば、傘張の娘は「ろおれんぞ」が追放されてから一度も姿を見せなかったことを悔しがるとともに、「しめおん」が訪ねてくることをいやがっていた。傘張の娘は、「ろおれんぞ」と密通したという自分の嘘によって「ろおれんぞ」が追放されたことを知っているので、語り手が言うように、「ろおれんぞ」が姿を見せなかったことを悔しがっていたとは考え難い。逆に、恋心を抱き続けながらも、半分、「ろおれんぞ」との再会を恐れていたことは、自然のように思う。そうすれば、傘張の娘が「「しめおん」の訪れるのさへ、何かと快からず思ふげに見えた」という一節は、むしろ、娘の「しめおん」に対するライバル意識を表すものであり、「ろおれんぞ」と「しめおん」、娘の緊張的な三角関係を裏付けるものでもあると考えられる。娘のライバル意識は、異性愛対同性愛になるが、異性愛だろうが同性愛だろうが、まるで「しめおん」が自分よりも「ろおれんぞ」のことを理解し、愛情を注いでいるかのように見えるのが、娘にとって不快だったのであろう。

この三角関係は、全作品に極まった緊迫感を漂わせる。娘の「懺悔」よって、「ろおれんぞ」が無実であり、そしてその後実際女であることが分った瞬間の時にも、そのような緊迫感が感じられる。

まことにその刹那の尊い恐ろしさは、あたかも「でうす」の御声が、星の光も見えぬ遠い空から、伝わつて来るやうであつたと申す。されば、「さんた・るちや」の前に居並んだ奉教人衆は、風に吹かれる穂麦のやうに、誰からともなく頭を垂れて、悉「ろおれんぞ」のまはりに跪いた。そのなかで聞えるものは、唯空をどよもして燃えしきる、万才の焔の響ばかりでござる。いや、誰やらの啜り泣く声も聞こえたが、それは傘張の娘でござらうか。或は又自ら兄とも思うた、あの「いるまん」の「しめおん」でござらうか。

このように、「ろおれんぞ」が「さんた・るちや」の前に横たわっているというところにも、娘と「しめおん」、「ろおれんぞ」の三人が、切り離せない密接な関係で結ばれていることを新たに強調する語り手の意図が見られる。

この三角関係は、作品の中で重要な役割を果たしている。「ろおれんぞ」の無償の愛は、「かれ」が守ろうとした「しめおん」と「娘」によって位置づけられてくるからである。この二人への愛なしでは、芥川が考えていた「ろおれんぞ」の像が成立しない。「ろおれんぞ」の無限な愛の偉大さは、「しめおん」と娘の二人の動揺と悲哀、嫉妬によって巧みに象徴されているように思う。

しかし、この愛の三角形の問題をめぐって、もう一つの重要な課題が残る。「しめおん」が「ろおれんぞ」の実態を知ったのは、「さんた・るちや」の前に横たわっていた「ろおれんぞ」の焦げ破れた衣から「清らかな二つの乳房」が露出した瞬間なのか。大火の際、「ろおれんぞ」が急に現れ、猛火に飛び込み、赤子を救助したときに、娘は「思ひもよらぬ「こひさん」(懺悔)を仕つた」が、「その思ひつめた声ざまの震へと申し、その泣きぬれた双の眼のかがやきと申し、この「こひさん」には露ばかりの偽さへ、あらうとは思はれ申さぬ」と語り手は言う。そして、引き続き女の子が「ろおれんぞ」のこどもではないこと、自分が隣の「ぜんちょ」の子と密通して妊娠したことなど、娘の懺悔の内容を評細に描いている。しかし、作品のクライマックスともされているこの場面に、「ろおれんぞ」が少年ではなく少女であったことが明かされたときの「しめおん」の反応や言動については、殆ど言及がない。赤子を猛火の中から救えなかった「しめおん」は、「ろおれんぞ」が猛火の中に飛び込むと、自らも夢中で飛び込み、「ろおれんぞ」を火中から担ぎだせる。「しめおん」は、明らかに「ろおれんぞ」のことを弟以上のように愛し、思っていた。その「しめおん」が「ろおれんぞ」の本当の姿が示された時に一切の驚きを見せない筈がない。しかし、語り手は、彼の心境について沈黙を守っている。

　周知の通り、このところは、語り手が時間を踏み外す有名な場面である。

> ろおれんぞが、己の命を賭して赤子を救助に猛火に飛び込む頃より、〈語りの場〉の不可欠な時間の節度が欠落し始める。〈語り手〉の感情の高　揚が伝わると同時に「ああ」「おう」の感嘆詞が出現し、決定的に〈語り手〉は時間を踏み外し作中人物の時間に同化する。[8]

作中人物に同化した語り手は、「しめおん」に向かって、「みられい」と言うが、「ろおれんぞ」の潔白の決定的な証拠の瞬間に驚くはずの「しめおん」の心境には一切触れない。それは、なぜか。上述したように、「しめおん」には「ろおれんぞ」の性が既に分っていた可能性が充分あると考えられるが、ここには少なくても、「しめおん」の心境を語ることを避けようとしている作者の意図が見られる。その避けようとしているところに作品の読解の鍵の一つが隠されていると考えられる。

結論

本稿の始めに述べたように、『奉教人の死』が『聖人伝』の中の「聖マリナ」と大きく異なるのは、芥川が「しめおん」を造形したことと、男装の理由を書かなかったことの二つの点である。この二つの新しく設定された要素がどのように全作品に関わっているかが度々問われてきたが、この二点はまず相互に関係していると考えるのが妥当であろう。つまり、男装の理由を書かなかった理由は、「しめおん」という作中人物にあると同時に、その「しめおん」が造形されたのは、『奉教人の死』独自の「ろおれんぞ」の像を成り立たせるためである。

素性の分らない「ろおれんぞ」は、キリスト教徒とは言え、神の試練と受けずに自分の潔白を訴えようとしたので、明らかに聖マリナのような聖なる人ではなく、むしろ「娘」と同じような「この国の女であった」。「この国の女」という表現には、つまり「ろおれんぞ」が苦悩も悲哀も体験し、誘惑に迷わせられる「この世」の人間のことであろう。「しめおん」に恋心を抱いていた「ろおれんぞ」は、愛する人に愛されたいという自らのエゴイズムと戦いながらも、自分を犠牲にして、自分を裏切った人までに奉仕するのである。「この国の女」が聖なる人ではなく、この世の「弱い」人間だからこそ、彼女の勇敢な行為には、(宗教的)刹那の感動が生じるものと考えられる。

一方、「しめおん」は明らかに 典拠になかったエロース的緊張感を醸し出し、信仰物語であった「聖マリナ伝」に一種の複雑な愛の三角関係効果をもたらすために造形された作中人物である。芥川は『奉教人の死』について、「昔のキリスト教徒たる女が男になっていて、いろいろの苦しい目に逢う。その苦しみを堪えしのんだ後死んだが、死んで見たらば始めて女であったことがわかった」という筋を考えていたので、男装の話が中核になっているのは、明確である。しかし、芥川は、物語の最後に「ろおれんぞ」の性を明かしたのに対して、「しめおん」の心境を明かしていない。それは、「しめおん」のもたらしたエロース的緊張感を保つためだと考えられる。「ろおれんぞ」の性が明かされるが、「しめおん」の愛の本質が明かされない。兄弟愛、同性愛、異性愛のすべてが充分あり得る。ここには、傻作『奉教人の死』というテクストの無限の意味生成の可能性が見られるのである。

注

（1）「昔」『東京日日新聞』一九一八年一月。『芥川龍之介全集』第1巻（筑摩書房、一九七一年）に所収。
（2）宮坂覺「芥川龍之介と室賀文武―「芥川龍之介とキリスト教」論への視点」『上智大学国文学論集』第5号（一九七一年）、一〇四-一二四頁を参照。
（3）小林幸夫「芥川龍之介「奉教人の死」論-愛の欲望の物語」『上智大学国文学論集』第43号（二〇一〇年）、五〇-五一頁を参照。
（4）小野隆「「奉教人の死」論」『専修国文』第50号（一九九二年）、一〇〇頁。
（5）神田由美子「奉教人の死―麻利耶観音の最期」『国文学―解釈と鑑賞』第72巻9号（二〇〇七年9月）、一七七頁。
（6）須田千里「「奉教人の死」の詩的中心」『叙説』第24号、（一九九七年）、二〇六頁。
（7）西村早百合「芥川龍之介『奉教人の死』の世界―芥川文芸における愛の姿形―」『日本文芸研究』第38巻第3号（一九八六年）、八二頁。
（8）宮坂覺「芥川龍之介「奉教人の死」論―作品論の試み・〈語り〉の視点を中心に」『香椎潟』第27号（一九八二年）、一二八頁。

「邪宗門」——相対世界・絶対世界の狭間

足立直子

1 「外国の神と日本の神との克服しあひ」という問題

一九一七（大6）年五月七日付の松岡譲宛書簡の中で、芥川龍之介は次のように述べている。

僕は三部作を計画中だ　始は奈良朝　中途は戦国時代の末、おしまひは維新前後だ　中心は、外国の神と日本の神との克服しあひにある

つまり、一九一七年の段階で既に、後の『神神の微笑』（「新小説」一九二二年一月）にもつながる「外国の神と日本の神との克服しあひ」という問題についてここで触れているのだ。しかも、日本における外国の神の受容という様相においてではなく、両者の関係を「克服しあひ」という様相において捉えようとしている意識は看過できない。なぜならそこには、両者を相対化し、俯瞰的にその関係を眺めようとする意識が介在していると言え、自らの立脚点を大前提として決定してしまわないところに、芥川の姿勢が確認できるからである。また、この書簡では、三部作の始めを奈良朝としているが、それを平安朝に変えて、この「計画」の具体化として試みられたのが、一九一八（大7）年発表の『邪宗門』であると考えてよいだろう。[1] この作品は、キリスト教を彷彿とさせる異国の宗教「摩利の教」と日本的なるものとの対立へと収斂する方向性において描かれているが、連載三十二回で中絶し、未完に終わっている。また一九二二（大11）年十一月には春陽堂から単行本として出版されているが、その際にも未完のまま放置されており、このことからも『邪宗門』で扱われた問題が、芥川にとって簡単に決着をつけることのできる

ものではなかったということが推測できる。

よって、本稿はキリスト教対日本の精神風土についての問題に対して決着をつけがたいものとして呈示する『神神の微笑』(2)に、『邪宗門』のテーマも関わっているという見通しに立って論ずるものであるが、その際に留意したいのがこの作品では、キリスト教信者を象徴する摩利信乃法師がゆらぎを見せているという点である。このことは、「キリスト教対日本的なるもの」という問題以前に、人間存在が真に絶対世界に安住できるのかという問いかけをも、『邪宗門』は内包していることを意味している。その結果、冒頭で示した書簡の中での問題意識をそのまま作品内で描いてみせることはできなかったが、その一方で作者が意図した以上に様々な問題が輻輳する形でこの作品は広がりを見せ、収拾しきらない「必然的な未完」という形をとることになったと言える。

2 姫君の涙

『邪宗門』は未だ謎の多い作品である。その謎の多くは、言うまでもなく、未完であるが故の結末不可知という事態に起因していようが、それと同時に、〈語り手〉が若殿の生涯における「たつた一度の不思議な出来事」(一)を語るという設定そのものが、作品の核心に迫る障壁となっている点も改めて確認しておく必要があろう。つまり、「不思議な」と形容する限りにおいて、〈語り手〉にはその結末に向けての伏線を、〈伏線〉が持つ真の意味においては回収することが不可能なのである。

そこで、本来ならばこの作品構成の自家撞着ともいうべき事態を解決に導く視点として、〈語り手の甥〉の存在が設定されていたのであろうが、この〈甥〉の設定は果たしてどこまで有効であったであろうか。本稿では、〈甥〉の設定がなければ明らかにならなかった箇所として、彼が聴く、平太夫と摩利信乃法師の会話の場面、特に、この沙門が見た夢について語る場面に着目することによって、『邪宗門』の世界を問う一つの視座を提示してみたいと考える。着目したい箇所は次の通りである。

何が居つたと申す事は、予自身にもしかとはわからぬ。予は唯、水子程の怪しげなものが、幾つとなく群つて、姫君の身のまはりに蠢いてゐるのを眺めただけぢや。が、それを見ると共に、夢の中ながら予は悲しうなつて、声を惜まず泣き叫んだ。姫君も予の泣くのを見て、頻に涙を流される。（二十三）（傍線引用者、以下同じ）

そして、この沙門の夢の話を聴いている〈甥〉もまた、「さう云ふ御姫様の悲しい御姿を、自分も何時か朧げに見た事があるやうな、不思議な気が致した」（二十三）と叔父に伝えている。夢の中の「姫君の涙」は何を意味するのか。また、なぜ〈語り手の甥〉まで、その夢の話を聴いている時に「御姫様の悲しい御姿」を見たことがあるような、既視感を抱くに至ったのか。

若殿と沙門がようやく対面したところで作品が中断していることから、両者の対決自体は考察しえない。しかし、姫君は両者ともに関わりのあった人物であることから、その姫君に着目し、そしてそれぞれの男たちの姫君との向き合い方を比較考察することによって、若殿と沙門の人物像、延いてはこの二人が行うはずであった対決の内実たるものに迫っていきたい。

3 風流人・若殿——相対主義者の陥穽——

「1」で指摘した『神神の微笑』のテーマへの連なり以外に、『邪宗門』は『地獄変』（「大阪毎日新聞」（夕刊）一九一八年五月一日から五月二十二日（途中、五日、十六日休載）、及び「東京日日新聞」五月二日から五月二十二日（途中、十八日休載））の後日譚ともいうべき側面を持っている。『邪宗門』冒頭では、『地獄変』に登場した大殿の最期が語られ、大殿と対立するところで若殿は浮き彫りにされていく。即ち、若殿は権力をふりかざす大殿とは対極にある存在で、ごく凡庸な風流人として登場しているかの如くである。しかし、大殿の最期を見据える若殿の姿について、ほぼ同様の語りが二度繰り返されている点は看過できない。

・ぢつと大殿様の御枕元へ坐つていらしつた事を考へると、何故かまるで磨ぎすました焼刃の匂ひでも嗅ぐやうな、身にしみて、ひやりとする、それでゐてやはり頼もしい、妙な心もちが致すのでございます。(一)

・大殿様の御臨終を、ぢつと御目守りになつていらつしやる若殿様の御姿程、私どもの心の上に不思議な影を宿したものはございません。今でもその時の事を考へますと、まるで磨ぎすました焼刃の匂ひを嗅ぐやうな、身にしみてひやりとする、と同時に又何となく頼もしい、妙な心もちが致した事は、先刻もう御耳に入れて置きました。(四)

同様の描写が二度繰り返される背景としては、急きょ、連載が始まった執筆事情[3]を考慮すると『邪宗門』としての結末が確定しないままに、取り急ぎ、『地獄変』との連続性のみを視野に入れながら冒頭は書き始め、「四」で改めて全体像を遠望する視点において、今一度、若殿が大殿の最期を見据える描写が、必須なものとして挿入されたということになろう。

即ち、「まるで磨ぎすました焼刃の匂ひ」を嗅ぐような、「身にしみて」「ひやりとする」印象を〈語り手〉に与える若殿の姿こそ、その後、登場してくる摩利信乃法師と対置されるべき看過できない重要な側面として語られていることが推測できるのである。先行論においても、若殿像の捉え方については「認識者」[4]、「醒めたる意識家」[5]などの傍観者的な有り様に注目する指摘が重ねられてきた。その中でも、東郷克美氏の次の指摘は、『地獄変』と『邪宗門』との相関性の中で、若殿を位置づけたものとして示唆深い。

世俗の権力を代表する堀川の大殿と、世俗の一切の倫理を否定して芸術にかける良秀との対決は、そのまま無神論的享楽主義者である若殿に対する、『唯一不二の大御神』を信じる摩利信乃法師という関係に転位されている。[6]

東郷氏の指摘によれば、『邪宗門』冒頭で対照的に描かれる大殿と若殿は、実はそれぞれが対峙させられる者との関係で言えば、同じ側に立つ存在ということになるのである。換言すれば、『地獄変』も『邪宗門』も「相対主義者」対「絶対主義者」の構図において読み解くことができ、『地獄変』での絶対なるものが〈芸術〉であるとすると、『邪宗門』での絶対なるものは〈宗教〉であることになる。大殿も若殿も、〈芸術〉と〈宗教〉との違いはあれども、同じく「絶対主義者」に対立して描かれる存在であったのだ。

しかし、大殿と若殿とでは決定的に異なる側面が存在する。それは、若殿がこの世の「無常」にあまりに意識的である点である。若殿の「無常」についての言及は、〈語り手〉、ここでは「爺」と呼ばれる人物との会話にその考え方が明確に窺える。

「いや、その答へが何よりぢや。爺は後生が恐ろしいと申すが、彼岸に往生せうと思ふ心は、それを闇夜の燈火とも頼んで、この世の無常を忘れようと思ふ心には変りはない。ぢやによつてその方も、釈教と恋との相違こそあれ、所詮は予と同心に極まつたぞ。」

「これは又滅相な。成程御姫様の御美しさは、伎芸天女も及ばぬ程ではございますが、恋は恋、釈教は釈教、まして好物の御酒などと、一つ際には申せませぬ。」

「さう思ふのはその方の心が狭いからの事ぢや。弥陀も女人も、予の前には、皆われらの悲しさを忘れさせる傀儡の類ひに外ならぬ。――」（十九）

この箇所から明らかとなるのは、若殿が「この世の無常を忘れようと思ふ心」を抱き、「われらの悲しさを忘れさせる傀儡の類ひ」を切に求めているということである。逆に言えば、若殿は「この世の無常」「われらの悲しさ」を深く感じ取っている存在であると指摘できる。そしてここでは、若殿の諦念にも似た思いが、姫君にも伝播している。

「それでも女子が傀儡では、嫌ぢやと申しは致しませぬか。」と、小さな御声で仰有いました。（十九）

若殿が自らのことを愛していると思っていた姫君にとって、この若殿の言葉は彼女に寂しさを突きつけるものであったであろう。つまり、姫君は若殿が真に自らを愛しているのではなく、この世の無常、更には内に抱える悲しさを忘れるがために、姫君との「恋」に陶酔しようとしているだけであることを知ってしまうこととなる。若殿の、この世に絶対的なものなどなく、全ては移り行き、無常であるという考え方は、彼自身の存在に陰りや冷やかさをもたらすだけではなく、真に相まみえていないという点において、向き合っている対象にまで欠落感を抱かせることになるのである。ここに、絶対なるものを信じることのできない相対主義者の陥穽があり、更に言えば、立論の前提とした「姫君の涙」の誘因が確認できるであろう。

4　沙門・摩利信乃法師――絶対主義者の両義性――

では一方で、「摩利の教」を信仰する沙門はどのように描かれているであろうか。「摩利の教」を絶対的なものとして信じる沙門は、ある意味、若殿が抱えているような無常観からは解き放たれている。作品内で「摩利の教」は、あくまでも「邪宗」という扱いで表記されてはいるものの、沙門の心奥においては最も尊いものであり、揺らぎないものである。そして、揺らぎないものに繋がる沙門もまた、信念をもって行動を起こす存在として描かれている。つまり、病人を癒し、社会から差別されている者と寝食を共にする姿などは、イエス・キリストを彷彿とさせ、延いては「摩利の教」はキリスト教のイメージが重ねられた異国の宗教であると見做すことができる。(7)

そして、若殿との関係性の中で欠落感を抱いていた姫君は、夢の中の出来事ではあるが、かつて自己を真剣に愛してくれた沙門（菅原雅平）に心惹かれていくようになるのであろう。舞台が平安時代であることを想起すれば、愛する相手の夢の中に登場するという設定は決して不自然なものではない。また、〈語り手の甥〉が以前にも姫君の悲しげな姿を見たことがあるような気がしたのは、若殿との関係性の中で満たされることのない姫君の様子が、彼の念頭によぎったためであると考えることができる。つまり、〈姫君との関係性〉という観点に絞って考察するならば、作品は未完でありながらも、愛をもって向き合ったという事実ゆえに沙門に軍配が上がっているのも同然なのである。

しかし、この作品は男女の関わりのみで読み解かれる構成にはなっていない。このように考える根拠としては、沙門と横川の僧都との対決の場面が挙げられる。

「横川の僧都は、今天が下に法誉無上の大和尚と承はつたが、この法師の眼から見れば、天上皇帝の照覧を昏まし奉つて、妄に鬼神を使役する、云はうやうない火宅僧ぢや。されば仏菩薩は妖魔の類、釈教は堕獄の業因と申したが、摩利信乃法師一人の誤りか。さもあらばあれ、まだこの上にもわが摩利の法門へ帰依せうと思立たれずば、元より僧俗の嫌ひはない、何人なりともこの場に於て、天上皇帝の御威徳を目のあたりに試みられい。」と、八方を睨みながら申しました。（三十二）

宗教を信じるという意味では、横川の僧都も摩利信乃法師も軌を一にする立場であるはずだが、ここでは宗教同士が対立し、また、お互いの立場を認めない結果、沙門が横川の僧都を打ち負かすという展開が示されている。つまり、姫君との関係においては彼女の寂寥を埋めるべく可能性を秘めた者として沙門は語られていたのだが、宗教同士の対立になると互いの絶対なるものを決して譲らないがため、排他的で傲慢な様相をさえ呈しているのである。ここに、絶対主義者が、特に〈宗教〉を絶対的なものとして位置づける者に当てはまることであるが、揺らがない強さゆえの包容力と同時に、自己が絶対と信じるものから逸脱したものに対して厳しく排斥する力とを持った者として、両義性をもって立ち現われることとなる。若殿が相対主義者の象徴であるとすれば、沙門は絶対主義者の象徴であり、ここに沙門もまた、問われるべき課題を担っている。

5　彷徨する〈人間存在〉

では、『邪宗門』は、相対主義者も絶対主義者も否定されるに至るだけの作品であるかと言えば、そうではない。それは、未完であるにも関わらず、作品展開の中で明確に語られている。先走って言うならば、それぞれの立場の人間が、平生の主義主張や考え方とは異なる〈綻び〉を垣間見せる有り様が語られている点から窺える。

この点に関してはまず、何事にも執着せず無常観を抱えて生きている若殿が、かつての親友を想い、次のようにもらす場面に着目することから始めたい。

「昔、あの菅原雅平と親う交つてゐた頃にも、度々このやうな議論を闘はせた。御身も知つて居られようが、雅平は予と違つて、一図に信を起し易い、云はゞ朴直な生れがらぢや。されば予が世尊金口の御経も、実は恋歌と同様ぢやと嘲笑ふ度に腹を立てて、煩悩外道とは予が事ぢやと、再々悪しざまに罵り居つた。その声さへまだ耳にあるが、当の雅平は行方も知れぬ。」と、何時になく沈んだ御声で、もの思はしげに御呟きなさいました。（十九）

ここからは、自らが傷つけた雅平という親友の行方が分からなくなったことに対して、若殿が後悔の念ともいうべき暗澹たる思いを抱えていることが窺える。即ち、若殿は全てが無常であると言いながらも、親友を失ったことに今も捉われ、割り切れない思いを抱いているのである。

また、一方の沙門についても、〈語り手の甥〉の眼を通して次のように語られる。

危くつき当りさうになつた摩利信乃法師は、咄嗟に身を躱しましたが、何故かそこに足を止めて、ぢつと平太夫の姿を見守りました。が、あの老爺はとんとそれに頓着する容子もなく、唯、二三歩路を譲つただけで、不相変とぼとぼと寂しい歩みを運んで参ります。さては流石の摩利信乃法師も、平太夫の異様な風俗を、不審に思つたものと見えると、かう私の甥は考へましたが、やがてその側まで参りますと、まだ我を忘れたやうに、道祖の神の祠を後にして、佇んでゐる沙門の眼なざしが、如何に天狗の化身とは申しながら、どうも唯事とは思はれません。いや、反つてその眼なざしには何時もの気味の悪い光がなくて、まるで涙ぐんでもゐるやうな、もの優しい潤ひが、漂つてゐるのでございます。それが祠の屋根へ枝をのばした、椎の青葉の影を浴びて、あの女菩薩の旗竿を斜に肩へあてながら、しげしげ向ふを見送つてゐた立ち姿の寂しさは、一生の中にたつた一度、私の甥にもあの沙門を懐しく思はせたとか申す事でございました。（十七）

この場面は、摩利信乃法師こそが、かつて若殿の親友であった菅原雅平であることが、平太夫との関係の中で、読者には少しずつ明らかになっていく最初のくだりである。雅平については、姫君との恋が叶わず行方をくらませていたことが先に語られており、ここで、沙門が平太夫に出会うことによって、現在の摩利信乃法師は自らの立場を忘れ、かつての片恋を懐かしく思い出している様子であることが考えられる。即ち、この場面は摩利の教を絶対とする沙門が、かつての姫君を愛していた頃の自分に引き戻されている状況であると言うことができる。更には「摩利の教」への絶対主義者に徹しきれない沙門のその有り様にこそ、〈語り手の甥〉は共感のようなものを抱いているのである。

これら、若殿、沙門のそれぞれの相対主義、絶対主義に徹しきれない姿が作品には示されていることを確認してきたが、こういった有り様こそが作品に奥行きをもたらし、『邪宗門』の最も核心部を明示しているかの如くである。以上のことから、『邪宗門』は相対世界、絶対世界を彷徨する人間存在を見据えた作品であり、いずれにも徹しきれないさまよう人間存在の本質を射抜いたものである。また、そういった視点を持つ作品であるからこそ、最終場面で、この二人の対決について安易に結末を定めることはできなかったであろうことが推測できる。『邪宗門』が未完であることそのものが、彷徨する人間、その存在の割り切れなさ、複雑さを示しているということもできるのかもしれない。『邪宗門』から『神神の微笑』までの道のりは遠い。しかし、姫君が沙門にのみ涙を見せたことは、『邪宗門』が卑小な人間存在の対極に、一筋の光明として宗教を据えていることの証でもある。

注

（1）『邪宗門』は「大阪毎日新聞」（夕刊）一九一八（大正七）年十月二十三日から十二月十三日（途中、十月二十五日、十一月三日から十一日、十三日から十七日、二十一日、二十六日、十二月二日、八日、十日休載）、及び「東京日日新聞」一九一八年十月二十四から十二月十八日（途中、十一月一日、四日から十二日、十六日、十八日から二十二日、二十四日、十二月二日から五日、七日から九日休載）に掲載された。尚、本稿における本文引用は『芥川龍之介全集　第四巻』（岩波書店、一九九六年二月）に拠る。

（2）この点については、拙稿「『神神の微笑』論―キリスト教と日本の精神風土との対峙の内実」（拙著『芥川龍之介異文化との遭遇』所収、双文社出版、二〇一三年二月）において考察を行った。

（3）当時の状況については、芥川自身が、一九一八（大7）年十月二十一日付、小島政二郎宛書簡に次のように記している。

僕の小説は久米が急に完つたので大急ぎで今日一回書いて送りました久米は「芥川をおどかしてやるんだ」と称して完にしたんださうです怪しからん次第だがかうなつて見るとやむを得ないからこれから昼夜兼行で書き飛ばします

（4）田中実「傀儡師の『未定稿』―芥川龍之介『邪宗門』解読―」（「信州白樺」第47・48合併号、一九八二年二月、一四一頁）。

（5）海老井英次「『邪宗門』―芸術と宗教との対峙―」（『芥川龍之介論攷―自己覚醒から解体へ』桜楓社所収、一九八八年二月、二一七頁）。

（6）東郷克美「地獄と救済」（『佇立する芥川龍之介』所収、双文社出版、二〇〇六年十二月、一一七～一一八頁。初出は、川副国基編『文学・一九一〇年代』所収、明治書院、一九七九年三月）。

（7）ここで登場する「摩利の教」は、中国の唐代に伝わったキリスト教である「景教」を指すと考えられるが、詳細は別稿で改めて今後、調査を行う。

「るしへる」——日本的精神とキリスト教

関　祐理

「るしへる」は大正7年11月に発表された切支丹物と呼ばれる作品の一つである。芥川の切支丹物と呼ばれる作品の中でも、この「るしへる」は特徴的で、作品の典拠は『破提宇子』であり、その著者は「るしへる」の主人公として登場している加賀の禅僧巴毗弇（以後ハビアンと記す）で、16世紀に実在した日本人イルマンである。作品の評価は、前作の切支丹物である「奉教人の死」に比べ今ひとつで、「るしへる」だけを取り上げた、もしくは中心に据えた論文は、広瀬朝光氏の典拠研究(1・2)、山口幸祐氏の広瀬氏の論を踏まえたアナトール・フランスとの比較研究(3)などがあるが、そこに「るしへる」を中心に据えてはいないものの、論の中で大きくとりあげている青紗玉氏の「悪魔」に焦点をあてた切支丹物研究(4)や須田千里氏の切支丹物の材源考(5)などを加えても、他の切支丹物の作品論に比べ、数は圧倒的に少ないといえるだろう。「るしへる」の評価は吉田精一氏の以下の指摘が代表的なものである。

「るしへる」（大正七年十一月、雄辯）も同じく南蛮物で、前作と前後して書かれた短篇であるが、前作ほど力のこもった作ではない。同じく形式の上に意匠を凝らし、切支丹文学の白眉といわれるはびあんの著「破提宇子」の文章と体裁とを模している。とくに原本第三段の一節をそのまゝ載せ、そのあとに説話を付加して居り、自己所蔵の異本に拠ったという例のやり方を、もう一度試みたが、流石にこの方ではだまされる人はなかったようである。何れにせよ「るしへる」は凝りすぎで、文体や語彙は原文を模して巧みであるが、内容としては善悪が相関的なものであり、人間はその相克に悩むという彼の信念を悪魔を籍りて表現したまでである。

（吉田精一『芥川龍之介』昭33・1・15　新潮社）

しかし「るしへる」が「奉教人の死」の二番煎じ的な作品であるという見解に対しては首肯できない。なぜなら、「奉教人の死」の典拠であると作中で紹介された長崎耶蘇会版「れげんだ・おうれあ」は、完全に芥川の虚構の書であるのに対し、「るしへる」の典拠『破提宇子』は実在の書であり、主人公も実在の人物であるという違いがある。さらに、「奉教人の死」は典拠に大幅な改変を施しており、ストーリー自体、典拠とはかけ離れたものとなっているが、「るしへる」は典拠である『破提宇子』の第三段自体に改変はなく、説話を付加するだけに留め、ストーリーもキリスト教の否定という『破提宇子』の目的を受け継いだ形になっているからである。

またテーマに関しても、付加された説話は、ハビアンが悪魔るしへると遭遇し言葉を交わし、るしへるが善と悪の相剋に悩んでいることを吐露されるところから「悪魔また性善なり。断じて一切諸悪の根本にあらず。」と確信するという物語で、そこから吉田氏は作品のテーマを「善悪が相関的なものであり、人間はその相克に悩むという彼の信念を悪魔を籍りて表現したまでである。」としているが、この説明では何故ハビアンが主人公として設定されたのか、また、何故『破提宇子』から引用してきたのかという理由が明確にならない。

〈凝りすぎ〉の舞台を創作するための道具立てとして使用しただけという見解なのかもしれないが、当時がキリシタンブームであったことと考え合わせると、人口に膾炙していたハビアンの名と、『破提宇子』を典拠として使用したことは、時流に乗って話題性を求めただけでなく、過去において既に完結しているハビアンの人生と、そのキリスト教に対する憤りを書いた『破提宇子』を念頭に置きながら読まれることを想定して、「るしへる」を創作したのだと考えるほうが自然である。つまり、「るしへる」の主題を描き出すために、主人公はハビアンでなくてはならず、典拠は『破提宇子』でなくてはならなかった理由が必ず存在するはずなのである。

したがって本論では、ハビアンと『破提宇子』についてまず考察し、そこから「るしへる」において付加された説話を含めた主題を探っていきたいと思う。

1　ハビアンの経歴

ハビアンの経歴について芥川が有する情報は、ほぼ新村出氏の「吉利支丹版平家物語抜書及び其編者」によるものであり、新村氏は『吉利支丹版平家物語』が出版された当時のキリスト教を軸とした時代背景をもとに「ハビアン」の人生を多くの資料を照らしあわせつつ紹介している。長くなるがそれを引用する。

最後に、上に述べたる断片的事実を総合し、同時に之を補遺し茲にハビアンの経歴を叙せん。彼元加賀の禅僧恵俊（又恵春に作る）といひ、流浪の末、天正中、秀吉の頃、京都南蛮寺に入りて西教に帰依し、ハビアンと教名を得て、説教に従事し、博識敏慧能く伴天連等を佐く。（是れ所謂カテキスタとしてならん。）時に京畿に在りし伴天連は、オルガンチーノ（邦書ウルガン）、ルイス・フロイス（邦書リイス、又ヤリイス）、グレゴリヨ・デ・セスペデス（邦書ゲリコリ、又ケリコリヤ）等にして、共にフ、オ両師の如きは京畿伝道者の錚々たるもの、ヰレーラに次ぎて二代三代の宣教師にして、共に信長秀吉の両雄と相渉る。信長亡後オルガンチーノ安土を去つて再び京に入りしが、ハビアンの出家もこの時代なるべく、天正十五年の禁教令によりて、師は大阪に退去せしのみにて西下りせざりしが、学生どもは京畿を去りて、有馬氏の保護の下に置かれぬ。ハビアン亦この伴侶中に伍して肥前に下りしなるべく、後天草に移りては、教育に力を注ぎしことゝ思はる。天草の学校破壊せらるゝや、慶長三年更に長崎に移りて宣教と教育とに勉め、一方には信者にして代官たる村山東安に接し、他方にはロドリゲーズとも親しみ、いつしか有力なるイルマンにも数へられて、同十一年には黒田長政説伏の任を擬せられ、十二年頃には、管長パシオの命を受けて、駿府の本多上州に呈する為に、耶蘇教義の書を草し、かくの如く宗門に帰すること二十二三年、学才弁口衆に勝れ重く用いられしが、慶長十三四年頃、大阪に在りて宗論を戦はせ、後幾ばくもなく厳しき禁制の下に転宗して、南都に匿れ、更に大和の郷村にさすらひて、後元和六年春に至りて『破提宇子』の書を作る。仏より出でて耶に入り、転びて再び正に帰す、背信の末、尚破耶の論を草す、敏慧なる一才子、西教諸史の之を伝へざる亦宜なり。彼の西学に至りては、彼の著によりて窺ふを得べく、今茲に記すの労を省く。余は一歩を進めて、『平家物語』の俗訳も亦天草の学校に於て文才ありて敏慧なる彼の手に成りし者と考へ、語学の俊才ロドリゲーズをも佐けて天草及び長崎に語学書の編纂に与かりしならんと想像す。一五九九年（慶長四）長崎にて刊行せられしと思はる、国字の訳書『ぎや・ど・ぺかどうる』亦同一の手に成りしにあらずやとも憶測すれど、前条と合はせて他日の考を期せんとす。『平家』と合綴せる『イソポの物語』の編者も、同一なりや否や亦定め難し。唯桃山時代の標準語を以て、問答体に、趣向面白く『平家』を和らげたる此書あり。たとひ西教史上に其名滅すとも、国語史上に之を記念して可ならんか。

（新村出「天草吉利支丹版平家物語抜書及び其編者」「史学雑誌」明治四十二年九月及十月）

新村氏によれば、ハビアンは『吉利支丹版平家物語』や『妙貞問答』の著作を任されるほど当時の日本人イルマンの中でも屈指の秀才で、さらに博多で執り行われた黒田如水の三回忌の法要には説教のためにわざわざ京都から呼び寄せられるほどの弁才の持ち主であった。彼は日本的道理に基いたキリスト教布教に最も貢献したイルマンの一人でありながら、後（一六〇七、八年頃）に二十余年のキリシタン生活に終止符を打ち、〈十有五年〉の逃亡生活の後元和六（一六二〇）年、キリスト教会に対し痛烈な批判を加えた排耶書『破提宇子』を著した。これは、現存する排耶書の中で唯一キリシタンであった日本人が書き残したものとして、排耶書ではあるが、当時のキリシタンの布教内容、日本人同宿・イルマンたちの教会における立場、外国人宣教師の状況などが書かれており、ハビアンの棄教原因を含めた当時のキリシタンを取り巻く状況を知る上で非常に重要な書物である。

ここで気になるのはハビアンの棄教原因である。「るしへる」では悪魔と出会ったことがきっかけであるかのように書かれているが、勿論そのようなはずはない。しかし、ハビアンの研究者間においても確たることは判明していない状況であるので、筆者なりに『破提宇子』から読み解いてみたい。

2 『破提宇子』とハビアンの棄教原因

『破提宇子』は序を除けば全体が七段に分けられており、それぞれの段の内容的特長はつぎのようになっている。坂本正義氏の論を参考にまとめたものをあげておく。

初段。創造主論ならびに創造主の超絶的能力に対する批判。

二段。ダイウスの与えた三つのアニマ（霊）、とくにアニマ・ラショナル（理性魂）の霊魂不滅説に対する批判。

三段。ダイウスがルシヘル（悪意を持つ天使）をインヘルノへ追放したという話に介在する矛盾の指摘。

四段。ダイウスはみずから創造した夫婦アダン（アダム）とエワ（イヴ）にわざわざ一つの戒律を課し、その戒律を犯したということで夫婦を天界から追放したり、夫婦の子孫である人間すべてに原罪を負わせるという話に介在する矛盾の指摘。

五段。罪を負うた人間が告解を行い、科送り（罪の償い）を行えば、ダイウスによってパライソ（天国）に後生を得るという話に関連して、ダイウスの超絶的能力に対する批判。

六段。ゼズ（イエス）・キリスト降誕に関連して語られるいくつかの矛盾の指摘。その中には、天地開闢から五千年の間、科送りがなかったこと。天地開闢より現在まで六千六百年では短期間過ぎること。マリア処女懐妊、などが含まれている。

七段。十ヶ条のマダメント（戒律）のうち、とくに第一戒律に対する集中的批判。キリシタン教団の布教政策に対する批判。それらに関連するダイウスの性質の矛盾指摘。途中より問答形式に変わり、伴天連の高慢性、南蛮人の日本人に対する侮蔑的態度、日本人の司祭不登用を定めた教団政策、伴天連たちの拝物的性質、また邪淫な性質、などに対する非難・攻撃。告解なる宗教儀礼の偽瞞的性質の指摘。奇蹟なるものの一切否定。最後に、背教により、キリシタン側の深い憎悪を蒙っていることの告白。

（坂本正義『日本キリシタンの聖と俗―背教者ファビアンとその時代』昭56・11　名著刊行会）

坂本氏によれば、「六段までは純理論的な教理批判であるのに対し、七段のみは全く趣を異にし、現世的なキリシタン教団批判となって」おり、「七段だけで実に全体の三分の一を占め」ている。「このことは、ファビアンがいかにキリシタン教団の現実的矛盾に懊悩したかを示唆し、その結果として痛烈な批判となったものと解される。」とあり、ハビアンの棄教原因を考える上で、最も重要視されるべきは、第七段であると指摘されている。

第七段の内容は右に挙げた通りであるが、これを見るに、やはりハビアンの棄教原因として考えられるのは、坂本氏の指摘にもあるように、キリスト教の教理への懐疑というよりは、日本人を伴天連に途用しないキリシタン教団自体への不信感、外国人伴天連の日本人に対する態度などが主要なものではないかとも思われる。これについて海老沢有道氏は、以下のように指摘する。

（ハビアンの棄教に対して）しかし、その棄教は、私は当然なさるべくしてなされたとすら考える。というのは、『妙貞問答』において神道を生殖伝説として斥けたり、秘伝・秘事を批判したりして、合理的精神を高調したかれであったが、肝心のキリシタン教理を展開するに当たっては、創造主の存在を説くものの、その他の点に関しては、素朴な伝承による説明があるばかりであって、跋文における「キリシタンノ教ヘノ有難キ程ヲワキマエ玉フベキ為」という語にもかかわらず、デウスの御大切（愛）、キリストの十字架による救いという宗教的体験からほとばしり出る積極的な信仰の把握と証明がなく、神学的にも基本的な三位一体論にも触れていない。従ってまたデウスのガラサについても理解されていないようである。すなわち彼のキリシタン理解は、いわば口頭禅的なものにすぎなかったように思われるからである。また神儒仏批判にしても、その比喩的言辞の末節、あるいはすべてを即物的に考えて批判し去るというような、宗教信仰の内面性を無視する態度に終始していることは、彼自らがキリストの神性を否定する『破提宇子』の語にも見られるように彼のキリシタン理解にもあてはめられることと思うからである。そうした彼の信仰的斬浅薄さは、パアデレの言動に、あるいは客観的情勢の動向につれていつかは動揺せざるを得なかったであろう。

（海老沢有道訳『南蛮寺興廃記・邪教大意妙貞問答・破提宇子』昭39・3平凡社）

つまりハビアンの棄教原因は、キリシタン教団や外国人伴天連への不信感を持つ原因となった、もっと根本的な教義に対しての知識の無さが問題であったということである。これが海老沢氏の指摘通りであったとすれば、20数年も教会に従事し、当時第一級の日本人キリシタンであったハビアンですら、キリスト教の基礎的教義を理解していなかったということであり、そうなれば、当然それ以外の門徒の理解はさらに遥かに下るものであったろう。では、何故長く教会に従事しながら、ハビアンは基礎的な教義すら身につかなかったのか。遠藤周作は当時のキリシタンの教義理解について、以下のように指摘している。

彼らがこの時、西洋をどこまで理解したか。また日本人の思考方法や宗教感情と西洋のそれとの矛盾をどう解決したかは私の一番、知りたい点だが、さきほども言ったようにそれを分析できる資料はほとんどない。しかしたとえばかくれキリシタンたちの唱えるオラショ（祈り）によって私たちはあるヒントを得ることはできる。オラショはラテン語によるカトリックの祈りの翻訳である。（中略）切支丹時代の日本人達はそれを日本語に翻訳せざるをえなかったが、その時、当然、神とか愛とか罪とかいう基督教神学の理念にぶつからざるをえなかった。それらは日本人の意識にはない理念だった。この理念を時には仏教語をかりて訳したが、しかし、愛をご大切とか慈悲と訳し、罪を科と訳したとき、そこには既に屈折がはじまっていたのである。なぜなら西洋人や基督教の考える愛は仏教的慈悲ではないし、罪は科ではないからである。この翻訳における日本的思考の屈折を調べることによって我々は日本人の宗教意識を基督教との対比で考えることができる。

（遠藤周作「日本の沼の中で―隠れ切支丹考―」昭55）

またこのオラショの中には翻訳不能な単語に関しては原語のまま使用されたため、キリシタンにとっても意味の判然としなかったであろうこれらの外国語は、時の経過とともに次第に変化して伝えられ、現在では日本人にとって意味不明な音だけの言葉がいくつも紛れこんでいるのを見るに至る。つまり、日本において広まったキリスト教は媒介思想の色彩を色濃く帯び、制約を受けることによってその変質を免れ得ないものであり、言語の問題なども含めて考えると、ハビアンを筆頭に、日本人に正しく教義を理解することは不可能であったのは間違いないだろう。そして、その変質に気がついた外国人伴天連が日本人の伴天連途用を禁止したことも頷ける。

しかし、その変質した宗教を日本に広め、さらには多くの殉教者を出したことを、当時の伴天連はどう感じていたのだろうか。彼らと変質した宗教を信仰する日本人が崇める神は別物である。確かに現世利益を求めた者も多く存在したことも確かであろうが、心からキリスト教を信じ、その信仰のために命を投げ出した者も多く存在したことも、また確かなのである。それを知っていても、日本人キリシタンを見殺しと同義の殉教へ追いやったのであろうか。ハビアンの棄教原因は、まさしくそこにあったのではないだろうか。『破提宇子』において繰り返し強調される伴天連の高慢性、南蛮人の日本人に対する侮蔑的態度は、日本人の殉教など気にもかけなかったのではないかと思わせる。無論殉教に対しての問題だけではない。そこには20数年かけても決して理解しあうことのできない西洋人と日本人としての隔たりがあったのだろう。

遠藤周作が指摘する「西洋をどこまで理解したか。また日本人の思考方法や宗教感情と西洋のそれとの矛盾をどう解決したのか」という疑問は、『破提宇子』を通して考えれば「解決不可能」であったと結論付けられる。そしてそれは「るしへる」の典拠を『破提宇子』から求めた芥川にとっても、同じ意見だったのではないだろうか。最後に「るしへる」の主題を考察したい。

3 「るしへる」の主題

「るしへる」は先述の通り、『破提宇子』の第三段から悪魔の成り立ちに関して引用しており、その後に芥川の創作である悪魔との遭遇の説話が付加されている。

悪魔との遭遇の場面から見ていくと、「るしへる」に登場する悪魔は、ハビアンの前に姿を現し、まず、キリスト教にて伝えられている悪魔の姿である、蝙蝠の翼、山羊の蹄、蛇の鱗などが悪魔には存在せず、人間と変わりない姿をしていることを述べる。そして〈悪魔にしてたとい、人間と異るものにあらずとするも、そはただ、皮相の見に止るのみ。汝が心には、恐ろしき七つの罪、蠍の如くに蟠らん〉と述べ、さらに罵倒するハビアンに対し、

愚なり、ハビアン。汝が我を唾罵する心は、これ即ち驕慢にして、七つの罪の第一よ。悪魔と人間と異ならぬは、汝の実証を見て知るべし。もし悪魔にして、汝ら沙門の思うが如く、極悪兇猛の鬼物ならんか、われら天が下を二つに分って、汝がDSと共に治めんのみ。それ光あれば、必ず暗あり。DSの昼と悪魔の夜と交々この世を統べん事、あるべからずとは云い難し。されどわれら悪魔の族はその性悪なれど、善を忘れず。右の眼は「いんへるの」の無間の暗を見るとも云えど、左の眼は今もなお、「はらいそ」の光を麗しと、常に天上を眺むるなり。さればこそ悪においで全からず。（中略）わが常に「いんへるの」に堕さんと思ふ魂は、同じく又、わが常に「いんへるの」に堕とすまじと思ふ魂なり。汝、われら悪魔がこの悲しき運命を知るや否や。

（「るしへる」大正七年一一月）

矛盾するキリスト教の教義を論破し、「善」と「悪」の相克に悩み、全き悪に徹することのできない悲しみをハビアンに告げる。「ああ、われら悪魔を誘うて、絶えず善に赴かしめんとするものは、抑又汝らがDSか。それともDS以上の霊か」それを聞いたハビアンはイルマンとはいえ、本来キリスト教においては諸悪の根源とされる

しへるに、「その性」の善なることを確信してしまう。そこには耶蘇会のイルマンでありながら、日本人としての精神が勝るハビアンが現われている。彼は伴天連にるしへるとの遭遇の一件を語り、「その性善なり」と弁護するのであるが、伴天連は、当然のことながらそのような話を受け入れるはずはなく、ハビアンは数日間呵責を加えられることになる。このパーデレの己を善と信じて疑わない高慢な姿に、悪魔「るしへる」との対照的な姿を見ることができる。

日本人キリシタンであるハビアンの目から見れば、るしへるの葛藤は、全ての人間の内に自然に備わる本能にすぎない。また、悪とされているるしへるの真情の吐露を受け、彼を完全な悪とみなすことについての葛藤もまた、当然の迷いである。日本的精神を通してキリスト教の「善」と「悪」の概念を見たとき、果たしてDSが、ひいては伴天連が全き「善」で、悪魔が全き「悪」であるという構図とその感覚はそぐわない。ここにみる倫理観の決定的な相違は、日本人のキリスト教受容に対する限界が媒介思想や言語の問題だけではないことを示唆するものである。

ここで言う日本的精神とは道徳を基幹に成り立っているもので、道徳とは外面的強制力を伴わない、人間の自己を律するという内面的原理を指す。そしてそれはこの日本の人々の歴史の堆積のなかで培われたものであり、人間の本然の性に対する信頼に基づくものである。つまり、「善」と「悪」の判断基準を己の裡に探すのではなく、外面的強制力（キリスト教教理）に委ねているという時点で、既にキリスト教と日本的精神の相克は始まっていたのである。

芥川は「侏儒の言葉」中の「好悪」において、

> 我我の行為を決するものは善でもなければ悪でもない。唯我我の好悪である。或は我我の快不快である。さうとしかわたしには考へられない。
>
> ではなぜ我我は極寒の天にも、将に溺れんとする幼児を見る時、進んで水に入るのであるか？救ふことを快と

するからである。では水に入る不快を避け、幼児を救ふ快を取るのは何の尺度に依つたのであらう？より大きい快を選んだのである。しかし肉体的快不快と精神的快不快とは同一の尺度に依らぬ筈である。いや、この二つの快不快は全然相容れぬものではない。寧ろ鹹水と淡水とのやうに、一つに融け合つてゐるものである。（中略）我我の行為を決するものは昔の希臘人が云つた通り、好悪の外にないのである。

（「好悪」『侏儒の言葉』昭和二年・二月）

と語る。惻隠の心と通ずるこの芥川の道徳観念は、まさに日本的精神の最たるものであろう。善悪の判断は神が決するものではなく、また、他者に決めてもらうものでもない。だからこそ、人間は常に葛藤の只中にいるのである。このキリスト教と日本的精神の相克は、はるかな過去から現代に至るまで続く普遍的な問題であり、〈東と西〉問題の根幹を成すものの一つでもあるだろう。『破提宇子』を典拠に、主人公をハビアンとして、彼を小説の中で現代に蘇らせた芥川は、現代人の前に再び当時のキリスト教と日本的精神の相克を提示し、それが現代においても解決できない問題であることを示したのである。

注

（1）広瀬朝光氏「芥川の切支丹物新考察―『煙草』と『るしへる』の典拠―」（『文芸研究79』昭50・5）
（2）広瀬朝光氏「芥川『るしへる』再考　説」（『郷土作家研究』昭52・9）
（3）山口幸祐氏「芥川『るしへる』をめぐって―広瀬朝光氏の論に触れつつ―」（『都立大学大学院論集』昭55・2）
（4）青紗玉氏「『悪と悪魔』―大正五年から七年に書かれた四篇の切支丹物における芥川龍之介とキリスト教―」（『二松』平5・3）
（5）須田千里氏「芥川龍之介『切支丹物』の材源―『るしへる』『じゅりあの・吉助』『おぎん』『黒衣聖母』『奉教人の死』―」（『国語国文』平成23・9）

「きりしとほろ上人伝」——切支丹版聖人伝のダイナミクス

嶌田明子

1　信仰心を見出せない信仰談

芥川龍之介作「きりしとほろ上人伝」(『新小説』一九一九(大8)年三月・五月)は、切支丹版「れげんだ・あうれあ」中の「欧洲天主教国に流布した聖人行状記の一種」を「予」が紹介するという体裁のテクストである。物語は、心優しい大男「れぷろぼす」が、強者探しの果てに、受洗後「きりしとほろ」と名を改め、「えす・きりしと」に邂逅して往生するまでを語っている。

発表当時、表現や空想力に対する才気への瞠目が語られるが、その才気は結局「余りに智巧的」(1)などの批判も招いた。戦後の研究においては「強烈な信仰心や雄大な構想を求めるのは最初から無理である」(2)というように信仰心を否定し、それ以外のものを見出す傾向が強い。(3)例えば、「讃嘆と憧憬はしかし、殉教徒の信仰に向けられてはいない。(中略)それは、とにかく何であれ、永遠の星を目指して邁進する人間の姿に向けられている」(4)という指摘や、「芥川の中には、キリストを目の前にしたきりしとほろの心の高ぶりと感動そのものが、天国の至福との確信があった。ここには宗教とはまったく異質の、芥川固有の美意識の世界が躍動している」(5)という指摘がある。これらの指摘は、宗教への信仰心と、人間の何ものかを信じて邁進する気持ちや感動とは別のものであるかのように、少なくとも本テクストにおいては区別して考えようとする姿勢が認められる。このことは、キリストとの出会いを一途に求める人間の美しさやその行為への憧憬を見出すことは、信仰談を読んで信仰心を高めることと何が異なるのか、などの問題を惹起する。

「聖人行状記」の切支丹版に、読者は何故、信仰心以外の何ものかを見出すのか。作者である芥川が「僕は基督教を愛しながら　基督教的信仰には徹頭徹尾冷淡だつた」(6)と述べたことや作者の他の切支丹物との関連など、テクスト外の視点も少なからず影響していよう。しかし、本論では、テクストに内在する信仰談的要素を阻害するテクストの在り様を検討したい。テクスト内の要因について、先行論によれば、文体は荒唐無稽な童話的世界を語るに相応しく、典拠の後半にある聖人伝の要たる殉教シーンは切り捨てられ、聖人伝とは異なる世界が出現しているためということになろう(7)。だが、その荒唐無稽さや迫害・殉教シーンの切捨てなどが、どのようにテクスト内世界に影響を与えているのか、また新たな問題として語り手はいかにそれらに加担し、いかにそれらを制御しているのか。「福音伝道の一たらしめんとせしもの」(8)の如き内容をもつものとして、すなわち、信仰談として提示されながら信仰心以外のものを見出させてしまうテクストの在り様が、実は〈信仰〉とは何かという問題を顕在化させる様を検討し、併せて小序の役割も問いたい。

2　切支丹版聖人伝

本テクストは、小序において、第一に「聖人行状記の一種」、即ち聖人伝であり、第二に、それが切支丹版という改変版であることが示されている。聖人伝、切支丹版という枠組みは、どのような要素や目的をもつのだろうか。キリスト教の聖人伝とは、「ほんらい神話や伝説にとぼしい、と言うよりむしろ反神話的な宗教であった」キリスト教が、「百花繚乱たる神話や伝説の花園」であるヨーロッパ的世界に進出した際、「この神話的花園のなかで地歩をきずくためには、ユダヤ世界の救済教義だけではどうにも手のほどこしようがなく、みずからを非キリスト教化し、神話化せざるをえなくなった」(9)ために生まれたものであるという。神々や英雄が存在しない一神教のキリスト教は「信仰と受苦の英雄たち、つまり聖人や殉教者とよばれる人物たちの言行や生涯を伝説化し、神話化する道をえら」[10]んだ。一方、本テクストの典拠とされ、「予」の言うところの「聖人行状記」、聖人伝の集成たるヤコブス・デ・ウォラギネの『黄金伝説』[11]は、「聖書についで最も多く、最もひろく読まれたキリスト教の書物」であり、「キリスト教の千年以上におよぶ全精神史を抱合して」[12]おり、その著作目的は「聖人や聖女たちの信仰と生き方を詳しく語ることで、それを読む者たちの信仰心を高揚させること」[13]にあるという。つまり、キリスト教の聖人伝とは、キリスト教の伝道や信仰心の高揚のために、本来的にキリスト教性を阻害する要素を孕んでいるものといえよう。

次に、切支丹版であることの意義について考えてみたい。切支丹版とは、一五九〇年に天正遣欧使節により齎された活字印刷機を用いてイエズス会により印刷された書物を指す。その初期の印刷物が、『サントスの御作業の内抜書』（略称『サントスの御作業』一五九一年）という日本文ローマ字本で、聖人伝の集成である。[14]「一五八七年に豊臣秀吉がだした「バテレン（宣教師）追放令」をふまえて信者たちに殉教の覚悟をうながすため」、さらに、関ヶ原の合戦後迫害が強まる中「みならうべき模範として聖人の生涯が語りつがれた」[15]とのことである。表現の面では、軍記物の表現と殉教（マルチリヨ）を結び付け、「マルチリヨの合戦」など「武士の心に届きやすい」[16]ものとなっている。また、仏教用語も用いられ、「布教の手段として仏教を利用したことの反映」[17]が見られる。

よって、切支丹版聖人伝とは、神話化・伝説化により読者を魅了し、仏教や軍記物の用語の使用により日本人読者の理解を促進させるものとして、非キリスト教化が進められたものと位置づけられるが、魅了させ理解させる最終目的は、殉教を促すような強い信仰心を喚起させることであったといえよう。

一方、テクストでは神話化・伝説化の傾向は強められ、お伽話化している。「いわゆる聖伝に盛られている諸事実は伝説の衣をまとい、荒唐無稽で架空のことのように見えてもかならず事実の核をふくんでいる」[18]との指摘から、神話化・伝説化の一要素として「荒唐無稽」「架空のこと」をあげることができる。原典では、十二キュビト（五.四メートル）であった「れぷろぼす」の身の丈は、テクストでは三丈（約九メートル）となり、その大男ぶりを示す挿話として、「海松房ほどな髯の垂れた頤をひたと砂につけて、ある程の水を一吸ひ吸へば、鯛も鰹も尾鰭をふるうて、ざはくと口へ流れこんだ」というように、原典にはない荒唐無稽さが語られている。荒唐無稽であっても伝説が事実の信憑性を重んじるのに対し、お伽話はより荒唐無稽を楽しむ傾向が強いことから、こうした改変はお伽話化しているといえよう。また、「遠い昔のことでおぢやる」という冒頭は、現実の時間との関わりの希薄さが示され、お伽話を彷彿とさせ[19]、『黄金伝説』の冒頭がその構成に従い[20]、クリストポルスという名前の解釈（キリストをになう者）を示すのとは明らかに異なる。さらに、『黄金伝説』では、最後にアンブロシウスの『序文』からクリストポルスの半生が引用されている。聖人の事蹟がどれほど荒唐無稽であっても、典拠や傍証として他の書物の引用を付す姿勢は客観性を保持しようとするものであるが、テクストにはそうした姿勢は見られない[21]。

仏教用語や軍記物などの用語も必要以上の使用が見られる。『サントスの御作業』中には聖クリストポルス伝はないため、試みに同書中の「最も　忍耐強くして　栄光輝やく　ビルゼン　サンタ　マリナの御作業[22]」と『黄金伝説』の「聖女マリナ[23]」の用語を比較してみると、「修道士」を「出家」に、修道院の「院長」を「住持」に言い換えるレベルで「サンタ　マリナの御作業」では仏教用語が用いられている。だが、テクストでは、「その声ざまの美しさは、極楽に棲むとやら承つた迦陵頻伽にも劣るまじい」といった比喩を使用したり、「琵琶法師」が現れたり、「室神崎の廓」という固有名が用いられたりする。キリスト教世界の理解を促進させる手段としての用語変換の次元をはるかに逸脱して、混交された東西が際立つ奇妙な空間を出現させている。

逆に、殉教の覚悟を促すという点については、弱化している。原典では、キリストを背負った後、クリストポルスは改宗者の獲得に励み、激しい迫害を受け、奇蹟を顕現させ、殉教するが、「きりしとほろ」は、「えす・きりしと」を背負ったところで往生し、迫害による殉教はしない。テクストでこの物語の典拠とされる「予が所蔵の切支丹版「れげんだ・あうれあ」」は、「奉教人の死」の「二」で一五九六年刊行とされており、『サントスの御作業』刊行時同様、殉教の覚悟を要するという背景をもっていたといえる。にもかかわらず、テクストは激しい殉教シーンを切り捨てており、殉教への覚悟という切支丹版聖人伝の目的を見失いかねないものとなっている。

テクストでは、切支丹版聖人伝のもつキリスト教的要素と非キリスト教的要素の均衡が、非キリスト教的要素に大きく傾き(24)、そのバランスを取り戻すように最後にマタイ伝の一節が唐突に添えられているように見える。このバランスの転倒は、テクスト内の用語に影響を及ぼす。「御主」「えす・きりしと」「悪魔」「十字架」といった用語は、明らかに宗教用語であるが、空中を飛び回り、「傾城」に変身するといった「悪魔」は、ファウスト伝説やお伽話の悪魔をも思わせる。また、「羊飼」「漁夫」「父」「薔薇」などの用語は、キリスト教的コンテクストを限りなく想起させながらも、お伽話の文脈にもなじむ。例えば、隠者の述べた「枯木に薔薇の花が咲かうずるまで、御主「えす・きりしと」に知遇し奉る時はござない」という表現は、発話された時点ではキリストとの邂逅の不可能性を示す比喩に過ぎないと読めるが、最終的には「不思議や麗しい紅の薔薇の花が、薫しく咲き誇つて居つたと申す」となり、物語内の現実となる。このとき、赤い薔薇は殉教者を象徴するという宗教的レベルの解釈を見出すことも可能であるが、一方「むくつけい姿」であった山男が、その心根の優しさにより〈美しいもの〉へ変身したという解釈も可能であろう。人間が薔薇に変身することを許容するのは、神話やお伽話の世界である。逆に、「四十雀」は、聖書にも原典にも現れず(25)、巨人の頭に巣食っているという荒唐無稽さからは、お伽話のコンテクストになじむと思われる。だが、「キリストにたどりつく」ための「象徴(26)」、「神による祝福を象徴する奇蹟(27)」、「〈神の御霊〉(28)」などと指摘される四十雀の役割を考えると、キリスト教的コンテクストの中で重要な役割を果たしているともいえる。

切支丹版とは、元来用語において非キリスト教性が際立ち、それにより様々なコンテクストが感得できるものだが、最終的にはキリスト教世界に回収されていくものである。だが、テクストでは、様々なコンテクストが共存する様が一層際立ち、キリスト教世界への回収がいかにしてなされるのか、あるいはなされないのかが問題となる。

3 山男と聖人

切支丹版聖人伝という複数の枠組みや要素に、テクストの用語が影響を受けながら物語が生成する様を検討したが、その用語を選択し、使用するのは語り手である。語り手は、「御主の日輪の照らさせ給ふ天が下」といった表現を用いることから、キリスト教の関係者と見なされる。よって、荒唐無稽、非キリスト教的用語の多用、殉教譚の切捨てなど様々な阻害要素を取り入れながらも、語り手は何としても聖人伝を語り、最終的に読者の信仰心を高めねばならない。だが、語り手は果たしてその目的に全力を注いでいるのだろうか。

「仕合せ」という用語の使用は、語り手の意識的な選択といえる。一から三章の末尾に繰り返される「その後「れぷろぼす」が、（その後）如何なる仕合せにめぐり合うたか」という一文は、次段を促す常套句として機能し、この時点で「仕合せ」は、「巡り合わせ」や「運命」といった意味を指示していよう。だが、最終章に置かれた「馬太の御教」の一節「心の貧しいものは仕合せぢや。一定天国はその人のものとならうずる」において、同じく「仕合せ」という用語を用いたのはなぜなのか。切支丹時代の「現存する最初のまとまった聖書日本語訳」[29]が載るバレト写本（一五九一年）において、この句は「スピリトの貧者は天の国を持つによってベアトなり」[30]と訳され、「ベアト」は日本語には訳されていない[31]。当時は宣教師が初来日した時期と異なり、ガゴの「用語改革」を経て、キリスト教の重要な概念は誤解を招かないようラテン語やポルトガル語を用いるという方針を取ったが、その禁を犯してまでこの用語を用いたのは語り手である。「仕合せ」には、「巡り合わせ」「運命」「幸運であること」「幸運にめぐりあうこと」「幸福」「物事のやり方、またはいきさつ。事の次第」などの意味がある。例えば、イエズス会日本コレジヨの『講義要綱』（一五九五年）中に「マルチリニナラン為ニ、如何様ナル仕合アル時、敵ノ手ニ身ヲ渡スヘキヤト云事」[32]との文言があり、「仕合」は「好機会、よい折」の意味で使用されている。語り手は、山男がいかなる「運命」に巡り合っていくかという階梯と、山男が「えす・きりしと」に出会うという「幸運」「幸福」を重ね合わせ、山男の強者探しの一つ一つの「巡り合わせ」を、最終的に「えす・きりしと」に出会う「幸福」「幸運」に結びつける。[33]階梯の一番上にいるのは、キリストであるという形態は、信仰談に相応しいだろう。おそらく、階梯の一段一段、すなわち「巡り合わせ」を重要視するか、最終段としての「幸運」「幸福」を重要視するかにより、テクストに何を見出すかが変わってくるのだろう。だが、「仕合せ」の重ねての使用は、心の貧しい者は「巡り合わせ」によって、ただ一途にその「運命」に従っていくことで「幸運」にも天国がその人のものとなるというニュアンスも残し、この一節の切支丹時代の解釈は不明ながら、一般的な解釈を逸脱しかねない。テクスト発表時と同時代の、『馬太伝註解全』（一九〇八年）では、「福なり《さいはひ》」という訳に対し、「祝福せられたるを意味す」[34]とある。

また、語り手は、「れぷろぼす」は勿論のこと、洗礼後の「きりしとほろ」もキリスト教の教義や信仰に対し無知であり、無意識な者として語る。「れぷろぼす」は、自分の抱いた「末は大名ともならうずる」という願望を満たすため「天下無双の強者」を探すのみで、その延長線上にキリストとの邂逅があったに過ぎず、教義に対する理解や共感の下で、信仰心をもったわけではない。[35]「悪魔も御主「えす・きりしと」とやらんの御威光には叶ひ難く」という言から、キリストの威光に打たれて信仰心をもったと言えなくもないが、その威光とは、悪魔や「あんちをきや」の帝に認めた「天下無双の強者」という観念と同様である。一方、原典においてもクリストポルスは、最強の王を見つけてその王に仕えようという願いの果てに、キリストとの邂逅があったのに過ぎない。しかし、杖に花を咲かせ、実らせるというキリストの言葉の真実を目の当たりにして、彼はその後聖人となるに相応しい迫害、殉教の道をたどる。初期キリスト教時代は、殉教者が聖人となったらしいが、その後時代が下るにつれ、殉教者でない場合は二度の奇蹟を現さねばならないとされた。[36]つまり、原典の後半を削除して聖人とすることは至難の技で、薔薇の出現と唐突な往生に、奇蹟と殉教をなんとか匂わせたのであろうが、せめて洗礼後の「きりしとほろ」に信仰告白をさせるか、その内面に信仰心を語らせるか、祈りの言葉を述べさせるかすべきであろう。だが、語り手はそのようには語らない。

では、「きりしとほろ」は全く信仰心とは切り離されて語られているのかというと、そうでもない。彼が旅人を渡す場面は、以下のように語られている。

しかもあの四十雀は、その間さへ何羽となく、さながら楊花の飛びちるやうに、絶えず「きりしとほろ」の頭をめぐつて、嬉しげに囀り交いたと申す。まことや「きりしとほろ」が信心の辱さには、無心の小鳥も随喜の思にえ堪えなんだのでおぢやらうず。

語り手は、「きりしとほろ」の川守りという行いを「信心の辱さ」と規定し、信仰心と結び付ける。だが、四十雀が嘉する様子を伝聞体で語り、その「信心」を嘉する四十雀の思いを「おぢやらうず」と推量表現で語ることから、信仰心に満ち、祝福される「きりしとほろ」像は、確定的なものとはならない。同様に、落命を覚悟した「きりしとほろ」が、嵐の中踊り狂う四十雀を見て抱いた思いも、「山男は（中略）なじかは三年の勤行を一夜に捨つべいと思ひつらう」と推量形で語られ、「勤行」という言葉に表れる信仰心も語り手のものであることが示されてしまう。即ち、「きりしとほろ」の川守りという仕事や彼の内心を信仰心と結び付けて語るのは、聖人伝を語るという目的に適っているが、推量形の使用により、それはあくまでも語り手の推量であることを示し、「きりしとほろ」の本心との隔絶の可能性を示唆してしまう。一方、彼の心根の優しさに関しては、語り手は、「なれど「れぷろぼす」は、性得心根のやさしいものでおぢやれば、山ずまひの杣猟夫は元より、往来の旅人にも害を加へたと申す事はおりない」と断定的に語り、さらに複数の例証を挙げてみせる。そのため、川守りという行いも、心根の優しさによるものと見え、心優しい山男像を強固に印象づける。

心優しい山男像を語りながら聖人伝をも語ろうとする語り手にとって、四十雀は、重要な存在である。これまで四十雀は、「れぷろぼす」が功名心をもったときに飛び立ったと言われることが多かった。[37] その功名心を彼のエゴイズムと見なし、問題にするものもあった。[38] しかし、四十雀が飛び立つタイミングは、「れぷろぼす」が功名手がらを立てたいという願望を述べたときではなく、「あんちをきや」の帝を天下無双の強者と見なし、帝の下に向かおうとしたときである[39]。四十雀が飛び立ったのは、「れぷろぼす」が天下無双の者を間違えたからであり、その間違いに気づいたとき、即ち「えす・きりしと」の下部になろうと決意し、洗礼を授けられたとき四十雀は戻ってくるのである。功名手がらを立てるために天下無双の者に仕えたいという願望をエゴイズムと見なし、否定することは、「えす・きりしと」との邂逅を不可能にしてしまう。聖人伝において、天下無双の者とは「えす・きりしと」だからである。自然の生き物である四十雀の動向は、本来何を意味するのか不明のはずである。しかし、それを「不思議がおぢやつた」という形で、いかにも奇蹟の顕現のように語り手が語ることで、それはあたかも神やキリストに関わる象徴のように読者には解釈され、信仰とは無関係な山男をキリスト教と結びつけることになる。

　では、「功名手がら」という人間的欲望を据えたのはなぜなのか。原典では、「彼は、この世でいちばん強い王を見つけだして、その王に仕えようと思いたった[40]」と、その願いは、キリストとの邂逅に最初から向かっている。語り手はなぜこうした迂回路を通ったのであろうか。功名手がらは「それがしも人間と生まれたれば」という言葉とともに発せられており、人間としての欲望であることが示される。天下無双の強者に仕えたいというだけの願いよりも、目的が明確で欲望としてわかりやすい。巨人ではあっても人間としての「れぷろぼす」の抱く平凡な欲望を物語の推進力に用いたのは、語り手が〈人間としての〉山男「れぷろぼす」に関心があったからではないだろうか。語り手は、わらんべの重さに耐えかねて落命しそうになる「きりしとほろ」を、「これを見た山男は、小鳥さへかくは雄々しいに、おのれは人間と生まれながら、なじかは三年の勤行を一夜に捨つべいと思ひつらう」と語る。名前は変わっても、彼は変わらず「山男」であり、語り手は「人間と生まれながら」という言い方で信仰者としての彼の内面を忖度する。語り手は、人間「れぷろぼす」を語りながら、ある地点において聖人「きりしとほろ」へ転回させなくてはならず、大名になりたいという平凡な人間の欲望は、キリスト邂逅という願いに舵を切るのである。それは、「初一念」の内容の変化にも見て取れる。

「れぷろぼす」は最初、「功名手がらをも致いて、末は大名ともならうずる」と言い、語り手はそれを「初一念」、「大名にならうず願望」という言葉で表現する。よって、この時点では「初一念」は手がらをたて、大名になることを意味していた。天下無双の者に仕えようとするのは、そのための手段である。だが、その後、「れぷろぼす」は、「大名の位を加へられ」「かねての大願が成就した」が、「それがしが帝に随身し奉つたは、天下無双の強者は帝ぢやと承つた故」と言い、功名手がらを立てる相手は、「天下無双の強者」でなければならなくなる。いつの間にか手段が強調され、目的化してしまう。隠者の前で「れぷろぼす」が「今天が下に並びない大剛の者を尋ね出いて、その身内に仕へようずる志がおぢやる」と言うとき、「功名手がらをも致いて、末は大名に」という願望はもう語られない。したがって、「幾千歳を経ようずるとも、それがしは初一念を貫かうず」と言うときの「初一念」は、天下無双の強者に仕える意にスライドしている。この目的と手段の転倒は、「れぷろぼす」の関心の移行とも思えるが、その移行に明確な意志や理由を見出すことはできない。むしろ、語り手がキリストとの邂逅という聖人伝のコンテクストへ向かうための経路を作っていると考えられる。

その一方で、語り手は、聖人伝の論理を転倒させるかのように、キリストを背負う前に「きりしとほろ」と命名されたことを語っている。原典では、主人公は冒頭からクリストポルスと呼ばれ、かつてのレプロブスという名前は、補足的に示されるに過ぎない。洗礼のタイミングは不明であり、キリストを荷うという名前の意味からして、川を渡る前に、「クリストポルスさん」と幼子のキリストに呼び掛けられるのは不自然であるが、原典はその不自然さを冒しても「クリストポルス」という呼称で語り通す。つまり、ここにあるのは、最初から最後まで、聖人クリストポルスの生涯なのである。一方、テクストの語り手は、「「れぷろぼす」と申す山男がおぢやつた」と語り始め、山男「れぷろぼす」がいかなる「仕合せ」に巡り合い、「きりしとほろ」となったかを時系列で語っていき、名前の由来は最後まで語られない(41)。

巨人ながら平凡な人間的欲望を抱く山男の生涯が、所謂信仰心とは無関係であることを暗に示しつつ、それを聖人の生涯になぞらえようとする語り手は、人間の平凡な欲望がキリストとの邂逅に向かったとき、一途であることがキリストとの邂逅を目指したとき、それを〈信仰心〉と見なしていく。それは、目指すべき対象の重要性を意味するとともに心根の優しい山男が神や信仰を知らずとも、迫害も苛烈な殉教を知らずとも、平凡な欲望を信念にまで高めることで〈聖人〉となると語っていることになろう。切支丹版聖人伝のもつ非キリスト教的要素を最大限利用し、さらにそれを超えて、迫害や殉教がなくても、信仰者の姿、〈聖人〉の姿を見出し得ることを示し、心根優しき者は、平凡でもただ一途に信念に従い、その巡り合わせに従っていけば〈聖人〉ともなれるという一つの宗教的理想を示しているともいえよう。よって、殉教者を聖人とする「欧州天主教」への異議申し立てといえるかもしれない[42]。このことはまた、アプリオリに〈信仰〉というものを想定してテクストに信仰心を見出せないとする姿勢に疑問を呈し、〈信仰〉とは何かという問題を立ち上げることにもなろう[43]。

4　「小序」の機能

本テクストは、「これは予が嘗て三田文学紙上に掲載した「奉教人の死」と同じく、予が所蔵の切支丹版「れげんだ・あうれあ」の一章に、多少の潤色を加へたものである」と書き出される「小序」から始まる。だが、「れげんだ・あうれあ」は、テクスト発表時においては、偽書であることが周知となっている[44]。にもかかわらず、再度この書物の紹介という体裁をとるのはなぜなのか[45]。偽書であるということは、創作であるということを示すわけだが、一方、聖クリストポルスはキリスト教圏において有名な守護聖人であり、「予」も自ら「古来洽く欧洲天主教国に流布した聖人行状記の一種」と述べている。つまり、「小序」は、「紹介」する物語が典拠のある聖人伝の改変版であることを明示しているのであり、典拠との距離を読むことの重要性が示唆されているのではないだろうか。

「欧洲天主教国に流布した聖人行状記」とは、聖人伝であり、信仰談である。聖人伝として確立された「聖人行状記」において、聖人の信仰心は自明のものとされ、その信仰心の強固さを示すことが物語の要諦となる。だが、テクストにおいて信仰心は自明のものとはならない。何を信仰と見なすのか、そこに信仰心はあるのかが問われつつ、「美しいものや高いもの」[46]が見出されていく。すなわち、切支丹版聖人伝であると示されてこそ、テクストに「欧洲天主教国」の信仰談との差異を読むことになるのである。

では、見出された「美しいものや高いもの」は「現実とはかかわりのないおとぎばなしの世界のもの」[47]なのであろうか。当時の新聞に「日本に於ける天主教徒全盛の時には、日本人の殉教的行動を蒐めた和製の「れげんだ・おうれあ」なるものが存在したかも分らない」[48]という記述がある。どこかにそのような本があるかもしれないという思いは、切支丹版聖人伝を読んだ切支丹の人々に思いを馳せることになろう。それは、切支丹の読者と現代の読者との対話を可能にする。この点において「美しいものや高いもの」、あるいは〈信仰心〉は、「現実」と関わりを持ち始める。「小序」は、「存在したかも分らない」という夢想に乗せて、聖人伝が切支丹版としてどのように異化され、そこに何を認めるのかを読ませる導入剤として機能している。

注

（1）南部修太郎「若葉の窓にて―五月号創作の印象―」（『読売新聞』一九一九・五・七）
（2）安田保雄「きりしとほろ上人傳―芥川龍之介の切支丹物攷―」（『明治大正文学研究』一九五四・一〇）
（3）宗教性を見出すものとして、佐藤泰正「きりしとほろ上人伝」（菊地弘・久保田芳太郎・関口安義編『芥川龍之介事典』明治書院　一九八五・一二）や遠藤祐「『奉教人の死』と『きりしとほろ上人伝』―物語の構造―」（海老井英次・宮坂覺編『作品論　芥川龍之介』双文社出版　一九九〇・一二）などがある。
（4）鴨宮ヒサ「芥川龍之介におけるキリスト教―切支丹物から『西方の人』へ―」（富田仁編『比較文学研究　芥川龍之介』朝日出版社　一九七八・十一　初出『西南女学院短期大学紀要』一九六六・三）
（5）鈴木秀子「芥川における聖伝と聖書―二つのキリスト教」（『国文学』一九八一・五）

（6）「ある鞭、その他（仮）」（『芥川龍之介全集　第二十三巻』岩波書店　一九九八・一）

（7）例えば、吉田精一（「芥川龍之介とキリシタン文学」（日本近代文学会編『現代文学と古典』読売新聞社　一九七〇・一）は、御伽草子風の荒唐無稽な文章のおもしろさはあるが、そのかわり神の恩寵などは忘れられていると述べている。

（8）芥川龍之介「奉教人の死」（『三田文学』一九一八・九）の「二」で示された「れげんだ・おうれあ」という書物についての説明であるが、本テクストも同書からの「紹介」という体裁をとる。

（9）前田敬作「解説」（ヤコブス・デ・ウォラギネ著　前田敬作・今村孝訳『黄金伝説1』平凡社ライブラリー　二〇〇六・五）

（10）（9）に同じ

（11）三好行雄（「芥川龍之介旧蔵書」『日本近代文学館図書・資料委員会ニュース』一九七〇・七）により、芥川の旧蔵書にカクストン訳の存在が確認され、福井靖子（「「きりしとほろ上人伝」考―わらんべキリストはなぜ重いか―」『国文白百合』一九八三・三）により、以下のオニール編であることが確認された。“The Golden Legend; Lives of the Saints”（tr. by William Caxton, sel. and ed. By George V. O'Neill, From the Latin of Jacobus de Voragine, London Cambridge Univ 1914）。

（12）（9）に同じ

（13）秦剛平『美術で読み解く聖人伝説』（ちくま学芸文庫　二〇一三・二）

（14）福島邦道（「『黄金伝説』と『サントスの御作業』」川口久雄編『古典の変容と新生』明治書院　一九八四・十一）によると、『サントスの御作業』の原典は、一書に断定できないが、主要原典の一つとしてウォラギネの『黄金伝説』の占める位置が大きいとのことである。

（15）米井力也『キリシタンと翻訳　異文化接触の十字路』（平凡社　二〇〇九・十二）

（16）（15）に同じ

（17）新村出「南蠻文学（一）」（『新村出全集第7巻』筑摩書房　一九七三・六）

（18）（9）に同じ

(19) 冒頭の表現について、「「遠い昔」という設定に近代的リアリズムの入る余地は全く無い」(木山登茂子「芥川龍之介の夢と死―〈神聖な愚人〉たちを中心に―」『日本文学(東京女子大学)』一九九三・九)、「読者を時間観念のない童話的世界へと導く」(河泰厚「『きりしとほろ上人伝』『芥川龍之介の基督教思想』翰林書房 一九九八・五)などの指摘がある。

(20) ウォラギネの『黄金伝説』において、各聖人たちの伝記は、冒頭に名前の解釈があり、「聖人の事績や特徴と関連させた説明」の後「幾つかのエピソードを連ねて聖なる生涯の軌跡が述べられ、殉教者であれば、殉教の描写でクライマックスに達」し、「埋葬の次第についての記述」、「死後、その聖人に関して起こった奇跡の報告」という構成が見られるという。(高橋裕子「聖人のいる美術史―『黄金伝説』の図像学① キリスト教美術と聖人崇拝」『月刊百科』一九九七・七)

(21) 芥川の旧蔵書にあるカクストン訳(11)では、冒頭の名前の説明とアンブロシウスの『序文』の引用は省かれている。(同じカクストン訳でもケルムスコット版(一八九二年)では省かれていない。)なお、本論での原典との比較は、芥川が典拠をどう扱ったかという観点ではなく、キリスト教の聖人伝の集成としての『黄金伝説』と切支丹版聖人伝であるテクストとの差異を見るという観点で比較を行った。

(22) 林田明「ヴァチカン図書館蔵「バレト手記」本の国語史学的研究」(平山輝男博士米寿記念会編『日本語研究諸領域の視点 下巻』明治書院一九九六・一〇)中の原文翻字による。

(23) ヤコブス・デ・ウォラギネ著 前田敬作・山口裕訳『黄金伝説2』平凡社ライブラリー 二〇〇六・六

(24) 遠藤潤一・鴨原真澄・高橋紀子・伊達美晴「「きりしとほろ上人伝」考」(『東横国文学』一九九〇・三)に、「面白味を追求する方向性」「芥川の《悪魔》に対する関心」により、「宗教的一貫性を阻害することになった」とあり、それは悪魔が威力を発揮するところに集中するとの指摘がある。

(25) 『新約聖書語句索引(和―希)』(永遠の生命社 明和書院 一九五二・二)、『新共同訳新約聖書語句事典』(教文館一九九一・一〇)、『新共同訳旧約聖書語句事典』(教文館 一九九二・四)、などによると、聖書に「四十雀」の語句は見られない。また、ウォラギネ著『黄金伝説』の所収話一七五話中にも「四十雀」が登場しないことが遠藤潤一他(24)で確認されている。なお、遠藤他の論では、人文書院版(前田敬作・西井武訳『黄金伝説第三巻』一九八六・六）にあるデューラーの挿絵との関係が示唆されているが、芥川の蔵書のカクストン訳（11）のものに挿絵はない。
(26) 日下不二雄「芥川龍之介『きりしとほろ上人伝』の文体と主体」（『解釈』一九八七・七）
(27) 笹淵友一「「きりしとほろ上人伝」考」（『学苑』一九八七・九）
(28) 崔貞娥「芥川龍之介『きりしとほろ上人傳』論―天国の大名となった山男―」（『人間文化研究科年報』一九九六・三）
(29) 鈴木範久『聖書の日本語　翻訳の歴史』（岩波書店　二〇〇六・二）
(30) 『キリシタン研究 第七輯』（吉川弘文館　一九六二・三）
(31) テクスト発表時と同時代に刊行されていた聖書では、例えば、「心《こゝろ》の貧《まづし》き者《もの》ハ福《さいはひ》なる哉《かな》」（高橋五郎訳『聖福音書上』（天主公教会　一八九五・十二）、「福《さいはひ》なるかな心《こゝろ》の貧《まづ》しき人《ひと》」（エ・ラゲ訳『我主イエズスキリストの新約聖書』公教会　一九一〇・七））、「幸福《さいはひ》なるかな、心《こゝろ》の貧《まづ》しき者《もの》」（『舊新約聖書』米国聖書協会　一九一四・一）となっている。また、芥川の枕頭の聖書『舊新約全書』（発行者エッチ、ダブルユー、スワールツ　米国聖書会社　一九一四・一　一九一六・四増刷　日本近代文学館蔵）では、「心《こゝろ》の貧《まづしき》き者《もの》ハ福《さいはひ》なり」となっている。
(32) 「真実ノ教」（尾原悟編著『イエズス会日本コレジヨの講義要綱Ⅱ』教文館　一九九八・十一）
(33) 稲田智恵子（「「きりしとほろ上人伝」―〈麗しい紅の薔薇の花〉に託された殉教―」『国文目白』一九九七・二）は、末尾で繰り返された「仕合せ」や「心の貧しいものは仕合せぢや」の「仕合せ」は、「幸せ」とは異なる運命のめぐり合わせであるとし、「無垢な心がもたらす、善き人生ということを象徴しているのではないか」と、述べている。
(34) エフ・ジー・ハリングトン著　バプテスト共同伝道会社　一九〇八・八
(35) 日下不二雄（26）に、「「れぷろぼす」は、決して神である「えす・きりしと」を信じたわけではない、ということである。彼自身は「きりしとほろ」となってもひとつも変わっていないのである」との指摘がある。
(36) 藤代幸一「訳者あとがき」（オットー・ヴィマー著　藤代幸一訳『図説聖人事典』八坂書房　二〇一一・十二）などによる。
(37) 三宅憲子（「「きりしとほろ上人伝」考」『香椎潟』一九七〇・九）や笹淵友一（27）や遠藤潤一他（24）などに指

摘がある。

(38) 野間宏は(『芥川龍之介案内』所収「芥川龍之介と現代作家(座談会)」『芥川龍之介全集 別巻』岩波書店 一九五五・八)「人間がエゴから抜け出すという内容」と述べ、三宅憲子(37)も、「我欲の追求」から「我欲から抜け出す」という展開を見出している。

(39) 日下不二雄(26)は、四十雀は「目に見える「主《あるじ》」を探しはじめたとたん、離れてしまう」と指摘している。

(40) ヤコブス・デ・ウォラギネ著 前田敬作・西井武訳『黄金伝説3』平凡社ライブラリー 二〇〇六・八)

(41) 「きりしとほろ」と呼ばれる機縁の奇妙さについては、安田保雄(2)、笹淵友一(27)などに指摘がある。

(42) 三宅憲子(37)は「「殉教」に対する懐疑」を認め、崔貞娥(28)は「キリスト教が善として説く愛他的自己犠牲もその主体自身の自発的行為でない限り、むしろ人間の自由な意思を拘束する危険があるとする」という点において、キリスト教批判の要素を認めている。

(43) 関口安義(「疲労と倦怠―芥川龍之介の道程(七)―」『都留文科大学研究紀要』一九九一・三)に、「「きりしとほろ上人伝」の世界は、この小説(「じゆりあの・吉助」引用者注)で一歩深まりを示し、信仰とは何かが問われている」との指摘がある。

(44) 一九一八年十月三日の『時事新報(夕刊)』に、十月四日の『大阪毎日新聞(夕刊)』に偽書事件を伝える記事が掲載されている。

(45) 宮坂覺(「芥川龍之介「きりしとほろ上人伝」論―「奉教人の死」、そして『黄金伝説』との関わりを中心に―」笹淵友一編『物語と小説―平安朝から近代まで―』明治書院 一九八四・四)は、「すでに仮構の書として認知された場で書き込まれて、効果は全く異なる」と述べ、「マンネリズムに陥らぬよう」「奉教人の死」との「対照的な書き分け」が計算されたと指摘している。

(46) 片岡良一『国語と文学の教室 芥川龍之介』(福村書店 一九五二・五)

(47) (46)に同じ

(48) 「あんらくいす 偽書偽作事件」(『時事新報(夕刊)』一九一八・一〇・三)

「じゆりあの・吉助」——愚人と聖者

曺　紗玉

はじめに

芥川龍之介の「じゆりあの・吉助」は、一九一九年九月一日発行の雑誌『新小説』に発表され、短篇集『影燈籠』（春陽堂、一九二〇年一月）に収録された。評価として笹淵友一氏は「狂信者の心理に対する興味から書かれたもの」であり、「基督教を軽んずる為に」書かれた作品であるとする。(1) 芥川自身は「御らんになるほどのものではありません」(2) としている。芥川はいわゆる切支丹ものを書いたことについて「西方の人」の冒頭で、次のように述べている。

わたしは彼是十年ばかり前に芸術的にクリスト教を——殊にカトリック教を愛してゐた。（中略）それから又何年か前にはクリスト教の為に殉じたクリスト教徒たちに或興味を感じてゐた。殉教者の心理はわたしにはあらゆる狂信者の心理のやうに病的な興味を与へたのである。（中略）わたしはやつとこの頃になつて四人の伝記作者のわたしたちに伝へたクリストと云う人を愛し出した。クリストは今日のわたしには行路の人のやうに見ることは出来ない。

「じゆりあの・吉助」は、「それから又何年か前」に「クリスト教の為に殉じたクリスト教徒たちに或興味を感じてゐた」時の作品である。佐藤泰正氏は、「殉教」「捨命」をめぐる作者の「心理的」「戯曲的」関心は、「奉教人の死」「じゆりあの・吉助」などの中期の作に見えると語っている。(3) たしかに「じゆりあの・吉助」からは、他人のために命を捨てる「クリスト教徒」、「捨命」者の心理に関心を持っている芥川の視線を感じることができる。

ところが、「彼是十年ばかり前に芸術的に」、「殊にカトリック教を愛してゐた」とあることは、キリシタンの歴史を芸術的に表現したとも読める。「捨命」をするキリシタンの戯曲的心理だけではなく、キリシタンの歴史にも関心を持って、時代別に事件別に、いわゆる切支丹ものを書いている芥川を見ることができる。「じゆりあの・吉助」は、その一つとも考えられる。

1 浦上崩れと「じゆりあの・吉助」

芥川は唐の時代に日本に入ったとする景教の伝来を背景にして「邪宗門」(『大阪毎日新聞』夕刊、一九一八年十月二十三日～十二月十三日)を書いた。また一五四九年、フランシスコ・ザビエルが鹿児島に上陸したが、それを素材にして「煙草と悪魔」(『新思潮』、一九一六年十一月)を書いた。歴史を調べると、一五八七年豊臣秀吉が突如伴天連追放令を出したが、その後も信徒数は増加をたどった。しかし、一六一四年江戸幕府による徹底した禁教令が全国に発布され、棄教者とともに多くの殉教者を出した。一六三五年寺請制度がしかれ、日本人はすべて必ずどこかの寺の檀家となることが強制され、信者はキリシタン信仰だけを信じて生きることは不可能となった。その間のキリシタンの歴史を背景にし、芥川は歴史の順番に従うなら、「尾形了斎覚え書」(一九一七年一月)、「糸女覚え書」(一九二四年一月)、「おぎん」(一九二二年九月)、「じゆりあの・吉助」(一九一九年九月)、「黒衣聖母」(一九二〇年五月)などを書いている。

本稿では、浦上三番崩れの時の潜伏キリシタンや殉教者の持っていた信仰と「じゆりあの・吉助」の中に描かれている吉助の信仰の様態とを比べ、さらに芥川は「じゆりあの・吉助」の中で何を描きたかったのかを考えていきたい。

「じゆりあの・吉助」の最期に「これが長崎著聞集、公教遺事、瓊浦把燭談等に散見する、じゆりあの・吉助の一生である」とあるが、これは吉田精一氏が「芥川の偽作書名」と述べているように創作技法上の偽作であり、実際はアナトール・フランスの短篇「聖母の軽業師」に典拠を置いていることが、広瀬朝光氏をはじめ研究者により指摘されている。(4) 一方、「じゆりあの・吉助」のテキストとしては、大國眞希氏によって、長崎奉行による浦上三番崩れの報告書の乗っている浦川和三郎の『日本に於ける公教会の復活』(5)が使われた可能性が指摘されている。(6)

一六四三（正保元）年、キリシタンたちへの司祭職活動をする神父は一人もいなくなった。キリシタンは、カトリックの教皇、司教、司祭という教階（教会の階層）から外れて、潜伏することになった。それで一六四三年をもって潜伏時代を区切ることも考えられる。

一八五六（安政三）年、密告による「浦上三番崩れ」が起る。最高指導者の帳方（総頭）吉蔵以下、多くの指導的人物が投獄され、非道な拷問を受ける。この時には、拷問で転んだまま仏教徒になってしまった人々もいる。長崎奉行所の「異宗一件」「異宗徒」簿冊の中に多くの史料が見出せる。一八六〇（万延一）年十二月に事件は決着し、長崎奉行岡部駿河守は幕府に報告書を提出しているが、その中では切支丹宗徒の語を避けて「異宗信仰の者」「事変り候宗体」などの名称を用いている。この三番崩れで吉蔵は牢死、子の利八は所払いになり、初代孫右衛門から吉蔵まで七代つづいた帳方はその後置かれなかった。この浦上三番崩れの記事が「じゆりあの・吉助」の素材になっていると推定されているのである。

2　潜伏キリシタンの信仰

それでは芥川龍之介は、どのように『日本に於ける公教会の復活』という本との遭遇が可能になったのか。芥川は一九一九年五月初、菊池寛とともに初めての長崎旅行に旅立つ。五日長崎に到着した芥川は、六日大浦天主堂を訪れた。同日かくれキリシタン弾圧の資料を蔵する長崎県立図書館を訪れたことが芳名録により確認されている。

芥川の「手帳2」に収録されたメモから分かる「見聞き24」の「長崎図書館」としるされたすぐ後に、「マリヤクリストのlove storyを信ずる信徒の伝道」という構想メモが残されている。長崎県立図書館が所蔵している長崎奉行上申書の調査に基づく、浦川和三郎『日本に於ける公教会の復活』に見える「高木作右衛門御代官所肥前国彼杵郡浦上村山里中野郷字長与道」「百姓」「吉蔵」の記事（吉蔵の次男吉五郎は洗礼名「ジユアンノ」）などに触発されて、芥川はこのテクストを書いたと想定される。(7)

芥川龍之介の「誘惑―或シナリオ―」（『改造』一九二七年四月）の「後記」に「「さん・せばすちやん」は伝説的色彩を帯びた唯一の日本の天主教徒である。浦川和三郎氏著「日本に於ける公教会の復活」第十八章参照。」と書いてあるのを見ると、芥川が同書を読んでいるのは確かである。その二〇六頁「第十七章　浦上崩れ」の章に、長崎県立図書館が所蔵する、長崎奉行岡部駿河守の取り調べで江戸に上申した文書から「吉蔵」の口供が記録されている。一八五六年浦上三番崩れの時、吉蔵は信仰を守り通し、牢内で殉教した。吉蔵は、初代孫右衛門以来七代つづいた「帳方」であったが、この時をもって「帳方」も廃止となった。「水方」も三人が殉教、ドミンゴ又市のみが生き残った。

『日本に於ける公教会の復活』には、じゅりあの・吉助の生まれた「肥前国彼杵郡浦上村」の百姓共の浦上崩れに対する記述がある。「異宗一件」と題して書いている。吉蔵を取り調べたところ、いつごろからは不明だが、先祖の代から中野郷に住み、米三斗七升八合の年収があり、八人家族で住んでいることが分かった。吉蔵は、浄土宗村内聖徳寺の檀家であったが、先祖から伝わって信仰してきたハンタ・マルヤ（聖マリア）という白焼仏立像一体と、イナツショ（聖イグナシオ）という唐かね仏座像一体、流金指輪様の品に彫り付け有之候ジゾウス（イエス）という仏一体、日繰り（暦）、書物などを所蔵していた。そして親たちから口づたえで伝えられた「がらすさ」「アベマルヤ」「天に在す」という経文をとなえ、異国の宗教だろうと気付きはしたけれど信仰してきた。なおこの宗教のしきたりにより、家族一同異名を付けた。その中で二男吉五郎は「ジユアンノ」であった。

そして「ハンタ・マルヤ」、「イナツシヨ」と呼びならわしている仏は観音像、指輪のような品にほりつけてあるジゾウスは、「邪仏にては無之様に存ぜられ」、日繰、書物の方は蛮語体も交じっており、悉くは分かり難い。以上のことは、昔から切支丹修業の者が渡来した土地であるため、その時からの風潮が自然と残り、「愚昧のもの共、凝塊信仰に及び」、古い物を伝えてきたのだと申し上げた。

潜伏キリシタンをモデルにして描いている作品として上げられる芥川龍之介の作品としては、「じゆりあの・吉助」（一九一九年九月）以外に「黒衣聖母」（一九二〇年六月）があげられる。「黒衣聖母」は一九二〇年五月一日発行『文章倶楽部』第五年五月号に発表され、『夜来の花』（新潮社、大正十年三月）に収録された作品である。

「じゆりあの・吉助」の素材になったと思われ、芥川自身も読んでいる『日本に於ける公教会の復活』で、吉蔵の持っていたのは白焼本尊、すなわち白磁のマリア観音である。「黒衣聖母」の中では、黒檀の衣を纏つた黒衣聖母とはいえ、それもマリア観音である。ここに同時代を生きた潜伏キリシタンの信仰の様態を見ることができる。マリア観音とは、おもに江戸時代の禁教令によって弾圧を受けたキリシタンンたちが信仰の対象とした聖母マリアに擬した観音菩薩像である。「黒衣聖母」の時代としては、「黒船が浦賀の港を擾がせた嘉永の末年」というから、一八五三年ぐらいと推定される。(8) いわば、幕末の禁教時代であり、浦上三番崩れ発生の三年ぐらい前と言える。茂作の延命を求めた祖母は「潜伏キリシタン」であろう。一六四四年から数えると二〇〇年以上が経っている。黒檀の衣を纏った黒衣聖母とは、茂作と祖母の死後生き残っていた新潟県の大金持であった稲見という素封家にあったもので、「一家の繁栄を祈るべき宗門神」であった。

すなわち、『日本に於ける公教会の復活』での浦上三番崩れの記事は、「じゆりあの・吉助」のみならず、三年後「黒衣聖母」を書く契機にもなった。両作品ともに潜伏キリシタンの「宗門神」のことが描かれている。

3　じゅりあの・吉助の信仰

『日本に於ける公教会の復活』での浦上三番崩れ報告書の内容には、「じゅりあの・吉助」の内容と似ている箇所がある。吉助は吉蔵と同じ「肥前国彼杵郡浦上村」の生まれである。二人は名前から似ている。また、吉蔵の二男吉五郎はジユアンノであるが、それも吉助の洗礼名じゅりあのと似ている。吉助は幼少年より「土地の乙名三郎治」の下男として働くが、「性来愚鈍」であり、「牛馬同様な賤役」をしていた。彼は十八、九歳の時、三郎治の一人娘兼に懸想をしたが、周囲の嘲弄に堪えかねて出奔した。三年後吉助は帰村し、その娘に対しては飼犬よりもさらに忠実であった。もしかすると『日本における公教会の復活』の文章、「愚昧のもの共、凝塊信仰に及び」という箇所から芥川はヒントを得て、吉助を「性来愚鈍」であると書いているかと思われる。

吉助は切支丹宗門の徒であることが発見され、代官所へ引き立てられる。そこで奉行から信仰の謂われを問われ、不思議な話を告白した。吉助は見知らぬ紅毛人より宗門神の「伝授」を受け、「御水を頂戴」し、洗礼名「じゅりあの」を授けられた。その後その紅毛人は海の上を歩いて姿を隠したということである。イエス・キリストが海を歩いたことを思わせる紅毛人から伝授を受けた教えは、イエス・キリストがマリアを恋し、吉助と同じ苦しみに悩んで、焦れ死をしたという奇妙な話である。この奇妙な話は、『日本に於ける公教会の復活』の「浦上に於ける昔の切支丹」「二　信者団の組織」に、「して此のアメン　ジウス様は或国の王子で、聖マリヤを恋ひ慕ふの余り焦死した御方ださうなと称して居た」から来たということが、須田千里氏により指摘されている。(9) 浦上の潜伏キリシタンの持っていた信仰の類型として考えられる。

また海を歩いてきて吉助に洗礼を授けた紅毛人とは誰であろうか。今までの研究では、マタイによる福音書十四章二十五～三十三節のイエス・キリストとペテロが海を歩いたことがよく指摘されてきた。しかし、『日本に於ける公教会の復活』「第十八章　九州各地方に於ける昔の切支丹」「三　バスチヤンの伝説」では、甲比丹「ジワン」が焼き討ちにあって「港口の福田に泳ぎ上り」、菩提寺の小僧であったバスチャンに洗礼を施した後、「海の上を歩いて、遠く沖間に消え失せて了つた」ということを読んで芥川が書いた可能性をも否定できない[10]。

「誘惑―或シナリオ―」の冒頭には「天主教徒の古暦の一枚、その上に見えるのはかう云ふ文字である。―　御出生来千六百三十四年。せばすちあん記し奉る。」と書いているのを見ると、芥川はセバスチャンの伝説に関心を持っていたことが分かる。セバスチャンは、日本人伝道者のバスチャンのことで、紀元二八八年に殉教したローマの軍人聖セバスチャンを洗礼名にしたのである。

とにかく、「バスチアン」はジワンという神父の弟子になって福田村小江、手熊から外海まで一緒に伝道していた。ところが神の浦の「落人の水」というところに行ったとき、ジワンはもう国へ戻るといって姿を隠してしまったという。「バスチアン」は、ジワンから教えられていた日繰り（暦）の操り方を納得していなかった。それで二十一日間も断食し、苦行をしながら「今一度、帰つて教へて下さい」とジワンに願ったところ、どこからかジワンが帰って来て、日繰りの操り方を教えてくれた。そこて「バスチアン」と別れの水杯をし、海上を歩いて遠くに去ったという。

バスチアンは、処刑される前、「聴罪司祭が大きな黒船に乗つて来ると、毎週でも告白を申すことができる。」予言し、外海の人々は大切にこの予言を伝承した。

高鉾島の隠岐で焼き討ちされた黒船のカピタン・ジワンの弟子になって伝道に尽くした、という伝説のジワンは、一六一〇（慶長十五）年有馬晴信が長崎港外で焼き沈めたポルトガル船マードレ・デ・デオル号に乗っていたジョアン・デ・アモリス神父か、あるいはアモリスが船と運命を共にせず助かったか、どちらであろうと、やはり浦川氏は推定している[11]。

キリシタンたちは、七代二五〇年間信仰を待ちつづけたのであったが、その七代目のとき、バスチャンの予言通りにキリシタンの復活が行われた(12)。

一八五八（安政五）年江戸幕府は英・米・露・仏・蘭の五カ国との間に通商条約を結んで鎖国を解き、函館、横浜、長崎の港を開いた。沖縄で日本への再布教を願い、開国を窺っていたパリー外国宣教会のジラール神父は、横浜に上陸し横浜天主堂を建てた。長崎には一八六三（文久三）年にヒューレ神父が来て大浦天主堂の建築に着手し、翌年プチジャン神父が完成させた。その時、宣教師の渡来を待っていた浦上の潜伏キリシタンが完成したばかりの大浦天主堂を訪ね、プチジャン神父に現われた。それは、二二一年ぶりに果たされた「キリシタンの復活」と呼ばれている。司祭と再会した潜伏キリシタンたちは踏み絵を踏みつづけ、キリシタンの信仰を毎年否定することができなくなった。一六五七年郡崩れでなくなったバスチャンにより預言されたのが成し遂げられたと、信じていたからである。

迫害の中でバスチャンは、牧野の岳の山に隠れてキリシタンたちを指導し、郡崩れの際は内海に流れていたキリシタンの死体を拾って葬るなどしていたが、出津の浜の黒星次右衛門という者の密告によってつかまり、長崎の牢に入れられた。在牢三年三カ月、七十八回の拷問をうけて斬首されたという(13)。

4　神聖な愚人

「三二」では吉助が磔刑に処せられる。磔刑は高く十字を描いていた。吉助が天を仰ぎ何度も高々と祈祷を唱えて、恐れげもなく「非人」の槍を受けたた時、「一団の油雲が湧き出でゝ、程なく凄じい大雷雨が、沛然として刑場へ降り注いだ。」のである。芥川は「日本の殉教者中、最も私の愛してゐる、神聖な愚人の一生である。」と語っている。結局、吉助の信仰は正統信仰とはまったく違うということを芥川も認識しているとしてよい。

「異宗一件」の吉蔵は、先祖から伝わって信仰してきたハンタ・マルヤ（聖マリア）という白焼仏立像一体と、イナツショ（聖イグナシオ）という唐かね仏座像一体、流金指輪様の品に彫り付け有之候ジゾウスという仏一体、日繰り（暦）、書物などを所蔵していた。その中で「本尊はハンタ　マルヤと申し、イナツシヨ、ジゾウスは付属の仏にも之れあるべきか確と相弁へず。」、「本尊ハンタ　マルヤは三十三相の姿、百ソウの位にて一本に顕れ、日月星を作らせ給ふ」ということゆえ、正統的なキリスト教信仰からは少し離れた、潜伏キリシタンの信仰の特徴を読むことができる。

浦上三番崩れの吉蔵によると、「本尊ハンタ　マルヤ」は日月星を造った創造主として信仰しているが、「ジゾウスは付属の仏にも之あるべきか確と相弁へず。」とある。潜伏キリシタンのマリア崇拝にも見える。それが「じゆりあの・吉助」では、「その方どもの宗門神は何と申すぞ。」と奉行から問われた時、自分の宗門神が「べれんの国の御若君、イエス・キリスト様、並に隣国の御息女、さんた・まりや様」と答えている。吉助は、イエス・キリストとマリアを同じく宗門神にしているのである。奉行の「そのものどもは如何なる姿を致して居るぞ。」という審問に、吉助は「われら夢に見奉るえす・キリスト様は、紫の大振袖を召させ給うた、美しい若衆の御姿でござる。まつたさんた・まりや姫は、金糸銀糸の繍をされた、襠の御姿と拝み申す。」と答えている。そこで奉行は「そのものどもが宗門神になつたは、如何なる謂れ」なのかを聞いた時、吉助は以下のことを告白している。

「えす・きりすと様、さんた・まりや姫に恋をなされ、焦がれ死に果てさせ給うたによつて、われと同じ苦しみに悩むものを、救うてとらせうと思召し、宗門神となられたげでござる。」

そして吉助は「べれんの国の若君様、今は何処にましますか、御褒め讃へ給へ」という「簡素素朴な祈禱」をした。これは『日本に於ける公教会の復活』の付録にも同じ祈祷文が出ている。

ここで、潜伏キリシタンの持っていた信仰の内容を再考しなければならない。宣教師や司祭が日本に一人もいなくなった時、潜伏キリシタンはどのような信仰を持っていたかということである。組の指導者の下で教理を伝授してきた人もいれば、次第にカトリックの信仰から離れて、形式だけは似ているが、神道や仏教と習合された信仰を持っている人もいたであろう。マリア観音を持って口伝によりマリアに祈っていた人もいれば、カトリック信仰から離れてカトリックとはまったく思えない信仰の様態も現われているのは事実である。

吉助が「性来愚頓」で「始終朋輩の弄り物にされ」たという前提なので、キリスト教の教えを「愚頓」ゆえに完全に理解できない可能性は充分ある。それを越えて読むことができるのは、「同じ苦しみに悩むもの」を救ってくれるということを芥川が書いていることにある。また、彼はマリアを恋し焦がれ死にしたイエス・キリストを、宗門神としている。それは実際浦上の潜伏キリシタンにあった信仰でもあった。海上を歩いた紅毛人にどのような信仰を伝授されたかそれ以外は書いていないが、芥川はその吉助を「神聖な愚人」と呼んでいる。

浦上三番崩れを背景とした「じゆりあの・吉助」では宗門神がイエス・キリストとマリアであり、黒船渡来以後を背景にした「黒衣の聖母」では、宗門神をマリアにしている。それではどうして芥川は吉助を「わたしが一番愛した神聖なる愚人」と言っているのか。吉助は三郎治の娘を愛していることが愚鈍だと仲間から笑われると、堪えられなく出奔した。しかし、キリシタンの信仰の伝授を受け帰ってきてからは、犬より忠実に彼女に従った。同じ苦しみを脊負って焦がれ死にしたイエス・キリストを宗門神とし、堂々とイエス・キリストを呼び讃美しながら十字架の刑を受けた。その時、吉助の口の中から「一本の白い百合の花が、不思議にも水々しく咲き出てゐた」ことを記して、芥川は奇跡を見せている。誰かを愛し、命を捨てている吉助に対する憧れと憐憫、そしてその愚直な生き方への尊敬から芥川は彼を「神聖な愚人」と呼んでいるのであろう。

おわりに

『日本に於ける公教会の復活』の中では、浦上三番崩れの時、彼らの一番拝んでいた本尊は、指輪に刻まれているイエス・キリスト像よりも麻利耶観音であった。このことは、潜伏キリシタンの信仰が正統的なキリスト教の信仰から見た時、どこまで認められるかの問題が出てくる。一八七三年キリシタン禁教令が撤廃され信仰の自由が与えられた時、カトリックに復帰しないでカクレキリシタンとして残った人たちの信仰を見ると、キリスト教とは思えない宗教に変容していた。そこで芥川龍之介は、『日本に於ける公教会の復活』を読んで、キリシタンの歴史や潜伏キリシタンの信仰に関心を持ち、切支丹もの「じゆりあの・吉助」「黒衣聖母」を書いた。書かれた順番とは違って、背景になった時代は逆である。

芥川は若い時代の失恋事件で深く傷つき、一九一五年三月九日井川恭宛書簡に「イゴイズムをはなれた愛があるかどうか　イゴイズムのある愛には人と人との間の障壁をわたる事は出来ない（中略）イゴイズムのない愛がないとすれば人の一生程苦しいものはない（中略）一切を神の仕業とすれば神の仕業は悪むべき嘲弄だ　僕はイゴイズムをはなれた愛の存在を疑ふ（僕自身にも）僕は時々やりきれないと思ふ事がある　何故こんなにして迄も生存をつゞける必要があるのだらうと思ふ事がある　そして最後に神に対する復讐は自己の生存を失ふ事だと思ふ事がある」と書いている。

結局、「イゴイズムをはなれた愛があるかどうか」は芥川文学の主要なテーマの一つになって行き、その問題意識からキリスト教、キリシタンの歴史、キリシタンに目を向け、切支丹ものが次々と書かれていった。その中でも「じゆりあの・吉助の一生」は、「日本の殉教者中、最も私の愛してゐる、神聖な愚人の一生である。」と告白している。

「じゆりあの・吉助」の信仰は、正統的なキリスト教信仰から見ると、信仰からはほど遠いものがある。イエス・キリストがマリアを恋して焦がれ死にしたという思いを持ち、そのイエスとマリアを宗門神にしている吉助は、十字架の上で堂々と槍を受けた。潜伏キリシタンの持っている信仰の様態を描いていると言えようか。愚人の吉助の信仰を描いた芥川は、後年の「西方の人」では、聖者イエス・キリストを「わたしのクリスト」と告白している。この落差をどう考えるかが、今後の課題として残るのである。

注

（1）笹淵友一「芥川龍之介の本朝聖人伝―「奉教人の死」と「じゆりあの・吉助」―」、『ソフィア』第十七巻三号、一九六八年秋季号、のち『明治大正文学の分析』、明治書院、一九七〇年十一月二十五日
（2）野村治輔宛書簡、一九二七年一月二十一日付
（3）佐藤泰正「切支丹物―その主題と文体　―倫理的位相を軸にして―」、『国文学』、学燈社、一九七七年五月
（4）広瀬朝光「芥川龍之介作『じゆりあの・吉助』の素材と鑑賞」、『国文学』、一九六一年三月
（5）浦川和三郎『日本に於ける公教会の復活』、天主堂、一九一五年一月二十五日
（6）大國眞希「芥川龍之介「じゅりあの・吉助」論」、『日本文芸学』第三十三号、一九九六年十二月
（7）（5）と同じ
（8）黒船来航とは一八五三（嘉永六）年に、マシュー・ペリー大将が率いるアメリカ合衆国海軍東インド艦隊の艦船が、日本に来航した事件。当初久里浜に来航したが、幕府は江戸湾浦賀に誘導した。アメリカ合衆国大統領の国書が幕府に渡され、翌年の日米和親条約締結に至った。
（9）須田千里「芥川龍之介「切支丹物」の材源―「るしへる」「じゅりあの・吉助」「おぎん」「黒衣聖母」「奉教人の死」―」、『国語国文』第八十巻第九号、一九二五―九二五号―、二〇一一年九月二十五日
（10）（9）と同じ
（11）（5）と同じ
（12）ところがあの復活したキリシタンたちは、改心戻し（再びキリシタンとなる）を役人に願い出て、一八六七年（慶応三）最後の大弾圧、浦上四番崩れが発生した。翌年、浦上のおもだった信徒一一四名が津和野、萩、福山の三藩に流罪となり、さらに翌年には残り約三三〇〇名が日本の二十一藩に分けられ流罪となった。一八七三年（明治六）キリシタン禁制の高札が取り除かれ帰郷したが、その間の殉教者は六六四名にのぼっている。
（13）（5）と同じ

「黒衣聖母」――新潟の宗教的思考と松岡譲

小谷瑛輔

1　典型的イメージからの逸脱

「黒衣聖母」（『文章俱楽部』一九二〇〈大9〉年五月）は、さまざまなズレをはらんだ作品である。キリシタンものの一つとしてその文脈の中で、あるいは特に「南京の基督」と関わるものとして、たびたび触れられてきた作品ではありながら、管見の限りこれまで作品単独についての雑誌論文は一本も書かれてこなかった。それもやはり、このズレ全部を意味付けることが困難であるためだと思われる。その奇妙な作品について、秘密の一端を明らかにしてみたいというのが本稿の狙いである。

本作は、田代君が「私」に黒檀の衣を纏った珍しい麻利耶観音を見せつつ、「福を転じて禍とする、縁起の悪い聖母」であると言い、その由来となった「妙な伝説」を説明するという枠を持っている。この麻利耶観音は、新潟の稲見という素封家の一家の繁栄を祈るべき宗門神であった。稲見家の世嗣ぎの茂作が重病になったとき、祖母は、茂作の姉のお栄を連れて、この麻利耶観音に「私の息のございます限り、茂作の命を御助け下さいまし」と願をかける。翌日茂作は快方に向かうが、祖母はその夜に亡くなってしまう。祖母が亡くなった十分ばかりのうちに、茂作も容態が急変して息を引き取る。話を終えた後、田代君は最後に台座の銘に注意を促すが、そこには「DESINE FATA DEUM LECTI SPERARE PRECANDO」と書いてあった。「聖母は黒檀の衣を纏つた儘、やはりその美しい象牙の顔に、或悪意を帯びた嘲笑を永久に冷然と湛へてゐる。――」と作品は結ばれる。

『夜来の花』（一九二一〈大10〉年三月、新潮社）収録時に、重要な加筆が二点ある。まず田代君の話の最後に、「麻利耶観音は約束通り、祖母の命のある間は、茂作を殺さずに置いたのです」という皮肉な説明が入り、また、台座のラテン語の銘に、ルビで「「汝の祈祷、神々の定め給ふ所を動かすべしと望む勿れ」の意」と訳文が添えられる。

はじめに触れた通り、この作品は、芥川のキリスト教理解を問う文脈で触れられてきた。しかし実は、本作は単純にキリスト教を扱ったものと考えるには微妙な要素が多い。

まず、本作の麻利耶観音はどの宗教に属するものか、はっきりしない。まず麻利耶観音というものは、その名の通り、キリスト教におけるマリアと、仏教における観音という二つの宗教のイメージが重ねられた特殊なものであるが、本作の麻利耶観音に関わっている宗教はこの二つだけではない。麻利耶観音は、「火伏せの稲荷が祀ってあると云ふ、白木の御宮」の「御神体」なのである。こうした神道的な文脈に仏教のものである観音像が重なるということは、神仏習合としてさほど珍しいことではないが、つごう三つ目の宗教ということになる。さらに本作では四つ目の宗教が関わってくる。作品結末で示される、台座の銘「DESINE FATA DEUM LECTI SPERARE PRECANDO」がそれである。このラテン語は、「神々」とルビが振られた通り、古代西洋の多神教を意味する。具体的には岩波新版全集[1]の赤塚正幸による注釈に示された通り、「ローマの叙事詩人ヴェルギリウス（紀元前七〇―一九年）の「アエネイアス」にある」ものであり、ローマ神話が示唆されている。このように、麻利耶観音は四つの宗教の要素を持っているのである。

気になるのは宗教の複数性・多重性だけではない。本作の麻利耶観音は、多国籍的でもある。所在は日本であるが、白磁の麻利耶観音というのは多くは中国から輸入された慈母観音が聖母マリアに見立てられたものであり、中国産のイメージが付随する。本作の麻利耶観音の場合、「顔は美しい牙彫」と書かれており、当時の象牙の輸入先は専ら東南アジアであった。身体は黒檀であり、これはインドやスリランカ産の木である。さらに金、青貝や珊瑚の装飾も施され、このように世界各地の文化や材料によって贅を尽くした像が、果たして、人の目を盗む隠れキリシタンにいかにして作れたのか、あるいは入手できたのか、そのことは本作の一つの不思議な点となっている。

そして、宗教と国籍以外に、麻利耶観音の出自はもう一つ奇妙なところを持っている。芥川の日本を舞台とするキリシタンものは、「奉教人の死」（『三田文学』一九一八〈大7〉年九月）、「じゅりあの・吉助」（『新小説』一九一九〈大8〉年九月）、「おぎん」（『中央公論』一九二二〈大11〉年九月）など、ほとんどが長崎を舞台とする。安土桃山時代のものでは、京都を舞台にした「報恩記」（『中央公論』一九二二〈大11〉年四月）や、史実を踏まえて大阪を舞台とした「糸女覚え書」（『中央公論』一九二四〈大13〉年一月）などもあるが、弾圧後の時代を扱うならば、幕末維新期まで隠れキリシタンが残っていた長崎を舞台とするのは必然のようにも思われる。実際、本作の材源となったのは『日本に於ける公教会の復活　前篇』における長崎についての資料であることが重松泰雄(2)や須田千里(3)によって指摘されている。当時の「南蛮趣味」をもたらしたのが北原白秋、木下杢太郎らの長崎旅行記「五足の靴(4)」であったことを考えても、幕末維新期の隠れキリシタンと言えば、長崎が舞台になるのが順当なのである。

ところが「黒衣聖母」は、明治まで隠れていたキリシタンを扱う作品であるにもかかわらず、麻利耶観音は「新潟県の或町の稲見と云ふ素封家にあつた」と語られる。なぜ、長崎ではなく新潟なのか。これが、麻利耶観音に与えられたもう一つの奇妙な要素である。

ここまで述べてきたように、本作の麻利耶観音は、典型的なイメージから逸脱する様々な属性を持っており、そのこと自体、「福を転じて禍とする」麻利耶観音の存在の捉え難さと関わって、本作の大きな特徴をなしている。これらの問題すべてを解明することは本稿の手には余るが、今回は、これらの中で特に、新潟という地名に注目し、考察してみたい。新潟というのは、さりげないながらも明確な違和感を与える地名であり、一度詳しく検討されなければならないと思われるからである。

2　長崎と新潟

本作のモデルについては、永見徳太郎に次のような証言がある。

マリヤ観音

珍らしくもニコニコとした芥川氏が、テーブルの上に、マリヤ観音之像を置かれた。

『しまつた！……』私は思はず声をあげた。

この神々しいマリヤ観音之像は、私が手に入れやうとして居たのであつたのを、口惜しくも、氏に先手をうたれた形であつた。今迄見た陶器の像よりも、これは同じ支那の陶焼であつたが、作の見事さ、古色の味に、言ふ可からざるものが秀れて居た。

ヂット二人は、それを見詰めた。

二人とも、吉利支丹信者の美しい心、その殉教の尊さを語りあつた。

芥川氏の家で、この像を見る度に、私は欲しいと考へる、が他の人でなく、氏が持つて居られる事は、負惜しみではないが、相応しいとも考へた。

創作黒衣聖母は、此後に出来たのであつた。その中の主人公は、私であつた。(5)

永見の言う通りだとすれば、本作は芥川の具体的な長崎体験を明確なモデルとして持っているということになるのだが、実はこの証言は誤りであるという指摘が関口安義(6)によってなされている。芥川は確かに長崎でマリア観音を入手しているが、それは本作が書かれた後のことであって、それゆえ永見の証言は勘違いということになるのである。したがって、芥川は新潟を舞台とした「黒衣聖母」を書いた後、さらにマリア観音への関心が募り、長崎でマリア観音を手に入れたという順序になる。

本作の舞台が新潟であるという問題に関して、一度確認しておかなければならないのは、新潟についても、長崎と同様に、隠れキリシタンの存在やマリア観音の存在が知られていたのだろうか、という点である。

「黒衣聖母」の場合は、単なるマリア観音ではなく、純潔を表す白のイメージがふさわしいマリアに、黒という色が伴う点が大きな特徴であるが、鄭香在は、(7)「黒いマリア」と言えばガリア地方における地母神信仰と結びついた独特の信仰のことであり、芥川はそれを踏まえていたのではないかと推測している。まず、この説について詳しく検討しておこう。

安發和彰(8)によると、このような黒い聖母像は西洋においても希少なものだが、日本に輸入され、残像しているものが一体だけあるという。鶴岡カトリック教会のものである。鶴岡カトリック教会の黒い聖母像は、明治三十六年十月に日本に運ばれ、以降副祭壇に安置されてきた。鶴岡市は山形県に属してはいるが、新潟県と隣接する位置にあり、黒いマリア信仰と「黒衣聖母」の関係を考える上では、興味深い点である。この黒い聖母像は時期的には「黒衣聖母」発表以前から日本にあるので本作の材源となった可能性は否定できないが、江戸時代以来の隠れキリシタンものではなく、禁教が解かれて以降日本に運ばれたものという点は「黒衣聖母」の内容とは異なる。

では、江戸時代以来の隠れキリシタンのマリア観音という面で材源となり得たものは新潟にないのだろうか。この視点から調べてみると、さらに別の事実も浮かび上がってくる。マリア観音の代表的な研究者である高田茂が『聖母マリア観音』(9)において「木造聖母子観音菩薩像」の例として唯一挙げているのは、新潟県東頸城郡松之山町（現在は十日町市）湯山の松陰寺の二体である。マリア観音の研究では、観音像が子供を抱いている場合、仏教に本来ないはずのモチーフであるとして、キリストを抱くマリアの姿を観音像に似せてキリシタンが作ったものである可能性が検討される。特に松陰寺の観音像の中の一つは、「幼児キリスト像が取りはずせる」ことから、隠れキリシタンが周りの目を逃れる為に幼児キリスト像を隠しやすくする工夫がなされたものではないかという推測がなされるわけである。また、松陰寺には他に「黒観音として信仰が厚かった」(10)とされる「木造聖母子観音菩薩立像」もある。マリア観音に「黒」という色が伴う例が新潟にあるということも、「黒衣聖母」が新潟の麻利耶観音を描いていたことを考えれば興味深い事実であろう。

しかし、鶴岡カトリック教会の黒い聖母像や、松陰寺の「木造聖母子観音菩薩像」が「黒衣聖母」のモデルになったということは、稿者としては十分な根拠をもって実証できるものとまでは言えず、可能性としては興味深いと指摘するに留めるよりない。

というのも、まず、西洋の「黒いマリア」が日本で話題になる嚆矢は、(11)芥川よりずっと後の柳宗玄の文章(12)であり、その柳が「黒いマリア」を知ったきっかけとして挙げている外国の文献(13)もいずれも戦後のものだということがある。芥川の「黒衣聖母」が「黒いマリア」と関係するという説も、この流行の中で登場したものに過ぎないので、芥川自身がそうしたことを念頭に置いていたという根拠があるわけではない。

また、松陰寺の観音像についても、高田はマリア観音であると解釈しているが、たとえば松之山町(14)でも、高田の説を「観光資源として生かすことができる」と歓迎はしつつ、他方で「松之山地方では、古来から乳幼児の死亡が多く子育てが苦しいことから、神仏を信仰して我が子を育てようという思想があったと思われる。その信仰形態が子安観音と子育地蔵を生みだした。したがって、子安観音や子育地蔵を直ちにマリア信仰と結び付けることには困難がある」とも述べており、隠れキリシタンがいたということ自体「実証する史料がない」「全く確証を得ない」と慎重である。さらに、仮に実際この地に隠れキリシタンがいたとしても、高田がキリシタン説を唱える以前にはそうした議論がなされた形跡はなく、芥川がそれを知り得たことを実証するのは困難なのである。

3 松岡譲「法城を護る人々」への目配せ

もしこうしたことを芥川が知り得たとすれば、その経路として第一に考えるべきなのは、芥川の友人であった松岡譲が新潟の寺の出身だということであろう。松岡は芥川とは一高の同級生であり、第三次『新思潮』の頃から親しくなっていた。芥川が新潟を意識するとすれば、まず松岡の存在があったと思われるのだ。

　そして松岡の出身が新潟であるという事実は、たとえそれが鶴岡の「黒いマリア」や松陰寺の観音像を芥川が知る経路でなかったとしても、むしろそれとは別に、「黒衣聖母」の舞台である新潟との最大の関わりとして考えるべきことと思われる。たとえば芥川が新潟に触れた文章には「校正後に」[15]がある。「松岡の手紙によると、新思潮は新潟県に真面目な読者をかなり持つてゐるさうだ」と、やはり新潟のことは松岡から情報を得ていることが分かる。

　松岡譲と言えば、夏目漱石の娘筆子の夫として知られており、その結婚に際しての久米正雄とのいわゆる「破船」事件が有名であるが、ちょうどその時期、松岡は新潟の実家の寺との確執を題材とした小説「法城を護る人々」[16]を発表している。芥川も、発表後に「「法城を護る人々」は力作だと思ふ　材料のfulnessから云つても態度のつきつめた所から云つてもさう思ふ」[17]と感想を送っているが、発表前から「早く法城を守《ママ》る人々の顔が見たいな」[18]とも書いており、執筆にあたっての松岡の構想などを親しく聞いていた様子がうかがえる。また、関口安義はこの作品の「掲載の労をとつたのは、芥川であつた」[19]ことを指摘している。

　この「法城を護る人々」では、主人公による寺院制度批判がモチーフとなっているが、その批判的思考には、実はキリスト教の宗教改革のイメージが重ねられている。「最も彼を苦々しく思はせたのは、あの羅馬教会の免罪符にも等しからうかと思はれる帰敬式であつた。それは法主から、お剃刀を頂くと称して、講釈師の張り扇やうのもので、頭を二三度撫でゝ貰うことだつた。人はその為めに五十銭一円の定格を払つて、小形の名刺やうに印刷された法名を貰うのだつた。すべてが算盤づくである」「彼の脳裡には、日本に於ける宗教改革といふ空想が常に不思議な輝きをもつて徂徠してゐた」というくだりにはそれが端的に表れている。こうした点は後に発表される同名の長篇小説にも受け継がれるが、関口が論じるように、これに対しては、同時代にも主人公の批判をルターなどの宗教改革になぞらえる評がキリスト教界から提出されていた。

マリア観音というものはそもそも、仏教とキリスト教が交錯するモチーフであるが、それは実は前時代のエキゾチックな問題であるばかりではなかった。仏教がキリスト教の視点も踏まえて問われるというのは、同時代的な議論でもあったのであり、寺の出身でありながら帝国大学の哲学科で西洋思想やキリスト教も学んだ松岡の「法城を護る人々」は、そうした意味では最先端の作品だったのである。「黒衣聖母」をはじめとするキリシタンものが、こうした同時代の仏教の議論と交差する可能性はこれまで十分検討されてこなかったが、新潟という地名は松岡を介してそうした回路が存在したことをうかがわせる。

また、「法城を護る人々」では、「未開人の偶像崇拝」「死んだ偶像崇拝」といった批判が繰り返される。「黒衣聖母」において、台座の銘を読めず、それゆえ銘の文章に反して像に祈りを捧げる祖母は、まさに無知な人間の「偶像崇拝」のドラマを演じるのである。そうであるならば「黒衣聖母」には、「法城を護る人々」への応答という側面を読むことが出来るのではないか。もちろん、応答とは言っても、偶像崇拝が明確に批判される「法城を護る人々」に対し「黒衣聖母」の祖母の祈りは、「福」へと結びついたのか「禍」をもたらしたのか、単純に決定しがたいところがあり、肯定や否定として単純に関係付けることには慎重になる必要がある。

さらに「黒衣聖母」には、「法城を護る人々」と響き合う点がもう一つある。「法城を護る人々」には、寺の世継ぎである主人公に弟がおり、その弟が亡くなる場面があるが、そのときの両親の「弟の方でよかつた。本当にお前でなくつてよかつた。あれが死んでも、お前さへ生きてゐて呉れたら……」という言葉に、主人公は「いやな気持になる。「黒衣聖母」でも、祖母はやはり長男の茂作の命を第一に考えている。「黒衣聖母」が「法城を護る人々」と違うのは、亡くなっているのが世継ぎの茂作の方だという点である。しかし、その後お栄は稲見の家を絶えさせることなく、息子は「仲々の事業家」として立派に成功している。

松岡自身は、夏目家の長男純一がまだ幼かった当時に長女筆子と結婚し、夏目家を支える存在となった。のちの長篇『法城を護る人々』でも題材となるように、松岡は旧名の「善譲」から「譲」に生まれ変わることによって、世継ぎとしての親からの期待に反抗する。松岡は、そのようにしていわば長男としての自分を殺し、筆子とともに夏目家を支えていくこととなったのである。長男亡きあと長女夫婦が立派に家を守ることによって、長男の長生のみを願う旧式な価値観が杞憂となって空回りする「黒衣聖母」の構図は、そのような松岡に向けられたひそかな応援歌でもあったのではないか。

芥川は、「黒衣聖母」を発表する二ヶ月前に松岡に第四作品集『影燈籠』（春陽堂、一九二〇〈大9〉年一月）を送り、キリシタンものである「「きりしとほろ」上人伝だけ自信がある」[20]と書簡に記している。「黒衣聖母」は、その後に初めて発表したキリシタンものなのである。本作についての芥川と松岡のやり取りは残されていないが、松岡は、本作の舞台が長崎ではなく新潟に設定されている点に、「法城を護る人々」への芥川からの応答を受け取ったのではなかろうか。

そして、芥川が新潟という言葉を埋め込んだ作品は実はもう一つあり、それは「黒衣聖母」の書かれた三ヶ月後の「捨児」（『新潮』一九二〇〈大9〉年八月）である。「捨児」は、寺に育った男の話であり、また、子の死に対する親の悲しみを扱い、親子の恩愛のあり方を問うなど、やはり「法城を護る人々」と重なる多くの点を持つ作品である。そして、作品の核心となる事実が偶然明らかになる場所として、さりげなく新潟という地名が登場する。松岡との関係から見た「捨児」の解釈は、本稿の手には余るまた別の問題であり、それ自体興味深いが、この時期に新潟という地名を付し「法城を護る人々」と響き合う作品を続けて書いているということをここでは確認しておきたい。

もちろん本稿で見てきた新潟という語にまつわる側面は、「黒衣聖母」の解釈をきれいに片付け得るようなものではなく、作品に潜在する多くの問題の中の、あくまで一つに過ぎない。また、松岡への応答とは言っても、それは必ずしも論理的に噛み合うようなものではない。むしろ、様々な文脈に応答しつつ、それらをさらに、異なる状況に置き換えて複雑にしていくところに「黒衣聖母」の特徴はある。松岡の宗教的思考を示唆する新潟という地名もまたその一つであったのである。

キリシタンものという大きな枠で捉えられてきた作品の中にも、そこに還元しきれないもの、作品の細部から立ち上がるものがある。芥川の作品は、そうした側面を丹念に読んでいくことが重要なのではないだろうか。本作はこのことも含めていくつかの検討すべき問題を含んでおり、その全体像はこれから検討されなければならないが、仏教や神道と関わりながら独特の形で受容された日本のキリスト教についての芥川の様々な作品を捉える上で、キリスト教や近代哲学を学びつつ自らの出自である寺や仏教について思索していた親友松岡譲との相互関係は、実は見逃せないものなのではないだろうか。そのことは、従来の研究では十分に検討されてきたとは言いがたい。「黒衣聖母」という作品は、芥川のキリシタンものに松岡譲という存在が確かに関わっていたという事実をはっきりと示しているのである。

注

（1）『芥川龍之介全集』岩波書店、一九九六（平8）年四月
（2）重松泰雄「杢太郎・龍之介の南蛮趣味について」『文学論輯』一九五六（昭31）年一月
（3）須田千里「芥川龍之介「切支丹物」の財源――『るしへる』『じゅりあの・吉助』『おぎん』『黒衣聖母』『奉教人の死』――」『国語国文』二〇一一（平23）年九月
（4）五人づれ「五足の靴」『東京二六新聞』一九〇七（明40）年八月七日～九月十日
（5）永見徳太郎「長崎に於ける芥川氏」『文藝春秋』一九二七（昭2）年十月。また、永見徳太郎「芥川氏と長崎」『文芸時報（週刊）』一九二七（昭2）年九月二十九日にも同様の記述がある。
（6）関口安義『芥川龍之介とその時代』筑摩書房、二〇〇〇（平11）年三月
（7）鄭香在「黒いヴエヌスの像」羽鳥徹哉・布川純子監修『現代のバイブル――芥川龍之介『河童』注解』勉誠出版、二〇〇七（平19）年六月

（8）安發和彰「鶴岡＝デリヴランドの黒い聖母像～造形と歴史～」『東北芸術工科大学』二〇〇八（平20）年三月
（9）高田茂『聖母マリア観音』立教出版会、一九七二（昭47）年二月
（10）高田茂『石のマリア観音・耶蘇仏の研究』立教出版会、一九七〇（昭45）年十一月
（11）最も話題になったのは、田中仁彦『黒マリアの謎』（岩波書店、一九九三（平5）年九月）、馬杉宗夫『黒い聖母と悪魔の謎』（講談社、一九九八（平10）年七月）、「特集 肌黒のゴッドマザーがいた！「黒い聖母」詣での旅」（『芸術新潮』一九九九（平11）年十月）などの時期であろう。
（12）柳宗玄「黒い聖母」『代理店通信』一九六一（昭36）年三月
（13）それらの中で最も早い時期の文献として挙げられているものはL'Art Roman du Roussillon: Le Point,XXXIV-XXXV, souillac, 1947. である。
（14）『松之山町史』松之山町編さん委員会、一九九一（平3）年六月
（15）「校正後に」『新思潮』一九一六（大5）年九月
（16）「法城を護る人々」『文章世界』一九一七（大6）年十一月。なお、後に同題の長篇小説『法城を護る人々』が書かれるにあたって、この短篇の方は『地獄の門』（玄文社、一九二二（大11）年十月）収録時に「護法の家」と改題されている。
（17）松岡譲宛書簡、一九一七（大6）年十一月十三日
（18）松岡譲宛書簡、一九一七（大6）年十月二十五日
（19）関口安義「「法城を護る人」々論」『国語と国文学』一九七一（昭46）年十一月
（20）松岡譲宛書簡、一九二〇（大9）年三月三十一日

「南京の基督」――宋金花の〈物語〉をとりもどすために

篠崎美生子

1

芥川の小説に登場する〈語る女〉は、概ね悲惨な運命を辿った上に、語り手や読者から糾弾される運命にある。(1)「羅生門」の老婆、「藪の中」の真砂などはそのよい例であろう。ところがその中で、「南京の基督」(『中央公論』一九二〇・七)の宋金花だけは、〈語る女〉であるばかりか「無意識の加害者」(2)でさえあるにも関わらず、多くの読者にいとおしまれてきた。

「無意識の加害者」とは、宋金花が梅毒に感染した状態で客をとってGeorge Murryを「発狂」に追いやったらしいこと、そして今もこの商売を継続中であるらしいことを指す。しかし、ほとんどの先行研究は、「日本の若い旅行者」とともにそれを単なる彼女の「蒙」と片づけた上で、その「無邪気さゆえの無垢の魂」(3)をあわれんできた。「無意識」を免罪符に、加害の部分を不問に付してきたわけである。

しかし、敢えて意地悪く、それは果たして「無意識」なのか、と問い直すことも可能なのではないか。それは、「一夜南京に降つた基督が、彼女の病を癒した」という〈物語〉によって、宋金花が元通り客をとり、自分と老父の生活を維持し得ているからである。しかもこの〈物語〉は、「基督教を信じる」「敬虔な私窩子」という、「朋輩」とは異なる金花の聖性を一層高めた側面すらあるからである。

その語りが、自分の立場の正当性を説明しているという点では、金花の語りも、「羅生門」の老婆や「藪の中」

の真砂の語りも変わりがない。にもかかわらず、金花が後の二人のように糾弾されずにすんだのは、やはり「無意識」のためだと言えよう。換言すれば、「無意識」「無垢」という語をかぶせることで、「南京の基督」の読者は、宋金花の主体性を抑圧してきたのだということになる。

尤も、金花を知恵と意志を持った主体として立ち上げることは、それとひきかえに、彼女を〈悪女〉にしてしまう結果を招く。日本近代小説の解釈においてしばしば起こるこうした現象は、決して私の本意ではない。しかし、あえてそのようなリスクをおかすことによって、私は、これまで安全地帯から金花の「蒙」を傍観しようとしてきた「若い日本の旅行家」及び語り手、そして読者を、窮地に立たしめてみたいのである。「支那料理を食べた事」のない「南京の基督」の意味も、その過程で初めて明らかになるように思う。

2

宋金花は、彼女を一年ぶりに再訪した「若い日本の旅行家」にこの「不思議な話」を語った後、病気の再発について尋ねる彼の言葉に、「ええ、一度も。」と「少しもためらわずに返事を」する。読者に彼女の「無意識」を印象づけるこの迷いのなさは、「御客に移し返」す治療法を朋輩から聞いた後の、祈りの一途さにも通じている。

けれども唯今の私は、御客にこの病を移さない限り、今までのやうな商売を致して参る事は出来ません。して見ればたとひ餓ゑ死をしても、——さうすればこの病も、癒るさうでございますが、——御客と一つ寝台に寝ないやうに、心がけねばなるまいと存じます。さもなければ私は、私どもの仕合せの為に、怨みもない他人を不仕合わせに致す事になりますから。

「たとひ餓ゑ死をしても」という誓いは壮絶である。「御客に移し返」す治療法の有効性を信じる金花にとって、客をとることは、単に一度の花代を得る以上の大きな見返りをもたらす行為である。それを自ら禁じることは、たしかに余程の覚悟を要するだろう。

だが、その金花が、誓いを積極的な行動に移していないのは不思議なところだ。なるほど彼女は、買春を望む客に「病んでゐる証拠を示」してそれを断ることがあったというが、「実質的には一時も〈廃業〉していない」[4]。「この商売をしなければ、阿父様も私も餓ゑ死をしてしま」うのなら、「私窩子」ほど儲からないにしろ、かすかに糊口をしのぐ別の商売を見つけようとしてもよさそうなものだが、その気配はない。「或秋の夜半」に部屋を開けて西瓜の種を噛んでいる様子は、秦剛の指摘するように、まるで「「客の来る」のを待ち望んでいるかのよう」[5]である。「なじみの客」と「一しよに煙草でも吸い合う」だけの稼ぎ方では生活できないのが明らかなのにも関わらず。

もしかすると、あの祈りとは裏腹に、金花の心の内に客を待つ気持ちがあったのではないか、と疑われる理由はまずここにある。病気のことを誠実に告げて断るつもりだったけれど、不可抗力によって断りきれなかった、というような言い訳ができれば、金花にとって最も好都合だろう。例えば、相手が「支那語」が「わからない」酔漢だというような場合がそれに当たるのではないか。

「見慣れない外国人」が部屋に入ってきたときの金花の態度は、その疑いを一層強くさせる。それまでも、「支那語を知らない外国人と、長い一夜を明す事」があった金花は、「この外国人が彼女の商売に、多少の理解を持つてゐる事」をすぐに見抜くが、彼女は彼を追い出すわけではなく、「相手には全然通じない冗談などを云ひ始め」る。「装飾らしい家具の類なぞは何一つ」ない部屋で、相手の男に「病んでいる証拠を示」すわけでもなく単に「首を振り続け」た金花の態度は、あとでどのように語ろうとも、自分の売値をつり上げるために客をじらせる意味しか持ち得なかったろう。

現に翌朝の金花については、「約束の十弗の金さへ、貰ふ事を忘れてゐた」と語られている。金花は決して「恋愛の歓喜」のために自分の身体を無償で「見慣れない外国人」に提供するつもりだったわけではないのだ。花代こそ貰い損ねたが、この夜の金花と「外国人」との間に起こった出来事は、通常の売買春に過ぎない。その証拠に、金花への焦点化傾向が強い「二」の語りの中でも、彼はなかなか「基督」とは呼ばれない。夢の中でも目覚めた後でも、男は生身の「外国人」として金花の意識にのぼり、金花は彼への病気の感染を案じているのだ。

だがその心配は、皮肉にも、楊梅瘡の痕が消えたことに金花が気づいた瞬間に解ける。というよりこの瞬間に金花が、楊梅瘡の消滅は「御客に移し返した」結果ではなく基督の「奇蹟」の表れであると、解釈の修正を行ったのである。そういうことなら、彼女は他人の犠牲を経ずに商売のできる身体を取り戻したことになる。金花が「約束の十弗を貰」わなかったことの意味はここで反転するだろう。金銭の授受を伴わない昨夜の行為は、売買春ではなく「恋愛」の結果だと言い得るからである。

このようにして、半ば確信犯的に「支那語を知らない外国人と、長い一夜を明かした」金花は、その結果として楊梅瘡の消滅を、「信仰」と「恋愛」がもたらした「奇蹟」として〈物語〉化することができた。それこそ金花の「無意識」が為したかもしれないこうした〈物語〉化によって、金花は、楊梅瘡の完治を、自分にも朋輩にも、また医療にあまり通じない客の多くにも信じさせることができたことだろう。(6) また、病気を「御客に移し返」すことのできない「敬虔な私窩子」としての自己像を維持し、死んだら「天国」に行けるとの確信を持ち続けることもできたに違いない。そのように考えるとき、この〈物語〉は単なる「西洋の伝説のやうな夢」ではなく、宋金花という少女が生きのびるために必要とした、起死回生の〈物語〉として読者に迫ってくるはずである。

3

尤もこうした周到な〈物語〉化は、宋金花ひとりの力によるのではあるまい。小説読者が受け取っているのは、宋金花が話した元・〈物語〉ではなく、それをもとに小説の語り手が再構成した現・〈物語〉でしかないからである。

例えば、楊梅瘡の痕がないことに気づいた金花を、「再生の主と言葉を交はした、美しいマグダラのマリア」にたとえたのは、明らかに語り手のしわざである。

福音書では、マグダラのマリアとはイエスの磔刑、埋葬、そして復活に立ち会った人物とされ、ルカ伝ではさらに、イエスに「悪霊を追い出して病気をいやしていただいた何人かの婦人たち」のひとり、「七つの悪霊を追い出していただいたマグダラの女と呼ばれるマリア」(7)として紹介されている。その解釈をめぐる歴史の中で、マグダラのマリアに「罪の女」、改悛した「娼婦」のイメージが付与されてきたことは、諸氏がつとに指摘するとおりである。(8)金花に与えられた「敬虔な私窩子」という表象はたしかに矛盾をはらんでいるが、(9)「聖女にして娼婦」(10)というマグダラのマリア像を参照することで、読者にとってその矛盾は受け入れやすいものへと変化するだろう。同時に、金花の心にあり得た「御客に移し返」す治療への欲望は、「聖女」のイメージの中に消えていくのだ。

語り手が提示する現〈物語〉の中では、「恋愛」のコードも、金花の治療への欲望を消す装置として働いている。先に私は金花の祈りの前半に、「御客に移し返」す治療法の有効性を信じる思いを見、ゆえにこそ誓いをたてて自戒しようとする引き裂かれた心のありようを見たが、その祈りの後半は、なんと「恋愛」による破戒を恐れる言葉へとずれていくのだ。

しかし何と申しても、私は女でございます。いつ何時どんな誘惑に陥らないものでもございません。天国にいらつしやる基督様。どうか私を御守り下さいまし。私はあなた御一人の外に、たよるもののない女でございますから。

祈りの前半からすれば、金花にとっての「誘惑」とは、病気を治すために客をとってしまおうというもの以外には考えにくい。ところがここではその「誘惑」が「どんな誘惑」として幅を持たせられる一方で、「女」ゆえに陥りやすいものともされているのだ。性的な「誘惑」を想像させるこの語りは、このあと金花が「見慣れない外国人」を「どんな東洋西洋の外国人よりも立派」だと思い、「男らしい活力」を感じて好感を持つことの「伏線」(11)として働くしかけになっている。「信仰」と表裏一体となった基督への「恋愛」感情のために誓いをも忘れる女――この金花像には、生き延びる欲望を持ち、そのための〈物語〉を紡いでいこうという主体性はすでに見られず、代わりに「無意識」で受動的な少女の生が代入されている。元〈物語〉に対する語り手の介入は、金花の〈物語〉を聖化する営みであると同時に、その主体性を剝奪してマグダラのマリア像の中に封じ込めようとする働きでもあるのだ。

しかし、この危ういバランスは、George Murryにむける強烈な悪意によって、語り手自らが崩していると言うべきだろう。George Murryが登場するのは「二」の後半だが、ここで語り手は、一方で金花に焦点化し、彼女が相手に対して感じた好感を語る。ところが妙なことに、金花の感想と並行して、語り手自身がこの男に対して持つ悪印象も語られていく。――「腰が抜けたやうに尻を下した」「客の吐く息は酒臭かつた」「おとなしくにやにや笑ふと、片手の指を二本延べて」「近々と酔顔をさし延ばして」「ズボンの隠しを探つて、じやらじやら銀の音をさせながら」――この男の下品さを示そうとする語りは執拗である。その上語り手は、この男に対して金花が感じた好印象が、バイアスのかかった信用できない情報であることさえ暴露してみせるのだ。

かう云ふ客の様子も、金花には優しい一種の威厳に、充ち満ちてゐるかのやうな心もちがした。（傍点篠崎）

このように金花の認識を相対化する部分も、元〈物語〉にはありえない語り手による粉飾である。が、この部分は、金花の聖化を促すのではなく、かえってその聖性をはぐらかし、ゆるがす働きをなしているだろう。金花の相手が、基督ではなく、単なる外国人の酔客であるとすれば、金花の〈物語〉を支えている「信仰」と「恋愛」自体が錯覚の産物へと転落し、その価値が相対化されてしまうからである。

このようにして、一方では金花の〈物語〉を「信仰」と「恋愛」に染めあげ、一方でそれが錯覚であることを強調する語り手の目的は、一体どこにあるのだろうか。

語り手がここで、George Murryへの強烈な悪意をてこに金花の〈物語〉から距離を取ろうとしているところは、「若い日本の旅行家」の態度とよく似ている。「旅行家」は、「顔だけは今でも覚えてゐる」程度の付き合いしかないMurryを「男振りに似合はない、人の悪るさうな人間だつた」とののしる。それは一見、宋金花のもとで二度も「物好きな一夜を明かし」、「翡翠の耳環」まで記念に贈ったこの「旅行者」の嫉妬のなせるわざとも見える。しかし、語り手までがそれに同調している状況を考えると、そこには、個人的な所有欲を超えた、領土としての女性の身体をめぐる列強の闘争が反映している可能性が浮上してくるだろう。まさに「金花の娼婦としての身体」は、「一九二〇年当時の、日本も含めた列強諸国の植民地主義が争奪し、進出する国際市場としての中国の表象」[12]であり、その争奪の中で「旅行家」及び、日本人らしき語り手が抱く「脱亜入欧的な近代日本の西洋に対するコンプレックス」[13]が、混血でありながら英語の名を持ち英語を使い、米ドルを武器に女を獲得する（その上支払いをごまかした）George Murryへの悪意となって噴出しているということである。

しかもその争奪戦が、小説内では情報をめぐる戦いとして再現されていることに注意したい。最も情報の少ない者は、George Murryの正体を知らない宋金花であり、それを上回っているのが「基督教を信じてゐる、南京の私窩子を一晩買つて、その女がすやすや眠つてゐる間に、そつと逃げて来たと云ふ話を得意らしく話した」Murryである。ところが、Murryの末路を「知り合ひ」の「路透電報局の通信員」から聞くことができた上に、「覚束ない支那語」ができるために金花の元〈物語〉も聴き取ることができた「日本の旅行家」は、さらにその上位に立っていると言える。彼には、それらを統合して〈物語〉を再編することも可能であるはずだ。まるで語り手のように、また、勝利者側のメディアのように。

「上海の競馬を見物かたがた、南部支那の風光を探りに来た」「旅行家」（傍点篠崎）とは、いかにも植民地主義的欲望と経済力の体現者にふさわしい人物だが、彼または語り手のような情報の統合者としてのあり方は、植民地争奪戦に参入した当時の「日本」にとっての理想的な自己像だったと言えるかもしれない。「旅行家」と語り手が、金花の「恋愛」の錯覚を言い立て、その対象であるGeorge Murryを否定し、自分の方が〈知っている〉ということを示そうとした理由はそこにあるのではあるまいか(14)。

こうして、金花の欲望を抑圧した語りは、植民者としての欲望を露わにしていく。金花を支配することを望む語り手及び「旅行家」にとって、「御客に移し返し」てでも生き延びようとする金花の欲望や主体性は邪魔になる。基督を偽装して金花――「中国」――を無償で手に入れたGeorge Murryをうらやむ彼ら――「日本」――は、Murryの轍を踏まぬよう注意しつつ、自分たちも基督を偽装しようと試みるだろう。それを成功させるためには、金花は今後も基督に従順な女でなければならない。マグダラのマリア像は、金花の聖化のためというよりも、その主体性を封じるためにこそ語り手によって呼び寄せられたのである。

尤も近年のキリスト教学においては、マグダラのマリア像を見直す作業も進んでいる。山口里子によれば、イエスの生前から没後にかけて、「弟子であり友」として重要な役割を果たしたマグダラのマリアの像は、口承時代を経て福音書等に記述される過程で、「静かで従順な女性という、上層階級男性たちの願望を反映する」(15)ものへと変形させられたのだという。また、その後もまとわりついた「娼婦」の表象も、初期キリスト教時代の考証によれば、職業名というよりも活動する女性に向けられた罵語である可能性が高いのだという。

言葉の所有者としての男性が、女にまつわる〈物語〉、若しくは女が語った〈物語〉を変形し主体性を簒奪する構図は、宋金花の場合と同じである。しかもその手段として、〈疎外〉されたマグダラのマリアの像が用いられ、〈疎外〉の再生産が行われているとは、何と悪質なことか。

尤も、今も客をとりつつある宋金花は、悔悛した「娼婦」としてのマグダラのマリア像からもはみ出す存在である。金花にマリア像をあてはめることで、彼女が楊梅瘡を「御客に移し返」し続けることのできる身体を持っているという小説内事実から読者の目をそらさせることを、語り手は望んでいたのかもしれない。

そもそも梅毒という病気は植民活動とともに世界に蔓延した病で、金花が「悪性の楊梅瘡を病む体」になったのは、その身体が「東洋西洋の外国人」に対して開かれていた結果である[16]。それを「御客に移し返」すことは、被植民者側からの「無意識」の反撃となり得るだろう。植民者側にとっては、金花が自らの身体に武器を抱え込んでいることを自覚し、「意識」的な反撃を試みることは不都合だ。金花に「わざと熱心さうに、こんな窮した質問」をするしかない「旅行家」の「滑稽」[17]のわけは、おそらくここにある。金花を支配するためにその〈物語〉を否定する一方で、金花がマグダラのマリア像からはみ出していることを認めるわけにはいかないという植民者の「窮した」事情——所詮「旅行家」には、金花の「蒙を啓いてやる」ことなどできはしないのである[18]。

5

基督に偽装して金花たちから利益を得ようとした植民者たち。——しかし、宋金花の夢に現れた「南京の基督」は、「まだ一度も、支那料理を食べた事はない」という。基督は、Murryや「日本の旅行者」とは違って金花たちを消費しはしない。夢の中で「支那料理」は、彼らにではなく、本来それを食べるべき人へと確実に返されている。アロー号事件（第二次アヘン戦争）の過程で結ばれた天津条約（一八五八年）にキリスト教の公認という項目が設けられたことからもわかるように、植民地主義とキリスト教の布教に密接な関係があることは確かだが、少なくとも金花の脳裏に描かれる基督像は、「性的・文化的な外来の支配者」[19]とは異なっている。

宋金花の思い描く基督像は、「こんな商売をしてゐたのでは、天国に行かれない」という「旅行家」の「皮肉」を否定するところ、また「私一人を汚す外には、誰にも迷惑」をかけない限り「天国に行かれる」という祈りの言葉にも表れている。「壁の上の十字架」に祈りを捧げる以外には、聖書を読むでも、ミサに出るでもなさそうな金花だが、この信念は、「隣人を自分のように愛しなさい[20]」という教えにもかなっており、ブッキッシュな「旅行家」の「皮肉」を挫く頼もしさがある。

ただし現実には、近代の南京ではプロテスタントの布教が広く行われ、「羅馬加特力教」の勢力は極めて弱かった。陳諭霖は、中国では「一九世紀末から基督教による教育、医療、文化伝道事業」が盛んに行われたと指摘しているが、南京で医療活動や私娼の救済、大学の建設などを行ったのは、主にアメリカのプロテスタント教派であった[21]。

そうした時代背景は、近代的で知的な文化からはとりのこされてしまった宋金花像を際だたせる[22]。彼女が将来、プロテスタントの活動と出会い、治療を受けるとともに植民地主義にあらがう主体を確実に手に入れる[23]ことができたかどうかは心許ない。そうでなければ、潜伏期は早晩終了し、痛みと容貌の崩れのためにどうにも商売ができない現実に金花は直面することだろう。

そのような将来を想像する時、生きぬくために生み出された金花の〈物語〉の切実さと、それを支配に都合のよいものへとずらそうとした語り手たちの暴力性が、一層鮮明に浮かび上がる。そこから宋金花の〈物語〉をとりもどし、「南京の基督」とともに彼女の存在を肯定するための試みとして、小論はある。

注

（1）　拙稿「ジェンダー―「芥川」と「芥川研究」を問い直す鍵―」（関口安義編『解釈と鑑賞別冊　芥川龍之介　その知的空間』至文堂、二〇〇四・一）

（2）　溝部優実子「『南京の基督』―〈少女〉／〈娼婦〉としての金花―」（『芥川龍之介研究年誌』5号　二〇一一・五）

（3）　宮野光男「芥川龍之介「南京の基督」を読む―マグダラのマリアのような宋金花―」（佐藤泰正編『芥川龍之介を読む』笠間書院、二〇〇三・五）

（4）　秦剛「〈自己〉、そして〈他者〉表象としての「南京の基督」―同時代的コンテクストの中で―」（『芥川龍之介研究』

創刊号　二〇〇七・九）

（5）秦剛、（4）に同じ。高橋博史『芥川文学の達成と模索―「芋粥」から「六の宮の姫君」まで―』（至文堂、一九九七・五）にも、「客が彼女の部屋に入ってこられないようにしてしまえば済むこと」との指摘がある。

（6）谷畑美帆『江戸八百八町に骨が舞う―人骨から解く病気と社会―』（吉川弘文館、二〇〇六・六）によれば、梅毒に感染した吉原遊女は、「鳥屋《とや》」で一時謹慎、「ある程度の時間が経過し」て「脱毛や発疹が一時的に収まる」と、「「鳥屋出」し、再び客をとり始めた」という。宋金花はもちろん、陳山茶とその姉、及び周辺の多くの人々も、感染第二期と三期の間に相当するこの鎮静状態を、吉原の遊女や客と同様に「治癒」と見なしていた可能性が高い。

（7）『聖書　新共同訳』「ルカによる福音書」第八章二節

（8）マグダラのマリアの表象については、岡田温司『マグダラのマリア―エロスとアガペーの聖女―』（中公新書、二〇〇五、一）を参照した。ほかにも宮坂覺「「南京の基督」論―金花の〈仮構の生〉に潜むもの―」（『文藝と思想』一九七六年）が比較文学的見地からマグダラのマリアと金花のイメージを測定しようとしているほか、曺紗玉「芥川龍之介「南京の基督」とキリスト教」（『芥川龍之介研究』創刊号　二〇〇七・九）が、芥川のマグダラのマリア認識について詳説している。

（9）秦剛（（4）に同じ）にこの指摘がある。

（10）岡田温司、（8）参照。

（11）栗栖真人「芥川龍之介「南京の基督」論」（『別府大学紀要』一九八四・一→石割透編『芥川龍之介作品論集成第3巻　西方の人』翰林書房、一九九九・八）栗栖はここに「女であるが故にいつ陥らぬとも知れぬ誘惑」を読んでいる。

（12）秦剛、（4）に同じ。

（13）中村三春「混血する表象―小説「南京の基督」と映画『南京的基督』―」（『日本文学』二〇〇二・一一）

（14）西山康一「「幻想」／「迷信」としての〈中国〉―芥川龍之介「南京の基督」における〈科学〉と〈帝国主義〉―」（『文学』二〇〇二・五、六）に「日本の旅行家と語り手の共犯関係の中で、金花のキリスト教信仰が、浅薄なものとして提出されている」との指摘があるが、これも〈情報〉の多寡による権力不均衡の問題としてとらえられよう。

（15）山口里子『マルタとマリア―イエスの世界の女性たち―』（新教出版社、二〇〇四・三）。山口はヨハネ伝の読み直しによってマグダラのマリア像を刷新しているが、これとは別に、新約聖書成立後に異端と見なされるまで広く読まれたというグノーシス文書「フィリポの福音書」（一九四五年にエジプトで発見されたナグ・マハディ写本に含まれる）で、マグダラのマリアが「イエスに愛された弟子」で「伴侶」とされていることを重んじる立場もある。

（16）『大阪毎日新聞』（一九二〇・一二・二二朝刊）には、「梅毒と淋病の混合伝染に注意せよ」との薬局の広告が掲載されており、チャイナドレス風の装いの女性が顔にバラ疹を発した絵が付されている。中国に旅をして私娼を買うという「日本人旅行者」のような行動が、ある程度一般化していたことを示す広告だと言えよう。なお当時の新聞には、連日梅毒治療についての広告が複数掲載されており、この病気がいかに蔓延していたかが伺える。（図）

（17）西山康一、（14）に同じ。

（18）映画「南京的基督」（區丁平監督、一九九五年）では、岡川龍一郎と呼ばれる日本人客が、金花の「基督」が偽者であることを暴いた上で、梅毒の治療を勧める展開になっている。自分と基督とどちらが大切か、と金花を問い詰める岡川の態度には、基督による癒しの〈物語〉の中に主体を埋没させることで現実逃避しようとしている金花に対する誠実さが見えると言えるかもしれない。

（19）中村三春、（13）に同じ。

（20）『聖書　新共同訳』「マルコによる福音書」第一二章三一節

（21）楊森富編著『中国基督教史』（台湾商務印書館股份有限公司、一九六八・六）

（22）陳諭霖「芥川龍之介「南京の基督」にみる「怪奇」―〈奇蹟〉と〈迷信〉をめぐる問題系―」（『アジア社会文化研究』二〇一二・三）

（23）金陵女子大学（現南京師範大学）、金陵大学（現南京大学）といったプロテスタント系の大学には、一九三七年の日本軍の侵略時に、国際安全区が置かれた。

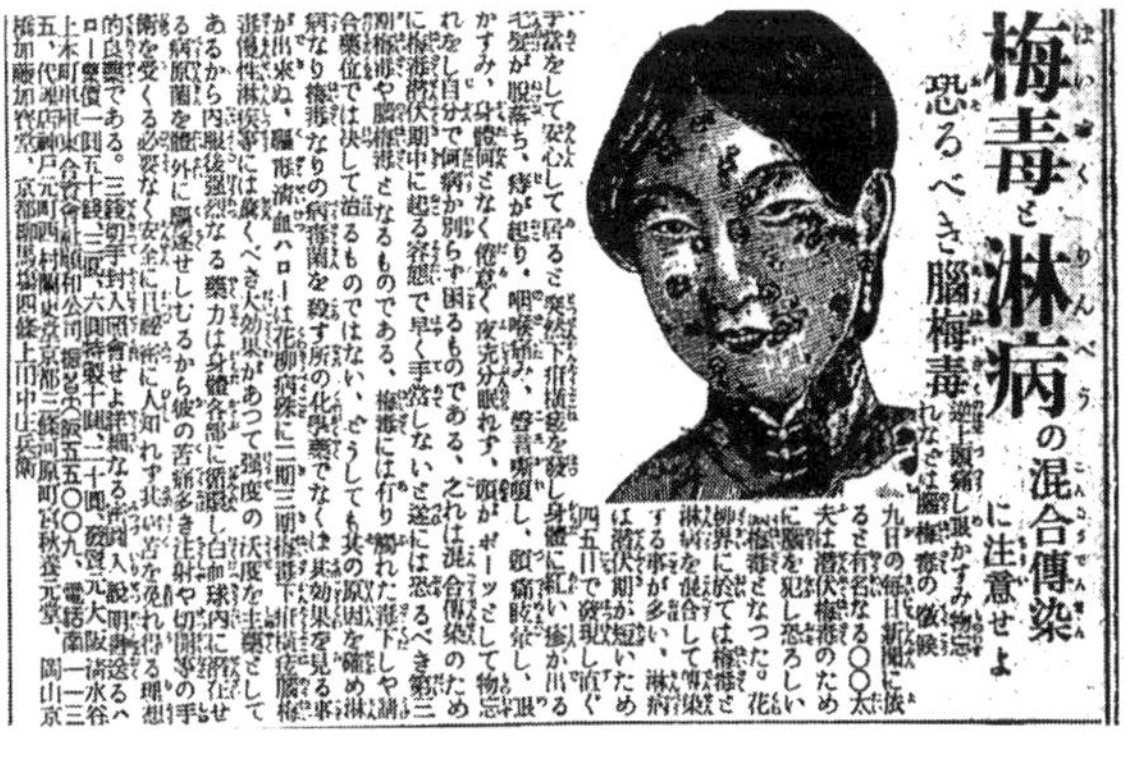

「神神の微笑」——〈我我〉の聴く不協和音《オーグメント》

安藤公美

「神神の微笑」(『新小説』一九二二・一)を読むとは、如何なる行為なのであろうか。日本で「泥烏須の教」を布教するオルガンティノの「物語」と、そのオルガンティノを三世紀以前の南蛮屏風に戻す語り手による「附記」を併せもつこのテクストは、夙に日本文化論の一書として繰り返し開かれてきた。(1)「物語」のなか、日本を表象する老人の語る「造り変へる力」への考察を主とし、例えば、ラフカディオ・ハーンの「日本的霊性」『日本人の微笑』などとの共通意識や、遠藤周作「沈黙」の問題への連鎖など、プレ/ポストテクストとしての言及がなされた。(2)一方で、テクストに充溢する「雰囲気」や「自然の霊的変容の妙」をブラックウッドの「柳」*The Willows*からの引用とみる論や、日本古典の西欧由来説(百合若とユリシーズなど)など同時代の日欧交渉史考との相同性も指摘されてきた。(3)「神神の微笑」は、日本を基点に内向きにせよ外向きにせよ、異文化受容のダイナミズムを知る恰好のテクストということができる。

だが、このような読みの中に、福田恒存以来テクストの音に耳を傾ける機会を逸してきたのは何故なのだろう。「神神の微笑」は、実に静かな、そして実に喧騒なテクストである。南蛮寺の「ひつそりと」した庭で何者かの「囁き」を聴いたオルガンティノは、「人音も聞こえない内陣」に「そつと独り語を洩ら」し、南蛮寺の庭の「沈黙が擾される」のは、「寺の鳩が軒へ帰るらしい、中空の羽音より外はなかつた」のだし、そこに登場した老人も、「そつと」オルガンティノの肩を叩き、「静かに」話し出す。一方で、南蛮寺堂内で見たオルガンティノの幻覚は、「けたたましい鶏鳴」、神々たちの「愉快さうに笑ひ興じ」る声、「霰のやうに響き合つた」玉の音、「縦横に風を打ちまはつた」小笹の枝の音などを響かせており、中でも「澎湃と天に昇る」「大勢の男女の歓喜する声」、「大日孁貴！」の合唱は、オルガンティノを失神させるほど強い。また、教会の庭での老人との邂逅後、「眉をひそめたオルガンティノの上へ」響くのは、「アヴェ・マリアの鐘」であり、もう一音、「附記」には「我我の黒船の石火矢の音」が轟く。オルガンティノらに向い、「必古めかしい君等の夢を破る時があるに違いひない」と突き付ける「石火矢の音」は、読み手の遠近法《パースペクティヴ》に左右されながら遠く近くに響くだろう。

「神神の微笑」に、静かさとそれを冒す違和としての音を聴くべく読みの聴覚を澄ませば、弱音《ピアノ》の中に三つの強音《フォルテ》を配すテクストの音風景が確認される。静寂の中に響く「大日孁貴！」の唱和、「アヴェ・マリアの鐘」、「黒船の石火矢の音」の三つの強音は、オルガンティノが失神し、困惑し、覚醒する身体を刻む不協和音《オーグメント》としてある。京都南蛮寺の風景の中に蘇る古代日本の風景、そして近代の開港風景から眺められる南蛮屏風絵と、複数の時間と領域の中に配置されたインターテクストが響かせるこの不協和音《オーグメント》を、では読み手は如何に聴くのだろうか。

1 「大日孁貴！」の合唱

日本を舞台に「造り変へる力」を言挙げ、日本神話に言及する「神神の微笑」の〈日本語り〉と、「日本現代の文化は」「西洋人に先《さきだ》ちて支那及印度の文化を咀嚼したる結果」であり、「是等の外来文化は皆之を自国化せなければ承知しない(4)」という明治期になされた〈日本語り〉の間に差はあるだろうか。「神神の微笑」のいう「造り変へる力」は、国体論の登場と足並みを揃えて反復された「採長補短」「同化力」などのキーワードを用いて日本の固有性を語ろうとする言説と重ねて理解されるべき側面をもつ(5)。「物語」後半に登場する老人の、「支那の哲人たちの後に来たのは、印度の王子悉達多です」、「仏陀の運命も同様です」、だから「西洋も変らなければなりません」という口ぶりと、「我国民の同化力絶大にして、往時既に支那印度の文明を咀嚼消化し、儒教の粋をとり、益々根幹を強めて置いたものでありますから、今度西洋文明を輸入して、之に接しましても其国本少しも動揺せずして益々繁茂するとは当然の理たる事を知らぬからであります」(6)という井上哲次郎のそれとの差異は限りなく小さい。また、「泥烏須もこの国へ来ては、きつと最後には負けてしまひますよ」という老人の言と、「神道は日本民族固有の思想なればこそ、仏教入り来るも滅せず、耶蘇教入り来るも絶えない」(井上)という言も同質性を免れない。さらに、「この国の歴史に疎い彼には、折角の相手の雄弁も、半分はわからずにしまつたのだつた」オルガンティノは「茫然と、老人の顔を眺め返し」、「眉を顰め」るしかなく、この表情は「かく種々複雑した微妙の国民思想は容易に西洋人に了解出来ませぬ」(同)という排他的発想への素直な反応とも読める。老人の為した雄弁は、当時の〈日本語り〉イデオロギー宛《さなが》らであり、そうであれば現代の視点からは糺されるべき運命にあるといえる。(7)しかし、興味深いのは、むしろそのような〈日本語り〉の反復から逸脱していくテクストの〈声〉である。

「物語」のなか、オルガンティノは南蛮寺堂内で祈りの最中に幻覚を「見た」。

　彼は赤い篝の火影に、古代の服装をした日本人たちが、互ひに酒を酌み交しながら、車座をつくつてゐるのを見た。そのまん中には女が一人、――日本ではまだ見た事のない、堂堂とした体格の女が一人、大きな桶を伏せた上に、踊り狂つてゐるのを見た。桶の後ろには小山のやうに、これもまた逞しい男が一人、根こぎにしたらしい榊の枝に、玉だの鏡だのが下つたのを、悠然と押し立ててゐるのを見た。彼等のまはりには数百の鶏が、尾羽根や鶏冠をすり合せながら、絶えず嬉しさうに鳴いてゐるのを見た。

「桶の上にのつた女」の踊りも身体も、「オルガンティノの眼には、情欲そのものとしか思はれなかつた」と描かれ、この後、岩戸から出た神に向い「大日孁貴！　大日孁貴！　大日孁貴！」という唱和が二度も繰り返されるに至り、彼は失神する。天照大神の岩戸隠れという見慣れた記紀神話の情景として一瞥されてきた場面である。近代日本がこの天照を皇祖神として祀り、また天照を祀る伊勢神宮を国家の礎、国体の故郷として配置したことを考えるなら、この挿話もまた、当時の〈日本語り〉の反復に過ぎない。しかし、語り手がこれを「日本の Bacchanalia」

と紹介している点に拘泥《こだわ》れば、「大日孁貴！」の唱和はまったく別の声として響いてこよう。

Bacchanaliaとは酒神バッカスの祭のことだが、前の引用部分は、熱狂や情欲を象徴するこのデュオニソスの祭としてデフォルメされていないか。この戦略は、キリスト教に追いやられた古代ギリシャの神々を描いたハイネ「流謫の神々」の引用ともとれる。(8)「流謫の神々」は、「キリスト教徒の勝利以後」の古代マルスの悲劇的運命にまず言及し、「大退却ののちのバッカス神の方はマルスやアポロンよりはいくらかよかった」と次に記し、Bacchanaliaを描いていく。「すばらしく美しい若者」が「威厳をもって、しかも朗らかなまなざしをして」「黄金の凱旋車に」飛び乗り、一方で「頭のはげたでか腹は大はしゃぎする女たちによってろばに乗せられ」とはアポロンとバッカスの登場であり、その車の後には、「ぶどうの枝葉で編んだ冠をかぶった男女」が踊りながら随い、宮廷音楽隊やドッペルフリュートを吹く少年、タンブリン奏者の娘たちや、角や貝でファンファーレを吹くホルン吹きなどが続く。この優雅なまぼろしは「何にも拘束されない狂乱でもって、歓声をあげ、あばれまわり、「エーヴォエ・バッケ」〈バッカス万歳〉と歓呼の声をあげながらもう一度異教の歓喜のダンス」を踊るために廃墟から出てきた古代の神々の姿である。Bacchanaliaの語を介して、「エーヴォエ・バッケ」と「大日孁貴！」の声は重奏する。

「大いなるパンは死にました」、しかし「我我はこの通り、未だに生きてゐるのです」とは、オルガンティノの前に現れた老人の言葉だが、差異を示しつつも「我我は世界の夜明けを見た神」なのだと、起源の志向、及び超時間的存在として同一視する。ギリシャと日本の神の同期が可能なのは、天照ならぬ「大日孁貴」の賛歌故といえよう。「大日孁貴」は、「古事記」にはみられず、「日本書紀」登場第一の場面に、伊弉諾・伊弉弥二神により「共生日神。号大日孁貴」「一書曰、天照大神」と記されており、天照と単純にイコールで結べる存在ではない。(9)老人は、〈造り変へる力〉の一例として「大日如来の姿の中には、印度仏の面影よりも、大日孁貴が窺はれはしないでせうか？」とオルガンティノに問うが、ここでも周到に「大日孁貴」の語が使われ、テクストが一度も天照の名を挙げていないことは特筆されてよい。なぜなら、「素晴らしい日の女の貴い神」「大日孁貴」は、「皇祖神を表すとされる「天照大神」に対し、より根源的な自然神としての性格を表す名」（太田真理）だからである。

天照は、明治憲法により「国体の精華」の淵源をなす神として規定されて以来、敗戦後の一九四六年の日本国憲法公布までの七七年間、近代国家権力の支柱としての役割を果たしてきたという。[10]一方で、大日孁貴の名を使うことは、「その時代の人々しかもっていない自然観や世界観、あるいはまた女性観」の優先性《プライオリティ》が示されることになる。皇祖神としての天照や伊勢神宮を特権的に一元化していく七七年間の硲に、「神神の微笑」が可視化される日本の神のオリジナリティとして天照を退け、自然神（その最高神）である大日孁貴を据えた点は小説としても極めて異例のことだったのではないか。この点において、テクストは当時の〈日本語り〉の同一反復の域を逸脱する可能性をみせる。バッカナーレ最高潮の歓声「エーヴォエ・バッケ」に重なる「大日孁貴！」の唱和の声は、イエスを言祝ぐ「ホザナ」の鬨の声とも共鳴しながら、[11]当時の〈日本語り〉には容易には馴染まぬ不協和音として響いてくる。

2　南蛮寺・聖母マリアの鐘

引用という観点は、南蛮寺の庭から始められるこの「神神の微笑」が、その門前を舞台とする木下杢太郎の「南蛮寺門前」（『スバル』一九一〇・三）をより直接的なプレテクストとしていることに気付かせる。「西方の人」序文に北原白秋や木下杢太郎の追随者としての「私」を芥川は告げたが、それに先立ち「木下杢太郎氏が新しい劇をかきましたが、これは何れも美しい劇であります、美し過ぎるかも知れませぬ」（「文芸雑感」『輔仁会雑誌』一九一三・七）と述べ、[12]「不可思議な南蛮情調」（野田宇太郎）、「抒情詩的」（小山内薫）と評された「南蛮寺門前」をリスペクトしている。[13]両者の関係は、早くに平岡敏夫により「芥川に見た東西宗教の対立はすでにここに意識されている」と指摘がある。楽劇として創作され、山田耕作（後に耕筰）が曲をつけ、六代目（尾上菊五郎）による演目として興業されたことでも有名な「南蛮寺門前」の先駆的意義は、長唄と西洋音楽、仏教とキリスト教、宗教と恋愛、対話と暴力など、いずれもが折り合うことなく共存するハイブリッドな状態を演出した点にあるといえよう。

「神神の微笑」を南蛮寺の物語として焦点化すれば、テクストに先行する芥川の複数の〈南蛮寺もの〉にも注意が向く。南蛮寺の門番の物語である「南蛮寺」(14)、伴天連うるがんを登場させる「悪魔」(『青年文壇』一九一八・六)、そして、南蛮寺の庭に巴毘弇《はびあん》の語る「るしへる」(『雄弁』一九一八・一二)などである。「南蛮寺」は「腰に唐艸の彫をめぐらせて」「羅甸文字で麻利那の名を刻んだ鐘」の音と共に門の開閉を行う母娘の物語であり、「悪魔」には「外の人の見えないものまで見えた」「伴天連うるがん」の「青い瞳」が語られ、「るしへる」の巴毘弇《はびあん》が歩む南蛮寺の庭は、「異国より移し植えたる、名も知らぬ草木の薫しき花を分けて、ほの暗き小路」云々と書かれる。鐘、うるがん、庭といずれも「神神の微笑」の設定と関連が深い。これら門内の物語は、光と闇、善と悪など対立や両極の間にその本質を問うドラマとして展開され、門前そのものを対立、葛藤の場《トポス》とした「南蛮寺門前」とは異なる。芥川の〈南蛮寺〉は、単なる舞台ではなく、文化や価値観の相違から拠って来る「悲痛な矛盾」(平岡)を積極的に際立たせるために、登場人物の身体を葛藤の場《トポス》に据え、その身体の留まる領域として設定されている。

「神神の微笑」の主人公に据えられたのは、悪魔でも堕天使でも棄教者でもない、独りの熱心な宣教師であった。オルガンティノは本名をGnecchi Soldo Organtinoといい、イタリア出身のイエズス会宣教師である。一五七〇(元亀元)年来日し、ルイス・フロイスの補佐役として畿内に派遣され、織田信長の厚遇を得て、南蛮寺(被昇天の聖母教会)やセミナリオを建て布教に努めた。同時に来日した布教長カブラルとは対照的に、日本順応主義をとったことでも知られている。日本語を覚え、米を食べ、仏僧衣を着た彼を、「宇留岸《うるがん》様」「宇留岸伴天連《うるがんばてれん》」と日本人が称したとの挿話は、異文化受容に際しての対称性をよく表していよう。オルガンティノはテクストに「Organtino」として登場し、「ウルガン伴天連」として退場した。当時来日したシャビエル(ザビエル)、フロイス、ヴァリニャーノなど知名度の高い人物の中にあり、テクストがオルガンティノを選ぶのは、イタリア人「Organtino」から日本人「ウルガン」へ、つまり外に変容し内に葛藤する身体として相応しい存在であったという理由にもよろう。同じ南蛮寺にあって、一人の日本人が巴毘弇《はびあん》という名で葛藤するのと丁度裏返しである。オルガンティノは一六〇九（慶長一四）年に長崎で没するまで、来日以来四〇年を激動の吉支丹・切支丹史の中にその身を置いた。

しかし、テクストはオルガンティノの歴史的実在性をほとんど問わない。南蛮寺の庭で枝垂れ桜を見、教会内で幻覚を見、そして再び庭で老人に声をかけられ、その度にオルガンティノは胸に十字を切り「御主守らせ給え！」と繰り返すばかりである。芥川文学にあって見慣れた〈誘惑の構図〉といえよう。芥川の南蛮寺ものにおいて悪や闇の側に住む悪魔や棄教者が善や光に揺り動かされるのとは異なり、宣教師の揺らぎは布教活動に内在する問題としてリアリティをもつ。キリスト教の神が勝つか日本の神が勝つかというテーゼは、葛藤する身体の為にこそ必要とされているのであり、したがって、南蛮寺のトポス内にオルガンティノがある限り勝敗の間《あわい》に揺れることが必須となる。そのような領域に彼を囲い込んだ「物語」の最後に鳴るのが、「アヴェ・マリアの鐘」である。

聖母《アヴェ》マリアの鐘とは、教会が朝午夕の日に三度鳴らす、所謂アンジェラス（天使のお告げ）の鐘をいう。この鐘の音を聴いた信者は何処にいても足を止め、マリアの受胎告知とイエスの宿りの秘儀へ感謝する祈りを捧げる宗教性の高い音といえる。[15] 例えばミレーの《晩鐘》は、夕暮れの中に祈る農夫婦が印象的な絵画だが、彼らが畑にあって祈るのは遠くに鳴る鐘を聴くからである。京都の南蛮寺は、一五七六（天正四）年八月一五日聖母マリアの祝日に最初のミサを捧げた。その翌年にあたる「1577」の数字が刻まれた鐘は、門とは別に、信仰の領域を画定するように人々の頭上に鳴り渡っただろう。「神神の微笑」では、老人の話を聴き「眉を顰めて」困惑するオルガンティノの直下に同じ鐘を響かせた。果たしてオルガンティノはこの鐘により救われたのか、それともより一層困惑したのか。聴く主体の差で、響く音は救いの音にも不協和音にもなり得るだろう。

木下杢太郎による「南蛮寺門前」にもこの鐘は響いている。冒頭、「夕やけこやけ」と始まる子どもたちの歌う童謡は、「鐘が鳴る鐘が鳴る十字の金はきらきら光る」と続く。[16] 作曲をした山田耕筰自身が、「なつかしい、夢幻的な木下君の童謡は、われわれの胸に、美しい夢として、ながくながく歌はれることだらう。あの南蛮寺の摩訶ふしぎな鐘の音にのつて……[17]」と追憶しているように、この鐘は信仰とは別趣の音を鳴らした。鐘から始められた物語は、結末部の「あの時あの恋がかなうたなら、何も不可思議は欲しうは無かつたのぢや」と言いながら長順が瞑目する場面にあって「門内の鐘声、大鐘声を以て終る。」のト書きと共に閉じられる。その音は、異文化側からの妥協を許さぬ意志を伝える音として門内から漏れ出し、それ故に人を強く誘惑する「不可思議」の象徴とも考えられる。結末の大鐘音は、一篇のカタルシスたり得ている。

南蛮（吉支丹）研究にあって、この鐘に繰り返し言及したのが新村出であった。「かの鐘は蓋しこの新寺の楼上より奇しき響きを洛中にひゞかしゝものならん[18]」など、新村は論文の中にやはり信仰とは無縁の音を響かせている。一九二六（大正一五）年七月の『新小説』は「南蛮紅毛号」と称し、木下杢太郎「南蛮文学雑話」、齋藤阿具「阿蘭人の江戸参例」、鮮血遺書考註者の松崎實「踏絵雑考」、高市慶雄「聖フランシスコ・ザベリヨ日本紀行」など、研究を牽引する論者たちの文章を挙って掲載した。その特集の冒頭頁には、この鐘の写真が選ばれている。南蛮寺の鐘は、天正年間の京都南蛮寺から、大正期の吉支丹・南蛮研究という場にその有効領域を移行したわけである。写真は、単なる視覚資料としてではなく、「不可思議」を象徴し、南蛮研究を代行するものとして再配置されたといえる。「神神の微笑」は同じ鐘を鳴らしつつ、しかし「不可思議」とは別趣の調べとして、揺らぐオルガンティノの身体のために永遠に「物語」の末尾に鳴り渡っている。

3　我我の黒船の石火矢の音

「神神の微笑」に響く二音は、聞く主体の問題意識と関わり、場にそぐう音としても不協和音としても聴き留められる。前に挙げたハイネ「流謫の神々」は、祭りの情景を描いた後、「たいへん教養のある、学識の深い読者」である「あなたがた」に向け、今語ったことがバッカナーレであることに「とっくに気づいておられ」、それ故「驚きはしないだろう」と付記している。「神神の微笑」においても、天の岩戸場面を前に読み手が驚きも失神もしないのは、同様の読者故といえる。語り手と読み手との共通理解を前提として、オルガンティノをその共通意識から排除していくのもまたテクストの戦略ではあるが、オルガンティノが失神する程の刺戟としてある「大日孁貴！」の声を聞き逃すことがあっては本末転倒であろう。

不協和音は、覚醒を促す徴であり、その点ではアヴェ・マリアの鐘も同様である。鐘が置かれる場により、キリスト教信仰の領域から南蛮研究の領域へと聴く主体もまた移行する。「神神の微笑」が「南蛮寺門前」と同じ鐘の音を鳴らすのは、木下や新村、斉藤などの行う南蛮研究という〈事業〉へのリスペクトがまずあってのことだが、同時に不協和音としての可能性を残すのは、「不可思議」を象徴する南蛮研究的発想からの逸脱を示し、研究が触れずにいる問題への意識化を目論む。また、この鐘は、老人の「負けですよ」というかそけき声と交代して鳴るが、鐘の強音よりも老人の小声がより拡声されてきた読みの現状を思えば、ここでも音は、キリスト教信仰でも南蛮研究でもなく、日本文化論的文脈を採用する主体の聴覚を明かしている。「神神の微笑」の音の場は、読み手の在り処を露わにする認識的布置として繰り返し設定されていくといえよう。

では、第三の音、「附記」に鳴る「我我の黒船の石火矢の音」は如何なる覚醒を促すのか。「物語」が南蛮寺で提出してみせた神と神神の勝負は、「附記」の中に「やがては我我の事業が、断定を与ふべき問題」として突如再配置される。また、「新たに水平へ現れた、我我の黒船の石火矢の音は、必古めかしい君等の夢を破る時があるに違ひない」と相俟り、この「我我」が果たして何者なのかを読み手に問わせずには擱かない。「我我」という自明に思われた主体が、実に不透明な存在であることを気付かせるわけだ。石火矢の音によって目覚めるのは、三百年の眠りにあるオルガンティノなのではなく、〈我我〉意識なのである。「神神の微笑」がタイトルを裏切り、微笑不在であることは既に指摘があるが(19)、不在にもかかわらず〈日本語り〉としてのリアリティを保つのは、この〈微笑〉の意味を理解するのがほかならぬ読み手の知識に拠るからであった。言い換えれば、「物語」の背後に身を潜めていた〈我我〉意識が突出することにより、はじめてテクストは〈日本文化論の小説〉として誕生するといえよう。もともとはオルガンティノと南蛮屏風の物語に過ぎないにもかかわらず、異なる文脈における(例えば堀田善衛や柄谷行人などの)「神神の微笑」の使用の仕方がその傍証ともなろう(20)。

〈我我〉意識は、主体の領域選択の意志に関わる。第三の音は、「我我」が何者であるかを問うのではなく、〈我我〉意識の領域が何処《いずれ》かを問う。民族概念の構成要素のうち、政治的自律への強い意思を有する〈ネイション〉に対し、さほど強力なものではない「われわれ意識をもつ文化(何らかの文化的共通性が認められる)集団あるいは文化共同体(21)」を〈種族〉と捉えるという。文化共同体としての〈我我〉意識が「一定水準以上の一体感に支えられた自律への意思」であるなら、その意思が発動するときは常に、一体感を共有しない〈非・我我〉を仮想することになる。「神神の微笑」を読むとは、このような一体感と排他性を伴い為される、伸び縮みする〈我我〉意識を拠り処にする行為といえるだろう。テクストの冒頭に「懐郷の悲しみ」をオルガンティノは強調された。それは日本の〈神神〉に変容させられていく恐《おそれ》と同時に、〈我我〉意識から疎外されていく悲しみへの反応ともなる。その彼が「付記」において南蛮屏風へ「帰つて行つた」と語られるのも、テクストが帰属の在り処を問題にしていることを示す。ウルガンは南蛮屏風に、Organtino はイタリアに、オルガンティノは南蛮寺に在ることが相応しい。しかし、〈我我〉の在るべき場所は想定可能だろうか。ここでも「懐郷の悲しみ」を担うべきは、南蛮屏風を見る「我我」であり、テクストを前にした〈我我〉ではなかったろうか。

グローバル化、トランスナショナル化する世界に生きる〈我我〉が優先すべきは、本源的なものを絶対化しない意識であり、領有性の未決定であるという。このような中で「神神の微笑」を日本文化論として無批判に読むことに今意味を見出すことは難しい。「物語」において、日本人が泥烏須の教えに帰依したことを喜ぶオルガンティノに対し、老人は「唯帰依したと云ふ事だけならば、この国の土人は大部分悉達多の教へに帰依してゐます。しかし我我の力と云ふのは、破壊する力ではありません。造り変へる力なのです」と応えている。唯帰依するだけでは泥烏須の教えの本質には至らないという発想は、布教の内実を信者の数では決定し難い心（信仰）の問題として扱うことを意味する。これこそ、同時代の南蛮・吉支丹研究には欠如した視点であった。同時に、この老人の言は可変部分を認める積極的言辞にも読める。ゲオルク・シュールハンマー『宣教師の見た日本の神々』（青土社、二〇〇七・七）などによるイエズス会側からの資料は、当時の宣教師たちが積極的にキリスト教を日本に「適応」させていく努力が払われてきたことを随所に示している。[22] また、一九六二年になされた第二ヴァティカン公会議における「信仰の遺産という古来教義の本質」と、「信仰の遺産が提示される仕方」とは区別されうるという宣言は、[23] 可変的な在り方を許容し、信仰（本質）の不変性を護るカトリシズムからの宣言といえ、変容を予見する老人の「負けですよ」という囁きを一気に無効にする。公会議以降、エキュメニカル運動などを通し、宗派を超えての対話・共存が自明となった宗教界の風景が現代には広がっている。本質を棚上げにするという柔軟な前提のもと、キリスト教は「提示される仕方」において積極的に「負け」て見せる、つまり可変部分の変容を許すことで、むしろそのダイナミズムを保証し、ある意味では「勝ち」に出たとも考えられるからだ。変容することに〈日本語り〉を見出せない今、インカルチュレーション（文化的受肉）のダイナミズムを「神神の微笑」に掬いとることは可能であろう。

テクストに不協和音を聴くとは、違和を覚え、葛藤を体験し、相対化や批判をもたらす。「大日孁貴！」の唱和は、皇祖神として特権化された天照を脱構築する可能性をもち、南蛮寺の鐘は、南蛮研究の欠性を明らかにする。「黒船の石火矢の音」は、「我我」が決して盤石な存在ではないことに気付かせる。また、音を聴くことで大日孁貴と聖母マリアが前景化するのであれば、「泥烏須」か「我我」（老人）かという男性表象の勝負の背景に、女性表象の対峙が〈我我〉の眼には鮮明に映し出される。さらに、〈我我〉は、本テクストが芥川の中国体験以後の問題設定であることを知っている[24]。テクストに眠る、〈我我〉が読むべき問題とその決着は、また別の稿（領域）に譲りたい。

注

（1）吉田精一以来近年でも日本文化論を冠した佐藤泉「芥川龍之介　一九二二・一―日本文化論の文体について」（『青山学院女子短期大学紀要』一九九九・一二）、田口麻奈「芥川龍之介『神神の微笑』と日本文化論―戦後作家による再評価を起点として」（『東京大学国文学論集』二〇一一・三）などがある。

（2）ハーンに関しては小澤保博「芥川龍之介「神神の微笑」と「西方の人」」（『琉球大学　教育学部紀要』一九八五・二）、井上洋子「「神神の微笑」の主題と方法」（『語文研究』一九九六・一二）「芥川龍之介とハーン―微笑する神々」（『国文学』二〇〇四・一〇）など。遠藤に関しては佐古純一郎『芥川龍之介における芸術の運命』（一古堂、一九五六・四）、笠井秋生「芥川龍之介の切支丹物―「神々の微笑」を中心に―」（『日本文芸論集』一九六八・三）、関口安義「〈神〉と〈神々〉、芥川龍之介における神・『神神の微笑』」（『国文学』一九九六・四）、宮坂覺「近代文学における切支丹文学という領域とその臨界」（『文学・語学』二〇一二・三）小林和子、「神神の微笑」（『芥川龍之介』翰林書房、二〇一二・一二）など。

（3）比較文学的考察に倉智恒夫「芥川龍之介とテオフィル・ゴーチェ」（『比較文学研究　芥川龍之介』朝日出版社、一九七八・一一）、井上諭一「「神神の微笑」の方法」（『国語国文研究』一九八六・九）。同時代との関わりは拙論「「神神の微笑」――南蛮屏風とユリシーズ」（『芥川龍之介研究年誌』二〇〇八・三）や注1の田口論がある。

（4）遠藤萬川「現代日本文化の世界的勢力」（『國學院雑誌』一九〇六・一一）

（5）注（1）佐藤論に同時代言説との関わりが詳しい。

（6）井上哲次郎「日本文明の研究」（加藤玄智編『文化問題十五講』日進堂、一九二〇）

（7）小熊英二『〈日本人〉の境界』（新曜社、一九九八・七）、イ・ヨンスク『「国語」という思想』（岩波書店、二〇一二・二）を参照した。伊藤豊「リベラルナショナリズムとしての移民同化論」（『「リベラルナショナリズム」の再検討』ミネルヴァ書房、二〇一二・三）は、移民のアメリカ同化が、古い宗教を捨てることで、「彼ら」ではなく「我々」の一部と化すというセイリンズの発言から「文化変容自体は必ずしも同化を伴うものではない」と述べる。

（8）注2小澤論にハイネ「流謫の神々」（『歌物語』）の関与の指摘がある。柳田國男「幽冥談」（『新古文林』一九〇五・九）中「諸神流竄記」からの間接的引用も考えられている。テキスト引用は小澤俊夫訳『流刑の神々　精霊物語』（岩波書店、一九八〇・二）に拠った。

（9）日本古典文学全集『日本書紀　上』小学館、一九九八・五頭注参照。太田真理氏よりご教示を得た。鎌田東二「記紀神話を読み直す」（『春秋』二〇〇四・六）は、「『高天原』を主宰する『天照大神』という『古事記』の位置づけとは異なる記述が『日本書紀』にはあるのだ。とすれば、これまでの『日本神話』とか『記紀神話』という括りは構造的にもまた根源的にも見直さなければならないであろう」と述べる。

（10）溝口睦子『アマテラスの誕生』岩波新書、二〇〇九・一。次の引用もこれによる。

（11）『春服』収録の際削除された文章の末尾は、「ホザナよ。ホザナよ。大日孁貴の名によりて来るものは幸なり。いと高き所にホザナよ。」というエルサレム入城時のイエスを民衆が誉め讃える句のもじりとなっている。

（12）田村修一「「天草四郎と山田右衛門」―南蛮趣味と東と西」（『木下杢太郎の世界へ』（おうふう、二〇一二・三）に「龍之介にとりわけ「美し過ぎる」と感じさせたものは、おそらく「南蛮寺門前」であろう」とある。

（13）平岡敏夫『芥川龍之介　抒情の美学』大修館書店、一九八二・一

（14）一九一七、八年頃の執筆と推定（『芥川龍之介自筆未定稿図譜』大門出版、一九七一・九）。

（15）福井靖子「「神神の微笑」についての一考察」（『国文白百合』一九八〇・三）は「キリスト教の主張するその超絶性と至高性を象徴するかの如き」音に触れる。

（16）中島国彦「一九一〇年前後の文学・美術・音楽の交響」（『比較文学年誌』二〇一三・三）に楽譜紹介がある。

（17）「「南蛮寺門前」と私」『木下杢太郎全集』付録四号　岩波書店、一九八一・五

(18)　新村出「京都南蛮寺の遺鐘」(『切支丹の遺物』一九一八・二)。注13平岡論に教示を得た。

(19)　影山恒男「『神神の微笑』論覚書――棄教の実存的位相への傾斜」(『キリスト教文学』一九八七・七)

(20)　注1田口論が、太平洋戦争のナショナリズムを読む堀田、マルクス主義運動への弾圧と転向の予告とする柄谷に言及している。

(21)　中沢和男「国際社会のイメージ転換」『東海大学紀要政治経済学部』44　二〇一二・五

(22)　ほかに、『キリスト教と日本の深層』(オリエンス宗教研究所、二〇一二・三)中の桑原直己「A・ヴァリニャーノの適応主義と『日本のカテキズモ』」、ムケンゲシャイ・マタタ「祖先崇拝とキリスト教」など。また、高橋勝幸「「根源的いのち」を求めて」(『人間学紀要』二〇一一・一)、深津容伸「日本人とキリスト教」(『山梨英和大学紀要』二〇一一)などを参照した。『日葡辞書』に、「Tenxodaijin」の項目はないが「Amano yuato」の項は存在する(小林千草「『日本書紀』の室町期受容と〝世界〟」『上代文学』二〇一二・一一)。

(23)　引用は古橋正尚「遠藤周作の文学的使命、インカルチュレーション」(『キリスト教文学研究』二〇一三・五)による。ペドロ・アルーペの「キリスト教的な生き方とそのメッセージを特定の文化的文脈に受肉させ」、「自らの表現を見出」し、「新たな創造」をもたらす」ことと説明されている。さらに、エアルウォード・ショーターがいうように、その表層的変容が「福音と文化との絶え間なき相互作用//対話」としてあり、「キリスト教のメッセージと文化(あるいは諸文化)との間の創造的にしてダイナミックな関係」として再構築の可能性をみる。

(24)　金熙照「『神々の微笑』論」(『文研論集』二〇〇〇・三)は、「上海遊記」「江南遊記」から「作者芥川の眼はキリスト教文明と土着の固有の文明との触れ合う課題に向いている」(菊地弘「上海遊記」『芥川龍之介事典』明治書院、一九八五・一二)を受け、中国風土とキリスト教の触れあい以後に成立したことを指摘、「勝負とか衝突ではなく、相互の調和」を止揚すると結論付ける。

「報恩記」――モダニズムの光と影

髙橋龍夫

1

「報恩記」（『中央公論』一九二二・四）は、阿媽港甚内、北条屋弥三右衛門、「ぽうろ」弥三郎の三人の独白だけで構成された小説である。先行する「藪の中」（『新潮』一九二二・一）のスタイルを踏襲しているが、両作品のブラウニングからの影響については、芥川の木村毅宛書簡（一九二六・五・三〇）における「Browning の Dramatic lyric が小生に影響せるは貴意の通りなり。報恩記のみならず「藪の中」に於ても試みしものに御座候」という言及を踏まえ、既に、小澤保博[1]や水野真志[2]による指摘がある。とはいえ「報恩記」は、「藪の中」のように一つの事件に対する三者の言及が異なる構造をとっておらず、内容的にもミステリー仕立てではない。三人の人物は相互に受けた恩をめぐって、各自の観点から当事者の体験と心境とを連鎖的に告白する物語となっている。

舞台はキリシタン弾圧以前の、十六世紀後半の頃と想定される。阿媽港甚内の言動からは、ポルトガルと日本との南蛮貿易が盛んな時代であったことがわかる。甚内自身、二〇年前に当時交易船の船頭をしていた弥三右衛門に命を救われた場所はマカオであった。話の展開は主に京都だが、その背景には、東アジアのマカオ、マラッカ、ゴアなどを通じてはるか南欧のポルトガルまで交易した南蛮貿易の全盛と、一五八七年当時の日本で二〇万の信者と二〇〇の教会を有したとされるキリスト教の普及とが時代設定として施されている。いわば近代以前に日本が初めて西洋文化と華々しく交流し、多少なりとも西洋と東洋との文化的融合の恩恵が京都まで届いていた時代が作品世界の前提となっている点には注意していいと思われる。「尾方了斎覚え書」「奉教人の死」「糸女覚え書」「おぎん」などのように、棄教や殉教、キリシタン弾圧など、キリシタンにおける否定的な展開や信仰に伴う日本的風土のアイロニーによって潤色されておらず、弥三右衛門も弥三郎もキリスト教布教の幸運な時代に、何の障害もなく「御宗門に帰依」しているキリシタンとして登場しているのである。例えば、坂本満は当時の日本におけるキリスト教布教に関し、次のように述べている。

このユダヤ教に発する排他的絶対的一神教は、八百万の神を信仰するこの国に人々の知らない世界であったが、キリスト教という新しい信仰だけでなく、その周辺の新奇な文物に魅惑されて、おそらく天正遣欧使節帰来のころからしばらくの間、キリスト教というよりはより広い南蛮文化への好奇心や憧れが、京都などでブームを形成した可能性がある。黒船とカピタンたちの行列を描いた《南蛮屏風》が、キリシタン弾圧の二世紀余を経て、なお一〇〇点前後も現存するというのは、千年の文化の中心・京都を描く《洛中洛外図屏風》に次ぐ数で、南蛮船の交易期間の短かさを考えるとすごいことである。ブーム的な勢いを考えざるをえない。(3)

このような南蛮渡来による輝かしい時代の中で、時間設定としても、三人が独白する現在だけでなく、北条屋弥三右衛門の本宅を舞台とする「ちょうど今から二年ばかり以前」の冬、そしてさらにマカオで甚内が「ふすた」船の船頭だった弥三右衛門のおかげで命拾いをした「二十年以前」という、二〇年以上の時間の懸隔を擁している。ちなみに、「ふすた」船とは、当時、日本に来航した小型の南蛮船の一種であることから、北条屋弥三右衛門も二〇年前には南蛮貿易に携わっていた人物として、東アジアを広汎に活動していた甚内と同様に、南蛮渡来時代の全盛に身を置くモダンな存在だったといえよう。三人の独白体だけで構成されている「報恩記」の時空としてのパースペクティブは、思いのほか広い。

阿媽港甚内の造形については、先行する「鼠小僧次郎吉」(『中央公論』一九二〇・一)との関連が指摘されている。髙橋博史は芥川の「手帳」の記述を踏まえて、「『報恩記』は『鼠小僧次郎吉』続編のための構想を受け継いで書かれたと推定しうる」[4]と述べ、川野良も同様の根拠に加え二代目松林伯円の講談「鼠小僧次郎吉」にある伊勢屋の分散の危機を次郎吉が工面するエピソードも踏まえて「『鼠小僧』の系譜が、芥川の念頭にあったに違いない」[5]と論じている。確かに「報恩記」は「鼠小僧次郎吉」の設定と似通っており、続編としての要素を備えているといえよう。だが、鼠小僧の系譜にあると捉えられる甚内の活動範囲は日本だけでなくマカオやマラッカまで自由闊達に渡り歩く存在として次郎吉とは造形が異なっている。しかも弥三右衛門と弥三郎は、過去に洗礼を受けて二人ともキリシタンである。そもそも、「鼠小僧次郎吉」の続編だとしても、なぜ芥川は、「藪の中」と同様の独白体を用いつつ、父と子との報恩関係を新たに加え、そこにキリシタンの時代として設定したのだろうか。

2

関口安義は、菊池寛の「恩を返す話」(『大学評論』一九一七・三)に言及しつつ、「報恩講を頂点とする恩に謝す習慣」が「封建時代の庶民感情」であったことを前提に、「『報恩記』は、封建制度の下での報恩をテーマとしている。それは近代の報恩とは、色合いを別にする」とし、「報恩の虚実を語ったもの」[6]として「報恩記」を評価している。確かに、報恩をテーマにするのであれば、儒教や仏教における報恩の価値観が庶民の間に浸透していた封建時代に作品の舞台を設定しなければならないだろう。

こういった指摘を踏まえれば、「報恩記」というタイトルについても検討する必要があると思われる。主題を直接的に提示する意図すらうかがわれるタイトルを敢えて用いたのは、実は芥川が存覚の著書『報恩記』(一三三八)を念頭に置いていたからではないだろうか。南北朝時代の真宗の僧であった存覚(一二九〇—一三七三)は、本願寺第三世の覚如の息子であり、父の覚如から二度にわたって義絶されている。存覚はその間に父母に対する報恩思想を説く『報恩記』を執筆した。谷口智子によれば、当時、日蓮宗の拡大を意識しつつ「宗派間対論の基本とも言える共通基盤を敷く事を目的として、仏教で一般的になされる父母の恩の説示に準じ、父母に対する報恩を説いた」ものとされている。存覚の『報恩記』は大正時代においても、例えば山名哲朗が『六条学報』（一九一八・六）で次のように評価していた。[7]

本書の如きは、倫理上の根本問題と対比して仏教の真理を発揚せるものなれば、少く供或る意味に於て宗典中最も現実の人生問題に触れたる一書として爾後大いに討究尋思せらるべきものたるを失はざるなり。[8]

芥川は、「報恩記」執筆以前に菊池寛や倉田百三の「俊寛」を意識しつつ平安時代末期の僧に材を取った「俊寛」（『中央公論』一九二二・一）も執筆しており、歴史的に著名な僧については当然ながら知悉していたはずである。親鸞の血統を継ぐ本願寺三世の父・覚如と息子・存覚との親子の義絶関係は、ちょうど弥三右衛門と弥三郎との勘当の関係と類似している。仮に存覚の『報恩記』を念頭に置いて執筆したとすれば、仏教における父母に対する子の報恩が説かれている本書に対し、舞台を約二五〇年後の十六世紀後半に設定して、キリスト教に帰依した親子を登場させ、同じ京都において日本に新たに伝来した新宗教の枠組みの中で新しい報恩の物語を執筆しようと意図したのではなかったか。

だとすれば、甚内と弥三右衛門が名高い伴天連の前で告白し、弥三郎が「まりあ」に向けて独白する構図は、大陸伝来の仏教による報恩の教えが浸透した日本の精神風土と、十六世紀に新たに西洋から伝わったキリスト教との対面のシーンが巧みに設定されていると捉えることができる。

本来、告白や祈りは、自らの罪を司祭を通して神に懺悔し許しを請う秘跡の一つである。そのスタイルそのものは、教会を訪れた甚内も弥三右衛門も、牢獄の中にいる弥三郎も踏襲していよう。しかし、そこで告げられる内容は、儒教や仏教に由来し、存覚の『報恩記』になぞられる恩と孝行との思想に準じたものである。足利浄円は存覚『報恩記』について「自分が忘恩の徒であることを自照することによって、その半面に父母の心が廻向せられてある自分をはっきり見ることが出来るのではなかろうか」と注釈しているが、これはまさに甚内の北条家救済によっ[9]

て触発された弥三郎の親孝行の情に直結する。嶌田明子が「三者三様の話を〈聞く〉ことを経て、一つの話を〈語ろう〉とする運動の中に身を置いたとき、意味を精算し続け、変貌していく物語の様相をみることになる」[10]と、三者の語りを解釈する読者側の物語生成について言及しているように、芥川の「報恩記」では、読者に三人の発言内容の解釈を要請するのだが、それは「藪の中」のスタイルの踏襲として告白する側のみ描出され、聞き手の伴天連（及び「まりあ」）の表情や内面が描写されていないからである。しかし、盗人における約二〇年前の恩義に端を発した北条家親子の恩と孝行との顛末が、キリスト教の機構にそぐわないのは読者自身もうすうす気づくはずである。報恩関係、孝行関係で応酬する人間関係、親子関係は、『聖書』に基づく神と人間との契約関係には馴染まない価値観であろう。織田信長や豊臣秀吉の推奨によって一時期キリスト教の布教がめざましく進行した一六世紀を背景にしつつ、仏教に説かれた恩義をめぐって告白する甚内と弥三右衛門との対面に、聞き手の伴天連が内心では風土的な差異への戸惑いを隠せないことは想像に難くない。「報恩記」には、そういった事態が暗示されているともいえるのではないか。

ちなみに「織田信長がキリスト教の布教に対して寛大であったのは、ヨーロッパとの交易を求めていたからであり、他方、浄土真宗（一向宗）の反乱が深刻であったから」だとする柄谷行人の指摘にもあるように[11]、北条家親子がキリシタンとして堂々と都で告白や祈りを行えるその背後には、キリスト教の全国規模の布教だけでなく、キリシタン大名による弾圧によって百二十年にも及ぶ一向一揆を押さえる為政者の意図も潜在していた。『報恩記』によって親子の報恩を説いた存覚は、まさしく一向一揆の源流にある浄土真宗の僧である。芥川の「報恩記」が存覚の『報恩記』を念頭に置いていたとすれば、北条家親子が報恩に奉じつつキリスト教徒であったこと自体、日本独特の歴史的文脈を体現していよう。聞き手側の伴天連やまりあというキリスト教と、一向一揆の弾圧を被っていた浄土真宗に由来する報恩の教えを実践する北条家親子とが対峙する構図も、双方の宗教を受容しつつ一方に偏向せずに並立させる日本の精神風土の特質そのものを物語っているともいえるのである。

周知の通り、芥川は「報恩記」の三ヶ月前に「神々の微笑」（『新小説』一九二二・一）を発表している。「神々の微笑」が提示するものは、告白するものとされるものとの関係に反映されている。「神々の微笑」がキリスト教を介した日本の精神風土と西洋文明との相剋の問題に直接焦点を当てた作品だとすれば、「報恩記」はそれとは異なり、南蛮貿易華やかかりし時代の最先端にあったキリシタンのモダンな雰囲気を作品の潤色として巧みに取り入れた物語である。しかし、既に曺紗玉が「封建的な倫理意識が先立つ日本の精神風土、キリスト教を受け入れているようでいて、なかなか本音では受容せず、むしろ、キリスト教をとりこんで日本化してしまう風土を描いている(12)」と評しているように、「報恩記」は、「神々の微笑」を上梓した芥川の、自らの問題意識や日本の精神風土についての的確な見識を披露した自負も追い風に、そういったモチーフを配しつつ大泥棒の北条家侵入に端を発する都の物語として作品化したともいえよう。

阿媽港甚内という名称については、既に髙橋博史が「甚内という名は、その分化・変身する運動に与えられた名前とみなすことができる(13)」と指摘したように、甚内と名のる存在は至る所変幻自在に出没し、姿を変えて様々な行状に携わっている。甚内という名は、――フィリピンを意味する名字を持つ「呂宋助左右衛門の手代の一人」、「連歌師」、「阿媽港日記と云ふ本を書いた、大村あたりの通辞」、オランダの船長を意味する「甲比丹」の「「まるどな ど」を救った虚無僧」、「南蛮の薬を売つてゐた商人」、キリシタンの「信徒」など――様々に姿を変えているが、いずれも当代の繁栄や文化的指標を端的に表象する存在であり、東アジアにおけるポルトガルの拠点の地名を冠した「阿媽港」という名字との組み合わせで、時代の先端を行く国際的なイメージが付与されている。ここには、国内に固執することなく、南蛮貿易の時流に縦横無尽に則った人物造形がなされており、しかも名前に固有のアイデンティティを求めるキリスト教文化圏からは逸脱しつつ、「葡萄牙の船の医者に、究理の学問を教は」るプラグマティズムの側面も備え、洋の東西の融合を体現するかのように自由闊達に活動する存在として登場している。

ちなみに、甚内という名前については、江戸初期に活躍した大盗賊、向坂（高坂）甚内を示唆していよう。宮本武蔵の弟子とも伝えられているこの甚内は、大泥棒でありながら幕府の命で、強盗の取締りも委嘱されたという。その最期において、磔刑に処せられた際、マラリアを病み「我を念じれば、瘧は治る」とのことばを残したとされ、病を治す神様として祠と甚内橋跡碑が、処刑地に近い東京都台東区浅草橋三丁目に現存する。隅田川河岸に育った芥川にとって、甚内の伝説と祠については当然熟知していたはずである。とすれば、向坂甚内が活躍した時代を四、五〇年ほど前にずらしながらも、大泥棒として有名な甚内という名を登場させて、語り継がれ神話的に奉られた存在を媒介として、北条家親子、特に不治の病を得て自ら甚内の身代わりとして曝し首となる弥三郎の物語を導き出したのではないだろうか。

「報恩記」には、仏教による報恩を説く存覚の『報恩記』をルーツとしつつ、キリスト教布教が許された南蛮貿易の活発な時代を背景に、拮抗する二つの宗教の両立やマカオなどを介した東洋と西洋とが交差する国際的でモダンなイメージが付与されている。それは「神々の微笑」で「老人」に説かせる「破壊する力ではありません。造り変へる力なのです」の一つの具体的展開ではなかったか。

3

「「報恩記」の中心的な人物は、命を落とした弥三郎ということになり、最後の弥三郎の告白がこのテクストの中心部分ということになるであろう(14)」と田村修一が指摘するように、「阿媽港甚内の話」「北条屋弥三右衛門の話」「「ぽうろ」弥三郎の話」のいずれも、甚内による北条屋侵入を契機としつつ、二年後に自ら進んで曝し首となった弥三郎の行状をめぐる物語となっている。

弥三右衛門は弥三郎の曝し首に微笑を見、「その無言の内」に弥三郎の言葉を次のように想像する。

「お父さん。不孝の罪は勘忍して下さい。わたしは二年以前の雪の夜、勘当の御詫びがしたいばかりに、そっと家へ忍んで行きました。」

ここには、勘当後も息子への信頼や愛情を抱き続けていた父・弥三右衛門の心境が反映されている。だが、弥三郎自身が「わたしは博奕の元手が欲しさに、父の本宅へ忍びこみました」と自白するように、父の本宅に侵入した理由は「勘当の御詫び」のためではなかった。「極道に生まれ」「父の勘当を受けている」弥三郎は、甚内と父との密談を聞き、甚内による北条家への恩返しの事情に触発される形ではじめて、北条家一家への帰属意識を自覚するのである。

「北条一家の蒙った恩は、わたしにもまたかかっています。わたしはその恩を忘れないしるしに、あなたの手下になる決心をしました。どうかわたしを使って下さい。」

たとえ弥三郎の甚内への恩返しの願望が憧れの大泥棒の手下になることの口実と表裏一体であったとしても、北条家の窮地を救おうとする甚内という第三者の介入によってはじめて、弥三郎は永年の親不孝を自覚し、その自責の念から甚内への追従の意識を抱いたといえる。父と子は疎隔の関係にありながら、弥三右衛門は息子の曝し首の微笑に親への情愛を信じ、弥三郎は第三者を触媒に父への親不孝の罪責の念を抱く。「報恩記」は、北条家から勘当された「ぽうろ」と名のる弥三郎が、伝説的ともいえる大泥棒の甚内と出会うことで、改めて血縁を意識し、親不孝との自覚から父への恩返しを身を以て実践しようとした物語といえよう。

こうした父と子の関係から連想されることは、やはり三ヶ月前に書かれた「将軍」(『改造』一九二二・一)である。「将軍」の結末では、認識における「時代の違ひ」の対立を回避するかのような父と子との物語が書き込まれていた。

そしてこれ以降、芥川の作品群の中で〈父〉の役割が大きな意味を担ってくるようになる。妻子を伴う父の立場で上京し校正の仕事に時に塵労を覚える「トロッコ」(『大観』一九二二・三)、父の死後に旧家に戻った放蕩息子が父の代の庭を再興しようとする「庭」(『中央公論』一九二二・七)、明治維新によって没落する家に耐えようとする父の思い出をその娘が晩年になって回想する「雛」(『中央公論』一九二三・三)、父不在のために遺された母子が苦労する「一塊の土」（『新潮』一九二三・一）、父の死を不安がる「少年」（『中央公論』一九二四・四）、そして実父と義父との登場を恣意的に交錯させながら〈父〉を頻繁に登場させる「大導寺信輔の半生」（『中央公論』一九二五・一）など、〈父〉を意識した作品が次々と発表されていく。ここには、実父新原敏三の病死、長男・次男の誕生など、芥川自身も〈父と子〉という親子の関係をめぐる自覚や認識が芽生えていたことは十分に想像される。その一方で、本来ならば新原家の跡継ぎの立場でありつつ芥川家の養子となった自身の経歴と実父への何らかの思いについての意識が働いたことも想像に難くない。

だが、一九二〇年代に〈父と子〉をモチーフが連続する背景には、芥川の個人的な体験だけが反映していたのではないと思われる。たとえば、「報恩記」の二年前に新富座で上演（一九二〇・一〇）以来人気を博した菊池寛の戯曲「父帰る」（『新思潮』一九一七・一）や志賀直哉の「和解」（『黒潮』一九一七・一〇）はもちろんのこと、「報恩記」執筆の前年に連載を開始した「暗夜行路」（『改造』一九二一・一〜一九三七・四）もその冒頭は〈父と子〉がモチーフとなっている。同時期、倉田百三も「父の心配」（『思想』一九二二・一〇）を発表しており、倉田百三の代表作で当時ベストセラーとなった「出家とその弟子」（『生命の川』一九一六・一一〜一七・三）にも病の苦しみを父に隠す息子が登場する。芥川は「出家とその弟子」読了後に「クラタの出家とその弟子をよんで感心したよ」（一九一七年七月一八日付池崎忠孝宛書簡）、「本質的に大分感心した」（一九一七年七月二六日付松岡譲宛書簡）と言及するが、後に「思ふままに」（一九二三・六・八『時事新報』夕刊）では、次のように批判する。

倉田氏の親鸞上人は悲しさうな顔を片づけている、いや、親鸞上人に限つたことではない。俊寛は平家を呪つてゐる、布施太子は悄然と入山してゐる、父は——まだ読んだことはない、しかし広告に偽りがなければ、兎に角父も心配してゐる。

当時人気のあった倉田について芥川の評価は低いが、親鸞や俊寛を題材にした作品として意識している点には注意したい。「出家とその弟子」は親鸞と弟子や子をめぐる物語として、発表当時、親鸞ブームを巻き起こしたが、その親鸞は浄土真宗の開祖である。先に触れた存覚の父・覚如は、初の本格的な親鸞伝『本願寺聖人親鸞伝絵』を一二九五年に著わしており、覚如・存覚親子は親鸞の直系に当たる。芥川の「報恩記」執筆に存覚の『報恩記』を意識したとすれば、その延長上には、求道的な姿勢から西田天光の一灯園にも身を寄せた倉田の「出家とその弟子」がその契機となっていたとも推測されよう。

4

F・R・ディキンソンは『大正天皇』において、あくまでも江戸期の日本の生活を伝統回帰として望んだ明治天皇に対し、西洋の文化や技術に関心を持ち近代的な〈家族〉としての表象を積極的に担った大正天皇の、国内外における国際的な存在感を再評価している。そして、一九二〇年頃の大正天皇の役割について次のように指摘する。

一九一九年から嘉仁の健康が急速に悪化していくことに天皇側近が非常に憂慮したのは確かである。しかし、この不幸はある意味では新しい世界への推移をまた安易にしたといえる。「平和」の時代にちょうど大正天皇の「平和的」要素が強調されていたからである。明治以来、天皇に大元帥という重要な役目がつき、嘉仁も皇太子時代から観兵式の参列などによって、この役目をまじめに果しているのはすでに述べたとおりである。第一次大戦後、国の防衛は依然として重要視されていたが、国際平和が強調されていた時点では、健康の悪化によって、天皇の大元帥の肖像よりも「夫」や「父」というイメージの方が強くなったのは都合がよかったといわざるを得ない。(15)

こうした第一次大戦後に「夫」や「父」の表象が強化された大正天皇の家族的な存在感は、一九二〇年前後から頻出する諸作家による〈父〉のモチーフとどこか通底するのではないだろうか。その検討については別稿を用意しなければならず、ここでは一つの問題提起として留めざるを得ないが、芥川の「報恩記」にも、そうした時流に接続する要因が潜在しているのではないかと思われる。

一九二二年一月に芥川が発表した小説群は、いずれも第一次世界大戦後に日本が国際的に地位向上を果したという言説と世界的に席巻した民族主義の言説とが隆盛していた時期に当たる。その点で、流刑の島の生活に安寧を見出す「俊寛」、立場によって言説の異なる「藪の中」[16]、西欧列強と肩を並べる契機となった日露戦争を描く「将軍」、そして日本の「造りかえる力」を説く「神々の微笑」、このいずれもが、日本が世界的、国際的な視点、あるいは対外的な視点から民族性、国民性、歴史性を再認識（あるいは再構築）しようとする当時の時流に一つの視座を示そうとした作品群であるといえよう。

そしてその三ヶ月後に発表される「報恩記」が、「俊寛」同様の仏教の伝統を存覚『報恩記』に求め、「藪の中」のスタイルを踏襲し、「将軍」の末尾に描出した父と子との問題を取り込み、「神々の微笑」における日本の精神風土の特質を具体的に小説化したのだとすれば、「報恩記」は、中国旅行後の見地から芥川なりに時代の要請に応えたこれら四作のエッセンスを還元しつつ凝縮させた作品と見ることができるのではないだろうか。換言すれば、第一次世界大戦後の当時の日本の状況を一六世紀の国際色豊かな日本の時代設定に置き換えながら、時流の是非を反映させたモダン小説といえよう。だからこそ、短篇集のタイトルを『報恩記』とし、その冒頭に配置したのだと思われる。

コスモポリタンを表象する超越的な存在としての阿媽港甚内、国際的とうたわれる時流の中で窮地に陥る時代の陰を体現する北条屋弥三右衛門、大都市の裏側でデカダンス的に生き肺病を得て余命短い弥三郎、しかも西洋伝来のキリスト教に帰依しつつ内実では仏教的な報恩の価値観を因襲している北条家親子、いずれも第一次大戦後のナイーブなまでに国際的地位を自覚する時代潮流の中での、大正中期のカリカチュアとも受け取れる。

時事的な問題系と時流の最先端の雰囲気を南蛮文化の時代に置き換えた「報恩記」は、一九二二年一月に発表された四作品のエッセンスを継承しつつ、大正モダニズムの光と影を合わせ鏡のように持ち合わせた小説といえるのである。

注

（1）小澤保博「芥川龍之介のキリスト教思想」（『琉球大学言語文化論叢』二〇〇八・三）
（2）水俣真志「芥川龍之介「報恩記」」（『熊本県立大学国文研究』二〇一〇・四）
（3）坂本満「南蛮文化と洋風画の伝来」（サントリー美術館・神戸市立博物館・日本経済新聞社編図録『南蛮美術の光と影　泰西王侯騎馬図屏風の謎』日本経済新聞社　二〇一一）
（4）髙橋博史「芥川龍之介「報恩記」序」（『国語国文論集』一九八九・三）
（5）川野良「芥川龍之介『報恩記』の「報恩」の陰にかくされたもの」（『岡大国文論稿』一九九一・三）
（6）関口安義「「報恩記」―封建制下の恩返し」（『近代文学研究』二〇〇九・四）
（7）谷口智子「存覚における父母に対する報恩思想―『報恩記』を中心として」（『真宗学』二〇一三・三）
（8）鈴木宗憲『日本の近代化と「恩」の思想』法律文化社　一九六四・一〇
（9）足利淨円「報恩記」（東京真宗学会編『聖典講讃全集　第十三巻』小山書店　一九三五・七）
（10）嶌田明子「芥川龍之介「報恩記」―聞く・語るという運動の中で」（『芥川龍之介研究年誌』二〇〇七・三）
（11）柄谷行人「日本精神分析」（『文学界』一九九七・一一、『批評空間』二〇〇二・四→『日本精神分析』文藝春秋二〇〇二・七）
（12）曺紗玉「日本の精神風土とキリスト教」（『論究』一九九三・九）→『芥川龍之介とキリスト教』（一九九五・三翰林書房）
（13）（4）に同じ。
（14）田村修一「報恩記　命よりも思い人間の矜持」（『生誕一二〇年　芥川龍之介』翰林書房　二〇一二・一二）
（15）フレドリック・R・ディキンソン『大正天皇――一躍五大州を雄飛す――』（ミネルヴァ書房　二〇〇九・九）
（16）拙稿「『藪の中』論―「語らないこと」への一視点―」（『日本近代文学』第59集　一九九八・一〇）において、「藪の中」の構造が、当時の日本におけるメディアを通した言説の位相の問題とパラレルであることを指摘した。

※本稿は、平成二十三年度専修大学研究助成による成果の一部である。

「おぎん」――〈他力〉へ

早澤正人

1　はじめに

芥川龍之介「おぎん」（初出「中央公論」一九二二年九月）は、切支丹の棄教を描いたものである。内容としては、元和・寛永時代に、日本の浦上で切支丹の弾圧があり、おぎんとその養父母が捕縛された時の話になる。処刑の直前になって、おぎんが突如棄教すると言い出すが、その理由は「キリスト教を知らずに死んだ実の父母は、今頃地獄に堕ちているのに、自分だけ天国へ行くのは申し訳ない」というものであった。養父母は最初思い止まるよう説得するが、結局、おぎんと共に棄教する。そういう話である。

もっとも、このような「おぎん」は、元和・寛永時代の話を、まるで「いま・ここ」で展開されているかのように再現した物語ではない。これは、あくまでプレテクスト（旧記・伝承）を読んだ「作者」が、そこに自らの解釈を加えて語り直した物語となっている。たとえば、本作の末尾を見てみよう。

この話は我国に多かつた奉教人の受難の中でも、②最も恥づべき躓きとして、後代に伝へられた物語である。何でも彼等が三人ながら、おん教えを捨てるとなつた時には、①天主の何たるかをわきまへない見物の老若男女さへも、悉彼等を憎んだと云ふ。③これは折角の火炙りも何も、見そこなつた遺恨だつたかも知れない。更に又伝ふる所によれば、②悪魔はその時大歓喜のあまり、大きい書物に化けながら、夜中刑場に飛んでゐたと云ふ。これも③さう無性に喜ぶ程、悪魔の成功だつたかどうか、作者は甚だ懐疑的である。（傍点引用者。以下同じ）

このような箇所を読むと、おぎんの棄教に対して、位相の異なる複数の認識が、物語の地層に潜在していることが伺える。すなわち、①同時代人の認識（傍線部）、②切支丹の認識（点線部）、③現代の「作者」の認識（波線部）である。

では、何故「おぎん」の「作者」は、主人公の話を直截的に語らず、そのように旧記を参照したり、文献を引用しながら語り直すという間接的な方法を取るのか、というと、そこには、本作の主題とも相即する語りの表現形式をめぐる問題もあるに違いない。本稿は、そうした問題も踏まえた上で、「おぎん」について考察するものである。

2　制度的思考

見てきたように「おぎん」の物語は、主人公の棄教をめぐって、時代や価値観の異なる複数の話者の認識を潜在させているが、ここで注意したいのは、とりわけ①同時代人の認識と②切支丹の認識が、おぎん親子に対して否定的な見解を示しているのに対して、③「作者」は、むしろおぎん親子の行為を肯定するような身振りを見せていることである。

では、こうした認識の差異の背景に何があるのか、というと、それについては制度に対するそれぞれのスタンスの違いが関係していると考えられる。たとえば、ストーリーを一読すれば明らかなように、おぎん親子の行為は、キリスト教を禁じている世俗的制度と、棄教を禁じている宗教的制度という、二重の制度の禁忌に違反しているが、①同時代人が、親子の行為を否定的に捉えるのは、主人公の行為が、そうした当時の世俗的な制度に逆らったからであり、②切支丹が親子の行為を否定するのも、それが宗教的な制度に逆らったからといえる。しかし、本作の③「作者」は、そのような親子の棄教に、どちらかといえば肯定的といえる見方を示しているのであって、そこに「作者」の既成の制度に対する批判的なスタンスを読み取ることも出来るのである。

そこで、キーワードとなる制度とは何か、ということが問題になる。まずはこの語について確認してみよう。そもそも、この制度というのは、通常、法律、規範、慣習などのこととされるが、これは一方で、それに盲従する者の思考を自動化させる働きを持つものでもある。すなわち、法律にせよ、道徳にせよ、それが我々にとって当たり前のものとなると、我々はそのような規範についての疑問を抱かなくなり、全てを自明のものとして受入れてしまうようになるという事――制度や規範は、そのようにして思考の自動化を齎し、我々が自ら考え、主体的に世界と関係していく機会を奪ってしまうということである。

そして、そのような制度的思考による自己欺瞞性は、実際に本作における同時代の人々や切支丹の思考にも如実に表れている。たとえば、次のような箇所を見てみよう。

> 代官は天主のおん教えは勿論、釈迦の教も知らなかつたから、なぜ彼等が剛情を張るのか、さつぱり理解が出来なかつた。（略）そこで代官は一月ばかり、土の牢に彼等を入れて置いた後、とうとう三人とも焼き殺す事にした。（実を云へばこの代官も、世間一般の代官のやうに、一国の安危に関るかどうか、そんな事は殆ど考へなかつた。これは第一に法律があり、第二に人民の道徳があり、わざわざ考へて見ないでも、格別不自由はしなかつたからである。）

ここで「作者」が暴いているのは、自分に理解できない他者を、無反省的に排除の対象とするような代官の自動化された思考である。この代官のレベルでいえば、自分の行いは善になるのであろうが、「作者」は、それがあくまで代官の盲従している世俗的制度に即しての判断であって、代官自身の良心に即してのものではないことを暴いている[1]。

もっとも、そのように制度化された思考は、何も代官のような俗人だけに限ったことではない。本作において、それは切支丹にもあてはまる。というのも、作中では、しばしば仏教とキリスト教の迷信性が比較されているが、本作の切支丹（主人公含む）は、ここで仏教の迷信性を一方的に悪とみなし、排除の対象とする、自動化された思考

＝制度的思考をみせているのである。また、そうした切支丹（主人公含む）は、殉教すれば救われるということを、まるで自明であるかのようにも考えているが、そうした思考をみると、道徳や法律だけではなく、宗教――とりわけ殉教もまた、この当時、制度化されていたといってよい。

いずれにせよ、このような制度的思考に基づく判断は、おぎん親子の棄教を否定的に伝えてきたプレテクストの話者（①同時代、②切支丹）の判断に相即していると考えたい。すなわち、①同時代人が、おぎん親子を憎むのは、彼等が為政者の制度に逆らったからであり、火炙りという（ある意味見世物化した）制度に逆らったからである。いわば、①同時代人の判断は、おぎんの行為を、無反省的に悪とみなす制度的思考に基づいているのであり、②切支丹の話者が、おぎんの棄教を「恥ずべき躓き」とするのも、棄教＝反キリスト教という自動化された制度的思考に基づいている。しかし、そのような判断に懐疑を表明する③「作者」は、かかる制度的思考に対して批判的なスタンスを取っている[2]。「おぎん」は制度をめぐる物語なのである。

3　制度からの逸脱

(1)殉教に潜むエゴイズム

見てきたように、「おぎん」は、親子の行為に対して、複数の解釈を地層に潜在させた物語になっており、主人公を否定的に捉える①同時代の話者と、②切支丹の話者の判断が、それぞれ制度的思考に基づいているのに対し、③「作者」は、そうした制度的思考に批判的で、主人公を肯定的に捉える身振りをみせていた。では、そのようなおぎん親子の行為を、「作者」は具体的にどのようなものと捉えているのだろうか。以下、そうした問題について考察するため、「作者」が認識しているコードに沿って、おぎんの物語を読んでみることにしたい。

ストーリーについては既に確認してあるように、おぎん親子の殉教から棄教へと変心するところに物語の中心軸があるといえる。ただ、注意したいのは、親子は、当初「天主のおん計らいに全てを任せ奉る」と述べ、いわゆる「他力本願」的な救済の成就を目指していながら、その言動のなかには利己心や我欲のあることが認められることである。その典型ともいえるのが、孫七の以下の言述になる。

「お前も悪魔に見入られたのか？　天主のおん教を捨てたければ、勝手にお前だけ捨てるが好い。おれは一人でも焼け死んで見せるぞ。」

ここで「おれは一人でも焼け死んで見せるぞ」とあるように、孫七をはじめ親子の殉教の動機にはエゴイズムがある。(3)

もっとも、殉教の裏に潜んでいるこうしたエゴイズムに、彼らがどれだけ自覚的であったかは定かではない。既に指摘してあるように、彼らは当初、殉教することが、即救済になることを、当たり前のようにみなす自動化（制度化）された思考に従っているのであり、自身の行為のなかに不純な利己心が潜んでいることに気づいていないのである。しかし、「作者」は、「あにま（霊魂）の助かりの為」「我等らのため」「もう一息の辛抱」などといった語句をさりげなく挿入することによって、（主人公たちの自覚していない）利己心や我欲のあることを暴きながら物語を語っている。

このように見ると、本作の「作者」が、おぎん親子の殉教を、どのようなものと認識しているかは明らかであろう。すなわち、おぎん親子は、自らの利己心や我欲に気づかず、無反省的に自身の救済を信じているが、「作者」が暴き出しているのは、そうした彼等の自動化された制度的思考なのである。

しかし、そのような彼等の殉教が大きく変化するきっかけになるのが、おぎんの以下の言述になる。

「わたしはおん教を捨てました。（略）両親は、天主のおん教も御存知なし、きつと今頃はいんへるのに、お堕ちになつていらつしやいませう。それを今わたし一人、はらいその門にはひつたのでは、どうしても申し訳がありません。わたしはやはり地獄の底へ、ご両親の跡を追つて参りませう。……。」

　ここで、おぎんは「いんへるの」（地獄）に堕ちてしまった自分の両親のために、おん教えを捨てると述べているが、ここにあるのは自身の救済よりも、他者（父母）の救済を優先するというおぎんの利他愛であろう。
　もっとも、このようなおぎんの利他愛――棄教という形での利他愛は、既存の制度に従ったものではない(4)。おぎんは、定められた制度による思考に従うのではなく、自らの意志で世界と関係していくことで、既成の制度に逆らっているのだといえる。そして、このような利己愛から利他愛へという変化が、それまでの制度的思考に従った自己欺瞞性からの脱却に通じていき、孫七やおすみの殉教のあり方をも変えていくことになる。

(2)「悲」について

　前節では、おぎんの殉教から棄教への背景に、利己愛から利他愛への変化があることを確認したが、そのように突如変心した主人公の動機の背景には何があるのだろうか。というと、結論からいえば、そこには「悲」の衝動があると考えられる。この「悲」というのは、主に浄土宗で用いられる概念であるが、柳宗悦によって次のように説明されているものである(5)。

　「悲」とは含みの多い言葉である。二相のこの世は悲しみに満ちる。そこを逃れることが出来ないのが命数である。だが悲しみを悲しむ心とは何なのであろうか。悲しさは共に悲しむ者がある時、ぬくもりを覚える。悲しむことは温めることである。悲しみを慰めるものはまた悲しみの情ではなかったか。悲しみは慈みでありた「愛しみ」である。悲しみを持たぬ慈愛があろうか。それ故慈悲ともいう。仰いで大悲ともいう。（略）基督教でもその信仰の深まった中世紀においては、マリアを呼ぶのに"Lady of Sorrws"の言葉を用いた。「悲しみの女」の義である。「アベ・マリア」とは悲しみの彼女を讃える叫びである。」

　ここで柳は「悲しみ」には「慈しみ」や「愛しみ」の意味が含まれるとして、キリスト教のマリア崇拝のなかにも、認められるものであるとしているが、本作の「作者」が、棄教した主人公の動機に読み取っているものも、こうした「悲」といえるのではないか。

実際、それは棄教したおぎんのまなざしが「えわの子供」と形容されている事にも表れている。これは「作者」が主人公の棄教に与えている解釈となるが、その引用元は、以下のようになっているのである。

「憐みのおん母、おん身におん礼をなし奉る。流人となれるえわの子供、おん身に叫びをなし奉る。あはれこの涙の谷に、柔軟のおん眼をめぐらさせ給へ。あんめい」

この祈祷は「おん母」（マリア）と「えわの子供」（人間）との《憐れむ／憐れまれる》関係を語ったものであるが、注目したいのは「えわの子供」が、単に「憐れまれる者」として語られているわけではなく、「涙の谷」とあるように「おん母」（マリア）と《悲しみ》によって結ばれる存在になっているということである。――すなわち、ここでの《憐れまれる者》としての「えわの子供」とは《憐れむ者》としての「おん母」と共に《悲しむ》のであり、この《悲しみ》という感情を共有する事で、その主体を「おん母」と（同じ「悲しむ者」として）同化させることを期待しているという事である。従って、この祈祷が表しているのは、いわばそのような《悲しみ》を通じた《母子一体化》への願望なのである[6]。

このように見ると「作者」が棄教するおぎんを「えわの子供」と形容する時、「作者」が見ているものは、そのような「罪人」（えわの子供）の《悲しみ》の姿だったということが了解されるだろう。すなわち、おぎんは、地獄に堕ちた罪人（父母）を《悲しい》（愛しい、慈しい）と見たのであり、自らも地獄に堕ちて、罪人となることで、その父母と《悲しみ》を共有しようとしたのである。もっとも、そのようなおぎんの利他愛は「えわの子供」（＝罪人＝憐れまれる者）であると同時に、罪を犯した他人を《悲しむ者》（＝憐れむ者＝「おん母」）としての性質も備えている。従って、おぎんの棄教は、祈祷文にあった「母子一体化」の体現ともいえるが「作者」は、そのような《悲しみ》の衝動によって堕落したおぎんを「人間（的）」と表現しているのである。

以上のように、おぎんが定められた制度的思考に従うのではなく、自らの意志で主体的に世界と関係していく時、その変貌は、このような「悲」の衝動に基づいているといえる。「作者」が、おぎんの棄教話から解釈しているのは、そのようにして、おぎんが《既成の制度から逸脱していく物語》なのであり、それと同時に《「童」から「えわの子供」へと変貌する物語》なのである。(7)

⑶感染する「悲」

さて、これまで本稿は、制度をキーワードにして「おぎん」の物語を読んできたが、考察してきたように、おぎんが殉教から棄教へと変心することに対して、プレテクストの話者（同時代人、切支丹）が、否定的な解釈を加えているのに対し、「作者」は、そこに「悲」の発露を見ており（従来の制度に回収されえない）、利他愛という人間らしい衝動を見ているということであった。

もっとも、このような変貌は、主人公だけに限ったことではない。こうした《悲しみ》は、一方では、本作において、あらゆるものを同化させる力も持っており、さらに、おぎんの養父母にも連鎖していくものとして語られていく。以下の場面を見てみよう。

すると今度はじょあんなおすみも、足に踏んだ薪の上へ、ほろほろ涙を落し出した。これからはらいそへはひろうとするのに、用もない歎きに耽つてゐるのは、勿論宗徒のすべき事ではない。じょあん孫七は、苦苦しさうに隣の妻を振り返りながら、癇高い声に叱りつけた。（略）

おすみは涙を呑みこんでから、半ば叫ぶやうに言葉を投げた。

「けれどもそれははらいそへ参りたいからではございません。唯あなたの、――あなたのお供を致すのでございます。」

ここで、おすみもまた（おぎんに触発されるような形で）、《夫のため》という地上的な執着を棄てていなかった自分に気付いており、夫への利他愛を示している。これはおぎんに感染されたものといえるが、この「悲」は、さらに孫七にも感染していく。

おぎんは顔を挙げた。しかも涙に溢れた眼には、不思議な光を宿しながら、ぢつと彼を見守つてゐる。この眼の奥に閃いてゐるのは、無邪気な童女の心ばかりではない。「流人となれるえわの子供」、あらゆる人間の心である。

「お父様！　いんへるのへ参りませう。お母様も、わたしも、あちらのお父様やお母様も、——みんな悪魔にさらはれませう。」

孫七はたうとう堕落した。

ここでの孫七もまた、おぎんの《悲しみ》に感染し、そのようなおぎんのために堕落しようという利他愛を示している。いわば、孫七も、自ら棄教し、地獄に堕ちることで、おぎんと同じ罪人となり、おぎんとその《悲しみ》を共有するのである。

このように、本作における「悲」は、他者に棄教を促しながら、複数の主体を同化させていく働きを持ったものとして語られている。すなわち、おぎんは、地獄に堕ちた父母を《悲しい》(愛しい、慈しい）と見、自らも地獄に堕ちることで、父母と《悲しみ》を共有したが、養父母もまた、そのようなおぎんを《悲しい》(愛しい、慈しい）と見、自ら地獄に堕ちることで、おぎんと《悲しみ》を共有したのである。こうして、複数の主体が「悲」の元に一元化されていく。すなわち《罪を犯した自分を悲しむ「私」》は、《罪を犯した他者を悲しむ「私」》でもあり、《罪を犯した他者に悲しまれる「私」》でもある。ここに自他の対立はなく、かかる「悲」の共有によって「「父母」に殉じるおぎん」に殉じる養父母」という〈血の繋がり〉や〈エゴイズム〉を超えた利他愛の連鎖が生み出されていく。ともあれ、そのようにして、孫七・おすみもまた、おぎんと同じく、既存の制度から逸脱していくのだといえる。

4　「自力」から「他力」へ

前章では、おぎんが、「悲」に委ねることによって、既成の制度的思考を脱して、自らが「悲」を発露する者として、主体的に世界と関係していく存在に変貌するという事——また、それはおぎんだけでなく、さらに孫七、おすみへと感染し、連鎖していくということについて見てきた。いわば、そのようにして、親子はいわば既存の制度的思考を脱していくのであった。

ところで、そのような「悲」であるが、これは、宗教的体験に属するレベルのものであって、本来は語りえぬ領域に属する体験でもあるとされている。たとえば、鈴木大拙の以下の説明を見てみよう。[8]

「日本的霊性の情性的展開というのは、絶対者の無縁の大悲を指すのである。無縁の大悲が、善悪を超越して衆生の上に光破して来る所以を、最も大胆に最も闡明してあるのは、法然——親鸞の他力思想である。絶対者の大悲は悪によりても拓かれざるほどに、絶対に無縁——即ち分別を超越しているということは、日本的霊性でなければ経験せられないところのものである。」

ここで鈴木は、「悲」が「分別を超越」していると説いているように、これは本来「観念」として認識するものではなく、「体験」として認識することで、はじめて本質が了解されるものとされる。「悲」は、一種の宗教体験であり、絶対者の「大悲」を体認することによって悟るものでもあるのである。

さて、このことを確認したのは他でもない。それは「悲」の衝動によって堕落したおぎん親子の行為が「他力本願」的な救済の可能性を含んでいるとも考えられるからである。この「他力本願」というのは、一般的には、自分の力では救われないことを悟った罪人が、自らの一切を擲って「絶対者」(「無限に赦す存在」)の「大悲」を体認し、それに身を委ねることをいい、それによって、自らも「大悲」を発現する者(「無限に赦す存在」)へと《生まれ変わる》ことをいう。また、これは悪人としての自覚によって体認されることから「悪人正機」などともよばれるが、この教えによれば、自分を善良であり、救われる価値があるなどと考えることこそ、傲慢であり、思いあがりに他ならないとされる。なぜなら、利己心とは、そのような自己愛に潜んでいるからであり、そこに「自力」では救われない現実がある。「他力」は、自己を徹底的に放棄して「絶対者」に身を委ねることなのである。[9]

だとすれば、おぎん親子の「悲」の衝動の背景にも、こうした（「他力本願」的な意味での）救済の可能性が含まれているといえるのではないか。前述したように、おぎん親子の殉教も、当初は、徹底的な自己棄却――「他力」に委ねることを目指していたが、そこには、殉教すれば救われるという自動化（制度化）された、無反省的な思考があり、「霊魂の助かりのため」という「我欲」や「おれは一人でも死んで見せるぞ」という「自己への愛」に無自覚であった。――いわば、いまだ「自力」の影があったが、最終的には（おぎんの《悲しみ》に触発されるような形で）「棄教」するのであり、切支丹としての自己までも放棄してしまう。しかし、そのような徹底した自己放棄と、悪人としての自覚は、三者が《悲しみ》に委ねるということに端を発しており、それこそ「他力」に委ねることに他ならないのである。

繰り返しになるが、「おぎん」という物語の要諦は、親子が制度的な自己欺瞞性を脱却して、主体的に世界と関わっていく存在へと生まれ変わるところにあるが、そのような〈生まれ変わり〉は、本作では「悲」という宗教的体験を通してなされている。そして（主人公には自覚されていないかもしれないが）「作者」は、そのような《悲しみ》の衝動によって堕落した親子に、逆説的な意味での救済の可能性（他力本願、悪人正機）をみていると結論したい。(10)

5　むすびに

以上、本稿は「おぎん」における「制度」と棄教という事柄について考察してきたが、最後に強調しておきたいのは、本稿で見てきた理解が、あくまで「作者」のおぎんに対して加えているであろう解釈であって、おぎんの真実を保証するものではないという問題である。

前述したように、本作はプレテクスト（旧記・伝承）を読んだ「作者」が、自らの解釈を加えて語り直した物語である。従って、おぎんの棄教の真相も、もしかしたら、プレテクストの話者（同時代人、切支丹）が伝えているように、恥ずべき理由だったのかもしれないし、別の理由によるのかもしれない。「悲力」といい「他力」といっても、それはあくまで「作者」が、おぎんに対して示している可能性の話でしかないのである。

では、なぜ「作者」は、このようなおぎんの棄教をめぐる意味づけを明確な形で語らないのか。あるいは、なぜ可能性という形で指し示すだけなのか――というと、それは本稿で考察してきた制度の問題と関係しているのではないだろうか。というのも、本稿では、主に制度の否定的な側面を取り上げたが、一方で制度を越えて、我々は思考することが出来ないものでもある。たとえば、殉教という制度もまた、それが明確に否定されてしまうと、今度は棄教がそれに代わる新たな制度として確立されるであろう。（その場合、棄教＝救済という新たな制度的思考が生れるだけである。）

しかし「作者」が本作を通じて試みている事は、既存の制度を否定して、新たな制度を創出することではあるまい。「作者」がおぎんの話を通して指し示しているものは、既存の制度を越えていく意志であり、制度の齎す自己欺瞞性から脱却していく可能性なのである。「おぎん」の場合、それは「悲力」「他力」という宗教体験という形で表されているが、そのような制度的思考を越えて、自らの意志で世界と関係していこうとするところに、あるいは「人間らしさ」があるといえるのかもしれない。

いずれにせよ、「作者」が、棄教に対する従来の解釈に批判的でありながら、これを完全に否定しないのは、おぎんの棄教行為を、新たな制度にしないための戦略性――制度を批判する「作者」が、新たな制度創出に加担しないための戦略性――に基づいているのだと考えたい。おぎん達の棄教は語りえぬ領域に属する宗教体験であり、他者に模倣不能な一回的な体験である。（「作者」が、おぎんに見出した）「人間らしさ」とは、制度化できない性質のものなのである。

注

（1）もっとも、世俗的レベルでの制度的思考は、この箇所だけに限ったことではない。たとえば、「天主のおん教を奉ずるもの」は、「見つかり次第、火炙りや磔に遇はされていた」などという行為の背景にも、秩序を維持するために、切支丹＝処刑という慣習化（自動化）された思考のあることが見て取れる。

（2）「作者」がキリスト教の制度に批判的であることは「作者」が切支丹の信仰に対して、一定の距離を置いていることにも表れている。たとえば、作中、仏教とキリスト教の迷信性が比較されているが、そのように現代人の立場から、仏教とキリスト教の迷信を並列してみせる「作者」は、両者を相対的に眺めることの出来る視座に立っているといえる。「作者」は、キリスト教に対して一定の理解は示しつつも、切支丹のような制度的思考に基づいた信仰は備えていないのである。

（3）おぎん親子の殉教の裏にエゴイズムがあることは、駒尺喜美『芥川龍之介の世界』（法政大学出版局　一九七二年一一月）をはじめ多くの研究者によって指摘されている。

（4）もっとも、従来の研究では、おぎんの棄教理由として「孝道」が挙げられることが多い。従って、おぎんは「忠孝」という制度的思考に従って棄教したのではないか、という反論も予想されるが、本稿は、森本平「芥川龍之介の転換期における人間愛―「おぎん」を中心に―」（『国学院大学大学院文学研究科論集』一九八九年三月）や溝部優実子「芥川龍之介「おぎん」論――おぎんたちの〈棄教〉」（『国文目白』二〇一三年二月）なども述べているように、おぎんは信仰を捨てているわけではないので、「忠孝」という既成道徳に従って棄教しているわけではないと考える。

（5）柳宗悦『南無阿弥陀仏』（初刊　大法輪閣　一九五五年、のち岩波文庫　一九八六年一月）

（6）おぎんとマリアとの母子の結びつきについては、溝部前掲書などにも指摘がある。

（7）おぎんが棄教を通じて、主体的にキリスト教と関わっていく存在に成長するということについては、福井靖子「芥川龍之介「おぎん」をめぐって」（『白百合女子大学研究紀要』一九八〇年一二月）などに類似の指摘がある。

（8）鈴木大拙『日本的霊性』（初刊　大東出版社　一九四四年一二月　のち岩波文庫　一九七二年十月）

（9）「他力」というのは、浄土教の概念であるが、鈴木前掲書が、「絶対他力教の特質に宗教の原理が含まれ」ると述べているように、これを宗教の原理とする者もある。本稿もこうした理解に従い、「他力」をキリスト教にも通ずるものと捉えた。

（10）「悲力」も「他力」も、ともに浄土教の概念であるが、両者は、本来、宗教に普遍的な原理でもあるといえるので、これをもって仏教的か、キリスト教的か、という問いはここでは立てない。ただ、この二つの概念の強調が、日本の宗教を特徴づけているという点には、ふれておいてよいかもしれない。たとえば、鈴木前掲書は、「真宗の中に含まれていて、一般の日本人の心に食い入る力をもっているものは何かと言うに、純粋他力と大悲力とである。霊性の扉はここで開ける。」と述べているように、「悲力」と「他力」は、「日本的霊性」の特質とされ、これが仏教などを日本独自のものに変えるという。だとすると「おぎん」で展開されているのもまた、かかる「日本的霊性」の問題といえるかもしれない。「おぎん」も、キリスト教を経由しながら、「悲力」と「他力」という「日本的霊性」を媒介とすることで、キリスト教を、日本的なものに変容させているといえるからである。また、そこに「神神の微笑」でも指摘されている「作り変える力」としての日本的宗教の問題もあるといえる。

追記　本文の引用は『芥川龍之介全集　第九巻』（岩波書店　一九九六年七月）に従った。

「おしの」——基督教に対する抵抗と愛着のパラドックス

戴　煥

「おしの」は、一九二三年四月号の『中央公論』に掲載され、後一九二四年七月に『黄雀風』（新潮社）、十月に『報恩記』（而立社）に収められた。芥川のいわゆる切支丹小説の系列に属する作品である。武家の未亡人おしのは、十五歳の息子新之丞の病気を治すため、神父の医術を頼りに教会を訪ねて、助けを求める。神父が教えた神イエス・キリストのことに熱心に耳を傾けたが、そのイエス・キリストが、十字架で惨めな死を遂げる直前、悲しみと苦しみのあまり、「わが神、わが神、何ぞ我を捨て給ふや」と叫んだことを聞く。その途端、おしのはそんな臆病者は見下げ果てると言い放って、瞠目する神父を残して、そのまま去っていった。以上があらすじである。

芥川は「ある鞭、その他（仮）」で次のように言っている。[1]

> 僕は千九百二十二年来　基督教的信仰或は基督教徒を嘲る為に屡短編やアフォリズムを艸した　しかもそれ等の短篇はやはりいつも基督教の芸術的荘厳を道具にしてゐた　即ち僕は基督教を軽んずる為に反つて基督教を愛したのだつた

したがって、「おしの」は、基督教的な考え方に対抗するような気持ちで書かれたものと推測してよいであろう。主人公おしのは、なぜ神父の助けを拒んだのか、その理由には、作者芥川の人間存在の在り方に対する考えが潜んでいると思う。芥川は、基督教的信仰やその人間観に納得できないでいながら、片方でそれに心が引かれているという矛盾した心境を、この作品を通して訴えていると思われる。

「おしの」という作品は、同時代評から、あまり高く評価されていないし、思いつきが目立ち、緊張感とリアリティに欠けると指摘されている。[2]だが、このような技巧や思索に凝っていない作品にこそ、ほんの一瞬芥川の素顔が窺えるかもしれない。

キリシタン物を創作する芥川の姿勢は興味深いものである。信者でもない芥川は、その作品の読者を、どう想定していたのか。信者か、非信者なのか。後者なら、どれほど基督教に関する知識を有すると想定したのか。主題を読者に伝達するために、基督教信仰のことをいかにして作品内に取り入れて利用するのか。まずこの点について考察したい。

おしのの主人半兵衛が、長光寺の城攻めに参加したことから、話は室町時代、すなわちキリシタン時代を背景に設定されたことがわかる。語り手は、基督教の知識をかなり有するものとして、時に仏教用語を混じえながら、教会堂の様子から語り起こしている。

　此処は南蛮寺の堂内である。ふだんならばまだ硝子画の窓に日の光の当つてゐる時分であらう。が、今日は梅雨曇りだけに、日の暮の暗さと変りはない。その中に唯ゴティック風の柱がぼんやり木の肌を光らせながら、高だかとレクトリウムを守つてゐる。それからずつと堂の奥に常燈明の油火が一つ、龕の中に佇んだ聖者の像を照らしてゐる。参詣人はもう一人もゐない。[3]

語り手は、「ゴティック風」と「レクトリウム」など教会史や専有の道具の名前をきちんと知っており、読者に向かって語っているが、「硝子画」「龕」「参詣人」などを、それぞれステンドガラス、ニッチ、礼拝人といった、教会を通して入った外来語の代わりに使っている。「僧衣」、「念珠」で神父のみなりを描く場合もそうであるが、つまり、キリスト教のことを、極力日本人おなじみの仏教と、言葉のレベルにおいて置き換え可能のものにしているのである。これは、噂を聞いて助けを求めに教会堂にやってきた主人公のおしのと、ほとんど同じ視線であることは、注目されたい。後に、おしの自身も、神父の言う「天主」を「南蛮の如来」に、「ジエズス・キリスト」を「磔仏」に置き換えたのである。つまり、読者は、おしのと同様に、キリスト教をあまり知らないで、常に仏教など馴染んだものに置き換えながらそれを理解するもののように設定されたのである。

次に、おしのの登場であるが、語り手は、単刀直入にその境遇と性格ついて、自らの判断を読者に語っている。おしのは、「武家の女房らしい女」で、「端正に過ぎる結果、寧ろ険のある位」の顔をしており、礼儀正しく、忍耐が強い。神父に助けを求めるのに、「その眼には憐れみを乞ふ色もなければ、気づかはしさに堪へぬけはひもない」と、特筆している。死にかけている息子に、貧しさゆえに思うように治療をさせることもできないこの母親に、本来なら「憐れみを乞ふ色」や「きづかはしさに堪へぬけはひ」があって当たり前であるが、この女性にはないと強調している。芯が強く、如何なる窮地に追われてもけっして取り乱さない女性なのである。それに加えて、やるべきことをやっておけば、息子が死んでも、けっして心残りはないと言って、厳しい現実を冷然と受け入れる決意も見せて、凛としている。

注意されたいのは、テキスト全体に渡って、語り手の語りは相対化されることがない点である。すなわち、語り手は、小説の作者に限りなく近い存在として、読者に信頼を求めているのである。

分別があって、貧困や夫の死や息子の病死に、けっして打ちひしがれないような強さを持っており、初対面の神父にさえ、聖母マリアを想起させるような精神的な美しさを有する女性おしの。いきなり怒りに満ちた神父の言葉を、「わかつたのかどうかはつきりしない」のに、落ち着いて静かに耳を傾ける。読者は、おしのとの同一化を強いられつつ、神父の言動を見ていくことになる。

能面のような顔で落ち着き払ったおしのと反対に、神父のほうは心理も行動も変化に富んでいるように語られている。「わざと微笑し」たり、「快活」になったり、「腹立たしい色を漲らせ」たり、怒ったり、「感動」に満ちたり、「口早に」話したりする。だが、神父の伝道の失敗は、彼が思い出したファビアンという、後に棄教した日本人宣教師の名前によって既に暗示されている。伝道の内容は、作者芥川のキリスト教に対する知識の豊かさを物語っているが、イエスの十字架上の叫びに対する説明は不十分だと言わざるをえない。人間の罪とそれに対する神の怒り、神に見捨てられる恐ろしさがわからない以上、イエスの叫びを、単なる死に対する恐怖として理解されて当然であろう。

しかし、語り手は、神父の説明が不十分だということを、意識したかどうか別にして、少しも読者に漏らさない。神父自身も、説明の仕方が不十分だということをまったく自覚していない。この点は、おしの軽蔑的な態度に対して、神父が「悯気にとられ」、ただ「瞠目」することでわかる。神父の言動以外に何の説明も得られなまま、おしのと同じぐらいの情報量しか持っていないことになる読者は、イエスが臆病者だというおしのの判断に賛同するように、語り手から期待されることがわかる。

確かに、河泰厚氏がいうように、神父とおしの両者が、「思いも、理解も、立場も何ひとつかみ合ってはいない(4)」。だが、読者に与えられた、おしのと神父についてのそれぞれの情報は、明らかに不均衡である。読者には、おしのへの同情が要求されている。そして、おしのに同情するためには、おしのが理解した、臆病者のイエス像に賛同する必要がある。

基督教に対する十分な知識がなければ、けっして臆病者のイエス像が、おしのの誤解にすぎないことは理解できないだろう。

ここで、おしのの最後の言動に対する判断は、読者のキリスト教理解にゆだねられている。基督教を理解している読者は、おしのの強がりと愚かさを残念がるだろう。おしのに同情する語り手に、もはや全幅の信頼を置けなくなる。あまり愉快な読書体験にならないだろう。基督教にあまり関心のない読者は、医術の高い神父の助けを拒むことに惜しい思いをしながらも、おしのの精神的な潔さを尊敬するだろう。少なくとも語り手はそういうふうに求めている。

では、「おしの」は、単なる基督教的信仰を嘲るための作品であろうか。おしのの最後の宣言は、微かに芥川の基督教に引かれた理由を漏らしていると思えてならない。

おしのが語った夫は、けっして誇りにばかりできるような人ではない。こういう設定は芥川らしい深みがあるように思われる。武士なのに、博奕で馬はもとより鎧兜さえなくしてしまっている。惨めで、滑稽な姿で戦場に現れただろう。直接話法だから、語り手は、ここでその判断を読者に委ねている。半兵衛本人は、いかなる思いで戦場に行ったのか、定かではない。おしのが、彼のことを英雄化していることだけがはっきりしている。息子を死なせても守ろうとするのは、蛮勇の死を遂げた夫の「手前」にすぎない。おしのの精神的な潔さは人間の虚しい傲慢と強がりでなくてなんだろう。おしのは、それとは意識せず、武家の女房の誇り高さをもって教会堂から去って行ったのである。

おしのの人生にあるのは、夫の博奕と惨めな死、貧困、息子の大病と、思うままに治療させられない悔しさである。本人は憐れみを乞う色を見せないが、彼女の一生を語っている芥川は、果たしてそれが惨めだと思わないだろうか。何のための人生なのか、問い詰めたくないだろうか。もし問い詰めたら、十字架のイエスの叫びに、同感せずにはいられないだろう。おしのとともに、キリスト教を軽蔑しながら、人間イエスの叫びに心魅かれる芥川の心境は、少しながら、ここに顔を出していると思う。

キリスト教的な考えでは、人間がか弱く罪深くて、神の憐れみを仰がねばならない存在である。創造主など信じていないおしののような人間にとって、息子の病気で「ご冥護」に助けを求めることはあっても、人生の不条理に対して「何ぞ我を捨て給ふや」を問い詰めることはけっしてない。問い詰めようとしても、問い詰める相手がいない。おしのはやるべきことをやれば「さらさら心残りは」ない。自分が憐れみを乞うほど、弱くて惨めな人間だとまったく思わない。彼女が縋っているのは、死んでも守りたい「手前」という、相対的でしかない精神的、道徳的な正しさである。たとえそれは愚かで、自己欺瞞の強がりにすぎなくても。これこそ、「おしの」一篇において、芥川がキリスト教に対抗させた人間観であろう。

人間の惨めさと愚かさを冷徹な目で見つめてそれを描きだしながらも、人間のボロボロな誇りを神の前に捨てられない芥川だからこそ、「臆病もの」のイエス、「臆病ものを崇める」宗教を嘲りながら、なぜかそれに関心を寄せずにはいられなかっただろう。「おしの」一篇は、芥川のこういう心境を物語っている。

注

（1）「ある鞭、その他（仮）」『芥川龍之介全集　第二十三巻』岩波書店、一九九八年一月、二二一頁。
（2）海老井英次「おしの」志村有弘編『芥川龍之介大事典』勉誠出版、二〇〇二年七月、三九五頁。
（3）「おしの」のテキストの引用は、すべて『芥川龍之介全集　第十巻』岩波書店、一九九六年八月による。
（4）河泰厚『芥川龍之介の基督教思想』翰林書房、一九九八年五月、二〇三頁。

「糸女覚え書」――〈烈女〉を超えて

奥野久美子

1　はじめに

「糸女覚え書」（「中央公論」大一三・一）には早くから「貞女、烈女の鑑といはれる彼女（引用者注、秀林院。本稿では以下「ガラシャ」と呼称する）を、裏側から見て容赦ない皮肉をあびせてゐる」（吉田精一『芥川龍之介』三省堂　昭一七・一二）など、偶像破壊の一面が読み取られてきた。一方で勝倉壽一「「糸女覚え書」の構図」（「福島大学教育学部論集」平一三・六）、渡邊拓「芥川龍之介「糸女覚え書」の背景」（『水脈　川上美那子先生退職記念論文集』同論文集刊行会　平一四・六）等、偶像破壊という読みを否定し超越する論考も提示されている。

また、これも早くから指摘されていることだが、糸女のガラシャ批判を「芥川がその時代のインテリ女性に向けて放つた批評」（岩上順一『歴史文学論』中央公論社　昭一七・三）、「大正教養主義に対する批判」（『芥川龍之介全作品事典』勉誠出版　平一二・六　渡邊拓執筆項）とする読みがある。先掲吉田精一も本作のガラシャを「二十世紀のインテリ女性に近く、信仰はもちながらも」「絶えず懐疑に悩んでゐる」と評する。

言うまでもなくキリシタンもので描かれた時代は、日本が初めて西洋と出会った時代である。それを芥川が開化期もの同様、近代日本の西洋との出会いがはらむ問題と重ねたことはもちろんであろう。特にガラシャのような知識人階級の女性が西洋とどう向き合ったかを、近代知識人の問題として描いたという読みは至当である。

しかし〈新しい女〉（インテリ女性）批判という一面だけでは、結末のガラシャの死に様は受け止めきれない。本作には、同時代のガラシャ像にありがちだった、日本（武士道）と西洋（キリスト教）をめぐる葛藤がなく、むしろそれを初めから超越しているように思われる。以下では典拠や明治大正期のガラシャ関係文献を検討しつつ、まず素材の問題、次に〈偶像破壊〉と〈新しい女〉を含めたガラシャ像について考えたい。

2　素材について

本作の主な典拠は「霜女覚え書」（「霜女の筆記」「おしも覚書」とも）である。山本健吉「芥川龍之介論」（『近代日本文学研究大正文学作家論 下』小学館　昭一八・一）が、徳富蘇峰『近世日本国民史（家康時代上巻）』（以下『国民史』）（民友社　大一二・一）第十章四三節にある「霜女の覚え書のパロディ」だと指摘し、吉田精一が『芥川龍之介の芸術と生涯』（市民文庫）（河出書房　昭二六・一二）、『芥川龍之介全集第七巻』（角川書店　昭四三・六）「解説」等で追随、武藤光麿「芥川竜之介の創作態度について―「糸女覚え書」をめぐって―」（「熊本大学教育学部紀要」（第2分冊）昭三九・三）も細川家所蔵の「霜女覚え書」と比較した。

本作には『国民史』の第十章四三節の次節、四四節の「藩譜採要」「日本西教史」を参照した形跡もあり、また先掲勝倉氏論文の指摘のように『国民史』から登場人物名を借用しており、同書が出典であることは疑いない。

従って蛇足だが、「霜女覚書」は『国民史』以前に、明治二十四年十月「史学会雑誌」第二三号「細川忠興夫人明智氏自裁の実況」（小倉秀貫）に全文翻刻されている。本稿次節にて明治大正期のガラシャ言説について検討するが、『国民史』が刊行された大正十二年一月以前の言説には、この「史学会雑誌」所載「霜女覚書」に拠ったと思われるものがある。「史学会雑誌」では第一項、小笠原少齋と河きた（北）石見が台所へ来た日を七月十二日とする。先掲の武藤氏論文が引く細川家本でも十二日だが、『国民史』と芥川「糸女覚え書」は十三日とする。その他漢字表記や割注が「史学会雑誌」と『国民史』では異なる。

さて本作の素材について、『国民史』第十章四三・四四節に引用された「霜女覚え書」「藩譜採要」「日本西教史」があげられているが、うち『日本西教史』については、建田和幸「芥川龍之介における切支丹文献の受容」(「近代文学研究ノート」平一三・四)が大正三年十月九日付斎藤阿具宛の芥川書簡にふれ、芥川が大正三年時点で『日本西教史』『内政外教衝突史』等のキリスト教関係書を読んでいたことを指摘している。同論の注13で、人質の説得に来る尼、澄見《ちようこん》について『日本西教史』、『内政外教衝突史』には、「澄見」が現れず、『家康時代上巻』(『国民史』)第十章、【四三】【四四】では、「ちやうこん」と記されていて漢字表記ではない。芥川は、他の書物からも、「糸女覚え書」の材源を得た可能性がある。」とする。

この「澄見」の表記は、藤澤古雪(周次)の戯曲『史劇がらしあ』(以下『がらしあ』)(大日本図書株式会社　明四〇・一二)に拠るものだろう。『がらしあ』にも奥女中の「はつ霜」が登場し、作者古雪は「霜女覚え書」を含む諸文献を参照したらしいが、「糸女覚え書」以前のガラシャもののうち、「澄見」との表記がある文献は管見の限り『がらしあ』以外にない。芥川が『がらしあ』を読んでいた可能性については、芥川の「手帳13」がある。保坂雅子「芥川龍之介「手帳13」について〈付写真版〉」(山梨県立文学館「資料と研究」平二五・三)の写真51に、いくつかの書名が列記された中に「がらしあ」とある。保坂氏はこれを『がらしあ』と推定し、またこの手帳の使用時期を一高から帝大時代と推測する。先の建田氏論文にあった大正三年頃とも重なるが、これだけで芥川が『がらしあ』を読んだ証拠とは言えない。またこの時点で読んでいたとしても「糸女覚え書」執筆まで約十年ある。しかし、手帳からは少なくとも芥川が『がらしあ』の存在を知っていた、ということがわかる。

「澄見」の他に『がらしあ』が「糸女覚え書」に影響を与えたと思われる箇所は、まず「糸女覚え書」の二十二項に登場する〈若き衆〉の存在である。

その時誰やら若き衆一人、萌葱糸の具足に大太刀を提げ、お次へ駈けつけ候や否や、稲富伊賀逆心仕り敵は裏門よりなだれ入り候間、速に御覚悟なされたくと申され候。秀林院様は右のおん手にお髪をきりきりと巻き上げられ、御覚悟の体に見上げ候へども、若き衆の姿を御覧遊ばされ、差しと思召され候や、忽ちおん顔を耳の根迄赤あかとお染め遊ばされ候。わたくし一生にこの時ほど、秀林院様の御器量をお美しく存じ上げ候こと、一度も覚え申さず候。（「糸女覚え書」『芥川龍之介全集第十巻』岩波書店　平成一九・一〇第二刷）

皮肉の仮面を被った語り手の本音が思わずもれた実に美しい場面である。若い衆は稲富の裏切りを伝えに来る役割だが、典拠では以下のようになっている。

其日の初夜の頃、敵御門迄寄せ申候。稲富は其時心変りを仕り、敵と一所に成申候様子を少斎聞、最早成問敷《なるまじく》と思ひ、長刀を持、御上様御座所へ参り、只今が御最期にて候由、申され候。（『国民史』所収「霜女覚え書」）

典拠ではこのあと嫡男忠隆の夫人を呼びにやると既に逃げており、ガラシャは少斎の介錯で果てる。稲富の裏切を知った少斎がもはやこれまでと判断したという点は同じだが、典拠では少斎自身が裏切を聞いてガラシャの下へ駆けつけ、〈若き衆〉にあたる存在はない。

『がらしあ』での同場面は以下のようなものである（傍線、〔　〕内引用者。以下同）。

小笠原正齋／唯今打ちましたは、亥の上刻。時刻のびなば、何かの邪魔。御上様には、御生害の御仕度を……。
奥方〔ガラシャ〕／おゝ、心得ました。せめては、天主に最後の祈祷《オラシヨ》を……。〔中略〕と最後のオラシヨよろしくある。／是所へ、川北石見の臣、早見三造いそぎ出で来り
早見三造／はつ。申しあげまする。
小笠原正齋／何事に御座るな。
早見三造／稲富、御心変りに御座りまする。

このあと『がらしあ』では三造が稲富裏切りの詳細を伝えて去り、ガラシャ自ら介錯を促し少斎が長刀を構えて幕となる。三造の年齢は不明だが、最期の場へ伝令の者がやってきて裏切を知らせ、介錯、という筋は「糸女覚え書」と同じである。〈若き衆〉の登場で心が一瞬乱れる描写は芥川独自のものだが、上記の筋は『がらしあ』にヒ

ントを得たのであろう。

もう一点、稲富の記述である。稲富について、典拠「霜女覚え書」では説明的記載はないが、本作十四項では、典拠にはない、稲富と少斎・石見両人との対立に言及している。

この日は又河北石見、稲富伊賀（祐直）と口論致され候よし、伊賀は砲術の上手につき、他家にも弟子の衆少からず、何かと評判よろしく候まま、少斎石見などは嫉きことに思はれ、兎角口論も致され勝ちとのことに御座候。

糸女に批判されている少斎・石見両人の狭量ぶりを示し、また後の裏切の伏線でもある。本作の草稿「烈女」（山梨県立文学館編『芥川龍之介資料集』（図版1）平五・一二）においても、

石見様の仰有るには、このことは治部少の家中のものから密密に稲富伊賀（祐直）のもとへ知らせてよこした風聞である、して見ればまづ真偽のほどは疑ひあるまいとのことでございました。伊賀様は下げ針さへ打つと云はれる砲術の達人でございます。わたくしもそのお弟子の中には治部少の家中の誰彼のまじつてゐることを知つて居りましたから、（「烈女」1―4、1―5）

とある。ちなみにこの草稿でも「ちやうこん」は「澄見」と書かれている。

『がらしあ』には付録として「正史に見えたる細川越中守夫人」という三上参次口述の論考が載っている。その中で、「砲術を以て、忠興の師範となつて居たところの、稲富祐直なる者」の裏切を忠興は憎み、稲富を捕えたけれども、「何分当時日本第一の砲術家であつて、家康、秀忠の父子も、之を師とし、その他の大名も、之に学ぶ者が、少くなかつたと云ふほど達芸の人」であったので、家康のはからいで「芸が身を助け」たとする。その上でガラシャの義烈と稲富の卑怯を対比し、「細川夫人の最期には、貞烈節義の模範と、意気地なしの標本とを示して、長く我が武士道を、飾つて居る」とまとめる。

芥川が利用していた『国史大辞典』[1]（吉川弘文館　明四一・七）には「稲富流」の項があり、「稲富一夢直家（引用者注、

直家は祐直の別名」の開きし砲術の一派」、「直家は直秀の嫡子、伊賀守と称し、入道して一夢齋と号す、細川忠興の家臣なり」とし、家康がその技を惜しんで救ったことも書かれている。また先に言及した「史学会雑誌」所載の「霜女覚書」には、「稲富」のところに『国民史』版にはない割注があり、「稲富伊賀祐直、砲技を以て名あり、後薙髪して一夢と号す」とある。このような資料もあり、芥川が『がらしあ』のみから稲富の詳細を知ったわけではないだろうが、裏切に及んだ稲富側の事情をにおわせる本作十四項は、三上参次のような、一方的に稲富を悪者にしてガラシャを持ち上げる見方へのささやかな対抗とも考えられ、三上論考に触発された可能性もある。

以上『がらしあ』から本作への影響について考察した。このことからも、芥川は本作執筆に際し、創作を含むガラシャ関連文献を複数参照していたと考えられる。次節では当時のガラシャをめぐる諸文献を検証し、本作のガラシャ像について考えたい。

3　同時代のガラシャ像―〈烈女〉と〈新しい女〉―

従来本作は〈偶像破壊〉と読まれる一面があったが、その〈偶像〉を具体的に検証した論考は少ない。本作を論ずる上で明治大正期のガラシャ文献に触れた論考として、吉田精一の『芥川龍之介集』（日本近代文学大系第三十八巻角川書店　昭四五・一二）解説が岡本綺堂の戯曲「細川忠興の妻」（「演芸画報」大五・一一）も同じ「霜女覚え書」を出典とすると述べているほかには、大原祐治「国民史と文学―芥川龍之介「糸女覚え書」をめぐって―」（「日本文学」平一四・二）[2]が「糸女覚え書」と『国民史』および綺堂戯曲との比較をし、綺堂の戯曲は「あくまで「神の教えに従ふが大事か、武士の妻たる道を守るが大事か」というガラシャの葛藤ばかりをテーマとして強調したメロドラマ」と指摘する。また渡邊拓「芥川龍之介「糸女覚え書」の背景」（本稿第一節引用）は、先述の「史学会雑誌」の「細川忠興夫人明智氏自裁の実況」および藤澤古雪『がらしあ』のほか、綺堂の戯曲と山本秀煌『日本基督教史　上』（洛陽堂大七・四）、藤井伯民『細川がらしや』（公教青年会　大一一・六）の書名をあげ、当時のガラシャ像を「「孤児」や「癩病者」を屋敷で世話する、慈愛あふれる婦人」とまとめている。「孤児」は『がらしあ』などに、「癩病者」は綺堂の戯曲にあるが、同論考ではガラシャ像についてはこの概括以上の詳細な検討はなされていない。

以下、これら文献と重なるものもあるが、明治大正期のガラシャものの中からいくつかをとりあげてみたい。なお、修身の教科書や名婦伝の類に収められたものを含めると明治以降のガラシャ文献は膨大な数にのぼり、今回目を通したのはそのごく一部である。

(1)武士道の鑑、キリスト教徒の鑑として

一口に偶像といっても、ガラシャは武士の妻の鑑として祭り上げられた面と、キリスト教徒の鑑とされた面とがある。西村真次「細川ガラシヤ」（「中央史壇」大一〇・一〇秋季特別十月号）は「少年の日に私が小学校で習つた読本の中に、細川忠興夫人に関する一章があつて、それには夫人が二児を殺した後、自分も自刃したといふことが記してあつた。」と語り、教師からは、夫人は「死を以て恥に替へたのである。烈婦として賞賛するに足る」と教えられたという。そして青年期、教会での説教では「彼女は基督教徒であつたが故に、必ず世に伝へられるやうに自殺したものではあるまい」と聞く。

この小学校教師の観方が、ガラシャを武士道の鑑と見る典型例であろう。教科書、教訓談の類に多く、恥を受けぬため自ら二児を手にかけて自害したことを称賛する。例えば城北隠士『教訓お伽百話』（ポケットお伽叢書　春江堂　大六・三）は「十歳になる男の子と、八歳になる女の子」に「人は死ぬべき時に死なないと、死ぬにも勝る恥を受けなくてはならぬ」と諭し、「先づ二人の子供を刺し殺し、続いて自分も同じ刃の下に伏した」と書く。善澤寛成編『憐れ悲しき因縁』（法蔵館　大六・七）では子供の数が増え、「三人の愛児」を呼び「世の諺に死すべき時に死せざれば死に勝る恥ありと教へられてある」と諭し、「夫人は懐剣を抜いて」云々と続く。愛児道連れのくだりはなく

とも、「父〔光秀〕謀反の時、忠興を諌めて不義に与することなからしめ、或は秀吉が諸大名の北の方を呼び入れて饗《もてな》したとき、一間に入つて人なきに他人に見ゆる法はないと、匕首《あいくち》を懐にして決意を示す等、烈婦の誉が高かつた。」という挿話を伝え、最期の様子も「少しも騒ぐ色もなく」「顔に伏面打かけ、括袴著て、刀を胸に突立てた。」とするものもある（大谷霊泉編『遺言』洛陽堂　大八・四）。なお好色漢の秀吉に召された際に懐剣をもって身を守った挿話は山本秀煌『西教史談』（洛陽堂　大八・八）にも見える。

愛児刺殺の伝説は綺堂「細川忠興の妻」（先掲）にも取り入れられ、自己解説（注2に引用）によれば綺堂は史実とみていたようだが、歴史家やキリスト教の立場からは否定されている。本稿前節引用の「史学雑誌」記事（小倉秀貫）は「軍記諸書夫人自裁の時、二子を手刃すと云ふは謬説なり」とし、山縣五十雄「細川忠興の妻」（「聖書之研究」明三五・一二・二五）は二児刺殺を「日本の史料に見ゆる話」とし、「外国宣教師の文書によれば、夫人は其二子を刺殺したるにも非ず、又自殺したるにも非ず」、「家臣に命じて自己と二人の子とを殺さしめたるなりといふ」、「耶蘇教の教義は自殺を禁ずれば、此説恐らく真なるべし」とする。『がらしあ』付録の三上参次は「事実無いこと」であるが「当時の人の日記などにも、その話が書いてあるのを見ると、専らさう云ふ風説の、行はれたことと思はれる」とする。柏木玄鳥「貞烈ガラシアの最期」（「岐阜県教育」大一〇・一〇）は、三上論考を引きつつ、二児刺殺が「誤謬である事は明らかであるとしても」、「読者に感動を与へる一種の誇張」だから「訂正する必要もない」という意見で、「霜女覚え書」を引き、「相果て成され候は御自害であらう。」「矢張まさかの際には、日本武士道に殉ぜられたものと見るべきが至当であらう。」とする。また藤井伯民『細川がらしや』（先掲）序文は、二児刺殺後の自害は「所謂武士道精神として立派な最期の積りで史家の誤り伝へたものであらうが」、「夫人の如き熱烈なる基督信者にそんな非人道なことが出来るか何うかは考へても分る」と書く。『国民史』も「全くの虚説」、「熱心なる耶蘇教徒であつたから、死を恐れざると与に、自殺を敢てしなかつた。固より其の子供を殺す可き筈はなかつた。否な殺す可き子供さへ、其の場所には居なかつた」とする。

大別すると、武士道の立場からは武家の妻としての貞節や、恥を受けぬため二児を殺して自殺という潔い死に様が称賛され、キリスト教の立場からは二児刺殺も自殺も否定し、介錯による死は自殺ではないとして、教えを守っての死にざまが称賛される。

「糸女覚え書」の構想メモとして知られる芥川の手帳3見開き35には「細川忠興夫人の自殺　自殺と聞いて悲観してゐたクリスチアン　他殺と聞いてよろこぶ」とあり、また手帳8見開き21に「〇細川忠興夫人の死　suicide問題」とある（『芥川龍之介全集第二十三巻』岩波書店　平二〇・一一第二刷）。上記の諸言説はまさに〈自殺問題〉の様相を呈している。上記以外にも例えば山本秀煌「自殺に関する二犠牲者の面影」（「新女界」大八・一、同著者『日本基督教史　上』（先掲）の一部に加筆したもの）は、「羅馬教会も亦固く自殺を禁じて居つたが為に、基督教の我が国に這入つて来た時に、之を信じた武士をして最も困難を感ぜしめたものは即ち此自殺である。何となれば我国に於ては自殺は古来其最も重んずる所であつて、殊に武士に於ては末代の栄誉である。」として、ガラシャと小西行長を論じ、ガラシャについて、教えに従って周囲に固く殉死を禁じた上で「介錯を受け、其の霊は永遠の安息に入」った、と、キリスト教徒としての立派な死を称賛する。

ガラシャの死が介錯によるものであったことは疑いないが、それを武士道に殉じた自害と称賛するか、キリスト教徒としての節義を守った「他殺」とするかは、まさに武士道とキリスト教の衝突であり、芥川も構想メモではそれを問題にしようとしていたようだ。しかし、このような衝突、葛藤は、芥川にとっては「おしの」（大一二・四）で既に形にしたものだった。また、当時のガラシャ関連文献においても手垢にまみれたテーマだった。

(2) 武士道とキリスト教の衝突

武士道とキリスト教の葛藤にふれたガラシャものとして、まず二節で論じた藤澤古雪『がらしあ』では、殉死が武士の道という正齋・石見に対し、ガラシャが教えを理由に殉死を禁じ、三人の問答がある。結局物別れに終り、三人は各自の義を通すが、この問答について付録論考の三上参次は「切支丹の教と、武士道の教ふる所との衝突を、描かれて居るようである、この衝突を如何に解釈するかは、重大なる一つの問題である。」と述べる。三上はガラシャの決心に信仰の影響はないとする。また綺堂の戯曲「細川忠興の妻」も、先掲の大原祐治論文の指摘のとおり武士道かキリスト教かの葛藤を前面に出し、ガラシャは「たとひ神の教に背きましても、わたくしは矢はり日本の女、武士の妻として死にまする」と言う。綺堂の自己解説（注2）でも「宗教と武士道の衝突」を扱ったと明言する。同じ衝突を扱いながら対照的なのが藤井伯民『細川がらしや』（先掲）で、ガラシャの侍女マリアを恋する若侍冬次郎は「でうすの教に従へば武士の道が立たぬ、又武士の道に従へばでうすの教に背く」と悩み、キリスト教を憎む。しかしガラシャは「妾は武士道に背く」、「敵をも愛するがきりしたんの道」、「敵の刃にかゝらうとも、妾はおとなしう喜んで、恵みに充ちて死にませうぞ」と、迷いがない。冬次郎もいまはの際に洗礼を受けるなど、キリスト教礼賛に終始する。柏木玄鳥「貞烈ガラシアの最期」（先掲）は「耶蘇教信者としての戒律と、日本武士道の婦人としての信條と、其の間の衝突が問題となる。」とした上で、先述のように「武士道に殉」じたと見る。山本秀煌「自殺に関する二犠牲者の面影」でも先述のようにその衝突が「最も困難」だったとする。また内村鑑三は「日本の武士道の基督教化せられしものが我が理想なり、而して今や此理想の三百年前に於て日本婦人に由て現実《（ママ）》せられしを聞く、我等何ぞ励まざらんや」（山縣五十雄「細川忠興の妻」（先掲）の付記）と言う。

このように武士道と信仰の衝突というテーマは、重大であるがゆえに誰もが飛びつき、それぞれ武士道や信仰に引きつけてガラシャの死を飾り立て、陳腐化していた観がある。

芥川はその手垢にまみれたガラシャを構想メモの段階で捨てた。「糸女覚え書」にはそもそも衝突、葛藤の源となる信仰の影が薄い。ガラシャは熱心に「おらつしよ」を唱えるが、それは「かなりや」「横文字の本」「えそぽ物語」などの西洋文化と同列であり、果ては「孔子」「えそぽ」「橋姫」「きりすと」が一緒になって「和漢はもとより南蛮国の物語」とまとめられているように（十一項）、種々雑多な知識の一つでしかない。語り手の見方だけではなく、ガラシャ自身の言葉でも、例えば逃げた嫁（嫡男与一郎忠隆夫人）をののしる二十項で、自らを「生まれては山崎の合戦に太閤殿下と天下を争はれし惟任将軍光秀を父とたのみ、死しては「はらいそ」におはします「まりや」様を母とたのまんわれら」と称する。武家の女の誇りと、キリシタンの誇りはガラシャの中で葛藤なく融合している。

　このようなガラシャを造型した背景には、大正中期にあった宗教熱が後退したという「時代思潮の影響」（吉田精一「糸女覚え書」／『芥川龍之介全集第六巻』月報6　岩波書店　昭五三・一）もあるかもしれない。しかし、この造型を批判したところで、その死の間際、若き衆の登場に赤面し、生涯随一の美しさを見せたと語られるガラシャは、武士道とキリスト教、日本と西洋の葛藤も、それが追求されないことへの批判も、糸女の皮肉な視線も、全てをかろやかに超越し、一人の女としての美しさを持つ。そこに本作の美しさも宿っている。

(3)〈新しい女〉

　ガラシャの造型に芥川のインテリ女性批判を読む見解があることは冒頭で触れた。大正期にも、ガラシャを先進的女性とするものがあり、「忠興夫人は羅典葡萄牙両国語に精通してゐたとか、文禄慶長頃の幽囚の身の一婦人にしてこのことあるは、英語すら碌に通ずることの出来ない大正の男子をして、顔色なからしむるもの」（福本日南の講演記録「細川忠興夫人を出した家」／「読売新聞」大七・七・九）、「三百年前に於ける真の新しい婦人、又婦人として当時珍らしい思想界の先覚者」（藤井伯民『細川がらしや』先掲）とある。確かに「糸女覚え書」が「かなりや」の話から始まるのは象徴的で、贋物も多い南蛮趣味が、皮相的な西洋文化にかぶれた近代知識人と重ねられる。典拠等に見られない、澄見が「夫を六人も取り換へた」という創作も、恋愛の醜聞が多かった〈新しい女〉を連想させる。

　しかし、ガラシャが最期に見せた一人の女としての美しさは、その〈新しい女〉批判をも雪ぐものと読むことができる。そもそも、ガラシャの介錯はどのように行われたのか。『国民史』所載の「藩譜採要」には「御髪を御手づから上ぇきり〱と御巻上げさせ給へば、少齋左様にては無二御座一と申上候。心得たりと御胸の所を、くわつと御押開被／成候。〔中略〕長刀にて、御心元《むなもと》を突通し奉候。」とある。明治大正期のガラシャ文献では、介錯は首を斬ったとするものが多いが、芥川が下敷にした「きり〳〵と」の場面では、ガラシャは胸元を開き、胸を突かれて絶命している。このイメージを浮かべて読むなら、胸元を「くわつと」開いたところへ他の人間が来たら、いつの時代のどんな女性でも本能的に赤くなるだろう。「若衆に心をうばわれる愚かな女」（三好行雄『少年・大導寺信輔の半生』解説　角川文庫　昭五二・七改版）ではない。

河泰厚『芥川龍之介の基督教思想』（翰林書房　平一〇・五）はこのガラシャを「一人の女としての本能的な姿」「人間らしい無垢な心」と表現する。首肯されるが、河氏が、語り手がそれに共感しながらも〈婦道〉にそぐわぬと「遺憾を表している」ことに芥川の〈烈女〉批判を見る点には納得しかねる。むしろ「糸女の背後に、そっとほほえむ作者」（関口安義「『糸女覚え書』―新解釈のガラシア像―」／「解釈と鑑賞」平一一・一二）が見える。

最期に、武家の女としてでもキリシタンとしてでも、まして〈新しい女〉としてでもなく、本能的な女性のありようを見せ、それが生涯最も美しい姿だったと語られるガラシャ。芥川の女性観を持ち出して云々するのではなく、ここに本作の美しさを見たい。

注

（1）須田千里「羅生門で語られたこと」（「奈良女子大学文学部研究年報」平六・一二）、同「芥川龍之介歴史小説の基盤―『地獄変』を中心として―」（「叙説」（奈良女子大学国語国文学会）平九・一二）にて、『国史大辞典』の利用が論証されている。なお『国史大辞典』第二版（大一一・一二）も引用部は同文。

（2）このことについては綺堂自身が自己解説「『細川忠興の妻』の脚本」（「新演芸」大五・一二）で「彼の「霜女覚書」に拠ったと述べている。『国民史』刊行前であるが、「彼の」というからには当時著名な史料であったらしい。

「誘惑」――誘惑の論理性と「後記」を手掛かりに

澤西祐典

1　初めに

「誘惑――或るシナリオ――」（初出『改造』一九二七・四）は、大正末から昭和初年に芸術至上主義としての前衛芸術の機運が高まり、前衛映画について盛んに議論がなされて多くの作家が映画のシナリオ創作を試みた時期に執筆されている。(1)そのため同作の先行研究は作中の手法、いわば「筋のない筋、話のない話とでもいう形で、非論理的連続と飛躍、潜在意識的あるいは感覚的脈絡と断絶によって断章を重ねてゆく方法」(2)に議論が集中している。

それらに対し安藤公美(3)は「誘惑」の「表現は〈筋〉がないから難解なのではなく、〈筋〉があるにもかかわらず難解なのである」(4)という前提に作品を戻し、「詩的精神や不気味さへの性急な結び付けの前に、より丁寧に「誘惑」を読」む必要性を説いた。本稿においても、テクストを精細に検討し、誘惑の論理性や描かれた本筋をいま一度考察してみたい。とりわけ、論理性を欠いた難解なものとして議論が避けられてきた、紅毛人の船長の仕掛ける誘惑の内実について検討を加えたい。

また、本作を「レーゼ・ドラマということばにならって、もし〈レーゼ・シナリオ〉(5)」として読むならば、末尾に付された「後記」を作品内でどう位置付けるかは避けて通れない問題となる。本論ではその「後記」のテクスト内での位置づけを最終的な視野に入れて、「誘惑」の物語を論じたい。

2　典拠との比較から

先行研究と重なる部分もあるが、「後記」で明かされた「誘惑」の典拠と本作の関係性・問題点を整理しておきたい。「誘惑」の末尾には、

後記。「さん・せばすちあん」は伝説的色彩を帯びた唯一の日本の天主教徒である。浦川和三郎氏著「日本に於ける公教会の復活」第十八章参照。

と記されている。書名が明記され、且つその書物が実在する以上、典拠参照の可能性を視野に入れて「誘惑」は成立している。ここで言及される浦川和三郎『日本に於ける公教会の復活　前篇』（以下『公教会の復活』）は一九一五年一月に天主堂より刊行されており、後篇は出版されなかった。その例言で述べられている通り、同書は諸書の参考文献や著者自身の所見を交えながら、大筋においてはマルナス（Francisque Marnas）による*La "Religion de Jésus" (Iaso Ja-Kyô) Ressuscitée au Japon*（一八九六）の第一巻（全二巻）を要約したものである。[6][7]

しかし「後記」で言及されている第十八章「九州各地方に於ける昔の切支丹」に相当する記述はマルナスの書物にはない。浦上自身の取材に基づく記述であると推察される。[8]

『公教会の復活』に「誘惑」の物語に当たる逸話はないが、本書に拠ると「バスチアン」はセバスチアンのことで、俗名は明らかでないが浦上と外海地方の信者に厚く信仰されてきた伝説の人物である。バスチアンはジワンなる黒船の甲比丹《カピタン》（船長）の弟子となったが、バスチアンが暦の繰り方を十分に習得しないうちに、ジワンは国に戻ると言って姿を消してしまう。そこで二十一日間の断食を行い、「いま一度帰つて教えてください」と願ったところ、ジワンがどこからか現れ、日繰りの繰り方を教えてくれたという。バスチアンはその教えに基づいて暦を作り、ジワンが再び姿を消した後も、各地を巡回して伝道を続けた。「誘惑」の冒頭に出て来る暦はその日繰りである。

バスチアンの伝えた暦が見つかったのは「浦上と外海地方、及び其移住先のみ」と報告されているので、厳密に考えれば「誘惑」の舞台である「日本の南部の或る山みち」は、長崎の浦上か外海《そとめ》地方の周辺となる。バスチアンはその後も、探偵の手を逃れながら谷底に住んで熱心に伝道を続けたが、ついには家から立ち昇る夕餉の煙を未信者に発見され、捕らえられる。その後長崎に護送され、「桜町の監獄に三年三月の間、囚れの身となり、七十八回も拷問を受けた上で、斬罪に処せられた[9]」。

「誘惑」の二匹の猿による誘惑の場面では、「さん・せばすちあん」の家族と思しき人物が映る。母親らしい「「さん・せばすちあん」に似た婆さん」、「彼の子に違ひない」「二三歳の子供」、家の裏の畠を耕す妻と思しき「四十に近い女」。『公教会の復活』には母親に関する記述はないが、妻については「濱に引き下される途中で、自分の妻と行き遭つたけれども、互に物言ひ交はすことも出来ず、たゞ眴《めくばせ》して悲しい訣別《わかれ》を告げた」とある。また刑場に曳かれていく前に、肌身離さず大切にしてきた十字架の「聖像《ごぞう》」を相続する相手に「娘の夫なる出津の重次」なる人物を指名していることから、娘がいたことが読み取れ、芥川はこれらを元に、家族の描写を成したと考えられる。

安藤[10]はこの典拠と「誘惑」の関係性について、バスチアンの神話性の付与に加え、冒頭の「一枚の古暦の提示は、物語の時間的説明であると同時に、時間の翻訳者というバスチアンの引用をも含む」とし、「暦作成者という伝説的人物」だからこそ、作中で「時空の横断を可能」にしたと分析している。付け加えるのなら、典拠には「バスチアンは死ぬ前に四つの事を預言した[11]」とあり、バスチアンが七代の後に信仰の自由が訪れることを予見したという事実は、暦の作成者であったことに加え、「誘惑」内で時間軸を越えた光景が現出することに通じているのではなかろうか。

「誘惑」冒頭の古暦は『公教会の復活』の附録にある「日繰」を参照にしたと思われるが、多少の異同がある。その多くは書かれた意味を分かりやすくするための改変や省略と思われるが、それらとは別に、主人公の名前や彼が暦の作成者であることを提示するためか、「せばすちあん記し奉る。」という文句が付け加えられていた。

また〈レーゼ・シナリオ〉として「誘惑」を読むなら『公教会の復活』からの最大の変更点は、伝道士「バスチアン」を「さん・せばすちあん」に変えたことにある。言い伝え上の人物だったバスチアンは「誘惑」内で聖人を表すSaintの称号を付与されており、誘惑を退ける前から既に聖人や殉教者と同列に序せられている。同様に、後記の「伝説的色彩を帯びた唯一の日本の天主教徒である」という紹介にも、バスチアンを崇めようという意図が透けて見える。この改変に関しては、後記が付された意味自体を含め、本稿の末段でもう一度考察したい。

3　誘惑の論理

最後に映る74齣目が単なる「紅毛人の部屋」かどうかは判断を保留するにせよ、「誘惑」は安藤が指摘したように「冒頭の暦、船上での殺人ドラマ、主人公への誘惑の物語、最後の紅毛人の部屋、そして後記と、「誘惑」は、五つの枠」から成り立っている。[12]

「主人公への誘惑の物語」は二匹の猿の誘惑から始まる。この二匹の猿のうち一匹が、物語の冒頭から日本に潜んでいたことは注目に値する。「煙草と悪魔」(『新思潮』一九一六・一一)では、悪魔は「天主教の伴天連」によって日本に連れて来られ、その後「豊臣徳川両氏の外教禁遏に会つて、始の中こそ、まだ、姿を現はしてゐたが、とうとう、しまひには、完く日本にゐなくなつた」とされていたが、「誘惑」の一匹目の猿は、天主教徒が密かに信仰を続けたのと同様にして「豊臣徳川両氏の外教禁遏」を生き延びている悪魔の残党と言えそうだ。

二匹の猿による誘惑は、世俗的な欲望や執着に訴えたり、十字架を異教のものの姿に変えたりと、作中で最も直截な形をとっている。誘惑の内実はさることながら、信仰をめぐる「攻防」の手段の提示が主な役割ではないかと考えられる。誘惑が直截的であるということは鑑賞が容易いということでもある。この場面に先立つ「船上での殺人ドラマ」は不穏な本編の予告として機能しているが、二匹の猿からの誘惑もまた一種のプロローグと言える。幻覚を見せるという誘惑の手段を示し、「さん・せばすちあん」が誘惑を凌ぐという闘いの型を提示している。

続いて「紅毛人の船長」が登場する。(13)彼の誘惑は如何なる論理を持っているのか。変化は「さん・せばすちあん」が気付かないうちに忍び寄る。彼の右の「耳たぶの中には樹木が一本累々と円い実」を実らせ、「耳の穴の中は花の咲いた草原」が広がる。さながらエデンの園のようである。円光を頂き、洞穴の外へ出た彼の影は「左には勿論、右にももう一つ落ち」、(14)右の影は「鍔の広い帽子をかぶり、長いマントルをまとつてゐる」。

「星ばかり点々とかがいた空」からは「大きい分度器」が落ち、それに続いて複数の太陽の周りを複数の地球が回る場面が映る。井上洋子は複数の太陽と地球が出てくる第28齣について、フローベール『聖アントワヌの誘惑』の第六章からの影響を指摘している。(15)聖アントワヌは怪鳥に乗って無限の宇宙空間へ連れて行かれ、その耳に「『地球は宇宙の中心ではあるまいが？』『宇宙に目的などありはせぬ』『おまえには闇としか見えぬあの深遠な世界のそのまたむこうには、別の太陽がぎらぎら回転しているのだし、そのまた向こうには、また別なのがあるし、こうして無限に……』等々の悪魔の言葉」が囁かれる。悪魔は自らを「知識」と名乗っている。芥川の「誘惑」第28齣で描かれているのも「キリスト教的世界と異なる多義的な宇宙像」と解釈でき、その前の齣で空から落ちてくる「分度器」も知識の象徴と考えられる。

夜空に起きた一連の異変は船長の力の強大さを示してもいる。しかし「さん・せばすちあん」はこれらの情景を目撃したのだろうか。夜空の場面は「さん・せばすちあん」が「ちよつと立ち止まつて空を見上げる」ことによって展開される。主人公の動作は次の齣への視線誘導としての役割を果たすが、彼が異変を目撃したかどうかは描かれない。次に映る時、何事もなかったように彼は「静かに山みちを下つて」いる。続いて石ころに起きる変化についても同様だ。石は「石斧に変り、それから又短剣に変り、最後にピストル」となり、また元の石に戻る。武器の進化を思わせる一連の変化は「さん・せばすちあん」の「樟の木の根もとに佇み、ぢつと彼の足もとを見つめる」動作を契機に始まるが、問題の石は「斜めに見下ろした山みち」にあり、彼の足もとにあるとは書かれていない。

異変の後も彼は「立ち止まつたまま、やはり足もとを見つめてゐる」だけだ。彼の視線は齣と齣とを繋ぐ役割を担っているが、反応がないのは「さん・せばすちあん」が誘惑を目撃していないか、知や武力への無関心と取れる。彼は「頭を上げ、樟の木の実を眺めはじめ」、初めて紅毛人の船長が仕掛ける誘惑と対峙する。樟の幹に「世界に君臨した神々の顔」が現れ、遂には「受難の基督の顔」になり、最後に「東京××新聞」になる。久保田正文はこの場面に「『西方の人』における、ジャアナリスト・クリストのイメージ」を重ねる[16]が、クリストにジヤアナリストの側面を見た「西方の人」(『改造』一九二七・七)とは違い、受難の基督さえ世界を統べる暫定的な神に過ぎず、後世ではジャーナリズムがその地位に取って代わるといったより積極的な皮肉が描かれている。

幹の変化の後、船長は望遠鏡を使って、時空を超えた五つの光景を見せる。先の「東京××新聞」とは違い、それらはすべて弾圧のない海の向こう側の光景であるが、文明の発達の如何に拘わらずいずれの部屋にも悲劇が訪れる。第五の光景に至っては部屋が爆発してしまい、野原だけが残る。それらは悲劇的な未来と救済が訪れない終末の図である。船長は続いて「空の星を一つ取つて見せ」、手の平の星は、石ころから馬鈴薯、蝶、小さなナポレオンへと変化していく。無機物から有機物、生命、人間への変化は進化論を連想させる。それは神が人間を創造したとするキリスト教とは対立する概念である。

「世界に君臨した神々の顔」、救いのない未来、進化論と立て続けに教理を否定する情景に触れた「さん・せばすちあん」の頭からは円光が外される。信仰が揺らいでいる証である。彼らは樟の下で話を始めるが、「さん・せばすちあん」の話すという行動は、悪魔の誘惑に対する理論による抵抗と考えられる。彼は船長の誘惑に触れる度に話し込む。しかし無声映画を前提として書かれた「誘惑」では彼の抗弁は黙殺されている。それに対し、船長の「見ろ」という手真似は、誘惑を繰り広げる合図で、視覚的な動きが常に主導権を握る。

「さん・せばすちあん」の信仰心が弱っていることは「無数の男女に満ちた近代のカッフエ」の場面でも看取できる。彼は「当惑さうにあたりを眺めてゐる」ばかりで、抗弁しない。踊り子たちが「酒をすすめたり、彼の頸にぶら下ったりする」が、二匹の猿の誘惑の際には十字を切って酒や色欲を退けた主人公も、今度の享楽に満ちた誘惑に対しては顔をしかめたまま「どうすることもできない」らしく、最後には気を失ってしまう。

洞穴の内部で目覚めた「さん・せばすちあん」は「もう一度熱心に話しかける」が、船長は今度も「見ろ」と手真似をする。指の先にはユダの死骸が出現し、透けた脳髄にはユダの裏切りを髣髴させるイメージが映る。ユダの死骸は徐ろに若返り始め、顋鬚のある赤児になる。足の裏には「一輪づつ薔薇の花」が描かれている。薔薇は「じゆりあの・吉助」(『新小説』一九一九・九)の典拠の一つと目されるアナトール・フランス「聖母の軽業師」の逸話で、殉教者の口からMariaの五字が入った五輪の薔薇が生えたように、聖母信仰や殉教者と関わりの深い花である。この場面で見られるユダへの解釈は、「西方の人」で、ユダに対して侮蔑だけでなく憐憫の情を抱いた「人の子」クリストが思い起こされるが、裏切り者とされるユダが聖なる証を宿していることはそれ以上に善悪の逆転の意味を持っている。

これまで見てきたように、紅毛人の船長による誘惑ははっきりとした論理性を有している。映像の断片を重ねるという前衛映画らしい手法を使いながら、内実としてはキリスト教の教理を否定するという確かな論理を持って展開されている。しかし、物語がクライマックスに至ると、様子は一変する。ユダに神聖な証があるのを目にした「さん・せばすちあん」は愈々興奮し、また船長に話しかける。が、船長は返事の代わりに、キリスト教と無縁なるもの――スフィンクスが乗った「さん・せばすちあん」に舌を突きつける。それは「さん・せばすちあん」の使う論理に対する拒絶である。この応酬の後「さん・せばすちあん」は言葉を失い、船長が熱心に話しかけても「頭を垂れたまま、船長の言葉を聞かずにゐる」。二人の使う言葉、すなわち論理が違えてしまう。

紅毛人の船長による最後の誘惑はこれまでの数々の誘惑とは本質的に異なる。山中の風景は「磯ぎんちやくの充満した、険しい岩むら」へと変わり、空中には海月の群が漂う。その後には小さい地球が現れ、いつしかオレンヂに変わり、ナイフに切られた裁断面は一本の磁針を現している。それまでの誘惑が具えていた宗教的な意味合いがここには見られない。「さん・せばすちあん」の論理に訣別を示した船長が最後に繰り広げるのは、無意味な映像の連鎖であり、棄教を促すという誘惑の論理を逸脱したイメージの奔放な戯れである。

「芝居漫談」（『演劇新潮』一九二七・三）で「僕は芝居らしい芝居には、――所謂戯曲的興味の多い芝居には今はもう飽き々々してゐる。僕は出来るだけ筋を省いた、空気のやうに自由な芝居を見たい」と語る芥川は、将に「誘惑」のクライマックスで誘惑らしい誘惑を否定し、最後の誘惑を前衛芸術の自由な手法に委ねる。丹念に積み上げられてきたからこそ、誘惑の論理性の放棄は強い効力を発揮する。理解できないものに接した「さん・せばすちあん」は、「何か狂人に近い表情」を浮かべる。

勝負が決したと思われた時、「さん・せばすちあん」は「偶然岩の上の十字架を捉へる。初めは如何にも怯づ怯づと、それから又急にしつかりと」。十字架をかざされた船長は「失望に満ちた苦笑を浮かべ」て洞穴を後にし、勝利を収めたはずの「さん・せばすちあん」は「力のない朝日の光の中に」涙を流す場面で、「主人公への誘惑」の物語は幕を下ろす。しかし、それは信仰の勝利を意味するのだろうか。

4　「さん・せばすちあん」の勝利の意味

前章で考察を加えてきたように、主人公への誘惑はプロローグとしての二匹の猿による誘惑（第9－21齣）と紅毛人の船長による誘惑の段階に分けて考えることができる。更に、紅毛人の船長による誘惑は、キリスト教に纏わる誘惑（第23－55齣）と最後の攻防（第56－72齣）とで性質の異なるものである。猿による誘惑を含めた前半部は「さん・せばすちあん」の信仰を試す、極めて聖人伝らしい内容と言える。しかし最後の応酬は、信仰の試しとは異質の物語を成していることを確認した。

最終的に「さん・せばすちあん」は紅毛人の船長を退けることに成功する。しかし、彼は偶然に十字架を捉えたに過ぎない。この結末は何を示唆しているのか。その意味を考えるためには、「主人公への誘惑」の一つ外側に設けられている枠、即ち「顋髯を生やした主人」と「誰か見えないもの」の闘いについて考える必要がある。

闘いの様子は第22、70、73、74齣の計四つの齣で触れられている。彼らは黒いテーブルを挾み「さん・せばすちあん」の運命を賭けてトランプに興じ、部屋の主人と同一人物である船長が「誰か見えないものにお時宜」し、「テエブルの左に並んでゐるのはスペイドの一や画札ばかり」であることから、左側に居た「誰か見えないもの」が勝利を収めたことがわかる。

「紅毛人の部屋」では、『新約聖書』の荒野の誘惑に代表されるような、招かれざる客として悪魔が聖者のもとへ訪れる一般的な悪魔の誘惑の構図とは主客の逆転が起きている。主人公側に属する「誰か見えないもの」が紅毛人の船長を訪ねている。また、部屋の「テエブルの上には酒の罎や酒杯やトランプ」が散乱している。これらは神を悪魔と同族に引きずり落そうという狙いとも、単に神が気まぐれを起こしたとも考えられるが、いずれにしろ、酒に囲まれながら賭け事に興じた「誰か見えないもの」が、必死に誘惑を退けた「さん・せばすちあん」の信じた神と同一の存在とは考えにくい。主人公の命運を握っていたのは、彼の信じた神ではなかったのだ。

加えて「さん・せばすちあん」の運命を巡って、ゲームが繰り広げられたという事実は、主人公の勝利にはやはり偶然の要素が多分に絡んでいたことを露呈している。「さん・せばすちあん」は信仰心によって誘惑を打破したのではなく、偶然によって救われたことになる。信仰とは異なる論理、即ち偶然性が物語を決定付けているとすれば、主人公の勝利は信仰の勝利どころか、信仰の物語の敗北を意味している。だからこそ「力のない朝日」の中で「さん・せばすちあん」は涙を流すのである。

勝負が決した後、客を送り出した部屋の主人が巻煙草をくゆらせて大きな欠伸をする様からは「さん・せばすちあん」が体験した出来事が、神の気まぐれ、退屈凌ぎに過ぎないという印象を与える。「さん・せばすちあん」の運命が偶然に委ねられていたとなると、それは恐ろしく残酷な意味を持つが、「後記」は「さん・せばすちあん」

が危機を乗り越え、伝説となったことを伝える。けれども、作者が加えたSaintの響きや「「さん・せばすちあん」は伝説的色彩を帯びた唯一の日本の天主教徒である」と述べる後記の言葉は、結末で提示される偶然に左右される主人公の物語との懸隔から、却って虚しさや作者の嘲笑を感じさせる仕掛けとして機能する。「誘惑」は巧みに聖人伝を装う。しかし、結末部でその筋書きを自ら放棄した、偶然性に満ちた物語と言えるのではないか。

芥川は『侏儒の言葉』(『文芸春秋』一九二三・一〜一九二五・一一)の続編草稿である「ある鞭、その他(仮)」で、「千九百二十二年来、基督教的信仰或は基督教徒を嘲る為に屡短篇やアフォリズムを草した」ことに対する改悛の情を吐露している。しかし「誘惑」のテクストは、キリスト教徒への嘲りを繰り返したのみならず、その信仰対象や運命の手綱を握る者に対する懐疑や嘲笑を顕わにしているのではなかろうか。

注

(1)久保田正文「最後のスタイル――芥川龍之介のシナリオについて――」(日本大学芸術学部文芸学科研究室『宝島』一九六五・三)、三嶋譲「芥川龍之介のシナリオの位置」(『福岡大学　人文論叢』一九八〇・六)、友田悦生「芥川龍之介と前衛芸術――シナリオ「誘惑」「浅草公園」をめぐって――」(『立命館文学』一九九〇・七)、今泉康弘「芥川龍之介と映画の技法――二つのシナリオから「歯車」へ」(『日本文学紀要』法政大学・二〇〇二・七)、同「傾いた家の中の僕――芥川龍之介と映画の技法2(幽霊+表現主義)――」(『法政大学大学院紀要』二〇〇二・一〇)、安藤公美『芥川龍之介　絵画・開化・都市・映画』(翰林書房・二〇〇六・三)等に詳しい。

(2)註(1)久保田論文。

(3)安藤公実「「誘惑――或シナリオ――」論――物語の構造と映画雑誌」(『キリスト教文学研究』一九九七・五)、のち『芥川龍之介　絵画・開化・都市・映画』に収録(一部改稿)。引用は前者に拠った。

(4)安藤が引用した、註(1)友田論文の言葉。引用に際しては原文に当たった。

(5)註(1)久保田論文。

(6)本書は「誘惑」に限らず、芥川の多くの切支丹ものの材源を提供した。須田千里「芥川龍之介「切支丹物」の材源――『るしへる』『じゅりあの・吉助』『おぎん』『黒衣聖母』『奉教人の死』――」(『国語国文』二〇一一・九)に詳しい。

(7) 例言には「本書はマルナス氏のLa religion de Jésus réssuscitée au Japonを骨子とし、別にクラツセ氏の西教史、シヤルウオア氏の日本史、福田氏の幕府時代の長崎、伊知地氏の沖縄誌、竹越氏の二千五百年史、渡邊氏の内政と外教の衝突史、瀬川氏の西洋全史等を参考したり、或は編者自ら古老を訪ひ、古文書を漁り、遺跡を尋ねたりして、手に入つた材料を加味したものである」と記されている。このうち「クラツセ氏の西教史」はクラッセ『日本西教史』(R. P. Crasset "Historie de L· Eglise du Japon")、「シヤルウオア氏の日本史」はCharlevoix "Histoire de Japon"を指す。残りは福田忠昭著・荒木周道編『幕府時代の長崎』、伊知地貞馨『沖縄史』、竹越与三郎『二千五百年史』、渡邊修二郎『内政外教衝突史』、瀬川秀雄『西洋全誌』のことである。

(8) 片岡弥吉『日本キリシタン殉教史』(時事通信社・一九七九・一二)の第9章にも、「伝道士バスチャン」について記述がある。そこには「バスチャンの遺言と日繰り(教会ごよみ)は広く潜伏キリシタンの間に伝えられ、信仰伝承の強い力になっていた」と書かれた下に括弧書きで「マルナス「日本教会の復活」一八九六年パリ刊にも収録されている」とあるが、該当箇所はマルナス「日本教会の復活」内に見られなかった。バスチアンの伝説は『公教会の復活』の増補版である『切支丹の復活　前篇』(日本カトリック刊行会・一九二七・一二)にも再録されており、そこでは「外海地方の切支丹の事が記録に存するのは是を最後の打止めとし、この以後はパジェースにもクラッセにも一言半句の記事すら見当らない。然し村民の間に伝つて来たバスチアンの殉教談は一個の伝説たるに過ぎないにせよ　十分傾聴の価値があらうと思ふ」と記されており、同書の下巻に「バスチアンの日繰り」の異本が三種報告されていることからも、浦川の取材に基づく記述であると推察される。

(9) 『公教会の復活』一三四頁より。「誘惑」で二匹の猿が「さん・せばすちあん」に見せる処刑の場面は斬罪ではなく磔刑である。この映像が殉教の場面とすると、言い伝えと異同がある。芥川が意図的に書き換えたものかわからないが、そうであれば、悪魔の手下と思われる「二匹の猿」が見せた光景は出鱈目の未来像だったことになる。

(10) 註(3)参照。

(11) 預言は以下の四つ。「一・汝等を七代までは我子と見做すが、夫れから後は救霊《たすかり》が六ケ敷《むつかし》くなる。/二・聴罪司祭《コンエソーロ》が大きな黒船に乗つて来ると、毎週でも告白《コンピサン》を申すことが出来る。/三・何処でゞも切支丹の教を歌つて歩けるやになる。／途中で未信者《ゼンチョウ》に出遭つても、此方から路を譲らぬ前に、先方から避けるであらう」。この預言について浦川は「彼が果して遠い将来を預言したか否かは吾人の知る所ではないが、然し慶応明治の交はバスチアンから丁度七代目に当つて居たと云ふこと丈けは、外海の信者等が等しく断言する所である」と記している。

(12) 註（3）参照。

(13) 続く第23齣は自筆原稿では異文であることが、海老井英次によって『芥川龍之介全集　第十二巻』の後記に報告されている。自筆原稿では「この洞穴の外部の空。ぼんやりと煙つた峯々の上に大きい半月が懸つてゐる。その又大きい半月の上に人かげが一つ跨つてゐる。人かげは長いマントルを着、鍔の広い帽子をかぶつてゐるらしい。そこへ小さい梟が一羽次第に空へ舞ひ上り、人かげの左の肩にとまる。人かげはこの肩の上の梟と何かちよつと話した後、半月の上へ立ち上つたと思ふと、まつ逆さまに下へ飛びおりてしまふ。細つそりと反つた半月の先に小さい梟を残したまま。」となっており、紅毛人の船長の登場がより鮮烈に描かれている。原稿は東京都近代文学博物館に保管されていたが、当館の閉館に伴い、現在は東京都江戸東京博物館に保管されている。

(14) 安藤（註3参照）が指摘したように「この右と左は、意図的に選ばれているようだ」。右が誘惑する側、左が「誰か見えないもの」、後に勝利を収める側に属している。

(15) 井上洋子「シナリオ「誘惑」の方法——芥川、フローベール、映画——」（『近代文学論集』一九九五・一一）

(16) 註（1）参照。

「西方の人」――遺言の神話化作用に抗して

松本常彦

「西方の人」は、昭和二年の「改造」八月号に掲載された。本文の末尾には「（昭和二・七・十）」と脱稿の日付が記されている。それからちょうど二週間後の七月二十四日の未明に、芥川龍之介は自殺する。初出誌記載の発行日は八月一日であるが、芥川が手を入れた初出本文があり、実際には生前の発行になる。書店に出た日は未詳だが、奥付の印刷納本日は七月十八日、ただし、発行日の一日と印刷納本日の十八日は例月のことである。短い時日とはいえ、最初の読者たちは、芥川の生前に、つまり、各種メディアでの過熱的な自殺報道とは無縁の環境で「西方の人」を読んだことになる。

そうした読みの問題について高津裕典「雑誌「改造」とアンリ・バルビュス―同時代「西方の人」を再読する試み―」（『立教大学日本文学』平16・7）は、「テクストが生成した瞬間、そのとき何が起ったのか。もう一度考察する必要」があると説き、「西方の人」とバルビュス「耶蘇」を併載する「改造」の「言説空間のあり方」から、「西方の人」が持ち得た可能性を検討する。「テクストが生成した瞬間」という表現には問題があり、バルビュスとの関係についても吉田精一[1]に先行の指摘があるが、文学的遺言と化す前の受容モデルの検討は、研究史や論点を相対化する上でも注目していい。

安藤公美「一九二〇年代のイエス伝としての「西方の人」―中景に響く〈声〉」（『キリスト教文学研究』平25・5）は、「西方の人」の研究史は、「天上から地上へ登る為に無残にも折れた梯子である」をめぐる研究史ともいえる面を持つ」と述べる。この「梯子」の句が、研究史の中心問題になるのは、それが「クリストの一生」の象徴としてどれほど妥当かという以上に、それを語る芥川のそれとして読まれるからである。そのことに大きく与るのが、文学的遺言という条件である。たとえば、「石見人森林太郎トシテ死セン」という遺言は、鷗外の生を貫き、その生を解釈し、表象し、象徴化する機能を持ってしまう。あるいは、死に臨んだ正宗白鳥の回心は、棄教後の人生を貫き、その無神論的な著作を読む場合においてさえ不可欠な要素としてはたらく。そうした作用は、遺言的作品でも同じである。梶井基次郎の「のんきな患者」や三島由紀夫の「豊饒の海」など、病死であれ自死であれ、作家の死という事実が「作者の死」（R・バルト）を阻害し、遺言としての読み方を煽り立てる作品は多い。そのはたらきから何が生じるかは、作家ごと作品ごとで異なる。しかし、遺言が、それを発する人の全体像と結びつき、一種の神話化作用がはたらくことは同じである。つまり、くだんの「梯子」の句が研究史の中心的問題になるのは、それを書き手の全体像と不可分の遺言として読むからにほかならない。

もう一つの主要な論点である「西方の人」と「続西方の人」（「改造」昭2・9）との関係も、遺言の要素と関係する。二作の関係については、鈴木秀子「続西方の人―〈母なるもの〉への傾斜」（「国文学」昭47・12）が内実の違いを主張して以来、多くの論考が賛否を示してきた。単純に考えれば「続」とある以上、正続の関係として大過ないはずである。芥川が自殺しなかった場合、二作の関係が現行の水準で問題になったであろうか。この種の反実仮想には、どういう可能性も宿るが、遺言や遺稿の扱いを受けなければ、現行の水準で差異が問題になることはない気がする。過剰な読み込みは、それを遺言として読むことにも一因がある。具体例を「続西方の人」の掲載号に求めよう。芥川が七月二十日に改造社に出した電報の写真がある。文面は「ユク　アクタガハ」である。この「ユク」について、キャプションは次のように説明する。

芥川氏は死の四日前に、本社あてにこの電報を打電された。本社では温泉岳に於ける本社主催の民衆夏期大学講師として長崎に行くの意だと思つてゐた。しかし、氏はこの時已に死を決してゐたのである。この電報は、特に本社と親交ありし氏が、死の予告の電報ではないかとも思はれるので此処に掲載することにした。

「ユク」を「死の予告」と読む読み方が、電報でさえ行われるのであれば、作品ならなおさらであろう。あるテクストを遺言として意識したとき、しばしば過剰さを伴う解釈がはたらくことを、ここでは仮に神話化作用と呼んでおこう。

「西方の人」研究史の二つの主要な論点は、ともに神話化作用の濃度と関係する。芥川の自殺を知る読者は、神話化作用から逃れることはできない。しかし、その内実を見とどけるためにも、遺言と化す前の読みのモデルを検討する必要がある。

初出誌「改造」八月号の目次は、この時期の通例で頁付から三部に分かれる。説明の便宜上、それぞれを第一部、第二部、第三部と仮称しておく。第一部は、時事的で時局的な論説が中心で、「巻頭言…一」(漢数字は頁表記)に続き六本の論説や時評があり、「改造社主催文藝講演会の盛況…七二」が付される。第二部は、文藝評論や随想や趣味関係やアンケート記事などである。最初は、改造社の春の文藝講演会の報告と夏に計画している夏期大学の宣伝を兼ねた「日本周遊」と題する特集記事で、「洞爺湖…里見弴…一」以下十四本の紀行や印象記が並ぶ。最後は「耶蘇…アンリイ・バルビユス/武林無想庵訳…一四九」である。第三部は「創作」欄で、藤森成吉の小説など五本の創作があり、その後に「西方の人…芥川龍之介…七五」とある。高津(前掲)は、「耶蘇」と「西方の人」が対比される可能性は目次構成にもあったとして、「西方の人」の掲載が「改造」の「創作」欄であったと記す芥川全集の後記を引きつつ、次のように述べる。

しかし、たんに「創作」欄であるとはいえない。その視覚的位置は、「創作」欄とは別の箇所に置かれることによって区別されているのだ。「創作」という文字を挟んで対置される両者が、どう読まれたかを想定すべきであろう。実際の目次が必要かと思う。図版①(本書三五二頁)を参照されたい。右の趣旨は、目次の版面で、第二部最後のバルビュス「耶蘇」と第三部最後の「西方の人」が、「創作」欄の五本を挟んで、しかも、その五本とは違う組み方で対称的になるように組まれているということにある。高津論の意図は「耶蘇」と「西方の人」の対比にあるので、目次構成における両作の対称性に注目しているのだが、それとは別の点から、この目次の組み方に注目したい。それは「西方の人」の前の波線である。

目次全体を波線で囲み、目次の仕切りにも波線を用いるのは、大正十年には定着した見なれた版面である。波線は、必ず常にというわけではないが、およそ同じ扱いの文章をひとまとまりにするときに用いられる。たとえば、第二部であれば秋田雨雀「人として藝術家としての有島武郎」、芥川「文藝的な余りに文藝的な」、谷崎潤一郎「饒舌録」の三本が、波線の仕切で一群になっている。第三部は、第二部との仕切りの波線に続き、藤森成吉の小説をはじめ五本の目次が並び、その次に波線があって「西方の人」の目次となる。「創作」欄と「西方の人」を仕切る波線は、いったい何を意味するだろうか。

「改造」の目次構成は、頁付けから基本的には三部構成が多く、ときに二部構成、まれに四部構成もあるが、大正十五年から昭和二年にかけては、ほぼ三部構成で、第三部は基本的に「創作」欄である。したがって、「創作」欄の最後の目次の後は、目次全体を囲う波線になるのが普通である。例外もある。たとえば大正十一年十一月号は、二部構成の第二部が「創作」欄で、「創作」欄の次に波線の仕切りがあり、「エスペラント講座…小坂狷二…」とあり、さらに波線の仕切りがあり、福田徳三の論説の目次がある。ただし、この二本は附録として奥付の後の掲載である。附録の例はほかにもあり、大正十五年の四月号や八月号は四部構成の第四部が特別附録で、「創作」欄の目次の後に附録の目次が続く。こうした例外に照らすと「西方の人」も特別附録にも見える。しかし、他の例は附録であることが明らかで、やはり「西方の人」と同じではない。

「西方の人」と同じ波線の例は、あるだろうか。それは「西方の人」を皮切りに、昭和二年八月号から翌三年四月号にかけて総計で五例あり、具体的には、幸田露伴「武田信玄」（昭和二年十月号）、岸田劉生「旧劇美論」（同十二月号）、徳富猪一郎「維新回天史の一面（一）」（昭和三年一月号）、麻生久「父よ悲む勿れ（一）」（同四月号）が他の四例である。

文章の種類は、聖書随想、人物考証、演劇評論、史論、小説とまちまちである。

とくに麻生の小説は、長篇の第一回で、直前には「創作」欄の小説が並ぶのだから、波線の仕切りが必要とも思われない。理由があるのだろうか。「改造」の当該号を手にすると、表紙に「無産政党進出号」とある。奥付頁の「編輯だより」には、発刊十年の記念に「安部、大山、麻生各党首を始め全無産党の精英が一人も残らず情熱を傾けた力篇を下さつたことは本社の光栄とする所である」と記されている。麻生は第一部にも「足尾血戦記」を寄稿しているが、小説も特集に合わせた企画の可能性が高い。麻生の小説は、昭和五年に改造社から単行本となる長篇で、連載の第二回以降は第二部に掲載される。その第二回（五月号）の目次は、田口運蔵「メーデーに不思議の行列を見た」とともに波線で仕切られている。この五月号には、「創作」欄の後に「共産党事件と労農党解散問題」の附録があり、麻生は、ここでも「労働農民党の解散」を寄稿している。これらに照らして、麻生の小説は、もともと「創作」欄の一本というより、別の期待から要請された感が強い。それは、左翼陣営からの一種の梃入れであり、経営サイドから見れば、購読者の拡大にほかならない。第二回以降の連載が第二部であることも、大衆読者の開拓と関係しよう。大衆文芸を第二部に置く例は、白柳秀湖「社会講談富蔵の復讐」や村松梢風「情話お七吉三」を掲載した大正九年八月号など先例があるが、麻生の場合は、前年（昭和二年）の三上於菟吉「地妖」（五〜八月号）の試みを受けつぐものであろう。すなわち、「地妖」のような時代小説による大衆読者の吸収をプロ文学に託す試みが麻生の「父よ悲む勿れ」だったのではあるまいか。ともあれ、麻生の小説の目次の波線にも、それなりの理由や背景があると認められる。

他の著者の場合は、どうだろう。すぐに気づくのは、露伴と劉生の目次が、直前の「創作」欄のそれに比し、一目でそれと分かる大きな活字（22ポイント）で組んであることである。徳富の連載も第一回は「創作」欄と同じだが、第二部に移った第二回の目次は、やはりひときわ大きな活字である。露伴の「武田信玄」は、「創作」欄の五本を挟み、やはり22ポイントの「或阿呆の一生（遺稿）…芥川龍之介…二」と対称をなす（図版②参照）。徳富と麻生は連載による長編の史論と小説で、露伴と劉生の文章も相応の質量を持つ。それに芥川を含め、五人とも読者の支持が厚い「改造」の常連執筆者である。第三部の「創作」欄の後に波線を設け、基本的には第二部に置かれるはずの文章を単独で巻末に据える例が、ほかの時期に見られないことも考え合わせると、「西方の人」の目次の前に引かれた波線は、波線一本のことながら、昭和初期の「改造」にとっての誌面改革の試みを伝える。そして、案外、当時の読者は、そうしたことにも敏感だったのではあるまいか。

というのも、「改造」の目次の版面は、大正期からおなじみの意匠で、基本的には「西方の人」掲載号と同じであるが、昭和二年の二月号から七月号まで大きな変化があって旧に復しているからである。具体的には、折込だった目次を通常頁の見開きと同じにし、活字のポイントも下げて全部一定にし、三月号からは活字の朱色を黒に改めた（図版③参照）。理由は「本誌の値下げと十倍拡張運動」（二月号）に明らかである。読者の増大を目指し定価八十銭を五十銭に値下げし、活字のポイントは9から8に、十七行組や二十行組は二十五行組とし、実質的な増量を図るとともに、従来「編輯ぶりが聊か或部面に偏局したところは今後に於いてドシドシ是正」し、「権威と品格」は保持しつつも「百万大衆の肩のこらぬ伴侶として成長すること」を期し、「女性たちの間にも容易に這入れるやうに考察して編輯する」云々との説明がある。三上於菟吉「地妖」なども、まさにこの時期の連載で、「百万大衆の肩のこらぬ伴侶」を目ざす企画の一つであったろう。しかし、この改革も少なくとも目次の版面に限っては、七月号で半分だけ折込に戻し、大小の活字を用いるようになり、「西方の人」掲載号で旧に復した。同年十月号の「編輯だより」には、「雑誌「改造」はいろいろの意味で二三ケ月すこし見劣りのするものを編輯して申訳がありませんでした」とある。「二三ケ月」とは、実際の「改造」に照らし、「西方の人」（八月号）や「続西方の人」（九月号）や「或阿呆の一生」（十月号）の掲載号を指すとは考えにくいので、誌面が窮屈で見栄えしなくなった時期のことを指すだろう。

目次の版面を含む誌面の変化に、読者がいやでも注意せざるを得ない背景があり、内容や企画の上でも「百万大衆」や「女性」読者の獲得に向けて種々の試みを行っている時期に、今までなかった「創作」欄の後に波線を伴う目次の意匠で「西方の人」が巻末に据えられ、翌年初頭まで同じ意匠が四例続くのである。目次の意匠に読者がどれほど注意を払うかは、それこそ読者次第であろう。しかし、編集側は、きわめて意図的に、それまでなら第二部に配されるはずの文章を「創作」で占められるはずの第三部、それも巻末に置いている。

そうした配置に託して編集側が期待したのは何だろう。遺稿だったはずはない。この時期の編集側が作家に期待したのは、購読者の「十倍拡張運動」に資するはたらきであろう。その一環として芥川を含む作家たちを講演旅行に駆り立てた改造社は、きたる八月にも全国各地での講演会「夏期大学」を企画し、芥川にも講師を依頼していた。「ユク」の電報については瞥見した。「平常抱懐する藝術の徹底的民衆化運動の一端として」(2)というのが、「西方の人」掲載号に記された「夏期大学」の目的である（図版④参照）。その目的は「夏期大学」に限られるだろうか。「十倍拡張運動」が控える以上、「藝術の徹底的民衆化運動」は、誌面改革の動因でもあるに違いない。「西方の人」の目次の前の波線は、そうした模索の「一端」を伝えている。

その波線に見あったかたちで、すなわち、神話化作用がはたらく遺言以前の作品として「西方の人」を捉え、「続西方の人」をその「西方の人」の続編として捉えるなら、くりかえし「ジヤアナリスト」や「ジヤアナリズム至上主義者」に比せられるクリスト像、あるいは、「クリストはあらゆるクリストたちのやうに共産主義的精神を持つてゐる」(「続西方の人」)といった「共産主義的精神」への言及などは、「百万大衆の肩のこらぬ伴侶」を目指し「十倍拡張運動」を遂行中の「改造」の期待に応じる「藝術の徹底的民衆化運動の一端」に連なる表現に見えてくる。たとえば、「誰も弟子になるもの」がいないために「寂しさ」を抱えて「村から村を歩いてゐた」クリストが、とうとう「四人の漁師」を得たことで「見る見る鋭い舌に富んだ古代のジヤアナリストになつて行つた」という「13最初の弟子たち」のクリストの姿などは、「村から村を歩いて」オルグする「あらゆるクリストたち」の現在を照らす「鏡」のようではあるまいか。あるいは、「続西方の人」が「貧しい人たちに」という章で結ばれ、その冒頭に「クリストのジヤアナリズムは貧しい人たちや奴隷を慰めることになつた」とあるのも、定価を下げて「貧しい人たち」にも雑誌を届けようとする「改造」ジャーナリズムの「民衆化運動」の路線と響きあう。さらに言えば、あくまでも「民衆化運動」という文脈に限ってのことなら、「天上から地上へ」という「西方の人」研究史における最大の問題も、自ずと答えは決定されよう。

もっとも、「西方の人」と「続西方の人」を「民衆化運動」の文脈だけで律することはできない。「共産主義的精神」のみが求められたのでないことは、露伴や劉生や徳富の例に明らかである。ただし、それでも、いずれにも「民衆化」の要請を窺うことはできる。いずれも多分に啓蒙的だからである。「民衆化」に沿う啓蒙性は、必ずしも聖書やキリストについての正確な解釈を要求しない。そうした解釈の態度は、むしろ「民衆化」から遠ざかる。「西方の人」の冒頭で、「日本に生まれた「わたしのクリスト」」と言い、「歴史的事実や地理的事実を顧みない」と述べ、「厳しい日本のクリスト教徒も売文の徒の書いたクリストだけは恐らくは大目に見てくれるであらう」と断るのも、「民衆化」の要請と「売文の徒」による啓蒙とクリストに託して私的なメッセージ（遺稿）を紡ぐことのせめぎあいが、ほぼ必然的に招く事態から発せられた口ぶりに近い。それは、たとえば次のような口ぶりと通じている。

なぜ自分はかう云ふものを書きたくなつたか。それは本文を見てくれるとわかると思ふ。自分は孔子をなぜ尊敬するか又自分は孔子の言葉に不服な処はどう云ふ所か。／恐らく孔子を尊敬するものも、又孔子に反抗するものも、共に僕の考へに不服をもつかと思ふ。／だが自分は正直になるより仕方がない。そして自分の学問の不足のために解釈のちがいのあるのを恐れもするが、自分は論語を正解したい人々は学者につくことをおすゝめしたい。こゝでは自分の云ひたいことを云ふ機会を与へてくれるものとして論語を撰んだのだ。自分の頭の出来、自分の人生観、自分の生命、それ等が孔子及び孔子の子弟達の言葉を見てどう動くかを率直に示したく思ふ。／あとは本文を見てほしい。

武者小路実篤「論語の講義（一）」の「序」の全文である。「改造」の大正十五年五月号から八月号にわたって連載された。その間の七月号に「又一説？」を発表した芥川が、目にした可能性は高い。「論語」を素材に「自分」の「孔子」を短章連鎖形式で語る点で、「西方の人」に通じる。武者小路版「東方の人」といったところだが、直接的な影響関係を主張したいのではない。注目したいのは、人気作家が古典について語るというスタイルである。そうしたスタイルは、それだけで「民衆」への啓蒙を担保する。現在でも、聖書を読むほどではないが、遠藤周作「私のイエス」や小川国夫「イエス・キリストの生涯を読む」なら手にとる読者はいる。「源氏物語」の原典本文は読まないが、与謝野訳、谷崎訳、円地訳などなら読んだという読者も少なくない。結果として、その内容が分かりやすいとは言えないとしても、作家が語る「自分」の「孔子」や「わたしのクリスト」などの試みは、同種の企画が絶えないように、出版社の戦略としては十分に成算がある。武者小路に「論語」を語らせた「改造」は、芥川が「聖書」を語ること自体に、その種の成算を見ていたに違いない。それまでの目次や誌面構成の通例を破って「西方の人」を最後に置いたのは、その種の成算への編集側の期待であったと考える。

編集側の期待が、そのようなものであったとすれば、それに見あうように、本文の頁を繰り始めた読者が漠然と期待したのも、キリシタン物の第一人者である作家の薀蓄がこもった聖書エッセイの類ではなかっただろうか。それが結果として遺稿や遺言になるとき、「改造」の編集者が電報「ユク」を再読して「遺言」としての新たな意味を見出したように、「西方の人」の読者も再読を迫られる。佐佐木茂索「無題」（「改造」昭2・9）などは、その端的な例である。佐佐木は、「西方の人」の「28　イエルサレム」の章全体を引用した上で、次のように語る。

僕は此一章を今は特に繰り返して涙とともに読まずには居られないのである。どの一節を読んでも、ひしひしと胸のうちに迫つてくるものがある。此一章は今の僕に種々雑多なことを考へめぐらせるのである。

佐佐木が、なぜ「此一章」を「特に繰り返して読まずに居られない」のかは、引用の直後に明らかで、章の末尾にある「いたく憂へて死ぬばかり」なクリストの「心もちを理解せずに橄欖の下に眠つてゐ」た「迂闊な「弟子たち」の一人」が自分であったという苦い悔恨と「唯、自分自身の魯鈍に愛憎をつかして、うなだれてゐるの外ない」との自省があるからである。こうした悔恨や自省からも、佐佐木が「西方の人」を再読したのは明らかで、しかも、それは自殺以前の「西方の人」の読み方を示唆する。それは「迂闊」で「魯鈍」な読み方だった。佐佐木は「芥川が最も親愛した後輩文学者」で「始終彼を師と仰いで敬慕した」（『芥川龍之介新辞典』、佐久間保明執筆）人物である。その佐佐木でさえ、自身の「迂闊」さや「魯鈍」さを噛みしめながら、「涙とともに」再読しないといけないとすれば、大方の読者が、自殺以前の「西方の人」をどのように受けとめていたかは、自ずと察せられる。芥川に聖書を贈った篤信家の室賀文武が、「西方の人」に失望した一事も、聖書エッセイとしての「西方の人」の一面を傍証しよう。しかし、作家が読む古典（聖書）というジャーナリズム（「改造」）の狙いからは、そうした「迂闊」な受容も実は成功だったのではあるまいか。この成功には二重の含意がある。ひとつには、「改造」にとって、「西方の人」は、もともと芥川らしい機知と技巧に富んだ啓蒙的著作として期待されていたという点において。さらに、そのような一面があればこそ、自殺によって「どの一節を読んでも、ひしひしと胸のうちに迫つてくるものがある」という劇的な神話化作用がはたらいてしまう点において。

後者については、遠藤周作「沈黙」の「鼾」の挿話を思い出しておこう。主人公ロドリゴは、囚われた牢の中で聞こえてきた「鼾」に「愚鈍」と「無知」を感じる。しかし、それが「穴吊りにかけられた信徒たちの呻いている声だ」と知らされ、自分の「愚鈍」さに強い衝撃を受けたロドリゴは、再び聞こえてきた声について、「もうそれは鼾のような声ではなく、穴に逆さに吊られた者たちの力尽きた息たえだえの呻き声だということが」「はっきりとわかった」と茫然となる。いったん「呻き声」として聞いてしまったロドリゴの耳に、「鼾」の声が響くことはない。それと同じように、いったん遺言の神話化作用を被った「西方の人」からは、芥川の「息たえだえの呻き声」は聞こえても、「鼾のような声」を聞くことは難しいだろう。つまり、遺言の神話化作用は決定的な力とはたらきを持つ。それが何をもたらすかについては、後考に委ねるしかない。

注

（1）吉田精一「芥川龍之介・人と作品」（『日本近代文学大系・芥川龍之介集』角川書店、昭45・2↓『吉田精一著作集2・芥川龍之介Ⅱ』桜楓社、昭56・11所収）に「芥川が「西方の人」を発表した一月前から、同じ「改造」にアンリ・バルビュスの「耶蘇」が連載され出した。この共産主義者の見たクリストは、クリスト自身が「わたし」という一人称で内的告白をする形式で書かれている。（略）内容は全然違うとしても、クリストを書くという発想の上で、バルビュスの「耶蘇」から、彼は多少の暗示をうけたかもしれない。」（引用は著作集）とある。

（2）「改造」（昭2・8）の第二部の最初にある広告「民衆夏期大学日程」中の句。同広告では、「九州」は、場所「長崎県温泉岳」、日時「八月十七日より二十二日迄」で、講師陣五名のうち芥川だけが「交渉中」となっている。

付記

宮坂覺先生とは、平成二十三年十二月三日に大分大学で開催された平成23年度全国大学国語国文学会冬季大会シンポジウム「キリスト教と近代文学」で、同じ演壇に立つ栄に浴した。そのおりに「西方の人」の神話化作用にふれたことが拙稿の契機になった。当日の記念の意をこめて先生に献じたい。

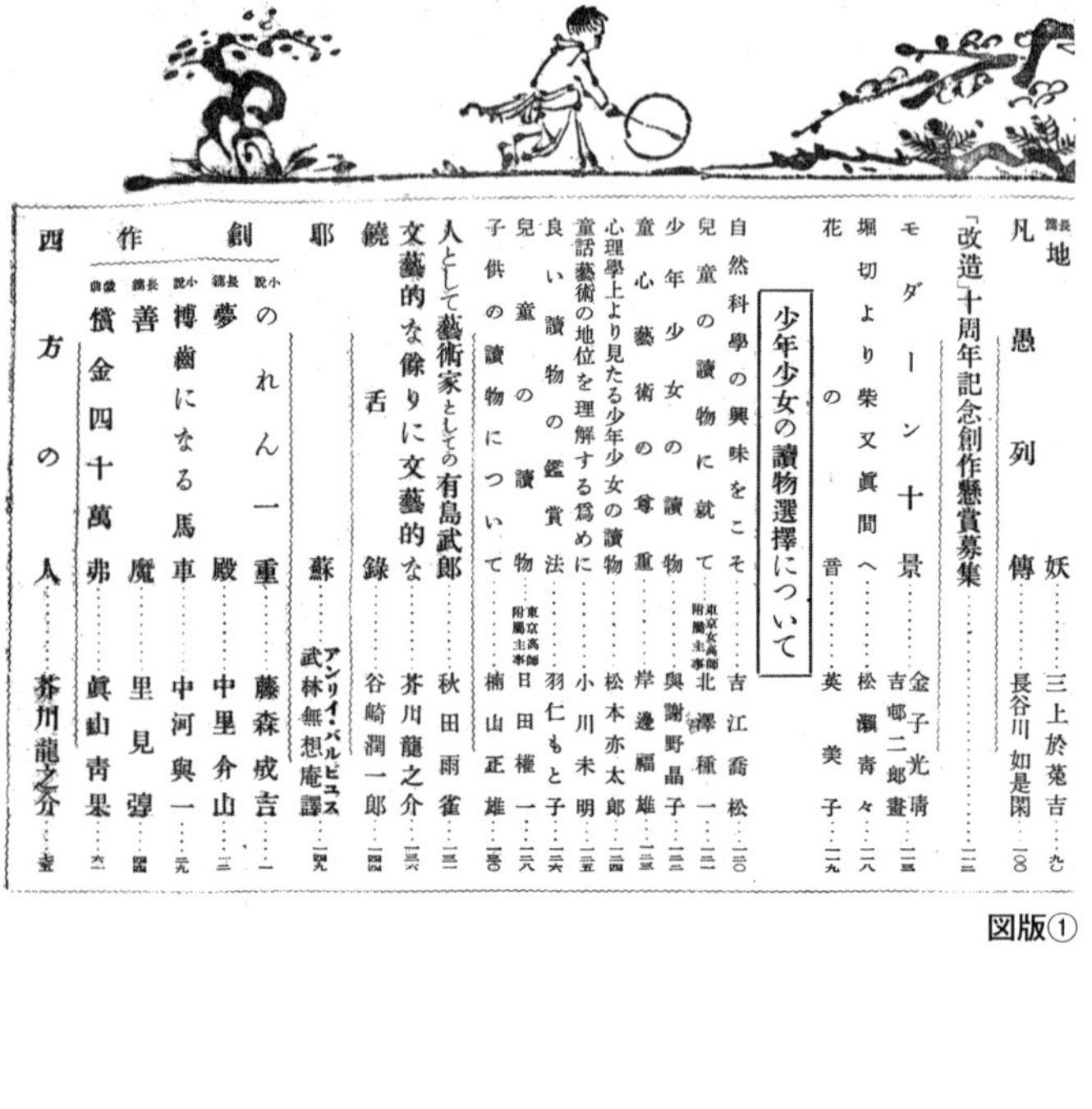

長篇 地妖……三上於菟吉……九〇
凡愚列傳……長谷川如是閑……一〇〇
「改造」十周年記念創作懸賞募集……一一三
モダーン十景……金子光晴 吉郁二郎畫……一一三
堀切より柴又眞間へ……松瀬青々……一一八
花の音……英美子……一一九

少年少女の讀物選擇について

自然科學の興味をこそ……吉江喬松……一二〇
兒童の讀物に就て……東京女高師附屬主事 北澤種一……一二一
少年少女の讀物……與謝野晶子……一二二
童心藝術の尊重……岸邊福雄……一二三
心理學上より見たる少年少女の讀物……松本亦太郎……一二四
童話藝術の地位を理解する爲めに……小川未明……一二五
良い讀物の鑑賞法……羽仁もと子……一二六
兒童の讀物……東京高師附屬主事 日田權一……一二八
子供の讀物について……楠山正雄……一三〇
人として藝術家としての有島武郎……秋田雨雀……一三一
文藝的な餘りに文藝的な……芥川龍之介……一三六
饒舌錄……谷崎潤一郎……一四四
耶蘇……アンリイ・バルビュス 武林無想庵譯……一四九

創作
小説 のれん一重……藤森成吉……一
長篇 夢殿……中里介山……二一
小説 搏齒になる馬車……中河與一……二九
長篇 善魔……里見弴……四四
戯曲 償金四十萬弗……眞山青果……六一

西方の人……芥川龍之介……[illegible]

図版①

図版④

民衆夏季大學日程

『現代日本文學全集』會員の御厚情と御擁護に應へ、また豫ねて我社が平常抱懐する藝術の徹底的民衆化運動の一端として、今夏を期して「民衆夏季大學」を開設することは、既に各位の諒知せられてゐることゝ思はれるが、愈々左記の場所と日程に依つて、之れが開催の御通告を爲し得ることは我等の欣快に堪へぬ所である。此の企畫は、我等に取つては固より壮挙の運動の一端にも過ぎないのであるが、之に對する熱意と努力は全社の全精力を集中するも尚足らざるを覺ゆる。我等は、断るまでもなく職業的夏季大學業者ではない、併し我等の熱意と努力は、此の文化計畫に對しても十分の效果を舉げ得る自信を持つてゐる。若つて各位の御聽講を待つ所以である。

聽講資格

『現代日本文學全集』の會員に限る。

但し場所と日時は制限あるに付き、希望者は七月二十日迄希望地を記して本社の「夏季大學係」まで御申込下さい。若し希望者多數にて到底會員の希望を容るゝ能はざるときは、抽籤にて人員を制限致しますが、此の點は豫め御諒承下さい。また講習者には『講習録』を發行致

聽講料

無料にて聽講出來ます。

各地の日程

東京
場所　東京市外國立大學都市
日時　八月一日より六日迄、毎日午前八時より
講師　長谷川如是閑氏　福田徳三氏　小宮豐隆氏　末弘嚴太郎氏　菊池寛氏　武者小路實篤氏（その他）

北海道
場所　札幌
日時　八月八日より十三日迄、毎日午前八時より
講師　吉田絃二郎氏　吉江喬松氏　杉森孝次郎氏　久米正雄氏　佐々木信綱氏

信越
場所　新潟
日時　八月四日より八月九日迄、毎日午前八時より
講師　里見弴氏　久保田万太郎氏　藤井健治郎氏　吉澤義則氏　高須芳次郎氏

關西
場所　和歌山縣高野山
日時　八月十三日より十八日迄、毎日午前八時より
講師　阿部次郎氏　高濱虚子氏　片上伸氏　新村出氏　野口米次郎氏　林久男氏　佐藤春夫氏　成瀨清氏

九州
場所　長崎縣温泉岳
日時　八月十七日より二十二日迄、毎日午前八時より
講師　阿部次郎氏　小宮豐隆氏　芥川龍之介氏（文學）中……

図版②

改造　五月號　目次

図版③

Ⅲ 時代性／国際性

夏目漱石——漱石的エートスへのアンチテーゼ

奥野政元

1

作品「羅生門」は、漱石「こころ」への反定立として位置づけられるのではないか。漱石が朝日新聞に「こころ」を連載したのは、一九一四（大正三）年四月二〇日から八月一一日までであり、完結後の九月に岩波書店から出版された。芥川の東京帝国大学入学は、その前年の九月であるから、この出版時には二年生になっていた。その翌年、つまり東大三年生になった年の九月に、「羅生門」は最終的に脱稿されたようで、一一月一日発行の『帝国文学』に発表された。同じ一一月の一八日に、芥川は林原耕三に伴われ、久米正雄とともに初めて漱石山房を訪ね、以後木曜会に出席するようになった。ということは、初出「羅生門」の執筆と発表時には、芥川はまだ漱石とは直接的には、何の面識もなかったということである。もちろん一高出の東大生、しかも同じ英文学を専攻し、作家をも目指していた芥川にとって、漱石の存在は他のどのような作家よりも身近でしかも尊敬すべき巨峰の如きものであったろう。しかし後年「あの頃の自分の事」（大正七年一月『中央公論』）で言及した「人格的マグネテイズム」とでもいう「危険性のあるもの」に直接触れることもなかっただろうし、「その影響の捕虜になつて、自分自身の仕事にとりかかるだけの精神的自由を失つてしまう」恐れからは無縁であったとは言えるであろう。そうした精神的自由の思いの丈を、彼なりに解放したという充実感が、この「羅生門」には込められていたことは、彼自身のこの作品へのこだわり方によく象徴されている。

このような意味から、「羅生門」に見られる充実感の内実を確かめてみると、それが自ずと、その前年に発表された漱石の「こころ」に見られる、これも一種の充実感に、明確に対峙する反定立の意義を帯びていた様相も明らかになってくる。もちろん両作品は、そのボリュームも、題材となった時代背景も異なるし、なによりも芥川自身にそのような積極的意図があったかどうかについても不明であるが、両作品の主人公が置かれた状況に限って言うと、共通した要素が見られるのである。つまり死を前にした人間の良心や倫理のありようを問い詰める一点では、状況としては同じものである。ところが、「こころ」の先生は死への決意によって、自己本来の倫理に殉じようとしたが、「羅生門」の下人は、死を前にした極限状況で、逆に良心を踏み破ることによって自己に固有な生を選ぼうとしたのであり、この意味で「こころ」の先生への反定立の内容が浮上してくるのである。死と良心の前に引き据えられた実在の状況、たとえば、「こころ」の先生は、まずKの自殺によって、倫理的負い目を背負い続け、乃木殉死を契機に、自らの死を決意するに至る状況が表現されているし、「羅生門」の下人は、四、五日前に主人から暇を出され、餓死をするか盗人になるより外にないまま、雨の中を羅生門の下で、途方に暮れて佇んでいる状況として示されている。両者共に、死を前にした人間存在の極限状況に立ち続け、一人は死へと、今一人は生へと別れていく、漱石と芥川のこうした対照には、どのような課題があったのか、それをまず、両作家の死についての意識から探ってみたい。

2

「下　先生と遺書」冒頭は、「私」からの就職の斡旋依頼に応えなかった先生の弁明からはじまる。

実をいふと、私はこの自分を何うすれば好いのかと思ひ煩つてゐた所なのです。此儘人間の中に取り残されたミイラの様に存在して行かうか、それとも・・・其時分の私は「それとも」といふ言葉を心のうちで繰返したびぞつとしました。断足で絶壁の端まで来て急に底の見えない谷を覗き込んだ人のやうに。私は卑怯でした。さうして多くの卑怯な人と同じ程度に於いて煩悶したのです。

この「底の見えない谷」とは、ミイラの様に存在して行こうか、それとも、という前文の文脈からいえば、死を意味しているようである。その死を前にして、立ちすくみながら、卑怯に、また煩悶しながら、ミイラの様に生き続けているのが、先生であったというわけである。そこには、Kの死にかかわる先生の倫理的に暗い影があった。先生は倫理的に生まれ育てられた男で、その倫理は今の若い人と大分違ったところが在るかも知れないが、私自身のものだという。その暗い倫理が、彼をKの墓へ毎月行かせ、妻の母の看護をさせ、妻に優しくさせ、さらに人に鞭打たれ、自分で自分を鞭打つ可きだと思わせ、ついに自分で自分を殺すべきだと考えさせるが、しばらくは「仕方がないから、死んだ気で生きて行かうと決心」させることになった。その状態がミイラの様に存在していくことでもあった。Kの死という打ち消しようのない自己の倫理に触れる事実に、途方に暮れる先生は、自己存在の根拠を失い、可能性としての死を生き続けたと言えよう。つまり可能性としての死が、先生の倫理を支える唯一の根拠でもあったわけで、それがたとえ可能性としての死であるにしろ、死が倫理の根拠となっていることには、変わりない。この構図は、漱石文芸にはよく見られる特色でもあって、最もよくそのことを象徴しているのが、「虞美人草」の結末、甲野の日記である。

道義の観念が極度に衰へて、生を欲する萬人の社会を満足に維持しがたき時、悲劇は突然として起る。是に於て萬人の眼は悉く自己の出立点に向かふ。始めて生の隣に死が住む事を知る。妄りに躍り狂ふとき、人をして生の境を踏み外して、死の圏内に入らしむる事を知る。陥穽の周囲に朽ちかかる道義の縄は妄りに飛び超ゆべからざるを知る。縄は新たに張らねばならぬを知る。第二義以下の活動の無意味なる事を知る。而して始めて悲劇の偉大なるを悟る。

これが甲野の日記の結論であった。これによると、死こそは人間に道義や第一義、つまり倫理に目覚めさせる究極の事実であり、その事実を捨てて忘れさせるために、「必要の条件たる道義を、相互に守るべく黙契した」というのである。しかし、同時に人間は生きていく限り、倫理に抵触せざるを得ないのも明確な事実でもあった。そのような現実を表現するに際して、漱石がとりあげたのは愛の問題であった。愛の真実が倫理に反逆する不条理を、「三四郎」「それから」「門」の三部作で描いた漱石は、意識と無意識の狭間（つまり正常と狂気の間）をさまよう孤独、そして不安として主人公たちを問い詰めていった。これらの三部作が、すべて眠りと覚醒の狭間から始められているのも、この点で象徴的である。

「それから」の代助は、「あゝ動く。世の中が動く」と言い、赤いものが目について、くるくると炎の息のように回転し出す、一種の狂気の瞬間に追い込まれていく。それが作品の結末であった。「門」の宗助は、安井出現の予告に、一層不安に襲われ、参禅を試みるが失敗する。後の「行人」で、漱石はその主人公に「死ぬか、気が違ふか、夫でなければ宗教に入るか。僕の前途には此の三つのものしかない」と、悲痛な認識を語らせているが、死をのぞいた二つの実相については、これらの諸作品にも描かれていたと言えよう。ただ狂気も宗教も、ついに課題解消の秘訣とはなり得なかったということではあるが。そして残された死について、今度は漱石自身が、「門」の完成直後に経験させられることになる。言うまでもなく、一九一〇（明治四三）年八月の「修善寺の大患」であった。そこで出会った、三〇分の所謂死の経験が明らかにしたものは、もはや「虞美人草」の甲野の日記に記された死のように単純なものではなかった。

余は一度死んだ。さうして死んだ事実を、平生からの想像通りに経験した。果して時間と空間を超越した。然し其超越した事が何の能力をも意味しなかつた。どうして幽霊となれやう。どうして自分より大きな意識と冥合出来やう。臆病にして且つ迷信深き余は、たゞ此不可思議を他人に待つばかりである。

「思ひ出す事など」で、こう述べた漱石は、死の経験が自分に何の能力をも意味づけるものではなかった事実に直面して、生死を超えた様々な仮説の一切を否定し、「余の心は遂に余の心である」と言い切っていく。つまり甲野の日記に示されたような、死が倫理の根拠であるとは言えない状況に向き合っていたのである。その詳しい内容については、すでに論じた事があるので[1]、参照いただきたいが、結論的に言うと、所謂三〇分の死の事実を、彼は自己意識や感覚のうちに感受できない限り、生死を超えることの不可能性にとどまり続けたということである。たとえば、同文中でドストエフスキーの癲癇発作時の神秘体験、及び死刑直前に生き返った体験に、他人ごとならぬ関心を以て類推を試みては、にじり寄ろうとするが、結局「ドストエフスキーは自己の幸福に対して、生涯感謝する事を忘れぬ人であつた」とまとめて、この問題を立ち去ってしまう。生き返った事実を幸福と感じ、その有り難さに感謝するというとき、生きてあることのあり得ない僥倖に目覚める事であって、それは生の尊さを感受することでもある。第一義や倫理の根拠も、そのようなところに成立するのでもあろうが、それでも死が何物でもない、自己にとっては全く無そのものでもあったという体験の事実は残る。この時、もし何物でもない無としての死の事実にのみ拘ってみるならば、これは倫理の根拠とはなり得ないどころか、むしろそのような根拠自体もあり得べきものではなく、何をしても赦されるという逆の根拠にもなり得るのではなかろうか。そうした場合、死は倫理の根拠ではなくなり、生の僥倖こそがその根拠となるであろう。死の体験（と言ってもそれは体験できない体験であったから、死に臨む体験でしかあり得ないが）は、生自体を恵まれた幸福と感じさせる根拠となり、その幸福感が意識と無意識を貫く倫理の根拠となる、こうした構図のうちに、漱石の倫理意識の特色はあったと言えよう。その一貫して揺るぎのない自己意識の完結性と健全性が、芥川にとっては大きな壁あるいは違和感として映じたと考えられる。

3

「思ひ出す事など」の後半、特に二三以後の漱石は、生の尊さへの感謝の感情が薄れていくと共に、「好意の干乾びた社会」に直面する自己に触れはじめ、生における精神生活の自由といったオイッケンの説に及び、「生命の波動として」それを捉える意義に注目する。それは、病中に夢中で読んだジェームズの「多元的宇宙」や、そこに触れてあったベルグソンの「生の躍動」とも通じ合うもので、生の実在の姿を多様な展開相のうちに描くことによって、その全体を捉えようとしたようである。後期の三部作「彼岸過迄」「行人」「こころ」に見られる短編を連ねて長編とする形式も、そこに由来するものであったろうが、その第一作「彼岸過迄」を書き出す直前、一九一一（明治四四）年一一月二九日に、漱石は五女ひな子の急死に出会っている。これは自己の死ならぬ、愛する娘の死であって、自分の精神にひびが入ったと日記に記すほどの出来事であった。突然の死に引き続く、葬式、骨揚げ、納骨と多忙の努力について記した彼は、「然し凡ての努力をした後で考へると凡ての努力が無益である。死を生に変化させる努力でなければ凡てが無益である。こんな遺恨な事はない」と続けている。五女ひな子の急死は、自らの所謂三〇分の死以上に、大きな欠落感を彼に与えたものであって、その後の生の一切の営みをも、無益化し、徒労に満ちたものとさえ思わせるものであった。この直後の作品に、漱石は「彼岸過迄」という題を付して、その意図について序文で「元日から始めて、彼岸過迄書く予定だから」と簡単に触れている。一方、このうちの「雨の降る日」については、「小生一人感懐深き事あり、あれは三月二日（ひな子の誕生日）に筆を起こし同七日（同女の百ヶ日）に脱稿、小生は亡女の為好い供養をしたと喜び居候」と、中村蓊宛書簡で述べているように、彼岸とは今は無いひな子の、実在した時間と空間をも象徴させたものであったと言える。

生の彼方、つまり死によって取り逃がしたかけがえのない至福の時空間を、生のこちら側に再び呼び戻そうとする意識内のいわば研究と苦闘、これが具体的には須永市蔵の、ひいては「行人」の一郎の人物像として、やがて結実してくることになった。市蔵は、出生の秘密を知らないまま、継母と千代子との至福の彼岸的時間を持ち得たが、秘密に気付き知るに至って、継母や千代子とのそうした関係を持続し得ず、他者に対する自己内の想念や心情の空回りの断絶に引き込まれていく。また一郎は、長男として大切に育てられた大学教授であり、妻も娘もいる当然の幸福を、改めて自己に確認しようとして、自分なりの彼岸回復を求めようとするが、そこに常に他者としての思いがけない妻の存在に突き当たり、愛と信の疑惑に引き回されていく。過ぎ去った彼岸を追いかける現実の時間の落差は、実在の時間を追いかける意識の時間との落差にも似ている。それはまた、他者に向き合う自己意識の時間的落差でもあろう。内へ内へととぐろを巻き続ける市蔵や一郎の苦悩の、それは内実でもあって、「彼岸過ぎ」という表題の一語は、このようなあり得べき彼岸の実在と、常にそれに乖離せざるを得ない自己意識のありようを象徴する言葉ともなり得よう。つまり彼岸は、無意識に通り過ぎた後でしか意識できない、いやむしろ、そのような可能性そのものがないというのが本質でもあるということである。この彼岸と意識の関係は、「思ひ出す事など」で漱石がこだわった「三〇分の死」の過ぎ去った事実を、自己意識のうちに検証しながら、「余の心は遂に余の心である」と意識内で断定していく文脈に相似するものでもある。そして「行人」という表題に関わって言うならば、検証不可能な過ぎ去った彼岸の根拠、すなわち背後にこだわって、前途を見失い、自己をも失って彷徨する一郎の姿を象徴するものでもあったのではないか。「余の心」だと言う断定は、強いものであるが、それはイロニーとしてのみ解する他ないものでもあった。

そうした心の本来的な存在可能性に向き直ろうとしたのが、作品「こころ」の主題であった。それが可能となった契機は、倫理的負い目を背負った果ての死への決意である。ハイデッガー流に言うと、死とは、現存在が絶対的に不可能になることの可能性だから、存在可能として、現存在は死の可能性を追い越すことはできない。死の可能性はこのようにして、可能性として、しかもおのれ自身に先立って開示されている。この死へ臨む存在の実存論的構造が、現存在の全体存在可能の存在論的構成である。(2)こうした臨死の実存論的概念は、自己本来の、係累のない、追い越すことの出来ない存在可能へ臨む投げられた存在として明らかになるが、同時に、そうした現存在の本来的可能性を証し立てるものが、良心でもある。なぜなら死に臨む存在は、本質的に不安であり、日常的世間のなかに紛れ、非本来性の中に自己を失ってきたものを、負い目ある存在として呼び起こし、告知する声が良心だからである。この良心に基づく決意が、非本来的な自己を本来的自己に呼び戻す事実的可能性を開示し、本来の自己を投企し決定する要因となる。つまり、死への決意が同時に被投性としての非本来的自己存在から、本来の自己を現存在へ投企する可能性を開示するのである。「こころ」の先生も、負い目に良心を絶えず呼び戻され続けて、死んだ気になって生きる、ということは不可能の可能性を未来にのばして消極的に生きるということであり、そのような姿勢から、死を決意することによって、はじめて本来の自己を開示し、取り戻すことになったと言えよう。それは負い目ある存在を本来の自己として引き受ける覚悟でもあり決意でもあった。

4

ところが、死の決意は必ずしも自殺に直結した意味を開示するものではない。死が不可能の可能性としてある限り、現存在への実存的投企の可能性への決意は、死の決意として構成されるとしても、それは良心を無視する決意としても成就され得る筈ではないか。死の決意は、良心をも踏み抜く決意をも含めた現存在の自己のあらゆる可能性を、逆に開示させる契機ともなり得るのではなかろうか。芥川が「羅生門」で試みようとしたのは、このような存在への投企可能性であったと考えられる。

その背景には、「羅生門」執筆前の大正三年から四年にかけて、彼自身が向き合っていた死と良心への彼なりの真剣な対峙があった。このうちまず死について触れると、大正三年三月三日頃、成瀬正一と東京府立巣鴨病院へ見学に行き、さらに医科大学で解剖を見学したことを、三月一六日付と推定されている井川宛書簡に伝えていることが注目される。巣鴨の癲狂院と屍体見物の体験は、やはり強烈なものであって、後年遺作となった「或阿呆の一生」にも印象深く記されることになったものである。またこの書簡は冒頭で、芥川自身が見た今一つの屍体についても触れている。それは彼の実家耕牧舎で番頭をしていた松崎泰次郎の急死で、下女と話しているうち突然、心臓発作を起こし、一五分で冷たくなったようで、耳から額へ額から眼へひろがってゆく皮膚の変色を見ているのは不気味だった。水をあびたような汗がたれる、かすれた声で何か云う、血もすこしはいた。と記され、続けて「こんな急な死に方をみると、すべての道徳すべての律法が死を中心に編まれてゐるやうな気がしないでもない」と伝えている。この文言は、死の前ではすべての道徳、すべての律法、即ち倫理の一切が相対化されると解されよう。死は確かに倫理の根拠となるが、そのことは逆に、あらゆる倫理は、死を超えて存在するものではないということである。漱石が「虞美人草」の甲野をして、死を前にした悲劇の偉大さを道義との関係で強調させようとした、まさにその同じ場所で、芥川はむしろその悲劇の底を断ち割ってみれば、第二義どころか、第一義の活動まで無意味だと悟らしめるところがあると言うのであろう。

因みに、大正三年三月頃は、漱石が「こころ」を連載する前の月に当たる。この頃芥川は、一月一二日付小野八重三郎宛書簡では、「僕の如き偏狭な人間」とか「僕のやうな我儘者」とかいう言葉が見え、周囲と歩調を合わせ得ない不快を訴え、一人で閉じこもるような状態であり、一月二一日付井川宛書簡では、「自分には善と悪とが相反的にならず相関的になつて」いる気がすると言い、また芸術の信仰を求めながら、空虚なる自己をみるは不快なり、この二、三ヶ月煮え切らざる日を送れりなどとも言っている。一方、五月頃から吉田弥生との恋愛が芽生え、翌年一月に結局破綻に終わる経験もしているので、この恋愛は「こころ」連載中の事でもあることも分かる。ともかく、善悪を超越した芸術を求め、自由に自己を主張し伸張させんとする一方で、周囲との摩擦に耐えられず、自己の空虚さにも悩むという青春期の苦悩に直面していたようである。このような状態で、恋愛の破局に直面して、エゴイズムの葛藤を思い知らされる。それは良心にも関わる問題で、芥川の倫理的態度の傾向性が、そこでまず問われねばならない。

芥川はすでに触れた一月二一日付井川宛書簡で、善悪一如の芸術境を目指すという意味の言葉を述べている。これは実は彼の中学時代以来の倫理観、いやむしろ人生観といってもよいものである。それは一九〇九（明治四二）年一二月の府立三中『学友会雑誌』第一五号に発表された「義仲論」で最も強く主張した思想である。中学最後の年に発表されたこの文章は、堂々としたもので、しかも義仲への賛同を、恰も自己自身の熱塊として吐露し尽くしたような勢いに満ちている。「革命の健児」「時勢の児」「赤誠の人」「情熱の愛児」「野生の児」といった言葉を繰り返し、自己の信じる所を直線的に急歩して止まず、一切の制度、秩序、思慮、ばかりか自己自身をも焼き尽くす個性を訴えて止まない。当時の中学生としては異例の文章表現力でもあるが、おそらくその下敷きには、高山樗牛の「平相國」(明治三四年一一月、東京堂)があったのであろう。この発表の前年明治四一年三月頃の休暇中に、全五巻の樗牛全集を取り寄せて読んでいるし、翌年四月には、静岡の龍華寺にある樗牛の墓を訪ねてもいることは、彼自らが記しているところである(「樗牛の事」『人文』四巻一号、一九一九年一月)。樗牛はそこで清盛を論じて、確かに「狂悖、暴戻」だが、実に「天真爛漫」で「真率」「無邪気」だと言い、「彼は極端なる個人主義、我執主義の人なりき、即ち今の倫理学の口吻に随へば、彼は不道徳の人に非ずして無道徳の人なりき。彼は善人にもあらず、悪人にもあらず、唯々一個の巨人、一個の快男子に過ぎざりき。」と述べている。そして、高熱に犯されながらも、死後の仏事孝養、堂塔建立よりも頼朝の首を求めた猛烈な意志を死に臨んで現したところに、最も羨むべき最後があったという。本能の満足を美的生活と宣言し、「一切現世の桎梏を離れ、あらゆる人為の道徳学智の繫縛に累はされず、ただただ本然の至性を抜いて天真の流露に任すもの、あゝ独り夫小児の心乎」(「無題録」明治三五年、一〇月『太陽』)と、どこまでも自己を主張せんとする心情に、中学生の芥川は少なからぬ共感を覚えたのであろう。

しかもそれは、単なる若さ故の一時的熱狂とばかりは言えないもので、「地獄変」(大正七年五月、『大阪毎日新聞』連載)に示された良秀の宿命へのこだわり、あるいは「プロレタリア文芸の可否」(初出は一九二三年二月一日発行の『改造』に「あらゆる至上主義に好意と尊敬を持つ」の表題で発表された。)で、芸術至上主義への好意を示して、「(ひとり芸術至上主義者に限らず、僕はあらゆる至上主義者、―たとへばマッサアジ至上主義者にも好意と尊敬とを有するを常とす)」と付け加えた上、プロレタリアにしろ、ブルジョワにしろ、「精神の自由を失はざること」こそ自分の望むところだと述べて、善悪を一如に貫く自由を求める精神として、それを強調するなど、後々まで変わらぬ芥川の一面であったようである。特にエゴイズムに関わって言及すると、恋愛破局の内面的苦悩を告白した大正四年三月九日付井川宛書簡は、注目される。エゴイズムを離れた愛の存在を疑う自分のやりきれなさを伝え、何故こんなにしてまでも生存しなければならないかと思い、神に対する復讐として「自己の生存を失う事」まで思っている。つまり死に向き合わされているのであるが、同時に「僕にはこのまゝ回避せずにすゝむべく強ひるものがある」と言い、そのものが「僕に周囲と自己とのすべての醜さを見よと命ずる」と言い、亡びることを恐れながらも、「此ものの声に耳をかたむけずにはゐられない」と続けられる。死と向き合いながら、この醜さのすべてを見よとの声に耳を傾けずにはいられぬということは、つまりこの醜さを肯定せよということでもあろう。それが可能なのは、死と向き合うことであり、死を根拠とすることでもある。それは倫理や良心さえをも、滅びの予感によって超越し、ありのままの自己、本来の自己を、そのままに肯定する契機として、実在を取り戻すということでもある。「羅生門」、特に初出本文に見られた芥川の意図と内面状況は、このようなところにあったと考えられる。

ところが、その初出本文発表直後に出会った漱石との交渉は、芥川に強い倫理的磁力とも言うべきエートスの圧倒として身に迫ったようである。その具体的関係については、漱石のこうした一面を受け継いだ和辻哲郎との交渉をめぐって触れたことがあるので(3)、参照いただきたいが、芥川はその一面への微妙な違和感も持ち続けていたようである。「偸盗」の失敗から、「羅生門」末尾の改稿へと続く経緯に、その一端の揺れ動きが見られるのは、周知のところであろう。芥川は中学時代に深く共鳴した樗牛流の「個人主義」「ニーチェ主義」に見られるナイーヴな小児の全人間的解放を、繊細な感受性のもとに保持しながら、漱石の強烈な個性の一面である倫理的エートスの圧迫に佇むことにもなった。たとえば、ニーチェをめぐる全人間的解放の契機にしても、和辻における受容のそれは、若き日の和辻の最初の著書「ニーチェ研究」に最もよく象徴されているように、人格の貴族主義的な高踏性として、その諸説を捉え直そうしている点などに、どこまでも倫理主義的特色が示されている。芥川がこだわったのは、そうしたリゴリズム的堅苦しさとは別に、実在のありようを全感覚的に発揚させる、繊細な精神の自由と柔軟さであったのではなかったか。「こころ」へのアンチテーゼとしての「羅生門」の背景には、そのような課題があったと考えられるのである。

注

（1）拙稿「思ひ出す事など」について（上）（『活水日文』第三三号、活水学院日本文学会、一九九六、九）及び、同（下）（『活水日文』第四号、一九九七、三）参照。

（2）細谷貞雄訳「存在と時間」（下）六一～六二頁、筑摩書房、一九九四、六）

（3）拙稿「或日の芥川龍之介—漱石への回帰と反逆—」（『國學院雜誌』第一〇五巻第一一号、平成一六、一一、一五）参照

付記　本稿は、日本キリスト教文学会九州支部二〇一三年度夏期セミナーで研究発表したものと一部重なるものであることを、お断りいたします。

森鷗外――歴史小説『或敵打の話』と『護持院原の敵討』をめぐって

高橋　修

はじめに

芥川龍之介の歴史小説の評判は思いのほか芳しくない。たとえば、芥川龍之介研究の古典的な書である『芥川龍之介』[1]で吉田精一は、『忠義』を取り上げ鷗外の『大塩平八郎』を念頭におきながら、芥川の歴史小説は「鷗外の歴史小説には遠く及ばず、文品に於ても亦一籌《いっちゅう》を輸《ゆ》する概がある」とした上で次のように述べている。

鷗外の歴史小説は、きわめて客観的に資料の自然に従い、善悪は共に当時の社会の習慣の決定する所として、毫も主観の恣意を挟まない。しかも歴史の内的法則を把握し得ている上に、作者の倫理観が強くきびしい為に、題材の選択にも、叙述の方向にも、一貫した自然さと美しさがある。しかるに龍之介の客観的な歴史小説にはそれが欠けている為に、単なる物語に終っているものが多い。この作（『忠義』――引用者）及び「煙管」や「虱」にあらわれている皮肉とか風刺とかも、きわめて皮相なものにすぎないのである。

論旨は、鷗外と芥川の歴史小説の質の違いを述べるところにあるのだが、おのずと論者の価値判断があらわれている。また、芥川龍之介研究プロパーの海老井英次も、鷗外と比して「「歴史」よりも「小説」に重心をおく」芥川の小説家としての姿勢を問題にしながら、「芥川作品はほとんど「手つ取り早い作品」ばかりであり、本来の歴史小説の名に値しないもののみである」[2]と断じている。このような、鷗外の歴史小説との比較の上で、「鷗外の歴史小説には遠く及ばず」（吉田精一）という評価は今日まで綿々と続いていると思われる。こうした位置づけはどう受け止めればいいのか。

ここでは、芥川龍之介と森鷗外の文学を考えるにあたって、『或敵打の話』（『雄弁』大正九・五）と、しばしばその典拠とされる『護持院原の敵討』（『ホト、ギス』大正二・一〇）を取り上げながらその問題の一端を論ずることにする。

1　参照枠としての「歴史其儘と歴史離れ」

鷗外の歴史小説を語るにあたって、参照枠として多くの論稿で取り上げられるのが、「歴史其儘と歴史離れ」（『心の花』大正四・二）であろう。煩を厭わず引用してみると、鷗外はなぜ自分が「纏まり」を付けない小説を書くようになったかの理由を次のように述べている。

わたくしは史料を調べて見て、其中に窺はれる「自然」を尊重する念を発した。そしてそれを猥に変更するのが厭になつた。これが一つである。わたくしは又現存の人が自家の生活をありの儘に書くのを見て、現在がありの儘に書いて好いなら、過去も書いて好い筈だと思つた。これが二つである。

史料の「中に窺はれる「自然」を尊重」し「ありの儘に書く」ことを根本理念としてきたという。これが鷗外の歴史小説に対する態度であり、この姿勢をもとに鷗外の作品が意味づけられてきた。一方の芥川は、鷗外の歴史小説を自らの創作の参考としながら、それと対極の歴史小説観を持っていた。これもまた人口に膾炙された資料であるが、「澄江堂雑記」(3)の中で、芥川は小説を書くにあたり「そのテエマを芸術的に最も力強く表現する為には、或異常な事件が必要になる」とし、その題材を現在から離れ、「不自然」なことでも起こりえる「昔」から取材したのだと、次のように述べている。

（略）お伽噺と違つて小説は小説と云ふものの要約上、どうも「昔々」だけ書いてすましてゐると云ふ訳には行かない。そこで略《ほぼ》時代の制限が出来て来る。従つてその時代の社会状態と云ふやうなものも、自然の感じを満足させる程度に於て幾分とり入れられる事になつて来る。だから所謂歴史小説とはどんな意味に於ても「昔」の再現を目的《エンド》にしてゐないと云ふ点で区別を立てる事が出来るかも知れない。（「昔」）

ありの儘の歴史の再現など目指していない。歴史は一つの創作上の方便であり、「自然」であることは「昔」らしさの効果をねらった表現上の工夫のひとつに過ぎない。これは出世作『鼻』から一貫している芥川のポリシーといってよい。『鼻』を載せた『新思潮』創刊号の編集後記で「あれを単なる歴史小説の仲間入をさせられてはたまらない(4)」と明言していることもよく知られた事実である。芥川は「所謂歴史小説」とは異なる物語世界を作り上げようとしていた。ならば、方向の違う鷗外の歴史小説と芥川の歴史小説を単純に比べて優劣を判ずることは、もとより不可能なことであり、無謀なことであろう。むしろ、問題にすべきは、歴史の有りの儘の再現を目指しているか否かではなく、歴史とされる過去の出来事についての両者の語り方の違いなのではないだろうか。そこから両者の小説観が窺えると思われる。

それを論ずる前に、本稿で鷗外の『護持院原の敵討』と芥川の『或敵打の話』を取り上げるにあたり、これらを比較対照させることの意味を再確認しておきたい。この二つの小説をはじめて関連づけて論じたのは稲垣達郎であろう（一九四二・七）。稲垣は『或敵打の話』の末尾に付け加えられた「後談」に厳しく、「仮に、この「後談」を除いて筆を擱いたとしたら、恐くは『護持院ヶ原の敵討』にも比すべき作品が出来たかもしれない(5)」と言及している。また、同時期に吉田精一は、『或敵打の話』の「内容は森鴎外の「護持院ヶ原の仇討《ママ》」に極めてよく似ている(6)」と述べている。これらは、必ずしも原典であると指摘しているわけではないが、近代文学研究を草創した先学の言として長らく重視されてきた。これに異を唱えたのは、古くは杉浦清志の「『或敵打の話』――森鷗外『護持院原の敵討』との比較から(7)」と、最近では中田睦美「『或敵打の話』試論(8)」があげられる。前者は、『護持院原の敵討』を「藍本に相当する」可能性を排除できないとしながらも、「『或敵打の話』とその典拠」という章で井原西鶴の『諸国敵討武道伝来記』の巻三第二と巻八第三とを上げている。後者は周到な先行研究を踏まえ、『或敵打の話』は菊池寛の『恩讐の彼方に』（『中央公論』大正八・一）の「小説もしくは舞台に刺激をうけ、少なからずライバル心を煽られての産物だった可能性は高い」としている。

『或敵打の話』の原典となるものは、確定されているわけではないのである。単純な影響関係では語られない。しかし、多くの研究者を含め読者が、『或敵打の話』を読むにあたって、『護持院原の敵討』を念頭において、さらにいえば理解のコードとして意味づけているのは間違いない。それまでの芥川の鷗外小説との関わり方を考えれば、受容行為としてあり得ることであろう。いわば、「仇討ち物」の一つである森鷗外の『護持院原の敵討』はインターテクストとして機能して、『或敵打の話』を読む行為に参照枠として参与していると考えられる。確定された典拠でないとしても、両者を比較対照させる意味がないわけではないといえよう。

こうした考えのもとに、『或敵打の話』を読んでみれば、いくつかの語り方の特徴をあげることができる。まず、時間の経過、季節の推移を表す語りの頻出である。

① 求馬は甚太夫喜三郎の二人と共に、父平太郎の初七日をすますと、もう暖国の桜は散り過ぎた熊本の城下を後にした。〔発端〕

② その内に筑波颪《つくばおろし》がだんだん寒さを加へ出すと、求馬は風邪が元になつて、時々熱が昂ぶるやうになつた。〔一〕

③ 渋谷の金王桜《こんのうさくら》の評判が、洗湯《せんとう》の二階に賑はう頃、彼は楓の真心に感じて、とうとう敵打の大事を打ち明けた。〔一〕

④ その内に彼等の旅籠の庭には、もう百日紅の花が散つて、踏石に落ちる日の光も次第に弱くなり始めた。〔三〕

⑤ 秋は益深くなつた。喜三郎は蘭袋の家へ薬を取りに行く途中、群を成した水鳥が、屡空《しばしば》を渡るのを見た。〔大団円〕（傍線は引用者）

こうした語りの手法には、「澄江堂雑記」でいうような「その時代の社会状態と云ふやうなもの」を書き込んで「自然の感じを満足させる」ねらいもあるだろう（③）。また、単なる時間の経過に、視覚的な表現を盛り込むことによって、実際にそこにいるかのような感覚を表したものとも考えられる（④）。だが、とくに注目すべきは①④にみられる「もう」という時間意識を表す表現だろう。「もう」は、〈いま〉という時間を起点にして、まだあるべき事態に立ち至っていないさまを表す副詞、この小説に即して言えば、事態の進展のないまま、思いもかけず早く進んでしまう時間に流されかける作中人物たちの主観に沿うように、またそのことについての語り手自身の感慨も表していると考えられる。作中人物に同化してみせながら、語り手の〈いまここ〉という視点位置を媒にして読者に語りかけている。『羅生門』（『帝国文学』大正四・一一）の語りほどあからさまではないが、語り手は自らの語る位置を呈示しながら物語を語っているといえよう。

こうした語り方は鷗外の『護持院原の敵討』にもないわけではない。姉りよが甲斐甲斐しく弟の旅支度をしている場面の一部に次のような箇所がある。

九日にはりよが旅支度にいる物を買ひに出た。九郎右衛門が書附《かきつけ》にして渡したのである。けふは風が南に変つて、珍らしく暖《あたゝか》いと思つてゐると、酉《とり》の上刻《じやうこく》に又檜物町《ひものちやう》から出火した。をとつい焼け残つた町家《まちや》が、又此火事で焼けた。

「けふ」という時間の表現は、作中の人物りよの〈いまここ〉に即した語り方であり、「珍らしく暖いと思つてゐると」も同様に、りよの感覚に焦点化した叙述の仕方である。こうした例は、この小説においては稀なのであるが、りよが登場する場面で特徴的に見られる。鷗外の歴史小説は、「きわめて客観的に資料の自然に従い」「毫も主観の恣意を挟まない」[9]（吉田精一）としばしば評されるが、献身的な若い女性のタイプが登場するとつい身を乗り出してしまっているといえるだろうか。もしくは、りよの献身をひとつのモチーフとして提示しようとしているのだろうか[10]。ただし、こうした例はレアなケースで、多くは抑制的なスタンスで語っている。芥川の語り手の感性を媒介にした小説作法と好対照をなしているのは間違いない。

また、『或敵打の話』の語り手は次のような焦点化も行っている。誤って殺された加納平太郎の嫡子求馬の「念友」である左近が、伊予松山の海岸で敵の瀬沼兵衛の姿を見かけ、咄嗟に斬りかかる場面である。

「瀬沼兵衛、加納求馬が兄分、津崎左近が助太刀覚えたか」と呼びかけながら、刀を抜き放つて飛びかかつた。が、相手は編笠をかぶつた儘、騒ぐ気色もなく左近を見て、「うろたへ者め。人違ひをするな」と叱りつけた。左近は思はず躊躇した。その途端に侍の手が刀の柄前にかかつたと思うと、重ね厚《あつ》の大刀が大袈裟に左近を斬り倒した。左近は尻居に倒れながら、目深くかぶつた編笠の下に、始めて瀬沼兵衛の顔をはつきり見る事が出来たのであつた。…………〔二〕

左近はここで返り討ちにあったと考えられ、死の刹那に「瀬沼兵衛の顔をはっきり見る事が出来た」という事実を誰かに伝えることは不可能である。杉浦清志が『或敵打の話』が拠っていると指摘する『武道伝来記』巻八第三「幡州《ばんしう》の浦波皆帰《うらなみみなかへ》り打《うち》」にも、そのようには書かれておらず、「孫《まご》七、是《これ》を見付《みつけ》、「小湊《こみなと》井右衛門、遁《のが》さぬ」と、詞《ことば》を懸《かけ》し時、「うろたへ者《もの》、人違《たが》ひ」と云《いふ》に、「見損《そん》じたりや」と、編笠覗所《あみがさのぞく》を、抜打《ぬきうち》に切倒《きりたを》しける」[11]とあるのみである。出来事を作中人物の視覚に焦点化してドラマチック語っている。史実に基づいているか否かは別にして、こうした一瞬の視点変換はまさに小説的作法であるといえよう。

さらに、右近と求馬との間には「念友の約があつた」という設定は、これも同じく『武道伝来記』巻三第二「按摩《あんま》とらする化《ばけ》物屋敷《しき》」の設定を踏まえているとされるが、敵打の物語から逸脱するのも厭わぬかのように、左近の心理が踏み込んで叙述されている。

津崎左近は助太刀の請を却けられると、二三日家に閉ぢこもつてゐた。兼ねて求馬と取換した起請文の面を反故にするのが、如何にも彼にはつらく思はれた。のみならず朋輩たちに、後指《うしろゆび》をさされはしないかと云ふ、懸念も満更ないではなかつた。が、それにも増して堪へ難かつたのは、念友の求馬を唯一人甚太夫に託すと云ふ事であつた。そこで彼は敵打の一行が熊本の城下を離れた夜、とうとう一封の書を家に遺して、彼等の後を慕ふべく、双親にも告げず家出をした。〔二〕

「取換した起請文の面を反故にする」ことへの罪責感、「朋輩たちに、後指をさされはしないか」という「懸念」と体面、「念友の求馬を唯一人甚太夫に託す」ことに対する男性間の嫉妬・羨望、芥川流の近代的心理解剖が盛り込まれている。

むろん、先にあげたように、鷗外の歴史小説にこうした作中人物に焦点化した語りや、近代的解釈がないわけではない。しかし、語り手の感性・感覚を前面に押し出すことは、半ば禁じ手のようになっており、最小限にとどめているようにみえる。これに対して、『或敵打の話』の語りはやや方向性が異なっている。吉田精一は「『或敵討の話』（五月、雄辯）は、単行本中に加えなかった。恐らく出来栄えに自信がなかったからであろう。小説としてより記録に近く、十分に題材を消化しているとは思われない(12)」と述べているが、ここでみてきたように、ナラティブの観点からすれば十分に小説的な作品であるといえよう(13)。

2　イロニカルな叙法

一方、この『或敵打の話』を歴史小説として高く評価する論者もいる。山崎一穎は、森鷗外と芥川龍之介の作家としての資質を比較し次のように述べている。

『或敵打の話』も鷗外の『護持院原の敵討』無くしては成立しなかったろう。しかも、鷗外の『意地』を視座に据えた『尾形了斎覚え書』や『忠義』『古千屋』より作品の質は高い。敵を捜し当てながら病死する打手の運命を、主観的な注釈や説明を抑制して点綴している。敵討の虚しさや不条理さは浮彫りにされ、鷗外とは違った味わいを醸し出している(14)。

むしろ、「主観的な注釈や説明」をおさえる抑制的な筆致を評価しているのである。だが、山崎はこの引用の後に次のように付け加えている。「しかしながら、芥川は後日談を「後談」として附記している。敵討の不条理さを眼目に置くならば、やはり蛇足の感は免れない。この「後談」があるために、鷗外の作品を越え得ない」と、「後談」の存在を厳しく意味づけている。稲垣達郎も同様で、「仮に、この「後談」を除いて筆を擱いたとしたら、恐くは『護持院ヶ原の敵討』にも比すべき作品が出来たかもしれない(15)」としている。こうした「後談」の位置づけは、まさに「歴史其儘」という議論の延長線上に芥川の歴史小説をみてのことになろう。これは、ひいては「事件を〈歴史其儘〉風に再構成しただけのような鷗外作品よりも、はるかに底が浅いように見える(16)」(重松泰雄)という評価につながっていく。

話の流れを確認すれば、「大団円」の末尾で死期が迫った甚太夫の問いに、医者の蘭袋は討つべき敵である兵衛が既に死んでいると告げる。そのときの甚太夫の表情を次のように述べている。

甚太夫の顔には微笑が浮んだ。それと同時に窶れた頬へ、冷たく涙の痕が見えた。「兵衛――兵衛は冥加な奴でござる。」――甚太夫は口惜しさうに呟いた儘、蘭袋に礼を云ふつもりか、床の上へ乱れた頭を垂れた。さうして遂に空しくなった。………………〈大団円〉

兵衛の死を聞いた甚太夫には安堵と無念の気持が交錯する。そして、そのまま事切れる。残された喜三郎は、求馬・左近・甚太夫の遺髪を入れた行李を担いでひとり故郷熊本への旅程に上ることになる。

しかし、その後に付された「後談」で意外な事実を突きつけられるのである。病み耄《ほう》けた姿ながら兵衛は、加納平太郎を含めた四人の討手を懇ろに弔いながら生きているというのだ。これを「蛇足」と受け止めるか否か、また歴史に対峙できない「感傷」と受け止めるか否かは、読み手が則った参照枠に関わっていよう。

それにしても、これは歴史小説にとどまらない芥川流のありふれた終りのつけようだとは言えないだろうか。いうまでもなく、小説の〈終り〉のバリエーションはさまざまで、時代・地域、また作家にもよる。その中で、位相の異なる語りを対置することで〈終り〉を終りらしくするのもひとつの方法である。種明かしのような後日談を付するのが新しい方法として繰り返された時代もあった。芥川の敬愛する志賀直哉が、「附記」を加えて賛否両論を巻き起こした『小僧の神様』を『白樺』に発表したのは『或敵打の話』と同年の大正九年一月のことである。こうしたやり方は、芥川にとっても手慣れた方法で、歴史小説にかぎらず、他のジャンルの小説でも好んでどんでん返しや落ちをつけている。それが小説作法として優れているか否かは別にして、『或敵打の話』に「後談」が付されることによって、すなわち小説の価値が低まっているとは考えがたいのではないか。

中田睦美は、この「後談」を積極的に考え、「敵討ち騒動の犠牲者全員の菩提を弔う彼の姿を点描することで、敵討ち自体の虚しさをいっそう強調する効果をも発揮している[17]」と指摘している。また、吉田精一は『南京の基督』と『捨児』を念頭におきながら、「こゝでは作者が、美しい夢に泥水をかけてさますことを否定している。むしろ真実を隠蔽しても、対手の気持をいたわる人情に、同感をもとうとしているのである[18]」と述べている。中田は、菊池寛の『恩讐の彼方』の「敵と討手が互いに手を取り合って涙を流す」「甘美な結末」にいささかの批判を込めて『或敵打の話』が書かれたとしており、これに対して「対手の気持をいたわる人情」に「作者」が「同感」しているとする吉田の考えとは遠く隔たっているようだが、近いところが無いわけではない。一方が古風で前近代的な仇討ちという制度の非人間性、一方がそれに飲み込まれた人間の虚無・悲哀・人情を真っ直ぐに掬い上げて、両者ともに倫理的な側面が強く意識されているといえよう。

しかし、この小説に散りばめられているイロニックな眼差しからすれば、必ずしもそうした側面だけとは言い切れないのではないか。物語の発端は、甚太夫が武芸の仕合で兵衛に気遣を持ったがために逆に恨みを買い、誤った闇討ちを招いて、敵討ちせざるをえない結果を招来したことによる。また、求馬と女郎の楓とについていえば、二人が心を交わし「真心に感じ」たゆえに、「敵打の大事を打ち明けた」ことがかえって別れにつながっていく。とくに、敵である兵衛は討手の甚太夫は、はからずも同じ病に罹り、敵を打つためには自分の快癒と敵の平癒を願わずにはおられない。その思いは、「彼は遂に枕を噛みながら、彼自身の快癒を祈ると共に、併せて敵瀬沼兵衛の快癒も祈らざるを得なかつた」（大団円）と述べられている。幾つもの皮肉な出来事が重ねられている。それをイロニックな語りを織り交ぜながら語っている。同調とイロニー、哀れと皮肉ともつかない見方を繰り返している。結末部を必ずしもストレートに受けとめることはできない。

言うまでもなく、『或敵打の話』を挟み込むように書かれ、やはり同様の「後日談」風の一節が付された『舞踏会』（『新潮』大正九・一）『南京の基督』（『中央公論』大正九・七）も同様の手口である。知らないことの幸いさ、相互理解の不可能性を逆説的に述べる、芥川が好んで開陳するニヒリステックな人間観のようなものが込められている。物語の内容もさることながら、捻ったものの見方を提示すること自体が重要な小説の一部だったと考えられる。これを芥川に倣ってパラドクシカルにいえば、歴史的な出来事をイロニカルに語ることこそ芥川のモチーフであり、テーマであるといえるのかもしれない。それは歴史小説にとどまらない、芥川的小説の作法《スタイル》であり、行き方であった。そこに漱石も評する歴史叙述の新しさ(19)と同時に、すぐさまマナリスムに陥ってしまう危機を抱えもつことになったといえよう。

この意味でも、芥川と鷗外の歴史小説の手法は「歴史其儘と歴史離れ」からだけでは説明できない叙法の違いがある。すなわち、時局をにらんだ上でメタフォリカルに語る鷗外と歴史をイロニカルに語る芥川、叙法の問題にとどまらず語るべきテーマも自ずと異なっているといえよう。叙法のちがいは語るべきテーマの違いとなっているのである。

注

（1）吉田精一『芥川龍之介』（三省堂、一九四二・一二）。ただし、引用は新潮文庫『芥川龍之介』（一九五八）による。

（2）海老井英次「歴史小説」（『芥川龍之介事典』明治書院、一九八五・一二）

（3）芥川龍之介「昔」初出未詳（『澄江堂雑記』『梅・馬・鶯』新潮社、大正一五・一二）
（4）芥川龍之介「編輯後に」（『新思潮』大正五・二）
（5）稲垣達郎「歴史小説家としての芥川龍之介」（『芥川龍之介研究』河出書房、一九四二・七）
（6）（1）に同じ。
（7）杉浦清志「『或敵打の話』――森鷗外『護持院原の敵討』との比較から」（『稿本近代文学』一九七九・七）
（8）中田睦美「「或敵打の話」試論」（『文学・芸術・文化』二〇一一・三）
（9）（1）に同じ。
（10）『山椒太夫』（『中央公論』一九一五（大正四）・一）、『最後の一句』（『中央公論』大正四・一〇）の「安寿」と「いち」が想起される。
（11）『武道伝来記　西鶴置土産　万の文反古　西鶴名残の友』（新日本古典文学大系七七　岩波書店、一九八九・四）による。
（12）（1）に同じ。
（13）ナラティブという観点からではないが、（8）の論考で中田睦美も「恩讐の彼方に」を念頭に置きながら、「或敵打の話」は相応の評価を得てもよい「小説」らしい小説だといえる」と指摘している。
（14）山崎一穎「森鷗外と龍之介」（『国文学　解釈と鑑賞』一九八三・三）
（15）（5）に同じ。
（16）重松泰雄「芥川における歴史と考証――鷗外と芥川」（『国文学』一九八一・五）
（17）（8）に同じ。
（18）（1）に同じ。
（19）夏目漱石　芥川龍之介宛の書簡　大正五・二・一九

谷崎潤一郎――小説の筋論争をめぐって

千葉俊二

谷崎潤一郎と芥川龍之介の論争は、一般に小説の筋論争と呼ばれるが、小説においてもっとも大事なものは「話の筋」だという谷崎に対して、芥川は「『話』らしい話のない小説」こそがもっとも純粋な小説であると主張し、ふたりは真っ向から対立した。戦後間もなく福田恆存は「二十年前の私小説論争」（『平衡感覚』所収　一九四七・一二　真善美社）で、「この本質的な論争を通じて二人とも自然主義文学の伝統に反撥」し、「その反応のしかたに二人の作品の性格が、そしてそれぞれの文学史的位置があきらかに示されてゐる」とした。日本の近代文学史を考えるうえで、この論争は非常に重要なものである。福田の論をふまえながら少し詳しく論じてみたい。

一九二七（昭和二）年一月の「文藝春秋」に、谷崎は「日本に於けるクリツプン事件」を発表したが、これはひとりのマゾヒストの話で、虐められることを好むマゾヒストもあまりに長くつきあってきたパートナーに飽きてしまい、新たに登場した理想の女性に乗り換えるために、これまでのパートナーを証拠を残さず、殺害しようと完全犯罪をくわだてるというものだ。それが当時の谷崎の好みだった推理小説風に仕立てられているが、「日本に於けるクリツプン事件」を読んだ芥川は、翌月に「新潮」に掲載された合評会で、この作品に触れて「話の筋と云ふものが芸術的なものかどうか」「非常に疑問だと思ふ」と疑義を呈した。同年二月号から「改造」へ「饒舌録」を連載中であった谷崎は、その三月号においてこの芥川の発言を取りあげ、「筋の面白さは、云ひ換へれば物の組み立て方、構造の面白さ、建築的の美しさである。此れに芸術的価値がないとは云へない」と真っ向から論難。芥川はこれを受けて同じ「改造」誌上に四月から「文芸的な、余りに文芸的な」の連載を開始し、谷崎への反論をとおして自己の文学観を展開した。ここにふたりの論争ははじまったのである。

柄谷行人は『日本近代文学の起源』（一九八〇・八　講談社）で、明治二十年代半ばの坪内逍遙と森鷗外との没理想論争が近代文学の制度的な確立だったとしたならば、昭和二年におこなわれたこの谷崎と芥川との論争は、それに対する不可避的なリアクションで、没理想論争のひとつの帰結点を示すものとしてふたつの論争は円環を結ぶと指摘した。たしかに柄谷行人のいうように、近代小説における「遠近法的配置」ということが、逍遙との論争過程で鷗外によって定位されたのだとすれば、その「遠近法的配置」の解体ということが谷崎との論争過程で芥川によって決定づけられたといえよう。

谷崎は「凡そ文学に於いて構造的美観を最も多量に持ち得るものは小説である」といって、「筋の面白さを除外するのは、小説と云ふ形式が持つ特権を捨てゝしまふ」ことだと主張した。これに対して芥川は、多くの谷崎作品に見られるような「奇抜な話」に芸術的生命はないとし、「詩的精神」に支えられた「『話』らしい話のない小説」こそ通俗的興味のない、もっとも純粋な小説であると提唱、その典型をルナールや志賀直哉の諸短篇に見出した。谷崎はさらに芥川のいう「詩的精神」がどんなものか分からないと批判し、「自分自身を鞭つと共に私を鞭つてくれると云ふ芥川君」へ、自分も一緒に鞭たれることは御免蒙るといっている。

この論争で芥川は「『話』らしい話のない小説」こそもっとも純粋な小説だということを主張したが、これまで書いてきた芥川の作品が「『話』らしい話のない小説」であるかといえば、決してそんなことはない。芥川の作品は、出発期の「羅生門」「鼻」「芋粥」から、もっとも芥川らしさを発揮した「戯作三昧」「地獄変」「奉教人の死」「枯野抄」「藪の中」などにいたるまで、ある意味では谷崎以上に奇抜な筋をもった、完成度の高い、面白い話として仕上がっている。芥川自身、「『話』らしい話のない小説」として書いた作品は「蜃気楼」や遺稿として残された「歯車」など晩年のいくつかの作品のみである。

しかし、完成度の高い、奇抜な筋をもつ面白い作品を多く書きつづけてきた芥川が、その晩年の一九二〇年代の後半になって、それまでの芸術観からはまったく正反対といっていい、ある意味ではこれまでの自己の文学を否定するような小説観を提示して、それを実践するような作品を書き、若くして自殺してしまったということは、日本の近代文学に底流するもっとも根源的な、大きな問題を浮き彫りにしているということができる。

芥川が芸術的に完成度の高い作品を書きつづけていたころ、自己の芸術観を書きしるした「芸術その他」（一九一九・一一「新潮」）で次のようにいっている。

芸術家は何よりも作品の完成を期せねばならぬ。さもなければ、芸術に奉仕する事が無意味になつてしまふだらう。たとひ人道的感激にしても、それだけを求めるなら、単に説経を聞く事からも得られる筈だ。芸術に奉仕する以上、僕等の作品の与へるものは、何よりもまづ芸術的感激でなければならぬ。それには唯僕等が作品の完成を期するより外に途はないのだ。

「芸術活動はどんな天才でも、意識的なもの」で、「芸術的感激を齎すべき或必然の方則を捉へる」ためにはどんな労苦もいとってはならず、「この必然の方則を活用する事が、即謂う所の技巧なのだ」ともいっている。この芸術的完成を期す世界では、すべてが意識的で、そこからは直観だとか偶然だとかというような要素はいっさい排除されなければならない。作品の冒頭から末尾の一語にいたるまで「必然の方則」に則って、自立完結した独自の芸術的ミクロコスモスを完璧な技巧によって作りあげなければならない。つまり「芸術のための芸術」、芸術至上主義の文学である。完成された芸術作品は、偶然に支配されてつねに生成流転する不安定な現実世界に抗すべく、芸術家によって創造された必然のミクロコスモスでなければならないというわけである。

自立完結した独自な芸術的ミクロコスモスの創造に駆られることは、逆にいえば、この現実世界における自己の位置を見定めることができず、どこにでも任意に座標軸をとることができるという不安のあらわれでもある。無限に広がる時空の宇宙において、自己の存在は任意で、偶然でしかあり得ない。芥川文学に描きだされる作中人物は、風に吹かれる木の葉のように偶然に翻弄される人物が多いが、それを描きだす芥川の手法は自立完結した芸術的小宇宙における「必然の方則」によっている。芥川はそうした芸術的小宇宙を構築することによってのみ自己の存立の必然的な基盤を確認することができ、自己をこの現実につなぎとめることもできたのだろう。

あるいは、こんな風にいってみることもできるのではないか。すなわち、自立完結した芸術的小宇宙では、百年後の皆既日食がいつ、どこで起こるかということが予測できると同じように「必然の方則」に支配されているが、その日の天気がどうかといえばまったく予測不可能なわけである。百年後の天気が分からないばかりか、私たちはいまだ明日の天気さえピタリと言いあてることもできない。それは宇宙空間が真空の物理的孤立系であるのに対して、この地球は大気につつまれてつねにフィードバック現象を起こすからだが、この現実世界の出来事は天気予報と同じで、「偶然」に左右され、不安定でなかなかピタリと予測することは難しい。私たちはきのう読んだ本や、きょう聞いた話にも影響をうけてしまう可能性をはらんでいるのだから。

カオス理論を提唱した気象学者のエドワード・ローレンツは、ブラジルで蝶が羽ばたくとアメリカでハリケーンがおこるというバタフライ効果ということをいったが、これは気象がいかに初期値に鋭敏であるかということを示し、天候の長期予報の不可能性を証した比喩である。この地上での大気の動きはつねにフィードバックするので、どのように小さな原因でも非常に大きな結果を生ずることになり、しかもその原因が十分に複雑なために確定的な予報は不可能であり、明日の天気も降水確率というように確率としてしか予報し得ないわけである。

自立完結した芸術的小宇宙ではなく、こうした「偶然」に大きく左右されるこの現実に私たちが生きなければならないことの不安と絶望を、芥川は作家としてデビューする以前の一九一四（大正三）年三月十九日付の友人の井川恭へ宛てた書簡で次のように記している。

時々又自分は一つも思つた事が出来た事のないやうな気もする　いくら何をしやうと思つても「偶然」の方が遙に大きな力でぐいぐい外の方へつれ行つてしまふ　全体自分の意志にどれだけ力があるものか疑はしい　成程手や足をうごかすのは意志だがその意志の上の意志が　自分の意志に働きかけてゐる以上　自分の意志は殆

意志の名のつけられない程貧弱なものになる

自己の意志によって主体的に行動しているようでありながら、自己の意志を超えた何ものかに動かされているのではないかという感覚は、コンピュータの支配するネット社会になっていっそう如実に実感されるようになった。芥川がそうした「偶然」と「自己の意志」とのかかわりについて語った二年後の一九一六（大正五）年に、夏目漱石も「明暗」で同じようなことを主人公に語らせている。冒頭近くの「二」で、あたかもこの作品の問題設定のごとくに、ポアンカレの「偶然」の説を引きながら、「自分の力」といったものへの懐疑にとりつかれた主人公の姿を次のように描き出している。

　彼の頭は彼の乗つてゐる電車のやうに、自分自身の軌道《レール》の上を走つて前へ進む丈《だけ》であつた。彼は二三日前ある友達から聞いたポアンカレーの話を思ひ出した。彼の為《ため》に「偶然」の意味を説明して呉れた其友達は彼に向つて斯《か》う云つた。

「だから君、普通世間で偶然だ偶然だといふ、所謂《いはゆる》偶然の出来事といふのは、ポアンカレーの説によると、原因があまりに複雑過ぎて一寸《ちよつと》見当が付かない時に云ふのだね。ナポレオンが生れるためには或《ある》特別の卵と或特別の精虫の配合が必要で、其必要な配合が出来得るためには、又何《ど》んな条件が必要であつたかと考へて見ると、殆んど想像が付かないだらう」

　彼は友達の言葉を、単に与へられた新らしい知識の断片として聞き流す訳に行《ゆ》かなかつた。彼はそれをぴたりと自分の身の上に当て嵌めて考へた。すると暗い不可思議な力が右に行くべき彼を左に押し遣つたり、前に進むべき彼を後ろに引き戻したりするやうに思へた。しかも彼はついぞ今迄自分の行動に就いて他《ひと》から牽制を受けた覚がなかつた。為《す》る事はみんな自分の力で為《し》、言ふ事は悉《ことごと》く自分の力で言つたに相違なかつた。

「何《ど》うして彼《あ》の女は彼所《あすこ》へ嫁に行《い》つたのだらう。それは自分で行かうと思つたから行つたに違ない。然し何うしても彼所へ嫁に行く筈ではなかつたのに。さうして此己《おれ》は又何うして彼の女と結婚したのだらう。それも己が貰はうと思つたからこそ結婚が成立したに違ない。然し己は未だ嘗《かつ》て彼の女を貰はうとは思つてゐなかつたのに。偶然？　ポアンカレーの所謂複雑の極致？　何だか解らない」

ここに「友達」として登場するモデルは寺田寅彦である。寅彦は一九一五（大正四）年二月の「東洋学藝雑誌」にポアンカレの『科学と方法』第一篇第一章「事実の選択」、同年七月および八月の同誌へ第一篇第四章「偶然」を翻訳している。漱石はそれを読んだか、あるいは寅彦から直接その内容のあらましを聞いたのだろう。寅彦と芥川とはともに漱石山房に出入りし、俳句を趣味としていたが、ふたりの間にはそれほど深い関係があったとも見えない。先に引いた井川恭宛書簡に記された芥川の「偶然」に対する見解は、もちろん寅彦の翻訳や漱石の「明暗」に影響をうけたものでなく、芥川自身の生活実感から抽出されたものだろうけれど、この世界をみる認識の枠組みの転換は「自然主義文学の伝統」を超えて、やがて一九二〇年代の文学に大きな影響をおよぼすことになる。

ポアンカレによれば、原因が極めて微少か、あるいは十分に複雑であるかした場合、私たちはそれを「偶然」と呼ぶのだという。『科学と方法』に語られた例でいえば、ひとりの男が所用で街を歩き、通りかかった家の屋根のうえでは屋根師がはたらいていて、屋根師があやまって瓦を落とし、その瓦がその男にあたって死ぬとする。男がどんな理由でその街をその時間に通ったかが分かり、屋根師を雇った請負人も不注意な屋根師がこれからすることをある程度まで予見することができたとしても、男の死の原因にはふたつの世界が交差して、あまりに複雑に入り組んでいるために、私たちはそれを「偶然」と呼ぶことをためらわない。こうした「偶然」は確率という統計的な推論としてしか認識できない。

この現実があまりに「偶然」に充ち満ちた混沌たる世界で、その混沌とした無秩序な世界に、いくらかでも秩序と安定をもたらそうとさまざまな法則が発見されたのだといえる。小説という文学形式も、混沌とした現実をいくらかでも秩序だったものと見なすための試みなのだ。したがって、「明暗」の作者も、清子が嫁に行くはずでなかったところへ彼女が嫁に行き、自分ももらうはずでなかった嫁をもらってしまったというこの人生の不条理の原因を探らざるを得ないことになる。そして、それを十全に解き明かすことでこの人生を支配している法則、私たちには見えない人間の精神世界を支配している「暗い不可思議な力」といったものをとらえようとしたのである。

ニュートンの万有引力の法則では、初期条件――初期の位置と速度が与えられれば、後の運動は完全に決定することができる。もちろんそれは可逆的であって、結果から原因を引き出すことも可能だが、私たちの人生を支配している時空間は、エントロピーを生成する熱力学第二法則と同様に不可逆的である。人間の精神活動から生みだされる文学が、ニュートン力学の法則にしたがっているなどとまず考えられないけれど、十九世紀に確立した近代小説は、ひとつの原因とひとつの結果が対応するという因果律の法則の外へ出ることはできない。たとえば、E・A・ポオはディケンズの「バーナビー・ラッジ」の雑誌連載の第一回分を読んで、その結末をほぼ言い当てることができたという。それは「構成の原理」(一八四六年)でポオがいっているように、「およそプロットと呼べるほどのものならば、執筆前にその結末まで仕上げられていなければなら」ず、「結末を絶えず念頭に置いて初めて、個々の挿話や殊に全体の調子を意図の展開に役立たせることにより、プロットに不可欠な一貫性、すなわち因果律を与えることができる」(篠田一士訳)からである。

たしかに近代の小説はひとつの消失点に向かって描かれたすべての事象が整序づけられる遠近法の手法と同じように、ひとつの焦点に向かって個々の場面やエピソードが整然と因果律によって配置されなければならない。ポオは「その構成の一点たりとも偶然や直観には帰せられ」ず、「数学の問題のような正確さと厳密な結果をもって完成」されなければならないといっている。ポオのこうした結末を考えてから書きはじめるという方法が、彼に世界で最初の探偵小説(「モルグ街の殺人」)を書かせることにもなったのだ。

芥川はポオから多大な影響を受けたが、谷崎の証言によれば、芥川は作品の途中からでも書くことができたという。ということは、一篇の作品を結末までしっかり構成し、考え抜いてから書きはじめるということで、芥川作品はどれほど奇抜な話だったとしても、その起承転結が充分に計算し尽くされ、読者へ効果的に伝えられるように工まれたものだったといえる。が、この現実世界は偶然によって左右されるところが大きく、決して「必然の方則」によって描き出された芸術的ミクロコスモスとそのまま重なるわけではない。

一九二三（大正一二）年九月一日には関東大震災が起こり、死者・行方不明者は十万人を超えて、近代日本の自然災害において最大の犠牲者を出した。芥川は「大震に際せる感想」（一九二三・一〇「改造」）で「自然の眼には人間も蚤も選ぶところなし」といっているが、このような巨大地震はまさに確率としてしか予測できない。具体的にいつ、どこで起こるかということを特定することは不可能で、この現実がいかに「偶然」に翻弄されるものかということを、イヤと思うほど痛切に思い知らされることになった。

また一九二〇年代は第一次世界大戦によって理性への信頼がまったく地に墜ちてしまった時代である。ヨーロッパにおいてはワーテルローの戦いのあった一八一五年から第一次世界大戦が開戦される一九一四年までの百年間は大きな戦争もなく、比較的安定し、文化の花開いた時代だった。人々がすぐれた文学に触れ、豊かな教養を身につけることで、人間が本源的にもつ残虐性も克服することができると、当時の多くの人々は信じたのだが、世界大戦の勃発はそうしたことがひとつの神話であり、幻想に過ぎないことを暴露してしまった。もはや人間の理性に全幅の信頼を寄せることも難しくなった。

さらにこの時代にはフロイトの精神分析学が浸透し、人間には意識によって統合された自我とは別に、無意識に支配されたもうひとりの自分が存在するといったことが自明視されるようになる。日本の近代文学は西洋文学からの圧倒的な影響を受けながら、「個」の発見とその解放ということをひとつの使命にしてきたが、潜在的な理想的自我と現実的自我との大きなギャップから、当然、自意識といった厄介な怪物が生みだされることになる。ちょうど「明暗」の主人公がポアンカレの「偶然」の説を知って、これまでついぞ疑ってみたこともない「自分の力」を懐疑せざるを得なかったように、自己の意志を超えた力の存在は、自己の意志を沮喪させることにもなる。

晩年の芥川はもはや自立完結した芸術的ミクロコスモスのうちに安住しているわけにはゆかず、遺稿として残された「歯車」では、さまざまな偶然に翻弄される主人公の姿が描き出される。たとえば、「自動車のタイアアに翼のある商標」の看板を見て、「人工の翼を手《た》よりに」空中へ舞いあがったあげく、太陽の光に翼を焼かれて海に溺死した「古代の希臘人」を思い起こした「僕」は、「人工の翼」を連想させるものに「不安」を感じて忌避するが、ホテルで巻煙草を注文すれば「エエア・シツプ」しかなく、妻の実家では「翼を黄いろに塗つた、珍らしい単葉の飛行機」が「僕」の頭上を通る。「なぜあの飛行機はほかへ行かずに僕の頭の上を通つたのであらう？　なぜ又あのホテルは巻煙草のエエア・シツプばかり売つてゐたのであらう？」という疑問に「僕」は苦しめられる。

私たちは一般にこうした事象を偶然と解釈して、普段あまり気にとめないけれど、「歯車」の「僕」は、そうしたことの裏にあって「僕」を支配し、「僕」に悪意をもって近づく不吉なものの存在をつねに意識しつづける。「或聖書会社の屋根裏にたつた一人小使ひをしながら、祈祷や読書に精進してゐる」「屋根裏の隠者」から借りてきた「罪と罰」を読もうとして、「偶然開いた頁は『カラマゾフ兄弟』の一節」で、「悪魔に苦しめられるイヴァンを描いた箇所だった。「僕」はこうした製本屋の綴じ違えにも「運命の指の動いてゐるのを感じ」ざるを得ない。

また地下室のレストランに入ってウィスキイを注文すれば、そこにあるのは死を連想させる「Black and White」ばかり。避暑地に戻った「僕」は半面だけ黒い犬が四度も側を通ってゆくのに出会い、擦れ違った被害妄想狂のスウェーデン人の締めているネクタイも黒と白で、「僕にはどうしても偶然であるとは考へられ」ない。さらに妻の実家へ行けば、「庭の隅の金網の中には白いレグホオン種の鶏が何羽も静かに歩」き、「僕の足もとには黒犬も一匹横になつて」おり、「僕」は強迫観念にでも駆られたように、その「誰にもわからない疑問を解かうとあせ」る。

基本的に「歯車」は同心円を描くように、偶然によって引きおこされるチグハグに食い違う現実世界のなかに「僕」がさまざまな暗合を見出し、そこから喚起された連想に駆られるようにして「僕」自身の「地獄」を見つづけるという構造になっている。繰り返し繰り返し類似したエピソードが何度も断片的につなぎあわされ、暗合と連想が織りなすアラベスクとして仕上げられる。そこには、当然、何度も繰り返しながら変奏されるひとつのモチーフが貫かれることになるが、それは「なぜあの飛行機はほかへ行かずに僕の頭の上を通つたのであらう?」という問いであり、決して得られない解答を求めて苦しみつづける主人公の姿である。そして最後は「誰か僕の眠つてゐるうちにそつと絞め殺してくれるものはないか?」という一文で締めくくられる。

＊

谷崎が芥川との論争で「筋の面白さ」ということを強調したのには、もちろんそれがデビュー以来の谷崎の文学観だったからでもあるけれど、この論争の直前に完成させた「痴人の愛」の成功に裏づけられてもいたのだろう。みずから「私の近来会心の作」(「『痴人の愛』の作者より読者へ」)と自負する「痴人の愛」は、一九二四(大正一三)年から「大阪朝日新聞」および「女性」に連載されて、翌大正十四年七月に改造社から刊行されたが、「ナオミズム」という流行語を生みだすほど話題になった。谷崎はその余勢を駆って引きつづき、一九二八(昭和三)年三月から「改造」に「卍」を連載するけれど、これもまた幾重にも入り組んだ話を「幾何学的」に構成した作品である。

論争では互いの文学観の相違から対峙したものの、谷崎もまたこの時期には芸術と実生活との問題に悩み、両者をどのように折り合わせることができるかを切実に摸索していたと思われる。谷崎は論争の翌年、「蓼喰ふ虫」(一九二八・一二・四〜二九・六・一八「大阪毎日新聞」「東京日日新聞」)を連載するが、この「蓼喰ふ虫」の執筆によって谷崎はその危機を脱することができたといえる。そのとき大きな力となったのが、自殺する直前の芥川と一緒に観た文楽の「心中天網島」であり、芥川の自殺そのものだったと思われる。その自殺の直前におこなった文学論争の相手だった谷崎は、また芥川の死にもっとも大きく動かされた作家のひとりだったといえよう。

周知のように、関東大震災によって谷崎はそれまで住み馴れた東京を中心とした関東から関西へ移住し、西洋文化に憧れたモダニズム的な作風から、日本の伝統文化に触発された古典主義的な作風へと転換してゆくことになる。先の「日本に於けるクリツプン事件」で、これまでの古い女から新しい女に乗り換えようとするマゾヒストの話も、そうした谷崎の心境の変化が託されたものだったと思われるが、それを芥川から単に読者のウケをねらった「奇抜な話」、「筋の面白さ」だけしかない作品と決めつけられたところに、谷崎の芥川への激しい反発があったのだろう。またちょうどこの時期、谷崎はこれまでの生活を一変させる必要に迫られていた。「痴人の愛」のナオミのモデルは、最初に結婚した千代夫人の妹の小林せい子だが、谷崎はせい子を十五歳の時から引き取り、養育して自分の愛人としていた。が、「痴人の愛」に描かれたように、奔放なせい子は谷崎から離れてゆき、また千代夫人との生活は、もう修復することも難しいほど破綻していた。谷崎は実生活でも芸術的にも、この時期、何も彼も一変しなければならない必要に迫られていたのだ。

戦後になって「蓼喰ふ虫」が英訳されたとき、谷崎はこの作品は「私の作家としての生涯の一つの曲り角に立っているので、自分に取っては忘れ難い作品である」（「『蓼喰ふ虫』を書いたころのこと」）と述懐している。「蓼喰ふ虫」は当時の作者の身辺におこった事件をヒントに描かれたが、三つの大きな部分からなっている。ひとつはこの作品の中心的な話題となる離婚の危機に瀕した斯波要と妻の美佐子との夫婦関係、それから美佐子の父とその妾のお久を中心に繰りひろげられる伝統的な古典芸術の趣味的生活、さらにルイズという外人娼婦や「アラビアン・ナイト」に象徴される要の異国趣味である。

松本清張は『昭和史発掘3』（一九六五・一二　文藝春秋）で「この三つのグループには相互に交流がないのだから、どう考えても半製品の感じである」と指摘し、「蓼喰ふ虫」を失敗作と断じた。が、果たしてそうだろうか。たしかに清張のいうように、主人公の夫婦関係にかかわるメインプロットは、「饒舌録」において事実をそのまま材料とした写実小説にはあまり興味がないといっていた谷崎が書いた「私小説」かも知れない。そしてそれにつづく、淡路の人形浄瑠璃のくだりと神戸の外人娼婦との交渉のくだりを清張は、「まったくのよけいな附加物」、「所詮はアソビであり、夾雑物にすぎない」という。近代小説の論理からすれば、三つの部分をつなぐ因果関係が稀薄で、清張がいうように「半製品」の失敗作と見なされても仕方ないかも知れない。が、決して「蓼喰ふ虫」はただそれだけの作品ではない。

谷崎はこの作品の執筆事情を振り返り、「私の貧乏物語」（一九三五・一 「中央公論」）で次のようにいっている。

> あれは、ちやうどあれを書く前に、改造社その他から円本が出て、私などには生れて始めてと云ふ巨額な金が這入り、所謂印税成金になつたので、あの前後四五年と云ふものは殆ど生計の苦労を知らずに、極めて悠々たる月日を過ごしたのであつたが、その数年間の生活があの作品を生んだのであつた。（中略）私は、いつ、何を書かうと云ふ成心もなしに、たゞのんびりと、何も考へずに暮らした。さうして大阪毎日から長篇の依頼を受けた時にも、何か書けさうな予感があつたゞけで、どんなものが出来るか自分にも分つてゐなかつた。第一回の筆を執るまではつきりしたプランの持ち合はせがなかつた。それでゐて、何の不安もなしに筆を執り、執つたらすらすらと書け出した。考へないでも、筋が自然に展開した。あの時ぐらゐ、自分の内部に力が堆積し、充実してゐるのを感じたことはなかつた。

たしかに作者が自負するように、「蓼喰ふ虫」には近代小説の論理をこえて、内部に堆積する力の充実感にあふれている。しかし、「はつきりしたプランの持ち合はせ」もなく書きはじめたということは、芥川との論争において「筋の面白さ」を声を大にして強調していた谷崎の文学観と齟齬をきたすのではないだろうか。ポオがいったように、結末までのプロットを因果律によって貫くことで近代小説における「筋」も立ちあがるのだ。「痴人の愛」や「卍」は入り組んだ複雑な話が層々累々と積みあげられた「構造的美観」に富んでいるが、「蓼喰ふ虫」は並列的にエピソードが羅列されているに過ぎない。

「蓼喰ふ虫」は、「美佐子は今朝からときどき夫に『どうなさる?やつぱりいらつしやる?』ときいてみるのだが、夫は例の孰方《どつち》つかずなあいまいな返辞をするばかりだし、彼女自身もそれならどうと云ふ心持もきまらないので、ついぐづぐづと昼過ぎになつてしまつた」という一文からはじまる。美佐子が「どうなさる?」というのは、美佐子の父に誘われた文楽を観に行くか行かないかということをいっているのだが、「例の孰方つかず」とあるように、ことがなかなか決まらないのは、この日ばかりのことではなく、日常茶飯のことだということが分かる。そんな夫婦の心持ちを次のように説明する。

出かけるとか出かけないとか、なかなか話がつかないのは今日に限つたことではないのだが、さう云ふ時に夫も妻も進んで決定しようとはせず、相手の心の動きやうで自分の心をきめようと云ふ受け身な態度を守るので、ちやうど夫婦が両方から水盤の縁《ふち》をさゝへて、平らな水が自然と孰方かへ傾くのを待つてゐるやうなものであつた。（中略）要には今日は予覚があつて、結局二人で出かけるやうになるだらうことは分つてゐた。が、分つてゐながら矢張受動的に、或る偶然がさうしてくれるのを待つてゐると云ふのは、あながち彼が横着なせゐばかりではなかつた。

要と美佐子のあいだには弘という子供もあるけれど、要はほとんど結婚の最初から美佐子に「性慾的に何らの魅力」を感ずることができない。というのは、「要に取つて女といふものは神であるか玩具であるかの孰れかであつて、妻との折り合ひがうまく行かないのは、彼から見ると、妻がそれらの孰れにも属してゐないからであつた」という。いまでは美佐子には阿曾という恋人があり、ふたりは「孰方も別れた方がいゝのを知りつゝ、それだけの勇気がなく」、「『別れたいのか』と一方が問へば、『あなたはどう？』と一方が問ひ返す」といったようなぐずぐずした状態にある。

妻の父から誘われた文楽を観に行くか行かないかという日常的なことがらと離婚するかしないかという人生においての決定的に重大な出来事とが、あたかも同心円を描きだすように同一平面上に描き出される。「蓼喰ふ虫」が英訳されたときに、要と美佐子が離婚するのかどうか分からないままの結末に、納得しがたい不満をいだくものも多かったようだが、こうした余韻をもったままの結び方が日本的な情緒とも解されたようである。が、明確な結論を示すことなく、あいまいなままに物語が閉じられてしまうことは、近代小説の論理からいえば明らかな欠点である。が、その結末からもう一度冒頭へもどって読みかえすと、美佐子の「どうなさる？」という夫への問いかけは、文楽を観に出かけるかどうかという日常些事に対する問いかけばかりか、やっぱり離婚するかどうかという人生の節目への重大な問いかけとも重なるフラクタルな構造となっていることに気づかされる。

　ここにこの作品の面白さがある。語り出される事象は異なっても、それらを根底で統合している心理的ダイナミクスは同一なのだ。それは夫婦の心理が「ちやうど夫婦が両方から水盤の縁をさゝへて、平らな水が自然と孰方かへ傾くのを待つてゐるやうなもの」と語りだされる奇妙な平衡感覚であり、みずから主体的に動くことはせず、「或る偶然」にまかせたままの平衡状態にありながら、「予覚」のみを感じつづけるというところにこの小説の核がある。中村光夫はこの作品を「当時彼の経験していたいくつかの危機を、台風の眼のように静かな日常生活の描写に溶けこませて表現した」(『谷崎潤一郎論』一九五二・一〇　河出書房)と評したが、落ち着いた静けさ、和らいだ平安さのなかにも張りつめた、ただならぬ緊張感をただよせているのは、こうした平衡感覚が貫いているからなのだろう。

　水盤の平なら水が「自然と孰方かへ傾くのを待つてゐる」のは、夫婦の心理的力学関係ばかりでなく、主人公の内部においても同様である。東京の下町に育った要は、下町情緒を思い出としては懐かしく感ずるけれど、町人が生んだ徳川時代の文明の調子の低さへの反感から、反動的に「下町趣味とは遠くかけ離れた宗教的なもの、理想的なもの」を思慕する癖がついたという。「何かしら光りかゞやかしい精神、崇高な感激を与へられるものでなければ、――自分がその前に跪いて礼拝するやうな心持になれるか、高く空の上へ引き上げられるやうな興奮を覚えるものでなければ飽き足らなかつた」ともいう。こうした気持ちは芸術に対してばかりか、異性に対しても同様で、だから文楽や歌舞伎を観るよりも、「絶えず新しい女性の美を創造し、女性に媚びることばかりを考へている」『ロス・アンジエルスで拵へるフイルムの方が好き」だったという。

　そんな要が十年ぶりに文楽座で人形浄瑠璃「心中天網島」を観て、「知らず識らず舞台の世界へ惹き込まれて行く自分」を見出し、文楽人形の小春に「日本人の中にある『永遠女性』のおもかげ」を発見する。そして「いつもは眠いような、ものうげな顔の持ち主である」お久のうちにもどこやら人形の小春に共通なものがあるのを認める。文楽に興味をおぼえた要は、美佐子との問題はそのままに、美佐子の父とお久とともに淡路島へ淡路浄瑠璃を観に出かけ、その帰りに神戸へまわって外人娼婦ルイズのところへ立ち寄るのだが、松本清張によればこのふたつのエピソードはメインプロットと何らの因果関係もなく、バラバラな印象をうけざるを得ないというわけである。が、淡路島行きとその帰りがけのルイズとのエピソードは、書き出しの部分に語られた文楽の人形芝居によって惹起された日本の伝統文化への関心と、それまでの要を支配してきた西洋趣味への惑溺とを語りだして、主人公の内面に生起しつつある変化への自己確認の意味をもたせたものだ。お久とルイズという性質を異にした女性のあいだにたゆたう主人公の姿を描き出し、その内面の変化にそれぞれ別の角度から照明をあてているのだともいえる。西洋趣味から日本の伝統世界への回帰を「予覚」しながら、要の内面は、いま、ちょうど水盤の水が「自然と孰方かへ傾くのを待つてゐる」ような平衡状態にある。

「歯車」において芥川は因果関係をもたない偶然の出来事にいらだち、無理やりにでもそれらの事象のあいだに必然の論理を見出そうとあがく主人公を描き出したが、「蓼喰ふ虫」における谷崎は、「偶然」に身をゆだね、みずからは主体的に動こうとしない主人公の姿を描きだす。因果律の法則によって結ばれる小説の筋（プロット）を犠牲にしながらも、個々のエピソードを作品の奥深くで統括するものに焦点をあて、どのようなことがらにかかわろうとも、変わらないものへと目を向けている。それは水盤の平らな水が「自然と孰方かへ傾くのを待つてゐる」という平衡感覚だが、要はそこから彼にとっての「永遠女性」がひとつの「タイプ」であるという発見にいたる。

要は青年時代から「たつた一人の女を守つて行きたい」という夢をもちつづけたが、要の守るべき「たつた一人の女」とは特定のひとりの女ではなく、「お久」というひとつの「タイプ」だった。いわば「蓼喰ふ虫」はこの「タイプ」発見までの要の遍歴を描きだしたものだが、そこに展開された個々のエピソードは因果律で結ばれるのではなく、作品の奥深い層においてそれぞれのエピソードを統括する関係的同一性によって貫かれている。要にとって「たつた一人の女」が「或る特定な一人の女」ではなく、「一つのタイプ」だったとしたならば、それは時空を超えて偏在するということでもある。

芥川以降の作家たちにとっては、芥川の死をいかに乗りこえるかということが最大の問題だった。谷崎にしても「痴人の愛」や「卍」の方向を突きすすめてゆくことは、芥川と同様、いずれ作品世界が作者自身の実生活にもフィードバックして、自分の身を破滅させることになりかねないと無意識裡に感じていたろう。実際、「卍」と同時併行的に執筆された「黒白」(一九二八・三・二五〜七・一九「東京朝日新聞」「大阪朝日新聞」)では、悪魔主義の作家がみずから創作した探偵小説に、知人をモデルにして被殺害者を描いたが、うっかり作品に実名を書き込んでしまい、実際にその知人が殺されたときに嫌疑をかけられて、自分のアリバイを証することができないという、自己の創造したフィクションが作者の実生活へフィードバックする恐怖を描いた探偵小説風の作品だった。

また主人公が観る人形浄瑠璃「心中天網島」は、夫婦の性的不和に起因して、性愛のエネルギーに翻弄される男女の悲劇を描いたものだ。その意味では「卍」とまったく同じ位相にあるが、その舞台に見入る要は、さながら小春治兵衛の悲劇を作中作かのように見なし、作品の劈頭でそこに溢れる性愛のエネルギーを舞台空間へ封じ込めて、実生活への逆流を防いでいるかのようである。ここに谷崎が芥川の死から学んだもっとも大きな教訓があったろう。「芸術家は非凡な作品を作る為に、魂を悪魔へ売渡す事も、時と場合ではやり兼ねない」(「芸術その他」)という芸術上の倫理綱領を忠実に実践するかぎり、いずれそれは作者自身の日常へも還流せざるを得ない。同じ危険を感じた谷崎は、それを防ぐ手立てとして「心中天網島」の舞台に見入る要を描きだしたのではなかったか。

それは兎も角、デカルト以来の近代合理主義の思考法である決定論的な因果律に拘束されている限り、若き日の芥川が洞察し、「明暗」の主人公がポアンカレの話を聞いて陥ったように、「偶然」にゆきあたったとき、「自分の意志」や「自分の力」といったものへの信頼をもちつづけることができず、無力感にさいなまれることになる。あるいは「歯車」の主人公のように決して得られない解答を求めて懊悩し、やがては自己を見失うはめにもいたるかも知れない。そこから逃れるためには世界を見る認識の枠組み自体を変更しなければならないが、「蓼喰ふ虫」においてそれは描かれる事象の因果関係に囚われず、それらの関係的同一性を追究するということで果たした。「蓼喰ふ虫」が一見、自然主義風の私小説的な作品として仕上がりながら、因果律に縛られた近代小説としての自然主義文学とは似ても似つかない所以である。

日本の一九二〇年代の文学は、自然主義を中心とした近代文学の完成期であると同時に現代文学の出発点でもある。これ以降の文学的傾向は、間違いなく芥川の提唱した「『話』らしい話のない小説」の方向へ、あるいは谷崎が「蓼喰ふ虫」で試みたような因果律の法則を逃れて、描かれるべき事象の関係的同一性による物語展開をはかるという方向へと進んでゆく。昭和十年代以降、あるいは一九三〇年代以降といってもいいかも知れないが、因果律に支配された自然主義に代表される近代小説は間違いなく解体し、予測不能な混沌としたカオス的世界を描く小説が圧倒的な増殖をみせる。福田恆存はこの論争をとおして谷崎も芥川も「自然主義文学の伝統に反撥」したのだと評したが、その反撥の内実はこうしたもので、ふたりはこうした時代の変化に鋭敏に反応したのだといえる。

志賀直哉 ——志賀へ病む

小林幸夫

芥川龍之介は夏目漱石を師とした。森鷗外には敬意を表した。そして、志賀直哉を畏れた。芥川が精神の上で深く関わった三人の先輩作家に対する彼の位置関係は、端的に言えばこのようなものではなかったか。漱石には、漱石の没するまでの約一年、木曜会でその謦咳に接し、「鼻」（大正五年二月）を褒められ、励まされた。鷗外には、漱石の葬儀のときを含めて三度会っており、小説の手法——題材、構成、文体、語り手等、その多くの点において影響を受けた。[1] この二人の作家は、年齢の上でもその文学上の閲歴においても、芥川にとっては先人であり、漱石に対して「基準」[2]という言葉を使っているように、いわば文学の指標であった。その二人に対し、九歳上の志賀は、これからの文学を切り拓いてゆく先行者であり、時代を共にしてゆく同行者であった。そして、この先行者であり同行者である志賀を芥川は心底畏れたのだ。なぜそれほどまでに怕《こわ》いのかというと、そこには芥川の文学に対する思いと理想、つまり文学観が深く関わっていたからである。

志賀に言及した最も古い残された資料に、東京府立第三中学校時代の親友山本喜誉司に宛てられた、大正四年八月初旬と推定されている書簡がある。このとき、芥川は満二三歳、東京帝国大学英吉利文学科の学生であり、前年大正三年の一〇月で第三次『新思潮』は廃刊となり、私事では、大正四年一月に吉田弥生との恋が家族の反対に合って破局を迎えていた。創作面では、同年七月二三日に「仙人」を脱稿し、「羅生門」を書く（同年九月）前である。

> いつ僕のゆめみてゐるやうな芸術を僕自身うみ出す事が出来るか　考へると心細くなる
> すべての偉大な芸術には名状する事の出来ない力がある　その力の前には何人もつよい威圧をうけるそしてそ

> の力は如何なる時如何なる処にうまれた如何なる芸術作品にも共通して備はつてゐる　美の評価は時代によつて異つても此力は異らない　僕は此力をすべての芸術のエセンスだと思ふ　そしてこの力こそ人生を貫流する大なる精神生活の発現だと思ふ　此力に交渉を持たない限り芸術品は区々なる骨董と選ぶ所はない
> 日本の作品にこの力を感じるやうなものがあるだらうか　日本の芸術家にこの力をのぞむで精進してやまない者がゐるだらうか（僅少な例外は措いて）もしないとするならば彼等は悉ブルヂョオであつて芸術家の資格はない
> 此意味で夏目先生の作品は大きい　武者小路氏の作品は愛すべきものがある　そして志賀氏の作品は光つてゐる

「いつ僕のゆめみてゐるやうな芸術を僕自身うみ出す事が出来るか」、これが作家としての芥川が自身に課したテーゼである。この「ゆめみてゐるやうな芸術」とは理想の芸術であり、それは文脈上「偉大な芸術」に相当する。では、「偉大な芸術」とはどういうものかというと、「名状する事の出来ない力」、「何人もつよい威圧をうける」力を保有した芸術である。はっきりと明示はできないが人を圧倒して身動きできなくするような強い作用を有《も》つ芸術ということである。俗に言う、優れた芸術には強さがある、弱いものは芸術ではない、ということであるが、その力の存在と作用に踏み込んでいるところに芥川の思索の深さと希求の強さが見られる。そして、この力とは何か、というと「人生を貫流する大なる精神生活の発現だと思ふ」と結論づける。つまり、きわめて優れた心の営みの現れ出たものが力である、ということである。ここにおいて、芥川は「美」を相手にしていない。芸術が美と力とを有つものであったとすると、「美」は可変的であり、それに対して「力」は不変であり、普遍的である、としているのである。「芸術のエセンス」、本質・精髄をこの力に見ている。芥川は、このような思索のもとに、ものごとと真摯に取り組んでいることを示す文学作品を理想とし、それを実現すべく精進しようとしている。この芸術における価値観を以て見たときの評価が、「夏目先生の作品は大きい　武者小路氏の作品は愛すべきものがある　そして志賀氏の作品は光つてゐる」ということである。芥川の判断によれば、この三人とも、如上の「力」を有ち、偉大な心の営みをしていると見なしているわけであるが、そのありようと感触は微妙に異なっている。漱石を「大きい」と評するのは、この力をめざして精進しており、おおよそ実現されているとのことであり、武者小路を「愛すべきもの」と言うのは、この力をめざして努力しているとの認定と思われる。そして問題の志賀に対して「光つてゐる」と言うのは、この力をめざして精進しており、それが生き生きと躍動しているということと思われる。「大きい」「愛すべきもの」という大局的な捉え方ではなく、心の動揺を含んだ動的な捉え方をしている点に、芥川の志賀に対する注目の強度がある、と言ってよいだろう。

この書簡の書かれたとき、漱石は既に「こゝろ」(大正三年四月〜八月)を発表し、「道草」を連載している最中であった。文壇の大家であり、充分に作品を積み重ねてきていた。先輩の武者小路は、「お目出たき人」(明治四四年二月)、「わしも知らない」(大正三年一月)などで新進作家として認知され、大正四年三月には「その妹」を発表したところであった。そして、志賀は、大正二年一月に短編集『留女』を刊行し、「范の犯罪」(同年一〇月)、「児を盗む話」(大正三年四月)を発表した後、作品の発表が無い時期であった。芥川の如上の書簡における批評は、三人のこれらの作品を踏まえてのものであった。

山本喜誉司宛書簡の約一年後、大正五年一〇月一一日付の井川恭(恒藤恭)宛書簡にも志賀への注目が記されている。井川は第一高等学校時代の親友で、先の山本宛書簡の書かれた直後の大正四年八月三日、芥川は井川の招きで彼の故郷の松江に向かい、二週間ほど生活を共にする仲であった。

比較的に云へば今の作家で感心する人はあんまりないね「うまさ」で帽子をぬぐ人には徳田さんや正宗氏がゐるがかいてゐる事自身にはやつぱり感心出来ないね　武者にもこの頃ぼくはある気の毒さを感じてゐるよ　やつぱり志賀直哉氏一人ぎりだ　半必要上半興味上現代作家の短編集を大分読破したが「留女」ほどいいものは一つもないので少し驚かされたよ

芥川は、「うまさ」では究極的には満足しない。「かいてゐる事自身」が問題であり、技量が優れていることよりも内容に「感心」の焦点がある。そして、この場合の「かいてゐる事自身」は、単に内容を指すというよりは、前掲の山本宛書簡で述べられていた、「人生を貫流する大なる精神生活の発現」としての「力」の存在のことと考えられ、それが徳田秋声や正宗白鳥には無いと言っているものと思われる。その「力」の点において、山本宛書簡では「愛すべきもの」と評価していた武者小路もこの時点では否定されている。そして、志賀を再度評価し、第一短編集『留女』を絶讃している。『留女』には、「祖母の為に」「鳥尾の病気」「剃刀」「彼と六つ上の女」「老人」「襖」「母の死と新しい母」「クローディアスの日記」「正義派」「濁つた頭」の一〇編が収められている。この絶讃で注目すべきは、「一つもない」と他を排除するのもさることながら、「少し驚かされた」という文言である。山本宛書簡で「光つてゐる」とその目を見張る心の揺れを示したのと同様に、ここでも胸を衝かれ動揺している。この文言の直後、「長与はだめ　小泉はだめの又だめ」云々と同時代の作家を酷評し、クプリーン(3)やソログープ(4)と比較して「夏目さんの方がえらさうだ」と言い、「「明暗」はうまい　少しはうますぎるくらいだ」としてノーベル賞を貰う価値が充分あると褒めている。このように、漱石、武者小路、志賀の三人を再度取り上げその三人にウェイトを置いて言及していることを考えると、この井川宛書簡は、先の山本宛書簡と同一の文学に対する考え方に立つもので、同じ観点からの一年後の批評であり、志賀への畏怖の始まりを告げる文章として注目される。

この二つの書簡の間に、芥川は、「羅生門」を発表（大正四年一一月）し、「鼻」（大正五年二月）を漱石に激賞され、「芋粥」（同年九月）が好評を以て迎えられ、「手巾」（同年一〇月）によって新進作家としての地位を確立したのであった。

この後の芥川による志賀への言及は、自らの文学的閲歴を述べた二つの文章のなかに現れる。「私の文壇に出るまで――初めは歴史家を志望――」（大正六年八月）では、大学に入ってからは、「日本の作家のものでは、志賀直哉氏の『留女』をよく読み」と記され、「小説を書き出したのは友人の煽動に負ふ所が多い――出世作を出すまで――」（大正八年一月）には、大学に進むと、「日本の作家のもの、うち、志賀直哉氏の「留女」を好きで読んだ」と記述される。二つの記述とも、日本の現代作家では志賀しか読むに価しないと言わんばかりの傾倒を語っている。

また、この大正六年一〇月号の『黒潮』に志賀が発表した「和解」について、同年一〇月四日付松岡譲宛書簡で「おもしろくよんだ」と述べ、一〇月一二日付池崎忠孝宛書簡では、「「和解」を読んで以来どうも小説を書くのが嫌になつた」と、圧倒されている。

大正八年一二月発行の『毎日年鑑（大正九年、一九二〇年版）』に掲載された「大正八年度の文芸界」からは、志賀の作品に具体的な評をするものが現れてくる。

志賀直哉氏は今年の前半期に三篇の作品を発表したのに過ぎなかつた。が、「十一月三日午後の事」「流行感冒と石」の二篇の如きは、依然として直哉氏の名を重からしむべき、簡勁を極めた作品である。氏は筆を執るに当つて、当に描くべきもの丶外は、殆ど一石一草の贅をも描かない。その代り其処に描かれたものは文字通り潑溂たる自然そのもの丶一部である。もしセザンヌを画家の画家と云ひ得べくんば正に志賀直哉氏は小説家の小説家と呼んで差支へない。本年度の文壇が比較的落寞の観があるのも、一つは氏の如き作家が後半期に筆を絶つたせいがあるのであらう。

二つの作品に対して、簡潔で力強いと評し、描くべきものだけを描き、そこに顕現されたものは「潑溂たる自然そのもの丶一部である」と見る。この「潑溂たる自然そのもの」は、ものごとに真摯に向き合っているからこそ捉え得るものであり、先の山本宛書簡で言う、「力」がこれらの作品に存在するということと考えられる。つまり、「潑溂たる自然そのもの丶一部」とは、「人生を貫流する大なる精神生活の発現」と考えられる。芥川は、志賀のこの二作品に、生き生きと活動する力を感じ取っている。それは、芥川が考える理想の作品の示現であり、「芸術のエセンス」=芸術の本質・精髄を見せつけるものである。それゆえに、セザンヌと比肩して芸術家のなかでも擢《ぬき》んでた芸術家、ほんものの芸術家と位置づけるのである。それにしても、今年度の文壇がぱっとしないのは志賀が後半期に作品を発表しなかったからだ、とするのには、同時代の作家のなかでは志賀にしか文学の理想と本格性を感じない芥川の感性と価値観が露出している。

大正九年には、志賀の作品に対する批評が二つ、言及が三つある。「大正九年四月の文壇」（大正九年四月）には、「志賀直哉氏の「山の生活にて」（改造）は、何となく心もちの好い作品である。末段は殊に美しい」と、後に「焚火」と改題された作品への評がある。「末段」とは、抛《ほう》り投げられた薪《たきぎ》が闇夜の湖面に映りながら同じ弧を描いて飛んで行き、水面で結びつくと同時に消えてしまう光景の描写である。「大正九年度文壇上半期決算」（大正九年七月）では「小僧の神様」が評されており、次のように記されている。

志賀直哉氏の「小僧の神様」を面白く読んだ。あの小説には作者の附記がついてゐる。しかし附記は単に附記ではない。小説その物の一部として、立派な成功を収めてゐる。ロダンなぞの彫刻に、大きな大理石のブロックへ半分人間を彫つたのがある。志賀氏のこの手法は、あの未完成に似た完成を彷彿させる趣がある。内容も新しい。技巧も新しい。推奨するに足りると思ふ。

これは『秀才文壇』に表記の題のもとに諸家の回答とともに掲載されたもので、アンケートの回答である。そこでも芥川は志賀の作品をよしとし、小僧が寿司を食べさせてくれた客の住所を番頭に教えてもらって尋ねていったら、そこには稲荷の祠《ほこら》があった、と書こうと思ったがそう書くのは惨酷な気がして書くのをやめた、という見せ消ちとも言うべき附記を、小説の手法として高く評価している。そしてそれを、「未完成に似た完成」という新しさとして捉えている。先の山本宛書簡で披歴された芸術の理想で言えば、芥川は、「偉大な芸術」を生む者がもつ、「この力をのぞむで精進」し新しい文学を創造しているさまを、「小僧の神様」に見ているのである。

他の三つの言及のうちの二つは、「暗夜行路」を書こうとしている志賀への指摘（「大正九年の文芸界」大正九年一一月）と、夢を扱った小説に志賀の「「イヅク河」と云ふ好小品がある」（「雑筆」大正一〇年一月）との指摘であり、論ずるほどのものではないが、『中央文学』のアンケート「私の好きな作家」（大正九年一一月）に答えた一行「志賀氏。」は強烈である。フルネームは言わずと知れたことであろうと言わんばかりの口吻と、決まっているではないかというような断定の響きがあり、芥川の志賀評価を象徴する一行である。

その後、大正一一年四月発表の「澄江堂雑記」に「赤西蠣太」への言及があり、小説の中の人物名に魚貝の名がついていることを挙げて、「志賀氏にもヒュウモラス・サイドはないのではない」とし、いつのまにか「志賀氏の作品の型」を読者が作ってしまって読んでいる弊を指摘している。

大正一四年になると、芥川は『新潮』の合評会に出席して、志賀の作品について感想や批評を述べている。「新潮合評会（六）」（大正一四年二月）において、「冬の往来」について、次のように言う。

芥川　僕は「黒犬」も好きだつたね。あんなに変に実感を持つてあんなものを書くのは一仕事だ。

芥川　僕は「冬の往来」で感心して居る所は玲瓏と云ふか、白い、綺麗な、たけの高い感じですがね。

千葉　それは唯志賀君の態度を言つて居るのではないですか。

芥川　いいえ、態度ぢやないのです。一つ一つの作品の感じです。あれに美しい感じはしないですかね。

芥川は、「冬の往来」に対して、「玲瓏」つまり透き通った美しさであると言い、「白い、綺麗な、たけの高い感じ」と評す。「たけの高い」は古語で言えば「たけ高し」で、歌学用語であり、格調があり崇高であることを意味する。よって「白い、綺麗な、たけの高い感じ」とは、後に芥川が志賀に対して言う「純粋」[5]と同義と考えられる。この芥川の評を千葉亀雄は「志賀君の態度」のことかと受け取る。この千葉の言う「態度」とは、この後の部分で千葉が、「志賀さんの持つて居るあの澄みきつた気持は、余程安易な環境に置かれた作家でないと出て来ないぢやあないか」と述べていることからすると、境遇のもたらす作品制作への向き合い方のことと考えられる。それに対し、芥川は「作品の感じ」だと否定する。芥川は、作者の境遇と作品の実現しているものとを切り離して考えており、作品が保有しているもののみを見ている。作品が示現しているもののみが芸術の問題なのである。この論議の直後に中村武羅夫が、志賀は「始終芸術的の気持を蘊蓄して、厚味を加へて行つて、それを一年に一つか二つ作にするから」こういうものが書けるのだと言ったとき、「境遇」（中村の言）だけでは書けない、「澄めるのを僕は天稟と言ふのです」と否定する。これは、文学を始めたとき、山本宛書簡で述べていた芸術観である、「人生を貫流する大なる精神生活の発現」としての「力」を「冬の往来」に「玲瓏」という具体的な感触で見たのであり、恵まれた環境にあればできるというような芸術に物理的根拠を考えるような評論家たちとは位相を異にしていたのである。

「新潮合評会（八）」（昭和二年二月）では、「暗夜行路」について、徳田秋声が「何か物足りない」と言い、広津和郎も「裸になつてゐない」と指摘すると、芥川は、次のように反論する。

芥川　志賀さんは生一本過ぎるのだ、直截に言へば、灰汁《あく》がなさすぎるのだね。

広津　外部から刺戟を与へられゝばぐんぐん動くんだけれども、黙つて見てゐたら、引つ込んで行く精神的無精者なんだな。

芥川　さうぢやあない、善くならうといふ努力が強いのだ。善といふものに対する努力が強いのだ。

ここでも、芥川は、いわば彩りや露出を価値とする見方に対して、「灰汁がな」い、「生一本」と、志賀の純粋性を主張し、「善くならうという努力」の存在を指摘する。かつて、山本宛書簡で述べた「この力をのぞむで精進してやまない者」の姿を志賀に見ている。芥川にとって、志賀は、自らが抱いた芸術観を体現している、ほんとうの芸術家、「小説家の小説家」である確信を得ているのである。

そして、芥川の志賀に対する言及のまとまった最後のものが、昭和二年四月に発表された「文芸的な、余りに文芸的な」の第五章「志賀直哉氏」である。冒頭は次の一行である。

志賀直哉氏は僕等のうちでも最も純粋な作家――でなければ最も純粋な作家たちの一人である。

ここで使われている「純粋な」とは、この評論の「一　「話」らしい話のない小説」で説明されている「通俗的興味のない」ということであり、これは「新潮合評会（六）」で芥川が志賀の「冬の往来」について言った「たけの高い感じ」と同義である。つまり芥川は、志賀を、通俗的な興味のない、格調があり崇高な作家であると認定したのである。この結論を前提にして、五項目に亘って志賀の「作品」の何たるかを芥川は語る。

その第一が、「志賀直哉氏の作品は何よりも先にこの人生を立派に生きてゐる作家の作品である」である。そして、この「人生を立派に生き」ることを「道徳的に清潔に」生きることであると説明している。ここで作者の生き方が問題になっているのは、芥川がその創作生活の出発においてめざした、「偉大な芸術」を生み出すためには、作者に「人生を貫流する大なる精神生活」がなければならないという、山本宛書簡に記されている考え方が、認識論として貫かれているからと考えられる。この第一の指摘は、「純粋な作家」であると結論づけたことに対して、そうした作家になるにはどのような生き方、心の営みをすることが必要なのかということを述べたものであり、志賀に対する芥川の最終的な評価は、この結論と第一の指摘の対応に尽きている。項目第二以下第五までの、「リアリスト」、「詩的精神」、「テクニイク」の妙、他の作者の作品を彷彿とさせても志賀の作品は「模倣」ではない、という指摘は、志賀の作品の特徴を語ったに過ぎない。

このように、芥川の志賀についての言説を辿ってくると、改めて、芥川が創作を始めたころに親友山本喜誉司に宛てて書かれた手紙に記されている「偉大な芸術」に関する考えが芥川の営為を決定づけ、領導していったかが見て取れる。その意味において、大正四年八月初旬と推定されている山本喜誉司宛書簡は、他の評論、評言にも増して重視されねばならない。

芥川は、死を前にして、志賀の「焚火」(大正九年四月)以降の短編をめざして「海のほとり」「蜃気楼」を書いた。それは、作家としての出発期において既に感知していた志賀の「偉大な芸術」の片鱗を、確認に確認を重ねた果てに確乎たる認定にまで迫《せ》り上げ、その「偉大な芸術」になろうとした営為の端的な表れであった。とどのつまり、芥川は、漱石と鷗外を脇侍のようにして、同時代を生きる本尊として志賀を仰ぎ、戦い、それになろうとした、ということができよう。

芥川と同時代に活躍した自由律の俳人大橋裸木に[6]、「陽へ病む」という句がある。最も短い句で完成度をもっているとして評価されているものである。身体を病んでいて太陽の強烈な光は身に毒で障《さわ》るにもかかわらず、その強さに魅かれてしまう心情を詠んでいる。強いものは無慈悲に牽引する。同時代を生きる先輩作家の志賀に「偉大な芸術」を見てしまった芥川は、その強さに魅かれていった。こと、志賀との関係で言えば、芥川は〈志賀へ病む〉でいったのである。

注

（1）拙稿「「羅生門」の表現方法――森鷗外「金貨」の影」（『上智大学国文学科紀要』平成七年三月）参照。
（2）「校正後に」（第四次『新思潮』大正六年一月）
（3）クプリーン（一八七〇～一九三八）ロシアの小説家。芥川は「クウプリン」と表記している。
（4）ソログープ（一八六三～一九二七）ロシアの小説家、詩人。芥川は「ソログウブ」と表記している。
（5）「文芸的な、余りに文芸的な」の「五　志賀直哉氏」（『改造』昭和二年四月）
（6）大橋裸木（明治二三～昭和八）
尚、芥川龍之介と志賀直哉の関係に触れたものに、拙稿では「芥川龍之介「奉教人の死」論――愛の欲望の物語」（『上智大学国文学論集』平成二二年三月）がある。

堀辰雄――芥川龍之介とロマネスクのヴィジョン

影山恒男

堀辰雄という作家を考える場合、漱石の弟子とも言うべき芥川龍之介を受け継いだ昭和初年代のモダニストの一人、あるいは新感覚派の一人と言えるだろう。そして、その文学的生涯を考えると芥川龍之介に次いで大きな影響を与えた人物として神西清が考えられる。彼を通じてヨーロッパ文学の紹介と受容、さらに、折口信夫を通じての日本古典の世界の受容、そしてヨーロッパ近代と日本古典の融合という課題に取り組んだことが挙げられるだろう。中村真一郎は府立三中出身の三人、芥川と堀と立原道造の共通点を「三人の秀才は、下町の町家の環境の中から出て、近代知識人の道を歩いて行った(1)」と言い、さらに「彼（堀）は芥川周辺の青年たちの作った同人雑誌『驢馬』のなかで、マルクス主義者にならなかった唯一の同人だった(2)」と言っている。また、佐々木基一は「芥川龍之介を実生活上において分裂せしめ、自殺にまで追いやった懐疑を、最も芥川に親密な場所で、もっと遠くまで精緻に歩ませることによって、表面は静まりかえりながら、その実烈しい生き生きとした速度で走っている、弾力性にとんだ堅牢な世界を打ちたてたのは堀辰雄であった。堀辰雄はその親密な先蹤の踏みしだいた軌道を踏襲しないことで、一個の古典的なロマネスクの世界をうちたてたのである」と言い、さらに「芥川山脈を強いてたどれば、堀辰雄を恒星として立原道造をまずその近周に配置すべきであろう。この中心をめぐる惑星にはたとえば神西清がいる。（略）戦後に架橋される山容としては福田恆存および『マチネ・ポエティック』のグループ、中村真一郎、福永武彦、加藤周一等をあげることができよう。（略）その他釈迢空、（略）立原をはさんで中原中也、富永太郎も内部共鳴の振幅をしめす(3)」とも書いている。

私は、「神々と神と」（『四季』一九四七年一二月）で、堀辰雄文学に異を唱えることで文学的出発をし、芥川の切支丹物のヴァリエーションとしてキリスト教の問題をテーマとした遠藤周作もこの山脈に連なると思う。

堀辰雄自身は「『点鬼簿』以後、『彼』『玄鶴山房』『蜃気楼』『歯車』などが発表される毎にそれを読んで」行くとも言っていて、芥川への敬愛ぶりが窺え、卒業論文に我が国で初めて芥川龍之介を取り上げることになる経緯はのちに詳述する。

あるいは、文学的テーマに関しては、切実な死の体験というものが自身の宿痾（結核）ばかりでなく、関東大震災での母の死、芥川龍之介の死、婚約者の死を通して深めた課題として、死者と生者のテーマを重層的に扱う方向に働いていることが挙げられる。

さらに卒業論文「芥川龍之介論」の中でキリスト教にも言及しているが、ヨーロッパ文学や多恵夫人を通じてキリスト教にも触れて、それを日本の風土において可能な限り自然に文学の中に展開しようとしていたことも注目に値するのである。

芥川文学を受け継いで、堀がどのような方向に現代日本文学を発展させたか、次の三つの視点から検討してみたい。

1　出会いから「芥川龍之介論」へ

堀辰雄という作家の生涯を考える場合に、すぐに思い浮かぶのは境遇の困難さを越えた母親をはじめとする周囲の愛、そして師友との友情の豊かさということである。さらに出会いの豊かさを考えると、一高・田端文士村・軽井沢（追分）というようなゲニウス・ロキの働きが思い出される。

一九二三年五月、田端に住んでいた府立三中の校長の広瀬雄（犀星と同郷で、芥川が府立三中に在学していたときの担任[4]の夫人が隣の室生犀星宅へ行き、三中出身の堀辰雄という生徒に会っていただけるかと尋ねた。すると犀星は「いつでも」と応えた。そして辰雄は母とともに一高の制帽をかぶりさつま絣に袴姿で訪問した[5]。

その年の八月に、室生犀星と共に初めて軽井沢のつるや旅館に十日間滞在した。そして、九月一日に関東大震災が起こり、辰雄の母は亡くなった。震災後、犀星は一〇月に郷里の金沢に帰省するので、堀に芥川龍之介を紹介したのが二人の出会いであり、堀辰雄の文学的生涯に大きな意味を与えることになったのである。

翌、一九二四年年七月、堀は金沢の室生犀星のもとに滞在していたが、八月帰途、軽井沢のつるや旅館に滞在していた室生犀星と芥川龍之介のもとに立ち寄り一泊した。このときに片山廣子・總子母娘にも会っている。翌、一九二五年四月、堀は東京帝国大学文学部国文科に入学した。そして、七月九日から九月上旬まで軽井沢に部屋を借りて滞在し、芥川のお伴をしていろいろなところへ出かけた。夏の終わり頃、堀は芥川龍之介、片山廣子・總子母娘、と一緒にドライブに出かけた。この時の体験はのちの堀文学のモチーフに大きな影響を与えている。(「ルウベンスの偽画」、「物語の女」(「楡の家」)、「菜穂子」)

この時の滞在中に父に宛てて二十三通の手紙を書いている。「『父への手紙』メモ」[6]によれば、「〇映画はグロリア・スワンソンの「蜂雀《ハンミング》」humming bird　／そこで初めて吉村鐵太郎と会ふ」「〇その夏軽井沢に来た人達／室生犀星、芥川龍之介、松村みね子一家、萩原朔太郎妹さん二人、小穴隆一、佐々木茂索、ふさ／〇芥川龍之介「或阿呆の一生」の倦怠、越し人歌「越し人」／〇片山廣子「日中」／夏の末、片山夫人令嬢、芥川さんと一緒にドライヴした折の作／芥川全集九巻「軽井沢日記」四八一頁」と記されていた。

一九二七年七月二四日に芥川が亡くなった。その年の九月、龍之介の甥の葛巻義敏とともに堀は『芥川龍之介全集』の編集をする(一九二八年七月まで)。

一九二九年一月、卒業論文として「芥川龍之介論」を書く。これは「芸術家としての彼を論ず」と副題されていて、作品論としての分析もしているが、先に述べたように身近な先輩作家を論じることの難しさを示唆している。

堀は芥川が「僕の中に深く根を下ろしてゐる」ために論ずるのは困難であると断って、芥川が自分の眼を開けてくれたこと、我々人間の負っている「宿命みたいなもの」を感じると述べている。

この論の特徴は、晩年の作品を中心にして、生涯を論じていることである。前期（一九二二年まで）と後期に分けて論じ、前期の芥川は「厭世主義的現実主義者」であり、前期の傑作は「六の宮の姫君」（一九二二年）で「彼の歴史小説中最も完成されたものであり」、「『鼻』その他の彼独特の逆説的な心理解剖の妙は無いが、いかにも華やかなしかも寂しい、クラシックの高香を放つた、何とも言へず美しい作品である」と述べている。

後期の作品について、「玄鶴山房」（一九二七年）は「構成的な美しさ」「立体感」があり、「仏蘭西浪漫派の大家バルザック」に匹敵すると言い、特に看護婦の甲野の描写は、「この意地の悪い、聡明な、それでゐて妙に女らしい、自分の職業に忠実な、素気ない甲野の性格――かういふ独特な性格は、彼の筆の力によつて、始めて、文学の上のみならず、我々の間に、創造されたものだと言つて差し支へないのである」と称揚している。

「歯車」（一九二七年）は「彼の生涯の最大傑作」で、「人間に課せられた不幸と運命の不正のための怒りからその『何か知らないもの』に敢然と挑戦するとき、いかに彼が地獄の苦痛の中に追ひやられるかを見なければならない」、「さういふ彼は、神を力にする事の出来た中世紀の人々に唯羨しさを感じるだけだつた。（略）よし神の憎しみを信じるとも、神の愛を信じることだけは、遂に、出来なかつたのである」と述べている。

「西方の人」（一九二七年、「続西方の人」は遺稿）のキリストは「彼（芥川）が独創的に見た――詩人兼ジヤアナリスト」で、「クリスト教はクリスト自身も実行できなかつた逆説の多い詩的宗教である」と述べている。「彼自身をクリスト中に深く嵌め込むことが出来た」とも見ていた。

「年末の一日」（一九二六年）と「蜃気楼」（一九二七年）を「善く見る眼」と「感じ易い心」がよく現れている作品であるとも論じている。

2　芥川の「越し人」から掘文学のロマネスクへ

芥川は「或阿呆の一生」（遺稿、『改造』一九二七年九月）の中の「三十七　越し人」に、「彼は彼と才力の上にも格闘出来る女に遭遇した。が、『越し人』等の抒情詩を作り、僅かにこの危機を脱出した。それは何か幹に凍つた、かゞやかしい雪を落すやうに切ない心もちのするものだつた。／風に舞ひたるすげ笠の／何かは道に落ちざらん／わが名はいかで惜しむべき／惜しむは君の名のみとよ」と書いている。

聡明な芥川は、感情に流されて晩節をけがす恐れのある危機を感じて、比喩的な抒情詩を書いて心を収めたのである。

片山廣子は「芥川さんの回想（わたくしのルカ伝）」（『婦人公論』一九二九年七月）で、まず副題の意味について「主イエス・キリストの三年の御生活を、マタイとマルコは見て書いた。愛する弟子ヨハネは見、かつ感じて書いた。ルカはそれを聞いて書いた。／まだ少女の時分、私が聖書の級でさういふことを教はつたとき、その四人をいろいろ空想して見、ルカはキリストの毎日を見ないでかはいさうにと思つた。そして又、キリストの足がよごれてゐるのも見ず、頭痛がする時キリストの額に八の字がよるのも見なかつたことは、伝記者として一ばん幸福だつたらうとも思つたりした。／四人の意見をいちいち訊いて見たら、一人一人が、自分がいちばん幸福だと云つたにちがひないが。／そのルカとは少し話が違ふが、私が十余年間はるかに礼拝《らいはい》してゐたＡＲ氏の、ことし三回忌にあたるので、その在世中の折にふれての話を何か知つてゐるなら書くやうにとＳ氏から云はれた時、私はルカを考へた。もしも私の耳学問をそのまま書きつけたら、十一使徒が笑ふかもしれない。しかし、彼等はすでに祝福された彼等なのだから、ルカにはルカの文をゆるすだらう」と書いていて、聡明で用意周到な前置きであると感心する。そして、軽井沢追分の分去れのあたりのことを思い出して、「Ａ氏が丈夫の時分そこへ遊びに行つた。非常に暑い日のひるで、その丘の腰掛で、一しよにゐたHやMとみんなで煙草を吸つてゐた。HもMもまだ文科の学生だつた。前夜の雨で空が非常に青く、山が、遠い山もちかい山もめざましく濃い色だつた。かぜが強く、そこいらの桑畑の葉がざわざわしてゐた。突然A氏が、ここはあんまり静かで、しんじやいたくなる、と云つた。ひくい声だつた。（略）／A氏が病気のはじめころ、いつだつたか、原稿紙に書いてある歌をHにみせた。／二世安楽といふ字ありにけり追分のみちのべに立てる標示石《みちしるべ》には／夕かけて熱いでにけり標示石に二世安楽とありしをおもふ／その時分もうすでに、遠く甘い死がA氏に顕はれたものと見える。しかし、誰もその日はその石にあつた字を読まなかつたさうである」(7)と書いている。気配りの行き届いた文章で、関係者への配慮は痛いほど伝わってくる。一九二五年夏の頃の思い出が何気なく語られているが、堀辰雄には忘れられない記憶となったのである。

片山廣子より堀辰雄宛（一九二五年八月三〇日、大森より、つるや旅館気付、封書）に「先だつて中はいろいろおせわさまになりました　御懇意にまかせてかつてばかり申し上げ失礼いたしました　東京はたいへんなあつさでございます　しかしまだ夏らしい気持がする事が却てうれしくおもはれます　／おはやくお帰りなさいまし　むろさんが待つていらつしやいませうから／涼しくなりましたら達吉のところにもおあそびにいらしつて下さい　みんなでお待ちいたします」(8)と書いている。達吉は片山廣子の長男（筆名吉村鐵太郎）のことである。名を出していないが、当然のことながら長女の總子（筆名宗瑛）と家族全員で堀の来訪を歓迎する文面である。のちに宗瑛から堀へ軽井沢の別荘から「アソビニイラツシヤイ」という絵はがき（一九三一年八月一五日）(9)が届いたりもする。

堀辰雄はその返事（片山廣子宛書簡・一九二五年九月一日、軽井沢より）に、「いただいたお手紙で、僕はこの夏の日のことを残らず思ひ出しましたよ。それが、よし僕を憂鬱にさせた二三のエピソードがあつたにせよ。僕を大いに愉快にさせてゐます。（略）昨晩は碓氷山上之月を眺めに行きました。ドライブはかなり壮快でした。（略）ドライブはこないだ四人で追分村を訪ねたときの方がずつと愉快だつたと思ひますね」と書いている。(10)このドライブというのは、先に述べたように、一九二五年夏の芥川と片山廣子・總子の母娘と堀が追分方面に出かけたことを指している。

片山廣子は堀辰雄宛（一九二八年一月一九日、大森から、小梅・上条方）に「先だつてはせつかくおたづね下すつたのにお会ひ出来ずほんとうに残念でした（略）どうぞ病気は神さまからのおくりものと思つていらしつて下さい（略）それから「越し人」の件はいろいろ御心配をかけてすみません　むろんわたくしの名をおつしやつて下さるともあるひは「越しびと」と自分で信じてゐる人からたのまれたとおつしやつてもそれは御随意です　よろしくおとりはからひ下さい、あのうたを一つぬきたいといふわたくしの心持はけつして自分一人のためではないつもりです　あのうた全部をよりよいものにしたいと思ふ心持もあるのです　作者は死ぬことを考へてゐたときにわたくしの事や「越しびと」のうたのことを考へる余裕はもつてゐなかつたでせう、ですからわたくしが自分で考へるのです、あなたが心配して下すつてそれがうまく行かなかつたらそれはそのときの事です、玉は玉で石は石でごみはごみです、わたくしの眼にはなくなつた方のものがすべてがおんなじには見えません(11)」と書いている。『芥川龍之介全集』を編集している最中の堀への書簡であることを考えると、文中の「あのうたを一つぬきたい」というのは芥川の「越しびと　旋頭歌二十五首」の中の歌を指していると思われる。

右に述べた出来事が作家堀辰雄の記憶の中で、或る苦さをともないながらもロマネスクな文学的モチーフとして醸成され、さらに心理分析の手法と人間の力を超えたものへの思索が作品世界の奥行きを深めて行くことは後の小説が示している。

たとえば、「ルウベンスの偽画」（『作品』一九三〇年五月）では、夏の終わり頃、クラシックの美しさを持っている〈ルウベンスの偽画〉と呼ぶ女性とその母親と主人公は、軽井沢の別荘から浅間山の麓のホテルまでドライブに行った。主人公が勝手に心の中で作り上げてしまう「心像《イマアジュ》」を扱ってはいるが、イメージと現実の葛藤はそれほど重層的には描かれていない。むしろ、娘の心を測りかねている主人公の心の小さな揺れにとどまっている。のちに、この母の優雅な振る舞いと心のあり方が、ロマネスクな堀文学の一つのモチーフを形成することになる。

「聖家族」（『改造』一九三〇年一一月）は、芥川龍之介がモデルだと思われる九鬼の葬儀の日の描写「死はあたかも一つの季節をひらいたかのやうであつた」から始まる。片山廣子がモデルと思われる細木夫人が登場し、主人公の河野扁理は夫人から九鬼を「裏返しにしたやう」な青年だと思われる。明らかに主人公は堀自身を思わせ、「裏返し」とは卒業論文「芥川龍之介論」の記述をも想起させる構造を持っている。さらに重要なのは細木夫人の娘の絹子は片山廣子の娘の總子を想起させ、絹子は「母の眼を通して」ものを見ようとし、九鬼の死を悲しむ母の姿に秘められた心のあり方を感じ取る。細木夫人と九鬼は秘めたものをそのままに距離を置く生き方を選んだのである。主人公の扁理が旅に出た後、絹子は「扁理への愛」を告白する。

或る作家との心の交流を持った母とその娘が、その作家の弟子に当たる人物に恋心を抱くというモチーフがのちに新たなヴァリエーションを生むことになる。

「物語の女」（『文芸春秋』一九三四年一〇月、のち「楡の家」と改作、創元社版『菜穂子』（一九四一年一一月）の一部とする）は、三村夫人が避暑地に滞在中に小説家の森於兎彦が訪ねてきて二人で散歩に出て、美しい虹を見る。或る日、幼友達の明と娘の菜穂子がとなりのK村に行き森於兎彦に会ってきたと母に告げる。森於兎彦の小説を読んだ三村夫人に森から手紙が届き、その中に恋愛詩が入っていた。その恋愛詩は自分に宛てられたものかも知れないし、菜穂子も読んだかもしれないと悩む。

構想「菜穂子」においては、ロマネスクな母親の生き方に反発していた主人公の菜穂子が（「聖家族」の絹子が母への同化作用によって愛にめざめるのとは反対に）平凡な夫・圭介と結婚し、さまざまに苦悩し、病を得てサナトリウムに入院する。しかし、再び、ロマネスクな幼な友達の都築明や母への同化に至り、真の人間愛に覚醒するという小説となった。

すでに述べたように芥川との一九二五年夏の体験が文学的なモチーフとして、作家と秘めたる心のやり取りをする夫人像から、そのような母を持ち、母に反発しつつもやはりロマネスクな心情を理解し、真の人間愛を知る女性菜穂子像の確立を見たのである。

一九二五年夏の出来事を中心とする一連の体験が文学的モチーフの基盤を成し、さらにヨーロッパ文学や日本の古典によっていっそう豊かに醸成された文体と内容が空想をかきたて虚構としてのロマネスクを特徴とする堀文学の山々を作って行ったと言える。たとえば、モーリアックやクローデルという宗教的モチーフを明確に持つ作家の作品ばかりでなく、リルケ、ジッド、シャルドンヌなどの作品からの影響の例も付け加えながら。

3 「曠野」・「エマオの旅人」――キリスト教をめぐって

堀文学において芥川の影響を考える場合にキリスト教の問題をも入れないわけにはいかない。

堀の「曠野」(『改造』一九四一年一二月)は『今昔物語』巻三十第四「中務大輔娘成近江郡司婢語」に拠った作品である。堀の作品としては最も劇的な作品で、「漸つといま自分に返されたこの女、――この女ほど自分に近しい、これほど貴重《だいじ》なものはないのだといふことがはつきり身にしみて分かつた。――さうしてこの不為合わせな女、前の夫を行きずりの男だと思ひ込んで行きずりの男に身をまかせると同じやうな諦めで身をまかせてゐたこの惨めな女、この女こそこの世で自分が巡りあふことの出来た唯一の為合せであることをはじめて悟つたのだつた」という末尾である。

福永武彦は「彼(堀)が王朝小説を書くのは、芥川が試みたように近代人としての古代を分析し解釈するのではなく、釈迢空の謂わゆる「堀君は心虚しうして書く人」であったから、自分を古代人そのものの立場において、感受したところを描き出すのである。(略)何処からともなく漂う微光の中に、運命の大きな包容に身を任せて諦念に充ちた微笑を浮かべている女主人公の面影は、堀の方法がもはや彫琢の痕をとどめていないだけに、最も美しい」と述べている。(12)

河上徹太郎は、「幸福といへば、一見非常に逆説を弄ぶやうに思はれるだらうけれど、私は堀の書いた最も幸福な女は、『曠野』の女主人公だといひたい。これは彼の数ある王朝物の一つで、作者にいはせると『一人のふしあはせな女の物語。――自分を与へ与へしてゐるうちにいつしか自分を神にしてゐたやうなクロオデル好みの聖女とは反対に、自分を与へれば与へるほどいよいよはかない境遇に堕ちてゆかねばならなかつた一人の女の、世にもさみしい身の上話』といふのだが、カトリック的恩寵のないわが日本では、この幸福の剥落は当然であつて、かくして報はれるもののない身の上にこそ、ますます幸福は削りとぎすまされてゆき、最後に恋人の手の中に周り還つて息を引き取る時に、純粋裸形の幸福がいやはての落日の光のやうに彼女の全生涯を一瞬顧み照し、その時この幸福は絶対のものとなるのである。そしてこの美しい物語にふさはしく、堀の王朝物でもこの文章は特に美しい[13]」と絶賛している。「芥川龍之介論」の中で「六の宮の姫君」を美しい作品と賞賛していた堀は、芥川への報恩の意味を込めてこの作品を書いたのではないだろうか。

堀多恵夫人は「信濃追分の今昔を聞く[14]」の座談会（一九八〇年八月）の中で、「モーリヤックのものなんかもずいぶん一生懸命読んでおりました。そういうことからカトリックがどういうものかっていうのがわからないと、フランス文学も本当に理解することができないと思ったのかもしれません」と話している。それに対して平岡篤頼は「もう若いときから病気なさって、年中死に直面してらしたですからね。宗教的な面におぼれまいとする意志の強さと、それを無視すまいという勉強心と、両方ずっと最後までお持ちになったようですね」と言い、橋本福夫は「堀さんていう人の作品の強さっていうものがあってね。宗教とは違う文学の強さっていうのか」とも発言している。近くにいた理解ある人々の言葉である。

堀辰雄は「エマオの旅人」（「東京日日新聞」一九四〇年一月二五日、「第八感」と題するコラムで、初めは「心に迫る芥川の言葉」という表題）に、「『我々はエマオの旅びとたちのやうに我々の心を燃え上らせるクリストを求めずにはゐられないであらう。』これは芥川さんの絶筆『続西方の人』の最後の言葉である。『我らと共に留れ、時夕に及びて日も暮れんとす。』さうクリストとは知らずにクリストに呼びかけたエマオの旅びとたちの言葉は私たちの心をふしぎに動かす。私たちもいつか生涯の夕べに、自分の道づれの一人が自分の切に求めてゐたものとはつい知らずに過ごしてゐるやうなことがあらう。彼が去つてから、はじめてそれに気がつき、それまで何気なく聞いてゐた彼の一言一言が私たちの心を燃え上らせる。／いま、『西方の人』の言葉の一つ一つが私の心に迫るのも丁度それに似てゐる。例へば『クリストの一生の最大の矛盾は彼の我々人間を理解してゐたにも関らず彼自身を理解出来なかつたことである。』――これまで私たちは芥川さんくらゐ自分自身を理解し、あらゆる他の人間の心を通して自分自身をしか語らなかつたものはないやうに考へがちであつた。しかし、いまの私にはそれと反対のことしか考へられない。芥川さんもやはり自分を除いた我々人間を理解してゐたばかりである。我々に自分自身が分かるやうな気のしてゐたのは近代の迷妄の一つに過ぎない」[15]と書いていて、芥川龍之介についての集約的名文と言えるもので、余すところなく堀辰雄の立場をも吐露している。

堀夫人の言葉を裏付けるように、キリスト教関連の蔵書が多数残されている。中には書き込みもあり、全てのものの精査は終わっていないが、その和書の一部を挙げれば次のようなものである。

モーリアック著『イエス伝』辻野久憲訳、野田書房、一九三七年（「尚も我は戦きつつ憧る」「マリアテのヨゼフ」（青鉛筆）、「マグダラのマリア」（欄外に）、「エマオの旅人」（欄外に）と書き込みがある）。

矢内原忠雄著『ヨブ記』向山堂書房、一九三五年。

ジャック・マリタン著『宗教と文化』吉満義彦訳、甲鳥書林、一九四四年。

矢内原忠雄著『詩篇（聖書講義第六巻）』角川書店、一九五三年。

フェデリコ・バルバロ編『聖ヨハネ福音書註解』ドン・ボスコ社、一九四六年

フェデリコ・バルバロ編『使途行録註解』ドン・ボスコ社、一九四七年。

などである。

佐藤泰正は「堀辰雄とキリスト教」の中で、「キリシタン小説を書きあげる計画を持っていたことにふれ、もし彼が『キリシタンものを書き上げることが出来たならば、キリスト教徒になれたのではないかという気持ちになるのですが、そして主人自身もそんなことを考へていた時期があつた事を確信しているのです』――という、夫人からの私信中の言葉は、今もなお、私にはシンボリックなものに思われてならない(16)」と書いている。

大変感銘深い文章で、今日なお私たちが思う堀文学とその人の姿を彷彿とさせる。

おそらく、先に一部を掲げたキリスト教関連の読書研究から新たな構想が熟成され、堀自身が願った形の作品が生まれたのではないだろうか。

注

（1）中村真一郎「ある文学的系譜――芥川・堀・立原」（初出は『新潮』一九七九年五月）引用は池内輝雄編「鑑賞日本現代文学第一八巻堀辰雄」角川書店、一九八一年、二七九頁。
（2）同右、二八五頁。
（3）佐々木基一「芥川山脈――単性生殖的ロマネスクの世界」（吉田精一編『近代文学鑑賞講座第十一巻芥川龍之介』角川書店、一九五八年、三二三―三二九　頁。
（4）関口安義編『芥川龍之介新辞典』翰林書房、二〇〇三年、「広瀬雄」（内藤淳一郎）、五一三頁。
（5）室生犀星『我が愛する詩人の伝記』角川文庫、一九七〇年、九〇頁。
（6）『堀辰雄全集』第八巻、筑摩書房、一九七八年、二九―三〇頁。
（7）初出は『婦人公論』一九二九年七月。引用は、片山廣子・松村みね子著『燈火節』月曜社、二〇〇四年、三三二―三三九頁。
（8）谷田昌平・池内輝雄編「片山廣子・達吉・總子の堀辰雄宛書簡」（『昭和文学研究』第26集、一九九三年二月、一一一頁。
（9）同右、一一九頁。

(10)（6）に同じ、三一–三三頁。
(11)（8）に同じ、一一三頁。
(12)『福永武彦全集』第一六巻、新潮社、一九八七年、一五〇頁。
(13)『河上徹太郎著作集』第二巻、新潮社、一九八一年、八一頁。
(14)大橋健三郎編『信濃追分の今昔を聞く』追分会発行、一九八四年、二四八頁。
(15)引用は『堀辰雄全集』第四巻、筑摩書房、一九七八年、一二七頁。
(16)佐藤泰正著『文学　その内なる神——日本近代文学一面』桜楓社、一九七四年、二六三頁。

太宰治――太宰の芥川受容を中心として

長濵拓磨

はじめに

太宰治の死後、芥川龍之介との比較が始まる。戦後初のベストセラー『斜陽』で流行作家となった太宰の突然の死が、福田恆存[1]を始めとする評論家たちに、芥川龍之介の死を思い出させたからである。そのために先行研究[2]のほとんどが自殺した作家の「生」の問題[3]を扱っている。ただし、近年は個別の作品を比較する研究が進んでおり、こうした作品論的な研究は今後も増加すると予想される。だが、個々の作品に光が当たれば当たるほど全体像が見えにくくなるというジレンマが生じる。そこで本稿では太宰文学全体を視野に入れた芥川受容の問題を俯瞰していきたい。

1 「作家・芥川龍之介」への憧れ

太宰の生涯の目標は「作家・芥川龍之介」であった。その出発点は、先頃日本近代文学館に寄贈された太宰の学生時代のノート[4]からもわかる。ノートには「芥川龍之介」[5]の名前と似顔絵らしきものが書かれてあった。太宰の「芥川龍之介」への憧れを物語っている。そこで評伝と同時期の作品から芥川龍之介に関連する部分をまずは探っていきたい。

第一に中学時代。太宰は一九二三・大正十二年四月、青森中学に入学する。毎月『文藝春秋』を購読し、芥川龍之介、菊池寛、志賀直哉、室生犀星の小説に親しんでいた。一九二五・大正十四年三月には最初の小説「最後の太閣」を青森中学「校友会誌」に発表する。同年十一月には同人雑誌『蜃気楼』も創刊し、実質的な創作活動を開始する。『蜃気楼』は『文藝春秋』を模倣して編集されており、中学時代に太宰が書いたほとんどの作品はこの雑誌で発表された。相馬正一氏(6)によると、中学時代の作品には芥川だけでなく菊池寛の影響も散見されるというが、ここでは芥川文学の影響に限定して概観したい。「最後の太閤」では死ぬ直前に自分の人生を振り返る豊臣秀吉の姿に「枯野抄」「報恩記」などの影響が見られる。(7)「戯曲虚勢」では盲目であった貞一が継母の努力や名医の治療によって目が見えるようになったため逆に不幸になったというストーリーに「鼻」の影響が指摘されている。(8)「地図」では、歴史の舞台を借りて琉球の王謝源の心理変化が見事に描かれる。菊池寛「忠直卿行状記」の影響(9)や太宰「地球図」との関連(10)が指摘されている。「将軍」は芥川「将軍」と同じく乃木希典に対する批評が中心となっており、芥川とは異なる立場ながら芥川「将軍」へのオマージュ作品となっている。

第二に高等学校時代。太宰は第一高等学校—東京帝国大学へと進んだ芥川に憧れて、熱心に勉強したが、第一高等学校の受験に失敗し、一九二七・昭和二年四月、弘前高等学校に進学する。同年五月に青森に寄った芥川の講演会を聞いたと言われているが定かではない。それよりもここで最大の焦点となるのは同年七月二十四日に発生した芥川の自殺である。山内祥史氏の年譜(11)からそのまま引用する。

七月二十四日未明の芥川龍之介の自殺に、激しい衝撃を受け、感動に心を震わせた。直後、生家から弘前に還り、下宿の二階に閉じ籠り続けた。青森中学・弘前高校同期の理科甲類上野泰彦によれば、「芥川の自殺を賛嘆、羨望する言葉を興奮しながら述べ」ていたという。その折受けた〈衝撃〉は、「年を経るにしたがっていろいろな形で太宰治の内部に定着し、彼の独自な気質と溶けあって、いつのまにか太宰治的な発想を生み出す源泉となっていった」ともいわれる。その頃から学業を放棄、私生活にも急激な変調が現れはじめた。

尊敬していた作家の自殺が未熟で多感な高校生の太宰に与えた〈衝撃〉の大きさは計り知れない。あれほど継続的に作品を発表していた太宰が、芥川の自殺以後しばらく作品を発表していないことからも〈衝撃〉の一端を窺い知れよう。しかも、芥川は死を意識しながら多くの作品を遺していった。こうした〈作家〉としての芥川の生き方が「太宰治的な発想」の源泉となり、太宰が〈作家〉として生きるモデルとなったことは言うまでもない。そのことは芥川の自殺以後に描かれた太宰作品に芥川の影響が色濃いことからもわかる。例えば、「無間奈落」には「玄鶴山房」に通じる〈家〉の問題が描かれ、[12]「股をくぐる」の韓信の人物造形には「偸盗」の影響があり、[13]「彼等と其のいとしき母」には「お律と子等と」[14]や「大導寺信輔の半生」[15]との影響関係を指摘する論がある。さらに太宰自身が芥川「雛」の影響を認めた「哀蚊」は、太宰がコミュニズムに傾斜していた時の作品「地主一代」や「葉」に繰り返し引用された。とりわけ、「雛」と「哀蚊」の影響関係については既に多くの指摘[16]がある。また、新撰組の近藤勇の一日を描いた「虎徹宵話」に「或る日の大石内蔵助」の影響を見てもいいだろう。

以上のように高等学校時代の太宰作品が芥川文学の強い影響下にあったことは間違いない。なかでも中学時代と異なるのは、芥川の自殺以後の作品に、〈家〉、聖書、自殺、狂気の四つの文学的課題が見られることである。〈家〉と聖書の問題については「無間奈落」で、自殺と狂気の問題に関しては「彼等と其のいとしき母」で初めて登場するが、これらの文学的課題こそまさに〈作家〉の生き方として芥川から太宰が学び「太宰治的な発想」を形成する源泉となったものである。また、高等学校時代の太宰文学の基調として藤原耕作氏は[17]〈憂鬱〉を置き、芥川の遺書にあった「ぼんやりとした不安」との類似性を指摘する。ここにも芥川自殺の〈衝撃〉の大きさを見ることができよう。

2　「作家・太宰治」の誕生

一九三〇・昭和五年四月、太宰は東京帝国大学へ入学。間もなく左翼運動に巻き込まれ、警察から逃れるため転居を繰り返す。その渦中で唯一手放さなかった本が岩波版『芥川龍之介全集』全八巻であったという。[18]やがて一九三三・昭和八年、青森検事局に出頭。左翼運動との絶縁を誓約。ようやく「作家・太宰治」として本格的な作家活動が始まる。前章で確認したように、習作期の太宰文学は芥川文学の強い影響下にあったが、模倣の域を出るものではなかった。だが、不慣れな東京生活、激しい左翼運動、結婚問題、心中未遂事件など様々な経験を経た上での『芥川龍之介全集』耽読から作家の根幹にかかわる本質的な影響を受けるに至る。単なる影響如何の問題ではなく「作家・太宰治」を形成する〈家〉、聖書、自殺、狂気の四つの文学的課題と不可分な要素として「作家・芥川龍之介」があるのだ。そこで、「作家・太宰治」の第一創作集『晩年』から「作家・芥川龍之介」と重なる部分を確認していきたい。

まず、『晩年』のモチーフであるが、「『晩年』に就いて」や「東京八景」によると遺書のつもりで『晩年』を書いたという。確かに『晩年』の中で多くの人の死が描かれ、自殺を考える主人公が繰返し登場する所から見ても〈死〉を意識して書かれたことは明らかであり、『晩年』というタイトルも納得が行く。そのような太宰の姿は、晩年の芥川が遺書として小説を書き続けたこととも重なる。[19] まさに福田恆存が「太宰は芥川が生涯のをはりに辿りついた地點から出發してゐる」と指摘したとおりでもある。[20]

さらに、『晩年』には東郷克美氏が指摘する「逆行と変身」というモチーフがある。[21] ここでは「逆行」のモチーフが最も明確にあらわれている「逆行」という短編から考えていきたい。第一回芥川賞候補作でもある「逆行」は瀧井孝作が選評の中で、「太宰氏の「逆行」はガッチリした短篇。芥川式の作風だ」と指摘したように、芥川の影響が色濃い作品である。[22] しかも、「蝶々」「盗賊」「決闘」「くろんぼ」の四つの掌編による構成は「或阿呆の一生」に類似しており、掌編のそれぞれの主人公が老人のような二十五歳、大学生、旧制高校生、小学生と次第に若くなり、タイトルどおり時間を「逆行」していくという発想を見る時、芥川の「河童」に登場する街はずれに住む年寄りの河童が想起される。主人公が人間世界へ戻る鍵をもたらすこの河童は、老人の姿で誕生し、年ごとに若くなり、今は少年の姿をしていた。両者の類縁性は明らかであろう。

次に小説の技法に関わるものとして、「反転」がある。「鼻」や「奉教人の死」などに見られる芥川文学の特徴的な技法である。『晩年』の中では、「魚服記」「地球図」「猿ヶ島」に見られる。「魚服記」では滝に投身自殺をした少女スワが小さな鮒へと変身し、さらにその鮒も滝壺へと飛び込む。人間から非人間＝魚、死から生、生から死へと「反転」が見られる。「地球図」では日本に潜入し捕まった宣教師のシロオテの処分が結局は処刑に終わったことを悲しく物語っている。「猿ヶ島」では人間の見世物になったことに気付いた二匹の猿がロンドンの動物園から脱走する話で、「見る」―「見られる」関係が最後に「反転」する。

最後に「思い出」を始めとする太宰の自伝小説の「語り」の問題がある。「思い出」は、相馬正一氏(23)が指摘するように、表層的には太宰が自己の少年時代を率直な形で告白しているように見せながら、多くのフィクションが盛り込まれている。しかもフィクションのほとんどが芥川の「大導寺信輔の半生」を意識している。これについて宮坂覺氏(24)は「歯車」の影響を指摘する。「歯車」は自己の体験を率直に語っているように見せながら、実はフィクションを〈騙る〉小説であり、太宰の自伝小説はまさに「歯車」の方法を学んだものであるという。『晩年』の中には「思い出」の他にも「葉」「列車」「道化の華」「猿面冠者」「逆行」「玩具」「陰火」「めくら草紙」など自伝的な小説があるが、いずれも「歯車」のようにフィクションを〈騙る〉小説でもあるのだ。

3　「作家・太宰治」の活躍

一九三九・昭和十四年一月、太宰は石原美知子と結婚をする。この頃から一九四五・昭和二十年八月に敗戦を迎えるまでが中期と呼ばれる。前期の作品が、主に自殺や狂気を問題にしているのに対し、中期の作品は〈家〉や聖書の問題が中心となっている。特に聖書の問題は、芥川から継承し内村鑑三によって開眼した。「駈込み訴へ」や「正義と微笑」など直接聖書やキリスト教を題材としたり、「惜別」では苦悩の魯迅を教会へ向かわせたりと、様々な形で聖書を文学的課題としている。しかも、中期の主な作品のほとんどはパロディであり、そこに芥川との類似性が多々見られる。

中期の太宰のパロディ作品は、古典を題材としたもの、他人の日記をもとにしたもの、自己の体験をもとにしたものと大きく三種類に分けられる。第一のパロディ作品としては、西洋の古典を題材とした「新ハムレット」『駈込み訴へ』「走れメロス」や、中国の古典「聊斎志異」を題材にした「清貧譚」「竹青」、日本の古典を題材とした「右大臣実朝」『新釈諸国噺』『御伽草紙』などがある。東西様々な古典から題材を得ており、その幅広さや多様性は芥川に匹敵する。第二の他人の日記をもとにしたパロディ作品としては、有明淑の日記をもとにした「女生徒」や、太宰の友人の弟・堤康久の日記をもとにした「正義と微笑」などがある。ただし、「女生徒」にしても約三カ月にわたる日記を一日の出来事としてまとめたものであり、「正義と微笑」もマルクス主義の部分をすべてキリスト教に変えたものである。こうした他人の人生に憑依していく姿は芥川にはない。第三の自己の体験のパロディ化としては、「満願」「東京八景」「富嶽百景」「津軽」などがある。これらの作品は、前章で確認したように、自己の体験を語るように見せながら巧妙にフィクションを交え読者を〈騙る〉「歯車」の小説技法に倣ったものであり、影響関係は明らかであろう。

また、戦時下の太宰文学では〈理想郷〉[25]がしばしば描かれた。「津軽」におけるタケがもたらす「心の平和」に満ちた世界、「竹青」における烏の世界、「浦島さん」(『御伽草紙』)における竜宮城、「舌切雀」(『御伽草紙』)における雀のお宿などである。問題は、「津軽」を除き、どれも〈理想郷〉に安住するのではなく汚辱にまみれた〈俗世間〉へ戻っていく点にある。ここに芥川「杜子春」の影響を見てとれよう。「竹青」から確認したい。『聊斎志異』を題材としたこの作品は、貧書生魚容が妻との生活に耐えかねて家出をした先で、烏となり美しい妻を持ち幸せに暮らすが、再び人間の世界へと戻る話である。この時、烏の世界に安住したとすれば絶命する危険性があったことが後に明らかになる。一方、「杜子春」も人間の世界に愛想を尽かした杜子春が仙人にあこがれるが親子の情によって仙人になることを諦め、人間の世界に戻る話である。「杜子春」においても杜子春が仙人の戒めを守り一言も発しなかったら殺されるはずだったことが後に仙人から語られる。両作品の類似は明らかであろう。こうした「杜子春」と「竹青」の関係については、渡部芳紀氏の指摘[26]と、相馬明文氏の詳細な分析[27]がある。さらに「浦島さん」や「舌切雀」においても同様の展開が見られる。「浦島さん」では批評の多い〈俗世間〉に飽き飽きしていた浦島太郎が「批評のない」竜宮城へと亀に案内されるが、結局「批評のない」竜宮城での生活に飽きてしまい汚辱にまみれた〈俗世間〉が懐かしくなって地上の世界へ戻ってしまう。「舌切雀」でもお爺さんは雀のお宿で「心の平和」を初めて感じるものの結局は口うるさいお婆さんのいる〈俗世間〉へ戻る。お婆さんの死と引き換えに財産を得て出世した後も雀ではなく妻のおかげであると言い、亡くなった妻へのいたわりをわすれない。いずれも〈理想郷〉と〈俗世間〉の往還、〈俗世間〉の再認識という「杜子春」との関連性は明らかであろう。

4　「作家・太宰治」の晩年

先に言及したように太宰の『晩年』には〈死〉のイメージが散見され、「歯車」など晩年の芥川作品の影響が色濃く見えたが、実際の晩年を迎えた太宰にとって「死」はより身近でより切実な問題として迫ってきたと言えよう。と同時に晩年の芥川に対する共感もより深まったはずである。その証左としてフランソワ・ヴィヨンへの共感があげられる。「ヴィヨンの妻」は酒に溺れ盗みまで働き自由奔放に生きる夫をフランソワ・ヴィヨンに見立てて妻の視点から描かれた作品である。この自堕落な夫には太宰の自画像が投影されていることは確かであるが、ここでフランソワ・ヴィヨンを自分と同一視しているのは「或る阿呆の一生」の次の一節と無関係ではないだろう。

殊に「新生」に至っては、―彼は「新生」の主人公ほど老獪な偽善者に出会ったことはなかった。が、フランソワ・ヴィヨンだけは彼の心にしみ透った。彼は何篇かの詩の中に「美しい牡」を発見した。

絞罪を待っているヴィヨンの姿は彼の夢の中にも現れたりした。彼は何度もヴィヨンのように人生のどん底に落ちようとした。が、彼の境遇や肉体的エネルギイはこういうことを許す訳はなかった。彼はだんだん衰えていった。丁度昔スイフトの見た、木末から枯れて来る立ち木のように。…

（傍線部引用者／「四十六　嘘」／『或る阿呆の一生』）

こうした死を待つヴィヨンへの共感、あるいはヴィヨンが「心にしみ透っ」ている芥川への共感が晩年の太宰を貫くものだったと言えよう。それは「如是我聞」と「人間失格」を見てもわかる。

「如是我聞」では志賀直哉を批判する理由として「日蔭者の苦悶。／弱さ。／聖書。／生活の恐怖。／敗者の祈り。」という「芥川の苦悩」を志賀直哉が全く理解していないことをとりあげている。ここでの批判の正当性はともかく大事なことは太宰が「芥川の苦悩」に共感を寄せている点である。裏返していえば、「芥川の苦悩」としてあげている「日蔭者の苦悶。／弱さ。／聖書。／生活の恐怖。／敗者の祈り。」とは〈太宰の苦悩〉であり、芥川に仮託することで志賀直哉に自分を理解してほしいと甘えているのである。また、「人間失格」では、太宰が高校時代に芥川自殺の〈衝撃〉を通して一生の課題とした〈家〉、聖書、自殺、狂気の四つ全てが込められている。第一に〈家〉。大庭葉蔵は富裕な家に育ち、父親の権勢におびえ、母親の愛情を感じられないまま育つ。大人になってからも〈ネガティブなドンファン〉として多くの女性と交渉を重ねるものの家庭を築くことは出来なかった。「玄鶴山房」における〈家庭〉の問題と重なる。第二に聖書。本文中に直接聖書を引用した個所はないが、超越的存在としての〈神〉概念が大庭葉蔵の心の中にある。特に〈罪のアントニウム〉探しという場面では、ドストエフスキーの「罪と罰」に思い当たるが、「歯車」で主人公が聖書会社の老人から『罪と罰』を貰うことにも符合する。第三に自殺。大庭葉蔵は高等学校の生徒であった時に、カフェの女給ツネ子と心中を図り、自分だけ助かる。ツネ子と一緒に死を決意する過程や退院後の刑事や検事とのやりとりが「道化意識」を中心として戯画化されて描かれている。「歯車」「或る阿呆の一生」の〈自殺〉の意識化に対応する。第四に、狂気。「はしがき」と「あとがき」には作家らしき「私」が登場して、知り合いのマダムから小説の材料として三葉の写真と三冊のノートを手に入れた経緯と写真を見た印象が語られる。「人間失格」は「狂人の手記」という情報を持った「私」の目を通して「手記」が公開された形式を取っており、「手記」の真実性、虚構性が疑われる余地を残している。芥川の「河童」で精神病院の患者が河童の話を語ることで、河童の話の真実性、虚構性が疑われるのと同様である。瀬沼茂樹[28]の「太宰版『或る阿呆の一生』」という指摘もあり、晩年の芥川文学との親近性は明らかであろう。

おわりに

以上太宰文学における芥川受容の問題を習作期から「人間失格」まで作品を中心に概観してみた。こうしてみると「作家・太宰治」の中で「作家・芥川龍之介」がいかに大きな要素を占めているのかがよくわかる。もちろん時期によって影響の度合いも様々であるが、「作家・太宰治」の生涯を貫くものであったことは間違いない。要するに、太宰にとって芥川とは作家としての生涯の目標であったのだ。

今後の課題としては個別の作品を比較検討する必要が残されている。また、太宰と同じように芥川の自殺に〈衝撃〉を受けた坂口安吾や石川淳などのいわゆる無頼派作家[29]における芥川受容についてもまだよく解明されたとは言えない。これらの課題が解明された先に宮坂覺氏が指摘する〈芥川山脈〉の実態が見えてくるだろう。

注

（1）福田恒存『太宰と芥川』（新潮社、一九四八・昭和二十三年十月）

（2）調査した結果、六冊の単行本と五十六本の論文が目に入った。

（3）これについても福田恒存『太宰と芥川』から始まっている。特徴的なのは有島武郎や三島由紀夫も含めた自殺作家の系譜という問題であり、次の二つに分類される。

(一)　有島武郎・芥川龍之介・太宰治を比較したもの。
伊藤信吉「武郎・龍之介・太宰治―作家と死」(「暖流」一九四八・昭和二十三年九月)
橋本直久「有島・芥川・太宰」(「リベルテ」一九四八・昭和二十三年十一月)
荒正人「文学に現はれた現代人―有島・芥川・太宰について」(「ニュー・エイジ」一九五五・昭和三十年八月)

(二)　芥川龍之介・太宰治・三島由紀夫を比較したもの。
木崎凛子「文学と超越：芥川、太宰、三島を貫くもの」(「国文白百合」一九七九・昭和五十四年三月)
中村悦三「三大若手作者の精神的分析：芥川、三島、太宰の生の軌跡：特にその晩年の状況分析」(「Beacon」一九八一・昭和五十六年三月)
樋口久喜「芥川竜之介、太宰治、三島由紀夫…天才はなぜ20年ごとに自殺するのか」(「諸君」一九九〇・平成二年九月)
吉本隆明「芥川、太宰、三島、川端…江藤さんの特異な死（哀悼　江藤淳）」(「文藝春秋」一九九九・平成十一年九月)

（4）太宰治のノートや日記を一堂に　日本近代文学館」(『日本経済新聞』二〇一三・平成二十五年五月十日)
（5）相馬正一『増補　若き日の太宰治』(津軽書房、一九九一・平成三年五月)、相馬正一『評伝　太宰治　第一部』(筑摩書房、一九八二・昭和五十七年五月)、相馬正一『太宰治と芥川龍之介』(審美社、二〇一〇・平成二十二年五月)、山内祥史『太宰治の年譜』(大修館書店、二〇一二・平成二十四年十二月) などを参考にした。
（6）相馬正一『太宰治と芥川龍之介』(審美社、二〇一〇・平成二十二年五月)
（7）藤原耕作「習作期の太宰治文学―中学時代を中心に―」(「大分大学教育福祉科学部研究紀要」二〇〇六・平成十八年四月)
（8）渡部芳紀「習作期の太宰治」(「国文学解釈と鑑賞」一九七四・昭和四十九年十二月)、川崎和啓「戯曲虚勢」(『太宰治事典』学燈社、一九九四・平成六年五月)
（9）（6）に同じ。
（10）（6）に同じ。

(11) 山内祥史『太宰治の年譜』(大修館書店、二〇一二・平成二十四年十二月)
(12) 広吉功「太宰治と芥川竜之介―太宰の芥川受容をめぐって―」(「探求」一九七四・昭和四十九年一月)
(13) (6)に同じ。
(14) 大高知児「太宰治と先行文学―太宰治における芥川龍之介―」(「国文学解釈と鑑賞」一九八五・昭和六十年十一月)
(15) 渡部芳紀「習作期の太宰治」(「国文学解釈と鑑賞」一九七四・昭和四十九年十二月)
(16) 安藤宏「『哀蚊』の系譜」(「太宰治第四号」一九八八・昭和六十三年七月)、
(17) 藤原耕作「習作期の太宰治文学―高校時代を中心に―」(「大分大学教育福祉科学部研究紀要」二〇〇六・平成十八年十月)
(18) (6)に同じ。
(19) 曺紗玉『芥川龍之介の遺書』(新教出版社、二〇〇二・平成十四年二月)
(20) (1)に同じ。
(21) 東郷克美「逆行と変身―太宰治『晩年』への一視点―」(「成城大学短期大学部紀要」一九七三・昭和四十八年一月)
(22) 瀧井孝作「芥川賞選評」(「文藝春秋」一九三五・昭和十年九月)
(23) (6)に同じ。
(24) 宮坂覺「太宰治と芥川竜之介」(「国文学解釈と鑑賞」一九九八・平成十年六月)
(25) 戦時下の〈理想郷〉は、戦後になるとキリストの隣人愛を体現するものとして変奏する。
(26) 渡部芳紀「杜子春(作品論)」(「国文学解釈と教材の研究」、一九七二・昭和四十七年十二月)
(27) 相馬明文「太宰治『竹青』の終結部についての試論:『杜子春』との同調」(「郷土作家研究」、二〇〇八・平成二十年六月)
(28) 瀬沼茂樹「太宰治の世界」(「新日本文学」、一九四八・昭和二十三年八月)
(29) 宮坂覺「芥川山脈―その一素描」/『芥川龍之介その知的空間』(「国文学解釈と鑑賞別冊」二〇〇四・平成十六年一月)

江戸の音――水音・三絃・花火に聴く故郷の声

神田由美子

大川の水音

芥川文学の源流といえるエッセイ「大川の水」（大正三［一九一四］年四月一日刊『心の花』）には、十代の龍之介が大川、つまり故郷本所近辺の隅田川に聴いた「音」が、次の様に語られている。

　自分は幾度となく、霧の多い十一月の夜に、暗い水の空を寒さうに鳴く、千鳥の声を聞いた。（略）夜網の船の舷《ふなばた》に倚つて、音もなく流れる、黒い川を凝視《みつ》めながら、夜と水との中に漂ふ「死」の呼吸を感じた時、如何に自分は、たよりのない淋しさに迫られたことであらう。（略）此大川の水に撫愛される沿岸の町々を通る人の耳には（略）青く光る大川の水は、其冷な潮の匂と共に、昔ながら南へ流れる、懐しいひゞきをつたへてくれるだらう。あゝ、其水の声のなつかしさ、つぶやくやうに、拗《す》ねるやうに、舌打つやうに、草の汁をしぼつた青い水は、日も夜も同じやうに、両岸の石崖を洗つてゆく。（略）遠くは多くの江戸浄瑠璃作者、近くは河竹黙阿弥翁が、浅草寺の鐘の音と共に、その殺し場のシュチンムングを、最力強く表す為に、屢々《しば〳〵》、其世話物の中に用ゐたものは、実に此大川のさびしい水の響であつた。

続けて芥川は、「十六夜清心」（「花街模様薊色縫《さともようあざみのいろぬい》」）、「おこよ源之丞」（「夢結蝶鳥追《ゆめむすぶちょうにとりおい》」）、「鋳掛松」（「船打込橋間白波《ふねにうちこむはしまのしらなみ》」）という芝居の主人公たちの生涯と大川の「懶いさゝやき」をだぶらせ、特に渡し船の中で聞く大川の水音を懐かしがっている。だが一方で、この大川の水音に、オーストリアの世紀末作家ホフマンスタアルの詩と同様な、さびしい旋律を感じてもいる。

このような「大川の水」の描写から、芥川の「音」への感性は、自身が生い立った「明治に残る江戸」の、大川の水音に培われたことが窺われる。そして、その「江戸」を喚起する水音の裡に、「ホフマンスタアルの詩の調べ」という「西欧」の音も聴きとっていたことを忘れてはならない。芥川は「大川の水」を執筆した一高時代、頻繁に洋楽の演奏会やオペラに出かけている。明治末期の東京の知識階級にとって洋楽鑑賞は「疑似西洋体験としての(1)」共通の憧れだったが、龍之介の場合、その洋楽への関心の背後には、身についた「江戸の音」への郷愁が、常に存在していた。

芥川が「大川の水」を執筆した明治四十年代は、隅田川をセーヌ川に見立て、異国としての大川端に残る「江戸の音」を「定斎の軋《きし》みせはしく橋わたる江戸の横網鶯の啼く」(北原白秋)などと謳う芸術家集団「パン(Pan)の会」が活躍した。「大川の水」には夙に、江戸に西欧と同質のエキゾティシズムを見出す「パンの会」の影響が指摘されている。さらにいえば、「大川の水」に「江戸」と「西欧」の「詩」を聴く芥川の耳は、「隅田川を主軸とする水辺都市(2)」江戸を象徴する音として「水の音」を挙げたスイスの大使エメ・アンベールのような、幕末から明治初期に来日した西欧人の感覚をなぞっていたということもできよう。因みに芥川が一高時代に深く傾倒していたラフカディオ・ハーンも、「明治に残る江戸」を「水音」や「虫の声」で表現した西欧人だった。

事実芥川は、大正三年頃に執筆した未定稿「東京を愛する(仮)」において、自分は江戸時代の「江戸」よりも、「お菊夫人」の著者ピエル・ロティが「不二山と歌麿との国の土を踏んだ」明治十四五年の「江戸の残る東京」が最も懐かしいと述べている。だが続けて「半解な地方人によって唱へられた江戸趣味」を「膚浅」と規定し、「掘割の暗い水も岸の柳」も黙阿弥の芝居を通して眺められるのは東京っ子だけと語ってもいる。いわば芥川における江戸は、地方出身者も多い「パンの会」や在日外国人が「江戸」に抱く異国趣味、換言すれば「半解だが魅力的なジャポニズム」によって照射し直せるほど、自身と一体化した存在だった。だから芥川が大川の水音に想起された「江戸の音」は、青春期に憧れた「西欧の音」と同列のものではなく、西欧の詩や西洋音楽という「異国の音」との対照によって、一層鮮やかに体内に蘇る「故郷の音」だったといえよう。

芥川は、「大川の水」を執筆した明治四三年の山本喜誉司宛書簡で「音楽がき、たくなつた大へんき、たくなつた今日も青年会館に音楽会がある行きたいなと思つたけれどやめにした」(四月)と語る一方、「昨日は丸一日歌舞伎座で下座の三味音楽のよび起すやさしい情調を味わつてくらした」(六月四日)と述べ「黄昏のしみ〴〵寒い桔梗色の羽織に幕−合の木の鳴る音《ヲト》ぞうれしけれ(略)二上りの下座の三味こそうれしけれ」(明治四四年二月二五日付)という詩を書き送っている。

また、前述の「大川の水」の一節には、「暗い水の空を寒さうに鳴く、千鳥の声」と「夜と水との中に漂ふ「死」の呼吸」という「音」も描かれている。懐かしい景観を立体的に彩る「自然」の音と、その故郷風景に秘められた「死」の吐息。芥川文学における「江戸の音」はまず、この「自然」と「死」の声を内包する切実な「故郷の音」、「大川の水音」として作品化されていく。

二　習作に描かれた「江戸の音」

「江戸の音」という表現は、「江戸時代の音」と「江戸という都市から生まれた音」、そして「江戸時代の江戸という空間を象徴する音」という三重の意味を持っている。この複数の意味を包括するのは、三味線音楽であろう。そこで始めに、三味線音楽が作中の重要な要素となっている二つの習作「老年」と「ひょっとこ」を取り上げて見たい。

(1)「老年」——一中節

「老年」(大正三［一九一四］年五月一日刊『新思潮』)は、千鳥の声、雪の音など「自然」の音が聞こえる隅田川沿いの橋場を舞台として、主人公房さんに忍びよる「死」の吐息を対象化した短篇である。そしてこの小説には、「大川の水音」とともに、一中節という「江戸の音」が、全編に流れている。描かれた時代は大正の現代だが、橋場の料理屋で開かれた一中節の順講を扱っているので、作中には「長唄や清元にきく事の出来ないつやをかくした一中の唄と絃《いと》」という「江戸の音」の醸し出す情感が、「小春髪結い之段《こはるかみゆいのだん》」「お夏笠物狂《かさものぐるい》」「浅間の上」「花子」「道成寺」「景清」「鉢の木」などの曲名を散りばめながら、巧みに具象化されている。その情感に刺激され、今では辻番の老爺のように耄碌した房さんにも、歌沢を語り新内の流しをやり、吉原の花魁や新橋芸者や一中節の師匠と戯れた若き日の情熱が徐々に蘇る。そしてその情熱に促されるように、そっと順講の場から抜け出していく。房さんに続いて一杯ひっかけようと会場を抜けだした中州の大将と小川の旦那は、母屋のほうで、ひそひそと話す房さんの声を聞く。それは、悋気して拗ねる恋人との艶っぽい口説《くぜつ》であった。中洲の大将と小川の旦那は、「白粉《おしろい》のにほひ」の漂う濡れ場を思い浮かべて障子の内を覗くが、そこに見えたのは炬燵の上の白猫を相手に、かつての情人にささやいたような「なまめかしい語」を繰り返す房さんの、孤独な後姿だった。

「房さん」のモデルは、芥川家の一中節の師匠「宇治紫山」といわれる。紫山は「追憶」（大正一五年四月〜昭和二年二月『文藝春秋』連載）によると「酒だの遊芸だのにお蔵前の札差しの身上をすつかり費やしてしまつた」が、二三坪の庭にも植木屋を入れ、雪上りの往来で転んだ時も「褌だけ新しくつて好かつた」というほど、晩年まで江戸っ子らしい見栄を失わない人物だった。芥川家は皆一中節を熱心に習い、特に伯母ふきは名取だった。龍之介の妻文は、養父道章が退職後毎日のように一中節を浚い、正月には同好者を集めて家で会を開いていたこと、龍之介も執筆に行き詰まると「二階から降りて来て、縁側にしゃがみこみ、庭の植木などをみながら、一中節のさわりのところを、小さな声で唄」っていたこと[3]を思い出として語っている。また、大正五年五月一日付で秦豊吉に送った書簡には、芥川が創った一中節の新曲「恋路の八景」さえ披露されている。そんな龍之介を久米正雄は「隠れたる一中節の天才」と評している[4]。

一中節は、江戸浄瑠璃系三味線音楽の源流と言われる。元禄から宝永年間にかけて、初代都一中（一六五〇〜一七二四）が京都で創始し、江戸に下って確立した。一時は、「ねずみの糞と一中節の稽古本のない家はない」といわれるほど一世を風靡した。男女の機微を繊細かつ抒情的に表現し、江戸上流の町人に愛されたという。常磐津、清元、新内、富本の源流となったが、明治には既に愛好者が減少していた。中棹三味線で温雅に語る一中節は、舞台で演じられるより料亭で秘めやかに味わう座敷音楽でもあった。艶っぽいが新時代には衰退の道を辿っていた一中節の調べは、老残の身をさらしつつ往年の恋を追う房さんを描くのに、最も相応しい「音」だった。芥川は、身についた一中の調べと、大川の「水音」や千鳥・雪という「自然」の音と、親しかった師匠宇治紫山の敗残の人生を借り、この短篇で、「老年」という、明治の新しい一中節を創作したともいえよう。

⑵「ひょっとこ」——馬鹿囃子

「ひょっとこ」（大正四〔一九一五〕年四月一日刊『帝国文学』）は、大川に浮かぶ花見船を舞台として、主人公平吉の「死」を描いた作品である。この短篇も「大川の水音」とともに、「太鼓の音、笛の音、三味線の音《ね》」が奏でる「馬鹿囃子」という「江戸の音」が全編を覆っている。日本橋で絵具屋を営む平吉は、ひょっとこの面をつけ馬鹿囃子にあわせて、紅白の幕で飾られた伝馬船の上で踊っている最中、脳溢血で頓死するのである。

馬鹿囃子は江戸の祭礼囃子の別称で、江戸里神楽の馬鹿面《ばかめん》といわれる「おかめ、ひょっとこ、だるま」などの面をかぶって踊る踊りがつくため、こう呼ばれるようになったという。祭の山車の上で演奏されるが、大川の花見船、涼み船などで囃されることも多かった。川柳に「馬鹿ばやし見る人までも口を明き」と詠まれるように、馬鹿囃子とその踊りは、見物人も巻き込んで祭気分を高揚させる、陽気な「江戸の音」だった。

だが、作中では平吉の馬鹿踊りは、吾妻橋の上で花見船の騒ぎを見降ろす人々の「哂ひ」の対象にされている。「い、気なもんだぜ、何処の馬の骨だらう」「一そ素面で踊りやい、のにさ」と批評する群衆の「哂ひ声」は、馬鹿囃子という「江戸の音」を冷たく相対化する。大正の庶民は江戸の見物人のように、踊り手と同化して馬鹿囃子に酔えないのである。橋の上で哂う人々と、橋の下に居て哂われる平吉というこの対比的構図を、高橋龍夫は「鉄の吾妻橋、札幌ビールの煉瓦壁、大学の艇庫などの近代的風景の中で、馬鹿踊りで江戸を体現する平吉を懐古的錦絵として定着させ、故郷をジャポニズムの視点で捉え直す手法」と分析している。(5) 確かに、「馬鹿囃子」という「江戸の音」に合わせて踊り、〈ひょっとこ〉の面を外して息絶える平吉の最期には、江戸趣味への侮蔑だけでなく、「明治に残る江戸」を消えゆく幻景として憐れみたい芥川の、故郷への複雑な想いが込められている。

また平吉は、死に顔の脇の〈ひょっとこ〉の面に暗喩されるように、いつも嘘だけを語り、〈嘘の仮面〉を被って生きてきた人物として設定されている。しかもその嘘は意図的なものではなく、気分や周囲の雰囲気によって、口を衝いて出る嘘なのである。江戸の三味線音楽の特徴は、西洋音楽の様に明確な構成を持たず「環境とか状況とか時間の流れとかの中で成立するもの」(6) といわれるが、平吉の嘘も構成や内容のある作り話というより、その場の環境、状況、時間の流れの中で無意識に成立する「江戸の音」と捉えることが可能なのではなかろうか。さらに、「お神楽堂の上の莫迦のやうな身ぶりだとか、手つきだとかを、繰返してゐるのにすぎない」平吉の馬鹿踊りもまた、嘘の繰り返しの中で自身の実態を見失ったまま急死する、平吉の即自的生の具象化だったといえよう。「江戸時代の歌舞伎の音使いは、説明的な要素がまったくない、象徴であったり登場人物と同じであったりする」(7) ともいわれるが、嘘によってしか説明できない平吉の生涯も、〈ひょっとこ〉の面を被って踊る馬鹿囃子という「江戸の音」に象徴されるものであった。そしてその馬鹿囃子の「音」は、あたかも「大川花見の場」という歌舞伎の一幕に登場する「平吉という人物」そのもののように、作中に鳴り続けているのである。

さらに芥川は「追憶」で、小学校時代、夜学の帰りにお竹倉の藪の向うに馬鹿囃子を聞き、本所七不思議の「狸の莫迦囃しではないかと思ひ」、足を速めた思い出を記している（〈七不思議〉）。芥川の記憶の中の馬鹿囃子は、このような不条理な江戸の闇も併せ持つ「音」だった。また自身の記憶の始まりを、「江戸の昔から祖父や父の住んでゐた古家を毀」すため「玄能で天井を叩く音」や、大川の川開きに「両国橋の欄干が折れ、大勢の人々が落ちた音」

で表現してもいる〈埃〉〈川開き〉）。故郷にまつわる「音」の記憶は、不可思議な闇や破壊を伴うものであり、そのような「明治に残る江戸」の「音」の陰気な一面を映すためにも、芥川は陽気なはずの馬鹿囃子を平吉の葬送曲として用い、破れざるを得ない平吉の旧弊な人生を、馬鹿囃子という「江戸の音」に託したのである。

――「戯作三昧」に描かれた「江戸の音」

江戸の戯作者滝沢馬琴を描いた「戯作三昧」（大正六〔一九一七〕年一〇月二〇日〜一一月四日『大阪毎日新聞夕刊』連載）にも、複数の三味線音楽と、芥川が「大川の水音」に聴いた「自然」の音や「死」の吐息という「江戸の音」が、馬琴の存在や心理を象徴するものとして描かれている。この〈江戸期もの〉は、神田の銭湯松の湯の朝風呂の場面から始まる。

風呂の中で歌祭文《うたさいもん》を唄つてゐる嚊たばね、上がり湯で手拭をしぼつてゐるちよん髷《まげ》本多、〈略〉水槽《みづぶね》の前に腰を据ゑて、しきりに水をかぶつてゐる坊主頭、（略）――狭い流しには、さう云ふ種々雑多な人間がいづれも濡れた体を滑らかに光らせながら、濛々《もうく》と立上がる湯煙と窓からさす朝日の光との中に、模糊《もこ》として動いてゐる。その又騒ぎが、一通りではない。第一に湯を使ふ音や桶を動かす音がする。それから話し声や唄の声がする。最後に時々番台で鳴らす拍子木の音がする。だから柘榴口の内外は、すべてがまるで戦場のやうに騒々《さうぐ》しい。

歌祭文の唄、湯を使い桶を動かす音、話し声、番台の拍子木の音が作りだすこのような雑踏の片隅に、「垢を落している、六十あまりの」馬琴が、ひっそりと登場する。まるで馬琴だけに柔らかいスポットライトを当てたような、印象的な描写である。その馬琴は、「脂気《あぶらけ》の抜けた、小皺の多い」己の身体に「ふと秋らしい寂し」さを覚え、止め桶の湯に、鮮かに映つている窓の外の空に「死」の影を認める。馬琴はその「死」を、「忌はしい何物をも蔵してゐない」「安らかな寂滅《じやくめつ》の意識」と受け取る。だが、この馬琴の静かな心境に触れた後で、芥川は、また次のように朝風呂の騒音を描いている。

　老人は憮然として、眼を挙げた。あたりではやはり賑な談笑の声につれて、大ぜいの裸の人間が目まぐるしく湯気の中に動いてゐる。柘榴口の中の歌祭文にも、めりやすやよしこのの声が加はつた。

　ここでは「賑な談笑の声」とともに、前述の「歌祭文」以外に「めりやす」と「よしこの」という江戸の音曲も聞こえてくる。「歌祭文」は、門付芸人が世間の出来事を、面白おかしく三味線の伴奏で歌ったものである。「めりやす」は元来、歌舞伎の下座で流す長唄の独吟で、愁嘆、述懐、色模様など、台詞がなく動きの少ない場面にしんみりした情緒を加味するため唄われた。一八世紀後半、芝居から遊里に広がり全盛を極めた。「よしこの」は一九世紀初頭に潮来節《いたこぶし》が変化し、その後江戸で大流行した俗謡である。都々逸の母体となり、はやり歌の代名詞としても用いられた。

　このような、江戸庶民の愛唱する「音」によって朝風呂の賑わいを再現する手法は、式亭三馬の滑稽本「浮世風呂」をなぞっている。それは次の様に始まる。

　どよめきわたる風呂《ふろ》の中《なか》、しんめりとして枕丹前《まくらたんぜん》をうたへば六法《ろつぽう》で振《ふり》こむ裸体《はだかみ》あり。ノリ地《のりぢ》になつて角力《すまふ》の段《だん》を語れば土俵入《どへういり》の身《み》で出《で》るあり。（略）ハイ出ます子供《こども》〳〵は江戸節《えどぶし》を喊《うな》る爺《ぢい》さまにて、いつも長湯《ながゆ》の名《な》をあらはし、御免《ごめん》なさい田舎者《いなかもの》はめりやす好《ずき》の江戸子《えどつこ》にて、ざつと一風呂手巾《ひとふろてぬぐひ》を濡《ぬ》らすのみ也。されば長湯《ながゆ》も短湯《みじかゆ》も、あるは八百屋《やおや》の椽《えん》の下《した》と松坂音頭《まつざかおんど》の白声《しらこゑ》は、店向《たなむき》の新下《しんくだ》りにて、長《なが》し短《みぢか》し儘《まゝ》ならぬちよいと黄色《きいろ》なそゝり節《ぶし》はサイネエモシの合《あひ》の手《て》あり。（略）片足《かたあし》あげて諷《うた》ふもあれば踏《ふみ》はだかりてどなるもあり。居《ゐ》たり立《たつ》たりする中《なか》に、寐《ね》てててんつるの口三絃《くちざみせん》は、湯舟《ゆぶね》の隅《すみ》に屈居《かゞみゐ》る芸《げい》なし猿《ざる》の戯《たはぶ》れ口《ぐち》。神祇釈教恋無常《じんぎしやくきやうこひむじやう》みないりごみの浮世風呂。所《ところ》はいづくと定《さだめ》ねど時候《じかう》は九月《ぐわつ》なかばの頃《ころ》

（諢話浮世風呂前篇《おどけばなしうきよぶろぜんぺん》　巻の上）(8)

長唄「枕丹前」、浄瑠璃「関取千両幟」、江戸節（河東節）、めりやす、松坂音頭（伊勢音頭）、そそり節、口三絃《くちじやみせん》という様々な「音」とともに、秋の朝風呂の光景が立体的に活写されている。多彩な「江戸の音」によって江戸庶民

の生態を写したこの「浮世風呂」の世界を借りることで、芥川は、市井のざわめきから距離を置き、湯に映る秋の情景に「死の影」を追う馬琴の、静謐な孤独を際立たせたのである。

　ところが、その「安らかな寂滅の意識」は、馬琴の愛読者を自称する近江屋平吉の呼びかけによって破られる。この江戸の「平吉」もまた、〈ひょっとこ〉の面の脇で死んだ大正の「平吉」同様、「平」凡ゆえに「お目出度い」人物である。彼は、馬琴が執筆中の八犬伝を傍若無人な大声で褒めた後、馬琴を「日本の羅貫中《らくわんちう》」と称え、下卑た笑い声をあげる。まさに、贔屓の引き倒しといえる言動である。その上、その笑い声に反感を覚えた「眇の小銀杏」が、癇高い声で馬琴の著作を「唐の物の焼き直し」と毒づくのを聞いた馬琴は、不愉快な気持ちで銭湯を出る。だが、下等な人々の言葉に心を乱した自己を恥じ秋空を仰いだ時、「朗らかな鳶の声が、日の光と共に」落ちて来るのを耳にする。すると「今まで沈んでゐた気分が、次第に軽くなって来る」。帰宅後、狡猾な出版元「和泉屋市兵衛」のしつこい原稿依頼に再び機嫌を損ねた馬琴は、もう一度「遥な青空の向うから、時々笛を吹くやうに落ちて来」る鳶の声を聞き、平常心を取り戻す。

　また敬愛する親友渡辺崋山との心和む会話には、「秋の日の静な物音」が背景として描かれる。そして崋山の帰った後で、八犬伝の稿に行き詰った馬琴は孫の太郎の無邪気な笑い声に救われ、「秋を鳴きつく」す蟋蟀《こほろぎ》の声に包まれながら「嵐のやうな勢で筆を駆り」、恍惚たる〈戯作三昧〉の境地に入って行くのである。

　「歌祭文」「めりやす」「よしこの」という音曲が混じり合うざわめきの中で、ふと捉えた「死」の吐息。また生命の象徴のように響いてくる「孫の笑い声」や「鳶と蟋蟀の鳴声」という「自然」の音。芥川はこの〈江戸期もの〉でも、自らが「大川の水音」に聴いた「死」と「自然」を内包する「江戸の音」への郷愁を、巧みに作品化しているといえよう。

芝居・花街《かがい》・花火の音

芥川は度々、「江戸趣味に興味がなく、芝居にも滅多にドラマティック・イリュジョンは起す事が出来ない」(「あの頃の自分の事」大正八年一月一日『中央公論』)と述べている。さらに自己を託した〈保吉〉に、「芝居だの芸者だの(略)八百善だのは小奇麗に見えれば見えるだけ、一層土足に蹂躙したい」(「紫山」)とさえ語らせている。だが二歳頃から家族と歌舞伎に通い、花柳界に出入りして江戸風の美意識を身につけた龍之介は、芝居や遊里で聴いた「江戸の音」の情感を、短歌に美しく結晶させている。

仲助の撥のひゞきに蝋燭の白き火かげに秋はひろがる(大正二年八月二九日付、井川恭宛書簡)

なれあれば共に涙やながすらむ今蘭蝶ぞうたひ出ぬる(大正二年九月五日付(推定)、井川恭宛)

春漏の水のひゞきかあるはまた舞姫のうつ遠き鼓か(大正三年七月(推定)、井川恭宛書簡)

独吟の春になやめるけはいより舞台の桜ちりそめにけり(同書簡)

夏の夜は更《ふ》けねとうたふ清元の三味を求《と》め来しわれならなくに(未定稿短歌「烏羽玉の(仮)」、大正四年頃)

人泣くとうたがひにつゝ来て見たる茶屋の二階の騒ぎ唄はも(同)

これやこの新吉原の小夜ふけて辻占売りの声かよひ来れ(同)

仲助の撥のひゞき、新内の「蘭蝶」、舞妓の打つ鼓、春狂言の独吟、清元の高調子、茶屋の騒ぎ歌、吉原の辻占売りの声などの「音」で、龍之介は、吉井勇の「新内《しんない》の唄《うた》のなかよりぬけ出《い》でてきたりしごとく君はかなしき」〈紅燈〉の一首に代表されるような「歓楽の後の悲しみ」を表現している。

また、狂言「大経師昔暦」に因んだ詩でも、雪中の芝居太鼓という「音」によって、東京に残る江戸を謳っている。

「情話」

（略）

唯　茂兵エは　かう思つてゐる。

「おさんは　泣いてゐる。」とね。

――東洋のLONDON 東京の往来では

雪の中を　芝居の太鼓が鳴つてゐる――　（一五・九・一六）

さらに加藤郁乎は、「澄江堂俳句には、江戸趣味ゆたかの大きな川が淡々と流れている」と指摘して、龍之介の「八朔の遊女覗くや青簾」と大叔父細木香似の「針持つて遊女老いけり雨の月」の句に、共通の「江戸の音」を見出している。[9] 芥川は、「耳の俳人」といわれる松尾芭蕉の「元禄びとの調べの妙」（「発句私見」大正一五年［一九二六］七月一日刊『ホトトギス』）を分析できるほど、自ら優れた聴覚を持つ俳人だった。だから芭蕉の「元禄の調べ」だけでなく、縁者である香似の「江戸末期の調べ」も当然のように身に付け、江戸好みの「音」が響く瀟洒な俳句を多数詠んでいる。このように見てくると芥川は、韻文の中では素直に、芝居や遊里が生み出す「江戸の音」の情趣を謳いあげていたといえるだろう。

そして、芥川の「江戸の音」への郷愁を語る際に「水音」とともに忘れてはならないのが、川開きの「花火の音」である。龍之介には、花火に関する次のような俳句や詩がある。

俳句

明眸の見るもの沖の遠花火　　遠花火皓歯を君の涼しうす
花火より遠き人ありと思いけり　　かた恋もなんの花火とくだけけり
散る花火水動けども静なり　　夜をひくき火の見やぐらや遠花火

詩「花火」

夜半の川べに着て見れば　水のもをこむる霧の中
花火は空に消えにけり　われらが末もかくやらん

命や恋の儚さとともに描かれる「花火」への想いは、〈開化期もの〉の傑作「舞踏会」の「我々の生《ヴィ》のような花火」という仏蘭西将校の言葉につながるイメージである。江戸時代の花火は「光も弱々しく、色もいわばマッチの軸が燃える色」[10]だけだった。だから江戸っ子は視覚よりむしろ聴覚で、夏の夜空に響く豪快な花火を楽しんでいた。この大川に揚がる花火の音も、懐かしいが哀しい「故郷の音」、「江戸の音」として、龍之介の耳に焼きついていたと思われる。

最晩年の昭和二年、芥川が故郷である「本所両国」を訪れた時、そこは既に三絃の調べの代わりに、新しい橋や建物を造る工事の音に満ちた空間だった。そして彼は久しぶりの故郷で聞いたこの新時代の音、つまり民衆の打ち下ろす「ハンマアのリズム」(「侏儒の言葉」(遺稿))こそ、芸術を永遠に持続させる「音」だとして、「江戸の音」を秘かに愛しんだ自らの生を閉じた。だが芥川が自裁した七月二四日の前夜、故郷では「曇天をついて、両国の花火が打ち上げられてい」[11]た。昭和と云う新時代の「東京の音」、「民衆の打ち下ろすハンマアのリズム」に敗れるかのように生涯をとじた芥川が最期に聴いたのは、その響きから逃れようとしつつ、それ故に執着した「江戸の音」、「大川の水音」の上に揚がる「花火の音」だったのである。

注

(1) 秋岡陽「芥川と音楽——芥川龍之介の聞いた音楽会」(『芥川龍之介作品論集成別巻』[二〇〇一年三月二〇日刊、翰林書房]所収)

(2) 内藤高『明治の音——西洋人が聴いた近代日本』(二〇〇五年三月二五日刊、中公新書)。なお、エメ・アンベールは、文久三年二月[一八六三年四月]から十カ月間、スイスの特命全権大使として修好通商条約締結のため日本に滞在した。

（3）『追想　芥川龍之介』（一九七五年二月一五日刊、筑摩書房）
（4）「芥川龍之介の印象」（『新潮』一九一七年一〇月号）
（5）「ひょっとこ論　ジャポニズムの片鱗」（『芥川龍之介研究年誌　5』二〇一一年七月三〇日刊）
（6）（7）田中優子『江戸の音』（一九八八年三月一五日刊、河出書房新社）
（8）『新日本古典文学大系　86』（神保五彌校注、一九八九年六月二〇日刊、岩波書店）
（9）「澄江堂の俳味」（『芥川龍之介全集　二四巻』月報）
（10）小勝郷右『花火——火の芸術』（一九八三年七月二〇日刊、岩波新書）
（11）コラム「両国の花火」（『新文芸読本　芥川龍之介』一九九〇年七月三一日刊、河出書房新社）

西洋音楽――西洋音楽の受容に関する考察のために

庄司達也

執筆していて、考えがとぎれた時など、二階から降りて来て、縁側にしゃがみこみ、庭の植木などをみながら、一中節のさわりのところを、小さな声で唄っておりました。

芥川文述、中野妙子記『追想　芥川龍之介』（一九七五・二、筑摩書房）

右の文章は、芥川龍之介の妻である文の回想記に綴られた、龍之介が歌う唱歌にまつわる新婚時代のエピソードに続く一文である。[1]

龍之介が一中節に親しんでいたことは、彼の作品として「新曲恋路の八景」が残されていたことからも知られる。友人の秦豊吉に宛てた一九一六年五月一日付の書翰に残されたこの「新曲恋路の八景」は、芥川が「吉原八景」を本歌として作詞した替え歌である。一中節宗家十二世都一中により、二〇〇三年二月二六日に東京・紀尾井小ホールでその原曲「吉原八景」とともに演奏、披露された。同人誌『新思潮』のための創作活動に追われながらもウィリアム・モリスに関する卒業論文をどうにか書きあげ、四月三十日を期限とする大学への提出を終えての解放感に浸りながら作詞したのだろうこの一中節を、「この曲渋くして余情ありまことに江戸趣味の極まれるものと存候御高覧の上は久米へも御序の節御見せ下さる可く小生一世一代の作と云ふばかりにてもその位の価値は可有之と愚考仕候まづはとりあへず新曲御披露まて《ママ》」と自賛する。茶目っ気のある青年のしかも友人に宛てた書簡の一文とは云え、ここまでの自信は、どこから来るものなのだろうか。親しい友人の一人ではあるが、当代の人気歌舞伎役者七代目松本幸四郎の甥にあたる秦豊吉が相手であることを考えれば、それなりの知識とそれ相応の経験、鑑賞眼が無ければ、なかなか書けない文言でもあろう。第一高等学校からの友人である久米正雄は、芥川の多才さに言及して、「最後に、特筆大書すべき事は、彼が隠れた一中節の天才で、嘗つて聞きやう聞真似の節廻しを、思はず独りで口誦んでゐた処、家の人々が教はつてゐた宇治紫山に盗み聞きをされ、先生から大いにお賞めに与り、正式に習ふことを薦められて困つたさうである」(2)と綴っている処から推せば、やはり相当の力量があったのだと考えた方が自然であろう。久米によれば、「要するに彼は、何でも『出来ない』と云ひたくない男である。何でも『知らない』と云ひたくない男である」とのことだから、恐らくは、一中節に対する向き合い方もまた、この久米の証言が示すような処からのものなのかも知れない。ただ、先の久米の言にもあるように、芥川家の人々は宇治紫山に一中節を習っていたわけで、田端の地への転居に際しても一中節の同門の宮崎直次郎の紹介であったことは知られており、また、龍之介が若い頃に発表した「文学好きの家庭から」(『文章倶楽部』一九一八・一。原題「自伝の第一頁(どんな家庭から文士が生まれたか)文学好きの家庭から」)にも「父には一中節、盆栽、俳句などの道楽がありますが、いづれもものになつてゐさうもありません」とあるように、一中節は幼い頃から身近にあり、常に触れていたものであったことから、自然に身に付いた芸事であったのだろう。

父(養父の道章)を紹介するこの部分は、自らが江戸趣味の濃い家に生まれ育ったことを明らかにする言葉でもあるのだが、この江戸趣味という言葉に収まりきらない趣味の範囲が、龍之介の事蹟には認められる。そこに、当代の余裕のある下町の中流家庭の子――しかも最高学府で学ぶという高等教育を受けた者に許された(課された)教養の受容の一典型を認めるべきだと考えるのだが、或いは、久米の云う「何でも『出来ない』と云ひたくない男である。何でも『知らない』と云ひたくない男」という、龍之介自身の性格に関わることがらとして把握すべき何ものかが強く働きかけているのかも知れない。

＊　＊　＊

十一月もそろそろ末にならうとしてゐた或晩、成瀬と二人で帝劇のフイル・ハアモニイ会を聞きに行つた。行つたら、向うで我々と同じく制服を着た久米に遇つた。その頃自分は、我々の中で一番音楽通だつた。と云ふのは自分が一番音楽通だつた程、それ程我々は音楽に縁が遠い人間だつたのである。が、その自分も無暗に、音楽会を聞いて歩いただけで、鑑賞は元より了解する事も頗怪しかつた。

「あの頃の自分の事」(『中央公論』一九一九・一)

「以下は小説と呼ぶべき種類のものではないかも知れない。さうかと云つて、何と呼ぶべきかは自分も亦不案内である。自分は唯、四五年前の自分とその周囲とを、出来る丈こだはらずに、ありのまま書いて見た。」「事実の配列は必しもありのままではない。唯事実そのものだけが、大抵ありのままだと云ふ事をつけ加へて置く。」と、その作品の冒頭に掲げられた作中の言葉を、そのままに事実として読んで良いものか否かを今は問わない。ただ、この小説にこのように書くことができるほどの経験が龍之介に実際にあったのだと認めることは、取り敢えずは許されることだろう。それは、前章で引いた久米の証言にあるようなことが理由としてあったとはしても、龍之介がその若い頃から熱心に、積極的に同時代芸術に触れていたことが、友人等に宛てた書翰などからも多く知られることだからである。

友人等に宛てた書簡の情報を論の柱として龍之介の西洋音楽体験とその意味を論じたものに、秋岡陽「芥川龍之介と芸術　芥川と音楽」(『芥川龍之介作品論集成　別巻　芥川文学の周辺』二〇〇一・三、翰林書房)がある。「1　東京フィルハーモニー会」、「2　帝国劇場開幕」、「3　ユンケルとペッツォルト夫人」、「4　西洋人演奏家によるさまざまな音楽会」、「5　山田耕筰と芥川龍之介」、「6　繁忙を極める日常の中で」との六章を立て、龍之介と西洋音楽との関わりの実際を、当代の西洋音楽受容の情況を視野に収めながら詳細に論じている。芥川龍之介と西洋音楽とのテーマで論じる際の必読文献の第一であるこの論は、以下のように綴ってその論を結ぶ。

芥川が、当時かなり積極的に音楽会に通っていたことがわかる。そしてその通った音楽会は、明治末から大正期にかけての日本で行なわれた西洋芸術音楽の演奏会のなかで、あるひとつの傾向を示すものだった。彼が通った音楽会、それは、新興の産業資本家たちの趣味を反映した、疑似西洋体験としての音楽会だった。そこに登場した音楽家たちは、当時の東京で考え得る最高水準の演奏技術をもつ西洋人音楽家たち。そのころ、西洋芸術音楽を本当に理解できる日本人はまだ限られていたが、そうしたなか、芥川は「西洋らしい心もち」を求めて、こうした音楽会に精力的に通ったのだった。

秋岡論が指摘したように、芥川が友人等に宛てた書翰で確認される音楽会への言及は、第一高等学校時代と東京帝国大学時代に集中している。これは、絵画芸術や演劇などに対する言及がその生涯を終える一九二七年までおおかた途切れること無く続いていることを思えば、龍之介の芸術受容の全般から見て特徴的なことだと云えるのかも知れない(3)。もっとも、西洋音楽への関心がそこで終えられたものでないことは、例えば、一九一九年六月二〇日付の岡栄一郎宛書簡に「聞けばピアストロの音楽会は青年会館にかかつた由　何だか狐につままれたやうな愚な気がする　こんどの日曜は赤い鳥の音楽会へ参れば留守なり」とあることから、龍之介の内部でしっかりと継続されていたことは容易に想像される。

このピアストロの演奏会についての記述は、当時の動静を綴った「『我鬼窟日録』より」にも記されている(4)。そこでの記述によれば、六月二二日、あいにくの雨模様だったようだが、龍之介は鈴木三重吉の主宰する雑誌『赤い鳥』が主催した帝国劇場での「『赤い鳥』一周年記念山田耕作氏歓迎出征日本軍隊慰問『赤い鳥』音楽会」と、慶應義塾大学で催されたヴァイオリニストのミシェル・ピアストロのコンサートに出かけたとのことだ。

帝国劇場では、南部修太郎、江口渙夫婦、小島政二郎の姉らに遇ったようで、彼らと「東京ランチへ行く」との記述が残されている。また、前年に龍之介は慶應義塾への就職を望んで小島政二郎を介しての運動を行ったことが知られているが、「『我鬼窟日録』より」には井汲清治、沢木梢ら慶應の教官に会ったこと、主催者の鈴木三重吉が龍之介らに喫茶をおごったらしいことなども記されている。

この演奏会では、成田為三「かなりや」(西條八十作詞)、同「夏の鶯」(三木露風作詞)、石川養拙「あわて床屋」(北原白秋作詞）らの独唱に加えて、山田耕作の指揮による管弦楽曲として、近衛秀麿の「オーヴァチュア（前奏曲）」、マクドーウェルの「管弦楽組曲」、チャイコフスキーの「交響曲第四番」などが演奏された。三重吉は、「『赤い鳥』音楽会開催について」（『読売新聞』一九一九・六・二二）で、次のような談話を残している。

（前略）私としては不遜のやうに思はれたが、他に山田君の為めに音楽会を催す人もないやうだから、「赤い鳥」の童謡発表としての音楽会に山田君にも御迷惑を願ったわけである。

山田氏は十分の確信を持つて其の楽団の演奏を引き受けてくれたのである。曲目は総て十曲で、それは総て日本では最初の演奏曲ばかりである。あの曲目の中で、チャイコウスキー氏の作の如きは真に傾聴するに値ひするものであらう。それからもう一つの聴き物は米国現代の作曲家として有数な人スキルトン氏の作曲した、アメリカン・インディアンの舞踏曲のそれであらう。

三重吉の言葉にあるように、このコンサートは画期的な催しであったようで、右に続けて「最後に日本で純粋の芸術家の作つた詩や歌が作曲されて音楽会として唄はれるのも或る意味からは初めてであると言はれよう」とその意義を強調する。龍之介がこのコンサートに出かけたのは、前年の七月に創刊された『赤い鳥』に「蜘蛛の糸」を発表し、この年の一月には「犬と笛」を寄稿してる縁からか、或いは、文壇での付き合いを重視していた処からの出席であったのかも知れない。また、この年の三月に大阪毎日新聞社の社員となり「不快な二年間」（「入社の辞」未発表）に終わりを告げた解放感を伴いながら、待望していた東京での生活を具現化したようなこの催しの招待に答えたのかも知れない。いずれにせよ、ここでの三重吉の言に従えば、龍之介はチャイコフスキーの「交響曲第四番」の日本初演に立ち会ったことになる。もっとも当日のプログラムによれば、演奏されたのは「（い）アンダンテイノ、イン、モド、カンツオーナ」、「（ろ）スケルツオ」とあるから、第二楽章と第三楽章の部分演奏であったことになる。龍之介は、この日の管弦楽団の演奏に対して大変に厳しい評言を与えており、「『我鬼窟日録』より」で「オーケストラの連中練習足らず。甚危うげなり」と記す。「我鬼窟日録」でも同様の記述を残しているが、雑誌『音楽』（一九一九・八）に載った「山田耕作氏歓迎音楽会（主催　赤い鳥）」の評者は、「日米協会々長の金子子爵岩崎男爵の賛助で内外の貴紳の来場多く非常な盛会であつたばかりでなく、殊に管弦楽員が諸々方々から急に集めて来られた人々で十分の練習の余裕がなかつたにも拘らず山田耕作氏の洗練された指揮の下に従来此国では聴かれなかつた効果強い演奏をすることが能きた」と綴り、当夜の音楽会の成果に対して一定の評価――好意的な評を寄せている。もっとも、先に記したチャイコフスキーの「交響曲第四番」については、「チャイコフスキーのよいが、これで人を首肯させるにはまだ管弦楽員の方を考へなければならない」と、龍之介の感想に通ずる評価を与えてはいる。誰でも解る程の拙さがあった演奏だったのか、或いは龍之介の鑑賞眼が秀でているために的確は評価が与えられたのか、これだけの情報では即断は許されないが、このような事実を踏まえれば、「あの頃の自分の事」での言葉を龍之介の謙遜と捉えても良いように思われるのである。

龍之介の西洋音楽への関心が高かっただろうことは、この日の彼の行動を確認することで、その一面に於いてではあるが説明できそうである。先にも述べたように、この日、龍之介は帝国劇場での「『赤い鳥』音楽会」の後に、三田にある慶應義塾大学で催された「告別演奏会」聴いた。南部修太郎との夕飯を銀座の風月堂でとり、午後七時からの演奏会に向かったのである。慶應義塾オールホワイトボーイズ、体育部が主催したこのコンサートは、大学の奏楽堂（大講堂のことか）で行われたものだが、なるたけ多くの聴衆に聞いて欲しいとのことで、「入場料一円均一」（『朝日新聞』一九一九・六・二二）とされた。龍之介がこの日の演奏会をいつ知ったのか、ということも事実として確認せねばならない。それは、先に掲げた岡栄一郎に宛てた書翰の文面にこの演奏会のことが記されていないからだ。すなわち、六月二〇日の段階では、二二日の予定として伝えられているのが「『赤い鳥』音楽会」のことだけだからである。『朝日新聞』の記事にしたがってこの演奏会の告知を確認すれば、五月三一日の告知記事で帝国劇場での三、四、五日の演奏会の開催が伝えられ、六月一三日には、以下の記事が掲載される。

露国楽の夕べ　去る十日の夜神田青年会館に於てベートヴェンのムーンライトソナタ及シヨパンの夜の曲並

にボロ子ーズ聴衆をした丶か喜ばしたるミロウイツ氏とサラサーテのチゴイ子ルワイゼンにヴアイオリンの絃の妙を尽したる調を聞かせたるピアストロ氏は好楽家の望みにより再び十六日午後七時半より今回は更に希望のま丶露国作曲家の物の中有名なる曲を撰びて演奏する事となれり

右の記事により、一〇日と一六日の二日間、ピアストロとミロビッチの演奏会が催されたことがわかるのだが、龍之介が「何だか狐につままれたやうな愚な気がする」と岡宛の書翰に記したのは、どちらだか判らない。しかしながら、『朝日新聞』の六月一六日に載った慶應での演奏会の開催を知らせる「慶應の音楽会」、その二日後の一八日に載った演奏会の日程の変更を知らせた「演奏会」の記事を、龍之介が眼にしていなかったことだけは明らかなことであるようだ。二〇日に岡栄一郎に手紙を認めていた時には知らなかったピアストロらの演奏会を、いつ、誰から知らされたのか、或いは自ら知ったのか、今、我々が手にしている資料からでは説明することは叶わない。しかしながら、二〇日から二二日の当日にかけてのこの短い時間の中で知った演奏会に対して、昼にたいそうな演奏会を聴いているにもかかわらず出かけて行ったということは、龍之介が如何に音楽会を――西洋音楽を自らの楽しみの一つに数えていたかがうかがわれることがらである。(6)

＊　＊　＊

兄貴はどういう方法でぼくに影響を与えたかというと、わが家に蓄音機とレコードがあった。ビクトローラーという蓄音機で、発条を回して下のラッパが出てくる。

不思議なんですけれども、レコードをよく覚えているんです。モーツァルトの「魔笛の序曲」とショパンの変ホ長調の夜想曲と、それからブルンスウイック・レコードでシュトラウスの「サロメの踊り」。それが昔のSPレコードで一枚ずつあった。あと残りがストラヴィンスキーだったんですよね。ストラヴィンスキーの「ペトルーシュカ」と「火の鳥」。

「芥川也寸志、芥川也寸志を語る　―未公開対談(7)―」

芥川龍之介が友人等に送った書翰が、彼の西洋音楽受容の一端を知らせる貴重な資料の一つであることは、本稿でも述べてきたことがらである。そこには、若き龍之介が友人等と共に聴きに行った、或いは友人等に聴いた感想を伝える記述が多く確認されるのである。稿者は、一九一五年六月二九日に京都に住む井川恭に宛てて出された書翰もその一つであると考えてきたのだが、これは訂正する必要のある情報であると今では考えている。前掲の「注３」で示した拙稿「芥川芸術鑑賞年譜」で、慶應のワーグナー・ソサエティの演奏会とした事項だが、これは、前掲の秋岡陽論が既に指摘しているように、該当する演奏会が確定されてはいない。拙稿に限って言えば、不確かな情報を元に記述した事項で有り、この機会に訂正の必要のあることを記しておきたい。

さて、そこで、この書翰の記述であるが、以下のように綴られている。

こないだワーグネルを五つ許りきいた　二つばかりよくわかつた　トリスタンとイソルデはいゝな　あんなものをかいてバイロイトに総合芸術のtempleを建てやうとしたのだと思ふと盛な気がする

この記述にあるワグナー体験を演奏会でのものとすることは、非常に難しいことなのではないだろうか。演奏会の形式にもよるが、ワグナーの楽曲を五曲まとめて聴く機会を持つことは稀であろう。そうだとすれば、ここで検討すべきは、蓄音機とＳＰレコードによるワグナー体験ということになる。もっとも、当時の芥川家は蓄音機を所有してはいなかったようだから、先ずは、誰か、或いはどこか龍之介の周辺で蓄音機を所有し、共にＳＰレコードを聴いた経験を共有した人物や場所を特定せねばならないだろう。しかし、残念ながら、これまでの調査でそのことを明らかにすることはできていない。今後の調査をまたねばならないことがらの一つである。

ところで、本章の冒頭に掲げた芥川也寸志の発言は、芥川家にあった蓄音機とＳＰレコードにまつわる思い出話である。この外にも、也寸志と長男比呂志が出席した中島健蔵との座談会「芸術家父子」（『文芸　臨時増刊　芥川龍之介読本』）での発言があり、芥川瑠璃子『青春のかたみ　芥川三兄弟』（一九九三・一一、文藝春秋）にも、蓄音機とＳＰレコードに関しては、ドビュッシーやプーランクなどの名前を出しての同様の記述がある。しかしながら、これまでの稿者による調査を踏まえて言うならば、それら回想記の中で言及されてきたレコードと蓄音機は芥川家には残されていたが、それらが誰の所有の品であったかは判然とはしていない中で龍之介の旧蔵品との憶測が一人歩きをしているような印象を持つ。也寸志自身が「いろんな人に聞いてみたけれど……よくわからないが、おやじが聴いたんだろうと思う」と語る処が不思議で、恐らくはこの「いろんな人」には母の文も入れられるのであろうが、それでも、座談会やインタビューの現場などでは、龍之介の旧蔵品という話のベースが出来上がり、そこに疑念は抱かれないで座談が進んでいる。そこに立ち止まる話者はいない。このことについては、既に拙稿「芥川家に残されたレコードのことなど」(『芥川龍之介研究年誌4』二〇一〇・九)で報告をしているのでここでは詳しく繰り返すことはしないが、芥川家所蔵のＳＰレコードの多くが、龍之介の没後に録音、販売されたものである可能性が高い、ということだけは指摘、確認しておきたいことがらである。

＊　＊　＊

芥川龍之介に於ける西洋音楽の体験とは、幼いころからの家庭での芸術体験をベースに、第一高等学校や東京帝国大学という場において、知的なものに対する好奇心の旺盛な友人等との交流の中で培ってきたものとして捉えて行くべきなのだろう。

とすれば、これらを詳細に検証した後の次の課題は、恐らくは、竹内栄美子「音楽　詩的情念を熱望する」(『解釈と鑑賞　別冊　芥川龍之介その知的空間』二〇〇四・一)で「芥川龍之介の西洋音楽は、若い頃の体験にとどまるものではなく、小説と詩のはざまにいたこの作家の根本に関わるものであったとみていいだろう」と指摘した評言に対する検証を含む再検討であるべきだろう。本稿ではその余裕も準備もないが、一個の作品が独立した形で論じられることの多い芥川文学の研究に於いて、芥川龍之介の事蹟を丹念に探る伝記研究と芥川文学をより精緻に読解しようとすることの二つの方法をめぐる問題系の狭間にある欠くことのできない課題として見据えておきたい。

注

（1）新婚時代のエピソードとは、以下のこと。

「私達が結婚してはじめて鎌倉の大町に住んでいた頃、たまたま東京から、甥や姪が遊びに来ました。／私は、その幼い姪や甥を相手に、童謡や唱歌を、女学生のようにうたいました。／歌がはずんでいるので、主人も珍しく引き込まれてうたい出しました。／どうも唱歌など知らないらしく、全然調子がはずれていておかしいのです。／三男が音楽をしておりますので、昔のその話をしたことがあります。／それ以来、三男は鬼の首でもとったように、主人のことを、「父は音痴で、調子はずれの一中節を時々うたったりしたそうです……などと、ときどき話したりしているようです。／主人のその時の調子はずれは、自分の知らない童謡などに合わせたので、調子がわからずそうなったようでした。」

（2）「隠れたる一中節の天才」（「芥川龍之介氏の印象」『新潮』一九一七・一〇）

（3）拙稿「芥川芸術鑑賞年譜」（前掲『芥川龍之介作品論集成　別巻　芥川文学の周辺』）で、龍之介の生涯の芸術鑑賞に関する体験について編年体でまとめた。

（4）『サンエス』（一九二〇・三）に発表された日録。一九一九年五月二五日から一〇月一日まで断続的に記された日録（「我鬼窟日録」）から抜粋したものを発表。青年作家の日常を意図的な削除と加筆とが加えられて発表された。

（5）鈴木三重吉が米国にいた小池恭に宛てて送った一九一九年八月二二日付の書翰には、「こないだは帝劇を借りて音楽会をやり、満員で二〇〇円だけの足しでスミ、大に世間をおどかしてやりました」と綴られている。

（6）演奏会の当日の『朝日新聞』（一九一九・六・二二）には、以下の記事が載っている。

　　告別演奏会　露国音楽家ミロウイツチ、ピアストロ両氏告別の演奏会は今日午後七時より三田慶應義塾の楽堂に開く筈なるが成可く多くの人に聴かせん目的を以て入場料一円均一をし曲目は名作を選み演奏も聴衆の望みに応ずべしと

或いは、龍之介はこの記事を見て当日に演奏会へと向かうことを決めたのかも知れず、また、「『赤い鳥』音楽会」の会場で遇った誰かから情報を得て、南部を誘い、或いは南部に誘われ、三田へと向かったのかも知れない。いずれにせよ、この年に二度目の来日を果たした世界的に活躍する演奏家であるヴァイオリニストのピアストロ、ピア

ニストのミロヴィッチへの興味、関心は、演奏会の梯子、という形で充たされたのである。

（7）『芥川也寸志　その芸術と行動』（一九九〇・六、東京新聞出版局）。「きき手・秋山　邦晴（一九七二年六月・東京・成城の芥川氏宅で）」）とある。

韓国——芥川龍之介研究の昨日と今日

河　泰厚

韓国の日本文学研究は、おそらく韓国で行われた日本語教育と軌を一にするとみても構わない。韓国での日本語教育は一九六一年までさかのぼる。一九六一年は韓国外国語大学に日本語科が、その翌年は、国際大学（現西京大学校）の夜間部に日語日文学科が開設された。その後、一九七三年まで日本語教育が重要視されなかった理由は、当時の社会の中枢的な役目をしていた世代は日帝植民地時代に日本語を国語として勉強したため、正常に学校教育を受けた人々には別途の日本語教育が必要ではなかったからである。しかし一九七〇年代が過ぎると日帝植民地時代に教育を受けた世代が引退するようになり、実際に社会を動かす世代が戦後世代に代わるため、日本語教育をしなければならない時点に至った。そのため、一九七三年に高等学校で第二外国語として日本語が採択されるようになった。一方、大学で実施された日本語教育は純粋な日本文学ではなかった。大学の日本語教育は高等学校の教師養成と、日本語を手段として社会の要求に応じようとする、両方の目的が主であった。それゆえ、韓国の日本語教育は相当な進展があったが、純粋な日本文学研究自体の歴史はそれほど長いとは言い難い。

二〇一二年、大学教育における日本語教育の現況を見れば、韓国の四年制の約二〇〇余の大学の中で日本関係の学科がある大学がほぼ半分の一〇〇校を越え、その中、五〇余の大学には大学院で日本関係の専攻が開設されている。二・三年制の一三〇余の専門大学の中では四〇余の大学で日本関係の学科が設置されている。以前には四年制大学では日語日文学科が主であり、専門大学では日本語科が大部分であったが、日語日文学の非効率性によって、日本全般に関して教育する、日本学の方に多く傾きながら学科の名称も多様になった。

問題は教授要員にもある。韓国国内では修士・博士過程の大部分が日語日文学科である。日本に留学する場合も、大部分が（日本）国語国文学科や日本文学科で学んで学位を授与された。このような教育を受けて帰国して教壇に立つようになれば、自分が教育を受けたこととは何ら関係のない授業を進行しなければならなく、研究も自分が教えていることとは無関係にしなければならない。すなわち、自分が学んだことと教えることと研究することとの間で大きな乖離が生じる状態になる。このような実情の中で生産される論文というのは、何のためかと自問自答をしなければならない実情に置かれているのが、現在の韓国における日本語日本文学界の位相である。

外国の作家が他国でどれほど影響を及ぼすのかというのは、二つの観点から眺めることができる。第一は、一般大衆がどの作家のどのような作品を多く読むのかという問題と、第二は、学者や専門家がどのような作家のどのような作品を研究の対象として取り扱うのかという問題である。この二つは分けて考えることが望ましい。したがって、まずは日本文学の翻訳と出版を中心に調べることにする。翻訳と出版というのは、専門家の研究ではない、一般読者の読書傾向を調べることになる。

ここで、時代を無論にして一九四五年以後から現在まで、韓国語に翻訳された作家と作品頻度数を調べれば、ある程度意味ある結論を得ることができる。翻訳回数及び出版回数には、同じ作品でも翻訳者を異にする場合と同じ翻訳者によって同一の作品が二回以上出版された場合も含まれる。二〇編以上の作品が翻訳された場合と出版された作家は、計四七人である。作品が多く翻訳・出版された順に並べれば、三浦綾子（三〇六）村上春樹（一五六）川端康成（二一九）芥川龍之介（一八九）大江健三郎（九二）三島由紀夫（九〇）森村誠一（八一）村上龍（八〇）井上靖（七九）夏目漱石（七三）梶山季之（七三）松本清張（七〇）太宰治（六二）遠藤周作（五六）曽野綾子（五六）司馬遼太郎（五〇）谷崎潤一郎（五〇）石川達三（四八）柴田錬三郎（四八）渡辺淳一（四七）富島健夫（四七）山崎豊子（四四）石坂洋次郎（四三）山岡荘八（四三）五味川純平（四三）石原慎太郎（四〇）浅田次郎（三

三）灰谷健次郎（三二）吉川英治（三二）安部公房（三二）安岡章太郎（三〇）花登筐（二九）陳舜臣（二九）源氏鶏太（二九）落合信彦（二七）吉本ばなな（二六）赤川次郎（二六）有吉佐和子（二四）阿川弘之（二四）瀬戸内寂聴（二三）樋口一葉（二二）塩野七生（二二）菊池寛（二二）原田寿賀子（二一）山田詠美（二一）島崎藤村（二一）原田康子（二〇）となる。

前の統計によると、一九四五年から二〇一二年まで三浦綾子の作品が最も多く翻訳・出版され、その次に村上春樹が後を引き継ぐ。この作家を考察すれば韓国の読者が何を要求し、作品のどんな点に魅かれたのかが分析できる。例えば、一九六八年、川端康成のノーベル文学賞受賞をきっかけに、日本文学が道徳的な定規としてではなく美学的な観点から認識され始め、同時に純文学の翻訳の需要と供給が急激に増加した。『雪国』は単行本と全集類を含めて二〇〇五年まで七五回刊行された。このような、日本純文学のブームが韓国の読書文化にいかなる問題を現わしたのかを考察することもできる。また、大衆文学の役目に対する評価も重要である。日本小説は韓国国内の出版資本には商業的成功の期待を抱かせる魅力的なものであった。純文学の代表である川端康成の認知度を越える三浦綾子の人気は、一九六〇年代中盤頃から一九九〇年代までは村上春樹のブームもしのいだ。長編小説の『氷点』の記録的な成功は、日本小説の大衆的な吸引力と韓国文学が満たせなかった信仰的な領域の楽しさを日本の作品で得たということになる。

このような純文学と大衆文学とが入りまじっている中でも、芥川龍之介は作家別の作品の数において五〇編が翻訳されて六位を、翻訳回数及び出版回数では一八九回翻訳・出版されて四位を占めている。芥川龍之介が夏目漱石よりもその両方で優位を占めた理由は、芥川龍之介が短編作家であったこと、彼の作品が一部を除いて現代の標準語で書かれているため翻訳しやすかったこと、他の短編作品と一緒に出版することができたこと、読者の作品理解の負担が少なかったことと、彼の作品が読者に与える感動が大きかったことと言える。

芥川龍之介は、短編作家として三五歳に自ら命を絶つまで約二〇〇編余の作品を書いた。その中で二〇〇九年七月を基準として、韓国で一回以上翻訳された作品は六八作品である。『羅生門』(二五)『鼻』(一九)『蜘蛛の糸』(一〇)『杜子春』(八)『河童』(七)『或阿呆の一生』(七)『歯車』(六)『藪の中』(六)『侏儒の言葉』(五)『西方の人』(五)『続西方の人』(四)『地獄変』(四)『蜜柑』(四)『白』(四)『芋粥』(三)『煙草と悪魔』(三)『大道寺伸輔の半生』(三)『魔術』(三)『アグニの神』(三)『蜃気楼』(二)『運』(二)『犬と笛』(二)『南京の基督』(二)　の二三作品が二回以上翻訳されており、『袈裟と盛遠』『六の宮の姫君』『トロッコ』『玄鶴山房』『尾形了斎覚え書』『さまよへる猶太人』『悪魔』『奉教人の死』『るしへる』『邪宗門』『きりしとほろ上人伝』『じゆりあの・吉助』『黒衣聖母』『神神の微笑』『報恩記』『長崎小品』『おぎん』『おしの』『糸女覚え書』『誘惑』『猿蟹合戦』『開化の良人』『舞踏会』『好色』『点鬼簿』『闇中問答』『龍』『偸盗』『往生絵巻』『仙人』『父』『路上』『虎の話』『猿』『手紙』『沼地』『疑惑』『尾生の信』『秋』『妙な話』『捨児』『お富の貞操』『お時儀』『一塊の土』『三つの窓』　の作品が一回ずつ翻訳された。芥川龍之介の作品の三分の一が翻訳され、読者に読まれたと言える。しかし、注目される点は『羅生門』が二五回、『鼻』が一九回重複翻訳されたことである。これは、芥川龍之介といえば、理知的・技巧的な作家というイメージと正確に一致する。今でも芥川龍之介といえば「エゴイズム」や、また『地獄変』などに通じる「芸術至上主義」の作家として強く認識されている。

芥川龍之介の二〇〇編余の作品の中で、三回以上翻訳された作品が一九編しかないという点は彼の思想の一〇パーセントも理解できなかったということになり、彼の作品翻訳が一方的という点は韓国での芥川龍之介の紹介に大きな問題点を露呈している。このような点を認知した韓国の芥川龍之介の研究者は、芥川龍之介の全貌を読者に紹介しようと全集の翻訳と出版に着手した。仁川大学校の曺紗玉教授が編集の責任を負い、芥川龍之介の専門家約二〇人余が筑摩書房で発行された『ちくま文庫版全集』八冊を底本にして完訳する計画で翻訳が行われた結果、二〇〇九年七月二四日、第一巻の『芥川龍之介全集Ⅰ』がＪ＆Ｃから翻訳・出版された。引き継き、二〇一〇年一二月三〇日に第二巻、二〇一二年一月一二日に第三巻、そして二〇一三年七月三一日に第四巻が翻訳刊行された。残りの四冊も約二年内に翻訳して刊行する予定である。したがって、二〇〇九年七月以後の個人の断片的な翻訳は大きく意味がなくなり、読者は全集を読むことによって、前に提起された芥川龍之介に対する読書偏向がほとんど是正されると期待される。

第二に、一般読者と違い、「研究者の芥川龍之介」に関して考察してみる。これに先立ち、韓国の日本文学研究者は主にどのような作家を研究対象にしているかという分析をしなければならない。これに関しては、一九八八年、黄石崇教授が「日本学報」第二〇号に「韓国における日本学研究の回顧と成果」という論文を載せた。この論文は日本語文学に関する最初の分析であったという点で意義が大きい。この論文の「付録」には「日文学関係論文目録」として近・現代二五五編、古典一五五編、比較一〇二編、その他四一編、合計五五一編のリストを収録して当時まで研究した研究者の資料を総網羅した貴重な統計を提示した。その中でも近・現代の二五五編を作家別で分け、それを頻度数で表示した。この分析では日本文学研究者の研究は一般読者の読書とは全く違った傾向が現われた。一般読者に最も多く読まれる作家は三浦綾子であったが、研究者の研究においては三浦綾子は全く研究されていない。研究においては大衆文学は完全に排除されていることが分かる。

研究者の研究対象になった作家は四六人で、近・現代作家の数に比べれば極めて一部分の作家のみが研究されたと言える。その中で最も多く研究された作家は夏目漱石で、六五編の研究論文が発刊された。その後を引き継ぐ作家が芥川龍之介で、二〇編の研究論文がある。夏目漱石の論文の三分の一にもならないが、それでも韓国研究者には研究すべき対象の作家として認識されたことが分かる。その次が太宰治（一二）樋口一葉（一二）川端康成（一一）島崎藤村（一一）森鷗外（一一）石川啄木（九）田山花袋（七）志賀直哉（五）三島由紀夫（五）萩原朔太郎（五）谷崎潤一郎（四）高村光太郎（四）与謝野晶子（四）北村透谷（三）二葉亭四迷（三）宮沢賢治（三）有島武郎（三）永井荷風（三）国木田独歩（三）吉野弘（三）石坂洋次郎（三）森崎和江（三）中島敦（二）中原中也（二）泉鏡花（二）の順に研究された。

一二年が経って、二〇〇〇年五月に李漢燮教授が『韓国日本文学関係研究文献一覧』という著書で、研究者の対象作家を分析した。この研究を通じて分かるように、韓国では一九八八年までの日本文学研究者の研究対象と、一二年が経過した二〇〇〇年までの研究対象にあまり差がない。一二年前にも夏目漱石が二五五編の論文の中で六五編を占めて約二五パーセントであったが、一二年が経った二〇〇〇年にもやはり九一九編の論文の中で、二六四編になって二八パーセントを現し、韓国研究者に最も研究の価値がある作家ということであった。その次の作家はやはり芥川龍之介であった。一九八八年、二〇編の頻度で約八パーセントを示して二位を占めた芥川龍之介は、一二年が過ぎた二〇〇〇年には約一二パーセントを示し、夏目漱石とともに韓国研究者には最も魅力的な作家として認識されていることが分かる。

この資料で分かることは、一二年の間にキリスト教作家やキリスト教作品が相当研究されたという点である。島崎藤村の論文が一一編から七八編に急上昇し、有島武郎も三編から四四編に、遠藤周作も一編から二五編の増加を見せている。これはやはり韓国にクリスチャン数が多く、またその割合で日本文学研究者がいることが証明されたと思われる。ただ珍しいことは、大江健三郎の場合、一九九五年にノーベル文学賞を受けたにもかかわらず、研究論文が一七編に過ぎないという点である。むしろ、以前にノーベル文学賞を受けた川端康成の研究はますます活発になり、一二年の間で、一一編から七〇編に増加した。

再び、一二年が過ぎた二〇一二年に(韓国)国会図書館の日本作家の研究論文を検索した結果、多少の差が現われた。五〇人の作家を対象に研究者が一二年間に学術誌に載せた論文は一七〇六編で、一九八八年近・現代論文が二五五編、二〇〇〇年近・現代論文が九一九編に比べて刮目するほど増加した。一七〇六編を作家別で分ければ、やはり一位は夏目漱石（二八六）で、芥川龍之介は一四三編で二位を占めた。三位が太宰治（一四二）四位が川端康成（一三九）その次が谷崎潤一郎（一〇三）村上春樹（一〇二）遠藤周作（八七）志賀直哉（七八）大江健三郎（七一）三島由紀夫（六九）島崎藤村（六二）安部公房（四七）森鷗外（三六）石川啄木（三四）北村透谷（二六）

高村光太郎（二五）樋口一葉（二二）田山花袋（二〇）宮澤賢治（二〇）二葉亭四迷（二〇）の順序である。大衆文学の作家と言える三浦綾子についても一五編の研究論文が出た。

目立つ変化は、全般的に近代文学作家から現代文学作家へ研究の傾向が移動したことである。その代表的な例が村上春樹で、一九八八年の調査では調査の対象にもならなかったが、二〇一二年にはおおよそ六位を占めた。遠藤周作や大江健三郎など現代作家の躍進も目立つ。これに比べて明治・大正の作家は徐々に研究対象から遠くなり始めるという点がはっきり現われた。夏目漱石が研究対象一位を守ってはいるが、全体論文の中で一七パーセントに過ぎず、以前の論文の比率、二五パーセントに比べるとずいぶん減っている。

それでは、どうして芥川龍之介が韓国の研究者の研究対象として二位を記録したか。第一は、一位を占めることができない理由は夏目漱石という存在があるからである。それも人気度では夏目漱石の半分も及ばない。夏目漱石がどうして人気があるかということはとても難しい問題であるが、その理由の一つは日本国民が好きな作家であるため、韓国の研究者も好んだのではないかと思われる。韓国では今まで日本人の好不好を何の批判もなしに収容する姿勢を取っていたのである。最近になって韓国人の立場で批判が加えられることもあるが、その批判さえ夏目漱石を研究対象として扱わなければならない。第二は、それにもかかわらず、芥川龍之介が他の作家と比較にならないほど差を置く理由は、何よりも短編作家という点である。日本語を外国語として勉強した研究者に長編や大河小説はどうしても研究し難い。そして、芥川龍之介の作品の中でも切支丹物などの一部を除けば大体に平易で、標準的な現代日本語で書いてあるという点もある。第三は、芥川龍之介の初期作品が主に翻訳・出版され、これを読んだ研究者が知性的な作家という点に多く魅かれたからである。実際、芥川龍之介が取り扱っている初期作品の主題が人間のエゴイズムと芸術至上主義で、これに研究者が多く惹かれたことは間違いない。第四に、芥川賞も一役買ったと考えなければならない。

次に研究者は芥川龍之介の作品の中でどのような作品を研究対象にしただろうか。（韓国）国会図書館で検索し、二〇〇〇年から二〇一二年までの研究論文を分析した結果、芥川龍之介の約二〇〇編余の作品の中で一回でも研究された作品は六二編であった。その中で『羅生門』二二回をはじめ、『鼻』(一一)『地獄変』(九)『藪の中』(七)『秋』(六)『西方の人』(六)『河童』(五)『戯作三昧』(五)『素戔嗚尊』(四)『歯車』(五)『桃太郎』(四)『芋粥』(三)『蜃気楼』(三)『偸盗』(三)『舞踏会』(三)『奉教人の死』(三)『蜜柑』(三)『尾形了斎覚え書』(二)『おぎん』(二)『開化の良人』(二)『神神の微笑』(二)『枯野抄』(二)『蜘蛛の糸』(二)『玄鶴山房』(二)『じゆりあの・吉助』(二)『続西方の人』(二)『雛』(二)『六の宮の姫君』(二)「未定稿」(二) と現われた。その外に一回の研究対象になった作品は『或阿呆の一生』『闇中問答』『糸女覚え書』『老いたる素戔嗚尊』『お時儀』『開化の殺人』『寒山拾得』『きりしとほろ上人伝』『疑惑』『金将軍』『孤独地獄』『猿蟹合戦』『侏儒の言葉』『将軍』『少年』『白』『青年と死と』『仙人』『早春』『煙草と悪魔』『点鬼簿』『杜子春』『トロッコ』『南京の基督』『庭』『沼』『尾生の信』『文芸的な、余りに文芸的な』『文章』『三つの宝』『保吉の手帳から』『誘惑』「支那游記」「短歌」「俳句」で、一六〇編の論文が作成された。前にあげた作品を対象にした一六〇編の研究論文からその回数を分析すれば、次のような結論を得ることができる。ここには芥川龍之介の作家論を取り扱った四三編の論文も含めて分析する。

第一に、初期の人間のエゴイズムを取り扱った、いわゆる「今昔三部作」である『羅生門』『鼻』『芋粥』が三六編で、全体論文の約二三パーセントを占める。これは芥川龍之介といえば思い浮かぶイメージ、冷情な観察によって人生の現実に個性的な解釈を加え、理知的・技巧的に描いた作家という点に研究者が魅かれて作品を読み、論文を書くようになったという結論に至る。

第二に、芥川龍之介の作品の中でも彼の芸術至上主義の標榜の代表的な作品と言える『地獄変』九編、『戯作三昧』五編、『奉教人の死』三編、『舞踏会』三編で、計二〇編にのぼる。これは彼の研究の一三パーセントに至るが、韓国の研究者の大部分が芥川龍之介を芸術至上主義者として認識していることは無理もない。実は研究者は芥川龍之介の理知的な面とともに彼の芸術至上主義的な面にも相当魅かれたと言える。しかし、この芸術至上主義の作品に関する研究は二〇〇〇年以前の二〇パーセントを越える研究に比べれば、格段に減っている。

第三に、『西方の人』六編、『奉教人の死』三編（重複）、『おぎん』二編、『神神の微笑』二編、『じゆりあの・吉助』二編、『続西方の人』二編、その外、一編ずつの論文が六作品あり、計二三編で、芥川龍之介の中でキリスト教的な要素を探り出そうとする傾向が近来になってますます濃くなっている。ここで学位論文として芥川龍之介とキリスト教を論じた論文の五編が加えられれば、芥川龍之介の作品の中で取り扱われたキリスト教作品の回数はかなり多く増える。実際、芥川龍之介の二〇〇編余の作品の中でキリスト教を取り扱った作品は二〇編余で、一〇パーセントに過ぎないことに比べ、研究論文は二〇パーセントを上回る。これも韓国の研究者の多くがクリスチャンであることを立証することになり、これはまた、遠藤周作のようなキリスト教とかかわる作家の論文が増えることと互いに関連性を持ったと見られる。

第四に、芥川龍之介といえばやはり、三五歳で自殺した作家としてよく知られている。若い年に自殺を選んだ理由は何だろうか。一体彼の自殺は何を意味するのだろうか。このような疑問は彼の自殺に関する研究へと自然に誘導される。「死及び悲劇」に関する論文が八編にもなることがこれを現している。

第五に、芥川龍之介の作品研究が、初期が四四パーセント、中期が三六パーセント、後期が二〇パーセントで、ある程度めいめいに分布されているように見えるが、実際には彼の二〇〇編余の作品の中で一回でも研究対象になった作品は六二編である。これは、全体作品の約三〇パーセントで、残りの一四〇編余は全く研究の対象にならなかった。これは前の一般人を対象にした翻訳作品で芥川龍之介の全作品二〇〇編余の中で一回以上翻訳された作品は六八作品に過ぎないことと軌を一にする。翻訳と研究が共に一部の作品にかたよっていることが分かる。初期の七〇編の研究論文の中で『羅生門』と『鼻』の二作品に三三編の論文が、中期の五八編の研究論文の中でも『地獄変』と『藪の中』の二作品に一六編の論文が、後期には三二編の論文の中で『西方の人』『河童』『歯車』の三作品に一四編の論文が集中している。

それゆえ、ここで明確に浮び上がる一つの結論を得ることができる。すなわち、一般人を対象にする翻訳や専門家が行う研究のどちらでも、芥川龍之介の全貌が分かる方法は現在まではない。したがって、韓国の読者や研究者の間にたびたび芥川龍之介を「エゴイズムの解剖者」とか「芸術至上主義者」とか、また彼の死を「芸術の殉教者」と規定する場合がある。もちろん芥川龍之介がエゴイズムを暴いていないのでもなく、芸術至上を追い求めていないわけではない。彼の自殺が作品と全く関連がないわけでもない。しかし、それもあくまでも芥川龍之介の一部分であって全部ではない。作家は事物を重層的であり複眼的に見ているという点を見逃してはいけない。

第六に、芥川龍之介の作品と他の作家の作品との比較研究が二二編になる。これは二〇〇〇年以前にはあまり見られなかった研究傾向である。比較研究の中には特に韓国の詩人李箱との比較が八編で最も多い。しかし、李箱との関係は比較文学という観点よりも、芥川龍之介から受けた影響関係で研究されなければならない。これは廉想渉、朴泰遠、金南天の場合も同じである。しかし『金将軍』と『壬辰録』の比較研究の二編の論文は『金将軍』の素材を『壬辰録』から求めたということで意義がある。

二〇〇〇年以後、韓国国内で発行された芥川龍之介に関する研究書籍は、八人の著者によって九冊が著述された。また、二冊の日本研究者の研究書籍が韓国語に翻訳され、販売されている。また韓国国内で取得された修士・博士学位は二〇〇〇年に二編、二〇〇二年に二編、二〇〇三年に四編、二〇〇四年に二編、二〇〇五年に四編、二〇〇六年に六編、二〇〇七年に一編、二〇〇八年に三編、二〇〇九年に三編、二〇一〇年に四編、二〇一一年に六編、二〇一二年に五編で、増加の一途にある。これは、一九七九年に黄石崇が韓国外国語大学の大学院で「芥川龍之介の前期の作品世界」という題下に修士学位を受けて以後、一九九九年まで二一年間、一九編の学位論文が執筆されたのに比べれば、二〇〇〇年以後は一二年間に四二編の修士・博士論文が作成され、学位論文でも刮目する発展を成し遂げたと言える。

また、学術誌の論文掲載の数も、一九七七年から一九九九年まで二三年間、二七編に過ぎなかったが、二〇〇〇年に六編、二〇〇一年に五編、二〇〇二年に九編、二〇〇三年に一五編、二〇〇四年に二一編、二〇〇五年に二二編、二〇〇六年に一一編、二〇〇七年に一八編、二〇〇八年に一八編、二〇〇九年に一一編、二〇一〇年に一七編、二〇一一年に一五編、二〇一二年に一二編で、活発な芥川龍之介の研究が今も遂行されていると言える。

このように芥川龍之介に関する研究が活性化された理由の一つは、二〇〇六年「国際芥川龍之介学会」が創立され、「第一回国際芥川龍之介学会」が二〇〇六年九月八日と九日の両日間に韓国の延世大学校で開催されたことが大きく影響を及ぼしたと言える。また二〇一〇年「第五回国際芥川龍之介学会」が八月一九日から二一日まで三日間、仁川大学校で開催され、芥川龍之介研究に対する韓国研究者に多大な刺激を与えた。

以後、韓国での芥川龍之介に対して、一般読者も研究者もその熱意が冷めない。さらに、一般読者には『芥川龍之介全集』の翻訳完刊が目の前に迫っているため、今後は芥川龍之介の作品を偏りなく読むことが可能になるであろう。また、研究者はこれと軌を一にして「国際芥川龍之介学会」の活動を通じて、芥川龍之介の国際性を確認することになり、また、新しい情報を持続的に手に入れながら、日本人研究者と視角を異にして、多様な観点からの芥川龍之介の研究が可能になり、以前の研究より一歩進んだ研究が続いて増加すると思われる。

中国㈠――二〇世紀までの動向を視野にして

郭　勇

芥川龍之介は、日本近代文学史における著名な作家の一人である。早くも一九二一年に、つまり芥川龍之介はまだ存命していたときからその作品は中国語に訳され、当時の中国の知識界で大きな反響を引き起こした。

一九二一年三月、芥川龍之介は大阪毎日新聞社の要請を受けて、中国に赴いた。その考察活動は四ヶ月あまり続いたのである。芥川龍之介が中国に遊歴していた時、魯迅によって翻訳された「鼻」、「羅生門」は、それぞれ一九二一年五月一一日、六月一四日から『晨報副刊』に掲載されていた。それは芥川の小説が最も早く中国語に訳されたものである。「訳者付記」に、魯迅は「彼（芥川）の作品の主題は主に希望が適ったあとの不安あるいは不安を感じたときの心情である」と指摘している。さらに魯迅は「芥川氏に不満を覚えている者は、その理由は大抵次の二点にある。一つはもっぱら古き材料が用いられ、故事の翻案に近い所以である。もう一つはベテランくさくて、読者をして喜ばせない」と言っている。就中、「鼻」の場合、「日本の伝説に過ぎないが、作者はただそれに新しい衣装を纏っただけである。篇中を貫く俳諧ぎみは、あまりにも才気の露出を免れない恐れがあるが、しかし、中国の所謂滑稽小説と比べれば十分に淡雅といわざるを得ない」と、魯迅は付け加えている。[1]「鼻」に対して、「羅生門」は「歴史的な小説（歴史小説ではない）であり、彼の佳作である。古代の事実に取材し、新しい生命を注ぎ、現代人と関係するようになる」と、魯迅は語りつづける。[2]魯迅のそうした発言は今のところ、確認できる中国人による芥川文学に関する最も早い論評である。二年後、魯迅訳の当該二篇は、一九二三年六月に、また商務印書館から出された『現代日本小説集』に収録されたのである。その本にも魯迅の「作者についての説明」という解説が付されている。その文で、魯迅は従来の論点をさらに一歩前へ推し進めている。

彼はまた、旧材料を多用している。時には故事の翻案に近いが、しかし彼が故事を翻案することは、単に好奇心によってのことだけではなく、もっと深い根拠があろう。それらの材料に含まれた古代人の生活の中に自分の心情に即した何かを見出そうとしたのである。ゆえに、古代の故事は彼の書き直しにより、新生命が吹き込まれて、現代人と関係するようになってきたのである。(3)

このように、芥川小説の翻訳や紹介に当たり、魯迅は草分けのような存在である。魯迅のほかに、民国時代に、例えば、鄭心南、黎烈文、冯子韬、周作人、鄭伯奇、巴金なども芥川やその文学についてある程度の評価を下した。そのうち、訳文の序文としての簡単な論評もあれば、個人の好悪に基づいての総論もある。前者には魯迅、冯子韬、黎烈文などの名が挙げられるが、後者の場合、劉大傑、周作人、巴金などはその代表者である。

一九二七年七月二四日、芥川龍之介は自殺した。そのことは中国の文壇に大きな衝撃を与えていた。その後の三年間に、芥川に関する話題は中国の文壇を賑わし、多くの雑誌社は先を争って芥川の作品を掲載したのである。一九二〇年代から四〇年にかけて、中国で翻訳・出版された芥川の作品集は少なくとも八種に達し、雑誌や新聞紙に散見したものはもっと多かろう。

魯迅は長年ずっと芥川に並々ならぬ関心を持っていた。『支那游記』が世に出てまもなく、一九二六年四月一七日に、魯迅は北京にあった東亜公司から一部購入した。一九二七年一二月に、魯迅らが共訳した『芥川龍之介全集』は上海の開明書店から出版された。一九三〇年二月一五日、魯迅編の『文芸研究』という本は大江書舗によって出版されたが、その中に唐木順三の「思想史における芥川龍之介の位置づけ」(韓侍桁訳)が収録されている。一九三三年三月二八日、魯迅は出版されたばかりの芥川の詩稿集『澄江堂遺珠』を買い入れた。一九三五年四月から八月にかけて、魯迅は相継いで岩波書店版の『芥川龍之介全集』全十巻を買い揃えた。(4)

とにかく、魯迅らの宣伝で、二〇年代において、芥川龍之介は既に中国で高い知名度を得た。そのうち、注目すべきなのは、「文学研究会」所属の機関誌『小説月報』で一九二七年九月に『芥川龍之介専集』を出した。それは、中国においての芥川についての全面かつ系統的な紹介であり、小説、小品、雑記などを含む十数種物の作品が掲載されている。芥川の年譜も付している。翻訳者として、謝六逸の功績は特に大きいと言わざるを得ない。鄭心南執筆の「芥川龍之介」という序の中に、鄭氏は芥川龍之介の日本文壇での地位をまとめた上で、その晩年の名作である「河童」について、「〈河童〉一篇は、現代の芸術、哲学、法律、倫理、習慣などを痛快に皮肉っている。諧謔的だが、迂妄ではない。滑稽だが下流に入らず。〈鏡花縁〉や〈廣陵潮〉と比べてみれば、芥川氏の価値が自ずと分かる」と指摘している。(5) 当選集は芥川中期の作品に偏り、選ばれた作品は殆ど一九一七年から一九二〇年までのものである。そのほか、この選集のもう一つの特徴は中国題材の作品に偏ることである。例えば、「湖南の扇子」「南京の基督」「尾生の信」「黄粱夢」などである。

日本文学の翻訳者及び研究者として名高い謝六逸は、芥川龍之介文学についてこう語っている。

新思潮派の作家の中で、菊池寛以外に、全部夏目漱石から影響を受けたものである。当流派の第一人は芥川龍之介にほかならない。彼は該博な天才である。彼の作品は題材が清新且つ広汎であり、観察が警抜であり、修辞は精錬であり、表現が巧妙である。彼の「新思潮」に発表した「鼻」という短編は最も夏目漱石に激賞されたのである。（中略）その後、さらに、「芋粥」「手巾」「羅生門」「地獄変」「藪の中」「秋」などの諸編を創作し、いずれも苦心に練り上げられた佳作である。芥川氏が芸術に対する態度は極めて忠実で謹慎である。氏は当代の他の作家のように凡庸な長編を喜んで作ったことはない。彼は思想上の苦悶で一九二七年自宅で自害してしまい、現代文壇の大きな損失である。(6)

『小説月報』のほか、『一般』という雑誌も芥川文学の紹介などに力を入れたのである。当誌の一九二七年九月号に端先と署名されている「芥川龍之介の絶筆」という訳文を掲載している。その次の一〇月号に、芥川記念のための小特集を組んでいる。その特集に章克標の「芥川龍之介の死」、滕固の「芥川龍之介が自殺したそうだ」という文章の外に、夏丐尊訳の「南京の基督」、方光燾訳の「手巾」などの小説も載せてある。

芥川の死をきっかけに、その文学芸術は中国の学界で様々な角度から論じられていた。一九二七年八月二一日に、雑誌『文学週報』に黎烈文が日本から寄稿した「海上哀音――芥川龍之介の死を聞いた」というエッセイを掲載している。黎氏は「芥川氏はその創作態度がとても謹厳である……彼の作品には殆ど駄作はないしその価値も高い、それればかりか、世界的な価値を持っている。彼は菊池寛のようにつまらなくて粗末な長編を著したことはない。そのことは彼にとって寧ろ幸運であると同時に彼の偉大さを成就させたのである」と述べている。劉大傑は芥川が自殺した一年後に「芥川龍之介の思い出」を書き出した。劉氏は繰り返して芥川をドイツのクライスト、フランスのミュッセと比べたうえで、「彼の作品があまり多くないが、彼がいかに真面目に創作していたのか、彼の短編を読めば分かるとおりだ。彼の全集を通読すれば分かるが、彼に素晴らしくないものは一つもない」と語っている。

鄭伯奇は一九二七年九月一六日付けの『洪水』に「芥川龍之介と有島武郎――文人の自殺心理に関する一考察」という論文を発表している。その中で、鄭氏は「河童」を激賞している。「従来芸術至上主義を抱え、階級文学に超越的な態度を有している彼は、忽然こんな烈熱で深い社会思想のものを書き出した」と褒めている。一九二七年一〇月号の『一般』に掲載している章克標氏の「芥川龍之介の死」という論文で芥川と有島武郎は比較されている。さらに、彼らの死因はいずれもそれぞれの所属した階級に対する「根本的な失望」や「自らの階級の崩壊」感などに求められるべきだと指摘している。一九二七年八月一三日付けの第一四四号『語糸』に芥川関係の論文が二つ登載されている。一つは祖正と署名されている「芥川龍之介の死」というものであり、もう一つはこの雑誌の主筆で起明という署名（周作人）の「遺書抄」である。前者では、芥川龍之介は「ひたすら芸術の構成に腐心しているが、自らの思想面での開拓をないがしろにした」と言われている。後者では、芥川龍之介が「ずっと温暖且つ豪華な環境に慣れてきたせいで、ちょっとした世の中の寒さに触れても萎んでしまう」と語られている。しかも、「遺書抄」において、作者は長々と芥川の「或旧友へ送る手記」の主人公がどのような自殺の方法を選んだかという内容を引用した上で、「芥川のように、色や食などにすっかり飽きてしまい、動物力も次第に喪失しているので、彼は散々に悩まされている。それによって、現世界では死を求めようとしても決して容易なことではない」と言っている。

中国における芥川龍之介の研究史を整理するに当たって、無視できないことは中国人読者の「支那游記」に対する屈折した心情である。夏丏尊は「芥川龍之介の中国観」（『小説月報』一九二六・四）という文章で「支那游記」を一部訳し出した。そして、この本の後書きに自分の翻訳動機について、「案の定、当書のいたるところに皮肉が読み取れる。しかし、実を言えば、中国国内の実情はもともとそうなのである、彼は故意に大袈裟に言っていない。作者を目の前にしても、私は自国のために弁じることは到底出来ない」と語っている。同時期に、鄭心南が書いた「芥川龍之介」という論文でも、「言葉遣いに確か風刺する箇所があるけれども、それは彼が現実社会に対する不満で、我々でも同感を持っている。彼が外国人だからといって故意に中国を蔑むとは言えないだろう」と、ほぼ同様の観点が示されている。

最も早く芥川の「支那游記」に不満を示したのは韓侍桁という評論家であった。韓氏は一九二九年に発表した「現代日本文学雑感」というエッセイで「不思議なことに、私は芥川氏の「支那游記」を読んだあと、彼にどうしても好感を抱くことが出来なくなり、彼のデビュー作としての「鼻」や「羅生門」を読み直したら、この作家の芸術的な良心に疑問を生じざるを得ない」と言っている。このように、韓氏は「支那游記」に不満を示したが、しかし、「日本現代作家のうち、芸術手法の成功と言ったら、芥川氏に勝る者はない。彼の文字の簡潔さ、構造の精巧さなどは確かに人を驚かすほどのところがある」と嘆賞している。

ところで、一九三〇年代以降、中国の読者が芥川に抱えた好感はいつの間にかほぼ消えてしまった。無論、それは当時の中日間の緊迫した情勢と決して無関係ではなかった。丁丁と署名されている「芥川龍之介の中国堕落観」（『新時代』一九三三・一）という文章に「支那游記」は「蔑視、嫌悪、風刺のような息吹に満ちている」ものだと書いている。「支那游記」に過剰に反応したのは一九三五年一月五日付けで、余一という署名で発表された「いくらかの不敬の話」であった。作者は相当激烈な言い回しで芥川龍之介の中国観に不満を示している。そのうえ、彼は芥川の文学を徹底的に否定している。

第一、「現代文壇の鬼才」と呼ばれている故芥川氏の作品に、私は大きな反感を抱かずにいられない。この作家には鋭い筆と相当な文学教養があるのは事実であるが、しかし、それ以外に一体何があるのか。つまり、形式以外に、彼の作品には何の内容があるのか。私は「空虚」という二字を使って、彼の全作品を批評したいと思う。

一九三一年、冯子韬（乃超）は『芥川龍之介集』を翻訳した。その訳本に「芥川龍之介の作品の作風及び芸術観」というタイトルの序がある。そこで、氏は皮肉る口ぶりで「かれが中国文壇に注目された原因が、寧ろ彼の自害にあり、決しての作品にあるわけではなかろう。彼の作品、特に名作は殆ど中国に紹介されてきたが、国内の文壇は彼に対して依然として冷淡である(7)」。

一九三〇年代以後、中国読者が芥川文学を冷淡にあしらったもう一つの理由としては、当時、日本文壇で台頭したプロレタリア文学とも連動しているのである。芥川龍之介はプロ陣営にブルジョア文学の代表者として批判の的に上がったのはまさにそのごろだったのである(8)。例えば、宮本顕治は「敗北の文学」という文章において、芥川文学を「敗北の文学」として否定している。

日中戦争が全面化して以来、戦争期を経て、新中国の樹立、文化大革命などを挿んで、芥川文学は言うまでもないが、日本文学は中国で殆ど忘れられてしまった。一九八〇年代に入り、十年ぐらいも閉鎖されていた大学の復活に従って、日本文学は大学の教室で講じられるようになった。時代の要請に応えるため、日本人によって書かれた日本文学史などは直接教材として使われ、そのうち、中国人による日本文学史も現れた。その中で、もっとも影響力があるのは吉林大学所属の王長新氏が一九八〇年代初頭に書いた『日本文学史』である。その本は日本語で書かれているものであり、一九八〇年代から一九九〇年代まで中国の各大学で日本語科の教材として通用されていた。

当書は所謂改革解放の直後に書かれたものなので、濃厚なイデオロギーの影を引いている。特に、芥川龍之介の評になると、「エゴイズム」というキーワードは最後まで貫かれている。例えば、この本で、芥川龍之介の数多くの名作を分析した上、その文学の特質を次のように締めくくっている。

武士や知識人などはこうであるが、それならば働く人百姓はどうであるか。作者の眼から見ると百姓であろうと、将軍であろうと武士であろうと知識人であろうと、要するにひとしく人間である。この本質はみなエゴである。(9)

一九八〇年代の文化の復興期を経て、一九九〇年代に入ってから、中国の学界では芥川龍之介に対する評価は新たなバリエーションを呈するようになってきた。

注

(1) 魯迅、「鼻　訳者付記」、『魯迅全集』第一〇巻、人民文学出版社、一九八〇年、第二三一頁。
(2) 同上、第二三二頁。
(3) 『魯迅全集』第一〇巻、人民文学出版社、一九八〇年、第二二六頁。
(4) 秦剛、「現代中国文壇における芥川龍之介についての翻訳と受容」、北京日本学センター文学研究室編『日本文学翻訳論文集』所収、人民文学出版社、二〇〇四年二月、第七四頁。
(5) 同上、第七六頁。
(6) 謝六逸、『日本文学史』、北新書局、一九二九年、第一〇〇-一〇一頁。
(7) 冯子韬、「芥川龍之介の作品の作風及び芸術観」、『芥川龍之介集』の訳者の序として所収、上海：中華書局、一九三一年。
(8) 王向遠、『中日現代文学比較論』、湖南教育出版社、一九九八年、第一四一頁。
(9) 王長新、『日本文学史』、吉林大学出版社、一九八二年、第二二二頁。

中国㈡――二一世紀の研究を中心に

王　書瑋

1　研究概況

二一世紀に入ってから、中国における芥川研究は大きな発展を遂げたと言ってよい。中国の最大級規模のデータベースであるCNKI[1]で、「芥川」をキーワードに論文検索したところ、該当論文は七三六本（一九七三年一月～二〇一三年九月）もある。中には二〇〇〇年一月から二〇一三年九月までの論文数は五七九本にのぼる。尤も、二〇〇〇年以後の論文のタイトルを見たところ、中には芥川文学賞の紹介や、またその受賞作に関する論文、芥川に関する紹介文も多数入っていた故、今回はそういったものを除いた後の三八四本の論文を対象にして考察することにした。二〇〇〇年から二〇〇五年までの作品論は五二本しかないが、二〇〇六年以降の七年間の論文数は、三三二本もあり、しかも毎年徐々に上昇する傾向にある。（付録　グラフ1参照）中でも、一昨年の二〇一一年の研究論文は年間七三本にものぼり、一つのピークを迎えた。

二〇〇〇年以降の三八四本の論文中、個々の作品論は二六〇本で、全体数の67・7％を占めている。（付録　グラフ2参照）研究された作品は三六作あり、本数の多いトップスリーが「羅生門」（五三本）、「鼻」（三七本）、「藪の中」（三〇本）になっている。一方、作家論は一一四本で、全体数の32・3％を占める。研究されているテーマのトップスリーは「芥川の文学」（三五本）、「芥川と中国古典」（一五本）、「芥川と魯迅」（十一本）である。[2]（付録　グラフ3参照）

こうした論文のテーマと、書かれた時代の相関関係を見てみると、二〇世紀の研究論文の中では、作品論はわずか三〇本であったのに対し、二十一世紀では作品論の数が約九倍の二六〇になっていることが分かる。また、作家論も減ったわけではなく、前世紀のものが六六本であったのに対し、二一世紀の作家論は一二四本あり、約二倍になったことが分かる。このように、前世紀の研究に比べ、二一世紀の研究は、その重心を作品論に移しながら、全体として重厚になってきている。これは中国の芥川研究が細分化されつつあることを物語っていると言えよう。

2　作品論(3)

右のデータから見て分かることだが、作品論の対象、王朝物に集中している傾向は前世紀と変わらなく強いが、(4)『中国游記（支那游記）』も依然として中国人研究者の関心を引いている。また、前世紀、余り注目されなかった中期以後の作品についても徐々に注目され始めてはいるが、「西方の人」などのキリスト教性の強い作品への関心は相変わらず冷淡である。(5)その外、中国と関係の深い作品、「南京の基督」「杜子春」などの作品は人気が高く、また評価も高い。王朝物に関する作品論も、総じて前世紀と同じく、肯定的な評価を下したものが多い。ただ、前世紀に比べると、研究方法が多様化し、構造主義やユング理論からの解読、(6)映画と小説に対する解釈、(7)比較文学からのアプローチ、(8)言語学からの分析(9)などの方法が挙げられる。しかし、作品のモチーフに関する評価はいずれも定説の枠組みを出ていない。

一番研究されている「羅生門」の作品論の傾向は大体三つに分けることができる。一つは『今昔物語』との比較研究である。このタイプの論は芥川の創作手法を認め、原典を超越したと高く評価している論が多い。代表的な論文として、喬瑩潔の「継承と独創―「羅生門」を評する―」（「外国文学研究」二〇〇〇年第四期　二〇〇〇年十二月）が挙げられる。二つ目は、作家の実人生と当時の社会背景に結びつけて作品を解読する論文である。このタイプの論文は、作品を人間の醜悪な本性を暴くものとみなし、モラルの喪失、善から悪へなどの角度からそれを分析し、作家のニヒリズムや社会批判という結論に達する。趙月斌の「羅生門：泥棒に遭ったら泥棒になった」(「名作欣賞」二〇〇九年十二月)はその代表である。三つ目として挙げられるのは、小説の「羅生門」と映画の「羅生門」との比較研究である。このタイプの論文は特に近年多く見られ、作品と映画をそれぞれ分析し、両者の特色や優劣を解釈するのが多い。秦剛の「「羅生門」の解釈—芥川の小説から黒澤明の映画まで—」(「外国文学動態」二〇一〇年八月)はその代表である。

「鼻」の作品論は醜悪な人間性、傍観者のエゴイズム、個人主義と集団主義の齟齬を巡って論じるものが殆どである。就中、肖書文の「芥川龍之介の「鼻」における深層的な意味を論ずる」(「外国文学研究」二〇〇四年第五期　二〇〇四年十月)は禅宗の三境界説を土台にする作品の解読が従来の論と違う。

「藪の中」の作品論としては、その永遠に解けない謎に対し、複雑な人間性の本質暴露、各自の立場に立つ人間のエゴイズム、歴史の真相に永遠に到達できないことなどのテーマを掲げて論じるパターンがよく見られる。また、方法として語りの分析を手掛けるケースが目立っている。作家論レベルでは、芥川の懐疑主義とニヒリズムは主要なテーマである。李雁南の「解けない謎—芥川龍之介の「藪の中」を解読する—」(「天津外国語学院学報」二〇〇〇年第一期　二〇〇〇年三月)はその代表である。外に、孫立春の「「藪の中」にある女性主義の解読」(「杭州師範大学学報　社会科学版」第三期　二〇一〇年五月)は真砂を焦点にする分析が従来の論と一線を画した。

「地獄変」の作品論のテーマは主として芸術至上主義、人生と芸術の相克である。二〇〇七年以降、語りの分析を通じて作品を読む傾向が目立ってきた。代表的な論文として、肖書文の「芥川龍之介「地獄変」の中の心の衝突を論ずる—西洋悲劇精神との比較を兼ねて—」(「江蘇社会科学」二〇〇七年第一期)が挙げられる。また、芥川の芸術至上主義を肯定的に読む傾向が強い一方、批判的な読みもある。例えば、王静の「愛のない芸術は心の地獄である—芥川「地獄変」のモチーフを巡って—」(「邯鄲学院学報」第二〇巻第一期　二〇一〇年三月)は「芸術を人間の愛がない災難にしてしまった」と批判した。

作品論の中で中国との関係を論ずる場合、『中国游記』の解読は避けて通れない。二一世紀に入ってから、『中国游記』を巡る評価は量的にも質的にも大きな進展を遂げたと言える。全体的に言うと、『中国游記』に関する評価として、殆ど全ての論文で一致しているのは『中国游記』は当時の中国を如実に反映しているという点である。ただ、本文にある中国批判に関しては意見が分かれている。一つは、肯定的に『中国游記』を解釈する傾向である。もう一つの傾向は『中国游記』が当時の中国を如実に描いていると認めながらも、芥川の中国への皮肉や嘲笑の措辞に強く反発し、否定的に読む傾向である。

前者の代表として、秦剛の「現代中国文壇の芥川龍之介への翻訳と受容」(『中国現代文学研究叢刊』第二期　二〇〇四年四月)の一節「芥川龍之介『中国游記』の違う受容」、邱雅芬の「「上海游記」―隠喩に満ちたテクスト―」(『外国文学評論』二〇〇五年第二期　二〇〇五年五月)、単援朝の「『中国游記』と芥川認識」(『日本学論壇』二〇〇八年第二期　二〇〇八年七月)、高潔の「眉を顰める旅行者―『中国游記』にある芥川の中国批判のもう一つ解読―」(『中国比較文学』二〇〇七年第三期　二〇〇七年七月)を挙げることができる。

一方、『中国游記』に辛口な評価を下したのは泊功の「近代日本文学者の「東方学」―芥川龍之介を中心に―」(『日本学論壇』二〇〇二年第一期　二〇〇二年二月)、孫立春の「『中国游記』から芥川の東洋主義言説を論ずる」(『世界文学評論』二〇〇六年五月)、唐朝暉の「「高粱の根を匍ふ一匹の百足」―芥川龍之介の『中国游記』を読む―」(『西部』二〇一一年十一月)、潘世圣の「夏目漱石、芥川龍之介「中国叙事」再考」などが挙げられる。中に、中国当代作家の唐朝暉は「三回『中国游記』を読み、行間に溢れているのは「汚い、乱れる、臭い、何もない」という印象しか受けていない」と批判した。(11)

以上、中国で研究された主な作品の研究傾向を紹介したが、ほかに、「将軍」「桃太郎」などの作品は芥川の反戦作品とみる読みが定着しつつある。キリスト教系の作品の読みは、芥川がキリスト教を宗教より芸術として理解しているとする見方が強い。各作品の読みに関して、『中国游記』以外、各作品に対する解釈にあまり大きな読みの相違は見られなかった。

3　作家論

先にも述べたように、二〇〇〇年から二〇一二年までの作家論は、全部で一二四本あり、研究論文全体の32・3％を占めている。それを私は大体一七個のテーマに分けてまとめてみた。

「芥川の文学」（三五本）というテーマについての論文は、全体的に芥川の文学を高く評価している。例えば、芥川の小説を多数訳した翻訳家である林少華は『羅生門』（上海訳文出版社　二〇〇八年七月）の序文において、芥川文学全体を「平凡が嫌い、直接的且つ普通な表現が嫌い、隔靴掻痒式の婉曲と自然主義式の写実も嫌いである」と高く評価した。ほかに、中国人作家、評論家の止庵は「鬼斧神工は芥川である」（「書摘」二〇〇五年八月）で、「日本文学の正統派でもあり、また異端でもある。（中略）芥川は真っ先に、一番「現代」を痛感した作家である」と評価している。[12]

中国古典文学との関連についての一五本の論文は、『聊斎志異』との比較や、ほかに「杜子春」「枕中記」などについて原典との比較を通じた研究を、芥川の再創作を高く評価するタイプのものが多い。例えば、李秀卿の「中国古典を想像し、人生の理想を描く―芥川龍之介の中国物作品群を論ずる―」（「西昌師範高等専科学校学報」第一六巻第二期　二〇〇四年六月）はその例である。

また、芥川と中国古典との関係において、芥川と漢詩の研究が一歩前進したと言ってよい。邱雅芬・劉文星の「芥川龍之介の中・晩期の漢詩を論ずる」（「華北電力大学学報」第三期　二〇〇五年七月）、王書瑋の「『芥川龍之介全集』の中の漢詩研究―大正四年を中心に―」（「北京科技大学学報（社会科学版）第二八巻第一期　二〇一二年三月）を挙げることができる。

比較文学の分野では、芥川と魯迅との比較研究が大きなテーマとなるが、この方面は前世紀に比べてあまりはかばかしい進展がない。主な研究成果としては、李元亮の「魯迅と芥川龍之介の比較研究」（『濰坊学院学報』第三巻第一期　二〇〇三年二月）や、藤井省三の「魯迅と芥川龍之介―『吶喊』における叙述方式及び物語構造の成立」（『楊子江評論』二〇一〇年第二期　二〇一〇年四月）、施小煒の「「人血饅頭」と「人血ビスケット」―「湖南の扇」を論ずる―」（『日本語教育と日本学』二〇一一年五月）が挙げられる。

ほかに、中国における芥川の翻訳を研究する論文も多数ある。劉春英の「中国の芥川龍之介翻訳史」（『日本学論壇』二〇〇三年六月）、秦剛の「現代中国文壇の芥川龍之介への翻訳と受容」（『中国現代文学研究叢刊』第二期　二〇〇四年四月）、孫立春の「中国における芥川文学の九十年の翻訳に対する再認識―受容美学からの出発―」（『日本研究』第一期　二〇一一年三月）などの論文は、二〇世紀の翻訳史や中国の芥川の受容情況について紹介している。

二一世紀に入ってから、中国における芥川の出版物は爆発的に増えた。「羅生門」『中国游記』「神々の微笑」「侏儒の言葉」などの作品をタイトルにする翻訳作品集の種類が多く、合わせて約三六種類の訳本が数えられるようになった。中でも特に注目されているのは、二〇〇五年六月に出版された、高慧勤・魏大海編集の『芥川龍之介全集』（山東文芸出版社）である。これは中国で初めての日本人作家の個人全集である。全集は五巻に分かれており、全部で三百万字もある。ほかに、陳生保と張青平の『中国游記』（北京十月文芸出版社　二〇〇六年）と秦剛の『中国游記』（中華書局　二〇〇七年）も評価が高い。全集や翻訳作品集の出版によって、今後中国の芥川研究が一層活性化されることが期待できよう。

注

（1）「中国知网」とは国家知識インフラストラクチャー（National Knowledge Infrastructure　CNKI）の概念であり、一九九八年に世界銀行によって提起されたのである。CNKIは一九九九年六月に清華大学、清華　同方（ソフトウエア会社）によって設立され、中国　教育部、宣伝部、科技部、新聞出版総署、国家版権局などの協力を得ながら、全文検索において世界最大級規模のCNKIデジタル図書館を実現したのであるという。

（2）秦剛「中国における芥川研究」（『芥川龍之介作品論集成別巻　芥川文学の周辺』宮坂覺編　翰林書房　二〇〇一年三月）の「研究文献　目録」によると、二〇世紀の中国における芥川の研究論文は九六本あり、その中で、作品論は三〇本で、作家論は六六本ある。

（3）ここでの作品論は大きな傾向から捉える概念であり、実際、論文の中で作家論も入っている。作品論の比重の多い方を便宜上、作品論とする。第三節の作家論も同じである。

（4）秦剛「中国における芥川研究」（注2）の「研究文献目録」の中では、「羅生門」「鼻」「藪の中」「地獄変」などの王朝物の作品論が二九本あり、作品論の約三分の一を占めている。

（5）冷淡というのは注2の「中国における芥川研究」の中の「研究文献目録」とCNKIのデータベースの検索で、二〇世紀の研究の中で、キリスト教性の強い作品に関する研究論文は一つしかなかったことによる。二〇〇〇年から二〇一二年までの研究論文も四本しかない。

（6）例えば、王蔚の「善悪之間——対〈罗生门〉的结构主义解读」（「善と悪の間—構造主義から「羅生門を解読する」」（「山东外语教学」二〇〇五年第一期 总第一〇四期　二〇〇五年一月）や刘吟舟の「文本与人和人的世界——原型分析视野中的《罗生门》（「テクストと人と人的世界—原型分析の中の「羅生門」—」）（「外语学刊」二〇〇六年第五期 总第一三二期　二〇〇六年九月）後者の刘吟舟の論文はスイスの心理学者ユングの「原型分析」理論を使い、「羅生門」を分析した。

（7）例えば、邱紫華と陳欣の「「羅生門」に対する哲学的な解読」（「外国文学研究」二〇〇八年第五期　二〇〇八年十月）や秦剛の「「羅生門」の解釈—芥川の小説から黒沢明の映画まで」（「外国文学動態」二〇一〇年八月）などがある。

（8）例えば、朱倩・盧璐の「「蝿の王」と「羅生門」のモチーフの比較」（「日本研究」二〇一一年第一期　二〇一一年三月）や馮裕智・孫立春の「困窮・偶然の出会い・仮釈放—「羅生門」と「蜜柑」を論ずる」（「名作欣賞」二〇一二年四月）などがある。

（9）例えば、候世蓮の「体系機能言語学から「羅生門」を分析する」（「現代語文」二〇一一年四月）がある。
（10）『中国游記』の評価には「上海游記」「江南游記」なども含まれている。
（11）一九七一年代生まれ、湖南人。中国作家協会会員、中国青年出版社「青年文学」の副編集長。小説四部と作品約四十作を発表。
（12）元の名前は王進文、一九五九年に北京に生まれた。医者、記者の経歴あり、『樗下随筆』、『如面談』などの著作を出版し、『周作人自編文集』などを校訂した。

26	奇遇												1			1
27	首が落ちた話													1		1
28	或阿呆の一生													1		1
29	お富の貞操											1				1
30	将軍							1								1
31	俊寛									1						1
32	点鬼簿										1					1
33	魔術										1					1
34	老年												1			1
35	黄梁夢												1			1
36	西方の人												1			1
	合計	5	1	4	7	3	11	11	20	17	31	32	54	39	25	260

グラフ３：作家論

	年度 / 作品	00年	01年	02年	03年	04年	05年	06年	07年	08年	09年	10年	11年	12年	13年	合計
1	芥川の文学	1					2	4	5	5	5	3	3	4	3	35
2	芥川と中国古典	1		1		1	1	2	3	1	1			3	1	15
3	芥川と魯迅				2				2		2	3		2		11
4	芥川と中国					1		1	1		3		1	1	2	10
5	中国の芥川の翻訳				1						2	1	5			9
6	芥川の歴史小説				1	3					1		3			8
7	芥川の死			1				1		2			2	1		7
8	芥川の創作						1						2	2	1	6
9	芥川と外国人作家									2	2	1	1			6
10	中国の芥川研究				1		1	1					1			4
11	芥川論								2		1	1				4
12	芥川と基督教									1					1	2
13	芥川の女性観						1							1		2
14	芥川と堀辰雄													2		2
15	芥川と馬琴		1													1
16	芥川と画									1						1
17	芥川と武士道												1			1
	合計	2	1	2	5	5	6	9	13	12	17	9	19	16	8	124

付録

グラフ１：芥川研究論文年度別

年度	00年	01年	02年	03年	04年	05年	06年	07年	08年	09年	10年	11年	12年	13年	合計
論文数	7本	2本	6本	12本	8本	17本	20本	33本	29本	48本	41本	73本	54本	34本	384本

（データ元：中国知网（CNKI）ホームページ：http://www.cnki.net）

グラフ２：芥川作品研究論文年度別

	作品＼年度	00年	01年	02年	03年	04年	05年	06年	07年	08年	09年	10年	11年	12年	13年	合計
1	羅生門	3		2			2	1	2	2	4	6	17	7	7	53
2	鼻				2	1		1	2	3	3	8	9	7	1	37
3	藪の中	1			2		1	2	5	2	1	5	5	4	2	30
4	中国游記			2			3	3	3	3	7	1	4	1	2	29
5	地獄変	1			1				4		5	3	2	3	3	22
6	杜子春				1			1	1	1	3	1	2	5	1	16
7	蜘蛛の糸		1				1					2	3	1		8
8	河童							1		2	2	1				6
9	南京の基督				1		1	1			1				1	5
10	舞踏会											1			3	4
11	桃太郎								1				2		1	4
12	酒虫						1				1			2		4
13	湖南の扇									1			2	1		4
14	奉教人の死									1					2	3
15	蜜柑					1			1				1			3
16	芋粥										1			2		3
17	玄鶴山房						1					1		1		3
18	戯作三昧					1			1		1					3
19	お律と子等											1			1	2
20	秋山図											1		1		2
21	母						1						1			2
22	尾生の信									1				1		2
23	老いたる素戔鳴尊												1	1		2
24	侏儒の言葉														1	1
25	歯車												1			1

台湾――芥川龍之介　台湾との接点

彭　春陽

1　はじめに

一八九二年三月に生まれた芥川龍之介が満三歳の時、つまり一八九五年の四月に下関条約が締結され、台湾が日本に割譲されることとなった。芥川の記憶があると同時に台湾はすでに日本の植民地になり、日本の領土の一部となった。

芥川は中国の古典に興味を示したものの、台湾というかつて中国の管轄下にあった土地にはほとんど関心を表さなかった。一方、芥川が東京の文壇で注目され中心人物となったにも関わらず、彼の名は台湾では一般的にそれほど知られていなかったようである。初めて『台湾日日新報』に芥川龍之介の名が挙げられたのは昭和二年七月二五日だった。写真が掲載され、その横に「芥川龍之助氏　きのふ逝去」というタイトルがつけられた。内容は「【東京二十四日発】　文士芥川龍之助は本日東京府下田端の邸にて急病にて死去した　写真芥川氏」と、三〇文字足らずだった。それに、名前は「龍之介」ではなく、芥川の嫌った「龍之助」の表記であった。

翌日の紙面には前日に比べものにならないほど大きく取り扱われている。見出しは「芥川龍之介氏の／死は自殺／睡眠薬を多量に嚥下して／その最期は従容」である。記事の内容は次の通りである。

【東京二十五日発】　近来の文壇中心人物として有名な芥川龍之介氏は二十四日午前六時二十五分市外田端四三五の自宅階下八畳の書斎に於て睡眠剤プロナールを多量に嚥下して自殺を遂げた自宅に夫人フミ子（二七）長

男宏（九つ）剛（七つ）安（五つ）の三男あり遺族に対し百坪の土地と著作権貯金二千円と僅かの著作を残した尚芥川氏は数月前から死を覚悟して居たらしく死の前夜は少しも変つた様子なく午前一時半頃二階で毒を仰で最後の瞬間迄聖書を読んで居た愈々死に就くべく毒薬を仰いだことを夫人に悟られぬ様故意と平素服用して居た睡眠薬を夫人の前で嚥んだ程最後迄落着いて居た急を聞き馳せ付けた霧島医師は語る

カンフルを二回程注射しましたが何の反応も有りませんでした睡眠薬を嚥んで熟睡した儘苦悶の後をも見せて居ませんでした（傍線は筆者）

芥川の名前は「龍之助」から「龍之介」と正しく表記されたが、上記の傍線のあるところを見てもわかるように、奥さんの名前（文）だけでなく、息子三人の名前（比呂志、多加志、也寸志）も間違えられている。

その続きには、自殺の原因として、小学全集の醜い争いと、数年来肺結核に侵されたことなど、二つ挙げられた。

【東京二五日発】　芥川氏が自殺を遂ぐるに至つた原因は誰も知る事を得ないが氏が或旧友へ送るの手記と題して原稿して居るが同文中氏が自殺を選んだ道程を物語つて居るものがある自殺の動機は先頃問題となつて居る菊池氏と共同で計画した例の小学全集が北原氏の児童文庫と衝突し出版会の喧嘩となつた事に就て小学生に対して斯かる社会の争を知らせるのは忍びないとて爾来菊池氏等と面白からぬ感情を以て居た事と数年来肺結核に犯された事の二つが原因となつて神経衰弱に導き終に死に至らしめたものであると

最後に久米正雄の話を引用し、長い間死の方法を研究していたことを書いた。

【東京二五日発】　芥川氏の友人久米正雄氏は語る、六月中旬鎌倉で会つたのが最後でした遺書にある様に縊死も水死も出来ず長い間死の方法を研究して居た為めか遺書等から見ればあの立派な死を病死とも発表されぬ又詰まらぬ憶測も困るから発表した

七月二六日の『台湾日日新報』における芥川の死についての報道は以上の3本だった。さらに二九日の文芸欄にも「文壇の明星／芥川龍之介逝く」と題した追悼の文が掲載される。

我文壇に確固たる地位を占めて常に傑作を発表してゐた芥川龍之介氏は24日遂に自邸で自殺を企てた氏は二年前から既に之を覚悟してゐたと其遺書の中で言つてゐる氏の芸術家としての価値に就ては今更云々するに当らない程勝れたる芸術家として認められてゐたのであつて芥川氏の死が我文壇にとつて一大損失である又氏の今日まで成し来つた文壇的功績乃至氏の死が現今の我文壇に及ぼす影響等を考へると吾々は言ひ知れぬ寂寥を感ぜずにはゐられない氏の追憶に関しては既に報じたので此処に改めて記すことは止めるこの欄に於て深き哀悼の意を表して置く

以上は『台湾日日新報』において、芥川の死に関する報道であった。七月三一日に芥川の遺書発表や辞世の短冊などを紹介する短い内容や、昭和五年一月二九日付けの七面記事に芥川を追慕して松坂屋屋上から飛降り自殺した女学生栢植春子の紹介、昭和一一年に大阪商大講師だった恒藤恭氏が来台中のため、芥川龍之介を聴く座談会を行う知らせなどがあるだけで、台湾を中国に帰還するまで、芥川龍之介のことは『台湾日日新報』にはほとんど触れられていなかった。

2　芥川と台湾との接点

芥川龍之介が書き残した「手帳（五）」[1]には台湾のことについて次のようなメモが書かれてある。

○台湾の山奥。熟蕃二人。トロッコ。豚の腿。男子、六〇〇に売れる。水牛を飼ふ子供。(M)

『芥川龍之介全集　第二十三巻』「後記　手帳5」[2]の説明によると、「原資料の所在は現在では不明である」とし、「一九二三（大正一二）年から晩年にかけて記された、と推測される」と書いてあるが、すべてが一九二三年以降に書いたとは限らない。「後記　手帳5」の解説にもあるように、

この手帳に記されたメモと関わる作品を挙げれば、次のようになる。「三つの宝」（一九二二年二月「良婦之友」）、

「貝殻」(一九二七年一月「文芸春秋」)、「枯野抄」(一九一八年一〇月「新小説」)、「侏儒の言葉」(一九二三年一月―二五年一一月「文芸春秋」)、「玄鶴山房」(一九二七年一、二月「中央公論」)、「河童」(一九二七年三月「改造」)、未定稿としては「美しい村」「物臭太郎」「冬心」、他に詩歌未定稿として「黒南風」など。

一九二二年二月に発表した「三つの宝」から一九二七年三月に発表した「河童」まで、この手帳に関わっていることから、この手帳を書き出したのは一九二二年二月以前のものと見てよかろう。では、台湾に関する記述はいつごろ書かれ、誰から聞いた話なのだろうかを考察してみよう。

手帳には「台湾の山奥。熟蕃二人。トロッコ。豚の腿。男子、六〇〇に売れる。水牛を飼ふ子供。」と簡潔に書かれているが、当時の日本人が台湾についての理解はいわゆる「蕃人」やら「水牛」やらの名がよく挙げられるが、芥川にとっても他の人と同じように、これらのものには印象深かったのであろう。

まずは手帳の「台湾の山奥」「熟蕃二人」を見てみよう。台湾の山の奥には先住民(蕃人)が住んでいることを指すのであろう。「熟蕃二人」の身には何があったのだろう。ちなみに台湾の先住民の「蕃人」には「生蕃」と「熟蕃」にわけている。「生蕃」と「熟蕃」の違いについて、森丑之助には下記の説明がある。

生蕃と熟蕃に就きまして兼て色々説を伺って居りますが、私の思いますのは、熟蕃と生蕃は文字の上で言えば幾らか化し熟したものが熟蕃であって、依然原始的状態を継続して居るものが生蕃である様にも聞こえますし、若しそうすれば生蕃なるものに種族的連絡があったものゝ様にも見えます。他の一説に依りますれば、元は皆生蕃であって、其生蕃は或時代平地に住まって居ったのを移住民の圧迫に因って皆山中に遁げた連中が他の感化を受ける機会がなくして矢張り現今に於ても生蕃状態であるが、平地に在って支那人等の感化を受けたものが熟蕃になったのであろうと云う説があります。(3)

熟蕃について、以上の二つの説の中で、芥川はどの説を持って理解しているのだろう。「熟蕃二人」は何についての話か、ちょっと想像がつかない。

次の「トロッコ」について、二つの可能性がある。一つは軽便鉄道のトロッコであり、もう一つは台湾の花蓮にあるタロコ（太魯閣）峡谷、あるいは台湾の花蓮に住んでいる先住民のタロコ（太魯閣）族のことである。後者のほうから先に説明しておこう。タロコのことを当時の台湾では「トロコ」という呼び方もあり、それを誤って芥川が「トロッコ」と記した可能性がないわけでもないが、ただし可能性が極めて低いと見ていいと思う。軽便鉄道のトロッコについては、当時の台湾には森林伐採の関係で、「トロッコ」が花蓮などには実際にあった。もし、この「トロッコ」が「タロコ」の誤記でなければ、軽便鉄道のトロッコであるとしたら、芥川の「トロッコ」という作品と、どのような結び関係になるのであろう。もちろん直接な関連性を証明するのが難しいが、一九二二年三月に発表されたこの小品は「三つの宝」直後に公表されたことから、前記の「手帳（五）」との影響関係があってもおかしくなかろう。芥川はどのようなエピソードを聞いて、「トロッコ」とメモしたのであろうかについては、とても興味深い。二〇〇九年に撮影された映画「トロッコ」のロケ地を台湾の花蓮にしたのも、運命の不思議なめぐり合いかもしれない。

3　手帳（五）の（M）の謎

前述の手帳（五）に書かれた台湾についての記述の最後に（M）と書いてあるが、これはおそらくM氏から聞いた話であることが推測できよう。では、このM氏とは、誰のことであろうか。結論を先に言うと、このM氏は森丑之助という文化人類学者ではないかと思う。では、この森丑之助はどのような人物かを紹介しておこう(4)。

丑之助は明治一〇（一八七七）年に京都に森家の次男として生まれた。幼い時から病弱で、長生きできないだろうと医者に言われた。明治二六年（推定）に長崎商業学校で中国南方官話を学んで、満一八歳の年（明治二八年）に陸軍の通訳として台湾に渡った。明治二九（一八九六）年に通訳として花蓮、新城、太魯閣へ赴き、第一回の台湾原住民調査に台湾に来た鳥居龍蔵と東海岸で出会う。その後、何回か鳥居龍蔵の調査に同行し、また、鳥居氏の紹介で東京人類学会に入会した。明治二九（一八九六）年から大正五（一九一六）年行方不明となるまでの三〇年間、ほとんど中断することなく、台湾の先住民のことを研究し続けてきた。その研究成果は台湾や日本の各地で講演をもって披露したり、新聞や雑誌に投稿したり、『台湾蕃族志』などの本にまとめたりした。

森丑之助は大正九（一九二〇）年に台湾旅行に来た佐藤春夫と知り合い、友情を深め、台湾の各地を案内した。東京に戻った佐藤春夫は大正一四（一九二五）年に「霧社」という作品を発表した。この作品に森丑之助がM氏という名前で登場している。

或る日、市内に号外が発せられてそれによると、蕃地威圧の目的を以て派遣された飛行器の一台が蕃山のなかへ墜落した報知であった。その次にはその機は破壊され飛行士は首と男根とを切断された屍となって見出されたという号外にも接した。その時M氏は温雅な表情をやや憂鬱にして予に告げるには、一たい蕃人の人を殺すやその目的は決して殺人その事にあるのではなく、たゞ彼等は一種の宗教的迷信のために人の首を得たいのみであって、もし仮りに首さえ得られるならば命は残して行く位なものである。(5)

すでに笠原政治氏に指摘されたように、佐藤春夫は『台湾蕃族志（第一巻）』に書かれた、森丑之助の「首狩」についての見解をそのまま引用した。(6)つまり、このM氏は間違いなく森丑之助であることはいうまでもない。森丑之助の年譜によると、大正一二（一九二三）年に関東大震災が発生し、東京にあった台湾原住民関係の資料や未刊原稿などのほとんどが焼失したと書いた。この記述から、森丑之助が東京にも家を持ち、貴重な資料などをそこに置いていたことがわかる。森丑之助は大正九年に佐藤春夫と知り合い、その後、佐藤春夫の紹介で芥川龍之介に面会する機会を得、台湾の先住民のことなどを話したと推測できよう。芥川は森氏から聞いた台湾についての話を手帳に書きとめ、いちばん最後に森氏のMと記したのであろう。

4　西川満と芥川龍之介

西川満（一九〇八〜一九九九）は福島県会津若松市に生まれ、父親の仕事の関係で三歳で台湾に渡った。台北一中を経て、早稲田大学仏文科に入学した。卒業後、台湾日日新報に就職し、『文芸台湾』などの雑誌を創刊した。一九四六年に日本に引き揚げた。作品に『赤嵌記』『華麗島民話集』『台湾縦貫鉄道』などがあり、台湾の民俗に深い関係を持っている小説を多く発表した。彼には「澄江堂遺珠―思ふはとほき人の上―」(7)というエッセーがある。七年前、初めて芥川龍之介の死を知った時のことを書き表した。

澄江堂、芥川龍之介の七周忌がまた近くおとづれようとしてゐる。

わたしが故人の死を知つたのは、東北の小さな一城下町に於てであつた。青葉にかほる鶴ヶ城に、うたた感慨の涙を洩らして、とぼとぼと城から町への赤ちやけた田舎道を歩いてゐた時、町はづれの水車小屋の白壁に、ぺつたり貼りつけてある一枚の号外が眼についた。それは汚いザラ紙であつたが、芥川龍之介自殺すとたつしやな筆で書きなぐつてあつた。わたしはこの悲報を見た瞬間、何とも形容の出来ぬ衝動にうたれて、呆然とたつつくした。附近の田の中から、ぎらぎらと陽炎がたち上るのが、いやにはつきりと脳裏にうつつて、わたしは白痴になつたやうな気がした。わけもなく（昇天）（昇天）と口ずさみ乍ら、水車の動きを見てゐたのを今でも覚えてゐる。

夜になつて、泊つてゐた東山の温泉宿に帰つてからも、澄江堂が死んだかと思ふと、どうしても落ちつくことが出来なかつた。何でこんなに他人の死が自分に感銘を与へるのか。それもわからなかつた。わたしはその時大分気がへんであつたらしい。東京から来た隣室のある夫人に、無暗に喰つてかかつた。それは夫人が龍之介を馬鹿だと云つたからだ。が、翌日になつて、一緒に渓流の傍を散歩しながら、夫人の身の上話を聞くに及んで、ああ昨夜はわるいことをしたと、しみじみ自分の短慮を悲しく思つた。意外にも夫人は未亡人であつたのだ。そして夫人の良人は、彼女と二児を遺して自殺したと云ふではないか。（銀行が破産しましてね）さう云つた時の夫人のさびしさうな微笑み。わたしは夫人の澄江堂を憎む理由がよくわかつた。東京の愛児の許へ帰ると云ふ前夜わたしの部屋に遊びに来た夫人は、水蜜桃を白い指先で器用にむいてくれた。

　夫人とはそれつきり別れてしまつたが、澄江堂の忌日が来る毎に、わたしはこのはかない挿話を思ひ出す。

芥川龍之介が自殺したのは昭和二（一九二七）年で、西川満が一九歳の年だった。早稲田大学に通っている大学生が芥川の死から衝撃を受け、龍之介の自殺は馬鹿なことであるかどうかのことで、隣室の夫人と口論をした。翌日に夫人の身の上話を知った西川満は夫人に謝ったが、芥川の死について思い直したのであろうか。

西川満は『台湾婦人界』という雑誌に連載小説「華厳」(8)を発表した。その一節として、下記の描写がある。

　今朝は猪苗代湖の水も、あをく、はつきりと見えた。

　何故自分は、このひとと会つてゐると、こんなに軽口みたいなことしか云へぬのだらう。逃避――いや、さうかもしれぬ、三郎は瞬間さう思つた。さうして、さつきあれほど真剣に、久遠の女性として描かうとしたのに、やはりかうして現実に顔を合はすと、生きた女人として、眼が、口が、胸もとが、やはりあざやかに飛びこんでくるのであつた。あわてて三郎は視線を転じた。机上の本は芥川龍之介の短編集であつた。

　丁以子も、三郎の視線を感じると、

「退屈だつたので読みかけてゐましたのよ」

と、繊い指先で、パラパラと頁をめくつた。

「ちょっと」

と云つて、その本を受けとると、三郎は、しをりのはさんである頁をあけてみた。ちやうど「世之助の話」のところであつた。夫人がこの一章から、何を感じるであらうかと、一種云ひ難い興味を覚えたが、さすがに

三郎はそれを口にしかねた。さうして、

「芥川のものお好きですか」

「ええ。やはり教養の深さがものを云ひますのね。大抵の小説は一度読んだら、二度と読みかへす気がしないものですけど、芥川さんの作は、充分読みかへせますわ」

三郎は、それには同感であつた。さうして夫人と芥川とは何か目に見えぬつながりがあるやうな気がした。

「でも、あたくし、芥川さんのお作は好きですけど、ひとは馬鹿だと思ひますの」

「え？」

「とても大馬鹿ですわ」

意外な丁以子の言葉に、今の今まで夫人と芥川とを同じ範疇の中に描いてゐた三郎は、真に愕然とした。どうしてですと思はず問ひかへしたくなつた時、

「ね、さうでせう」

と丁以子は孔雀のやうにあでやかに笑つた。

「でも」

三郎が云ひつづけやうとする前に、庭で遊んでゐた蕙子が「お母さん」と、遊びつかれて入つて来たので、芥川の問題はその後長く三郎のこころに残つた。

丁以子夫人の「芥川さんのお作は好きですけど、ひとは馬鹿だと思ひますの」という発言は、西川満が東山の温泉宿で出会った夫人の主張と一致している。

5　むすび

宮坂覺先生古稀記念論文集に論文を寄こしてほしいと依頼された時、とても光栄に存じ、何も考えずにすぐ引き受けたが、それが苦しみの始まりとは夢にも思わなかった。「芥川龍之介と台湾」という題を与えられたが、何について書いたらいいかずっと迷っていた。なぜなら、台湾とほとんど関わりのない芥川龍之介だからどうしようもないと、締め切りが迫るにつれて、ますます焦りが募って筆がいっこう進まなく、諦めようとさえ考えたことがある。締め切りが大幅過ぎてもなかなか完成できず、五島慶一先生をはじめ、編集に携わっている先生方にたいへん迷惑をおかけしたこと、この場を借りてお詫びの意を表したい。

この論文では、台湾に長く滞在した二人の日本人、森丑之助と西川満を取り上げ、芥川龍之介との繋がりを追求しようとした。森丑之助は一生かけて台湾の先住民（蕃人）のことを研究し続け、すばらしい成果を挙げた。佐藤春夫の台湾旅行、そして台湾を背景に書いた作品など、森丑之助を抜きにしては成り立たないと思う。また、佐藤春夫と親交のある芥川龍之介も恐らく佐藤春夫の紹介で森丑之助と出会い、森氏から台湾の熟蕃などの話を聞いたのであろう。

一方、日本統治時代後期、台湾文壇の牛耳をにぎった西川満は、大学生だった時に、芥川の死により衝撃を受けたが、旅行先の温泉宿の隣室の夫人の言動で芥川龍之介の死について考え直された。その経験を一〇年後小説の一節と化したのである。

注

（1）『芥川龍之介全集　第二十三巻』岩波書店一九九八年一月二九日発行　三四八頁
（2）前掲書　六二九頁
（3）森丑之助「台湾の蕃族に就て」『幻の人類学者　森丑之助』風響社　二〇〇五・七　一四二頁
（4）以下のものは『幻の人類学者　森丑之助』風響社の「森丑之助年譜」をもとにまとめたもの。
（5）佐藤春夫「霧社」（一九二五）『定本佐藤春夫全集』五、臨川書店、一九九八　一三八頁
（6）笠原政治「森丑之助と佐藤春夫」『幻の人類学者　森丑之助』風響社　二〇〇五・七　二五九頁
（7）西川満「日孝山房童筆」雑誌『愛書』台湾愛書会　一九三四・八・一　一六二〜一六四頁
（8）西川満「華厳」（6）雑誌『台湾婦人界』　株式会社台湾婦人社　一九三八・二・一　四五〜四六頁

短歌 ――万葉歌との関連から芥川短歌を見直す

太田真理

1　はじめに

芥川龍之介は、作品として百十首余（うち重複二十首）の短歌を公刊したが、そのほかに書簡中に約五五〇首もの短歌を残している。他に旋頭歌、長歌も含めると七〇〇首を超える（広義の）歌が残されていることになる。これは、数として俳句の約五六〇句を大きく上回る。(1)

芥川の短歌に関する論文としては、友人でもあった土屋文明の短歌論が最も早い。「短歌に於ても芥川氏はその形式を、旋頭歌等の雑體に於て活用したやうに利用しようとしたのではあるまいかと見られる點が目立つ。」などと認めながら、内容については「芥川氏の短歌は芥川氏の文藝上の仕事全體のうちでは九牛の一毛と云つても足りないものであらう」とし、その評価は高いものではなかった。(2) 大岡信氏も最晩年の歌二首

わが前を歩める犬のふぐり赤しつめたからむとふと思ひたり（犬）

わが門のうすくらがりに人のゐてあくびせるにも驚く我は（病中偶作）(3)

を挙げて「私にとっての芥川の短歌はほぼ充分である。」と言い切る。(4)

これらの論に代表されるように、芥川の短歌論は小説の余技という位置づけから大きく抜け出すことはなく、様々な短詩形を採用した意味を問う形式論、同時代の歌人の作品との影響関係を探るものに加え、近代短歌としての出来を問うものが主であったといえよう。同じく小説以外の文学的営為である俳句に比べ、短歌の評価は高いとはい

えない。

しかし、芥川の短歌に対する意識が決して「余戯」（芥川自身の表記。傍点筆者―「文芸的な、あまりに文芸的な」十三　森先生）ではなかったことは次の言からもうかがわれる。

僕の仕事は残らずとも、その歌だけ残ればとも思ふことあり。（大正十五年十二月四日　斎藤茂吉宛書簡）

しかし正直に白状すれば、僕はアナトオル・フランスの「ジァン・ダアク」よりもむしろボオドレエルの一行を残したいと思っている一人である。（「文芸的な、あまりに文芸的な」十三　森先生）

一方、芥川の短歌の読みぶりの変遷について岡本彦一氏は、自然主義、青年のセンチメンタリズムを示す第Ⅰ期（「習作期」）（大正元年まで）、白秋・茂吉・勇の影響期である第Ⅱ期（大正二～五年）、「あらたま」以後の茂吉を基体とする第Ⅲ期（大正六または八年以降）に分ける。(5) 本林勝夫氏は、俳句との関連から「俳句以前の初期」とそれ以後に二分し、その境を大正六年頃に置いた。(6) 國末泰平氏は作歌時期を散文作品との関係において初期（大正八年「あの頃の自分」まで）、中期（大正十四年「大道寺信輔の半生」まで）、晩年（「大道寺信輔の半生」以後）の三期に分けた。(7) 三氏の区分が共通して、大正六～八年頃に、いわゆる模倣期から何かしら芥川らしさの表れた歌境へと、大きな転換期をみていることは注目すべきであろう。

石割透氏によると、「砂上遅日」（大正五年二月）について、「此処に至って初めて、齋藤茂吉が芥川龍之介の文学に翳をおとすに至った」という。(8) 茂吉との初対面は大正八年五月六日長崎に於てであったが、芥川はそれ以前に歌集『赤光』により茂吉に運命的に出会い影響を受けた。(9) 大正六～八年の転換期はその茂吉風の歌い振りの確立直後に位置付けられる。

芥川自身、後に「僕の詩歌に対する眼は誰のお世話になったのでもない。斎藤茂吉にあけて貰ったのである。」「かつまた茂吉は詩歌に対する眼をあけてくれたばかりではない。あらゆる文芸上の形式美に対する眼をあける手伝いもしてくれたのである。」（「僻見」一　斎藤茂吉・大正十三年三月）と述べているのは有名な一文であるが、その「斎藤茂吉にあけて貰った」眼で、芥川は何を見たのだろうか。

そこで、芥川が前掲の文に続けて「とにかく僕は現在でもこの眼に万葉集を見ているのである。この眼に猿蓑を見ているのである。（「僻見」一　斎藤茂吉）と記していることに注目したい。こうした状況を考え合わせると、これまでの近代短歌の立場からのみ俯瞰してきた芥川の短歌に対する評価では、見落としてしまったものがあるのではないかという危惧が生じてくる。芥川の小説作品が古典摂取から出発したように、芥川の歌の底流にもやはり古典に遡るものを見直してみることも意義のあることではないだろうか。そうすることで、芥川の短歌の言葉そのものが拠って立つものが見えてくるように思う。

芥川の「万葉風」はあくまでも茂吉の影響を色濃く受けた中でのものであるという指摘があることはふまえたうえで、本論では、茂吉を通して近接したとされる万葉集との接点を手掛かりとして、芥川の短歌を読み直す試みをしてみたい。(10)

2　芥川短歌作品にみる万葉の影

芥川の短歌と万葉集の関わりを探る第一歩として、芥川が生前「作品」として公刊した短歌と万葉歌の詞句について関連すると考えられるものを表にまとめてみた。芥川の短歌は書簡の中にこの数倍の歌数が残されているので、この表をもって芥川の短歌と万葉集の関連をよみとるには不充分ではあろうが、芥川が意識的に世に送り出した歌に表れた状況を押さえることで大方の傾向は掴めると考える。

表からも読み取れる通り万葉歌との関わりは、「紫天鵞絨」「桐」「薔薇」「客中恋」等初期の作品にはほとんど見られないと言ってよい。

うす黄なる寝台の幕のものうくもゆらげなるま丶に秋は来にけむ（「薔薇」）

作品名		初句	関連する句・語法	関連歌
紫天鵞絨	1	やはらかく		
	2	いそいそと		
	3	ほの赤く		
	4	戯奴の		
	5	なやましく		
	6	春漏の		
	7	片恋の		
	8	恋すれば		
	9	麦畑の		
	10	五月来ぬ		
	11	刈麦の		
	12	うかれ女の		
桐	1	君をみて		
	2	君とふと		
	3	広重の		
	4	いつとなく		
	5	病室の		
	6	夕されば		
	7	草いろの		
	8	くすり香の		
	9	青チヨオク		・・・朝言に 御言問はさぬ 日月の 数多くなりぬれ そこ故に 皇子の宮人 ゆくへ知らずも（②一六七・人麻呂）
	10	その日さりて		あしひきの山にしをれば風流なみ我がするわざをとがめたまふな(④七二一・坂上郎女)
	11	いととほき		
薔薇	1	すがれたる		
	2	香料を		
	3	にほひよき		
	4	夜あくれば		
	5	其夜より		
	6	わが足に		
	7	ほのぐらき		
	8	うなだれて		
	9	ほのかなる		
	10	かりそめの		
	11	うす黄なる		君待つと我が恋ひ居れば我が宿の簾動かし秋の風吹く（④四八八／⑧一六〇六・額田王）
	12	薔薇よさは		
客中恋	1	初夏の		旅にありて恋ふれば苦しいつしかも都に行きて君が目を見む（⑫三一三六・羈旅發思）
	2	海は今		
	3	君が家の		
	4	都こそ		
	5	黒船の		
	6	幾山河		
	7	憂しや恋		
	8	かなしみは		
	9	二日月		
	10	何をかも		
	11	ともしびも		
	12	ときすてし		
砂上遅日	1	うつゝなき	～のむた	
	2	八百日ゆく		八百日行く浜の真砂も我が恋にあにまさらじか沖つ島守（④五九六・笠郎女）
	3	きらゝかに	ここだ	
	4	いゝさ波生まれも	高天	
	5	光輪は	海人娘子	
	6	むらがれる	海人娘子	
	7	うつそみの	かがよふ	
	8	荘厳の		
	9	いゝさ波かゞよふ	かがよふ	
	10	きらゝ雲		…天雲の 向伏す極み たにぐくの さ渡る極み…(⑤八〇〇・憶良)
	11	雲の影おつる		
	12	雲の影さかる		
春草会にて	1	枝蛙		み吉野の象山の際の木末にはここだも騒く鳥の声かも（⑥九二四・赤人）
春草会詠草	1	大島や		
我鬼抄	1	枝蛙		「春草会にて」1と小異歌
（歌十六首）	2	末の世の		唐国に行き足らはして帰り来むますら健男に御酒奉る（⑲四二六二）
	3	赤寺の	枕く	寺々の女餓鬼申さく大神の男餓鬼賜りてその子産まはむ（⑯三八四〇）
	4	しぐれふる	ミ語法	
	5	窓のへに		我が宿のい笹群竹吹く風の音のかそけきこの夕かも（⑲四二九一・家持）
	6	きみが家の		
	7	手水鉢の		
	8	うす曇る		
	9	橋の上ゆ	～ゆ	
	10	茘枝なす	～なす	
	11	おぼろかに		
	12	秋ふくる		朝顔は朝露負ひて咲くといへど夕影にこそ咲きまさりけれ（⑩二一〇四・詠花）
	13	朝顔の		
	14	冬心の	枕詞 ～らく	
	15	さ庭べに		
	16	霜曇る		
時折の歌	1	露霜の		
	2	このゆふべ		
	3	土にしける		
	4	空にみつ	枕詞	
	5	この朝げ		
	6	わが庭は	～なへ	
	7	ひさかたの	枕詞 ミ語法	
	8	葉をこぞり		
	9	筆太の	ミ語法	
	10	ぬば玉の	枕詞	
短歌	1～20	(我鬼抄、時折の歌と重複)		
	21	第したる		
	22	遠山に	序詞 かがよふ	
	23	金沢の		
	24	春雨は	ク語法	
	25	わが前を		

〈表・芥川の短歌と万葉集〉

君待つと我が恋居れば我が宿の簾動かし秋の風吹く（④四八八／⑧一六〇六・額田王）

という両歌が、垂らした間仕切りが風に揺らぐさまで秋の到来を知るという共通の発想を持つ、或いは「客中恋」の旅先で恋人を想うモチーフが、

旅にありて恋ふれば苦しいつしかも都に行きて君が目を見む（⑫三一三六・羇旅發思）

の歌を具体化したものではないかと指摘できるくらいであろう。しかし数は少ないものの、それが単なる語句の摂取ではなく万葉の歌が持つ意味や雰囲気を全体的に取り入れていることは、芥川の古典の理解が、今昔物語などの散文のみならず韻文においても表面的なものにとどまらなかったことをうかがわせる。

万葉歌との関連は「砂上遅日」において顕著になる。「～のむた」「高天」「蜑少女」「かゞよふ」「むかぶす」等、上代の歌にしばしば登場する語句の使用のほか、

八百日ゆく遠の渚は銀泥の水ぬるませて日にかゞやくも

きらゝ雲むかぶすきはみはろばろと弘法麦の葉は照りゆらぎ

の関連歌としてそれぞれ、

八百日ゆく浜の真砂も我が恋にあにまさらじか沖つ島守（④五九六・笠郎女）

…天雲の向伏す極みたにぐくのさ渡る極み…（⑤八〇〇・山上憶良）

を挙げることができよう。そればかりではなく、作品全体を覆うおおらかな自然描写も所謂万葉風であると捉えられる[11]。これは、前節で述べた通り、茂吉の『赤光』との出会いの直後の時期に重なり、一方で芥川自身の「茂吉にあけてもらった眼」の記述と呼応する。芥川の眼が万葉の歌に向かって開かれたことを物語るといえよう。

このような万葉歌との関連は、以後「我鬼抄」まで顕著である。語句・語法では上代に特徴的な「枕《ま》く」「～ゆ」「～なす」「～らく」などの語や「～を～み」の形をとるミ語法（原因・理由を表す）の使用があげられる。歌では、

赤寺の南京寺の痩せ女餓鬼まぎはまぐとも酒なたちそね（「我鬼抄」）

の歌に対して、

寺々の女餓鬼申さく大神の男餓鬼賜りてその子産まはむ（⑯三八四〇・池田真枚）

という関連歌があることはしばしば先行研究で指摘されており、また「赤寺の…」の前に置かれた

末の世のくどきの歌の歌ひじり吉井勇に酒たてまつる（「我鬼抄」）

には、

唐国に行き足らはして帰り来むますら健男に御酒奉る（⑲四二六二・丹比鷹主）

という類句を持つ歌が指摘できる。このほかにも、

窓のへにいささむら竹軒のへに糸瓜ある宿は忠兵衛が宿（「我鬼抄」）

我が宿のい笹群竹吹く風の音のかそけきこの夕かも（⑲四二九一・大伴家持）

では、「いささむら竹」という特色ある共通詞句がみえる。「砂上遅日」から「我鬼抄」にかけては、詞句、内容ともに万葉歌と豊かな繋がりが確認できる時期であるといえよう。

その後、「時折の歌」「短歌」（梅・馬・鶯）に至ると、歌そのものの参考というよりは「空にみつ」「ひさかたの」「ぬば玉の」といった枕詞の使用や「〜なへ」などの語句、「ミ語法」「ク語法」といった上代特殊語法の摂取が多くみられる。また、

遠山にかがよふ雪のかすかにも命を守ると君につげなむ（「短歌」）

では、「遠山にかがよふ雪の」が「かすか」をおこす「序詞」が用いられているのも注目に値する。用語や技法において万葉風の古色を漂わせながら、内容的には芥川の自在な歌世界が展開されているといえよう。

以上、万葉集との関わりを視点に置くと、「紫天鶯絨」から「客中恋」までの万葉の影響が殆ど見られない時期、「砂上遅日」から「我鬼抄」までの万葉歌との関わり豊かな時期、「時折の歌」以後の上代的な語句・語法を摂取しつつ自在に歌作した時期と、芥川の短歌は大きく三期に区分される。類句・関連歌の認定においては他に様々な基

準もあろうが、大きな傾向としてはそのように把握できそうだ。次節では、書簡中の歌に対象を拡げて万葉集との関連を探ることとする。

3　茂吉に開けてもらった眼

芥川の最初の短歌は明治四十二年三月二十八日の書簡にみられる一首であるが、それをはじめ若年の書簡歌は万葉集との関わりは深くはないようである。概観する限り万葉集の影響は、大正三・四年あたりから大きく出始める。

　庖厨の日かげし見ればかなしかる人の眉びきおもほゆるかも（大4・6・29井川恭宛）

は、大伴家持の若年の歌

　振り放けて三日月見れば一目見し人の眉引き思ほゆるかも（⑥九九四・大伴家持）

に依拠することは明らかであろう。

芥川は「僕は歌を沢山も読んだ事はないが、偉い歌人の中でも赤人や家持にはどうも縁の薄い人間らしい。」（「短歌雑感」）と言うが、前節でも挙げた歌を含め家持の歌とは浅からぬ関連が見てとれる。或いは、歌句の摂取と作風への傾倒は別事であったということか。

　かぎろひのほのかに潤ふ眼をふせて思ひわびにつゝありぬらむ今
　ひんがしの風しふけらば黒髪の子と吾と汝を思ふとしりそね（大5・1・15井川恭宛）

とある「かぎろひの…」「ひんがしの…」の組み合わせは、人麻呂「安騎野遊猟歌」の一首

　東の野に炎の立つ見えてかへり見すれば月傾きぬ（①四八・柿本人麻呂）

を想起させる。同じような対応は、次の歌についても言うことができる。

　白玉のゆめ子を見むと足びきの海人の岩みちなづみてぞ来し（大9・11・24佐々木茂索宛）

大空ゆ通ふ我れすら汝がゆゑに天の川道をなづみてぞ来し（⑩二〇〇一・人麻呂歌集）

いずれも思いを寄せる女のもとへ悪路を難渋して来訪したと詠むことで思いの強さを伝える歌である。

世の中のおろかのひとり自がやける楽の茶碗に茶をたうべ居り

世の中のおろかのひとり翁さび念仏すと思へ湯壺の中に（大10・10・12香取秀真宛）

の二首には

…世間《よのなか》の 愚か人の 我妹子に 告りて語らく…（⑨一七四〇・高橋虫麻呂歌集）

の影響があるだろう。また二首目の「翁さび」は

針袋これは賜りぬすり袋今は得てしか翁さびせむ（⑱四一三三・大伴池主）

に見える語である。「〜さび」は、「〜らしくなる」の意の「〜さぶ」の名詞形であり、万葉集には他にも「をとめさぶ」「神さぶ」等の例がある。

足ビキノ山ヲ愛シト世ノ中ヲ憂シト住ミケン山男アハレ（大15・12・2柳田国男宛）

の「世ノ中ヲ憂シト」には関連歌として二首の長歌を挙げることができる。

世間を憂しとやさしと思へども…（⑤八九三・山上憶良）

世の中を憂しと思ひて…（⑬三二六五・作者未詳）

他にも近似する歌は枚挙にいとまがなく、いかに芥川が万葉集の歌表現に親しんでいたかが推察できるのだが、中でも次の三首一組の歌は特に注視しておきたい。

赤らひく肌《はだへ》ふりつゝ河童らはほのぼのとして眠りたるかも

この川の愛《めぐ》し河童は人間をまぐとせしかば殺されにけり

短夜の清き川瀬に河童われは人を愛《かな》しとひた泣きにけり（大9・9・22小穴隆一宛）

「赤らひく」という枕詞に加え、殺された河童を憐れむ「愛《めぐ》し（いたわしい、かわいそうだ）」は上代に特有な語

であり、胸を締め付けられるような恋心を表す「愛し《かな》（いとおしい）」と対照して使用することで互いの哀感が増幅される。さらにこの歌は、小説「河童」に通ずる特異な世界観を創出し芥川独自の歌境に至ったものとして特筆すべきであろう。この時期は短歌「作品」では「万葉歌との関わり豊かな時期」にあたるが、以後の「自在な歌作期」に先立ってその自在性が書簡歌の中に準備されたと考えられるのではないだろうか。

次節では、河童の歌に焦点を絞り、芥川の歌の到達点に迫ってみたい。

4　諧謔と抒情

宮坂覺氏は芥川の「歴史小説誕生のエレメントの一つ」として「龍之介は、作品の裡に已れの感情、いわば日常性が現出することを極度に嫌い恐れた。」と指摘する。[12]その意識が短歌にも及ぶものであることは、芥川自身の次の記述からも読み取れる。

短歌雑誌には生活派の歌と云ふのが出てゐる。（略）兎に角あんな平俗な心もちを歌ふ位なら、何も窮屈な思ひをして、三十一文字を弄してゐなくつても、詩とか小説とか、もっと叙述に便利な形式を遊んだ方が好きさうな気がする。（「短歌雑感」）

やはり芥川にとって短歌をは日常性を脱した、優れて文学的な営みとして意識されたものであったといえよう。

前節であげた三首の河童の歌には、「此の頃河童の画をかいてゐたら河童が可愛くなりました　故に河童の歌三首作りました」という文が添えられている。このほかにも次のような河童歌の連作がある。

川郎のすみけむ川に蘆は生ひその蘆の葉のゆらぎやまずも
赤らひく肌ふれつゝ河郎の妹背はいまだ眠りて居らむ
わすらえぬ丹《ニ》の穂《ホ》の面輪見まくほり川べぞ行きし河郎われは

人間の女《メ》をこひしかばこの河の河郎の子は殺されにけり
いななめの波たつなべに河郎は目蓋冷たくなりにけらしも
川底の光消えたれ河郎は水《ミ》こもり草に眼をひらくらし
水底の小夜ふけぬらし河郎のあたまの皿に月さし来る
岩根まき命《イノチ》終りし河郎のかなしき瞳をおもふにたへめや（大9・10・27下島勲宛）

河童のきょうだいを「妹背」と称する点、第三首「わすらえぬ丹《ニ》の穂《ホ》の面輪」と

我が恋ふる丹のほの面わこよひもか天の川原に石枕まく（⑩二〇〇三・人麻呂歌集）

の関連、第八首「岩根まき」にみえる死の表現など、やはり万葉歌の表現をふまえつつ、河童の悲恋を諧謔を交えながら抒情的に詠む独特の作品となっている。芥川の虚構の世界で活躍する河童（河郎）は、ある意味人間以上に人間的でありながら、ついに人間とは相容れぬ哀しい存在であった。それは、河童世界という非日常に託されて芥川の「己れの感情」「日常性」が表現されたものであったと考えられよう。

河童の歌が詠まれた大正九年は、書簡中にさかんに歌が書かれた多作期にあたる。その同じ時期以後に次のような戯笑歌（諧謔歌）が詠まれていることもまた括目に価しよう。

ひさかたの天主の堂に糞長くまりはまるとも歌なよみそね
長崎の南京でらの痩せ女餓鬼まぎはまぐとも歌なよみそね
黒船の黒き奴の瘡の膿なめばなむとも歌なよみそね（大9・月不明18・香取秀真宛）
河豚ばら揚子の江に呼ぶ声聞けば君が新妻まぐと呼びけり（大10・5・30吉井勇宛）
いざ子ども利鎌とりもち宇野麻呂のもみ上げ艸を刈りて馬飼へ（大14・1「澄江堂雑詠」『文芸日本』）

何れも本来歌とは相容れないような品位の無い語を採用した歌である。それは香取秀真宛のものが長崎からの所信であるなど、戯笑やからかいを交えた書簡の機能を持つものでもあったが、そうした言葉を歌の形に仕立てるの

にはそれなりの理由があったと考えられる。
こうした歌は次のような万葉集巻十六の歌世界を映しているといってよい。
香塗れる塔にな寄りそ川隈の屎鮒食めるいたき女奴（⑯三八二八・長意吉麻呂）
からたちと茨刈り除け倉建てむ屎遠くまれ櫛造る刀自（⑯三八三二・忌部首）
我妹子が額に生ふる双六のこと負の牛の鞍の上の瘡（⑯三八三八・安倍子祖父）
寺々の女餓鬼申さく大神の男餓鬼賜りてその子産まはむ（⑯三八四〇・池田真枚）
童ども草はな刈りそ八穂蓼を穂積の朝臣が腋草を刈れ（⑯三八四二・平群広成）
最初の二首は歌の中に多くの物を詠みこむ物名歌、三八三八は意味無し歌、三八四〇、二は「嗤歌」という題がついている。ちなみに三八四〇は斎藤茂吉の選集である『万葉秀歌』にも録られている。[13] 茂吉の「眼」との重なりを示す。これらの歌々は、万葉集の中でも特異なものであって、何故このような歌が歌として成立するのかは未だ諸説あるところである。
清水克彦氏は、
○…このような、いわばもっとも非歌語的な言葉を歌の中に持込む事は、けっして容易な事柄ではないと思われる。（略）しかし、だからこそ、この条件を充たし得た物名歌は高次言語なのであり、日常言語に対して、その卓越性を主張しうるのである。
○…他人を嗤るという事は、現実世界における行為の一つであり、この巻の嗤歌は、いずれも日常言語性が強い。（略）これを三十一文字という制約の中に凝集したところに高次言語性があり、そこに拍手の贈られる根拠があったと考えられるのである。
と述べ、言語そのものに対する関心と構成の妙による言語遊戯的な歌世界の成立を示唆し、そこにこうした歌の意味が見出せるとした。[14] こうした歌が万葉に残されていることじたい一驚に値するが、それに注目した芥川の感性も並ならぬものがあったことは疑えない。

僕は過去の詩形を必ずしも踏襲しろと言うのではない。唯それ等の詩形の中に何か命のあるものを感ずるのである。同時にまたその何かを今よりも意識的に摑めと言いたいのである。(「文芸的な、あまりに文芸的な」二十六　詩形)

小説作品を主たる表現手段とする一方で短詩形文学にこだわり続けた芥川は、模倣の時期を経て三十一文字の中に抒情と諧謔を融合させたほか、滑稽な言葉を巧みに連結させた歌を生み出した。両者は形を異にするが、歌に相応・不相応という区別を超越したところで言葉を操り一つの完結した意味的世界を創出しようとした意識において共通する。そしてその背景には、万葉集に蓄積された豊饒な歌表現への理解と摂取があったのである。

5　むすびにかえて

以上、白秋や勇、茂吉などの模倣が多く見るべきものに乏しいと評されることが多かった芥川の短歌を、万葉歌との関連を通して見直してみた。芥川は「斎藤茂吉にあけて貰った」という「詩歌に対する眼」で万葉歌からすくいとった表現に依拠しつつ自身のものと言ってよい一つの歌境に辿り着いていると考えられる。それは、生活派の歌を良しとしなかった芥川が抒情と諧謔を融合させ、或いは歌らしからぬ言葉の連なりを歌と成す滑稽歌の新境地であったといってよいのではないだろうか。芥川の辿り着いた歌世界は

僕等はたとい意識しないにもせよ、いつか前人の蹤を追っている。僕等の独創と呼ぶものは僅かに前人の蹤を脱したのに過ぎない。しかもほんの一歩くらい、――いや、一歩でも出ているとすれば、度たび一時代を震わせるのである。(「文芸的な、あまりに文芸的な」三十九　独創)

とある「ほんの一歩くらい」に届いたものとして評価してよいのではないかと考える。

注

（1）芥川龍之介全集第二十四巻（岩波書店一九九八年三月）短歌索引および俳句索引による。
（2）土屋文明「芥川龍之介の短歌」『文学』芥川龍之介研究　岩波書店　一九三四年十一月
（3）昭和二（一九二七）年一月十二日の佐藤春夫宛の書簡（葉書）に「ワガ門ノ薄クラガリニ人ノヰテアクビセルニモ恐ルル我ハ」がある。
（4）大岡信「芥川龍之介における抒情―詩歌について―」『国文学』第十七巻十六号　一九七二年十二月
（5）岡本彦一　岡本氏は、第Ⅲ期を、さらに歌の作風により、前期（大正八～一〇年）中期（大正一〇～一四年）後期（大正一四年以降）に分ける。（「芥川龍之介と短歌」（一）～（六）『説林』3-1～12　立命館文學會　一九五一年一月～十二月）
（6）本林勝夫「文人たちのうた」5～6　芥川龍之介（一）～（二）『短歌研究』第49巻第5～6号　一九九二年六～七月
（7）國末泰平「芥川龍之介の短歌」『ポトナム』86（一〇〇〇）ポトナム短歌会　二〇〇九年八月
（8）石割透「龍之介の短歌「砂上遅日」」『文芸と批評』第三巻第九号　一九七二年八月
（9）芥川と斉藤茂吉の初対面は、芥川長崎旅行の折、大正八年五月六日。（「岩波芥川龍之介全集年譜」）『赤光』との出会いは大正三年～四年の間で諸説ある。山田輝彦氏は大正三年八月、千葉県一の宮滞在中とし、（「芥川龍之介の短歌」『語学と文学』第20号　九州女子大学国語国文学会　一九九〇年三月）、本林勝夫氏は大正四年三～四月の「アララギ」の批評号が契機とし（出典は注6に同じ）、國末泰平氏も大正四年とする（出典は注7に同じ）。
（10）例えば、小室善弘氏は、「はつはつにさける菜たねの花つめばわが思ふ子ははるかなるかな」という万葉ぶりの相聞歌に対し、より直接的な影響は茂吉の「ほのかなる茗荷の花を見守《まも》る時わが思ふ子ははるかなるかも」（『赤光』）であると指摘する。（『芥川龍之介の詩歌』本阿弥書店二〇〇〇年八月）
（11）万葉集の歌が、おしなべて素朴で質実剛健、自然のままを詠むとするのは真実であるとはいえない。ここでいう「万葉風」とは、いわゆる「アララギのいう万葉風」当代の万葉集受容の代表と考えておきたい。
（12）宮坂覺「作家解題」『芥川龍之介　人と作品』翰林書房　一九九八年四月
（13）昭和十三年初版
（14）清水克彦「万葉集巻第十六論」『万葉論集』

俳句――芥川俳句と久米三汀

伊藤一郎

最初の本格的な蕪村全集を編纂した潁原退蔵博士は、その序文を芥川龍之介に請うた。芥川はその申し出を諒とし、手紙形式の序を寄せる。序の中で、蕪村が蕪村となるために「どう言ふ道を踏んで来たか」その間の消息を「機微に亘って捉える」ことが、この全集によって叶えられることに芥川は感謝している。発句・連句・俳文・書簡などを余さず一冊に収録してあるからである。

同様に、私も龍之介が我鬼となり、さらに澄江堂となって、最期に句集を遺すまでに、どのような道を踏んでいったのか、その間の消息をいま少し詳しく知りたいと思ってきた。『ホトトギス』雑詠に載った句が、大正の其角などと言われて一躍注目された姿は、その俳句の進歩の歴史を見失わせ、初めから完成されていたと思わせるほど鮮やかだったからである。これでは、人は彼の俳句が歩んだ道をたどる遑《いとま》を与えられないで終わってしまう。

では、芥川龍之介の俳歴を考えようとして、まず一番に我われが参照するのは、何だろうか。芥川自身がその俳句の発展について記した「わが俳諧修行」(『俳壇文芸』一九二五〈大正十四〉年六月号)であろう。この当時、芥川は芭蕉を見ぬ世の師とし、自らの俳句を江戸風に発句と呼び、その営為を俳諧と称した。俳諧修行の名のある所以である。後年になって自らの俳歴を振り返って綴られた文章であるので、いくらか合理化や自分に都合のよい彩色が施されているかもしれないが、とにかく来し方を省みてすっきりと整理されている。そこで、芥川龍之介の俳句について顧みようとするものは、この「わが俳諧修行」によく言及するのである。これまで芥川俳句について語る場合など、自分もよくそうしてきた。その中には、旧制高等学校・大学時代について、こう書いてあった。

高等学校時代。——同級に久米正雄あり。三汀と号し、朱鞘派の俳人なり。三汀及びその仲間の仕事は詩に於ける北原白秋氏の如く、俳諧にアムプレシヨニスムの手法を用ひしものなれば、面白がりて読みしものなり。この時代にも句作は殆どせず。

大学時代。——略ぼ前時代と同様なり。

つまり、「この時代にも句作は殆どせず。」とあるのだから、旧制中学時代に正岡子規の著作は読んでも句作はしなかったと同様、俳歴上特に問題にするに当たらない。次の「教師時代」から、芥川の俳句の本格的な歴史は始まる、と漫然と考えていたのである。

海軍機関学校「教師時代」、高濱虚子に句を見てもらい、『ホトトギス』雑詠欄にその句が抜かれなどして、龍之介の作句熱は本格化していく。当時、高濱虚子と河東碧梧桐は激しく対立していた。高等学校・大学時代に同級で、ともに『新思潮』同人となった久米正雄（三汀）の俳句を「面白がりて」読んだと「わが俳諧修行」に書かれてはあるが、かの三汀は河東碧梧桐門下の新傾向俳句の新星であった。虚子の指導と碧門の三汀では、相容れない印象が強い。そのようなこともあって、久米三汀の影響について、ますます考えてみようとしなかったのである。面白く読んだ『牧唄』も単なる読書の対象にすぎなかった、と見て深く考えてみようとしなかった。

だが、久米正雄は、『句集　返り花』(甲鳥書林、一九四三・六・一五刊)の「後書」の中で、巻末に添えた「牧唄句抄百句」に関連して、次のように述べる。

「牧唄」は、故芥川我鬼が、葦編三度び断つほどに愛読して呉れ、今は老闘士となつた江口渙も、夙に私の小説以上に推奨して憚らなかつたものだから、此の両君の書屋に行つて、探せば在るかも知れないが、謂はゞ稀覯本に近い

「葦編三度び断つ」とは、孔子を引き合いに出し、いささか大仰な久米らしい微苦笑を誘う表現だが、芥川が「面白がりて読」んだことにまちがいはあるまい。江口が『牧唄』を大切に持ち続けていたことには証拠がある。こお

りやま文学の森資料館に、江口渙宛献辞「江口渙詞兄　三汀」のある『牧唄』が所蔵されている（図録『久米三汀の世界』こおりやま文学の森資料館、二〇〇〇・一〇・一四刊、25頁掲載）のである。また、久米は「『鼻』と芥川龍之介」（『二階堂放話』新英社、一九三五・一二・二〇刊）の中でも、「彼の俳句は、一番最初は、僕がいろ〳〵教へたやうなものだ」とも述べており、たしかに、久米三汀の俳句と芥川龍之介の関係を再考してみる必要はあると言えよう。

つまり、本稿はこれまでの自分の思い込みをひとまず傍らに置き、「わが俳諧修行」に立ち返って、久米三汀（正雄）の『牧唄』を初めとした俳句と芥川との関係を、機微に立ち入って考えてみようとするものである。というのは、そのような考察を進めるにあたり、これまでより好都合な状況が到来したからでもある。ひとつは、芥川の俳句を典拠に基づいて編年体で編纂した岩波文庫『芥川竜之介俳句集』（二〇一〇・八・一九刊）ができたこと。典拠を示して編年体編集した労力がまことに尊い。いまひとつは、小谷野敦氏が『微苦笑の人　久米正雄伝』（中央公論新社、二〇一一・五・一〇刊）を書き、久米の一生が俯瞰しやすくなったこと。これらのお陰である。

ところで、久米三汀と芥川との関係を考えるためには、まだ幾つかの難関が控えていることも間違いない。というのは、この時代の三汀の俳句は、句集『牧唄』以外、当時の俳句雑誌そのものに当たらない限り読むことができない。ところが、これが難しい。一九四三〈昭和十八〉年『句集 返り花』出版時において、『牧唄』（柳屋書店、一九一四・七・三一刊）もすでにかなりの稀覯本であり、著者久米自身「どう探しても、手に入らなかつた」（後書）ようである。現在、古書市場に出れば、人の目を瞠らせる値が付いている。当時の俳句雑誌に至っては、公的図書館にほとんど所蔵がない。彼が中心的同人として関わり、芥川が「わが俳諧修行」で言及している俳句雑誌『朱鞘』は、滅多に見ることができない、私にとって幻の希少雑誌であった。『層雲』は復刻されたが、『蝸牛』『北斗』なども探すのに手間がかかる。本稿でも、『都会と吾人』というパンフレット状の雑誌、たった一号だけの片片たるものと言われているが、見ないで書くしかなかった。

こんな状態であるから、昭和女子大学の近代文学研究叢書第七十一巻所載の「久米正雄著作年表」も、その初期の部分は、調査を行き渡らせることがかなり難しかったのではなかろうか。落ちている記事が多い。つまり当時の久米三汀の俳句の実像が、確実な資料によって捉えにくいのである。名が知られているほどには、久米の実像は明らかにされていない。このような困難はあるが、青年期の久米三汀と芥川我鬼の俳句的交流を、本稿はとりあえず考えてみようというのである。

久米が安積旧制中学時代に俳句を始めた経緯や、そのとき久米を導いた人びと、三汀という俳号の意味など、小谷野敦氏『久米正雄伝』「第二章　俳人・三汀」が、久米自身の回想などをもとに簡潔にまとめている。東京帝国大学入学前後から久米が戯曲制作に本格的に取り組み始め、一九一四〈大正三〉年『牧唄』出版後は、俳句から遠ざかってしまう経緯まで、同章では描かれていた。このような、久米と俳句との関わりの大枠を、少し資料を補いながらここで再検討してみたい。

まず年代の確認をしておく。芥川と久米が第一高等学校に入学したのは、一九一〇〈明治四十三〉年九月、卒業が一九一三〈大正二〉年七月で、その九月に東京帝国大学文科大学英吉利文学科に久米・芥川はそろって入学、一九一六〈大正五〉年七月同大学を卒業している。これが、「わが俳諧修行」の（旧制）高等学校時代三年間と大学時代三年間、通算六年間の歴史的年代である。

ところで、句集『牧唄』の序「牧唄を上梓するまで」において、三汀自身が自らの俳歴を語っている。それによると、作句を始めたのは一九〇八〈明治四十一〉年冬、安積中学校四年のときという。その翌年初秋、教頭西村雪人が笹鳴吟社の名のもとに集まっていた久米たち生徒を、大須賀乙字が帰郷の途に立ち寄った雪人庵の句会に招いてくれた。その時の興奮、喜悦、驚嘆、憧憬から真剣に作句に励んだという。季語「笹鳴き」は声の整わない鶯の子の鳴き声のことであるから、中学生の俳句仲間の名称としてはなかなか洒落ている。一九〇九〈明治四十二〉年十月十五日号（五一九号）の『日本及日本人』（政教社）「日本俳句」欄に秋風一句が初めて碧梧桐により抜かれ、ますます句作に熱中すると、翌一九一〇〈明治四十三〉年三月一日号（五二八号）には笹鳴き三句が「日本俳句」に撰せられた。

「私は十三の王国を征服した以上の歓喜に雀躍した。」とある。秋風句・笹鳴き句を一句あて引いてみる。

秋風や鑛滓まつる山行事

雪菜薹立たん綠を笹鳴きぬ

第一高等学校入学のため同年六月上京、東京俳句会に出席、若楓十句を作り、予想外の高点を得た。八月高等学校入学とともに「私の作句熱は頂點に達した」という。同世代の俳友も多数でき、「日本俳句」への投句は一題について二百句を超え、三汀の十数句が同欄劈頭を占めるに至り、「思い上がつて只管得意の絶頂にあった」。

『蝸牛』一九一〇〈明治四十三〉年七月号掲載の東京俳句会第六十六回会報によれば、この日の東京俳句会は十句（一題につき十句ずつ詠出し、互選を行うこと）を二回行い、一回目は「梅雨十句」、二回目が「若楓十句」であった。「若楓十句」には十三名参加し、各自が四句互選した結果、一位は三汀で合計十点、二位は宇佐美不喚楼（不喚洞）の八点となっている。最高得点句である三汀の五点句を引く。

娼家厩構えせし世や若楓

『日本及日本人』「日本俳句」の巻頭に三汀の句が並んだ例は、一九一〇〈明治四十三〉年十月一日号〈五四三号〉の「茂り」（七句）「秋晴れ」（十句）、同年同月十五日号〈五四四号〉「霧」（十四句）、同年十一月十五日号〈五四六号〉「秋蚊帳」（十三句）などである。同誌は、一日・十五日の月二回発行だった。一題について二百句を越えて詠んだとすると、ひと月の詠句数はかなりのものだっただろう。一句あて抜いてみる。

棚平ヲ雉兎の茂りを二つ堂

浜鴉の蹴る鹽田松秋晴れて

蓼の染めし霧脚や柿も染まり初む

鱒生けし見に来ての囲碁も蚊帳果てし

『牧唄』序の記述に戻ると、一九一一〈明治四十四〉年六月には、当時の東都俳壇の新鋭を網羅して朱鞘社を結び、雑誌『朱鞘』を発行したとある。同人には、泉天郎・内田易川・石田雨圃子、岡田葵雨城・磯部迷々などがいた。葵雨城は中村不折用筆として六朝書用の龍眠筆を販売した九段坂上の筆匠岡田平安堂である。戸田麦花も同人だったが、作品を発表していない。朱鞘時代には、一碧楼を中心とした『試作』同人を漫罵して物議をかもしたが、それは「意地で行きたきものに候と一高式の空意張をなしたる」ものという。『朱鞘』については、『明治大正俳句雑誌レポート』第3号『朱鞘』特集号〈私家版、二〇〇八・三・三一刊〉を参照されたい。

その後、朱鞘同人中に起こった感情的問題のため、三汀は「利己主義を行ひ」朱鞘社の崩壊を招く。『朱鞘』は一九一二〈明治四十五〉年七月の終刊であるから、一高二年生の終了頃のことになろうか。ちょうど初夏、三千里の全国行脚を終えて河東碧梧桐は帰京し、俳壇は色めき立ったが、三汀は作句熱も冷め、爾後三年、「全く句作なく過ぎた」という。熱が冷めた原因は、「素描自画像―俳句から劇、小説」〈『人間雑話』金星堂、一九二一・一〇・二五刊〉によると、

　色々西洋のものを読んだり、本当の文壇を見るやうになつて、どうしても俳句丈で若い心持を表白することは難しいと考へ出した。

のが原因らしい。ちょうど一高で同室だった菊池寛に観劇趣味がありよく芝居を一緒に観たが、「自由劇場の創立当時で、盛んな新劇壇の勃興時代だつたから」刺激されて新しい戯曲を書く気になった、という。当時の戯曲熱に染まったということだろう。久米だけでなく、この時期戯曲を書いた文学青年は多い。芥川もアイルランド演劇を研究し、少し遅れるが一九一四〈大正三〉年九月に「青年と死と」という戯曲を『新思潮』に書いている。

ちょうど『牧唄』を出す前年一九一三〈大正二〉年秋から都会趣味の俳句を唱えて、『都会と吾人』〈一九一四〈大正三〉年四月刊〉を創刊したが一号で終わり、これを最後として「私は茲に吾が俳句を脱却し得た」という。大学一年生、すでに二月に第三次『新思潮』同人として活動し始めていた時期である。

さて、芥川と久米は一高時代から同級生だったわけだが、本当によく話すようになったのは、高等学校卒業から

大学時代にかけてのようだ。

芥川と僕が本当に話をするやうになつたのは高等学校を卒業する頃からか、大学へ入つてからです。殊に大学へ入つてから

と先に言及した「『鼻』と芥川龍之介」で書いている。大学へ進学したのが二人ともに英吉利文学科だったことも教室で会う機会を多く作っただろう。第三次『新思潮』にともに参加したことなども関係していよう。久米がもっとも親しかったのは松岡譲〈善譲〉だったようだ。関口安義氏『評伝松岡譲』〈小沢書店、一九九一・一・二〇刊〉によれば、松岡は神経衰弱に陥り、一高三年に留年、落第後の一九一四〈大正三〉年、東京帝大選科へ入り、本科哲学科へ進む回り道をしている。菊池寛は有名な「青木の出京」事件で京都帝国大学英文科選科に去ったから、文学を語り合う相手として芥川が以前より以上に浮上してきたのではないだろうか。芥川の方も、親しかった井川〈恒藤〉恭が京都帝大へ進んだので、同じような状況にあっただろう。

第三次『新思潮』の創刊は一九一四〈大正三〉年二月、彼らはその前年の一九一三〈大正二〉年九月に大学に入学しているので、半年後の創刊にすぐに加わったについては、山宮允や豊島与志雄ら一高卒の先輩たちとの交流が予てからあった故と思われる。このとき、上級生たちとの交際の中心には、第一高等学校文芸部委員であった久米がいたと考えるべきである。すでに、一高の『校友会雑誌』に二本の戯曲や短歌・詩などを発表し、一九一一〈明治四十四〉年四月に創刊された『層雲』に、俳句だけでなく戯曲や小説風の文章を書いていた実績は、久米正雄を俳句作家三汀としてでなく評価するアングルを、先輩たちに提供していたことだろう。芥川も上級生山宮允とは以前から交際があり、一高三年生の一九一二〈明治四十五〉年秋頃、山宮に誘われて吉江孤雁を中心とするアイルランド文学研究会に出席していたようだが、『校友会雑誌』に文章を載せることはなかった。創作家としては、圧倒的に久米の実績の方が上だったと言うべきだろう。上級生は久米の仲間の秀才として芥川を見たにすぎないのではなかろうか。

ところで、この力関係は、第四次『新思潮』の創刊時に逆転、とまで行かなくとも同列となった。有名な漱石による「鼻」賞賛の故である。では、久米は「鼻」以前の芥川をどう見ていたのだろうか。久米はかなり早くから、芥川を評価しつつあったのではないかと思われる。というのは、久米は『帝国文学』の編集にも関わったようだが、その一高時代の実績から原稿依頼があったようで、一九一四〈大正三〉年三月号（二三二号）から劇壇評を載せている。同年五月号（二三四号）は、劇壇評的文章以外に「鉱烟の中へ（一幕物）」という戯曲も出している。その同じ号に、芥川は柳川隆之介のペンネームで「桐（短歌）」を載せている。第三次『新思潮』が休刊すると、久米は「三浦製糸場主（四幕社会劇）」（大正四年五月号）などの作品を『帝国文学』に寄稿し、仲間の芥川・菊池・松岡・成瀬なども、それに導かれるように紙面に登場してくる。しかし、一番に久米が声をかけて投稿を促したのは芥川だったようである。一九一五〈大正四〉年四月号に「ひよつとこ」、同年十一月号に「羅生門」が載っている。他の者はその後で登場するから、久米は芥川の中に眠っている臥龍を、微かに感じていたのではなかろうか。「小説を書き出したのは友人の煽動に負ふ所が多い」（『新潮』第30巻1号、一九一九〈大正八〉年一月号）に、

久米などがかけ〳〵と煽動するものだから、書いて見たのは、「ひよつとこ」と「羅生門」とだ。かういふ次第だから、書き出した動機としては、久米の煽動に負ふ所が多い。

と、芥川自身が語っている通りであろう。

後年の芥川龍之介と久米正雄に対する世の評価を色眼鏡にして、この時代の二人の力量を見誤ってはならない。そうすれば、戯曲に小説に颯爽と挑戦し、俳壇・劇壇ではすでにいっぱしの口を利きはじめた久米と、そういう花形新人の気配を帯びた友人に煽動されて、おずおずと作品を書き始めた芥川の関係がよく見えるはずである。芥川が久米宛書簡（一九一五〈大正四〉年十一月十六日）の中で、「嘗君が僕を認めてゐるやうな口吻を洩らした」と書いたり、「唯君のみから或圧迫をうける……（中略）……所詮僕は君を尊敬し同時に君を恐れる」と洩らしたりしているのは、関口氏が『評伝松岡譲』の中で述べているように、当時の心情が素直に表れたものと受け取らねばならないだろう。

このような関係にあった友人の俳句集『牧唄』を、芥川が熟読したのは、ある意味では、当然かもしれない。一高時代こそ三汀俳句の隆盛期だが、それは芥川が親しく交際する以前のことである。大学で懇意になった三汀から、かつての奮闘の記念『牧唄』を贈られ、改めて芥川は三汀の俳句に興味を持ったのではなかろうか。ところで、『芥川竜之介俳句集』を見れば、一九一六〈大正五〉年夏以後になってから、急に作句数が増えていることがわかる。一九一四〈大正三〉年七月の『牧唄』刊行より二年後である。さらに何かこの年に、きっかけとなったことがあるように思われる。

少少話題は変わるが、青年時代の久米と芥川の文学的傾倒にある共通点があることに今回改めて気づかされた。それは、北原白秋および雑誌『スバル』に拠ったパンの会の人びとへの憧憬の念である。若き芥川の白秋崇拝については、木俣修氏（『白秋研究Ⅱ』新典書房、一九五五・四・一刊）、佐々木充氏（「龍之介における白秋」『国語国文研究』50号、一九七二・一〇刊）らの研究により、かなり知られたことだろう。芥川の場合、その影響が発表された作品の中に姿を現わすのは大学時代である。

一方、久米を劇壇で有名にしたのは社会劇の創作であるので、いわゆる耽美派的傾向への傾倒はやや想像しにくいかもしれない。が、第一高等学校時代に久米が『校友会雑誌』に載せた短歌や詩をみると、白秋あるいは雑誌『スバル』の影響は顕著である。また、久米が一高二年生のとき『層雲』（一九一一〈明治四十四〉年十二月号）に載せたメーテルリンク風の象徴劇に「沼と魔睡」がある。題名の〈魔睡〉という語彙が白秋の偏愛するものであったことは、三浦仁氏『詩の継承』（おうふう、一九九八・一一・二五刊）所載「詩人別愛用詩語詩句一覧」に挙げられてもおり、また『邪宗門』を読んだ者は皆納得するだろう。

もっと典型的なのは、これまで言及してきた『牧唄』序「牧唄を上梓するまで」である。次の引用を見られよ。

此の小さき冊子に収められた俳句の多くは……（中略）……あへかに哀しき少年の日の銀笛、童貞の夢の結晶、柔らかに穂麥を渡る五月の風、殊には手をさしのばす雲に誘はれて、暮るゝ牧場の傾斜に響かす羊角笛のそれにも優して慕しきものである。

白秋『思い出』序「わが生ひたち」を踏まえ、『邪宗門』などの詩語も綯い交ぜてできていることは、一語一語指摘するまでもあるまい。この序は、今は捨て去ろうとしている一高時代の句作を思い返しての文章なので、「わが生ひたち」を敢えて模倣したものと思われる。

実は、このような文学的傾向は、当時の第一高等学校『校友会雑誌』全体の傾向で、一久米、一芥川だけの問題ではないのだが、ここでそのことに触れていると話が大きくなりすぎるので割愛し、別の機会に論じたい。ただ、久米と芥川における共通性をさらに挙げるとすると、それは木下杢太郎に対する白秋を超えるほどの敬慕の念であろう。久米は「あの頃の話」（『微苦笑随筆』文藝春秋、一九五三・三・八刊）の中で、かつての木下杢太郎に対する文学上の憧れを述べた後で、次のように書いている。

あゝ自由劇場。スバル。木下杢太郎。パンの会。メイゾン・コーノス。（「午後三時」も其の中へ入れてやらうか。）みんな僕の文学的初恋の対象だつた。

「午後三時」は、吉井勇の象徴劇的な戯曲処女作を、「メイゾン・コーノス」はパンの会の会場を指している。そして、この初恋の感傷を「少くとも芥川と菊池だけは知つていて呉れるに違ひない」と結んでいる。同じ『微苦笑随筆』中の「文士会合史」では、菊池はそれほど関心を持たなかったが、自分同様「芥川もその人を青年鷗外と云ふ期待でフアンだつた」とも杢太郎について述べている。

ところで、横井博氏『印象主義の文芸』（笠間書院、一九七三・一二・三一刊）は、日本近代文学における印象主義を概観し、日本近代詩の印象主義のなかで北原白秋が占める位置の大きさを説いている。加えて、横井氏は、木下杢太郎を生粋の印象詩人として取り挙げ、詳しくその印象主義的なあり方を考察している。

芥川が「わが俳諧修行」で、久米三汀の俳句を指して、「三汀及びその仲間の仕事は詩に於ける北原白秋氏の如く、俳諧にアムプレシヨニスムの手法を用ひしもの」と評していたのを思い出していただきたい。その評言の背後にこれらの挿話を補助線として引いてみると、「アムプレシヨニスム」〈印象主義〉という語が、たちまち薄明の靄を透して日の光を輝かせてくるだろう。それは単なる第三者による客観的冷静な評言とは思えないのである。

「アムプレシヨニスム」〈仏語：Impressionisme〉とはフランス絵画における運動で、モネの一八七四年作品「印象・日の出」から生まれた名称であることは有名だが、その運動は絵画を越えて、フランスで音楽へ文学へと展開していった。日本においても絵画ばかりでなく、印象主義は文学へも広がった。先に言及した横井博氏の著は、日本における印象主義文芸の変遷の様相を考察したものであった。久米三汀における印象主義を考察するためには、白秋・杢太郎との関係の指摘だけでは実は不十分であるのだが、三汀と我鬼、二人の俳句について考えるうえで、白秋・杢太郎や印象主義は、我われにとってそれこそ、もっと注意すべきだった印象的な観点と言わなければならない。

芥川の句作が増え始めた問題の一九一六〈大正五〉年夏に、遠花火を詠じた一連の句が残っている。『芥川竜之介俳句集』でいうと38番から43番、および59番から65番の十三句。同年七月二十五日付井川恭宛書簡に載る38番39番を引いてみる。

明眸の見るもの沖の遠花火
遠花火皓歯を君の涼しうす

これらの句がパンの会の影響下にあったことについては、かつて「舞踏会」を論じた拙論「「舞踏会」論―〈刹那の感動〉の源流へ」〈『東海大学紀要〈文学部〉』63号、一九九五・九・三〇刊〉で指摘しておいた。花火のはじける音や見物の喧騒は消して、夜の闇を背景とする、遠く閃く花火の色彩と女性のクローズアップされた面輪という絵画的イメージへ集中した句作りとなっている。これらは先に補助線を引いて見せた「わが俳諧修行」のアムプレシヨニスム〈印象主義〉との関連を思わせるものであると言えよう。

この年の夏、大学を卒業した久米と芥川のふたりは千葉の一宮に滞在して創作や駄弁にふけった。その時の様子は、師漱石へ宛てた手紙にいろいろ楽しそうに書かれている。その中に、二人が俳句を作りあっている様子が描かれていることには、注意を払うべきだった。芥川は、この一九一六〈大正五〉年の夏から俳句を作り始めるのだから。三汀との親密な関係が、芥川の俳句の背後にあると見るべきだろう。

その十二月に漱石が亡くなり、明けて翌一九一七〈大正六〉年、少数ではあるが、芥川は新傾向俳句的な句を作っている。一月十九日付松岡譲宛書簡、二月九日および五月三日付井川恭宛書簡に記された句である。先の遠花火の句も井川宛書簡のものなので、井川であることに何か意味があるのかもしれないが、よくはわからない。ただ、同時期の林原耕三、原善一郎宛書簡などにも俳句が書かれているが、新傾向的ではないので、俳句を贈る相手として、井川をかなり意識していたことは確かだろう。井川宛二月九日付書簡の五句を書簡に記された順に挙げる。句頭に『芥川竜之介俳句集』の通し番号を付した。

78　日暦の紙赤き支那水仙よ
80　中華有名楼の梅花の蘂黄なり
81　柚の実明るき古写本を買ひし
　　　学校所見
77　霜どけにあり哨兵と竜舌蘭と
82　炊事場の飯の香に笹鳴ける聞きしか

一読して、五七五の組み合わせで音調と意味が整えられていないことが分かるだろう。この破調は『牧唄』とも共通する新傾向句調である。さらに、78番80番は、赤い紙暦に白い水仙とその黄の蘂、中国料理店の赤を主とした原色的イメージに白梅と黄蘂という、鮮やかな色彩を詠んでいる。印象主義的句と言えようか。

では、久米三汀の俳句には印象派的傾向があるのだろうか。江口渙は「俳句と久米正雄」（『わが文学半世紀』青木文庫、一九六八・一・二五刊）で、久米の俳句の特徴を、センスとセンシビリティが水際立って優れている点にあるとし、

近代フランス絵画の中でも、その頃の日本でもっとも新しいとされた外光派の手法を俳句にとり入れて、それをあざやかに生かした

と、評価している。その代表的な句として江口は、「魚城移るにや寒月の波さゞら」「時鳥衣架辷る風の白き夜や」「送る灯に君が履明し時鳥」などを挙げている。光と色彩の鮮やかな句作りで、先の芥川句と共鳴しているように思われる。「外光派」とは、黒田清輝のもたらした、古典的画風と印象派や象徴主義とを折衷したラファエル・コランに学んだ画風をいう。印象派そのものではないが、芥川同様、江口渙も三汀俳句に明るい色彩豊かな絵画的特徴を見出していたようである。

　このように、光や豊かな色彩性に目を向けると、芥川を我鬼として有名にした「青蛙おのれもペンキぬりたてか」なども、単にルナール『博物誌』の換骨奪胎というだけでなく、アムプレシヨニスム（印象主義）的傾向の反映として理解されるように思える。

　三汀俳句が芥川我鬼を生み出すうえで果たしたスプリングボードとしての役割は、一九一六〈大正五〉年夏を起点として働いたことを、印象主義を補助線にして論じてみた。本来、『牧唄』の全体的特徴を論じたうえで、いま少し詳細に考察すべきところだが、紙数も限られているので、今回はここまでにしておきたい。三汀と我鬼の影響関係は、なお検討するに値する課題であると思われる。

※芥川龍之介の文章の引用は、岩波書店最新版全集による。久米正雄の文章の引用は、一部の明記した雑誌を除いて、書誌を記した単行本によった。

Ⅳ

芥川龍之介研究と私

芥川の生涯をつらぬく闘いとは何であったか
――『老狂人』から『西方の人』に至るまで

佐藤泰正

1

文学作品を真に読むとは、作品をつらぬいて背後に立つ作家内面の様々な矛盾、葛藤を掴みとり、再び作品をくぐって還ることであろう。この往相ならぬ還相の営み、言わば作家と作品を串刺しにして読む所にこそ、文学探求の根源があるとすれば、我々は芥川の内部に何を見届けることが出来るか。いま、その一端をとりあげてみたい。

先ず処女作『老年』（大3・5）と、これに先立つ習作『老狂人』との比較だが、処女作に作家の活動の原点を見るとは、しばしば言われる所だが、果たしてそうか。『老年』は芥川が体験した下町情緒をたっぷりにじませ乍ら、描いた老人の孤独な姿で、芥川らしい見事な落ちもつけてしめくくった作品だが、これを芥川の生涯をつらぬく〈原点〉とは見ることは出来まい。むしろこれに先立って彼が府立三中の四、五年生頃に書いた『老狂人』こそ、芥川の生涯をつらぬく作家内面のひとつの〈原点〉と見るべきではなかろうか。切支丹を信じて大神宮様のおふだを焼いた罪で気がふれたという秀馬鹿と呼ばれた老人がいる。夕方になると縁側に出て泣いているという。そこで友達と一緒に行って覗いてみると、老人は縁側の柱に寄りながら、頭を膝にうずめてきれぎれに祈っている。幼い自分たちは笑いながら「可笑《おか》しな奴だね」と呟いた。しかし今ではその「可笑《おか》しな奴」に「深い尊敬を感ぜずにはゐられ」ない。「あの祈祷と慟哭、信徒を磔刑に處したと云ふ、封建時代の教制に反抗した殉道の熱誠、――私は未だに、あの時老狂人に加へた嘲笑を、心から恥ぢてゐます」という。文体は激しいまでに老人の祈りと慟哭の姿を語っているが、なかでも、それはあらゆる楽しみも苦しみも忘れた、「奥ふかい、まことの『我』」（傍点筆者以下同）から起こって来るものだと感じたという時、それはまた芥川自身の中から起こった「奥ふかい、まことの『我』」の声とも聞こえて来よう。

これがあの芥川が死の直前にしるした最後の言葉、「――我々はエマヲの旅びとたちのやうに我々の心を燃え上らせるクリストを求めずにはゐられないのであらう」という痛切な言葉と深くひびき合うものであることが見えて来よう。これを根底として芥川の中に錯綜する葛藤の数々を見てとれば、先ず童話では『蜘蛛の糸』（大7・7）と『白』（大12・8）のあざやかな対比を見ることが出来よう。『蜘蛛の糸』の核心といえば、犍陀多の我執によって断ち切られた蜘蛛の糸、あの月も星もない空のなかばにむなしく垂れさがる一筋の糸の冷たい光、ここにこそ背後に立つ作家芥川の、この現実の虚しさと矛盾をみつめる冷たく澄み切った眼差が見えて来よう。これに対し五年後の童話作品の最後となる『白』の語る所は何か。これも我欲のために友を見殺しにしたむくいで、醜い黒犬の姿になった白は、やがてその不安と悲しみから一転して、数々の命がけのはたらきで人々を救うが、最後は自分を可愛いがってくれたお嬢さんと坊ちゃんにひと目会おうと帰って来た自分を抱きしめてくれるお嬢さんの瞳の中に、「犬小屋の前に坐る米粒程の小さい白い犬の姿」が見える。その「清らかに、ほつそりと」した姿を白は「唯恍惚と」みつめる。この終末の感動的な場面の背後には、童話の故になんのためらいもなく語る芥川本来の姿を見る。これを芥川童話の最後の最高作と絶賛している三好行雄の指摘も頷けよう。

『蜘蛛の糸』と『白』、この童話の作品のあざやかな対照の中にも、芥川のかかえ持つ両極の明らかな対比を読みとることが出来よう。これはまた、その切支丹ものをめぐっても読みとることが出来よう。

芥川の切支丹ものと言えば、『神々の微笑』や『奉教人の死』などが代表作として挙げられるが、ことの核心は『おぎん』（大11・9）という作品一篇の中に込められていよう。切支丹処刑の犠牲者として、おぎんは養父母と共に捕えられ、火炙りの刑に処せられようとする、その直前におぎんは教えを棄てるという。あの墓の中に眠る実の両親は天主の教えも知らず、きっと地獄に堕ちておられると思えば、自分ひとり天国の門に入ることは出来ぬ。私も地獄の底へ、御両親の跡を追って行きたいと言い、養父孫七は怒りのあまり「おれは一人でも焼け死んでみせる」というが、その孫七の中でも「霊魂《アニマ》を奪ひ合ふ天使と悪魔」の葛藤がみえる。しかし泣き伏していた顔をあげてみつめるおぎんの涙に溢れた眼は「不思議な光を宿し」、その「眼の奥に閃いてゐるのは、無邪氣な童女の心ばかりではない。『流人となれるえわの子供』、あらゆる人間の心」であった。こうしてみんなで「いんへるのへ参りませう」「みんな悪魔にさらはれませう」と言い、孫七はとうとう堕落したという。ここにも殉教と棄教の対立が見られるが、芥川の語らんとする核心の何処にあるかは明らかであろう。おぎんの眼に宿る不思議な光、それは「あらゆる人間の心」という時、ここには殉教と棄教をめぐる一切の概念的対立を越えて、人間存在の根源的な課題に迫ろうとしている、芥川の熱い眼差を見ることが出来よう。

これはまた無償の愛（アガペエ）を描くに、猛火に照らし出された女性のあでやかな裸身という、最もエロス的な場面をからませて描いた、あの『奉教人の死』（大7・9）を評して、芥川の描いたものは「ろおれんぞの内面の問題よりも猛火に照らし出された女性としての肉体の確認」にあり、そこに見るものは「刹那の芸術的感動」であり「感覚的刺激」（笹渕友一）に過ぎないという批判はかなり多く見られる所だが、芥川がすでにこの作品の中で、主人公の宗教性のたかまりの数々は描きとっており、ただ「男が女であった話」とメモにしるしたこの題材の感覚的な刺激をとり棄てることは出来ず、アガペエとエロスの、この両者の対立ならぬ、人間存在として見逃しえぬ両者の絆ともいうべきものを見事に描きとったと見るべきであろう。これはあの『おぎん』の発想とも無縁のものではあるまい。

2

さて、ここで芥川の生涯をつらぬく問いの鍵となったものと言えば、晩期の漱石が芥川のために遺したと言っていい、あの文学なるものは〈文士〉ならぬ〈人間を押す〉ものだという言葉であろう。芥川晩期の自伝的作品『年末の一日』（大15・1）の核心は、まさにこれを語っていると言えよう。なじみの新聞記者を漱石の墓に案内しようとして、雑司ヶ谷の墓地で迷ってしまい、そこにいた婦人に聞いて、やっと墓参りもすまし、別れての帰り八幡坂の下に「東京胞衣《えな》会社」とある箱車をみつけて、後から声をかけて押してやる。北風のきびしく吹きおろすなかを「妙な興奮を感じながら、まるで僕自身と闘ふやうに一心に箱車を押しつづけて行つた」という。胞衣《えな》とは胎児を包んだ胎盤などで、これを積んだ車を押すとは、文学とは〈人間を押すのだ〉と言われながら、その命のぬけがらを押していたということで、先生の墓に迷い、今また命のぬけがらを押し続けるという、その自嘲のひびきは実に深く、重い。

文学が人間を押すものだとは、この矛盾にみちた人生を問い続け、その葛藤の中を生き続ける力を支えるものだということであろう。これはあの代表作のひとつ『舞踏会』（大9・1）がピエル・ロティの『江戸の舞踏会』を素材としていることは周知の通りだが、そのロティの死を悼む追悼文（大12・6・13「時事新報」）の最後で、その清新な抒情と感覚をたたえながら、しかし「我々は土砂降りの往来に似た人生を辿る人足である。これはロティに一枚の合羽をも与えなかつた」と断じている。これはロティを評すると同時に、芥川の自身に対するひとつのきびしい問いでもあったはずである。これがあの『西方の人』で、クリストに自身をかさねつつ、「それは天上から地上へ登るために無残にも折れた梯子である」という言葉に続いて、「薄暗い空から叩きつける土砂降りの雨の中に傾いたまま……」と語られている所にもつながっていることは明らかであろう。「天上から地上へ登る」とは明らかに晩期芥川のおとろえた体調や気力の生んだ間違いだという批判、訂正は多く見られたが、芥川自身の原稿の訂正は無く、ここにはまさに人生の最後を迎えんとする芥川に遺された、万感の想いが込められていると言えよう。

文士として〈人工の翼〉を張り続けて来た作家としての自分が、いま一度この地上に降り立って、人生の矛盾に苦しむ人々に、これを生き抜く真の力を与えたい、せめて〈一枚の合羽〉をも与えたいが、もはや刀折れ、矢つきたともいうべき最後を迎えたという、その想いを汲みとらずしては、この一節に遺された意味は消えてしまおう。

こうして芥川晩期の言葉の中には、見逃しえぬ数々の言葉が遺されている。『歯車』でいえば、あの「神よ、我を罰し給へ。怒り給ふこと勿れ。恐らくは我滅びん」という一節などは、その核心ともいうべき言葉だが、多くの評者はこれを宗教くさいと見るのか、さり気なく通り過ぎて行く。また彼と親しいクリスチャンの老人との対話で、「光のない暗《やみ》もあるでせう」と主人公は言うが、これは『歯車』の最初につけた題名が『ソドムの夜』であることをみれば、芥川はここで自身の背後にひそむ〈闇〉の部分を強調しており、この老人のモデルとなる室賀文武とは晩期もしばしばふれ合い、死の直前の七月十六日にも会い、信仰をめぐる対話をくり返していたとみられる、またこの老人からドストエフスキイの『罪と罰』を借りて帰るが、あけて見るとその一節に、あの『カラマゾフの兄弟』のイワンと悪魔との対話が出て来る。これは明らかに綴じ違えだが、この悪魔がイワンに向かって、自分はお前を〈信と不信の間〉を揺り動かしてみるのだと言って消え去る。イワンはお前の言うことは、すべて俺の分身自体が言うことばだと言い切るが、このイワンと悪魔の会話は、転じては芥川の遺稿のひとつ『闇中問答』にもみられ、芥川と闇の中から聞こえる悪魔との対話にこそ、作家としての彼が持ち続けた矛盾や問いのすべてが集約されて聞こえて来よう。

お前は「僕等を支配するDaimonだ」と言い、お前と会いたくはないが、ただ「ペンを持つてゐる時にはお前の俘《とりこ》になるかも知れない」と言い、然し闇の中の声が消えて行くと、残された主人公の〈僕〉は激しく自分に呼びかける。「芥川龍之介！　芥川龍之介、お前の根をしつかりおろせ。お前は風に吹かれてゐる葦だ。空模様はいつ何時變るかも知れない。唯しつかり踏んばつてゐろ。それはお前自身の為だ。同時にお前の子供たちの為だ。うぬ惚れるな。同時に卑屈にもなるな。これからお前はやり直すのだ」と言う。この熱い言葉のひびきに、芥川の生涯をつらぬく問いの何たるかはすべて感じられるであろう。人生自体の矛盾の象徴ともいうべき、裡なる〈闇〉を問い続けた芥川の、この言葉にこもるものこそ、我々読者を励ましてくれる〈文学の力〉の何たるを語るものでもあろう。

芥川文学を技巧と才智あふれる作家と見て来た読者の想いが一変して、いまこの矛盾あふれる新しい時代の中にあって、その矛盾を最後まで、矛盾のままにかかえて生き抜こうとした、誠実なひとりの作家の声として、強くひびくものとなり、アジアはもとよりヨーロッパなどでも芥川の読者や研究者も多くなって来たという。これは大いに期待できることであり、芥川理解のさらなる深まりとひろがりを心より念じて、この拙文の稿を閉じたいと想う。

年来の歩み

遠藤　祐

わが身にとって芥川研究とは、いつの間にか結ばれた仲のよい友達であったのだ、と言えるだろう。ふり返ると、その営みの傍らにおり、芥川研究者の一人としてふる舞っていた自分を見いだす。「「或精神的風景画」—芥川龍之介の青春をめぐって—」と題した論考を、『国語と国文学』に寄せたのが一九六一（昭和36）年六月、ことの始まりはそこに在って、これまでに半世紀近い歳月が経つ。ヤア、またお会いしましたネ、と懐かしさがこみあげてくるいま、しみじみと縁《えに》しの深さが、想いやられてくる。そのときの私はようやく三十代半ば、どれほど研究の活性化に役立てたか。まだ青二才にすぎない自身の姿が眼にうかぶと、秋冷の気が身に沁みて心もとない。私と芥川研究とのかかわりはそんなあやふやなものではなかった筈なのに、どうしたことかと悔やまれる。

そんな私の耳に、声がきこえてくる、「べれんの國の若君様、今は何處《いづこ》にましますか、御褒《おんほ》め讃《たゝ》へ給へ」という祈禱《いのり》の声、とともにすさまじい雷雨の、ゴルゴタの丘にまがう「さんと・もんたに」の刑場にたたされた人影、声の主《ぬし》の上に降り注ぐ情景が、おのずと眼にうかぶ。それはじゆりあの・吉助《きちすけ》、芥川作品の読者には周知の「殉教者」「神聖な愚人の一人」にほかならない。いまひとつ、見ていると今度は「妙な法師」の姿がみえてくる。人びとは彼についていろいろな噂をするけれど、この人物にはそれらを気にする素振りはみられない——どころか見事な無視の在り様が、際立つ。しかも歩みの先に何ものがあろうと、決して避けることなく進んでいく。手にする「金鼓《こんぐ》」の音は真直ぐに響き、周囲のものの耳朶を打つ。そういう「往生繪巻」の主人公は、俗界にあっては方向性を持たない、場当りの生き様に沈湎していたわけだが、〈発心〉をきっかけに直線のイメジを担う五位の入道となったところが、私の興味をひく。「唯一昨日《をととひ》狩の歸りに、或講師の説法を聽聞《ちやうもん》したと御思ひなされい。その講師の申されるのを聞けば、どのやうな破戒の罪人でも、阿彌陀佛に知遇し奉れば、浄土に往かれると申す事ぢや。身共はその時體中《からだぢう》の血が、一度に燃え上ったかと思ふ程、急に阿彌陀佛が戀しうなった。……」と、その次第が語られているのを、紹介しておこう。

〈発心〉とは、思い立つこと、すなわちおのれの眼前に示現した何かに向けて心を起こし、ひたすらそれを求めていく在り様を、いう。今日まで芥川研究を支え、推進されてきた諸賢には、おそらく五位の入道やじゅりあの・吉助と同等の、確たる〈発心〉体験が存したに違いない。どうであろうか……。私と芥川研究とのかかわりの過程で、欠け落ちていたのは、ほかならぬそれだ。猛省自戒の要を切実に想う。「阿彌陀佛よや、おいおい」の声よ、いまこそ我に切実に響け！

いささか意気込みすぎた観があろう、恥ずかしい次第です。はやるまい、わが心を落ち着けて、今後を展望することにしよう。そもそも芥川研究とは何を如何に究める営みであるのか。私はかねてから日本の近・現代作品が、どれ程〈物語性〉を内に秘めているか、との課題に、関心を寄せてきた。それに応じて「奉教人の死」と「きりしとほろ上人伝」の二作をめぐる論考を、『作品論　芥川龍之介』（海老井英次・宮坂覺共編、双文社）に掲げたのは、一九九〇年一二月のことだった。以来二十数年、そろそろ雌伏をやめ、芥川龍之介にあやかって、龍のごとくに躍りでてもよいころだろう……おっと、また気負いすぎの弊、自粛自戒に越したことはない。物語の森の散策はたのしい。私の歩む森蔭に、ちらほらと人の姿が見えてくる。おや、あれは誰だろう――にこにこ顔をして厳粛のことを語ると自任する太宰治さんかナ、ちょっとお待ちを。そのうち付き合いますよ、少々お待ちを、やがて「桜桃」が〈応答〉となって出るでしょう。宮澤賢治さんはあい変らず黒く長いオーバーをめされてますネ、貴方の物語の舞台のなめとこ山で、私はあなたを見失いそうなのです。そら、あちこちに気を取られては駄目だと、先刻から言っているでしょうに、本当に仕様がない人だ、私という人間は。

「報恩記」「藪の中」「アグニの神」「六の宮の姫君」「神神の微笑」「おぎん」「玄鶴山房」「戯作三昧」「羅生門」「煙草と悪魔」「さまよへる猶太人」などなど、思いつくままに興味を惹かれる物語を、挙げてみた。語りの宝庫が身近かに在って、私の芥川研究は、活性化されるようだ。

いくらでも慾張りになりましょう。そうして——志をおなじくするひと達と一緒に、こつこつと溜めた〈宝〉を、世に出す。これが私の生涯のよろこびです。

新資料の発掘とテクストの〈読み〉が、研究の新たな次元を拓く

関口安義

わたしの芥川への関心は、高校時代に「地獄変」にめぐりあったことにはじまる。以後芥川テクストのほとんどを全集で読み、大学院での研究対象とするまでになるのだが、わたしの芥川研究が本格的に展開するのは、一九七二（昭和四七）年、山梨県に所在する都留文科大学に就任したころからのことである。その後、山梨県には文学館建設の気運が高まり、一九八三（昭和五八）年十一月に正式出発した山梨県立文学館の設立に関わり、神田神保町の三茶書房主岩森亀一氏所蔵芥川資料コレクション導入に携わることになったのは幸いであった。

わたしの岩森コレクションとの出会いは、これより早く、一九八一（昭和五六）年六月、コレクションの一部を岩森氏が公開し、『芥川龍之介資料目録』と題したものを閲覧者に配布した時にはじまる。たまたま明治書院から刊行予定の『芥川龍之介事典』の編集に当たっていたわたしは、同じく編集委員だった久保田芳太郎・菊地弘両氏と世田谷の岩森さんのご自宅に三ヶ月ほど通い、全資料を拝見するという幸運に恵まれた。「羅生門」関連資料のコピーを頂いたのも、この時であった。

足かけ七年を要した困難な事典編集の功績は、むろん久保田・菊地両先輩にある。わたしは岩森コレクションという新資料による成果を、出来るだけ生かそうと努めたにすぎない。事典編集の中で、わたしは類似の事典類を読み較べることで、記述は実証に立ったものでないかぎり、すぐに色あせるものであることを知った。その反省は、以後単著として刊行するわたしの『芥川龍之介とその時代』（筑摩書房、一九九九・三）をはじめとする多くの芥川研究書に、反映させることができた。新資料は絶えず出現する。鋭敏な学的アンテナを張りめぐらせておくなら、新

資料には必ず巡り会えるものなのである。

わたしの新資料への注目は、岩森コレクションをはじめとする原稿類の他に、埋もれた活字資料があった。それらを数年掛けて根気よく拾い、全十巻、別巻一の『芥川龍之介研究資料集成』（日本図書センター、一九九三・九）として刊行、別巻には詳細な著作目録を添えることができた。この仕事があってはじめて、わたしの芥川研究は本格化し、次々に書物として世に出ることになる。故梶木剛が「芥川龍之介にひたすら打ち込んできた関口安義の、爆発の趣を呈する」と書評紙に書いてくれたのは、この頃のことである。わたしはまた、新書簡の出現に注目した。新書簡は年に何通かは必ず出てくる。テクストの〈読み〉や芥川伝にも影響するような重要なものがである。わたしは新発見の書簡は、出来るだけ現物を見ることにし、遠くへも出掛ける。芥川書簡はいまや一八〇〇通を越える勢いである。歿後八十五年を迎えても相変わらず新書簡発見のニュースは飛び交う。

他に芥川周辺の人々の日記探索がある。この二十年、各地の遺族を訪ね、聞き書きをする過程で一部が実現した。それらは成瀬正一・恒藤恭・長崎太郎・松岡譲らのものだ。これら日記の発掘は、わたしの芥川研究を大幅に進展させることとなる。例をあげるなら芥川と久米正雄の漱石山房初訪問日を一九一五（大正四）年十一月十八日と確定できたのは、「成瀬日記」あってのことであり、傍証は「松岡日記」に求めることが出来た。それぞれの日記発見の経緯は、わたしの「資料としての日記」（『國文學』第四六巻第一一号、『芥川龍之介の素顔』収録）を見てほしい。芥川自身に若き日の日記がないだけに、これらの日記の存在は大きい。

実証を重んじる研究は、研究を静的《スタティック》なものではなく、動的《ダイナミック》なものとして捉え直すことから生まれる。文学研究にテクストの現地研究を据える視点は、ここに生じる。わたしは芥川の紀行文『支那游記』論を書くのに、芥川の中国旅行の後を追って、中国各地を回った。ここに初めて検閲を意識しての苦心の表現から成る紀行文の誕生を認め、『特派員芥川龍之介』（毎日新聞社、一九九七・二）を書くことが出来たのである。中国旅行後、芥川の人間を見る目が一段と深まり、テクストに反映するのを書き得たのも、わたし自身が四ヶ月間中国に滞在し、この国の風土と人間を知り得たからのことである。テクストの新たな〈読み〉は、新資料の発掘とテクストの背景調査に負うところが大きい。

わたしの芥川研究は、芥川やその周辺の人々に終わらず、近代日本の知識人の精神史・思想史研究として展開するようになる。一高同期の矢内原忠雄、また、同時代を東北の辺境花巻で送った宮沢賢治への関心が、ここに生まれた。これらの人々は、思想史上記憶に残る存在である。が、人生の敗者としての日本共産党初代委員長佐野文夫、新カント派の紹介者として、芥川テクストにも影響を与えた藤岡蔵六らも、また、忘れることができない。彼らの精神の歩みをも包括した、近代日本における知識人の精神史・思想史を、わたしは、いま、構想している。

「下町」と「山峡の村」——わが芥川論事始

東郷克美

郷里の鹿児島を離れて六十年近くになるが、今もって東京人にも都会人にもなれずにいる。それに対して、芥川龍之介こそ根生いの江戸ッ子であり、洗練された知性の人であった。その意味でも無縁の人とみるわが芥川観を変えたのは、同じく東京下町生まれの吉本隆明「芥川龍之介の死」（昭三三）という一文だった。いわゆる六全協から安保前夜までの政治的挫折の季節に学生生活をおくった世代にとって、吉本の『文学者の戦争責任』（共著、昭三一）や『転向論』（昭三三）が与えた影響は、今日からは想像もつかないだろう。

吉本は「澄江堂遺珠」の中から「汝と住むべくは下町の／水どろは青き溝づたひ／汝が洗湯の往き来には／昼もなきづる蚊を聞かむ」という一節を引用しつつ「この詩には、芥川のあらゆるチョッキを脱ぎすてた本音がある」と断じるとともに「芥川にとって形式的整合の背後におし秘した自己の出身階級に対する嫌悪と愛着との複合体《コンプレックス》だけが真実であったのだ」とのべている。これが知識人の転向の原因を「大衆からの孤立」に求めた『転向論』の延長線上にあることはいうまでもあるまい。やがて吉本がその「大衆の原像」を求めて『共同幻想論』（昭四三）に至りついたことは周知のとおりである。芥川について初めて書いた拙文「「玄鶴山房」の内と外——「山峡の村」の意味をめぐって」（昭五〇）を読み返してみて、吉本論の露骨な影響を、今さらのように感じたことを告白しておこう。

玄鶴山房なる「小ぢんまりと出来上つた、奥床しい門構への家」は、若き日の作家が「小さくとも完成品を作りたい」（「新思潮」大五・五）といったのに通うところがあるだろう。この家も「画家」としての玄鶴が本来の仕事によって作りあげたものではなく、「ゴム印の特許」や「地所の売買」という怪しげな所行によって得たものであった。

だから、通りすがりの画学生たちにも「玄鶴」という名さえ知られていないのである（玄鶴はその出自を示す本名も不明）。今や彼はその山房の「離れ」で瀕死の床にあるが、その孤立と病いは、本来の根所である信州の「山峡の村」を捨てて「浅ましい一生」を送って来たことに起因している。

> 若しそこに少しでも赫かしい一面があるとすれば、それは唯何も知らない幼年時代の記憶だけだつた。彼は度たび夢うつつの間に彼の両親の住んでゐた信州の或山峡の村を、――殊に石を置いた板葺きの屋根や蚕臭い桑ボヤを思ひ出した。

それは「中流下層階級」としての芥川が、本来なら「汝と住むべ」き下町を捨てて「山の手」に移り、一高、東大、そして新進作家のコースを選びとったこととパラレルではないか。さる大藩の家老の娘であった妻も今や「腰抜け」の寝たきりで、「上総の或海岸の漁師町」に育った女中あがりの妾お芳だけが、「多少の慰め」を与える存在である。上総の「漁師町」と信州の「山峡の村」と――それこそ「奥床しい門構への家」の背後に秘められた玄鶴の「出身階級に対する嫌悪と愛着との複合体《コンプレックス》」そのものだった。そして、そのような山房の「ありふれた家庭悲劇」を夜も眠らずに眺めることを「享楽する」看護婦甲野の目差しは、自己嫌悪をこめた作家の自意識の表象でもあろう。

この作品は、絶望の中で死につつある主人公の物語の前後を、新しい時代を生きる若い世代が外部から取囲む枠小説の形をとっている。冒頭の画学生の点描については先にふれたが、終章には、玄鶴の葬儀に列席する大学生が登場する。彼は玄鶴の養子重吉の従弟で死者とは血のつながりもない。マルクスの弟子であるリープクネヒトを読むこの大学生の意味については、早くから疑義が投げかけられて来た。吉本隆明は「作品の構成からこの「従弟の大学生」の登場をまったく必要としていない。ましてや、この大学生が、リープクネヒトを読むことを必要としていないのである」と論断した。革命運動における知識人の役割に懐疑的であった吉本が、この大学生の登場を「とってつけたよう」だと感じたのは当然かもしれない。しかし、私は今もってこの説には納得していないし、それを

「とってつけたよう」だとも思わない。

この大学生は火葬場の門前に佇むお芳について「あの人はこの先どうするでせう?」と重吉に問いかけるとともに、これからお芳親子が住むはずの上総の「漁師町」を想い描きつつ「急に険しい顔をし、いつしかさしはじめた日の光の中にもう一度リープクネヒトを読みはじめた」と作品は結ばれる。晩年の芥川が青年詩人中野重治の将来に大きな期待を寄せていたことはよく知られている。私としてはこの大学生に、若き日の中野重治を重ねてみたい気がする。画学生と大学生――冒頭の画学生たちが、忘れられた芸術家を嘲笑するために登場するのに対して、リープクネヒトを読む大学生は、堕落した成り上りの小ブルジョア玄鶴を葬る儀式に参列すべくあらわれ、不幸なプロレタリアートお芳の行末を案じるのだ。しかも、この大学生に作者は「日の光」をさしかけているではないか。

ここで私は、かつて下町の中学生だった芥川が日光周辺への旅の途次で足尾銅山の労働者の姿に接して、自らの生活を「イラシヨナル」なものに感じ、さらにクロポトキンの「石をのせた屋根」に薄い日の光のさす川沿いの村で、盲目の老婆やうす汚れた跣足の少年たちをみて、急に「青年よ、温き心を以て現実を見よ」という言葉を思い出す場面（「日光小品」明四二）を想起した。「澄江堂遺珠」には「きみとゆかまし山のかひ／山のかひにも日はけむり／日はけむるへに古草屋／草屋にきみとゆきてまし」という詩片がある。「下町」と「山のかひ」は別のものではあるまい。芥川の実父新原敏三も、周防の山村出身の「小さな成功者」で、作家自身「本是山中人」と署したことも知られている。

さて、かくいう私はといえば、故郷の山村にある無人の「草屋」を廃家にしたまま、いくばくもない余生を終えようとしている。この小文を書きつつある陋屋の窓からは、多摩の横山の裾野を削って作られた新開の墓地がみえる。

表現者芥川龍之介

菊地　弘

自然主義文学とその末流の方法、「私」的心境や告白形式を排し、また社会科学的な方法にも距離を置いた芥川龍之介、晩年は詩的精神を主張し強調した芥川龍之介は私の敬愛する作家の一人である。

夏目漱石が一貫して求めたテーマは、知られているように近代人の「個我」とモラルとの調和であった。その漱石の門下のなかの末弟であった芥川龍之介は人間がかかえている深い渕「個我」と秩序との調整へ向かって命を賭けたと思う。芥川は日常的現実の中で掴んだなまの次元の事柄を芸術の次元に造立した。つまり芸術的意識によって創造したのである。「人生即文学」とは異なり、作品は魅力にとんだものであった。『芸術その他』で明らかにしているように、芸術活動は意識的なものであって、計量性を有した表現によるという。計量性のうちには表現技巧への昂揚した意識が含まれているから、自然主義文学や白樺派の文学のような心情を〈無技巧〉で表す方法とは異質である。

一九五〇年代は歴史的社会学的方法で作品を評価することが盛んであった。私は自然主義や白樺派の作品などを、人物がいかに生きたかに視点をおいて読んだが、ほとんどが一義的に表現されているので興味がうすらいだ。そんなとき、外国の意識の流れに光をあてた心理小説を読み刺激を受けた。人間の内なる現実、精神活動をどのように描いているかに関心を持った。芸術活動は意識的なものだとする芥川文学に矛盾なく結びついた。

一九五四年岩波書店から出た新書版『芥川龍之介全集』はその最終巻が『芥川龍之介文学案内』で、座談会『芥川龍之介と現代作家』が載っている。出席者は中村真一郎他六人で、中村以外の芥川文学に対する評価は低かった。

私はその頃、鵠沼に住んでいた葛巻義敏氏宅に伺っていて、芥川の日常的な姿など聞かされていたので、厳しい評は何となく不満であったのを覚えている。その頃服部達『われわれにとって美は存在するか』を読みメタフィジック批評にも惹かれた。芥川の技法を考える上で、そのような批評の方法を私は無理なく受け入れた。そして芥川文学には多様な意味をこめた表現が多多使われていることに改めて気づいた。〈単純さは尊い。が、藝術に於ける単純さと云ふものは、複雑さの極まった単純さなのだ。〆木にかけた上にも〆木をかけて、絞りぬいた上での単純さなのだ〉(『藝術その他』)そのような文学的技法によって造られた表現、複雑さを理解するには洞察力と感性が求められる。

『杜子春』で馬に変えられた母親が息子を思いやって鬼の鞭に耐えている。それを見た息子は老人の戒めを忘れて「お母さん」と呼んで母親に駈け寄る。その叫びは自然に発した人間性による叫びの他に、前からの文脈によって心の働きの幾重ものイメージを読者に与える。類似した構図だが『大導寺信輔の半生』の叔父の経営する牧場で歩み寄った白牛に干草をやった場面、〈牛は彼の顔を見上げながら、静かに干草に鼻を出した。彼はその顔を眺めた時、ふとこの牛の瞳の中に何か人間に近いものを感じた。空想？──或いは空想かも知れない。が、彼の記憶の中には未だに大きい白牛が一頭、花を盛った杏の枝の下に柵によった彼を見上げてゐる。しみじみと懐しさうに。・・・・〉とある。牛の瞳の中に人間に近いものを見る表現に文脈から母を恋う信輔の意識の流れを読むことは容易である　。更に背景として生活環境を、その環境の中で育まれ肉体化した文化、教養をイメージすることも可能であろう。

芥川はしばしば偉人を相対的に描く。これも作者の立つ位置を意識させるもので技法である。

また日常的現実から実感として捉えた心象風景を語るが、〈雲の光り、竹の戦ぎ、群雀の声、行人の顔──あらゆる日常の瑣事〉を愛するためには瑣事によって苦しまなければならない。日常の〈堕地獄〉に耐える覚悟と自覚が必要と『侏儒の言葉』で述べている。

繊細な感覚で平衡を保つ、これも生活環境で養われ身体化した文化であろう。その姿勢は現実社会の次元では個我と組織との関係、芸術家の次元では〈守らんとするもの〉と〈超えんとするもの〉の関係へと脈絡すると考える。芥川がさまざまな形式を用いて描いた表現世界は奥が深い。私の研究は道なかばである。

英訳講義のことなど

平岡敏夫

図書館から濃紺の布クロス、大判の『芥川龍之介全集』一冊を借り出して来て、広い敷地の、できるだけ校舎から遠い、クローバーが一面にひろがっている一郭に寝ころんで、読んでいた十代後半のころ。全集は一巻でも重いので片面をクローバーにつけて読んでゆく。「春愁や遠きピアノを草の上」の句が生まれたが、芥川を読んでいる至福のひとときだった。

「或春の日暮です。／唐の都洛陽の西の門の下に、ぼんやり空を仰いでゐる、一人の若者がありました。」ではじまる『杜子春』を読んだのも春愁のクローバーの上だったかも知れない。「日暮れからはじまる物語」として芥川小説を読む論文を発表したのは、その後、三十余年を経てのことだった。芥川文学の抒情性に着目するようになるのも、遠いピアノを聞きながらの春愁の草の上での読書体験に根ざすところがあったのかも知れない。

かつての社研・哲研の仲間と同人誌「進路」を刊行（昭33・11）、創刊号に発表したのは「芥川における歴史物から現代物へ――抒情の変革――」だった。その中には「芥川の歴史物を論じるにはテーマ批判のみでは不充分であり、『異常なる物』や『昔其のものの美しさ』への憧憬がくりひろげている情緒、雰囲気の世界に注目しなければならない。私は情緒・雰囲気の作家――詩人的作家としての芥川を重要視したい。」という一節がある。『芥川龍之介　抒情の美学』（昭57・11・大修館書店）が刊行されるまでには、「進路」に書いてから二十四年が経過している。

筑波大学では、芥川小説の講読をかなり長くやったように記憶している。高橋龍夫君や仁野平智明君らが熱心に聴講してくれたが、切支丹物などでは講読中、感極まって絶句することもしばしばだったようである。これも情緒、雰囲気の詩人的作家という芥川像に関わりがあるのかも知れない。ここ数年、池袋駅近くの淑徳大学エキステンションセンターで、芥川龍之介を読む講座を続けているが、まず吉利支丹物から始め、王朝物、開化期物、江戸物、そして現代小説を読む（1）、（2）、（3）、（4）と各五回ずつ、講演しているのも、ふりかえって考えてみると、最初に書いた論文、「芥川における歴史物から現代物へ」からの継続ではないか。まず本文を自分自身で音読し、講義に及ぶのだが、音読中、かならずと言っていいほど新たな発見がある。論文をひとつ書かなければと思うこともしばしばである。何と言っても芥川文学のよさであり、表現のたくみさ、作家の人間性が読む者の心を打つ。聴講者は数こそ少ないが、講義テーマが五回で終了、次の五回にも応募、それをくり返して今日に至っている。六十歳以上なら一回あたり映画の倍は払い込まねばならないのに、それに十分応え得ているかどうか。つねに緊張のなかでレジュメ作りを続けており、聴講者の質問も多い。

話はかわるが、「私と芥川研究」で何としても忘れがたいのは、アメリカ・ペンシルベニア州のディキンソン・カレッジでの芥川講義である。芥川の短編集の英訳本をテキストにして、学部の一年生から四年生まで二十数名に講義したのだが、日本語のできる学生はおらず、芥川はおろか日本の小説を翻訳ですら読んだことのない学生たちだった。週二回各75分か、週三回、各50分か、どちらを選ぶかと言われて、後者の方を選んだのは、学生たちに接する機会が多いということと、すべて英語で講義するには一回50分程度がよかろうという理由からであった。

アメリカの大学で日本文学を講義する日本人教授は多いとしても、ほとんどは日本語を習得した大学院生が対象であり、日本語で講義するわけだが、私は幸運にも学部しかないカレッジであったため、日本語を知らぬ学生と共に、芥川文学の英訳にともなう、さまざまな問題に出合い、それらをタネにして講義することができたのである。毎週月曜日に学生はレポートを提出し、次の時間に、読後感と評価をつけて返却するのだが、ユニークなものはコピーしておいた。帰国後、*Remarks on Akutagawa's Works*として講義を刊行するに際し、*With American Students' Opinions*という副題にあるとおり、学生たちの作品への意見としてそれらをつけ加えることができたのである（『芥

川龍之介と現代』平成7・7、大修館書店参照)。

今日、芥川研究も国際大会を開き、世界的とさえ言われているが、二か国語以上を習得している外国人研究者の日本語による発表が多いのではないか。英語とは限らないが、外国語に作品が置きかえられるとき、芥川作品にどのようなひずみが生じてくるかという問題、それこそが異文化との遭遇であるが、ペンシルベニア州のカレッジにおける私のささやかな経験も、これからの芥川研究において多少とも参考となればといまだに念じている。

付記　芥川文学の抒情性に着目する上で、福田恆存氏の芥川論に強い刺激を受けた。最近、拙著への書簡類のファイルをひもとく機会があり、福田氏の葉書を再読した。そこには「私の芥川観は若書きですのでいはゞ出発点を示したもの、それが御文章により開花したのを見て本当にうれしうございます」とあった。

芥川研究と私

海老井英次

研究の対象として芥川文学を意識したのは、九州大学文学部仏文学専攻を一応卒業して、その年（昭三八）の秋に国語国文学専攻に学士入学を決めた時だったと思う。仏文ではアルベール・カミユの『異邦人』で卒業論文を書いたので、『シジフォスの神話』を読み込んだが、その中の一節「人生には哲学の問題は一つしかない。それは自殺である」という一節に出会って、なまくら頭が急に氷結してしまったのだった。しかし、フランス文学で自殺者の問題を取り扱うのは、キリスト教との関係で何だか面倒臭そうだったので、多くの自殺作家がいる日本文学に畑を移したと言うことで、当初は太宰治の研究を目していたのだった。しかし、太宰の死に様がどうしても許せなくて、結局、睡眠薬自殺という私の美意識に適う形で自殺した芥川に目標が絞られたのだった。

早速、脚注付きの筑摩版全集を買い込み、読み通した。卒論を書くには全集を読み上げるというのが当時の常識的強迫観念だったから、二年半足らずの時間しか無い編入学の身には、意志の試されることであった。その頃、私は国文でたまたま同級生になった三島譲（福岡大学名誉教授）さんの家に下宿させてもらっていたが、医学部から文学部に鞍替えした三島さんも芥川で卒論を書くというので、良い仲間を得た形で勉強を続けていた。三年次の秋には三島さんと上京し、国立国会図書館の門を初めてくぐったが、その時は三島さんが地元の国会議員の紹介状をもらってくれていたので、特別閲覧室で「羅生門」掲載の『帝国文学』を初めて披見することを得たのであった。なんか急に専門家になったような気持ちの昂ぶりを覚えたことだった。

『今昔物語』との比較で芥川作品を論じる形で卒論を構想したが、同時期には長野嘗一先生が立教大学の紀要に精細な論稿を持続的に展開されておられ、それを下敷きに小異を唱えるという形にならざるを得なくて内心忸怩たる日々だった。何とか卒業して助手になった翌年、恩師重松泰雄先生の勧めで九大国文の『語文研究』に「『偸盗』論」を発表（昭四六）したが、それを三好行雄先生が学界時評で取り上げて下さり、大きな自信を与えてもらったのであった。その後、学会ジャーナリズム（『国文学』學燈社、等）デビューを果たし、芥川研究者の末席に連なることが出来たのだったが、吉田精一先生の『芥川龍之介』（昭一七）が先ずは基盤だった時代であり、三好先生の〈読み〉が斬新さで指導的な位置を占めておられる時期で、華麗な文体に憧れを抱き、多くの示唆を仰いでいた。角川書店の『鑑賞日本現代文学』（昭五六）シリーズの芥川の巻を担当させてもらったのも幸運であった。芥川研究の私なりのまとめをつけられたからである。

福岡女子大学に赴任してこられた宮坂覚先生とお知り合いになり、研究上の刺激を与えて頂いたのもその頃のことで、それ以降交友が続いているのはその人格によるものと思う。

紅野敏郎先生のご縁で岩波書店『芥川龍之介全集』（平七―一〇）の編集者に加えていただき、全集刊行の下地である資料が蓄積されていることに驚きもし、良い勉強をさせていただいた。その延長線上で山梨県立文学館刊行の『芥川龍之介資料集』（平五）の編集にも関わらせていただき、芥川研究の冥利につきる思いであった。芥川が執筆中に屑籠に破棄した反古を伯母さんが集めて保存したという未定稿の数々は、若くして嘱望されていた芥川を如実に語っており、運命的な作家であったことを痛感させられた。その頃には、自殺の問題は、私にとってさして大きな問題では無くなっていた。

芥川関係の研究書は古書を含めて努めて買い集め、一九九二年の時点ではほぼ全て集められたので『研究目録』（単行書一七九点、特集雑誌六九点）を目次一覧の形で編集し私家版で発表したが、それから二十年ばかりの間にまた多くの研究書が刊行され、その多くは著者の方々から頂いたので、書架二本を充たす量になっていた。数年前にそれを含む全蔵書を韓国の研究者に託すことにして送り出し始め、この夏の発送で大体を送り終わることが出来た。数年後には小ぶりな日本近代文学研究センターが出来るとのことである。御著書を寄贈下さった方々には無断の処置で、あるいは失礼かと懸念も覚えたのであるが、今の処、韓国で最も充実した芥川研究資料とのことなので、その一郭をお担い下さる名誉を代替にお許し願う次第である。「国際的」と言われるに至っている芥川文学であるが、身近な外国でもその資料蒐集の現状は惨憺たるもののようである。今は芥川研究書を全て遠ざけてしまったが、その背表紙を並べていたありさまは未だ鮮明に頭に浮かんでくる。

思いがけない縁

林　水福

大学では日本語文学科で学んだため、芥川龍之介の「羅生門」、「藪の中」、「地獄変」、「杜子春」などの作品を読んだ。この時には、この作家は言葉遣いは簡潔だが、文章の意味するところは、肯定したことをすぐに否定したり、否定しているのかと思うとまた前に戻ったりと回りくどく、一体何が言いたいのだろうかと思ったものだった。

もしそれを最後まで徹底的に突き詰めようとすれば、絶対に眠れなくなることだろう。幸いその頃はまだ若く、研究の心がまえもできていなかったし、そこに時間を費やそうとは思わなかった。それに、日本にはすばらしい文章がたくさんあるのに、なぜその作家だけにこだわる必要があるのか、とも思った。

「地獄変」の良秀が真と美を追求するために自分の娘を焼くなど、なんと残忍なことか。

大学時代の私にとっては、芥川龍之介は多くの作家の一人でしかなく、特別な意味はなかったのだ。

一九八〇年、日本へ行き、東北大学に留学した時代は、私の人生で最も美しく、最も幸福な時間である。好きでもない授業を履修する必要もないし、よけいなことを考える必要もない。とにかく本に向かっていればよかったのだ。私はいつも昼食用と夕食用の二つの弁当を持って大学に行った。毎日最後のバスに乗り仙台駅で降り、東仙台の留学生会館行きのバスに乗り換える生活をかなり長く送った。研究室の八階から降り、文学部のビルを出ると、すでに漆黒の暗夜か、でなければ星がまたたく夜空だった。時には明るい月が空高くに出ていることもあり、つい故郷を思い、懐かしさがこみあげて来るのだった。

ある時のこと、夕方五時過ぎに研究室を離れ、文学部のビルを出た時に、大きな夕陽がゆっくりと沈んでいくのを目にした。久しぶりの不思議な感覚だった。その時の印象は今でも鮮やかによみがえってくる。

土曜日の現代文学演習は、もともとは十二時に終わる授業である。だが国文学科の伝統で二〜三時にならないと終わらない。講義が終わった頃には、学食はすでにやっていない。文学部の近くには店もなく、昼食は自販機に頼るしかない。だが、人が多いとそれすら買えないこともある。その後、他の学生がいろいろなインスタント麵を買って談話室に置いておき、必要な人はお金を置いて食べていいということになった。

では、学生たちはどのような発表をしたのだろうか。自然主義もあればデカダンスもあり、堀辰雄、夏目漱石、森鷗外、プロレタリア文学など実にさまざまだった。一体どこまで理解できていたのかは何とも言えない。毎週、講義の前に他の人が発表するテクストに目を通すのに必死だった。もし薄い本が一冊だけならいいが、ぶ厚い本が二〜三冊もあれば、まったくどうやっても読み終わらないのだった。

その中で、私が一生忘れられないのは芥川龍之介である。

この講義では、誰でも一度は発表することになっていた。その学期、芥川は対象の作家の一人だった。私は長いものより短いものの方がいい、芥川の作品はどれも短いから、読むのにそう時間はかからないだろうと思い、芥川を選んだ。だが、この決定は後に間違いだったと気付いた。なぜならテクストが短く引用できる箇所も少なく、その代わりに多くの関連の文章を読まなければ、よりよい意見が言えないからだ。私が選んだのは「袈裟と盛遠」で、典型的な芥川の文体で書かれた文章である。独白体で袈裟と盛遠それぞれの心境が吐露されており、留学生であった私には実に大変な仕事になった。

さらに大変だったのは、日本人の学生も同じテーマを選んでおり、彼が私より先に発表することだった。その発表のために、私は芥川龍之介の全集を買った。その時期、頭の中は芥川と「袈裟と盛遠」でいっぱいだった。

今、思い返してみれば、それは私の人生が芥川と切っても切れない縁を結ぶことの予告だったのかもしれない。

その後、私は芥川の独白をまねて「月夜独白」という作品を書き、新聞の文芸欄で発表した。指導した学生にも芥川で修士や博士の学位論文を書いたものがいた。また芥川についての文章の執筆、作品の翻訳、芥川賞受賞作の紹介、さらに読書会では芥川の「羅生門」と「藪の中」について話したこともある。

興味深いのは、最近、遠藤龍之介氏の同意を得、遠藤周作のすべての作品の台湾での翻訳、出版権を続けて与えていただいたことだ。遠藤龍之介氏と芥川には直接関係はないが、密接な間接的関係がある。というのは、遠藤龍之介氏の父である遠藤周作が芥川賞を受賞したその年に氏が生まれたため、龍之介と命名されたのだ。

私と芥川龍之介の縁は、いまでも拡大し続けているようだ。これは私にとってはまったく思いがけないことなのだった。

芥川の宗教的感覚

テレーザ・チャッパローニ・ラ・ロッカ

日本のキリスト教作家を論じる際には芥川龍之介をそこに含めることができる。有島武郎を初めとする当時の知識人と異なり、芥川はキリスト教に改宗することはしなかった。しかしながら芥川はキリスト教に取材した小説を何篇か残している。ここではそうした文学テキストに認めることができるキリスト教的な要素の分析を試みる。

さて関連する先行研究では、これを「南蛮もの」と晩年の作品とに分別して扱う傾向にある。「南蛮もの」とは「南蛮趣味に強く魅かれ、自らも切支丹ものを執筆した。（略）キリスト教の芸術的荘厳を道具にした」（宮坂覺「さまよへる猶太人」『国文学　解釈と鑑賞』一九八三・三）ものを指す。これに関して鈴木秀雄は、「芥川は、聖人伝中に自己の芸術意欲を高揚させる人物を見出すと、聖人伝の根底をなす信仰を剥脱し、その代わりに、彼固有の主題を象嵌して作品世界を創作した」（「芥川における聖伝と聖書―二つのキリスト教」『國文學　解釈と教材の研究』一九八一・五）と詳述している。

逆に晩年の作品を綴る文書は、「『西方の人』『続西方の人』が伝える芥川の心は、聖書へ真剣に向かうものであり、神に顔をあげるもので」（同書）ある。ここで挙げられている二編はパピニの『基督の生涯』、及びルナンの『イエス伝』を指すものであり、その宗教性は明らかである。「芥川の聖書についての知識の豊富なことである。（略）この『西方の人』『続 西方の人』における聖書知識は生涯にわたっての聖書学習の成果である」（曺紗玉『芥川龍之介とキリスト教』翰林書房、一九九五）と曺紗玉も書いている。ただ『福音書』へ対する芥川の関心は、宗教的なものではなく、自身の存在理由を求めると言う哲学的な視点にある。そのため自殺した夜まで聖書を読み耽りながらも芥川は改宗しなかったのではないだろうか。

宮坂覺は「（切支丹ものは）プロテスタントへの関心と別種のものとして捉えなければならない」（宮坂覺『さまよへる猶太人』）とし、「晩年の芥川はキリスト教に対して、一つの転期を迎えた」（「芥川龍之介と室賀文武：「芥川龍之介とキリスト教」論への一視点」『上智大学国文学論集　5』〔一九七一・一二〕）と述べている。つまり「晩年の作品」内においても整理する必要がある。ここで語られた「転期」の内容を明確にするに当たって、まずは芥川自身の言葉から始める。

芥川はプロテスタントへ対して批判的な描写をいくつか残している。「抽象的な言葉ばかり使かっている後代のキリスト教的ジャナリズム牧師たちは一度もこのキリストのジャナリズムの効果を考えなかったのであろう」（「西方の人」19　ジャナリスト）、「彼のジャナリズムは…最高の市価を占めていた。しかし彼の死後に比べれば、――現にアメリカ聖書会は神聖にも年々に利益を占めている。」（「続西方の人」7　キリストの財布）といった描写を認めることができる。さらには「カトリック教はキリストに達するためにマリアを通じるのを常としている。略…キリストに達するとするのは人生ではいつも危険である」（「続西方の人」11　或る時のキリスト）とある。芥川は、鈴木を介して、「『心』でキリストを知った　略…キリストも芥川にとっては『母のイメージ』だった」（鈴木秀子引用原文、吉田早奈枝、「芥川竜之介研究史：切支丹物とキリスト教について」『日本文学』〔一九八〇・三〕）。マリアは「永遠に守らんとするもの」（「西方の人」2マリア）であり、エゴイズムを超越した愛の象徴であるため、それが芥川にとっても「幼児期における『母』の不在」（吉田早奈枝）を象徴するに至ったのではないだろうか。そして「神を信じることは――神の愛を信ずることは至底彼にはできなかった」（「或阿呆の一生」50　俘）ので「人の子」（「西方の人」10　父）、「キリストという人を愛し出した」（「西方の人」1　この人を見よ）と書いたのである。

森川達也と小川国夫とのある座談会の際、矢代静一は「イエズス・キリストが出現する前までは、『裁く神』というイメージが根本にあったわけですよ。そうすると、そこにイエズスは『愛』を持ってきたわけですよね、愛の神」（「西方の人」―その聖書への深度（芥川竜之介―抒情と認識〈特集〉）／座談会『國文學　解釈と教材の研究』〔一九七五・一二〕）と述べている。

ここで触れられている「愛の神」とは、「我々はエマヲの旅びとたちのように我々の心を燃え上がらせるクリストを求めずにはいられないであろう」(「西方の人」22　貧しい人たちに)という神であり、そのイメージは厳格なプロテスタントのそれよりも、カトリックの寛容な母親のそれに近いと言える。芥川は生涯を通して特にプロテスタントの人間との関わりが深かった。ここに芥川が改宗に到らなかった理由があるのではないだろうか。

「金将軍」の英訳について

ジェイ・ルービン

二〇〇六年に Penguin 社から、英訳芥川龍之介短編集、「Rashōmon and Seventeen Other Stories」を出版したのですが、その際、ページ数制限の関係で、興味深い作品の数々を除外しなければならない羽目になりました。特に残念に思ったものの一つが、芥川作品の中では非常に珍しい題材を扱った、この「金将軍」という超短編でした。二〇〇七年に、新潮社が Penguin 版と同じ内容の「芥川龍之介短編集」を刊行した後も、「金将軍」のことが気になっていて、機会さえあれば、何時か英訳を出したいと思っていました。それから数年経って、「Monkey Business: New Writing from Japan」から二〇一三年号のために適当な英訳短編がないだろうかとの依頼があったので、今度こそ、「金将軍」を公表する良い機会だと思いました。二人の編集者である、柴田元幸先生にも Ted Goossen 先生（トロントの York University の日本文学教授）にも、作品の魅力を直ちに理解していただきましたが、しかし、実際に仕事に取り掛かってみると、文が短いにもかかわらず案外難しい翻訳作業になりました。まず、韓国語を知らないので、沢山の固有名詞の英文スペルを柴田先生の院生の Son Hye-jeong 氏に頼まなければなりませんでした。それから、歴史的背景の説明も思ったより長く付け加えなければなりませんでした。丁度そのころ、関口安義先生の『芥川龍之介新論』が刊行されたので、作品の資料や出版の経緯についての知識が得られて、大変助かりました。出来た英訳が芥川の目的を十分に伝えるかどうかは分かりませんが、とにかく、英文『Monkey Business』3号の二一三-二一七頁に次の通りのテキストが出ています。

General Kim

by Ryūnosuke Akutagawa

Translated by Jay Rubin

Their faces concealed by deep straw hats, two saffron-robed monks were walking down a country road one summer day in the village of Dong-u in the county of Ryonggang, in Korea's South Pyongan Province. The pair were no ordinary mendicants, however. Indeed, they were none other than Katō Kiyomasa, lord of Higo, and Konishi Yukinaga, lord of Settsu, two powerful Japanese generals, who had crossed the sea to assess military conditions in the neighboring kingdom of Korea.

The two trod the paths among the green paddies, observing their surroundings. Suddenly they came upon the sleeping figure of what appeared to be a farm boy, his head pillowed on a round stone. Kiyomasa studied the youth from beneath his low-hanging brim.

"I don't like the looks of this young knave."

Without another word, the Demon General kicked the stone away. Instead of falling to earth, however, the young boy's head remained pillowed on the space the stone had occupied, its owner still sound asleep.

"Now I know for certain this is no ordinary boy," Kiyomasa said. He grasped the hilt of the dagger hidden beneath his robe, thinking to nip this threat to his country in the bud. But Yukinaga, laughing derisively, held his hand in check.

"What can this mere stripling do to us? It is wrong to take life for no purpose."

The two monks continued on down the path among the rice paddies, but the tiger-whiskered Demon General glanced back at the boy from time to time...

Thirty years later, the men who had been disguised as monks back then, Kiyomasa and Yukinaga, invaded the eight provinces of Korea with a gigantic army. The people of the eight provinces, their houses set afire by the warriors from Wa (the "Dwarf Kingdom," as they called Japan), fled in all directions, parents losing children, wives snatched from husbands. Hanseong had already fallen. Pyongyang was no longer a royal city. King Seonjo had barely managed to flee across the border to Ŭiju and now was anxiously waiting for the Ming Empire to send him reinforcements. If the people had merely stood by and let the forces of Wa run roughshod over them, they would have witnessed their eight beautiful provinces being transformed into one vast stretch of scorched earth. Fortunately, however, heaven had not yet abandoned Korea. Which is to say that it entrusted the task of saving the country to Kim Eung-seo—the boy who had manifested his miraculous power on that path among the green paddies so long ago.

Kim Eung-seo hastened to the Tonggun Pavilion in Ŭiju, where he was allowed into the presence of His Majesty, King Seonjo, whose worn royal countenance revealed his utter exhaustion.

"Now that I am here," Kim Eung-seo said, "His Majesty may set his mind at ease."

King Seonjo smiled sadly. "They say that the Wa are stronger than demons. Bring me the head of a Wa general if you can." One of those Wa generals, Konishi Yukinaga, kept his longtime favorite kisaeng, Kye Wol-hyang, in Pyongyang's Daedong Hall. None of the eight thousand other kisaeng was a match for her beauty. But just as she would never forget to put a jeweled pin in her hair each day, not one day passed in her service to the foreign general when Kye Wol-hyang failed to grieve for her beloved country. Even when her eyes sparkled with laughter, a tinge of sadness showed beneath their long, dark lashes.

One winter night, Kye Wol-hyang knelt by Yukinaga, pouring sake for him and his drinking companion, her pale, handsome elder brother. She kept pressing Yukinaga to drink, lavishing her charms on him with special warmth, for in the sake she had secreted a sleeping potion.

Once Yukinaga had drunk himself to sleep, Kye Wol-hyang and her brother tiptoed out of the room. Yukinaga slept on in utter oblivion, his miraculous sword perched where he had left it on the rack outside the surrounding green-and-gold curtains. Nor was this entirely a matter of Yukinaga's carelessness. The small curtained area was known as a "belled encampment." If anyone were to attempt to enter the narrow enclosure, the surrounding bells would set up a noisy clanging that would rouse him. Yukinaga did not know, however, that Kye Wol-hyang had stuffed the bells with cotton to keep them from ringing.

Kye Wol-hyang and her brother came back into the room. Tonight she had concealed cooking ashes in the hem of her trailing embroidered robe. And her brother—no, this man with his sleeve pushed high up his bared arm was not her brother but Kim Eung-seo who, in pursuit of the king's orders, carried a long-handled Chinese green dragon sword. They crept ever closer to the curtained enclosure when suddenly Yukinaga's wondrous sword leaped from its scabbard and flew straight at General Kim. Unperturbed, General Kim launched a gob of spit at the sword, which seemed to lose its magic powers when smeared by the saliva and crashed to the floor.

With a huge cry, General Kim swung his green dragon sword and lopped off the head of the fearsome Wa general. Fangs slashing in rage, the head struggled to reattach itself to the body. When she witnessed this stupefying sight, Kye Wol-hyang reached into her robe and threw handfuls of ash on the hemorrhaging neck stump. The head leaped up again and again, but was unable to settle onto the ash-smeared wound.

Yukinaga's headless body, however, groped for its master's sword on the floor, picked it up, and hurled it at General Kim. Taken by surprise, General Kim lifted Kye Wol-hyang under one arm and jumped up to a high roof beam, but as it sailed through the air, Yukinaga's sword managed to slice off the vaulting General Kim's little toe.

Dawn had still not broken as General Kim, bearing Kye Wol-hyang on his back, was running across a deserted plain. At the distant edge of the plain, the last traces of the moon were sinking behind a dark hill. At that moment General Kim recalled that Kye Wol-hyang was pregnant. The child of a Wa general was no different from a poisonous viper. If he did not kill it now, there was no telling what evil it could foment. General Kim reached the same conclusion that Kiyomasa had arrived at thirty years earlier: he would have to kill the child.

Heroes have always been monsters who crushed sentimentalism underfoot. Without a moment's hesitation, General Kim killed Kye Wol-hyang and ripped the child from her belly. In the fading moonlight the child was no more than a shapeless, gory lump, but it shuddered and raised a cry like that of a full-grown human being: "If only you had waited three months longer, I would have avenged my father's death!"

As the voice reverberated across the dusky open field like the bellowing of a water buffalo, the last traces of the moon disappeared behind the hill.

*

Such is the story of the death of Konishi Yukinaga as it has been handed down in Korea. We know, of course, that Yukinaga did not lose his life in the Korean campaign. But Korea is not the only country to embellish its history. The history we Japanese teach our children—and our men, who are not much different from children—is full of such legends. When, for example, has a Japanese history textbook ever contained an account of a losing battle like this one from the Nihon shoki between the Chinese Tang and the Japanese Yamato?

> The Tang general, leading 170 ships, made his camp at the Baekchon River. On the twenty-seventh day, the Yamato captain first arrived and fought with the Tang captain. Yamato could not win and retreated... On the twenty-eighth day, the generals of Yamato... leading the unorganized soldiers of Yamato's middle army... advanced and attacked the Tang army at their fortified encampment. The Tang then came with ships on the left and right and surrounded them, and they fought. After a short time, the Yamato army had lost. Many went into the water and died. Their boats could also not be turned around.

To any nation's people, their history is glorious. The legend of General Kim is by no means the only one worth a laugh.

Translator's Afterword

Korea was annexed as a Japanese colony in 1910, prompting the dramatic growth of a Korean immigrant underclass in Japan. Akutagawa Ryūnosuke (1892–1927) published "General Kim" ("Kin shōgun") in January 1924, four months after he witnessed the "upright citizens" of Tokyo committing mob violence against local Koreans in the aftermath of the Kantō earthquake of September 1, 1923. It is likely that he had these recent outrages in mind as he penned this brief but bloodthirsty tale. The story has received scant attention in Japan until recently, but its Korean-centered view of Japan's well-organized, massive, but ultimately abortive 1592 invasion of Korea has prompted Korean scholars to trace Akutagawa's Korean source. One Japanese scholar of Korean literature has discovered many parallels between "General Kim" and an account of Kim Eung-seo in a book that Akutagawa probably bought during or after his travels through Japanese-ruled Korea in 1921, *Densetsu no Chōsen* (Legendary Korea) by Miwa Tamaki. Published in Japanese in 1919, the book drew from popular Korean tales recounting the exploits of legendary Korean heroes, stories banned by Korea's Japanese colonial rulers, who feared that narratives of the salvation of Korea from Japanese incursions could encourage a Korean independence movement.[1]

Akutagawa deliberately employs mind-boggling anachronisms to cast a skeptical eye on the uses of history. The absurdities of the fanciful Korean account of the invasion suggest the lies to be found in Japan's own self-congratulatory accounts of its past. The two Japanese generals featured in the story were real enough (they were in the vanguard of the actual 1592 invasion), but Kiyomasa was born in 1562, the year that he is shown here spying on Korea as the "Demon General," a name he would not earn in Korea until the invasion. The province of Pyongan mentioned in the opening paragraph was not divided into North and South until 1896. The "gigantic army" with which Kiyomasa and Yukinaga invaded is literally said in the text to comprise 8.8 billion men. Although the real General Kim Eung-seo could probably not have brought down a flying magic sword with a gob of spit, he did exist, and he concluded a peace with the actual Yukinaga, who went home to die in Japan in 1600. The last Japanese troops withdrew from Korea in 1598.

The Japanese (i.e., "Yamato") defeat in the Battle of Baekgang in 663 marked the end of a much earlier failed Japanese military intervention on the Korean peninsula under Emperor Tenji. The account quoted by Akutagawa at the end of the story comes from the thirty-volume *Nihon shoki* (720), Japan's first official history (here adapted from http://nihonshoki.wikidot.com/scroll-27-tenji). Thanks to Son Hye-jeong for help with the Korean terminology.

---

[1] Sekiguchi Yasuyoshi, *Akutagawa Ryūnosuke shinron.*

宮坂覺先生履歴・業績一覧

履　歴

一九四四年四月六日　信州諏訪（長野県）に生まれる
一九六三年三月　長野県立諏訪清陵高等学校卒業
一九六八年三月　早稲田大学教育学部国語国文学科卒業
一九七一年三月　上智大学大学院文学研究科国文学専攻修士課程修了　文学修士（第一〇二号）
一九七四年三月　上智大学大学院文学研究科国文学専攻博士課程単位取得満期退学
一九七四年五月　福岡県立福岡女子大学文学部専任講師（近代日本文学担当）（一九七六年三月まで）
一九七五年四月　北九州大学文学部非常勤講師（一九七五年三月まで）
一九七六年四月　福岡女子大学文学部助教授（近代日本文学担当）（一九八〇年三月まで）
一九七七年四月　西南学院大学文学部非常勤講師（一九八〇年三月まで）
一九八〇年四月　フェリス女学院大学文学部助教授（近代日本文学担当）（一九八七年三月まで）
一九八三年四月　神奈川大学外国語学部非常勤講師（一九八五年三月まで）
一九八三年四月　神奈川県立外語短期大学非常勤講師（一九九〇年三月まで）
一九八五年四月　東京商船大学商船学部非常勤講師（一九九一年三月まで）
一九八七年四月　フェリス女学院大学文学部教授（国文学特別演習他担当）（二〇一二年三月まで）
〃　フェリス女学院大学学生部長（一九九一年三月まで）
一九八九年四月　上智大学文学部非常勤講師（一九九二年三月まで）
一九九〇年四月　聖心女子大学大学院文学研究科非常勤講師（一九九八年三月まで）
〃　上智大学大学院文学研究科非常勤講師（一九九二年三月まで、二〇一三年　至現在）
一九九一年四月　フェリス女学院大学文学部国文学科（一九九三年学科名称変更：日本文学科）学科主任
〃　フェリス女学院大学大学院人文科学研究科日本文学専攻修士課程担当（近代文学演習担当）
一九九二年四月　東海大学大学院文学研究科非常勤講師（至　現在〈除く一九九八年度〉）
〃　フェリス女学院大学大学院人文科学研究科日本文学専攻主任（一九九四年三月まで）
〃　横浜市国際交流協会「フェローシップ」選考委員（一九九八年四月まで）
一九九三年四月　清泉女学院大学大学院人文学専攻非常勤講師（二〇〇八年三月まで〈除一九九八年度〉）
一九九五年四月　フェリス女学院大学大学院人文科学研究科日本

文学専攻博士後期課程担当（近代文学特別研究担当）

〃　日本学術振興会　専門委員（一九九七年三月まで）

一九九六年四月　フェリス女学院大学大学院人文科学研究科日本文学専攻主任（一九九八年三月まで）

一九九七年四月　フェリス女学院大学大学院評議員（二〇〇五年一〇月まで〈除く一九九八年度〉、二〇〇八年三月～二〇一二年三月）

一九九八年四月　ロンドン大学ＳＯＡＳ　特別研究員（一九九九年三月まで）

二〇〇〇年四月　フェリス女学院大学文学部長（二〇〇五年一〇月二六日まで）

〃　フェリス女学院大学大学院人文科学研究科長（二〇〇五年一〇月二六日まで）

二〇〇一年四月　フェリス女学院大学文学部国際文化学科主任（二〇〇三年三月まで）

〃　フェリス女学院大学大学院人文科学研究科地域文化専攻主任（二〇〇三年三月まで）

六月　フェリス女学院理事（二〇〇四年五月まで、二〇〇八年四月～二〇一二年三月まで）

二〇〇四年五月　フェリス女学院評議委員（二〇〇七年四月まで）

二〇〇八年四月　フェリス女学院大学学長（二〇一二年三月まで）

〃　和泉短期大学（クラーク学園）理事（至　現在）

二〇一一年四月　私立大学連盟学長会議幹事（至　二〇一二年三月）

二〇一二年四月　フェリス女学院大学客員教授（大学院）（至　二〇一三年三月）

〃　五月　フェリス女学院大学名誉教授

〃　九月　寧波大学大学院（中国）客員教授（九月、二〇一三年九月～一〇月、二〇一四年三月～四月）

二〇一三年二月　浙江工商大学大学院（中国）客員教授（二月～六月）

学会および公的活動など

もみじ会〈文章セミナー〉（一九七三年一一月～　＊主宰・講師）、日本キリスト教文学会（一九六八年四月～　＊一九七一年四月～一九七五年三月九州支部事務局長、一九九四年四月～一九九八年三月本部事務局長、一九七一年四月～　役員、二〇一三年五月～　会長）、早稲田大学国文学会（一九六八年四月～）、上智大学国文学会（一九七〇年～　＊二〇〇八年～二〇一三　理事）、日本近代文学会（一九七〇年四月～　＊一九九一年　四月～一九九三年三月編集委員、一九九二年四月～二〇一三年評議委員、二〇一四年～　監事）、日本文学協会（一九八〇年四月～　二〇一一年三月　＊一九九五年　四月～一九九八年　三月委員）、朝日カルチャー講師（一九八一年三月～　一九九九年三月　新宿、横浜、藤沢、ロンドンなど　＊近代日本文学、文章講座担当、八〇年代に自分史を提唱し以後展開）、神奈川近代文学館評議員（一九八六年六月～　＊二〇〇二年　四月～二〇〇九年　資料委員）、昭和文学会　（一九八九年四月～二〇一〇年三月）、遠藤周作学会（二〇〇六年九月～　）、国際芥川龍之介学会 International Society for Akutagawa [Ryunosuke] Studies（二〇〇六年九月～　＊二〇〇六年九月代表理事会長）、鎌倉市、横浜市、藤沢市、横須賀市、東京都（世田谷区、品川区など）などの公開講座講師。

業績一覧

【著書・編著】

一九八〇年一〇月『小論文作文の書き方』（共著　高野繁男・西谷博之・宮坂）ナツメ社

一九八五年七月　芥川龍之介 ―作家と作品―』～一九九五年四月（七版）有精堂

一九八六年四月『作文・小論文』（共著　高野繁男・宮坂）～一九九〇（六刷）法学書院　＊改訂版一九九二年　五月～一九九三年八月（二刷）＊改訂版（第二）一九九五年～二〇一一年八月（四刷）

一九九〇年一二月『作品論　芥川龍之介』（共編著　海老井英次・宮坂）双文社

一九九三年六月『芥川龍之介 ―理智と抒情―』（編著）有精堂

一九九三年一二月『芥川龍之介全集総奏索引　付年譜』編著　～一九九四年二月（再版）岩波書店

一九九八年四月『芥川龍之介 ―人と作品―』～二〇〇七年四月（四刷）翰林書房

一九九九年一二月『河童・歯車 ―晩年の作品世界―』（宮坂監修『芥川龍之介作品論集成』第六巻）編著　翰林書房

二〇〇一年三月『芥川文学の周辺』（宮坂監修『芥川龍之介作品論集成』別巻）編著　翰林書房

二〇一〇年三月『芥川龍之介研究 Akutagawa Ryunosuke studi da Oriente a Occidente― 東西の芥川龍之介研究 ―』（Teresa Ciapparoni La Roccaと共編）ローマ大学（イタリア）文学哲学部

二〇一二年四月『眼に見えるもの　見えないもの』（私家版）私家版

【監修】

一九九九年六月～二〇〇一年三月『芥川龍之介作品論集成』全六巻、別巻一　翰林書房

【文学展編集・協力】

一九九二年九月～一九九三年八月　生誕百年記念展『もう一人の芥川龍之介展』（東京、長崎、大阪、石川、横浜、福岡を巡回）特別監修　小田切進　監修　関口安義、宮坂覺　産経新聞社ほか

二〇〇四年四月～六月『二一世紀文学の預言者』（『芥川龍之介展』）編集委員　川本三郎、宮坂覺　神奈川近代文学館

二〇〇六年九月～一二月『芥川龍之介の鎌倉物語』監修　富岡幸一郎編集協力　宮坂覺　鎌倉文学館

二〇一一年一〇月～一二月『芥川龍之介と久米正雄』協力　芥川耿子、久米和子、宮坂覺、庄司達也　鎌倉文学館

【論文】（＊再録、再々録を示す）

（学術論文等）

一九六八年一月　芥川龍之介論 ―自我と神―『みなみ』和敬塾本部

一九七〇年二月　芥川龍之介作家前史 ―青年期におけるキリスト教―『上智国文』上智大学国文学会

一九七〇年五月「愛恋無限」論　笹淵友一編『中河与一研究』右文書院

一九七一年一二月　芥川龍之介と室賀文武 ―「芥川龍之介とキリスト教」への一視点―『国文論集』上智大学国文学会　＊一九八七年一二月　石割透編『芥川龍之介―作家とその時代―』（日本文学研究資料新集）有精堂

一九七二年七月　芥川龍之介とキリスト教『月刊キリスト』教文館

一九七四年三月「刺繍せられた野菜」論『探究』荏原高等学校国語科

一九七四年一〇月　「天の夕顔」解説『近代キリスト教文学全集第八巻』教文館
一九七五年二月　「舞踏会」試論 ―その構成の破綻をめぐって―『文芸と思想』福岡女子大学文学部　＊一九九九年六月　清水康次編『舞踏会 ―開化期・現代物の世界―』(『芥川龍之介作品論集成』第四巻) 翰林書房
一九七五年三月　「鏡に這入る女」考『香椎潟』福岡女子大学国文学会
一九七五年四月　「芥川龍之介とキリスト教」―その二面性をめぐって―　笹淵友一編『キリスト教と文学　第二集』笠間書院
一九七五年一〇月　「氷る舞踏場」論 ―中河与一文学へのアプローチ（五）―『香椎潟』福岡女子大学国文学会
一九七六年二月　「南京の基督」論 ―〈金花の仮構の生〉に潜むもの―『文芸と思想』福岡女子大学文学部
一九七七年三月　芥川龍之介文学における〈聖なる愚人〉の系譜―その序章―『文芸と思想』福岡女子大学文学部
一九七九年三月　「蒼き蝦夷の血」『国文学　解釈と鑑賞』至文堂
一九七九年三月　「作家前史研究」笹淵友一編『中河与一研究』南窓社
一九七九年四月　「芥川龍之介の罪意識」―『白』『歯車』を中心として―　日本キリスト教文学会編『罪と変容』笠間書院　＊一九九九年七月　関口安義編『蜘蛛の糸 ―児童文学の世界―』(『芥川龍之介作品論集成』第五巻) 翰林書房
一九七九年一一月　「蜘蛛の糸」出典考ノート ―CHRIST LEGENDSへのメモを手懸りに―『香椎潟』福岡女子大学国文学会　＊一九九九年七月　関口安義編『蜘蛛の糸 ―児童文学の世界―』(『芥川龍之介作品論集成』第五巻) 翰林書房
一九八一年三月　「西方の人」菊地弘・久保田芳太郎・関口安義編『芥川龍之介研究』明治書院
一九八一年三月　芥川龍之介「偸盗」論 ―〈黒洞々たる夜〉における〈愛〉のカオス―(上)『フェリス女学院大学紀要』フェリス女学院大学
一九八一年三月　芥川龍之介「偸盗」論 ―〈黒洞々たる夜〉における〈愛〉のカオス―(下)『香椎潟』福岡女子大学文学部
一九八一年五月　「歯車」―〈ソドムの夜〉の彷徨―『国文学』学燈社　＊一九九九年一二月　宮坂覺編『河童・歯車 ―晩年の作品世界―』(『芥川龍之介作品論集成』第六巻　翰林書房)
一九八一年一〇月　芥川龍之介小論―その遡行「点鬼簿」への軌跡―『日本近代文学』日本近代文学会　＊一九九九年六月　清水康次編『舞踏会 ―開化期・現代物の世界―』(『芥川龍之介作品論集成』第四巻　翰林書房
一九八二年二月　「或阿呆の一生」試論―改題と「西方の人」執筆との関わりを中心に―『信州白樺』信州白樺　＊一九九四年六月日本文学研究大成　菊地弘編『芥川龍之介Ｉ』図書刊行会
一九八二年三月　芥川龍之介「奉教人の死」論 ―作品論の試み・〈語り〉の視点を中心に―『香椎潟』福岡女子大学文学部
一九八二年四月　芥川龍之介と二人の〈英雄〉―「義仲論」と「西方の人」を中心として　日本キリスト教文学会編『遥かなるものへの憧憬』笠間書院　＊一九九三年六月　宮坂覺編『芥川龍之介―理智と抒情―』(日本文学研究資料新集) 有精堂
一九八二年七月　芥川龍之介研究史『一冊の講座　芥川龍之介』有精堂出版

一九八三年三月　芥川龍之介「さまよへる猶太人」論『国文学　解釈と鑑賞』至文堂
一九八四年三月　小川国夫「試みの岸」『国文学』学燈社
一九八四年四月　芥川龍之介「きりしろとほろ上人伝」論―「奉教人の死」、そして『黄金伝説』との関わりを中心に―　笹淵友一編『物語と小説―平安朝から近代まで―』明治書院　＊一九九九年八月　石割透編『西方の人―キリスト教・切支丹物の世界―』(『芥川龍之介作品論集成』第三巻　翰林書房)　一九八五年五月
芥川龍之介「歯車」「河童」『国文学』学燈社
一九八五年九月「沈黙」「試みの岸」ほか『国文学』学燈社
一九八五年一二月　芥川龍之介小論―〈狂人の娘〉(「歯車」「或阿呆の一生」)〈復讐の神〉(「歯車」)と父の〈性〉への忌避をめぐって―『玉藻』フェリス女学院大学国文学会
一九八六年八月　立原正秋―〈風の裂け目の闇〉を凝視して―『国文学』学燈社
一九八七年七月　芥川龍之介〈遡行もの〉の展開―〈保吉もの〉から「西方の人」まで―『キリスト教文学』日本キリスト教文学会九州支部
一九八八年五月「芥川における東京」「芥川における抒情」『国文学』学燈社
一九八八年一二月「記憶の領野―高井有一・坂上弘―」『講座昭和文学史　第四巻』有精堂
一九八九年三月「芥川文学における〈処女の焚死〉―『地獄変』と『奉教人の死』をめぐって―」『玉藻』フェリス女学院大国文学会
一九八九年五月「妖婆」論―芥川龍之介の幻想文学への第一章―　村松定孝編『幻想文学―伝統と近代』双文社
一九八九年六月　主題(テーマ)の把握・「遠藤周作『沈黙』―〈神と神神〉への挑発―」『国文学』学燈社
一九九〇年三月　芥川文学にみる〈ひとすぢの路〉―「蜜柑」「トロッコ」「少年」をめぐって―『玉藻』フェリス女学院大国文学会
一九九〇年五月「〈祈り〉の総体としての小説に―小説指導の原点―」『月刊国語教育』東京法令出版
一九九〇年一二月「羅生門」論―異領野への出発・「門」(夏目漱石)を視野に入れて―　海老井英次、宮坂覺編『作品論　芥川龍之介』双文社　＊一九九五年一〇月　志村有弘編『芥川龍之介「羅生門」作品論集成』Ｉ　大空社　＊二〇〇〇年一〇月　志村有弘編『芥川龍之介『羅生門』作品論集』クレス出版
一九九一年四月「『鼻』を〈読む〉―人生最大危機脱出物語―」『芥川龍之介』創刊号　洋々社　＊二〇〇〇年三月　浅野洋編『羅生門―今昔物語の世界―』(芥川龍之介作品論集成第一巻)　林書房
一九九二年二月「『大川の水』論―〈揺籃〉としての〈大川の水〉の世界―」『国文学』学燈社
一九九二年四月「蜘蛛の糸」―〈視ること〉〈視られていること〉中断された救済―『芥川龍之介』第三号(特集　蜘蛛の糸)洋々社
一九九二年九月　芥川龍之介の美意識の出自とその諸相　関口・宮坂共編〈図録〉『もうひとりの芥川龍之介』産経新聞社
一九九二年一〇月　解説　山岸外史『芥川龍之介』(近代作家研究叢書一〇六)日本図書センター
一九九三年一月　解説　吉田精一『芥川龍之介』(近代作家研究叢書一〇六)日本図書センター
一九九四年四月「汚染される〈空間〉・聖化される〈空間〉―芥川龍之介「或日の大石内蔵助」「戯作三昧」―　山形和美編『聖なる

ものと想像力』《下》彩流社

一九九四年七月　芥川龍之介と片山廣子などを中心に『高原文庫』軽井沢高原文庫

一九九四年一二月　松本清張「西郷札」『国文学　解釈と鑑賞』至文堂

一九九五年五月　芥川龍之介研究の新しき地平に『キリスト教文学研究』日本キリスト教文学会

一九九五年六月　芥川龍之介「地獄変」再論―大殿の領域・良秀の領域、そして噂の言説―『フェリス女学院大学国文学科三〇周年記念論文集』フェリス女学院大学文学部　一九九六年四月　芥川龍之介全小説要覧『国文学』学燈社

一九九六年九月　堀辰雄「芥川龍之介論」『国文学　解釈と鑑賞』至文堂

一九九七年五月　芥川龍之介とドストエフスキー「罪と罰」の「羅生門」への変奏―『キリスト教文学』日本キリスト教文学会九州支部

一九九七年六月　注解『芥川龍之介全集　第一九巻』岩波書店

一九九七年八月　注解『芥川龍之介全集　第二〇巻』岩波書店

一九九七年八月　芥川龍之介「歯車」ノート―嵌めこまれたさまざまな風景―『キリスト教文芸』日本キリスト教文学会関西支部

一九九七年一〇月　遠藤周作「アデンまで」『黄色い人・白い人』山形和美編『遠藤周作』国書刊行会

一九九七年一〇月　遠藤周作「最後の殉教者」山形和美編『遠藤周作』国書刊行会

一九九七年一〇月　遠藤周作「雲仙」山形和美編『遠藤周作』国書刊行会

一九九八年三月　芥川龍之介詳細年譜『芥川龍之介全集　第二四巻』岩波書店

一九九八年五月　「太宰治と芥川龍之介」『国文学　解釈と鑑賞』至文堂

一九九九年一〇月　「芥川龍之介「雛」―重層的〈語り〉の構造から醸し出される〈語られていないこと〉―」『国文学　解釈と鑑賞』至文堂

二〇〇〇年五月　芥川文学における〈地獄〉の意識『キリスト教文学研究』日本キリスト教文学会

二〇〇〇年五月　芥川龍之介『舞踏会』再論―〈H老婦人〉の〈ふるまい〉をめぐって―『玉藻』（福田準之輔先生退職記念号）フェリス女学院大国文学会

二〇〇〇年五月　「異国で読んだ『羅生門』―黒沢明、ドフトエフスキー、〈リストラ〉―」〈講演録〉『文学・語学』全国大学国語国文学会

二〇〇一年一月　「鎌倉・横須賀―〈保吉もの〉の原風景―」『国文学　解釈と鑑賞』別冊『芥川龍之介　旅とふるさと』至文堂

二〇〇一年六月　芥川龍之介年譜　菊池弘・関口安義・久保田編『芥川龍之介辞典』（増訂版）明治書院

二〇〇一年七月　芥川龍之介の文学とキリスト教・そして一つの試み『日本語日本文學』（台湾）輔仁大学外語学院日本語文学系

二〇〇三年三月　芥川文学における〈私小説〉という装置『私小説研究』法政大学私小説研究会

二〇〇三年五月　「杜子春」論―〈揺らぐ〉仙人の言説・〈消された末尾の数行〉―　佐藤泰正編『芥川龍之介をよむ』笠間書院

二〇〇三年一一月　芥川山脈『国文学　解釈と鑑賞』（別冊『芥川龍之介―その知的空間―』）至文堂

二〇〇四年五月　芥川文学における〈破られる沈黙〉〈守られる沈

默〉『キリスト教文学研究』日本キリスト教文学会

二〇〇五年一一月「椎名麟三」（人と作品）『国文学　解釈と鑑賞』至文堂

二〇〇六年五月　遠藤周作―遠藤とその周辺―『講座・日本のキリスト教芸術　第三巻〈カトリックⅠ〉』日本キリスト教団出版

二〇〇七年三月　芥川龍之介のドストエフスキー体験―その地平に潜むもの、ふたたび「羅生門」との関りに触れつつ―『玉藻』（森朝男先生退職記念号）フェリス女学院大学国文学会

二〇〇七年三月　近松秋江「箱根の山々」『国文学・解釈と鑑賞』至文堂

二〇〇七年九月　芥川龍之介「玄鶴山房」論―遠景化され、消されてしまう〈個〉―『国文学・解釈と鑑賞』至文堂

二〇〇八年一〇月『沈黙』論―〈身体〉と〈認識〉のはざまで、そして〈行為〉―　柘植光彦編『遠藤周作　挑発する作家』至文堂

二〇〇九年三月　芥川龍之介「歯車」―ドストエフスキー「罪と罰」との関わりをめぐって―『湘南文学』（小泉浩一郎先生退職記念号）東海大学日本文学会

二〇〇九年三月　国際的作家芥川龍之介研究の可能性―PENGUIN CLASSICS「Rashomon and Seventeen Other Stories」をめぐって―『日語学習与研究』（雑誌創刊三〇周年記念号）中国日語教学研究会（北京）＊二〇〇九年八月『芥川龍之介研究』国際芥川龍之介学会

二〇一一年三月　大岡昇平「野火」を〈読む〉―反復と恩寵―『紀要』（フェリス女学院大学創立一四〇周年記念号）フェリス女学院大学文学部

二〇一二年三月　近代文学における切支丹文学という領域とその臨界―芥川龍之介「神神の微笑」と遠藤周作「神々と神と」を視点に―『文学・語学』全国大学国語国文学会

二〇一二年一一月　芥川龍之介と村上春樹　―村上春樹〈芥川論〉「知的エリートの滅び」Downfall of the Chosenを起点に・現代性へのリンク―　関口安義編『生誕一二〇年　芥川龍之介』翰林書房

二〇一三年三月　芥川龍之介の文学的戦略と〈音楽性〉―〈緊張〉〈弛緩〉、〈速度〉〈反転〉そして〈多層性〉〈ポリフォニー〉―――『玉藻』（宮坂覺退職記念号）フェリス女学院大国文学会

（修士学位論文）

一九七一年一月　芥川龍之介論改　―その文学とキリスト教思想をめぐって―　上智大学

【その他】

（口頭発表・シンポジウムパネリスト）

一九六九年一一月「芥川龍之介論―『西方の人』と室賀文武をめぐって」上智大学国文学会

一九七一年三月「人生相渉論」をめぐって　近代文芸思潮研究会

一九七二年一一月「芥川龍之介とキリスト教」日本キリスト教文学会

一九七四年一一月「芥川龍之介とキリスト教」日本近代文学会九州支部

一九七五年五月「芥川龍之介とキリスト教―『南京の基督』を中心に」本キリスト教文学会

一九七五年一二月「『白』論―芥川龍之介の罪意識をめぐって―」日本キリスト教文学会九州支部

一九七六年六月「芥川龍之介の再検挙」（シンポジウム）日本近代文学会九州支部

一九七六年六月　「芥川龍之介文学における愚人の系譜」福岡女子大国文学会
一九七七年一〇月　「芥川文学における聖なる愚人の系譜『西方の人』への行程」日本近代文学会秋季大会（甲南女子大学）
一九七七年一一月　「『蜘蛛の糸』―出典考―」日本近代文学会九州支部
一九七七年一二月　「芥川龍之介『偸盗』論―愛のカオスに潜むもの―」日本キリスト教文学会九州支部
一九七八年九月　「芥川龍之介『歯車』試論」西日本国語国文学会
一九八〇年七月　「芥川龍之介『奉教人の死』を読む」日本キリスト教文学会
一九八四年一月　「芥川龍之介と『黄金伝説』」日本キリスト教文学会
一九八五年五月　「芥川龍之介『歯車』再論」日本キリスト教文学会
一九八六年七月　「或阿呆の一生」（シンポジウム「芥川龍之介の生と死」）日本キリスト教文学会九州支部
一九八八年五月　「芥川龍之介における〈門〉のイメージ―『羅生門』を中心に―」日本キリスト教文学会全国大会
一九九一年一〇月　「〈第五福音書〉と近代日本文学における「イエス傳」」（シンポジウム「文学表現とキリスト教」）日本近代文学会秋季大会（梅光女学院大学）
一九九四年八月　「芥川龍之介における信と不信」（シンポジウム「近代作家における信と不信―芥川龍之介・太宰治・堀辰雄・遠藤周作―」）日本キリスト教文学会九州支部
一九九五年五月　芥川文学と〈中国〉（シンポジウム「日本近代文学の中のアジア」）日本近代文学会春季大会（成城大学）
二〇〇三年五月　芥川文学における〈破られる沈黙〉〈守られる沈黙〉（シンポジウム「神の沈黙」）日本キリスト教文学会全国大会（関西学院大学）
一九九九年五月　「芥川における〈地獄〉の意識　―歯車を中心に―」（「シンポジウム「近代文学に現れた〈地獄〉意識―芥川龍之介・太宰治・森内俊雄―」）日本キリスト教文学会九九年度全国大会（恵泉女学園大学）
二〇〇二年八月　「（絶筆になり損なった）「歯車」をめぐって」（シンポジウム「最後の作品が問いかけるもの―芥川と太宰の場合―」）第二三回日本キリスト教文学会九州支部夏季セミナー（梅光学院大学）
二〇〇四年七月　「芥川龍之介の文学的戦略、実験―〈緊張〉〈開放〉、そして〈ぼかし〉―」（シンポジウム「文学の実験」）第二五回日本キリスト教文学会九州支部夏季セミナー（梅光学院大学）
二〇〇五年八月　「芥川龍之介「奉教人の死」―劇的反転から立ち上がるもの―」東北アジア文学者会議（ソウル）
二〇〇七年一月　「芥川龍之介のドストエフスキー体験―再び「羅生門」に触れつつ―」日本キリスト教文学会一月例会
二〇〇七年八月　「〈告白〉という文学的装置」（シンポジウム「文学の実験」）第二八回日本キリスト教文学会九州支部夏季セミナー（梅光学院大学）
二〇〇八年八月　「芥川龍之介『杜子春』を〈読む〉」（シンポジウム）第3回国際芥川龍之介学会（台湾・興国管理学院）
二〇一一年八月　「芥川龍之介と人間の解体―『歯車』を中心に―」（シンポジウム「人間の解体」）第三二回日本キリスト教文学会九州支部夏季セミナー（梅光学院大学）
二〇一一年一二月　「切支丹文学という領域とその臨界―「神神の微

笑」と「神々と神」を視点に―」（公開シンポジウム「キリスト教と近代文学」）全国大学国語国文学会　第一〇四回大会（大分大学）

（鼎談・対談）

一九九三年一一月　鼎談「芥川龍之介研究の今後」（関口安義・菊地弘・宮坂覺）『国文学　解釈と鑑賞』至文堂

一九九九年一〇月　対談「芥川龍之介の魅力」（荻野アンナ・宮坂覺）『国文学　解釈と鑑賞』至文堂

二〇〇七年九月　対談「世界にはばたく芥川文学」（関口安義・宮坂覺）『国文学・解釈と鑑賞』至文堂　＊二〇一三年五月関口安義『芥川龍之介新論』翰林書房

二〇一二年三月　対談〈芥川龍之介生誕一二〇年・没後八五年によせて〉『芥川は常に未知の領域に前進し続けた』（関口安義・宮坂覺）『図書新聞』図書新聞社　＊二〇一三年一一月　関口安義編『生誕一二〇年　芥川龍之介』翰林書房

（書評）

一九七一年一〇月　書評・『比較文学的方法』（清水弘文堂）『ほるぷ新聞』ほるぷ出版

一九八二年九月　書評　日本カトリシズムと文学『キリスト教新聞』キリスト教新聞社

一九八三年七月　書評・日本キリスト教児童文学全集第一巻『着物のなる木』（若松賤子、巌谷小波）『木のひろば』日本キリスト書販

一九八五年五月　書評・寺園司『近代文学者と宗教意識』『日本近代文学』日本近代文学会

一九八五年八月　「『鳥』を読む―闇と凝視するもの―」『福音と世界』新教出版社

一九八六年四月　『芥川龍之介―初期作品の展開―』『日本文学』日本文学協会

一九八九年一月　関口安義『芥川龍之介―実像―虚像―』（洋々社）『図書新聞』

一九八九年一〇月　川合道雄『綱島梁川とその周辺』（近代文芸社）『人文学会紀要』国士舘大学文学部

一九八九年一二月　川合道雄『綱島梁川とその周辺』（近代文芸社）『キリスト教文学研究』日本キリスト教文学会

一九九二年四月　書評・三浦綾子『母』（角川書店）『週刊　読書人』読書人

一九九三年七月　書評・石割透著『〈芥川〉と呼ばれた芸術家―中期作品の世界―』『社会文学』日本社会文学会

一九九四年七月　書評・黒古一夫著『三浦綾子―「愛」と「生きること」の意味―』『週刊　読書人』読書人

一九九五年三月　書評・小川国夫『マグレブ、誘惑として』『週刊読書人』読書人

一九九六年二月　書評・高橋たか子『亡命者』（講談社）『週刊　読書人』読書人

一九九六年六月　書評・関口安義『この人を見よ―芥川龍之介と聖書―』（小沢書店）、書評関口安義『芥川龍之介』（岩波新書）『国文学研究』早稲田大学国文学会

一九九七年六月　書評・古井由吉『神秘の人びと』（岩波書店）『週刊読書人』読書人

一九九九年七月　書評・『遠藤周作全集』全一五巻（新潮社）・加藤宗哉著『遠藤周作　おどりと悲しみ』『週刊　読書人』読書人

二〇〇〇年五月　松澤信祐『新時代の芥川龍之介』『日本近代文学』

日本近代文学会
二〇〇一年五月　勝呂奏『荒野に呼ぶ声―小川国夫の棗奥―』『日本近代文学』近代文学会
二〇〇二年五月　川島秀一『遠藤周作―〈和解〉の物語』『国文学』学燈社
二〇〇二年七月　曺　紗玉『芥川龍之介の遺書』『本のひろば』教文館
二〇〇二年七月　曺　紗玉『芥川龍之介の遺書』『国文学』学燈社
二〇〇二年一〇月　椎名麟三研究会編『論集　椎名麟三』『日本近代文学』日本近代文学会
二〇〇三年五月　関口安義『恒藤恭とその時代』『キリスト教文学研究』日本キリスト教文学会
二〇〇四年六月　佐々木雅発著『芥川龍之介　文学空間』『国文学研究』早稲田大学国文学会
二〇〇五年四月　神田由美子著『芥川龍之介と江戸・東京』『国文学・解釈と鑑賞』至文堂
二〇〇五年五月　川島秀一著『表現の身体―藤村・白鳥・漱石・賢治―』『キリスト教文学研究』日本キリスト教文学会
二〇〇五年六月　平岡敏夫著『〈夕暮れ〉の文学史』『日本文学』日本文学協会
二〇〇七年五月　関口安義著『よみがえる芥川龍之介』『キリスト教文学研究』日本キリスト教文学会
二〇〇七年九月　関口安義著『よみがえる芥川龍之介』『国文学・解釈と鑑賞』至文堂
二〇〇八年六月　尾崎るみ『若松賤子―黎明期を駆け抜けた女性』『キリスト教文学研究』日本キリスト教文学会　＊二〇〇九年四月『港の人』港の人
二〇〇九年五月　勝呂奏『評伝　芹沢光次良―同伴する作家―』『キリスト教文学研究』日本キリスト教文学会
二〇一一年五月　関口安義著『評伝　長崎太郎』『キリスト教文学研究』日本キリスト教文学会
二〇一三年九月　小嶋洋輔著『遠藤周作―「救い」の位置―』『遠藤周作研究』遠藤周作学会
二〇一三年五月　勝呂奏『評伝　小川国夫　生きられる〝文士〟』『キリスト教文学研究』日本キリスト教文学会
二〇一四年二月　森田進＆森田直子著　詩画集『美と信仰と平和』『信徒の友』日本キリスト教団出版

（新聞寄稿）
一九七九年三月「芥川龍之介の聖書と絶筆」『朝日新聞』夕刊
一九八三年七月　芥川龍之介と「黄金伝説」『朝日新聞』夕刊
一九八八年二月「芥川龍之介と横須賀」『神奈川新聞』
一九八八年七月「藤沢・東屋」『神奈川新聞』
一九九〇年一〇月　創始者キダーの先見性―創立一二〇周年のフェリス女学院―『神奈川新聞』
一九九三年七月一五日～二七日『芥川龍之介と神奈川』（一）～（一〇）『産経新聞』
一九九八年一月一日「九七年回顧と展望（文学）」『キリスト新聞』
二〇〇〇年一月一日「九九年回顧と展望（文学）」『キリスト新聞』
二〇〇一年一月一日「〇〇年回顧と展望（文学）」『キリスト新聞』
二〇〇二年一月一日「〇一年回顧と展望（文学）」『キリスト新聞』

（事典項目）
一九七九年二月　芥川龍之介作品論事典―「西方の人」ほか三一項目―　三好行雄編『芥川龍之介必携』学燈社

一九八三年七月　遠藤周作、小川国夫『近代作家研究辞典』桜楓社

一九八五年九月　小川国夫「試みの岸」・遠藤周作「わたしが・棄てた・女」など『国文学』学燈社

一九八五年一二月　芥川龍之介「詳細年譜」ほか一二項目　菊地・久保田・関口編『芥川龍之介辞典』明治書院

一九八八年二月「芥川龍之介」『日本キリスト教歴史大事典』教文館

一九八八年七月「東屋と〈鵠沼文人村〉」『神奈川近代文学館報』および『文学展図録』神奈川文学振興会

一九八八年八月　"News〈News of Japanese literature and Christianity〉" The Chesterton Review, vol. CANADA

一九八九年三月「『破船』事件」「私小説論争」「私小説論争」『国文学』臨増　学燈社

一九九〇年四月「遠藤周作」「三浦綾子」『国文学』学燈社

一九九〇年一一月「沖野岩三郎」『朝日人物事典』朝日新聞社

一九九二年九月「小川国夫」「中河與一」明治大正昭和作家研究大事典』桜楓社

一九九三年二月　集英社版『国語辞典』(九〇九項目執筆)集英社版『国語辞典』集英社

一九九四年三月「芥川龍之介」「聖書の翻訳(日本)」など一二項目及び　各国(日本)責任協力者『世界日本キリスト教文学事典』教文館

一九九四年三月「吉田絃二郎」「島の秋」など一一項目『日本現代文学大事典』明治書院

二〇〇〇年六月「奉教人の死」「舞踏会」など四項目関口安義・庄司達也編『芥川龍之介全作品事典』勉誠出版

二〇〇二年七月「鼻」「西方の人」ほか八項目　志村有弘編『芥川龍之介大事典』勉誠出版

二〇〇三年一二月「羅生門」「室賀文武」ほか五項目　関口安義編『芥川龍之介新辞典』翰林書房

二〇〇四年七月　吉田絃二郎、「島の秋」、小川国夫、「アポロンの島」、「悲しみの港」、「試みの岸」浅井清・佐藤勝編『現代小説大事典』明治書院

（分担執筆）

一九七五年四月「老年」解説『近代の小説』桜楓社

一九七九年三月「文章構成法」森岡建二編　上智大外事部

一九八二年三月　山路愛山・内村鑑三・佐古純一郎『資料による近代文学』明治書院

一九八二年三月　横光利一・中河与一・小川国夫・三浦綾子の名言名句『国文学』学燈社

一九八七年一二月「芥川龍之介―『奉教人の死』―」『現代の日本文学』明治書院

一九九〇年一〇月「芥川龍之介『地獄変』」玉置邦雄編『近代の文芸』和泉書院

二〇〇二年九月　堀辰雄『風立ちぬ』、小川国夫『或る聖書』、三田誠広『地に火を放つ者』安森敏隆・吉海直人・杉野徹編『キリスト教文学を学ぶ人のために』和泉書院

（紹介）

一九九三年一月　新刊紹介・関口安義『芥川龍之介　闘いの生涯』（毎日新聞社）『国文学　解釈と鑑賞』至文堂

二〇〇六年一一月「名曲を聴く楽しみ」『The CD Club』木杏舎

二〇〇六年五月　日本近代文学館資料叢書文学者の手紙三『大正の

作家たち　芥川龍之介・島崎藤村・竹久夢二」『近代日本文学』日本近代文学会

二〇〇六年一一月　鷺只雄『芥川龍之介と中島敦』『近代日本文学』日本近代文学会

二〇〇七年二月　新刊案内・加藤宗哉著『遠藤周作』『信徒の友』日本キリスト教団出版

（その他）

一九七四年一月　笹淵友一教授年譜・著作解題三編『国文論集』上智大学国文学会

一九七四年一月　北村透谷「内部生命論」をめぐって『近代文芸思潮研究会会報』近代文芸思潮研究会

一九七四年一二月「南京の基督」小論『「キリスト教と文学」研究会会報』「キリスト教と文学」研究会

一九七八年一一月　芥川龍之介全集未収録資料紹介『近代文学論集』日本近代文学会九州支部

一九七八年一二月　芥川龍之介の〈もう一つの絶筆〉『西日本文化』西日本文化協会

一九八二年一一月　横光利一、小川国夫の句他『国文学』学燈社

一九八七年一二月　夏目漱石、第一の作部作ほか『日本の歴史　九巻』朝日新聞社

一九九〇年四月「芥川龍之介の書簡　―そのまゝずんずんお進みなさい―」『書簡の文学展』図録　山梨県立文学館

一九九一年一二月「芥川龍之介の東京」『国文学』学燈社

一九九二年八月「井上光晴『暗い人』」「森内俊雄『氷河が来る前に』」『国文学』臨増　学燈社

一九九二年四月　芥川龍之介研究の新しき地平に　生誕一〇〇年『芥川龍之介展』図録『神奈川近代文学館報』神奈川文学振興会

一九九二年四月「芥川龍之介生誕百年記念展、芥川龍之介全集索引について」『芥川龍之介』第二号（生誕百年記念号、特集　舞踏会）洋々社

一九九三年七月「芥川龍之介と神奈川」（芥川龍之介展）キャプション　横浜SOGO　芥川龍之介展実行委員会

一九九四年一〇月〈〈研究ノート〉〉「索引と注釈の狭間、そしてコンコルダンスへ」『日本近代文学』日本近代文学会

一九九五年七月「芥川龍之介」（平成五年国語国文学界の展望）『文学・語学』全国大学国語国文学会

一九九五年一〇月「ある痛み（ハングル）」（李相宝訳）『随筆文学』韓国随筆協会

二〇〇六年九月　芥川龍之介の鎌倉物語　芥川龍之介展の『図録』（解説文・章文章は富岡幸一郎氏）鎌倉文学館

二〇〇六年一一月　芥川CD『CD―クラブ―杜子春・トロッコ・蜘蛛の糸』『The CD Club』木杳舎

二〇〇七年三月「国際作家芥川龍之介」没後八〇年記念特別展『人間・芥川龍之介』図録　仙台文学館

二〇一〇年七月　芥川龍之介：或阿呆の一生『The CD Club』木杳舎

二〇一一年三月　芥川龍之介とその作品『The CD Club』木杳舎

二〇一一年八月　大岡昇平「野火」（あらすじで読むキリスト教文学・第五回）『信徒の友』日本キリスト教団出版

二〇一一年一〇月「この言葉の意味がクメとれますか？」特別展『芥川龍之介と久米正雄』図録鎌倉文学館

二〇一二年五月　芥川龍之介「南京の基督」（あらすじで読むキリスト教文学・第一七回）『信徒の友』日本キリスト教団出版

二〇一三年八月　小林多喜二「蟹工船」（あらすじで読むキリスト教文学・第二二回）『信徒の友』日本キリスト教団出版

（講演・講義）

一九九三年八月　芥川龍之介の美意識（芥川龍之介展記念講演）（西日本新聞社ホール「）

一九九九年一月一二日、一九日「芥川龍之介の文学の魅力その課題」（一）（二）（ロンドン大学SOAS）

一九九九年一〇月「異国で読んだ『羅生門』—黒沢明・ドストエフスキー・リストラー」全国国語国文学会九九年度大会（就実女子大学）

一九九九年一一月芥川龍之介『羅生門』再論　仁川大学日本語日本文学会（韓国・仁川大学）

二〇〇〇年一月「羅生門」と「罪と罰」日本キリスト教文学会東北支部大会（東北学院大学）

二〇〇〇年一一月「芥川龍之介の文学とキリスト教・そして一つの試み」キリスト教文学国際会議（台湾・輔仁大學）

二〇〇一年一一月　芥川龍之介「鼻」再論　仁川大学日本語日本文学会（韓国・仁川大学）

二〇〇二年二月　キリスト教文学研究の問題点とその課題（基調講演）韓国キリスト教文学会設立大会（韓国・忠南大学

二〇〇二年一一月　芥川龍之介「蜘蛛の糸」をめぐって　仁川大学日本語日本文学会（韓国・仁川大学）

二〇〇二年一一月　芥川龍之介「蜜柑」をめぐるテキストの読みの考察　ソウル日本近代文学研究者の会（韓国・ソウル観光ホテル）

二〇〇六年九月　国際作家芥川龍之介（基調講演）国際芥川龍之介学会設立大会（韓国・延世大学）

二〇〇六年一一月「芥川龍之介の素顔—芥川神話に隠された実像—」（鎌倉文学館）

二〇〇七年四月　近代日本文学と宗教〈基調講演〉韓国日語日文学会（韓国・ソウル）

二〇〇七年三月「杜子春」論—〈揺らぐ〉仙人の言説・〈消された末尾の数行〉—　清華大学外国語文学系（中国・清華大学）

二〇〇七年三月「杜子春」論　—〈揺らぐ〉仙人の言説・〈消された末尾の数行〉—　北京人民大学外国語学院（中国・北京人民大学）

二〇〇七年四月　日本文学と宗教（基調講演）韓国日語日本文学会春季大会（韓国ソウル）

二〇〇七年八月「杜子春」論—〈揺らぐ〉仙人の言説・〈消された末尾の数行〉—　華東師範大学外国語学院（中国・華東師範大学）

二〇〇九年三月　遠藤周作文学の可能背—「沈黙」を中心に—清華大学外国語文学系（中国・清華大学）

二〇〇九年三月　国際作家芥川龍之介研究の可能性—PENGUIN CLASSICS「Rashomon and Seventeen Other Storie をめぐって—　中国日語教学研究会（北京・北京外国語大学）

二〇一三年五月　芥川龍之介文学の新たな魅力—国際性と現代性—　上海杉達大学日本学科（中国・上海杉達大学）

二〇一三年五月　芥川龍之介文学の新たな魅力—国際性と現代性—　上海外国語大学大学院（中国・上海外国語大学）

二〇一三年六月　芥川龍之介と村上春樹〈音楽性〉を視点として—国際性と現代性—　浙江工商大学大学院（中国・浙江工商大学）

二〇一三年八月　芥川龍之介と村上春樹—その〈国際性〉〈現代性〉〈音楽性〉を視点に—　第三四回日本キリスト教文学会九州支部夏季セミナー—（梅光学院大学）

二〇一三年九月　国際芥川龍之介―現代性へのリンク―　寧波大学日本語学科（中国・寧波大学）
二〇一三年一一月　芥川龍之介と村上春樹―〈音楽性〉を視点として―　ハイデルブルク大学大学院（ドイツ・ハイデルベルグ大学）

（二〇一四年四月現在）

後記にかえて

宮坂覺先生は、本年四月にめでたく古稀を迎えられました。先生は、一九七四年に福岡県立福岡女子大学に着任され、一九八〇年にフェリス女学院大学に転任し、四十年にわたり、汎く研究を進めるとともに、国内外の研究者の育成に携わってこられました。二〇一三年に、フェリス女学院大学の学長職を辞され、現在もなお国内や中国の大学などにおいて指導を続けていらっしゃいます。

芥川龍之介ならびにキリスト教文学の研究者としての宮坂先生は、芥川研究においては、青年期におけるキリスト教あるいは室賀文武の重要性を逸早くとりあげ、当時の芥川研究に一石を投じました。また、詳細な年譜作成や全集索引を手掛けた一方、作家論的アプローチのみならず精緻な読みを中心とした作品論も幅広く手掛けられてきました。また、文学研究において、現在では必要不可欠となっている美術や音楽などの周辺ジャンルとの関わりの重要性も早くから唱えられ、『もうひとりの芥川龍之介』展や『芥川龍之介作品論集成　別巻』などに結実しました。

一九六八年に、師事された笹淵友一博士のご自宅で開始された「キリスト教と文学研究会」の初期メンバーとして、師の志を念じつつ研究環境の整備に尽力されました。研究会は、現在会員三〇〇名を超す日本キリスト教文学会(現会長)に発展し、文学と宗教、そして日本文学と外国文学の交差点としての役割を果たしています。また、近年、教育環境において必須となっている留学生の受け入れにも尽力され、宮坂先生に指導を仰いだ留学生たちが各国で活躍するに至り、日本を去ってからも孤立せず研究活動を続けたいという要望に応えるため、国際芥川龍之介学会を構想、二〇〇六年九月には韓国において第一回（設立記念）大会を開催されました。以後、会長として、これまで中国、台湾、イタリア、アメリカ、ドイツなどで大会を開き、ボーダーを超えた研究者の交流を深めるために力を尽くされました。

本書は、そうした宮坂先生の広汎な学識と魅力あるお人柄に敬意と信頼の念を寄せている私たち後進が、ささやかながらその学恩に感謝したいという思いで企画したものです。先生のご専門である芥川龍之介文学を多声・交差・越境という視点から新しい〈読み〉を提出することを目指しました。さらに、宮坂先生に先立ち芥川研究の地歩を固めてこられた諸先輩の方々からも、「芥川龍之介研究と私」というテーマでエッセイをご寄稿いただきました。同窓のよしみ、キリスト教文学会以来のご縁、また国際芥川龍之介学会での親交などから寄せられました先生方の珠玉の文章の掲載が叶いましたことを喜んでおります。

最後になりましたが、こころよく玉稿をお寄せいただいた執筆者の皆様に感謝申し上げます。また、編集をお手伝いくださった乾英治郎氏、五島慶一氏、小林幸夫氏、篠崎美生子氏、髙橋龍夫氏のおかげをもちまして、宮坂先生のお誕生月である四月にあわせ刊行できました。心よりお礼申し上げます。そして、本書が完成しましたことは、ひとえに翰林書房の今井肇・静江ご夫妻のご尽力によるものであり、ここに深く感謝申し上げます。

（安藤公美・嶌田明子）

二〇一四年四月吉日

宮坂覺先生古稀記念論集刊行会

発起人　伊藤　一郎　　神田由美子
五島　慶一　　小林　幸夫
篠崎美生子　　秦　　剛
髙橋　龍夫　　千葉　俊二
曺　　紗玉　　細川　正義
松本　常彦　　林　　水福
安藤　公美　　嶌田　明子

高橋　修（たかはし　おさむ）　共立女子短期大学教授
高橋龍夫（たかはし　たつお）　専修大学教授
高橋博史（たかはし　ひろふみ）　白百合女子大学教員
田村修一（たむら　しゅういち）　舞鶴工業高等専門学校教授
千葉俊二（ちば しゅんじ）　早稲田大学教授
曺　紗玉（Cho Sa Ok）　仁川大学校教授
秦　剛（Qin Gang）　北京外国語大学副教授
東郷克美（とうごう　かつみ）　早稲田大学名誉教授
Massimiliano Tomasi　西ワシントン大学教授
長濵拓磨（ながはま　たくま）　京都外国語大学准教授
西山康一（にしやま　こういち）　岡山大学大学院准教授
河　泰厚（Ha Taehu）　慶一大学校教授
早澤正人（はやさわ　まさと）　明治大学助手
彭　春陽（PERNG Chun-Young）　淡江大学副教授 兼校友服務資源開発部長
平岡敏夫（ひらおか　としお）　筑波大学・群馬県立女子大学名誉教授
馮　海鷹（feng hai ying）　中国清華大学准教授
藤井貴志（ふじい　たかし）　愛知大学准教授
細川正義（ほそかわ　まさよし）　関西学院大学教授
松本常彦（まつもと　つねひこ）　九州大学大学院教授
宮坂　覺（みやさか　さとる）　文芸評論家・フェリス女学院大学名誉教授
Teresa Ciapparoni La Rocca　元サピエンツァ・ローマ大学教授
林　水福（Lin shei fu）　南臺科技大学教授
Jay Rubin　ハーバード大学名誉教授
王　書瑋（Wang Shuwei）　北京科技大学准教授

執筆者一覧

足立直子（あだち　なおこ）　広島女学院大学准教授
有光隆司（ありみつ　たかし）　清泉女子大学教授
安藤公美（あんどう　まさみ）　東邦大学他非常勤講師
伊藤一郎（いとう いちろう）　東海大学教授
乾　英治郎（いぬい　えいじろう）　立教大学他非常勤講師
Wuthenow, Asa-Bettina　ハイデルベルク大学准教授
海老井英次（えびい えいじ）　九州大学名誉教授
遠藤　祐（えんどう　ゆう）　文芸評論家
太田真理（おおた　まり）　フェリス女学院大学非常勤講師
奥野久美子（おくの　くみこ）　大阪市立大学大学院准教授
奥野政元（おくの　まさもと）　活水学院院長
小澤　純（おざわ じゅん）　慶應義塾志木高等学校教諭
影山恒男（かげやま　つねお）　大東文化大学非常勤講師
神田由美子（かんだ　ゆみこ）　東洋学園大学教授
菊地　弘（きくち　ひろし）　跡見学園女子大学名誉教授
郭　勇（Guo Yong）　寧波大学教授
小谷瑛輔（こたに　えいすけ）　日本大学他非常勤講師
五島慶一（ごとう　けいいち）　熊本県立大学准教授
小林幸夫（こばやし　さちお）　上智大学教授
佐藤泰正（さとう　やすまさ）　梅光学院大学大学院客員教授
澤西祐典（さわにし　ゆうすけ）　京都大学大学院博士後期課程
篠崎美生子（しのざき みおこ）　恵泉女学園大学教授
嶌田明子（しまだ　あきこ）　田園調布学園大学他非常勤講師
清水康次（しみず　やすつぐ）　大阪大学大学院教授
庄司達也（しょうじ　たつや）　東京成徳大学教授
関　祐理（せき　ゆり）　フェリス女学院大学大学院博士後期課程
関口安義（せきぐち　やすよし）　文芸評論家・都留文科大学名誉教授
戴　煥（Dai Huan）　中国人民大学専任講師

芥川龍之介と切支丹物
多声・交差・越境

発行日	2014年4月6日　初版第一刷
編　者	宮坂　覺
発行人	今井　肇
発行所	翰林書房
	〒101-0051　東京都千代田区神田神保町2-2
	電 話　03-6380-9601
	FAX　03-6380-9602
	http://www.kanrin.co.jp
	Eメール ● kanrin@nifty.com
印刷・製本	シナノ

落丁・乱丁本はお取替えいたします

ISBN978-4-87737-369-6